·插图珍藏版·

爱玛

Emma

〔英〕简·奥斯丁 著

Jane Austen

孙致礼 译

人民文学出版社

PEOPLE'S LITERATURE PUBLISHING HOUSE

目录

译　序

简·奥斯丁作为一位伟大的小说家，给世人留下了六部完整的长篇小说。《爱玛》(1815)是作者继《理智与情感》(1811)、《傲慢与偏见》(1813)和《曼斯菲尔德庄园》(1814)之后，在她生前发表的最后一部作品。她的另两部小说《诺桑觉寺》(1818)和《劝导》(1818)，是在她去世后出版的。

奥斯丁写作《爱玛》，于1814年1月21日开始动笔，于1815年3月29日完稿。她把书稿交给出版人约翰·默里。默里将稿子交给《评论季刊》的编辑威廉·吉福德审阅，吉福德的评价是：这部书稿“好得没话说”。于是，默里决定出版《爱玛》。1815年12月10日，《观察家报》宣布：《爱玛》“将在下星期六出版”。1815年12月21、22、23日，《记事晨报》连续三天发布告示，称该书为“《傲慢与偏见》作者著”。照此推断，《爱玛》似乎应是1815年底出版，但小说的扉页却标明“1816年”。头版印刷2000册（每册为3卷），定价21先令，当年售出1250册。

早在此之前，简从哥哥亨利的外科医生那里获悉，摄政王（即威尔士亲王）非常推崇她的作品，每处住所都放了一套她的小说。她还经此人穿针引线，由摄政王的内侍牧师引领，参观了摄政王的住所卡尔顿宫。内侍牧师向她暗示：她可以把她的新作献给摄政王。后来，经简与出版人商洽，做出一部特殊精装的《爱玛》，由简题词（见小说正文前译文），献给了威尔士亲王。

简的六部小说中，最受读者喜爱的，无疑是《傲慢与偏见》。《爱玛》虽然不像《傲慢与偏见》那样脍炙人口，但它在描写世态人情方面，似乎比其他作品更有深度，因而被不少评论家视为作者最成熟的小说。

跟奥斯丁的其他五部小说一样，《爱玛》也是一部爱情小说，只是故事发展并不那么曲折多磨，既没有惊险骇人的情节，也没有耸人听闻的描述。与前几本书中没钱没势的女主角相比，爱玛·伍德豪斯是一位有钱有势的绅士的女儿，父亲一向体弱多病，还未到迟暮之年就已老态龙钟，加上母亲去世得早，姐姐又出了嫁，她小小年纪就成了家里的女主人，不禁有点自命不凡，喜欢随心所欲。她像一位女王一般，把海伯里臣民的幸福放在她个人的利益之上，虽然她自己打定主意终身不嫁，却热衷于给别人牵线搭桥。小说开始之前，经她撮合，她的家庭女教师泰勒小姐嫁给了邻近的鳏夫韦斯顿先生。从此，爱玛变得越发得意，决计要给更多的有情人做红娘。但是，她给别人做媒，每每不是按照情理，而是凭着异想天开或一时冲动，乱点鸳鸯谱。泰勒小姐成家离开后，爱玛就与哈丽特·史密斯小姐交上了朋友。哈丽特是一个身份不明的私生女，人不怎么聪明，但是性情温和，知道感恩，对爱玛总是敬仰有加，于是爱玛就有了“用武之地”，开始为她物色如意郎君。坦诚而有见识的农民马丁向哈丽特求婚，爱玛以他地位低下为由，劝说哈丽特拒绝了他。她想策划把哈丽特嫁给教区牧师埃尔顿，并且怂恿她对埃尔顿先生萌生了爱慕之情。可是埃尔顿既势利又缺乏自知之明，压根儿看不上哈丽特不说，还把爱玛向他介绍对象视为她本人向他示好，便贸然向她表白了爱情；他遭到拒绝后，就跑到外地娶回了一个富家小姐。埃尔顿与霍金斯小姐结婚后，爱玛又鼓捣哈丽特去爱弗兰克·邱吉尔。可是爱玛万万没有料到，哈丽特根本看不上弗兰克，她爱的是爱玛姐夫的哥哥乔治·奈特利。也只有在这时，爱玛才终于省悟到：本来从不考虑自己终身大事的她，却一直在不知不觉地爱慕着经常批评她的缺点，特别是反对她随意干预别人婚姻大事的奈特利先生。于是，在闹出许多笑话、吃了不少苦头之后，爱玛虽然没有再给别人撮合成一门亲事，但她自己却坠入了情网，最后不得不放弃自己天真的誓言，与奈特利先生喜结良缘，而弗兰克·邱吉尔和简·费尔法克斯结为夫妻，哈丽特也欣然答应了马丁先生的第二次求婚，构成了《爱玛》的喜剧结局。

显然，爱玛的故事带有浓厚的反讽意味。不过，《爱玛》反讽手法的运用不同于《傲慢与偏见》。在《爱玛》中，我们见不到伊丽莎白和达西那种才智过人、语锋犀利的讽刺主体。纵观全书，女主角爱玛大部分时间是作为反讽对象而存在的，而反讽主体则由作者和读者联合起来充当。小说通过爱玛的一个个主观臆想在现实中一次又一次地被挫败，演绎了爱玛从幼稚走向成熟、最终赢得"美满幸福"的故事。由此可见，《爱玛》的反讽特色不是（或者说不完全是）体现在语言上，而主要体现在小说的结构中。可以说，爱玛经历了痛苦的自我发现过程，这也是她从幼稚走向成熟的过程。通过这个过程爱玛完成了自我教育，当她终于认识到"人不可凭想象办事，想象应该受到理智的制约"时，小说对她的反讽也开始消解。

奥斯丁在书中描绘了十几个女性人物，最主要的是三个"女大当嫁"的青年女子：爱玛、费尔法克斯和哈丽特。这三位女子都有奥斯丁理想中的"温柔"三美：外表仪态的端庄优雅、言谈举止的和蔼可亲、性情品格的热情宽容。爱玛以满腔柔情关心爱护着她的家人与朋友，费尔法克斯深情到几乎可以为恋人容忍一切磨难，哈丽特则更是一个多情的姑娘，一年之中全心全意地爱上了三个男子。最后，三个有情人都找到了自己的归宿：费尔法克斯凭借嫁给富家子弟弗兰克，从一个贫穷孤儿，一跃成为有钱有势的阔太太；哈丽特嫁给了与自己地位相当、一心喜爱自己、而又具有足够经济实力的马丁，过上了美满幸福的生活；而爱玛嫁给奈特利，则更是一起浪漫甜蜜的婚事，将给双方带来长久的温馨和幸福。

奥斯丁写小说，特别喜欢嘲弄荒唐的事、荒唐的人。在《爱玛》塑造的人物中，不仅个个都有自己的弱点，构成了自己的特异之处，导致了自己的滑稽可笑，而且还塑造了埃尔顿太太和贝茨小姐这样的滑稽角色。她们俩，前者是个爱慕虚荣、庸俗不堪的女人，时而开口她的“埃先生”（指她丈夫埃尔顿先生）、闭口她的“caro sposo”（意大利语：亲爱的丈夫），时而利用一切时机吹嘘她姐夫的“枫园”，真是俗不可耐，令人肉麻。后者是个喋喋不休的老姑娘，“虽然并不年轻，也不漂亮，又没有钱，还没结婚，可是却极有人缘”。正是她在博克斯山游玩时的直言，招来了爱玛的奚落，奈特利事后气忿不已，把爱玛严厉地教训了一顿，从而促使这位女主角朝着“自知之明”迈出了坚实的一步。

不少评论家之所以把《爱玛》视为奥斯丁最成熟的作品，除了小说在描写世态人情方面所具有的深度之外，还在很大程度上缘自小说中屡屡出现的心理描写。作者借助心理描写来展开故事情节，塑造人物形象，这在当时的创作界尚不多见。这样做的好处，可以让读者与小说中的人物保持着密切的联系，亲自参与作品的情节发展，似乎能直接听到人物的心声，窥测人物的内心世界。以小说男主角奈特利先生为例。他本是个出色的男人、女人理想的梦中情人，但是他也有自己的缺点，那就是拘谨、自负、缺乏生气，有时还出奇的吃醋。他心仪爱玛，但又担心爱玛与弗兰克两心相悦，于是便希望弗兰克另有意中人（费尔法克斯小姐）。在小说第三卷第五章，奈特利眼看着爱玛、弗兰克和费尔法克斯三人在玩猜字游戏，表面上装作漫不经心，内心里却高度紧张，一面要观察爱玛与弗兰克是否彼此有意——他唯恐真有，一面要窥视弗兰克与费尔法克斯是否有眉目传情的举动——他唯恐没有。他虽然一声不吭，但是那焦灼、紧张的心情，却清清楚楚地刻在脸上，让读者一览无遗。难怪弗吉尼亚·伍尔芙感叹说：奥斯丁若是多活 20 年，她就会被视为詹姆斯和普鲁斯特的先驱！①

① 转引自约翰·哈尔珀林所著《简·奥斯丁传》，第 274 页。

蒙殿下恩准

谨以最崇高的敬意

将本书

献给

摄政王殿下

殿下的

忠诚、恭顺、卑微的仆人

作者

第一卷

第一章

爱玛·伍德豪斯又漂亮，又聪明，又有钱，加上有个舒适的家，性情也很开朗，仿佛人生的几大福分让她占全了。她在人间生活了将近二十一年，一直过着无忧无虑的日子。

爱玛有个极其慈爱的父亲。他对两个女儿十分娇惯，而爱玛又是他的小女儿。由于姐姐出嫁的缘故，爱玛小小年纪就成了家里的女主人。母亲去世得太早，她的爱抚只给爱玛留下个模模糊糊的印象，而取代母亲位置的，是个十分贤惠的女人，她身为家庭女教师，慈爱之心不亚于做母亲的。

泰勒小姐在伍德豪斯先生家待了十六年，与其说是孩子们的家庭教师，不如说是她们的朋友。她非常疼爱两个姑娘，特别是爱玛。她俩之间情同手足，真比亲姐妹还亲。泰勒小姐性情温和，即使名义上还是家庭教师时，也很少去管束爱玛。后来师生关系彻底消失了，两人就像知心朋友一样生活在一起，爱玛更是爱做什么就做什么。她十分尊重泰勒小姐的意见，但她主要按自己的主意办事。

要说爱玛的境况真有什么危害的话，那就是她有权随心所欲，还有点自视清高，这是些不利因素，可能会妨碍她尽情享受许多乐趣。不过，目前尚未察觉这种危险，对她来说还算不上什么不幸。

令人难过的事——令人略感难过的事——终于降临了——但又绝非以令人不快的方式出现的。泰勒小姐结婚了。由于失去了泰勒小姐，爱玛第一次尝到了伤感的滋味。就在这位好友结婚的那天，爱玛第一次凄楚地坐在那里沉思了许久。婚礼结束后，新娘新郎都走了，吃饭时只剩下他们父女俩，不会有第三个人来为这漫长的夜晚活跃一下气氛。吃过晚饭后，父亲像往常一样睡觉去了，爱玛只得坐在那里琢磨自己的损失。

这桩婚事肯定能给她的朋友带来幸福。韦斯顿先生人品出众，家境优裕，年纪相当，举止优雅。爱玛一想起自己曾怀着慷慨无私的情谊，一直在尽心竭力地促成这门亲事，就不禁有些得意。不过，这件事让她一上午都感觉心里不是滋味。泰勒小姐一走，她每天将无时无刻不思念她。她回想起她以前的情意——十六年的情意和慈爱——从她五岁起，泰勒小姐就开始教导她，陪她玩耍——她安然无恙时，泰勒小姐尽量跟她形影不离，逗她开心——她每次生病时，泰勒小姐总要悉心照料她。她的这些情意真让她感激不尽。然而，伊莎贝拉出嫁后，就剩下她们两个相互做伴，七年来平等相待，推心置腹，回想起来倍加亲切，倍加温馨。泰勒小姐真是个难得的朋友和伙伴，又聪明又有见识，又能干又文静，懂得家里的规矩，事事都肯操心，尤其关心她爱玛，关心她的每一次欢乐、每一个心意。这是爱玛可以倾诉衷肠的一个人，对她一片真情，真让她无可挑剔。

她如何来忍受这一变化呢？诚然，她的朋友离她家不过半英里，可爱玛心里明白，住在半英里以外的韦斯顿太太跟住在她家的泰勒小姐相比，那差异可就大了。尽管她性情开朗，家庭条件优越，但她现在势必感到十分孤独。她非常爱她的父亲，但是父亲毕竟做不了她的伙伴。无论是正经交谈还是开开玩笑，父亲跟她总是话不投机。

伍德豪斯先生结婚较晚，他和爱玛因为年龄悬殊而造成的隔阂，由于他体质和习性的缘故，而变得越发严重。他一向体弱多病，加上既不用脑也不活动，还未到迟暮之年就已老态龙钟。虽说他不管走到哪里，人们都喜欢他心地慈善，性情和蔼，但是从来没有人夸赞他的天赋。

爱玛的姐姐出嫁的地方并不远，就在伦敦，离家只有十六英里，不过姐妹俩也不能天天来往。十月和十一月间，爱玛只得在哈特菲尔德熬过一个个漫长的夜晚，等到伊莎贝拉两口子带着孩子来过圣诞节时，家里才会热闹起来，她也才会高高兴兴地有人做伴。

海伯里是个人口众多的大村庄，几乎算得上一个镇。哈特菲尔德虽有自己的草坪、灌木丛和名称，实际上只是村子的一部分。可就在这样一个大村子里，居然找不到跟她情投意合的人。伍德豪斯家是这里的首富人家，大家都很仰慕他们。由于父亲对谁都很客气，爱玛在村里有不少熟人，可惜他们谁也取代不了泰勒小姐，哪怕相处半天也很困难。这是个令人沮丧的变化，爱玛只能为之唉声叹气，胡思乱想，直至父亲醒来，她才不得不摆出一副欣欣然的样子。她父亲需要精神安慰。他是个神经脆弱的人，动不动就会心灰意冷。对于处惯了的人，他个个都很喜欢，就怕跟他们分离，不愿意发生任何变化。婚嫁之事势必要引起变化，因而总是让他为之伤感。虽说他女儿跟丈夫恩爱弥笃，但他总也想不通她为什么要嫁人，一说起她就要流露出一副怜悯之情。如今他又不得不眼看着泰勒小姐离他而去。他考虑问题一向只从自身的利益出发，从来想不到别人会跟他持有不同的看法，因此定要认为泰勒小姐所做的这件事，对他们父女、对她自己都非常糟糕，她若是一辈子待在哈特菲尔德，肯定会幸福多了。爱玛尽量装着乐呵呵的，又是说又是笑，以便阻止父亲不要那样去想。但是到吃茶点时，父亲再也克制不住了，又说起了吃午饭时说过的那些话。

“可怜的泰勒小姐！她要是能回来就好了。真遗憾，韦斯顿先生偏偏看上了她！”

“我不同意你的看法，爸爸，你知道我不能同意。韦斯顿先生性情和善，讨人喜欢，是个出类拔萃的男人，就该娶个贤惠的好妻子。泰勒小姐本来可以有个自己的家，你总不能让她陪伴我们一辈子，忍受我的怪脾气吧？”

“她自己的家！她自己的家有什么好的？这个家有她的三倍大。你也从来没有什么怪脾气，亲爱的。”

“我们可以去看他们，他们也可以来看我们，机会多着呢！我们可以经常见面呀！这得由我们先开头，我们得尽快向他们道喜去。”

“亲爱的，我哪能去那么远的地方？兰多尔斯那么远的路，我连一半也走不动。”

“不，爸爸，谁也没想让你走着去。我们当然要坐马车去啦。”

“马车！这么一点点路，詹姆斯才不愿意套马呢。再说，到了那里把可怜的马拴在哪儿？”

“拴在韦斯顿先生的马厩里，爸爸。你要知道，这一切早已安排好了，昨天晚上就跟韦斯顿先生谈妥了。说到詹姆斯，你尽管放心好了，他女儿在兰多尔斯当用人，他总是巴不得去那儿。我倒怀疑他肯不肯送我们到别处去。这事都亏了你，爸爸。你给汉娜找了那份好差事。谁也没有想到汉娜，多亏你提携她——詹姆斯对你好感激啊！”

“我很高兴想到了她。这是一桩好事，我不想让可怜的詹姆斯觉得自己受了冷落。汉娜肯定会是个出色的用人。这姑娘懂礼貌，嘴又甜，给我的印象好极了。她每次见到我，总是又施礼又问安，那样子真招人喜欢。你叫她来做针线活的时候，我见她总是轻轻地打开门，从不搞得砰砰响。我敢说，她一定是个出色的用人。可怜的泰勒小姐能有个熟悉的人跟在身边，也算是一大安慰。你看吧，詹姆斯每次去看他女儿，泰勒小姐就会听到我们的情况，詹姆斯能告诉她我们大家都怎么样。”

这是个比较令人舒心的思路，爱玛竭力引着话头往下说，希望借助十五子游戏，让父亲好歹度过这个夜晚，除了她自己的苦恼以外，不要再去想其他令人不快的事。棋桌刚摆好不久，就来了一位客人，棋便用不着下了。

奈特利先生是个聪明人，大约三十七八岁，跟伍德豪斯家不仅有多年的交情，而且身为伊莎贝拉的夫兄，跟这家人还有一层亲戚关系。他住在离海伯里大约一英里的地方，是伍德豪斯家的常客，而且总是很受欢迎。这一次他就是从他们伦敦的亲戚那里来的，因而比平常更受欢迎。他出去了几天，回到家里吃了顿很晚的晚餐，然后跑到哈特菲尔德，报告说布伦斯维克广场①那里全都平平安安。这是一条好消息，让伍德豪斯先生兴奋了好一阵。奈特利先生和颜悦色，一向对他颇有好处。伍德豪斯先生问起“可怜的伊莎贝拉”及其子女的许多情况，他都回答得十分令人满意。此后，伍德豪斯先生颇为感激地说道：

“奈特利先生，你真是太好了，这么晚了还跑来看我们。恐怕路上很不好走吧。”

“没有的事儿，先生。今晚月色很美，天气也很暖和，你的炉子烧得这么旺，我还得离远一点。”

“可你一定觉得天气很潮湿，道路很泥泞。但愿你不要着凉。”

“泥泞，先生！你瞧我的鞋，连个泥点也没沾上。”

“是嘛！真没想到，我们这儿可下了不少雨。我们吃早饭的时候，稀里哗啦地下了半个小时。我本想让他们将婚礼延期呢。”

“对啦——我还没有向你们道喜呢。我深知你们两人心里是一种

---

① 伦敦布卢姆斯伯里区的乔治王朝时期的广场，伊莎贝拉一家人住在此地。

什么喜幸滋味，所以没有急于向你们道喜。不过我希望事情办得还不错吧。你们都表现得怎么样？谁哭得最厉害？”

“咳！可怜的泰勒小姐！这事真叫人伤心。”

“恕我说一声‘可怜的伍德豪斯先生和伍德豪斯小姐’，可我说什么也不能说‘可怜的泰勒小姐’。我非常敬重你和爱玛，可是说到仰赖他人还是独立自主的问题嘛！不管怎么说，取悦一个人比取悦两个人的滋味好受些。”

“特别是两人中有一位还是个那么富于幻想、那么令人厌烦的家伙！”爱玛调皮地说道，“我知道，你心里就是这么想的——要是我父亲不在场的话，你肯定也会这么说。”

“我想的确如此，亲爱的，”伍德豪斯先生说着叹了口气，“恐怕我有时也很富于幻想，也很令人厌烦。”

“我的好爸爸！你不要以为我在说你，也不要以为奈特利先生是在说你。多可怕的念头啊！哦，可别这么想！我只是在说我自己。你也知道，奈特利先生就喜欢挑我的刺儿——当然是开玩笑——纯粹是开玩笑。我们两个一向有什么说什么。”

其实，能发现爱玛缺点的人本来就寥寥无几，而发现缺点又肯向她指出的却只有奈特利先生一人。虽说爱玛不大喜欢别人指出自己的缺点，但她知道父亲更不喜欢别人说她的不是，因此便不想让他察觉有人并不把她看成十全十美。

“爱玛知道我从不恭维她，”奈特利先生说道，“不过我刚才并没有说谁的不是。泰勒小姐以前要取悦两个人，现在只要取悦一个人。看来她是受益者。”

“对啦，”爱玛想把话题岔开，便说道，“你想了解婚礼的情况，我倒很乐意讲给你听听，因为我们大家表现得都很不错。我们个个都准时到场，个个都喜气洋洋。谁也没有流泪，也见不到拉长脸的。

哦！真的没有，我们觉得彼此只隔着半英里路，准能天天见面。”

“亲爱的爱玛对什么事都想得开，”做父亲的说道，“不过，奈特利先生，可怜的泰勒小姐走后，她心里真是难过极了。她以后肯定要比现在料想的更加想念泰勒小姐。”

爱玛转过头去，既想哭，又想强颜欢笑。

“这样好的一个伙伴，爱玛不可能不想念，”奈特利先生说道，“如果我们认为她真能不想念泰勒小姐，可就不会像现在这样喜欢她了。不过爱玛知道，这桩婚事对泰勒小姐极为有利。她知道，泰勒小姐到了这个年纪多么想要有个家，多么需要有个生活保障，能过上舒舒服服的日子。因此，爱玛主要应该为之高兴，而不是为之伤心。泰勒小姐结了这门好亲事，她的朋友个个都该为她高兴才是。”

“你忘了我有一件值得高兴的事，”爱玛说，“一件非常值得高兴的事——是我撮合了这桩婚事。你知道，是我四年前给他们做的媒。当时好多人都说韦斯顿先生不会再结婚了，可我却帮助促成了这件好事，而且事实证明我做对了，真使我感到欣慰极了。”

奈特利先生朝她摇摇头。伍德豪斯先生亲切地说道：“哦！亲爱的，我希望你不要去做媒，不要去预言什么事，因为你说的话总是很灵验。请你不要再给人做媒了。”

“我答应不给我自己做媒，爸爸，不过我还非得给别人做媒不可。这真是其乐无穷啊！你瞧这次我干得多漂亮！谁都说韦斯顿先生绝不会再结婚了。哦，绝不会！韦斯顿先生丧妻这么多年，仿佛一个人过得十分舒服，不是去城里做买卖，就是在这里应酬朋友，到哪儿都受人欢迎，总是那么开心——他要是喜欢热闹，一年到头也不会一个人度过一个夜晚。哦，绝不会！韦斯顿先生肯定不会再结婚了。有人甚至说，他妻子临终时，他曾保证绝不续娶；还有人说，他儿子和内兄不让他再婚。五花八门的胡言乱语说得一本正经，可我一句也不信。

大约四年前的一天，我和泰勒小姐在布罗德韦巷遇见了他，当时正好下起了毛毛雨，他显得十分殷勤，连忙跑到农夫米切尔家，为我们借了两把伞，于是我就打定了主意。从那时候起，我就开始筹划这件好事。亲爱的爸爸，既然我在这件事上取得了这样的成功，你总不会以为我要洗手不干了吧。"

"我不明白你说的'成功'是什么意思，"奈特利先生说，"成功是要经过努力的。如果过去四年中你一直在努力促成这桩婚事，那你的工夫花得值得，没有白费。这是一位年轻小姐做的一件大好事！可是，依我看来，如果你所谓的促成了这桩婚事，只是指你生出了这个念头，某一天闲着没事儿，便对自己说：'如果韦斯顿先生肯娶泰勒小姐，我看这对泰勒小姐是件美事。'后来又不时地这么自言自语。如果真是这样，你怎么能谈得上成功呢？你的功劳在哪儿？你有什么值得骄傲的？你是侥幸猜中了，充其量只能这么说罢了。"

"你从未尝过侥幸猜中的甜头和喜悦吧？你让我感到可怜。我原以为你比较聪明——请听着，侥幸猜中绝不仅仅靠侥幸，总还需要几分天资。至于你跟我争执的'成功'二字，我看我也并非一点功劳也没有。你概括了两种情况——可我认为还有第三种情况——介于全然无功和一手包办之间。如果不是我鼓动韦斯顿先生常来这里，不是我给了他那么多细微的鼓励，解决了那么多细微的问题，这件事压根儿就成不了。我想你很了解哈特菲尔德，定能知道这里的奥妙。"

"一个像韦斯顿先生这样襟怀坦荡、爽爽快快的男人，一个像泰勒小姐这样明白事理、落落大方的女人，即使不用别人帮忙，也能稳稳妥妥地办好自己的事情。你要是跟着瞎掺和的话，说不定帮不了他们什么忙，反倒害了你自己呢。"

"爱玛要是能帮上别人的忙，就从不考虑她自己，"伍德豪斯先生并不完全明白两人的意思，便插嘴说道，"不过，亲爱的，可别再给

别人说媒了，这是做傻事，残酷地拆散了一个家。”

“就再做一次，爸爸，给埃尔顿先生做个媒。可怜的埃尔顿先生！你也挺喜欢埃尔顿先生的，爸爸，我得给他物色个太太。海伯里没有哪个女人配得上他——他在这里住了整整一年了，把房子收拾得那么舒适，叫他再过单身生活就不像话了——今天他帮新人举行婚礼时，我看他那样子，好像他也想来一个同样的仪式！我很器重埃尔顿先生，我只有采取这个方式来帮他的忙。”

“埃尔顿先生的确是个很英俊的小伙子，也是个人品很好的年轻人，我也很看重他。不过，亲爱的，你要是想关心他的话，就请他哪一天来我们家吃顿饭。这样做好多了。我敢说，奈特利先生也会乐意见见他。”

“非常乐意，先生，随便哪一天，”奈特利先生笑着说道，“我完全赞成你的意见，这样做好多了。就请他来吃饭吧，爱玛，请他吃最好的鱼、最好的鸡，但是让他自己选择自己的太太。你听着，一个二十六七岁的人完全可以自己照料自己。”

第二章

韦斯顿先生是海伯里本地人，出生于一个体面人家。他家里上两三代人渐渐发起来了，有了钱，也有了地位。他受过良好的教育，但因早年继承了一小笔遗产，便不屑于从事几个兄弟所从事的平凡职业，而参加了本郡的民兵团，以满足他那活跃快活的心灵和喜爱交际的性情。

韦斯顿上尉是个谁都喜欢的人。参军以后，他有幸结识了出身于约克郡一家名门望族的邱吉尔小姐，而邱吉尔小姐又爱上了他。这事谁也不感到奇怪，唯独小姐的哥嫂从未见过韦斯顿上尉，加之两人又自命不凡，自恃高贵，觉得这门亲事有损他们的尊严。

然而，邱吉尔小姐毕竟已经成年，并且掌握着一笔财产——尽管跟家中的资财相比微不足道——因而说什么也不肯罢休，硬是结了婚，惹得邱吉尔夫妇大为恼怒，以体面的方式同她断绝了关系。这是一起不般配的婚事，并没给两人带来多大的幸福。按说韦斯顿夫人应该觉得幸福一些，因为她丈夫心地善良，性情温和，为了报答她跟他相爱的大恩，事事都要为她着想。然而，虽说她有一定的勇气，但她并非无懈可击。她曾不顾兄长的反对，毅然按自己的意愿结了婚，可后来又忍不住要对那位兄长的无端恼怒感到无端的懊悔，忍不住要留恋老家的奢侈排场。他们过着入不敷出的日子，却依然不能跟恩斯库姆的生活相比。她对丈夫并未情淡爱弛，可她巴望既做韦斯顿上尉的妻子，又做恩斯库姆的邱吉尔小姐。

在别人看来，特别是在邱吉尔夫妇看来，韦斯顿上尉高攀了一门贵亲，可事实上他却倒了大霉。他结婚三年后妻子就死了，这时他不仅比结婚前来得更穷，而且还要抚养一个孩子。不过，没过多久，孩子的花销就不用他承担了。原来，这孩子以及那久病不起的母亲太让人可怜，倒成了促成和解的媒介。邱吉尔夫妇没有自己的孩子，也没有别的近亲的孩子可供他们收养。所以，孩子的母亲死后不久，他们就提出要收养小弗兰克。可以料想，那丧偶的父亲心里有些顾虑，有些踌躇。不过，往别的方面一考虑，他又打消了顾虑和踌躇，把孩子交给了邱吉尔夫妇，让他跟着他们享福去，而他只需要寻求自己的安逸，尽可能改善自己的境况。

以前的生活需要来个彻底的改变。他退出民兵团，做起生意来，由于几个哥哥在伦敦干得挺红火，也就给他提供了个好机会。那是一个小商行，刚好有足够的事情让他干。他在海伯里还有一栋小房子，闲暇时间大多在这里度过。随后的十八年、二十年中，他一边做点有益的事情，一边享受交友的乐趣，过得倒也挺快活。这时候，日子过得充裕了——他本来早就想在海伯里附近买一小宗家业，现在终于有钱置办了——也有钱娶一个像泰勒小姐这样没有陪嫁的女人，并且按照自己和易近人、喜欢交际的性情，过着称心如意的生活。

他打泰勒小姐的主意不是一两天的事了，但毕竟不像年轻人相爱那样急不可耐，本来早就想要买下兰多尔斯，决心买下兰多尔斯再成家，后来坠入情网也没动摇这个决心。他抱着这些目标，稳打稳扎，终于一个个实现了。他发了财，买了房子，娶了太太，开始了新的生活，大有可能比以往任何时候过得都快活。他从来没有郁郁不乐过，这是他的性情决定的，即使第一次结婚时也是如此。然而，这第二次结婚必将使他体会到，娶一个明白事理、和蔼可亲的女人该是多么喜幸，并能使他极其惬意地认识到，挑选别人要比被人挑选好得多，让人感激要比感激别人好得多。

他完全根据自己的意愿作出这样的抉择。他的财产是属于他自己的，至于弗兰克，他被舅舅当作继承人收养，并不仅仅是一种默契，而是双方有言在先，等他成年时，就改姓邱吉尔。因此，弗兰克不大可能求助于他父亲，他父亲也不担心这一点。弗兰克的舅妈是个任性的女人，丈夫完全受她摆布。但是，韦斯顿先生并不相信她的任性会有那么大的威力，居然能左右这么可爱的一个人，而且他认为也是值得大家喜爱的一个人。他每年都能在伦敦看见自己的儿子，很为他感到骄傲。他夸赞他是个出类拔萃的青年，以至于海伯里的人也有些为他感到骄傲。大家把他看成当地人，他身上的优点和未来的前程，都受到众人的关注。

弗兰克·邱吉尔先生成了海伯里一个引以为荣的人物，大家都殷切地想要见见他，不过这番好意并没得到报偿，他长这么大还从未来过海伯里。人们常说他会来看看他的父亲，可始终没有成为现实。

现在他父亲结婚了，大家觉得理所当然，这一下他该来了。不管是佩里太太与贝茨母女喝茶的时候，还是贝茨母女回访的时候，谁也没对这个问题表示过异议。这一回，弗兰克·邱吉尔说什么也得回一趟家了。后来听说他特地给继母写了一封信，于是大家越发增强了信心。几天来，凡是来海伯里串门的人，都要说起韦斯顿夫人收到一封十分得体的信。“弗兰克·邱吉尔先生给韦斯顿太太写了一封十分得体的信，我想你听说了吧？依我看，那还真是一封十分得体的信。这是伍德豪斯先生告诉我的。伍德豪斯先生看见了信，说他从未见过写得这么得体的信。”

那的确是一封非常珍贵的信。韦斯顿太太自然对这位年轻人产生了良好的印象。他如此讲究礼貌真讨人喜欢，无可争辩地证明了他十分通情达理，使她那本来就很称心如意的婚事变得越发可喜可贺了。她觉得自己是个极其幸运的女人。她凭多年的生活经验知道，别人也会认为她很幸运，唯一的遗憾是跟朋友见面少了，而那些朋友对她的情谊始终没有淡薄，哪里忍心与她分离呀！

她知道，他们一定时常思念她。她一想到爱玛因为没有她做伴，哪怕失去一丁点的乐趣，感到一时一刻的无聊，都会使她感到难过。不过，亲爱的爱玛绝不是个意志薄弱的人，她比大多数姑娘更能适应环境的变化。她有头脑，有活力，也有毅力，遇到一些小小的艰难困苦，都可望能欣然处之。再说，值得欣慰的是，兰多尔斯离哈特菲尔德没有多少路，一个女人即使没人陪伴，走来走去也很方便；加上韦斯顿先生脾气好，家庭条件又不错，等冬天一到，老朋友一星期聚会三四个晚上是不成问题的。

于是，爱玛一说起自己的境况，总要滔滔不绝地对韦斯顿太太表示感激，而那表示惋惜的话，只是偶尔说上一两句。她感到很称心——其实不光是称心——显然她感到很开心，而且也有理由开心。

爱玛尽管非常了解父亲，但有时候，或者是在兰多尔斯离开韦斯顿太太那舒适的家，或者是晚上眼见着韦斯顿太太由和蔼可亲的丈夫陪伴去乘坐自己的马车，父亲居然还能怜悯“可怜的泰勒小姐”，真让她感到吃惊。韦斯顿太太每次离去时，伍德豪斯先生总要轻轻叹口气，说道：

“唉！可怜的泰勒小姐。她其实是很不情愿走的。”

泰勒小姐是拉不回来了——也不大可能不去可怜她。可是几个星期后，伍德豪斯先生终于减少了几分烦恼。左邻右舍都恭贺完了；没有人再为这样一件可悲的事向他道喜，惹他伤心了；那个惹他大为伤感的结婚蛋糕也吃光了。他自己的胃消化不了油腻的食物，便认为别人跟他没什么两样。凡是他不宜于吃的东西，他就认定谁都不宜于吃。因此，他就极力劝说众人不要做结婚蛋糕，这一招不灵时，他又极力劝阻大家不要吃。他为此事特地请教了药剂师佩里先生。佩里先生是个很有见识的人，又有绅士风度，常去伍德豪斯先生家，给他的生活带来几分安慰。既然伍德豪斯先生求助于他，他尽管心里不情愿，却不得不承认：有许多人——甚至大多数人，的确不适于吃结婚蛋糕，要吃也只能少吃一点。这话正好印证了他的观点，伍德豪斯先生满以为可以说服来向新婚夫妇道喜的人，没想到大家还是照样吃蛋糕，他好心好意地劝阻，直至蛋糕给吃了个净光，神经才松懈下来。

海伯里有一条奇怪的传闻，说有人看见佩里家的孩子个个手里拿着一块韦斯顿太太的结婚蛋糕，可伍德豪斯先生说什么也不肯相信。

第三章

伍德豪斯先生喜欢按自己的方式与人交往。他就喜欢让朋友到他家来看望他；而且由于种种原因，比如说他长期住在哈特菲尔德，为人和蔼可亲，又有房子又有钱，还有个女儿，因而可以在很大程度上按照他的心愿，安排他那个小圈子里的人们来他家。他跟那个小圈子以外的人家就不大交往了。他既害怕熬得太晚，又害怕搞大型宴会，除了肯按他的要求来他家的人，跟别人就合不来了。幸好，在海伯里，包括同一教区的兰多尔斯，以及邻近教区奈特利先生居住的当维尔寺[①]，倒有不少遂他心意的人。经爱玛劝说，他时不时地邀请几位上流人士来家吃饭，不过他更喜欢客人晚上来玩，因此除了偶尔觉得身体欠佳不宜跟大家一起玩以外，爱玛几乎天天晚上都能给他安排一张牌桌。

韦斯顿夫妇和奈特利先生是多年的至交，自然是要登门的。埃尔顿先生是个不甘寂寞的单身汉，与其一个人待在家里闷得发慌，不如跑到伍德豪斯先生的漂亮客厅里凑凑热闹，领略一下他那漂亮女儿的妩媚笑脸，因此他一次也不会错失良机。

此外还有一帮人，其中来得最勤的，是贝茨太太母女俩和戈达德太太，只要哈特菲尔德那里有请，这三位女士几乎总是随请随到，而且还经常用马车接送，伍德豪斯先生觉得，不管对詹姆斯还是对马来说，这都没有什么难办的，若是让他们一年只跑一趟，那倒可能难为了他们。

贝茨太太是海伯里前牧师的遗孀，现在已成了个老太太，除了喝喝茶、打打夸德里尔牌[②]，几乎什么事也干不了。她身边守着个独生女，两人过着十分清苦的日子，而她身为一个与人无忤的老太婆，又处于如此可怜的境况，理所当然受到了大家的关心和敬重。她女儿虽然并不年轻，也不漂亮，又没有钱，还没结婚，可是却极有人缘。贝

---

① 寺在此意为曾是寺院的乡村住宅。

② 18 世纪英国流行的一种用 40 张牌玩的 4 人纸牌戏。

茨小姐置身于极其窘迫的境地，按理说很难博得众人的好感；再说她也没有出众的才智，好弥补她的缺陷，或者让那些可能讨厌她的人见了害怕，表面上装得恭恭敬敬。她既不漂亮，又不聪明，无声无息地度过了青春年华，到了中年，就一心一意地侍奉老迈的母亲，还要精打细算，把一笔小小的收入尽量多派些用场。不过她倒是个乐呵呵的女人，谁说起她都觉得她不错。她对谁都很友好，加上又有个容易知足的脾气，因而便产生了这样的奇迹。她爱每一个人，关心每一个人的安乐，善于洞察每一个人的优点，觉得自己是个极其幸运的人，有个极好的母亲，还有那么多好邻居、好朋友，家里什么也不缺，真是福分不浅。她生性纯朴开朗、知足感恩，这不仅使她赢得众人的欢心，而且成为她快乐的源泉。她很会闲聊，说的都是些生活琐事，也不中伤任何人，正合伍德豪斯先生的心意。

戈达德太太是一所学校的校长——她这所学校可不像有些私立学校、教育机构那样，硬要花言巧语地胡说一通，标榜自己按照新原则、新制度，将文科教育和培养美德熔为一炉——不想年轻小姐们付了高昂的学费，到头来毁坏了身体，养成了虚荣心——她的学校是一所名副其实的老式寄宿学校，不用出多少钱就能学到不少东西，家里把姑娘送出去，好歹接受一点教育，回到家里也不会变成学究。戈达德太太的学校名气很大——而且绝非徒有虚名，因为海伯里被视为一个特别有益于身心健康的地方：她有宽敞的校舍，好大的花园，给孩子们提供大量有益于健康的食物，夏天让他们四处奔跑，冬天亲手给他们包扎冻疮。难怪她上教堂时，身后跟着四十个女孩子。她是个普通的、慈母型的女人，年轻时辛辛苦苦，现在觉得可以偶尔去串串门、喝喝茶了。伍德豪斯先生以前待她不错，她觉得自己欠了他不少的情，因此只要能抽身，就会离开她那整整洁洁、挂着许多刺绣的客厅，跑到他的壁炉边，赌上几个六便士。

这是爱玛经常能够请到的几位女士。为父亲着想，她还真高兴自己有这个本事。不过就她自己而言，这怎么也补偿不了韦斯顿太太离去造成的损失。她看见父亲那舒心的样子，心里觉得挺高兴；再一想自己筹划得这么好，不禁感到十分得意。不过，这三个女人那平淡乏味的谈话使她觉得，每个晚上都这样度过，那岂不是她早就担心的难熬的夜晚吗？

一天上午，爱玛坐在那里，心里正想着这一天又要出现同样的结局，却突然接到戈达德太太叫人送来的一封信，信里以极其恭敬的措辞，要求允许她把史密斯小姐带来玩。这个要求真让对方求之不得：史密斯小姐十七岁，爱玛跟她见过多次面，看她长得漂亮，早就对她产生了兴趣。哈特菲尔德大厦可爱的女主人发出了情恳意切的邀请，从此再也不担心夜晚难熬了。

哈丽特·史密斯是一个什么人的私生女。几年前，有人把她送到戈达德太太的学校里，最近又提升了她的身份，由学生变成了特别寄宿生。对于她的身世，大家就知道这么多。除了在海伯里交的朋友外，没见她还有其他要好的人。前一段到乡下去看望跟她同过学的几位小姐，住了好些日子，最近刚刚回来。

她长得十分秀丽，而且她的美又恰好是爱玛特别欣羡的那种美。她身材不高，丰腴白皙，容光焕发，蓝蓝的眼睛，淡淡的头发，五官端正，表情甜蜜。晚上还没结束，爱玛就很喜欢她了，不光喜欢她的容貌，而且喜欢她的举止，便决心继续跟她交往。

她觉得，从言谈来看，史密斯小姐并不特别聪明，不过她又发觉她十分可爱——并没有令人别扭的羞涩，也并非少言寡语——一点也不冒昧，讲起礼貌来还有分有寸，颇为得体，主人家让她到哈特菲尔德来玩，她似乎感到很高兴，也很领情。看到这里样样东西都很讲究，也不装作无动于衷，总觉得比她以前见过的都强。这说明她有眼力，需要给以鼓励。她也应该受到鼓励。让她待在海伯里的下等人中间，她那双温柔的蓝眼睛、那与生俱来的百般妩媚，岂非白白浪费了。她以前结交的，都是些跟她不相称的人。她刚刚离开的那些朋友，虽说都是些很好的人，但只会给她带来坏处。那家人姓马丁，爱玛很了解他们的为人，他们租了奈特利先生的一大片农场，住在当维尔教区——她相信一定搞得很体面——她知道，奈特利先生很看得起这家人，不过他们一定粗里粗气，缺乏教养，让一个只要稍微长点学识、稍微文雅一点就能变得十全十美的姑娘跟他们搅在一起，那是很不合适的。她爱玛可不能看着她不管；她要改善她的状况，帮她摆脱那些不体面的人，把她引进上流社会，还要培养她的思想和举止。这是一件有趣的，当然也是十分仁慈的举动。她处于这样的生活状况，有的是闲暇和精力，倒很适合做这件事。

她在专心地欣赏那双温柔的蓝色眼睛，时而讲时而听，一面琢磨出了这些主意。这样一来，时间过得特别快，晚上一晃就过去了。每次玩完了，最后总要吃夜宵。往常都是爱玛坐在那里观察时机，可今天还没等她察觉，饭桌早已摆好了，搬到了火炉边。她一向都是个很要面子的人，总喜欢按照自己的意思，怀着一片好心，认真做好每一件事，今天则表现得格外热情，竭尽女主人之谊，帮助跟着劝食，敦促客人吃碎鸡肉和焙牡蛎。她知道，客人都想早散早回，并且为了礼貌起见，也会欢迎这样的敦促。

到这种时候，可怜的伍德豪斯先生心里又难过又矛盾。他喜欢桌上铺上桌布，因为这是他年轻时的时尚；但他又认为吃夜宵有碍身体健康，因而一见桌上摆上了食物，就觉得心里很不是滋味。一方面，他出于热情好客，倒也巴不得客人样样都吃；另一方面，他又关心客人的身体，还就怕他们真吃起来。

充其量，他只会怀着自我陶醉的心情，劝客人像他那样，再喝一小钵稀粥，但一见女宾们在津津有味地报销那些美味食品，他又不得不说：

“贝茨太太，我劝你大胆地吃一只鸡蛋。煮得很嫩的鸡蛋是不会损害身体的。塞尔煮鸡蛋比谁都煮得好。如果是别人煮的鸡蛋，我不会劝你吃的——不过，你也用不着担心——你瞧，这些鸡蛋都很小——吃一只小鸡蛋对你没有妨害。贝茨小姐，让爱玛给你拣一小块果馅饼——很小一块。我们家全吃苹果馅饼。你不必担心，这里没有对身体不利的果酱。我不劝你吃蛋奶糕。戈达德太太，喝半杯葡萄酒怎么样？就小半杯——兑上一杯水吧？我想你喝了不会不舒服的。”

爱玛任父亲尽管说去——她却以大方得多的方式招待客人。就在这天晚上，她特别想把客人高高兴兴地送走。史密斯小姐那样高兴，一点也没辜负她的一番好意。伍德豪斯小姐是海伯里的一个大人物，有机会结识她使她感到既惊惶又高兴——不过，这位出身卑微、感恩戴德的小姑娘临走时感到十分得意，伍德豪斯小姐一晚上待她那么亲切，最后竟然还跟她握了握手，真让她为之高兴！

第四章

哈丽特·史密斯很快就跟哈特菲尔德建立了密切的关系。爱玛办事利索果断，当即邀请她，鼓励她，要她常来玩。两人渐渐熟识起来，彼此也就感到越发满意。爱玛早就预见到，哈丽特作为散步的伙伴，可以发挥很大的作用。韦斯顿太太走后，她在这方面蒙受了很大的损失。父亲散步顶多走到灌木丛，随着季节的变更，不管距离长短，那里有两块空地，足够他散步的了。所以，自韦斯顿太太结婚以后，爱玛的活动受到了很大的限制。有一次，她一个人愣闯到了兰多尔斯，可滋味并不好受。因此，如今有了个哈丽特·史密斯，想散步了可以随时喊上她，倒给她又增添了一个宝贵的有利条件。不过，随着接触的增多，她发现哈丽特各方面都好，也就越发坚信她的全盘计划。

哈丽特还真不算聪明，不过她性情温柔和顺，知道感恩，没有一丁点傲气，正希望有个她敬仰的人给以指点。她从小就知道自尊自重，这是很可贵的。她喜欢结交正经朋友，知道什么叫文雅，什么叫聪明，表明她有鉴赏力，但不能指望她有多强的洞察力。总的说来，爱玛相信哈丽特·史密斯正是她所需要的年轻朋友——她家里正需要她这么个人。像韦斯顿太太这样的朋友不会再有了，绝不会有两个这样的人。她也不需要两个这样的人。这完全是另外一码事——显然给人一种截然不同的独立自主的感觉。韦斯顿太太是个值得器重的人，她感激她，尊重她。而她喜爱哈丽特，则因为她可以向她施展自己的本领。她对韦斯顿太太一无所能，而对哈丽特却无所不能。

她施展本领的第一个尝试，是查询谁是哈丽特的父母亲，可惜哈丽特闹不清楚。她知道的事情总是愿意爽然相告，但是在这个问题上，你再问也是白搭。爱玛不得不尽情地发挥想象——可她说什么也不肯相信，要是处在同样的情况下，她居然会搞不出个水落石出。哈丽特缺乏洞察力，戈达德太太跟她说什么，她就听什么、信什么，从不追根究底。

哈丽特的谈话内容，自然主要是戈达德太太、老师和同学，以及学校的各种事情——若不是幸亏她认识阿比-米尔农庄的马丁一家，那她也只能谈谈学校的事了。不过，她心里经常想着马丁一家人。她曾在他们家度过了十分愉快的两个月，如今就喜欢谈论做客时的种种乐趣，描绘他们家有多么舒适，多么好玩。爱玛鼓励她滔滔不绝地讲下去——听她绘声绘色地讲起另一阶层的人，觉得倒蛮有意思，见她兴高采烈地讲起马丁太太家，那个天真活泼的样子，也很讨人喜欢。

哈丽特说："马丁太太家有两间客厅，真是两个好棒的客厅。有一间跟戈达德太太家的一样大。她有一个上等女仆，在她家住了二十五年。她家有八头奶牛，两头是奥尔德尼种，一头韦尔奇小奶牛，真是一头好漂亮的韦尔奇小奶牛。马丁太太好喜欢它，说是应该称它为'她的'奶牛。她家的花园里造了一座好漂亮的凉亭，明年哪一天，他们全家人要去那里喝茶。一座好漂亮的凉亭，坐得下十二个人。"

爱玛一时只顾得高兴，除了听她讲以外，没往深里去考虑。不过，等她深入了解了这家人之后，她心里犯起嘀咕来。她起先转错了念头，以为这家人是母女俩和儿子、儿媳住在一起。后来才发现，哈丽特一再提到并且总是赞扬性情温和、乐于助人的马丁先生，竟然是个单身汉；因为没有个少夫人，马丁也就没成亲。爱玛于是起了疑心，这家人如此热情好客，她这位可怜的小朋友可就危险了——如果没人关照她，她可要一失足成千古恨了。

心里这么一警觉，她的问题增多了，意味也增强了。她特意诱导哈丽特再谈谈马丁先生，哈丽特显然也很乐意谈。她欣然说起了他跟她们一起在月下散过步，玩过一些快活的游戏，大讲特讲他脾气如何好，多会体贴人。"有一天，就因为我说了声爱吃核桃，他便跑了三英里，给我弄了一些来——不管什么事，他都这么热心！有天晚上，他把他家牧羊人的儿子叫到客厅，唱歌给我听。我非常喜欢唱歌。他自己也会唱一点。我觉得他很聪明，什么都懂。他养了一群好棒的羊。我在他家时，他的羊毛卖出的价钱，比当地哪个人的都高。我想大家都说他好。他母亲和两个妹妹都很喜欢他。有一天，马丁太太对我说——她说着脸就红了——天底下没有比他更强的儿子了，因此她敢说，他要是结了婚，一定会是个好丈夫。倒不是做母亲的想要他结婚，她可一点也不着急。"

"好啊，马丁太太！"爱玛心想，"你知道你在搞什么名堂。"

“我走的时候，马丁太太真好，送给戈达德太太一只好棒的鹅，戈达德太太从没见过这么棒的鹅。有个星期天，戈达德太太把鹅杀了收拾好，请学校的三位老师纳什小姐、普林斯小姐和理查森小姐来家吃饭。”

“我想马丁先生只会干本行，不会有多少知识。他不读书吧？”

“哦，是呀！我是说不——我不知道——不过我想他看了很多书——不过不是你看重的书。他看《农业报告》和一些别的书，都放在一个窗座[①]上——可是那些书他全都是一个人闷头看。不过，有天晚上，趁我们还没开始打牌，他拿着《美文集》[②]大声念了起来——让人觉得非常有趣。我知道他看过《威克菲尔德的牧师》[③]，却从未看过《森林奇遇》[④]和《修道院的孩子》[⑤]。我没向他介绍之前，他从未听说过这些书，不过他现在一定要尽快找来看看。”

接下来的问题是：

“马丁先生长得怎么样？”

“哦！不漂亮——一点也不漂亮。我起先觉得他很不好看，不过现在就不觉得那么难看了。你知道，时间一久，都会看顺眼的。不过，难道你从未见过他？他时常来海伯里，每个星期骑马去金斯顿都要路过这里。他经常遇见你。”

“这倒可能——我也许见过他五十回了，可就不知道他叫什么名字。一个年轻的农夫，不管是骑马还是走路，怎么也激不起我的好奇心。我觉得，正是自耕农这个阶层的人，我绝不会跟他们发生关系。

---

① 窗座：指室内凸窗处的座位。

②《美文集》：1789 年出版的一个流行文集，为 V. 诺克斯（1752—1821）编纂。

③《威克菲尔德的牧师》：英国作家哥尔德斯密斯（1730—1774）所写的小说，于 1766 年初次出版。

④《森林奇遇》：英国作家拉德克利夫夫人（1764—1823）所写的小说，于 1791 年出版。

⑤《修道院的孩子》：英国作家罗奇（约 1764—1845）所写的小说，于 1798 年出版。

比他们低一两档的、样子比较体面的人，或许会激起我的兴趣；我也许想要从某些方面帮帮这些人家的忙。可是，自耕农用不着我帮忙。因此，他们一方面不需要我帮忙，另一方面又不值得我帮忙。”

“那当然。哦！是呀，你不大可能注意他，可他的确很熟悉你——我是指面熟。”

“我不怀疑他是个非常体面的年轻人。我的确觉得他很体面，因此祝他走运。你看他有多大了？”

“六月八日刚满二十四岁，我的生日是六月二十三日——只差十五天哪！真是怪啊！”

“才二十四岁。要成家还太早了些。他母亲完全用不着着急。他们的日子似乎过得挺舒服，她要是急着给儿子娶媳妇，以后说不定要后悔的。六年以后，他要是能找到一个门当户对的好姑娘，多少有点钱，那可就称心如意了。”

“六年以后！亲爱的伍德豪斯小姐，那他就三十岁啦！”

“是呀，凡是生来经济不宽裕的人，大多数都要到这个年纪才能结婚。依我看，马丁先生完全要靠自己操置家业——眼前手头根本不可能有钱。不管他父亲去世时能给他留下多少钱，也不管他能继承多少家产，我敢说，全都要派用场的，全都用来买了牲口什么的。他要是勤奋一些，运气好一点，将来也可能发财，可眼下还不可能有多少积攒。”

“一点不错，是这样。不过，他们的日子过得挺舒服的。他们缺一个在屋里做事的男仆——此外什么也不缺。马丁太太说明年要雇一名男仆。”

“哈丽特，不管他什么时候结婚，但愿你不要跟着陷进去，我是指不要跟他太太来往。虽说他妹妹受过良好的教育，用不着多去顾虑，但他不见得就会娶一个值得你结识的太太。你出身不幸，跟人结

交要特别小心。毫无疑问，你是个体面人家的女儿，你得尽一切努力，表明你当得起这个身份，不然，好多人都会存心贬低你。”

“是呀，一点不错——我看是有这样的人。不过，伍德豪斯小姐，我常到哈特菲尔德来，你对我这么好，我不怕别人拿我怎么样。”

“哈丽特，你很清楚环境对人有多大的影响，不过我要帮你在上流社会里立稳脚跟，甚至也不依靠哈特菲尔德和伍德豪斯小姐。我要看着你始终跟上流人结交——为此，你要尽量少结交不三不四的朋友。所以我说，如果马丁先生结婚时你还在这一带，我希望你不要因为跟他妹妹关系密切，而给牵扯进去，去搭理他太太，他太太很可能是个十足的农夫的女儿，没受过什么教育。”

“那当然。是呀。我倒并不觉得他一定娶不到一个受过教育的女人——一个很有教养的女人。不过，我不想违背你的意见——我一定不会去结交他太太。我会永远很敬重两位马丁小姐，特别是伊丽莎白，真不舍得跟她们断绝来往，因为她们跟我一样受过良好的教育。不过，要是他娶了个愚昧庸俗的女人，我只要做得到，就肯定不会去看她。”

哈丽特讲这番话时，爱玛一直在观察她的情绪波动，并未发现令人惊骇的恋爱征兆。马丁是第一个对哈丽特产生爱慕之心的年轻人，不过她断定还没达到坠入情网的地步，她若是作出好心的安排，哈丽特不会有多大的难处，非要加以违抗。

就在第二天，两人走在当维尔街头，遇见了马丁先生。他没有骑马，先是恭恭敬敬地瞧了瞧爱玛，然后带着真挚的喜悦之情，望着她的伙伴。爱玛没有错过这个观察的良机。就在那两人一起说话的当儿，她刚往前走了几码远，便用那双敏锐的眼睛把罗伯特·马丁先生看了个分明。他外表十分整洁，看样子像个很有头脑的年轻人，不过，除此之外，他身上也没有别的优点了。只要拿他跟有教养的人一比较，就觉得他在哈丽特心里赢得的美好印象定会丧失殆尽。哈丽特并非不注意风度，她曾有意识地观察过她父亲的优雅举止，感到既惊讶又倾慕。马丁先生看样子就不知道什么叫风度。

那两人可不能让爱玛久等，只在一起待了几分钟。这时哈丽特笑吟吟地朝她跑来，心情有些激动，伍德豪斯小姐希望，她能尽快平静下来。

“真想不到，居然会碰上他！好奇怪呀！他说真是巧，他没打兰多尔斯那儿走。他没想到我们会走这条路。他以为我们大多是朝兰多尔斯的方向散步。他没能买到《森林奇遇》。上次去金斯顿事情太多，他把这事给忘了，不过他明天还要去。真奇怪，我们居然碰巧遇上了！对啦，伍德豪斯小姐，他是你想象中的模样吗？你看他怎么样？你觉得他长得很一般吗？”

“他当然长得很一般——非常一般。不过，这还算不了什么，更糟的是，他没有一点风度。我不该有很高的期望，也没有抱很高的期望，可我万万没有料到，他居然会这么土里土气，连一点风度也没有。说实话，我原以为他多少会文雅一点。”

“当然，”哈丽特以羞愧的口气说道，“他不像真正有教养的人来得那么文雅。”

“哈丽特，你认识我们以后，经常见到一些真正有教养的人，你自己应该察觉到马丁先生的差距。哈特菲尔德就有些受过良好教育的人，堪称教养有素的典范。你见到这些人以后，再跟马丁先生凑到一起，居然意识不到他是个十分低下的人——而且也不奇怪自己以前为什么还觉得他挺可爱，真让我感到吃惊。难道你现在还没有这个感受吗？你没有感受到吗？我想你一定注意到了他那笨拙的样子，唐突的举止——还有那难听的声音，我站在这里都觉得刺耳。”

“他当然比不上奈特利先生。他没有奈特利先生的优雅神态，也没有他那么优雅的走路姿态。两人的差别我看得很清楚。不过，奈特利先生可是个多么高雅的人哪！”

“奈特利先生是个风度极其优雅的人，拿马丁先生跟他相比是不公平的。像奈特利先生这么教养有素的人，你在一百个人里也找不到一个。不过，你最近见到的有教养的人可不止他一个。你觉得韦斯顿先生和埃尔顿先生怎么样？拿马丁先生跟他们俩比一比。比一比他们身体的姿态、走路的姿态、说话的神态、沉默的神态。你一定能看出差别来。”

“哦，是呀！是有很大差别。不过，韦斯顿先生都快成了老头子了。他肯定有四五十岁了。”

“正因为这样，他的优雅风度就显得更为可贵。哈丽特，人年纪越大，就越需要注意举止不要失体——说话声音稍大一些，举止稍微粗鲁一些、笨拙一些，就会更加惹眼，更加讨人嫌。有些缺陷，在年轻人身上还说得过去，到了上年纪人的身上，可就令人厌恶了。马丁先生现在就又笨拙又粗鲁，他到了韦斯顿先生的年纪会成什么样子呀？”

“那还真没法说呢！”哈丽特一本正经地答道。

“不过还是可以猜个八九不离十的。他会变成一个粗俗不堪的农夫——整天不修边幅，光会算计盈亏。”

“他要真是这样，那就太糟糕了。”

“你推荐给他的书他都忘了去买，从这件事上看得很清楚，他光顾得做生意了。他满脑袋除了行情，别的什么也顾不上——不过，要发财的人都是这样。他要书做什么？我不怀疑，他将来一定会发财，成为一个富翁——他没有文化，举止粗俗，用不着我们去操心。”

“我也奇怪他怎么把书忘了，”哈丽特只回答了这么一句，听语气还真有几分不高兴了，爱玛觉得最好不要再火上浇油了。因此，她好久没再作声，后来才接着说道：

“就某一方面而言，埃尔顿先生的风度也许胜过了奈特利先生和韦斯顿先生。他更加文雅，以他为榜样更为妥当。韦斯顿先生坦率，性子急，几乎有些藏不住话，大家都喜欢他这一点，因为他脾气还特别好——不过，要学他可办不到。奈特利先生直率、果决，带有几分威严——虽然与他很相称，别人也不能学。他的形体容貌，以及他的身份，似乎容许他有这样的风度。但是，假如哪个年轻人想要学他，那可就让人不堪忍受了。相比之下，我看最好还是建议年轻人以埃尔顿先生为榜样。埃尔顿先生脾气好，性情开朗，乐于助人，斯斯文文。我觉得他最近变得特别温存。哈丽特，他如此格外温存，我不知道是否在有意讨好我们俩，不过，我总觉得他现在比以前来得更温和。他要真是有心，那一定是想讨好你。几天前我不是把他说你的话讲给你听了吗？”

接着，她把她从埃尔顿先生嘴里套出来的赞美哈丽特的话，又重新说了一遍，并且夸奖他说得好。哈丽特羞红了脸，笑着说道，她一直觉得埃尔顿先生十分讨人喜欢。

爱玛就是看中了埃尔顿先生，想让他把那个年轻的农夫从哈丽特的头脑里驱逐出去。她觉得这两人十分般配，只是显然太称心如意，太理所当然，太容易撮合了，她筹划好了也未必有多大功劳。她担心别人也都想到了，预料到了。然而，谁也不可能像她这么早就有了这个打算，因为就在哈丽特来哈特菲尔德的头一个晚上，她脑子里就萌生了这个主意。她心里越琢磨，越觉得这是一起天赐良缘。埃尔顿先生的身份极其相称，本人非常体面，又没有卑贱的亲友，同时家里人也不会嫌弃哈丽特身份不明。他能给哈丽特提供个舒适的家，据爱玛估计，他也有充裕的收入，因为海伯里教区虽说不算大，但谁都知道他有一笔足够花销的资产。爱玛很看得起这个年轻人，觉得他脾气好，心眼好，名声也好，既有知识，又明事理。

爱玛相信，在埃尔顿先生看来，哈丽特无疑是个漂亮姑娘，他们屡屡在哈特菲尔德见面，这肯定在他心里打下了坚实的基础。至于说到哈丽特，她一知道埃尔顿先生看中了她，毫无疑问也会照样产生很大的效力。埃尔顿先生的确是个十分讨人喜欢的青年，任何女人，只要不是过于挑剔，都会喜欢他的。大家都认为他长得很英俊，对他的人品也交口称赞，唯有她爱玛例外，她始终认为他还缺少几分优雅。不过，哈丽特既然那么感激罗伯特·马丁骑着马给她弄核桃，那埃尔顿先生那样爱慕她，也一定能征服她那颗心。

第五章

“韦斯顿太太，”奈特利先生说，“爱玛和哈丽特搞得这么亲密，我不知道你是怎么看的，我看不是件好事。”

“不是件好事！你真认为不是件好事吗？为什么？”

“我看她们两人谁对谁都没有好处。”

“你真让我感到惊奇！爱玛肯定会对哈丽特有好处的，而哈丽特给爱玛提供了一个新的关心对象，可以说对爱玛也有好处。我看着她们那么亲密，真感到万分高兴。我们的想法差得太远啦！居然认为她们对彼此没有好处！奈特利先生，我们以后少不了要为爱玛争吵，这无疑是个开端。”

“你也许认为我知道韦斯顿不在家，也知道你还会孤军奋战，便故意来跟你争吵。”

“韦斯顿先生要是在家，一定会支持我的，因为他在这件事上跟我的看法完全一致。就在昨天我们还谈起过，都觉得爱玛真幸运，能在海伯里结识这样一个姑娘。奈特利先生，我看你在这件事上可不是个公正的法官。你一个人生活惯了，不知道有个伴侣的益处。一个女人本来一直习惯于有个女伴陪着，现在又有了这样一个女伴，她从中得到多大的慰藉，也许是哪个男人也体会不到的。我可以想象你为什么嫌弃哈丽特。爱玛的朋友应该是个有身份的年轻女子，可哈丽特却不是。不过话又说回来，爱玛要指导她增长点知识，这就会促使她自己多读些书。她们会一起读书的。我知道爱玛有这个打算。"

"爱玛从十二岁起就打算多读些书。我看见她前前后后列过好多书单，打算一本本地看完——那些书单列得可好啦——都是些精选的书，排列得井井有条——有时按字母顺序，有时按别的规则。她才十四岁时列的那张书单——我记得当时觉得她还挺有眼力的，便把书单保存了一阵子。这一次爱玛说不定也列了一个很好的书单，可我不敢指望她会持之以恒地读书了。她再也不会干那些需要勤奋和坚韧的事情了，就爱想入非非，不肯开动脑筋。我敢说，以前泰勒小姐没能激发起她来，现在哈丽特·史密斯也将无能为力。当年你叫她看书，好说歹说也没法让她看上一半。你知道你劝不了她。"

"的确，"韦斯顿太太笑吟吟地答道，"我当时也是这么看的。不过，自我们分手以后，我从不记得爱玛还有我叫她做事她不肯做的时候。"

"我还真不想勾起这样的回忆。"奈特利先生颇有感触地说道，过了一会又平静了下来。"不过，"他接着说道，"我不是个耳聋眼花、头脑糊涂的人，还得看，还得听，还得回忆。爱玛因为是家里最聪明的人，就被宠坏了。她十岁的时候，就不幸地能回答十七岁的姐姐也回答不了的问题。她总是很敏锐，很有自信，而伊莎贝拉却又迟钝，又缺乏自信。爱玛自十二岁起，就成了家里的女主人，你们大家都得听她的。她母亲一去世，她就失去了唯一能管束她的人。她继承了母亲的天赋，当年一定是听她的话的。"

“奈特利先生，我当初若是离开伍德豪斯先生家而另找个人家，要靠你推荐那可就倒了霉了。你恐怕不会向任何人说我一句好话。我敢肯定，你始终认为我做那份工作不称职。”

“是的，”奈特利先生笑嘻嘻地说，“你在这儿更合适。你很适合做太太，一点也不适合做家庭教师。不过，你在哈特菲尔德的时候，一直在为做一个贤惠的妻子做准备。从你的能力看，你本来似乎能给爱玛一个圆满的教育，可你也许没有做到这一点。不过，你倒接受了爱玛给你的良好教育，以后处理夫妻关系这个重大问题时，可以做到放弃自己的意愿，听从别人的吩咐。当初韦斯顿要是问我谁做他妻子最合适，我一定会推举你泰勒小姐。”

“谢谢。给韦斯顿先生这样的人做个贤惠的妻子，这并不说明我有什么了不起的。”

“哦，说真的，我担心你的贤惠要白费了，一心一意想忍耐，结果却没有什么好忍耐的。不过，我们也用不着泄气。韦斯顿因为日子过得太舒适了，说不定也会发发脾气，或者他儿子也会惹他烦恼。”

“我希望不要出这种事。这不可能。不会的，奈特利先生，你别预言他儿子会给他带来烦恼。”

“我还真不是预言。我只是说说可能性。我可并不自以为具有爱玛那样的天赋，又能预言，又会猜测。我衷心希望，那个年轻人继承了韦斯顿家的品德，邱吉尔家的财富。可是哈丽特·史密斯——我对她的看法还远远没有说完。我认为，她是爱玛可能找到的最糟糕的伙伴。她自己什么也不懂，却以为爱玛什么都懂。她对她百般逢迎，而且并非故意这么做，因而更加糟糕。她由于无知，便时时刻刻地奉承别人。哈丽特甘愿摆出一副低首下心、讨人喜欢的样子，爱玛怎能觉得自己还有什么不足之处呢？至于哈丽特，我敢说她也不会从这场结交中得到好处。哈特菲尔德只会使她忘乎所以，不再喜欢一切与她身份相符的地方。她会变得十分骄气，跟那些与她出身和境况相当的人待在一起，会觉得非常别扭。我不相信爱玛的教诲能起到陶冶心性的作用，让一个姑娘理智地适应各种生活环境，而只能给她镀一点金罢了。”

“不知是因为我比你更相信爱玛的理智，还是因为我更关心她眼下的安适，反正我不会抱怨她们两人的结交。昨天晚上爱玛看上去有多美啊！”

“哦！你宁愿谈论她的相貌而不谈论她的心智，是吧？好吧，我也不想否认爱玛长得漂亮。”

“漂亮！应该说美丽无双。你把脸蛋和身材通盘衡量一下，你想想还有谁能比爱玛更接近尽善尽美呢？”

“我也不知道该怎么想，不过说实话，我从没见过哪个人的脸蛋和身材能像她的那样迷人。不过，我是个偏心的老朋友。”

“多美的眼睛啊！不折不扣的淡褐色——而且那么水灵！五官那么端正，神情那么坦诚，面色那么红润！哦！浑身焕发着一种健康美，高矮胖瘦恰到好处，一副亭亭玉立的风姿。她的健康美，不仅表现在她的青春娇艳上，而且表现在她的风度、心智和眼神上。人们常听说某个孩子是‘健康美的化身’，如今爱玛总使我觉得她是成熟的健康美的完美化身。她就是美的化身。奈特利先生，你说对吗？”

“我看她的相貌是无可挑剔的，”奈特利先生答道，“我想她完全像你说的那样。我喜欢看她。我还想给她加一条优点：我觉得她并不为自己的相貌而自负。尽管她长得十分漂亮，她好像对此并没念念不忘。她的自负表现在别的方面。韦斯顿太太，不管你怎么说，我还是不赞成她和哈丽特·史密斯搞得那么亲热，我担心这对她们两人都没有好处。”

“奈特利先生，我同样坚定不移地相信，这不会给她们带来任何坏处。亲爱的爱玛虽然有些这样那样的小毛病，但她是个非凡的女性。我们上哪儿能找到一个这么孝顺的女儿，这么亲切的姐妹，这么真挚的朋友？绝对找不到。她有许多可以信得过的品质，绝不会把谁带坏，也不会犯不可收拾的错误。爱玛错一次，就要对一百次。”

“那好吧，我不再难为你了。让爱玛做天使去吧，我把我的怨气闷在肚子里，等约翰和伊莎贝拉来过圣诞节时再发泄。约翰爱爱玛比较注意分寸，而不是一味溺爱，伊莎贝拉总是跟他一个心眼，只是约翰不像她那样，会让孩子的事搞得惊惶不安。我想他们一定会赞成我的看法。”

“我知道你们大家都真心爱她，不会做出对不起她，或是坑害她的事。不过请原谅，奈特利先生，你知道，我认为爱玛的母亲当年可以说的话，我也有权说几句，因此我要冒昧地表示：我看你们随便议论爱玛和哈丽特·史密斯关系密切，恐怕也没有什么好处。请恕我直言，就算她们关系密切怕会引起什么不便，只要爱玛自己觉得高兴，你就休想她会放弃这种关系，因为爱玛的事只有她父亲管得着，而她父亲又百分之百地赞成她们来往。多少年来，我一直把向人提出忠告视为我的职责，奈特利先生，你不会对我残存的这点小小的职权感到惊讶吧？”

“哪里的话，”奈特利先生嚷道，“我为此非常感激你。你说得很有道理，与你以往的劝告相比，这次一定会收到更好的效果，因为我一定会听你的。”

“约翰·奈特利夫人很容易担惊受怕，搞不好会为她妹妹发愁的。”

“放心吧，”奈特利先生说，“我不会大喊大叫的。我会克制住我的坏脾气的。我是真心实意地关心爱玛。伊莎贝拉也就是我的弟媳罢了，从没激起我更大的兴趣，也许还比不上爱玛。爱玛让人觉得牵肠挂肚的。不知道她以后会怎么样啊！”

“我也不知道，”韦斯顿太太轻声说道，“真不知道。”

“她总说她一辈子不结婚，当然这话也不能当真。不过，我看她至今还没遇上一个她所喜爱的男人。她要是能真心爱上一个合适的男人，那倒不是一件坏事。我希望爱玛爱上什么人，而她又拿不准对方是否爱她。这对她有好处。可惜附近没有一个能招她喜爱的人，再说她又很少出门。”

“现在看来，”韦斯顿太太说道，“似乎还真没有什么力量能诱惑她违背自己的决心。既然她在哈特菲尔德过得这么快活，我也不希望她爱上什么人，那样一来可就苦了可怜的伍德豪斯先生了。我不劝说爱玛现在就考虑婚事，不过你放心好了，我并不反对她结婚。”

韦斯顿太太说这番话的意图之一，是想尽量掩饰她和韦斯顿先生在这件事情上的某些如意想法。兰多尔斯的这两个人已经在盘算爱玛的终身大事了，不过不想让他人察觉。过了不久，奈特利先生悄然把话题一转：“韦斯顿觉得天气怎么样，会下雨吗？”韦斯顿太太便意识到，对于哈特菲尔德的事，奈特利先生没有什么好说的，也没有什么好猜测的了。

第六章

爱玛毫不怀疑她已把哈丽特的幻想引上了正确的方向，并把她新近出于虚荣心而产生的感激之情引导到有益的目标上，因为她发现，哈丽特比以前更明确地认识到：埃尔顿先生仪表堂堂，风度翩翩。她一方面采取循循善诱的办法，步步增进埃尔顿先生的倾慕之情，另一方面又满怀信心地抓住每个机会，培养哈丽特对他的好感。她相信，埃尔顿先生即便还没爱上哈丽特，那他也是正在坠入情网。她对他丝毫没有什么怀疑的。他喜欢谈论哈丽特，热烈地赞扬她，爱玛觉得，只要略给点时间，就能水到渠成。哈丽特来哈特菲尔德以后，举止有了明显的长进，埃尔顿先生把这一情况看在眼里，这是一个令人可喜的现象，说明他对哈丽特渐渐有了意思。

“你给了史密斯小姐所需要的一切，”埃尔顿先生说，“你把她培养得既优雅又大方。她刚到你这儿来的时候，也算得上是个美人，不过依我看来，你给她增添的妩媚多姿，要远远胜过她的天生丽质。”

“我很高兴，你觉得我帮了她的忙。不过哈丽特只需要别人诱导一下，稍微点拨一两句就行了。她天生性情温柔，天真朴实。我尽的力很少。”

“如果我可以跟一位小姐唱反调的话——”埃尔顿先生摆出一副献殷勤的样子说。

“我也许使她的性格变得果断了一点，教她思考一些以前不曾想过的问题。”

“一点不错，我感觉最明显的正是这一点。性格变得果断多啦！你还真行啊。”

“我觉得非常有意思。我以前从没遇见过这么可爱的人。”

“这我毫不怀疑。”埃尔顿先生说罢，兴奋地叹了口气，活像一个坠入情网的人。又有一天，爱玛突然生出一个念头，要给哈丽特画像，埃尔顿欣然表示支持的样子，也让爱玛同样为之高兴。

“哈丽特，你有没有让人给你画过像？”爱玛说道，“你以前让人给你画过吗？”

“啊呀！没有，从来没有。”

等她一走出房去，爱玛便大声说道：

“她的像要是画得好，该是一件多么精美的珍藏品啊！出多少钱我都要。我简直想亲自给她画一幅。你或许还不知道，就在两三年前，我非常喜欢画像，曾给几个朋友画过，大家觉得还看得过去。然而，由于这样那样的原因，我后来就不高兴画了。不过说真的，如果哈丽特愿意让我画，我倒可以试一试。给她画像该是多么令人高兴啊！”

“我恳求你啦，”埃尔顿先生叫了起来，“那当然令人高兴啦！我恳求你啦，伍德豪斯小姐，你就为你的朋友施展一下你那卓越的才能吧。我知道你绘画很有功夫，你怎么能当我不了解呢？这间屋里不是有不少你的风景画和花卉画吗？在兰多尔斯，韦斯顿太太的客厅里不是也有几幅无与伦比的人物画吗？”

是呀，好家伙！爱玛心想——可这与画像有什么关系呢？你对绘画一窍不通。不要假装为我的画所陶醉。还是留着这份痴情去迷恋哈丽特的脸蛋吧。“好吧，埃尔顿先生，既然你好心鼓励我，那我不妨试试看。哈丽特长得眉清目秀，画起来比较困难。不过，她眼睛的形状和嘴巴的线条比较奇特，一定要描绘出来。”

“一点不错——眼睛的形状和嘴巴的线条——毫无疑问你会画好的。求你务必试一试。要是由你来画，一定会像你说的那样，成为一件精美的珍藏品。”

“不过，埃尔顿先生，我担心哈丽特不愿意让我画。她并不觉得自己有多美。你刚才有没有注意她是怎么回答我的？那意思是说：‘干吗要给我画像呢？’”

“哦！是的，我确实注意到了。那可没有逃过我的眼睛。不过，我想她不至于说不通吧。”

不一会工夫，哈丽特又进来了，两人马上提出了给她画像的事。哈丽特虽然有些顾虑，但经不住两人的再三劝说，没过多久就同意了。爱玛想要马上动笔，因此便取出画夹，里面夹着她好多的习作，却没有一张画完的，他们准备一起挑选一下，看给哈丽特画多大的比较合适。她把一张张画摆开，都是刚开了个头，什么小画像、半身像、全身像、铅笔画、蜡笔画、水笔画，全都试过了。她总是什么都想试试，无论绘画还是音乐，都能少出力气多长进，让许多人望尘莫及。她又弹琴又唱歌，还画各种风格的图画，可就是缺乏恒心。她什么都想精通，按理说也该精通，可惜什么都没精通过。她对自己的绘画和弹唱技艺并没看得太高，不过要是别人把她的技艺看得很高，她也不会介意，知道自己的才艺往往被人高估，她也并不感到不安。

每一幅画都有优点——而越是没画几笔的画，或许优点越多。从风格上看，她的画很有生气。不过，即使优点少得多，或者比现在多十倍，她那两个伙伴也会同样喜欢，同样赞赏。他们俩都看得入了迷。画像本来是人人喜爱的，而伍德豪斯小姐又画得那么棒。

“没有多少人可画的，”爱玛说道，“我只能给家里人画。这是我父亲的——这一幅也是他的——不过，他一听说别人给他画像就紧张，我只能偷偷地给他画，因此这两张都不大像。你瞧，又是韦斯顿太太的，又是她的，又是她的。亲爱的韦斯顿太太！无论什么时候都是我最好的朋友。只要我说一声，她就会让我给她画像。这是我姐姐的，她的身材就是这么小巧玲珑！还有那张脸也挺像的。她要是多坐一会，我还要画得好些，可她急着要我给她的四个孩子画，就是坐不安稳。这些是我给她的三个孩子画的，你们瞧，从画纸的一边到另一边，依次是亨利、约翰和贝拉，其中任何一个都可以说成是另两人中的任何一个。我姐姐非要我给他们画，我都没法推托。不过你也知道，你没法让三四岁的孩子安安静静地站着，再说给他们画像，除了神态和肤色以外，要画好也不是很容易，除非他们比别人家的孩子长得五官粗俗一些。这是我给她第四个孩子画的素描，当时他还是个娃娃。我是趁他在沙发上睡着了给他画的，他帽子上的花结画得要多像有多像。他怡然自得地垂着头，这就很像他。我很为小乔治感到自豪。这个沙发角也画得很好。这是我最后的一幅，”说着摊开一位男士的一幅漂亮的全身素描，“我最后的一幅，也是最好的一幅——我姐夫约翰·奈特利先生的。这幅画只差一点点就画完了，可我当时心里不高兴，就把它搁到了一边，还发誓以后再也不给人画像了。我没法不生气，因为我费了那么大的劲儿，而且又画得那么像——（韦斯顿太太和我一致认为画得非常像）——只是画得太英俊——太潇洒了，不过这只是把他画得太好的缺陷，没想到可怜的伊莎贝拉冷言冷语地说什么：‘是的，有一点像——不过确实没有把他画好。’我们起初费了不少口舌才劝他坐下来，算是给了我好大的面子。我实在咽不下这口气，因而一直没有画完，省得布伦斯维克广场早上来了客人，还得向人家赔不是，说是画得不像样。我刚才说过，我当时就发誓再也不给任何人画像。不过，看在哈丽特的分上，也是为了我自己，再说这次也牵扯不到丈夫和妻子的问题，我愿意破一次例。”

埃尔顿先生听了这话，似乎大为感动，也很高兴，因而重复说道：“正如你说的，这次还真是一点不错，牵扯不到丈夫和妻子的问题。”十分有趣的是，他说这话的时候还有点不好意思，爱玛心想是否应该立即走开，让他们两人单独在一起。然而她一心想要画像，埃尔顿先生想表白钟情还要再等一会。

她很快决定了画像的大小和种类。跟约翰·奈特利先生的一样，画一张全身水彩像。如果画得满意，就挂在壁炉上方的显要位置。

开始画像了。哈丽特脸上笑吟吟、红彤彤的，唯恐把握不住姿态和表情，眼见那位艺术家目不转睛地盯着她，硬摆出一副又活泼又甜蜜的神态。怎奈埃尔顿先生焦灼不安地站在爱玛身后，注视着每一笔每一画，真让爱玛没法画下去。爱玛给了他面子，任他随意站在什么地方，只要不碍事就可以看个不停，可是这下还真得结束这种局面了，要求他挪个地方。这时她灵机一动，叫他念书给她们听。

“你要是肯念书给我们听，那该有多好啊！有了这样的消遣，我就不会觉得吃力，史密斯小姐也不会觉得腻烦。”

埃尔顿先生十分乐意。哈丽特听他念书，爱玛静静地作画。她还得允许他不时地过来看一眼，否则就太没有情人味了。他随时留心，画笔稍一停顿，就跳起来看看画得怎么样了，为之倾倒一番。有这样一个人在旁边鼓气，倒也没有什么令人不快的，因为他心里情意绵绵，在几乎还看不出像不像的时候，就能发觉画得很逼真了。爱玛并不欣赏他的眼力，他的痴情和殷勤却是无可挑剔的。

画像进行得令人十分满意。爱玛对头一天的草图感到很称心，打算继续画下去。她画得很像，姿态取得恰到好处，她还有意在身材上加了点工，个子稍微拔高一点，风度却要优雅得多，因而她充满自信，觉得这幅画最后一定会取得圆满成功，挂在那显要的位置，为她们两人增添光彩——永远记录了一个人的美貌，另一个人的技艺，以及两个人的友情。加上埃尔顿先生一片钟情，好事在望，更能引起许多美好的联想。

第二天还要给哈丽特画像，埃尔顿先生理所当然提出请求，允许他再来给她们念书。

“当然可以。热烈欢迎你参加。”

第二天，又出现了同样的殷勤多礼，同样的称心满意，而且贯穿在整个绘画过程之中。画像完成得又快又好，谁见了谁喜欢，埃尔顿先生更是欣喜不已，别人每挑一点毛病，他都要加以辩驳。

“伍德豪斯小姐弥补了她的朋友唯一美中不足的地方，”韦斯顿太太对他说——却丝毫没有料到，她在跟一个坠入情网的人说话，“眼神画得像极了，不过史密斯小姐的眉毛和睫毛却不是这样的。她的眉毛和睫毛没长好，这是她面部的唯一缺陷。”

“你是这样认为的吗？”埃尔顿先生说，“我不同意你的看法。依我看来，这幅画像处处都画得惟妙惟肖。我长了这么大，从未见过这么好的画像。你要知道，我们必须考虑到阴影的效果。”

“你把她画得过高了，爱玛。”奈特利先生说。

爱玛知道确实如此，可她又不愿承认，这时埃尔顿先生情绪激昂地说道：

“哦，没有的事！根本就不过高，一点也不过高。想想看，她是坐着的——这当然与站着不一样啦——总而言之，跟她真人丝毫不差——你知道，还要保持一定的比例。按比例缩短。哦，没有的事！画的就是史密斯小姐的身高，分毫不差。确实分毫不差！”

“画得很好，”伍德豪斯先生说，“画得好极啦！亲爱的，你画的画总是这么好看。我看谁也没有你画得好。只有一点我不是很欣赏：她似乎坐在户外，肩上只披了一条披巾——让人担心她要着凉。”

“亲爱的爸爸，画上画的是夏天呀，一个暖暖和和的夏日。你看那上面的树。”

“可是坐在户外总不保险呀，宝贝。”

“先生，你怎么说都可以，”埃尔顿先生大声嚷道，“不过说实话，我觉得把史密斯小姐放在户外真是妙极了。这棵树画得栩栩如生，简直无与伦比了！换个别的背景就不那么协调了。史密斯小姐神态那样天真——总的说来——哦，画得绝妙极了！我两眼都挪不开了。我从没见过这么好的画像。”

接着要办的是给画像配个镜框。这有几个难处：一是要立即配好，二是要到伦敦去配，三是要找一个聪明可靠的人去经办。往常有事总找伊莎贝拉，这一次可不能劳驾她了，因为眼下已是十二月，伍德豪斯先生不忍心让她冒着十二月的大雾出门。不过，埃尔顿先生一得知此事，难题便迎刃而解。他要向女人献殷勤，总是伺机以待。“要是把这事委托给我，我会感到多么荣幸啊！我可以随时骑马去伦敦。

若是能让我去办这件事，我真说不出该有多高兴。”

“你真是太好了！真让我于心不忍！我说什么也不忍心让你去办这样一件麻烦事。”埃尔顿先生一听这话，又恳求了一番，并且叫她尽管放心——不一会工夫，事情就谈妥了。

埃尔顿先生要把画像带到伦敦，选个镜框，指点怎么装置。爱玛就想把画像包扎好，既能保证安然无恙，又不给埃尔顿先生带来许多麻烦，而埃尔顿先生好像生怕麻烦不多似的。

“多么珍贵的画呀！”他接过画像，轻轻叹了口气，说道。

“这个人简直太殷勤了，不大会坠入情网，”爱玛心想，“话可以这么说，不过坠入情网有种种方式。他是个出色的青年，与哈丽特正相匹配。正如他自己说的，‘分毫不差’。不过，他还真是在叹息，在害相思病，满嘴的恭维话，我要是他的主要恭维对象，那可真要受不了。我作为次要恭维对象，也听到了不少恭维话。不过，他那是感激我对哈丽特好罢了。”

第七章

就在埃尔顿先生去伦敦那天，爱玛又有了一个为朋友出力的好机会。吃过早饭不久，哈丽特就照例来到哈特菲尔德，待了一会就回家去了，然后再回来吃晚饭。她回来了，而且比说定的时间要早些，只见她带着激动、急切的神情，声称她有一件异乎寻常的事情，想要告诉大家。不一会工夫，她就把事情和盘托出了。原来，她一回到戈达德太太家，就听说马丁先生一小时前来过了，见哈丽特不在，别人也不知道她什么时候能回来，便留下他妹妹给哈丽特的一个小包，随即就走掉了。哈丽特打开小包，发现除了她借给伊丽莎白抄写的两首歌以外，还有一封写给她的信。这封信是马丁先生写的，直截了当地向她求婚。“谁能想到会有这种事？我万万没有料到，不知如何是好。是的，真是向我求婚。一封很得体的信，至少我是这么认为的。从信里看，他好像非常爱我——不过我拿不准——所以就急忙跑来，问问伍德豪斯小姐我该怎么办。”爱玛见她的朋友那么兴高采烈，又那么犹犹豫豫，不禁有些替她感到羞愧。

“我敢说，”爱玛嚷道，“这个年轻人绝不想因为不好意思开口而错失良机。他要尽可能攀上一门好亲事。”

“你看看这封信好吗？”哈丽特大声说道，“请你看看吧。你还是看看吧。”

爱玛受到敦促，并没有什么不高兴的。她开始看信，当即吃了一惊。她全然没有想到，居然会写得这么好。不仅没有语病，而且从文笔来看，就是出自一个有教养的人之手，也不会让他觉得丢脸。语言虽然平淡无奇，但却刚劲有力，毫不做作，信中表达的情感充分表明写信人为人体面。信写得不长，但却表现了他的通情达理、情真意切、豁达大度、礼貌周全，甚至感情也很细腻。爱玛在对着信出神，哈丽特却站在一旁，急着想听听她的意见，嘴里“嗳，嗳”地叫了两声，最后无奈地问了一句：“信写得好吗？是不是太短了？”

“是的，的确写得很好，”爱玛慢吞吞地答道，“写得太好了，哈丽特，考虑到种种情况，我想一定是他哪个妹妹帮了忙。说到这个年轻人嘛，那天我亲眼看见了他跟你说话的情形，如果全凭他自己的本领，我看他根本写不出这么好的信来，不过这又不像女人的笔调。的确不像，写得太刚劲、太简洁了，不像女人那样拖泥带水。他无疑是个聪明人，我想他有一种天赋——思路清晰敏锐——一提起笔来，就能自然而然地找到恰当的字眼。有些人就有这个本领。是的，我了解这种人的心性：刚强果断，有点感情用事，而又不粗俗。哈丽特，我没想到（把信还给哈丽特）写得这么好。”

“嗳，”哈丽特还在等着听她的意见，说道，“嗳——我——我该怎么办啊？”

“你该怎么办！什么怎么办？你是指这封信吗？”

“是的。”

“你还在犹豫什么？你当然应该回信——马上就回。”

“好的。可我说什么好呢？亲爱的伍德豪斯小姐，给我出出主意吧。”

“哦，不行，不行！信最好由你自己去写。我想你一定会很恰当地表达自己的意思的。你是不会词不达意的，这一点最重要啦。你表达意思不能含含糊糊，不能模棱两可，不能犹犹豫豫。我认为，出于礼貌要感激什么人，或是为给某人带来痛苦而要表示关切，这样的话会自动涌上你的心头。你不必为他的碰壁过意不去，写起信来装作很伤心的样子。”

“那你觉得我是该拒绝他啦。”哈丽特低下头说道。

“应该拒绝他！亲爱的哈丽特，你这是什么意思？你对此还有什么怀疑吗？我觉得——不过请你原谅，也许是我搞错了。你要是对于回信的大意还拿不定主意，那我还真是误解你了。我原以为你只是找我商量回信的措辞呢。”

哈丽特没有作声。爱玛神态有点冷漠，接着说道：

“这么说，你打算给他个肯定的答复啦。”

“不，没有的事。我是说，我没有这个打算——我该怎么办呢？你看我该怎么办呢？伍德豪斯小姐，请你告诉我我该怎么办吧？”

“我可不给你出主意，哈丽特。我可不想介入这件事，你得自己拿主意。”

“我没想到他这么喜欢我。”哈丽特一边说，一边望着信发呆。爱玛沉默了一阵，可是进而一想，又担心哈丽特会被信里的甜言蜜语迷住心窍，觉得最好还是说几句：

“哈丽特，我认为有一条总的原则：一个女人要是拿不准该不该接受一个男人的求爱，那她当然应该拒绝他。她要是犹犹豫豫地不愿接受，那她就应该当机立断地拒绝他。这种事不能犹犹豫豫，不能三心二意。我作为你的朋友，又比你大几岁，觉得有义务跟你讲明这些道理。不过，你可不要以为我想叫你照我的意思办。”

“哦！不，我知道你对我太好了，不会——不过，你要是能教我一个好办法——不，不，我不是这个意思——正如你说的，应该拿定主意——不应该犹犹豫豫——这是一件十分严肃的事情。也许拒绝他更稳妥一些。你看我是不是应该拒绝他？”

爱玛嫣然一笑，说道：“我绝不会劝你答应或拒绝。你自己的终身大事，最好由你自己做主。你要是最喜欢马丁先生，觉得跟他最合得来，那你为什么还犹豫呢？你脸红了，哈丽特。眼下你就没想到别的人符合这个条件吗？哈丽特，哈丽特，你可不要犯糊涂，不要让感激之情和怜悯之心冲昏了头脑。眼下你脑子里想着谁呢？”

出现了可喜的征兆。哈丽特没有回答，却慌张地转过身去，站在火炉边寻思。虽然她手里还抓着那封信，却心不在焉地把信揉皱了。爱玛焦急地等着她回话，心里依然抱着很大的希望。哈丽特迟疑了一阵，后来终于说道：

“伍德豪斯小姐，既然你不肯给我出主意，我只得自己做主了。我已经想好了，可以说拿定了主意——拒绝马丁先生。你看我这样做对吗？”

“对极了，对极了，最亲爱的哈丽特。你就该这样做。你刚才犹豫不决的时候，我不便于表明自己的想法，现在你已经拿定了主意，我毫不犹豫地表示支持。亲爱的哈丽特，我为此感到很高兴。你要是嫁给马丁先生，我势必会失去你的友情，那该有多伤心呀。你还有点犹豫不决的时候，我并没有发表意见，因为我不想干预你的事，不过那样一来，我就要失去一位朋友。我不可能去看望阿比-米尔农庄的罗伯特·马丁太太。现在我永远也不会失去你了。”

哈丽特本来没有料到问题会这么严重，听爱玛这么一说，不由得大为震惊。

“你不能去看我！”她大声说道，吓得目瞪口呆。“是呀，你当然不能去看我，可我刚才就没想到这一点。那该有多可怕啊！这事好险呀！亲爱的伍德豪斯小姐，跟你在一起又快乐又荣幸，我说什么也不能离开你。”

“说真的，哈丽特，我要是失去了你，真要伤透了心。不过那也是没有办法的事。你就把自己完全排斥出了上流社会，我也跟你断绝了来往。”

“天哪！我可怎么受得了啊！我再也不能到哈特菲尔德来了，那岂不是要我的命嘛！”

“可亲可爱的人儿！你给流放到阿比-米尔农场！一辈子跟那些没有文化的粗人混在一起！我感到奇怪，那个年轻人怎么会厚着脸皮向你求婚。他一定自以为很了不起。”

“总的说来，我也不觉得他很自负，”哈丽特听到马丁先生受到责备，良心有些过不去，便说道，“他至少性情非常和善，我要永远感谢他，非常敬重他——不过那完全是另外一码事——你知道，虽说他喜欢我，但并不因此说我就该——说实话，我来这里后见到不少人——要是比较一下他们的相貌和风度，那就根本不能相比，一个是那么英俊，那么讨人喜欢。不过，我的确认为马丁先生是个很可爱的年轻人，觉得他很了不起。他非常喜欢我——还写了这样一封信——可是，要叫我离开你，说什么我也不愿意。”

“谢谢你，谢谢你，我可爱的小朋友。我们永不分离。女人不能因为男人向她求婚，因为男人喜欢她，能写一封像样的信，就同意嫁给他。”

“哦！那不行。何况信又写得那么短。”

爱玛觉得她的朋友品位不高，不过没有去计较，只是说：“的确如此。做丈夫的土里土气，你会时时刻刻感到厌恶，他若是能写一封像样的信，对你倒是个小小的安慰。”

“哦！一点不错。谁也不会稀罕一封信，要紧的是跟合意的伙伴在一起，天天快快活活的。我已下定决心拒绝他。不过我该怎么拒绝他呢？我该怎么说呢？”

爱玛叫她放心，说回信没有什么难的，建议她马上就写，哈丽特当即同意了，指望爱玛帮帮忙。虽然爱玛一再申明没有必要帮忙，可实际上每句话都是她帮助构思的。哈丽特写回信时，把马丁先生的信又读了一遍，不由得心软了下来，因此，要让她硬起心肠，非得说几句有分量的话不可。哈丽特生怕惹得马丁先生不高兴，心里总在嘀咕他妈妈和妹妹会怎么想、怎么说，唯恐她们认为她太忘恩负义。爱玛心想，要是那年轻人此刻见到哈丽特，哈丽特准会答应嫁给他。

回信写好了，封好，发了出去。事情总算办完了，哈丽特也平安无事了。她整个晚上无精打采，不过爱玛可以体谅她那情意绵绵的抱憾心情，时而说起自己的深情厚谊，时而向她谈到埃尔顿先生，以便对她进行安慰。

“人家再也不会请我去阿比-米尔了。”哈丽特以忧伤的语调说道。

“就是请你了，我也不忍心放你去呀，哈丽特。哈特菲尔德太需要你了，不能放你去阿比-米尔。”

“我确实也不想去那儿，我只有待在哈特菲尔德才感到快活。”

过了一会，哈丽特又说：“今天的事要是让戈达德太太知道了，我看她准会大吃一惊。纳什小姐肯定也会大吃一惊——她觉得她姐姐

婚事挺如意的，其实她只不过嫁了个布商。”

“哈丽特，真遗憾，一个在小学教书的人，不会有多少自尊，也不会有多高的品位。我敢说，纳什小姐要是知道你可以嫁给马丁先生，还会羡慕你呢。在她看来，即使能博得这样一个人的欢心，也是十分了不得的。至于还有更好的人追求你，我想她还是一无所知的。有人向你献殷勤的事，在海伯里还不可能引起风言风语。迄今为止，只有你和我从他的神情举动中看透了他的心思。”

哈丽特脸一红，笑了笑，说她也搞不明白，怎么会有人这么喜欢她。一想到埃尔顿先生，心里自然甜滋滋的。可是过了一会，她对遭她拒绝的马丁先生又心软了。

“他现在该收到我的信了，”她低声说道，“不知道他们一家人怎么样了——不知道他妹妹知道了没有——他要是难过的话，她们也会难过的。但愿他不要看得太重了。”

“我们还是想想那些在别处高高兴兴为我们效劳的朋友吧，”爱玛大声说道，“也许埃尔顿先生这时正把你的画像拿给他妈妈和姐妹们看，告诉她们你人比画像还要美丽得多，等她们要求了五六次，才透露了你的名字，你的芳名。”

“我的画像！可他把我的画像放在邦德街[①]呀。”

“哪有这种事！那我就一点也不了解埃尔顿先生了。不，亲爱的、谦逊的小哈丽特，你放心好了，他明天才会上马，在这之前，那幅画像是不会放在邦德街的。今天一晚上，这幅画像是他的伙伴，他的安慰，他的快乐。他家里人见了画像就看出他的心思，也会了解你，还会逗得大家欢天喜地，唤起强烈的好奇和偏爱。他们一个个会多么高兴，多么兴奋，满腹狐疑，东猜西想！”

---

① 伦敦皮卡迪利一带的繁华街道。

哈丽特又笑了，笑得越发开心。

第八章

这天哈丽特就在哈特菲尔德过夜。几个星期以来，她大部分时间都在这里度过，后来索性专门给了她一间卧室。爱玛觉得，从各方面考虑，现在应该让她尽量待在他们家，这样做再恰当不过了，既万无一失，又表现了她的一片好心。第二天早上，哈丽特得去戈达德太太那里待上一两个钟头，不过还要跟太太说好，她要回到哈特菲尔德住上几天。

哈丽特走后，奈特利先生来了，跟伍德豪斯先生和爱玛坐了一会。伍德豪斯先生早就打算出去散步，女儿劝他不要拖延，他虽然害怕有所失礼，但经不住两人一再恳求，只好丢下奈特利先生去散步。不过他还是絮絮叨叨地赔了一大堆不是，客客气气地推辞了半天，奈特利先生却一点也不讲究虚礼，回起话来干脆利落，两人形成了有趣的对照。

“奈特利先生，你要是肯原谅我，你要是认为我不是很失礼的话，我就听从爱玛的意见，出去溜达一刻钟。外面出太阳了，我想我还是趁能走的时候，去转上三圈。我对你就不讲客套了，奈特利先生。我们体弱多病的人觉得自己享有这样的特权。”

“亲爱的先生，请不要把我当外人。”

“我让我女儿招待你，她会很称职的。爱玛很乐意招待你。因此我想请你原谅，出去走上三圈——这是我冬季的散步。”

“这再好不过了，先生。”

“我本想请你做伴的，奈特利先生，可我走得太慢，怕让你觉得厌烦。再说你要回当维尔寺，还得走不少路。”

“谢谢你，先生，谢谢你。我也马上就走。我想你还是越早出去越好。我给你拿大衣，打开花园门。”

伍德豪斯先生终于出去了。但是奈特利先生并没马上离开，而是坐了下来，似乎还想再聊聊天。他说起了哈丽特，主动地讲了不少赞美的话，这是爱玛以前从未听过的。

“我不像你那样把她看成个美女，”他说，“不过她倒是个漂亮的小妞，我觉得她的脾气也挺好。她的品格要取决于她跟什么人在一起，在可靠的人的栽培下，她会出落成一个受人器重的女人。”

“很高兴你会有这样的看法。我想可靠的人总是有的。”

“好吧，”奈特利先生说，“你就是一心想听恭维话，那就让我告诉你：你使她有了长进。你根治了她那女学生爱咯咯笑的毛病，她确实给你增了光。”

“谢谢你。我要不是认为自己起了点作用，还真要感到羞愧呢。不过，就是在可以赞扬的情况下，也不是人人都爱赞扬别人的。你就不肯多赞扬我。”

“这么说哈丽特今天上午还要来啦？”

“随时都会来。她原来没有打算去这么久。”

“她一定是让什么事给耽搁了，也许是来了客人。”

“海伯里的那些碎嘴子！讨厌的家伙！”

“你认为讨厌的人，哈丽特可不一定觉得讨厌。”

爱玛知道这是无可辩驳的事实，因此没有作声。过了一会，奈特利先生又笑嘻嘻地说：

“我也不敢说时间地点什么都知道，不过我要告诉你，我有充分的理由相信，你那位小朋友很快就会听到一件好事。”

“真的呀！怎么会呢？什么好事？”

“一件大好事，你放心好了。”奈特利先生仍然笑嘻嘻的。

“大好事！我看只有一件事——有人爱上了她吧？是谁向你披露了他们的隐情？”

爱玛心想，八成是埃尔顿先生透露了风声。奈特利先生朋友多，也爱给人出主意，爱玛知道埃尔顿先生敬重他。

“我有理由认为，”奈特利先生说，“马上就会有人向哈丽特·史密斯求婚了，而且求婚的是一个无可挑剔的人——这人就是罗伯特·马丁。看样子，哈丽特今年夏天去阿比-米尔时，把他迷住了。他深深地爱上了她，想娶她为妻。”

“他倒是一片好心，”爱玛说，“不过他敢肯定哈丽特愿意嫁给他吗？”

“哦，他只是想向她求婚哪。这总可以吧？他前天晚上来到阿比-米尔，找我商量这件事。他知道我待他和他一家都很好，我想他把我当成了知心朋友。他来问我，他这么早就成家是否有些轻率；我是否觉得哈丽特还太年轻；简而言之，我是否同意他的选择。也许他有些担心，特别考虑到你把哈丽特培育得那么出色，他怕自己攀不上她。我非常爱听他这话，我觉得谁也没有罗伯特·马丁这么明白事理。他说起话来总是恰如其分，为人坦率，不遮不盖，还很通情达理。他把什么都告诉了我：他的家境，有什么打算，如能结婚，家里人计划怎么办。他是个好小伙子，无论当儿子还是做哥哥，都很出色。我毫不犹豫地劝他结婚。他向我表明，他结得起婚。既然如此，我觉得他最好结婚。我还赞扬了那位漂亮的小姐，让他喜气洋洋地走了。如果说他以前从不把我的话当一回事的话，这一次他却很尊重我的意见了，而且我敢说，他临走时把我看成了最好的朋友，最善于出主意的人。这是前天晚上的事。可以料想，他很快就会向小姐表露钟情的。看来他昨天没有开口，今天可能去了戈达德家。哈丽特八成是让客人耽搁了，她可一点也不讨厌那个人。”

“请问，奈特利先生，”爱玛听奈特利先生说话时，差不多一直在暗暗发笑，于是便说，“你怎么知道马丁先生昨天没有提呢？”

“当然，”奈特利先生心里感到奇怪，便回答说，“我不是了解得很清楚，不过可以推测嘛。她昨天不是整天都在你这儿吗？”

“好了，”爱玛说，“你向我提供了这么多情况，我也告诉你个情况。马丁先生昨天确实提了——就是说，他写了封信，遭到了拒绝。”

这话只得又说了一遍，对方才肯相信。奈特利先生又惊又气，脸都涨红了，只见他愤然站起来，说道：

“那她就是个傻瓜，比我想象的还傻。这傻丫头想干什么？”

“咳！”爱玛大声嚷道，“女人拒绝男人的求婚，男人总觉得不可思议。男人总以为女人不管遇到什么人求婚，都应该欣然答应。”

“没有的事！男人可不是这样想的。不过，这究竟是怎么回事？哈丽特·史密斯拒绝了罗伯特·马丁？要是果真如此，那岂不是发疯了。不过我希望是你搞错了。”

“我看了她的回信，事情再清楚不过了。”

“你看了她的回信！你还给她代写的吧。爱玛，这是你干的好事。你劝说她拒绝了马丁。”

“即便是我干的（何况我根本不承认是我干的），我也不觉得有什么错。马丁先生是个很体面的青年，可我认为他跟哈丽特不相配。我感到很奇怪，他居然胆敢向哈丽特求婚。照你的说法，他本来似乎还有些顾虑，只可惜他后来打消了这些顾虑。”

“跟哈丽特不相配！”奈特利先生愤懑地大声嚷道。过了一会，他冷静了一些，以严厉的口吻说道，“是呀，他还真跟哈丽特不相配呢，无论在身份上还是在才智上，他都胜过哈丽特。爱玛，你对那姑娘太宠爱了，都失去了理智。哈丽特·史密斯在出身、性情和教养上有什么了不起的，居然要攀一个比罗伯特·马丁还强的人？她不知道是什么人的私生女，可能连生计也没有着落，当然更没有体面的亲戚。大家只知道她是一所普通小学的寄宿生，人不聪明，又缺乏见识。别人也没教她点有用的东西，而她自己又年轻又无知，自然也没学到什么本事。她处于这个年龄，不可能有什么经验，加上头脑愚笨，以后也不大可能获得什么有益的经验。她长得漂亮，脾气好，如此而已。我撮合这门亲事只有一个顾虑，就是怕委屈了马丁，给他找一个不般配的人。我觉得，就财产而言，他十有八九可以娶一个比哈丽特有钱得多的姑娘；就找一个明白事理的伴侣和有用的帮手而言，他也不可能娶一个还不如哈丽特的姑娘。但是，跟坠入情网的人是讲不通道理的，因此我就一心指望哈丽特也没有什么坏处，她有那样的好性子，跟着马丁那样的好青年，很容易上进，往好里发展。我觉得这门亲事只是对哈丽特有利。毫无疑问（我现在也毫不怀疑），大家都会说哈丽特真是万幸。我相信就是你也会感到很满意的。我当即想到，你的朋友嫁给这样一个好人家，你不会因为她要离开海伯里而感到惋惜。我记得我自言自语说：'爱玛尽管十分偏爱哈丽特，她也会觉得这是一门好亲事。'"

"我感到很奇怪，你怎么这么不了解爱玛，居然说出这样的话来。什么话呀！马丁先生就是再聪明，再怎么好，也只是个农夫，而你却以为嫁给一个农夫对我的挚友还是一门好亲事！她明明要嫁给一个我不愿意结识的人，我却不会因为她要离开海伯里而感到惋惜！真奇怪，你居然认为我会产生这样的念头。告诉你吧，我的想法截然相反。我认为你说话一点也不公正。你把哈丽特看扁了，我和别人都会替她打抱不平。两人比起来，马丁先生也许钱多一些，但他的社会地位无疑要低于哈丽特。哈丽特的活动圈子比他的高贵得多。嫁给他只能降低她的身份。"

"一个愚昧无知的私生女嫁给一个聪明体面的富裕农民，居然会降低她的身份！”

“至于她的出身，虽然在法律上她可以说是低人一等，但是从常理上看却并非如此。她不应为别人的过失付出代价，非要把她置于抚养她的那些人的地位之下。毋庸置疑，她父亲是一个绅士——一个有钱的绅士。她有充裕的生活费，为了促使她上进，确保她生活舒适，一向都是对她什么也不吝惜。她是个大家闺秀，我认为这是不容置疑的；她经常与大家闺秀来往，我想这是谁也否认不了的。她的地位要高于罗伯特·马丁先生。”

“不管她的生身父母是谁，”奈特利先生说，“不管是谁抚养了她，看来他们谁也没有打算把她推上你所谓的上流社会。她受过一点微不足道的教育之后，就给送到戈达德太太那里，由她自己独立谋生，简而言之，跟戈达德太太的那伙人混在一起，照戈达德太太的那一套行事。显然，她的朋友们觉得这对她挺不错的，事实上也确实如此。她自己并没有更高的愿望。你与她结交之前，她对周围的人并没有反感，也不抱有什么奢望。夏天她在马丁家玩得非常快活，当时她丝毫没有什么优越感。要是她现在有了，那就是你灌输的。爱玛，你对哈丽特·史密斯真不够朋友。要是罗伯特·马丁觉得哈丽特对他没有意思，他是绝不会向她求婚的。我很了解他。他的感情很真挚，不会凭着自私的情感，随意向任何人求爱。至于说到自负，我所认识的人中，还就数他最不自负了。他肯定觉得女方对他有意思。”

对于这番话，爱玛还是不作正面回答为好，于是她又扯起了自己的话题。

“你是马丁先生非常热心的朋友，可是正如我刚才说的，你对哈丽特就不公正了。哈丽特有权利缔结一门好亲事，而并不像你说的那样卑贱。她不算是聪明人，但总比你想象的聪明些，不该把她的智力说得那么低下。不过，撇开这一点且不说，就算她真像你描绘的那样，只是长得漂亮，脾气好，那我可要告诉你，就凭她那样漂亮，脾气那样好，这在世人看来可不是微不足道的优点，因为她实在是一个美女，一百个人里有九十九个都会这样认为。除非男人不像大家想象的那样，对美貌能采取非常达观的态度，除非男人不爱美貌爱才智，那么像哈丽特这样可爱的姑娘，就一定会有人看中她、追求她，一定能够从许多人中加以挑选，因而可以挑三拣四。她的好性子也不是个无足轻重的优点，她那性情举止，还真是十分温柔，十分谦恭，十分讨人喜爱。这样的美貌，这样的性情，你们男人们不将其视为女人最宝贵的条件，那才怪呢。”

“爱玛，听你这样诡辩，我都快接受你的看法了。像你这样无理狡辩，还不如索性不讲理为好。”

“毫无疑问！”爱玛调皮地嚷道，“我知道那是你们所有人的看法。我知道，哈丽特这样的姑娘是哪个男人都喜欢的——一见面就能让人着迷，让人称心如意。哦！哈丽特可以挑挑拣拣啦。你要是想结婚的话，她嫁给你最合适啦。她才十七岁，刚刚走上社会，刚刚为人们所知，难道就因为她拒绝了第一个求婚的人，就觉得她不可思议吗？不——还是让她自己去考虑吧。”

“我总觉得你们搞得这么亲热是很荒谬的，”奈特利先生马上说道，“不过我一直把这想法埋在心里。现在我认识到，这对哈丽特来说将是很不利的。你总夸她如何漂亮，条件如何好，搞得她忘乎所以了，用不了多久，周围的人她会一个也看不上眼的。头脑简单的人有了虚荣心，那是什么荒唐事都干得出来的。年轻小姐最容易冒出不切实际的幻想。哈丽特·史密斯小姐尽管很漂亮，求婚的人不见得会纷至沓来。不管你怎么说，聪明的男人不会要傻女人做老婆。出身高贵的男人是不大喜欢跟没有名分的姑娘结婚的——十分谨慎的男人担心她父母的秘密一披露出来，他们自己要受连累，搞得很不光彩。她要是嫁给罗伯特·马丁，一辈子都会又平安，又体面，又快活。你要是鼓动她一心就想高攀，唆使她非要嫁给一个有钱有势的人，那她可能要在戈达德太太的学校里寄宿一辈子——或者至少要寄宿到她实在耐不住了，甘愿嫁给一个老书法教师的儿子，因为她终究是要嫁人的。”

“奈特利先生，我们两人对这件事的看法截然不同，再争论也没有用，只会搞得彼此更不高兴。不过，要叫我同意她嫁给罗伯特·马丁，那是办不到的。她已经拒绝了他，而且我认为是断然拒绝，对方肯定不会再次求婚。既然已经拒绝，不管后果如何，她都绝不会反悔。谈到拒绝这件事，我也不想说我对她一点左右力都没有，不过说实话，不管我还是别人都无能为力。马丁相貌太不雅观，举止太不体面，哈丽特即使过去对他有过好感，现在也不会喜欢他。可以想象，哈丽特以前没见过更好的人，也许还能容忍他。马丁是她朋友的兄弟，又千方百计地来讨好她。哈丽特以前没见过更好的人（这无疑帮了马丁的大忙），她住在阿比-米尔时，兴许还不觉得他令人讨厌。然而，现在情况却不一样了。她现在知道有教养的人是什么样了。只有有教养、有风度的男士才配得上哈丽特。”

“胡说，彻头彻尾的胡说八道！”奈特利先生大声说道，“罗伯特·马丁由于富有见识，为人真诚和善，因而举止非常得体。他的内心十分优雅，哈丽特·史密斯是捉摸不透的。”

爱玛没有回答，试图装出一副欣然无所谓的样子，可是心里感到很不是滋味，便巴不得他快点走掉。她对做过的事并不后悔，而且觉得在妇女权利和教养的问题上，还是比他更有眼力。不过，总的说来，她一向倒挺佩服他的眼力的，因此也就不想跟他大声争吵，一见他气冲冲地坐在她对面，心里感到很不是滋味。两人就这么别别扭扭地沉默了几分钟，有一次爱玛想谈谈天气，他却没有搭理她。他在思索。思索的结果，最后说出了这样的话：

“罗伯特·马丁并没有大不了的损失——他要能这么想就好了；但愿他很快能想开些。你对哈丽特打的什么主意，你自己心里最清楚。既然你并不掩饰你喜欢给别人做媒，那么看来你已经算计好了，心里早就有了谱儿。作为朋友我要提醒你，如果你物色的是埃尔顿，我想那只会枉费心机。”

爱玛笑了笑，拒不承认有这事。奈特利先生又说：

“你相信我好啦，埃尔顿是不会答应的。埃尔顿是个很好的人，是海伯里很受人尊敬的牧师，但绝不会贸然定下一门亲事。他比谁都精明，知道钱多的好处。埃尔顿说话可能有些感情用事，做事却很有理智。就像你很了解哈丽特的长处一样，他也很了解他自己的长处。他知道他长得一表人才，走到哪里都讨人喜欢。只有男人在场时，他一般都是直言不讳的，我从他这时的谈吐中意识到，他不想随便找个女人了事。我曾听他兴冲冲地讲起一户人家，家里有好几位年轻小姐，跟他妹妹关系十分密切，她们每人都有两万英镑财产。”

“多谢啦，”爱玛说罢又笑了，“如果我真打算让埃尔顿先生娶哈丽特，还的确要感谢你的开导，可惜我眼下只想让哈丽特跟我在一起。我真不想再做牵线搭桥的事。兰多尔斯的好事很难逢上第二回了。我要趁好而收。”

“再见。”奈特利先生说着立起身，匆匆走掉了。他心里非常懊恼。他体会到了马丁的沮丧，由于他事先鼓励过他，因而进一步加剧了他的沮丧，不禁感到非常内疚。而他深信爱玛插手了这件事，更使他气愤至极。

爱玛也很气恼，然而她又不大清楚她为什么气恼。她不像奈特利先生那样，总是对自己充满自信，绝对相信自己的意见是正确的，别人是错误的。奈特利先生离开时，比来找爱玛时还充满自信。不过，爱玛也不怎么十分沮丧，用不了多久，等哈丽特一回来，她就会恢复常态。哈丽特走了这么久，她真有些忐忑不安了。也许马丁上午真去了戈达德太太家，见到哈丽特，为自己申辩，一想到这些真让她感到可怕。她心里最担心的，还就怕自己的计划落空。后来哈丽特回来了，只见她兴高采烈，也没说因为遇见马丁耽搁了这么久，她不禁感到很满意，也放下了心，觉得不管奈特利先生怎么想怎么说，她所作的一切都是基于女人的情谊，因而是正当的。

奈特利先生说到埃尔顿先生时，把她吓了一跳。但仔细一想，奈特利先生不会像她那样去观察埃尔顿先生，绝不会带着她那样的兴致，而且不管奈特利先生怎样标榜，她都要说他也没有她那样的洞察力，他当时只是情急之下讲的气话，因此她可以断定，他说的那些话，与其说他了解真情，不如说他唯恐事情果真如此。也许他当真听见埃尔顿先生吐露过真言，比对她爱玛还要直言不讳，也许埃尔顿先生在钱财上并不马马虎虎，他对这些问题可能还很仔细。但是，除了种种私利之外，还有一种强烈的爱情在起作用，奈特利先生没有充分考虑到这一点。他没看到这种爱，当然也想不到会有什么效果。不过，她爱玛却看到了这种爱，知道这种爱可以克服合理的谨慎可能导致的迟疑不决。她相信，埃尔顿先生所具有的，也无外乎是合理而适度的谨慎。

哈丽特那兴高采烈的神态，也使爱玛兴高采烈起来。哈丽特回来后没有惦记马丁先生，却谈起了埃尔顿先生。纳什小姐跟她讲过一件事，她一回来就乐滋滋地学给爱玛听。佩里先生到戈达德太太家给一个孩子看病，纳什小姐遇见了他。他对纳什小姐说，他昨天从克莱顿庄园回来时，碰到了埃尔顿先生，万万没有料到，埃尔顿先生正去伦敦，要第二天才回来。而当晚恰好是惠斯特俱乐部活动时间，埃尔顿先生以前可是从不缺席的。佩里先生为此冲他抱怨开了，说他牌打得最好，他若缺席可就太不像话了，因而极力动员他推迟一天再走，可

是无济于事，埃尔顿先生打定主意要去，并且以异乎寻常的神态，说他要去办件事，无论如何也不能耽搁。这是一桩令人眼红的美差，他带了一件无价之宝。佩里先生摸不着头脑，但他知道这事肯定与一位小姐有关，便把这想法说出来了。埃尔顿先生只是羞涩地笑了笑，然后兴冲冲地骑着马走开了。纳什小姐把这事一五一十地讲给爱玛听了，还讲了埃尔顿先生的许多情况。最后，她意味深长地看着爱玛，说道："我不敢妄加猜测他有什么事，可是我心里有数，凡是他看中的女人，我想一定是世界上最幸运的人；因为毫无疑问，埃尔顿先生又英俊又可爱，谁也比不上他。"

第九章

奈特利先生可以跟爱玛争吵，爱玛却不能责怪自己。奈特利先生很不高兴，过了好久才又来到哈特菲尔德。两人见面时，奈特利先生板着个脸，说明他还没有原谅爱玛。爱玛觉得抱歉，但是并不后悔。恰恰相反，后几天的事态越来越证明她的计划和举动是正确的，她也越发感到得意。

画像配了个精美的镜框，埃尔顿先生回来后，就完好无恙地交给了爱玛。画像挂在公用起居室的壁炉上方，埃尔顿先生站起来观赏，一面还照例发出几声赞叹。至于哈丽特，虽说还很年轻，人也不大聪明，但是看得出来，她的感情越来越热烈、越来越稳固。爱玛很快就意识到，哈丽特之所以还记得马丁先生，只是为了拿他与埃尔顿先生相对照，觉得埃尔顿先生不知比他强多少倍。

爱玛就想增长她这位小朋友的才智，便让她多看些有益的书籍，多听些有益的谈话，但每次充其量只是读上开头几章，然后就推到明天再说。比较起来，闲聊比读书容易得多，凭借想象来安排哈丽特的命运，比辛辛苦苦地开发她的心智，用以分析实际问题，要轻松愉快得多。眼下哈丽特唯一要动笔的事情，或者说要为晚年到来所作的唯一的心理准备，就是搜集各种各样的谜语，把它们写到一个用热压纸制作的四开簿本上。这个簿本是爱玛装订的，里面饰有花押字和纪念品图案。

在如今这个文学时代，如此大张旗鼓地搜集谜语并不罕见。戈达德太太学校里的首席教师纳什小姐至少抄录了三百条谜语。哈丽特小姐先从她那里得到了启示，希望在伍德豪斯小姐的帮助下，能收集到更多的谜语。爱玛帮助她编写、回忆和挑选，加上哈丽特写得一手好字，这个集子也许要成为最棒的，不仅谜语多，而且式样精美。

对于这件事，伍德豪斯先生几乎像两位小姐一样兴致勃勃，他经常搜集点有价值的谜语，好让她们写进本本里。“我年轻的时候了解好多绝妙的谜语——不知怎么现在却记不起来了！不过，以后也许能回想起来。”最后总要说一声“基蒂，一个漂亮而冷漠的姑娘”[①]。

伍德豪斯先生跟他的好朋友佩里谈过这件事，不想佩里眼下连一个谜语也没搜集到。他要求佩里留点意，只要四处多去收集，想必会有一定收获。

他女儿的想法跟他大不一样，认为用不着向海伯里的众人求教。她只找埃尔顿先生一个人帮忙，请他把他所能搜集到的各种各样的好谜语、好字谜，统统贡献出来。她高兴地发现，他的搜集工作做得一丝不苟。同时她还发现，他又十分谨慎，从他嘴里说出的谜语，没有一个不是奉迎女人的，没有一个不是恭维女人的。她们听他说过两三个极其绝妙的谜语。有一个众所周知的字谜，他想了半天才想起来，

① 英国演员兼剧作家戴维·加里克（1717—1779）写的一个谜语，谜底为chimney-sweeper（烟囱扫妇）一词。

不禁欣喜若狂，便情绪激动地吟诵起来：

我的前半截本义是苦恼，
后半截则注定要感受苦恼；
我的整体构成一副良药，
能够减轻还能治愈那苦恼。①

后来听说小姐们早已抄到了本子上，他又感到十分遗憾。

“你为什么不给我们亲自编一个呢，埃尔顿先生？”爱玛说道，“只有这样才能确保你的谜语是新颖的，而这对你来说是再容易不过了。”

“哦，不行！我长这么大，还从没编过谜语，几乎从没编过。我这个人愚笨极了！恐怕就连伍德豪斯小姐——”他顿了顿，“或者哈丽特小姐也唤不起我的灵感。”

然而就在第二天，有迹象表明他来了灵感。他上门稍待了一会，把一张纸条放在桌上就走了。他说纸条上有一个字谜，是他的一位朋友献给他所爱慕的年轻小姐的，可是爱玛一看他那神态，就知道那是他自己写的。

“我不是拿来供史密斯小姐收集的，”埃尔顿先生说，“这是我朋友的谜语，我没有权利随意交他人过目，不过也许你不妨可以看一看。”

这话主要是说给爱玛听的，而不是说给哈丽特听的，爱玛也能领会这一点。埃尔顿先生心里很不自在，觉得接触爱玛的目光比接触她

---

① 谜底为“女人”。该词的英文（woman）由两部分组成，前部分（woe）意为“悲哀”、“苦恼”，后部分（man）意为“男人”。

朋友的目光来得容易。随后他就走了。又过了片刻。

“拿去吧，”爱玛脸上带着笑，把那张纸条推到哈丽特跟前，说道，“这是给你的。拿去吧。”

可是哈丽特在打哆嗦，不敢去碰，而爱玛又事事喜欢抢先，便自己拿过去看。

献给某小姐

字谜

前半截表现了帝王的荣华富贵，
　既奢侈又安逸，不愧为大地之王！
后半截突然间摇身一变，
　瞧啊，赫然成为海上霸王！

两截合起来可就倒了个个儿！
　男子汉的堂堂威风丧失殆尽，
陆海之王甘愿屈膝充当奴仆，
　唯有淑女主宰一切威风凛凛。

你聪敏过人定会很快找到答案，
愿你温柔的眼中闪出恩准的光焰。

爱玛瞧了瞧字谜，想了想，悟出了意思，又看了一遍，好弄确切些，吃透字里行间的意思，然后递给哈丽特，乐滋滋笑吟吟地坐在那里，眼见哈丽特拿着纸条出神，心里挺着急，脑子却不开窍，不由得在想：“妙极了，埃尔顿先生，真是妙极了。我见过比这还蹩脚的字谜呢。‘求爱’[①]——这可泄露了你的天机。我真佩服你这一招。你那不过是试探，等于明言直语地说：‘史密斯小姐，请允许我向你求爱吧。猜出我的字谜，同时接受我的求爱。’

愿你温柔的眼中闪出恩准的光焰！

“正是哈丽特。用‘温柔’形容她的眼睛，真是再确切不过——也是所能找到的最恰当的字眼。

你聪敏过人定会很快找到答案

“哼——哈丽特聪敏过人！这倒也好。只有坠入情网的人，才会这样恭维她。啊！奈特利先生，但愿你能从中得到一点教益，我想这下你可要服了吧。你还从来没有认输过，这一次没法不认了。一个好绝妙的字谜呀！真是恰到好处。事情马上就要到关键时刻了。”

她就这样乐滋滋地寻思着，若是没有人打扰，还不知道要寻思多久呢，谁想哈丽特心里太着急，提出了一些问题，打断了她的思绪。

“伍德豪斯小姐，这能是个什么字呢？这能是个什么字呢？我捉摸不透——压根儿猜不出来。这可能是什么字呢？快找出谜底来，伍德豪斯小姐。帮帮我的忙吧。我从没见过这么难猜的。是‘王国’吗？不知道这位朋友是谁——还有那位年轻小姐能是谁呀！你觉得这个字谜好吗？会是‘女人’吗？

唯有淑女主宰一切威风凛凛

① 英文字为 courtship，其前半截 court 意为“宫廷”，后半截 ship 意为“轮船”。

“会是海神吗？

瞧啊，赫然成为海上霸王！

“会是三叉戟？美人鱼？鲨鱼？哦，不对！鲨鱼只有一个音节。这个谜语一定编得很巧妙，不然他是不会拿出来的。哦！伍德豪斯小姐，你看我们猜得出来吗？”

“美人鱼和鲨鱼！真是胡说八道！亲爱的哈丽特，你想到哪儿去了？要是哪个朋友编个美人鱼或鲨鱼的谜语，那他拿给我们猜又有什么用呢？把纸拿给我，你听着。

“献给某小姐，是给史密斯小姐。

前半截表现了帝王的荣华富贵，
　既奢侈又安逸，不愧为大地之王！

“这是王宫。

后半截突然间摇身一变，
　瞧啊，赫然成为海上霸王！

“这是轮船。真是再清楚不过了。下面是精华所在：

两截合起来（你知道是求婚）可就倒了个个儿！
　男子汉的堂堂威风丧失殆尽，
陆海之王甘愿屈膝充当奴仆，

唯有淑女主宰一切威风凛凛。

“这是个恰如其分的恭维！接下来是用意所在，亲爱的哈丽特，我看你是不难领会的。你仔细地读一读。这无疑是为你写的，献给你的。”

这话说得既在理又令人高兴，哈丽特没法不信。她看了最后几行，不由得满心欢喜，激动不已。她说不出话来，不过也用不着说话，只要心领神会就行了。爱玛替她说话。

“这番恭维显然有个特别的意图，”她说，“因此我丝毫也不怀疑埃尔顿先生的用心。你是他的意中人——你马上就会得到确凿的证据。我早就料到一准是这么回事。我就知道我错不了。不过现在是一清二楚了：他已经打定了主意，心思再清楚不过了，自从我认识你以来，我一直抱着这样的希望。是呀，哈丽特，好久以来，我就是巴望出现这件好事。你和埃尔顿先生相好究竟是最称心如意，还是最合乎常情，我可说不上来。你们还真是既般配又有缘分！我好高兴啊，衷心地祝贺你，亲爱的哈丽特。哪个女人赢得这样的爱，都会感到庆幸。这可是一起美满的姻缘，你会得到你所需要的一切——既有人体贴，又能独立自主，还有一个舒适的家——这样一来，你就可以生活在好友之间，离哈特菲尔德和我这么近，可以确保我们永远亲密无间。哈丽特，这是一起我们俩永远不会感到羞愧的姻缘。”

哈丽特起初不知道说什么是好，只叫了一声“亲爱的伍德豪斯小姐”，又一声“亲爱的伍德豪斯小姐”，一边轻柔地拥抱了她好几次。后来两人终于谈开了，爱玛才发现，但凡该看到、该感到、该期待、该记住的事，哈丽特倒是都看到、都感到、都期待、都记住了。她充分认识到了埃尔顿先生的优越条件。

“你的话从来不错，”哈丽特大声说道，“因此我认为，也相信，也希望，事情一定是这样。不然的话，我还真不敢这么想。我压根儿就不配。埃尔顿先生什么女人娶不到呀！对他是不会有什么异议的。他是那样了不起。想想那些美妙的诗句——《献给某小姐》。天哪，写得多好啊！当真是写给我的吗？”

“对此我是不会提出疑问的，也不会听信别人发出异议。这是毫无疑问的。你就相信我的判断好啦。这是一出戏的开场白，一章书的导言，接下来就是实在的故事。”

“这是一桩谁都料想不到的事情。一个月以前，我自己都没料想到啊！天底下尽出稀奇事！”

“史密斯小姐与埃尔顿先生结识——事情确实如此——倒还真有些稀奇呢。明明是天造地设的一对——本来需要别人从中撮合，却一下子有了眉目，这就非同寻常了。你和埃尔顿先生有缘走到一起了。从你们两家的情况看，还真是门当户对。你们两个结为夫妻，真可以跟兰多尔斯的那一对相媲美。看来哈特菲尔德的风水比较好，有情人总要来相会，顺顺当当地结成良缘。

真正的爱情从不是一帆风顺[1]

“哈特菲尔德要出版《莎士比亚戏剧集》，就得对这句话作一条长长的注释。”

“埃尔顿先生居然真会爱上我，偏偏爱上了我，我在米迦勒节时还不认识他，都没跟他说过话呢！而他又是个顶英俊的人，一个谁都看得起的人，跟奈特利先生一样！大家都想跟他在一起，说他要是乐意的话，哪一顿饭也不用一个人单独吃，还说一周七天，他接到的邀

① 引自莎士比亚《仲夏夜之梦》第一幕第一场。

请都不止这个数。他还好会讲道啊！他来海伯里以后所讲的道文，纳什小姐全给记下来了。天哪！回想我第一次见到他时，脑子里什么也没想呀！我跟艾博特家的两姐妹听说他路过，便连忙跑进客厅，从窗帘缝里往外偷看，不想纳什小姐赶来把我们轰开了，而她自己却待在那里往外瞧。不过，她马上又把我叫回来了，让我跟她一起瞧，看她心眼多好。我们都觉得他英俊极啦！他跟科尔先生臂挽着臂。”

“不管你的朋友是什么人，只要起码有点头脑，就会觉得这是一起良缘，而我们也不用把我们的事说给傻瓜听。如果你那些朋友急于想看见你幸福地嫁人，这里就有一个人，他性情和蔼可亲，能百分之百地确保你幸福；如果他们希望把你安置在一个合他们心意的区域圈子里，这里就能实现他们的心愿；如果用通俗的话讲，他们的目标就是要叫你结一门好亲事，那这里就是个体面的归宿，让你有足够的财产，保你出人头地，他们一定会很满意。”

“是呀，一点不错。你说话真动听，我就爱听你说话。你什么都懂。你和埃尔顿先生都是聪明人。这个字谜真妙啊！我就是学上一年，也编不出这么好的字谜。”

“看他昨天推说不行的样子，我还以为他想显显本领呢。”

“我的确认为这是我所读过的最好的字谜。”

“我还真没读过这么恰到好处的字谜呢。”

“比我们以前读过的字谜长一倍。”

“我并不觉得它的长度是个特别的优点。这种字谜一般还不能太短。”

哈丽特一心在琢磨字谜，顾不得听朋友说话。她脑子里冒出了最惬意的比较。

“一个人要是跟大家一样，”隔了不久她说道——脸也跟着红起来了，“在一般意义上还很聪明，等到心里有话要说的时候，便坐下来写封信，只是把要说的话三言两语地写下来，这是一码事；而要写出这样的诗句和字谜来，可就是另一码事了。”

哈丽特这么起劲地贬低马丁先生的信，真让爱玛求之不得。

“那么漂亮的诗句！”哈丽特接着说道，“特别是那最后两行！可我怎么能把纸条还回去，说我猜出来了？哦！伍德豪斯小姐，我们该怎么办啊？”

“交给我好啦，你不用管。我想他今晚可能要来，到时候我把这东西还给他，我们两人要闲聊一番，你就不要介入。你要选择适当时机，让两眼闪烁出脉脉柔情。相信我好啦。”

“哦！伍德豪斯小姐，我没法把这么漂亮的字谜抄到本子里，多么可惜呀！我现有的字谜没一个及得上这一半好。”

“去掉最后两行，没有什么不能抄到你的本子里。”

“哦！可那最后两行是——”

“——全篇的精华。这我承认。可以私下欣赏嘛。记在心里私下欣赏。你要知道，不会因为你少抄了两句，这两句就不存在了。这两句不会消失，意思也不会改变。不过，把这两句去掉，也就看不出献给谁的了，剩下的还是一个非常美妙的字谜，可以收到任何集子里。你要知道，他不愿意别人瞧不起他的字谜，更不愿意别人蔑视他的情感。诗人坠入了情网，要么两方面的能力都得到鼓励，要么哪种能力都别提。把本子给我，让我把它抄下来，这样人家就不会说你什么啦。”

哈丽特依从了，不过她不忍心把那两行割舍掉，认为她的朋友抄写的不是一份爱情宣言。这像是一份万分珍贵的信物，丝毫也不能公开。

“我要永远珍藏这个本子。”她说。

“好，”爱玛答道，“这是一种十分自然的心情，持续得越久，我就越高兴。瞧，我父亲来了，我把字谜念给他听你不介意吧？他听了该有多高兴啊！他可喜欢这种东西啦，特别是恭维女性的。他对我们慈爱极啦！你得让我念给他听。”

哈丽特板起了脸。

“亲爱的哈丽特，你可不要对这个字谜想得太多了。如果你看得过重，心里太着急，露出你悟出了弦外之音，甚至猜透了字谜用意的模样，那你就会不得体地泄露你的心曲。人家只是做了个小小的爱慕的表示，不要受宠若惊嘛。他要是急于保密的话，就不会当着我的面拿出纸条来。其实他是递给我，而不是递给你的。我们对这件事不要太认真了。我们就是不为这字谜所陶醉，他也会有足够的勇气继续下去。”

“哦！不行——我可不能为这字谜惹人笑话。你想怎么办就怎么办吧。”

伍德豪斯先生进来了，问起了他常问的那句话，马上又扯起了那个话题：“亲爱的，你们的集子怎么样啦？收集到新东西了吗？”

“是的，爸爸，我们给你念一条，是你从没见过的。今天早上我们见到桌上有张纸条——（也许是仙女丢下的）——上面有一个好棒的字谜，我们刚刚抄下来。”

爱玛念给父亲听，按他一贯的要求，念得又慢又清楚，而且念了两三遍，一边念一边解释——伍德豪斯先生听了很高兴，而且正如爱玛所料，他特别喜欢最后那两句赠词。

“啊，还真是这么回事呢。说得很有道理。一点不错。‘淑女’。亲爱的，这可是个绝妙的字谜呀，我能轻易地猜出是哪个仙女带来的。除了你爱玛，谁能写得这么好啊。”

爱玛只是点了点头，笑了笑。伍德豪斯先生想了一下，轻轻叹息了一声，接着说：

“嗨！一看就知道你像谁！你妈妈做这些事可是样样都灵啊！我要是能有她那样的记性就好了！可惜我什么也记不起来，就连你听我说过的那个谜语也记不住，只能记得头一节，其实也就那么几节。

> 基蒂是个漂亮而冷漠的姑娘，
> 　激起我一片柔情却又徒自悲伤，
> 我求爱神前来相助，
> 虽然他以前曾坏过我的好事，
> 　我又怕他接近我。

“我只能记得这一段——整个谜语编得非常巧妙。不过，亲爱的，你好像说过你都抄下来了。”

“是的，爸爸，抄在第二页上。我们是从《美文集》里抄来的。你知道，那是加里克编写的。”

“是呀，一点不错。我要是能多记得一点就好了。

> 基蒂是个漂亮而冷漠的姑娘。

“这名字使我想起了可怜的伊莎贝拉，当初给她起名字的时候，差一点让她随祖母叫凯瑟琳。但愿她下个星期能来。亲爱的，你有没有想好让她住在哪儿——还有几个孩子住在哪个房间？”

“哦！想好了——她当然还住她的房间，她以前总住的那个房间。孩子们嘛，你要知道，跟往常一样，还住幼儿室。何必再变动呢？”

“我也说不准，亲爱的——她可是有很长时间没回来了！自从复活节以来就没再回来过，而复活节那次也只住了几天。约翰·奈特利先生当律师还真不方便。可怜的伊莎贝拉！她就这么可怜巴巴地跟我们大伙拆开了！她回来了见不到泰勒小姐，心里该有多难过啊！”

“爸爸，她至少不会感到惊讶吧。”

“我也说不准，亲爱的。当初我听说泰勒小姐要出嫁的时候，还真感到大为惊讶呢。”

“等伊莎贝拉回来了，我们可得请韦斯顿夫妇来吃饭呀。”

“是呀，亲爱的，要是有时间是要请的。不过——（以非常低沉的语调）——她只回来一个星期，什么事也来不及干。”

“可惜他们不能多住几天——不过这好像也是迫不得已的事。约翰·奈特利先生二十八日必须回到伦敦，我们应该感到庆幸的是，爸爸，他们这次来乡下可以一直跟我们在一起，用不着去寺院住上两三天。奈特利先生答应，今年圣诞节就不请他们去了——不过你要知道，他们跟他分别的时间，比跟我们分别的时间还长。”

“亲爱的，要是可怜的伊莎贝拉不待在哈特菲尔德，而去别的地方，那可真叫人心里不是滋味啊。”

伍德豪斯先生绝不会容忍奈特利先生请他弟弟去，也不会容忍任何人邀请伊莎贝拉，只有他自己才有这个权利。他坐在那里沉思了一会，然后说：

“不管约翰·奈特利先生怎么想，我看可怜的伊莎贝拉用不着这么急急忙忙地回去。爱玛，我想尽力劝说她多住些日子。她和孩子们完全可以留下来。”

“唉！爸爸——这事儿你以前可是从没办成过，我看你以后也办不成。伊莎贝拉是不会忍心让丈夫一个人走的。”

这是实话，没什么好分辩的。伍德豪斯先生虽然心里不快，也只能发出一声无奈的叹息。爱玛眼见父亲因为嫌女儿眷恋丈夫而影响情绪，便立刻转换话题，好逗他高兴起来。

“等姐姐和姐夫来了，哈丽特一定会常来我们家的。她肯定会喜欢那几个孩子的。这些孩子可真是我们的宝贝呀，对吧，爸爸？不知道她觉得哪个长得更漂亮，是亨利还是约翰？”

“是呀，我也不知道她觉得哪个更漂亮。可怜的小宝贝，他们一定非常乐意来。他们就喜欢到哈特菲尔德来，哈丽特。”

“他们当然喜欢来啦，先生。我还真不知道有谁不喜欢的。”

“亨利这孩子长得很漂亮，约翰长得很像他妈妈。亨利是老大，取了我的名字，而不是他父亲的名字。老二约翰取了他父亲的名字。有些人想必会奇怪，老大怎么不取他父亲的名字，不过伊莎贝拉给他取名亨利，我看也挺好的。他的确是个聪明孩子。那些孩子个个都非常聪明，都有许多招人喜欢的地方。他们常爱站到我椅子旁，说：‘外公，能给我一小段绳子吗？’有一次亨利跟我要一把刀子，我对他说刀子是专供当外公的人用的。我觉得他们的父亲往往待他们太粗暴了。”

“你觉得他粗暴，”爱玛说，“因为你自己非常和蔼。你要是拿他跟别的爸爸比一比，就会觉得他并不粗暴。他希望自己的孩子生龙活虎，他们不乖的时候，他偶尔也会骂上一两句，不过他可是个慈父——约翰·奈特利先生的确是个慈父，孩子们个个喜欢他。”

“还有他们的那个伯父，一进屋就把他们往天花板上抛，多吓人啊！”

“可他们还就喜欢让他抛呢，爸爸，没有什么比这更让他们开心的事啦。他们觉得开心极了，要不是伯伯定下个轮流来的规矩，不管谁一旦开了头，就绝不会让给另一个人。”

“唉，我真搞不明白。”

“我们大家都一样，爸爸。天下有一半人搞不明白另一半人的乐趣。”

后来，就在两位小姐行将分手，准备吃四点钟那顿正餐的时候，

那个无与伦比的字谜的男主角又走进来了。哈丽特赶忙转过脸去，爱玛倒能像往常一样，对他笑脸相迎，她那敏锐的目光，当即从他眼里看出，他意识到自己采取了果决的行动——把骰子掷了出去。爱玛心想他是来看看会有什么结果的，不料他却来了个托词，说他来问问晚上他是否可以不来参加伍德豪斯先生的聚会，哈特菲尔德是否有用得着他的地方。要是有，别的事都得让路；要是没有，他的朋友科尔一直在念叨要请他吃饭——真是盛情难却，他答应只要抽得开身，一定前去做客。

爱玛感谢他的好意，却不能容忍他为了他们而扫了朋友的兴。她父亲肯定有人跟他玩牌。埃尔顿先生再次恳请——爱玛再次谢绝，埃尔顿先生刚要鞠躬告辞，爱玛从桌上拿起那张纸条，还给了他。

"啊！这是你一片好心让我们看的字谜，我们已经拜读过了，谢谢。我们非常喜欢，我冒昧地把它抄进了史密斯小姐的集子里。希望你的朋友不要介意。当然，我只抄了前八行。"

埃尔顿先生真不知道说什么好。他看上去满腹疑惑——十分困窘，说了一声"不胜荣幸"之类的话，看看爱玛，瞧瞧哈丽特，随即望见了打开放在桌上的集子，拿起来仔细端详。爱玛有意要打消这尴尬局面，便笑吟吟地说道：

"你一定要代我向你的朋友表示歉意。不过，这么好的字谜也不能只让一两个人知道。他写得这么缠绵多情，定会博得所有女人的喜欢。"

"我可以毫不犹豫地说，"埃尔顿先生说道，不过他说起话来支支吾吾，"我可以毫不犹豫地说——至少是我的朋友跟我想法一致的话——他要是能像我这样，看到他这首小诗受到这般赞颂，（又看了看本子，然后放回到桌上，）他定会觉得这是他一生中最辉煌的时刻。"

说完这话，他就急忙走了。爱玛也巴不得他快走，虽说他有很多讨人喜欢的地方，但他说起话来有些咋咋呼呼，真让她忍俊不禁。她跑到一旁去笑个痛快，让哈丽特沉浸在温馨、美妙的迷梦之中。

第十章

虽然眼下已是十二月中旬，可天气还不是太冷，并没影响两位小姐照常出去活动。第二天，爱玛到住在离海伯里不远处的一户贫病交加的人家去做慈善访问。

去那所孤零零的小屋，要路经牧师住宅巷，而那牧师住宅巷与海伯里虽不算整齐但颇为宽阔的主街成直角相交。另外还可以断定，埃尔顿先生的牧师住宅就坐落在这条巷子里。从巷口进去，先见到几座简陋的小屋，再往里走进大约四分之一英里，就是那牧师住宅。这是一座陈旧的、算不上很好的房子，几乎紧靠着街。这房子从位置上看并没什么可取之处，却被现今的主人好生修缮了一番，因此，两位朋友走过时免不了要放慢脚步，仔细端量几眼。爱玛说：

“这不是嘛。过不了多久，你会带着你的谜语集子上这儿来。”哈丽特则说：

“哦！多好的房子啊！多么漂亮啊！看那黄窗帘，纳什小姐就喜欢这样的窗帘。”

“我如今不常走这条路了，”两人继续往前走时，爱玛说道，“不过，以后可是非来不可啦，渐渐地，我对海伯里这一带的树篱、大门、池塘和截头树，就会了若指掌了。”

爱玛发现，哈丽特从未进过牧师住宅，因而显得极其好奇，就想进去看看。瞧瞧她那神色，琢磨一下她的心态，爱玛觉得她对牧师住宅的好奇，就像埃尔顿先生认为她聪明伶俐一样，都是爱情的明证。

“我们要是能设法进去就好了，”她说，“可惜我找不到个说得过去的借口。我不需要向他的女管家打听哪个用人的情况——我父亲也没有托我带信儿。”

她冥思苦索，还是想不出什么计策。两人沉默了一阵，哈丽特随即说道：

“伍德豪斯小姐，我真感到奇怪，你居然没有结婚，也不打算结婚呀！你长得多么迷人啊！”

爱玛哈哈一笑，答道：

“哈丽特，我长得迷人还不足以促成我结婚，我得觉得别人迷人才行——至少得有一个吧。我不仅现在不想结婚，而且以后也不打算结婚。”

“哟！你说得轻巧，我才不相信呢。”

“我得见到一个比我迄今见到的强得多的人，才会动心。你知道，埃尔顿先生嘛，(这时镇定了一下自己的情绪）我是看不上的。我可不愿意找这样的人。我宁愿谁也看不上，我的日子过得十分称心。我要是结了婚，肯定会后悔的。”

“天哪！真是奇怪，一个女人会说出这种话来！”

“我不具备女人常有的结婚动机。我要是当真爱上了谁，那是另外一码事！可我从未爱上什么人，我不善于谈情说爱，没有这个天性，我看我以后也不会爱上什么人。既然没有爱上什么人，要改变这种状况当然是愚蠢的。我一不需要财产，二不需要工作，三不需要权势。我相信，结了婚的女人给丈夫做家庭主妇，很少有像我在哈特菲尔德这样当家做主的，我绝不可能指望哪个男人像我父亲这样疼爱我、器重我，处处宠着我，事事顺着我。”

“可你最后要成为像贝茨小姐那样的老姑娘啊！”

“哈丽特，你只能搬出这样的凄惨景象来吓唬我。我要是觉得我会像贝茨小姐那样！那么傻里傻气——那么心满意得——那么嬉皮笑脸——那么枯燥乏味——那么不分皂白、不辨好歹——一听到周围的人有什么事，就要到处说三道四，要是这样的话，那我明天就结婚。可是我相信，我们俩之间，除了都未结婚之外，绝不会有其他共同之处。”

“可你仍然要变成个老姑娘啊！那有多可怕呀！”

“不要担心，哈丽特，我不会成为一个贫穷的老姑娘。对于宽宏大量的公众来说，只有贫穷才能使独身生活让人瞧不起！一个收入微薄的单身女人，肯定要变成一个令人可笑、令人讨厌的老姑娘！成为青年男女嘲弄的对象。可是一个有钱的单身女人，却总是十分体面，既聪明又讨人喜欢，比谁都不逊色。这话初听起来似乎有失公正，有悖常理，其实并非如此，因为收入微薄往往使人变得心胸狭窄，性情乖僻。那些只能勉强糊口、不得不生活在一个通常十分卑微的狭小圈子的人，很可能又狭隘又暴躁。不过，贝茨小姐并不属于这种情况。她脾气太好，脑瓜太笨，因而才不讨我喜欢。不过，总的说来，尽管她没有嫁人，又没有钱，她倒挺讨众人喜欢。当然，贫穷并没有使她变得心胸狭窄。我确信，她若是只有一个先令的家当，那她很可能把其中六便士分给别人。谁也不害怕她，这是多大的魅力啊。”

“天哪！那你可怎么办啊？你老了以后可怎么办啊？”

“哈丽特，如果说我还了解自己的话，我是个心灵活泛、爱动脑筋的人，自有许许多多的排遣办法。我搞不明白，我到了四五十岁怎么就会比二十一岁时还要空闲。女人平日用眼、用手、用脑做的事情，到那时我还能照样做，就像现在一样，事情不会发生多大的变化。我要是画画少了，就多看些书；不弹琴唱歌了，就编织地毯。至于说个人爱好和感情寄托，这确实是下等人的主要问题，这方面的缺欠危害极大，不结婚的人应该极力避免，可是我却没有关系，我非常喜爱我姐姐的孩子，我可以照料他们。我姐姐孩子多，完全可以给我带来晚年所需要的种种情趣，既让你抱着这样那样的希望，又让你担着这样那样的心。虽然我对孩子的疼爱比不上做妈妈的，但是使我感到欣慰的是，这比那种热烈而盲目的宠爱来得好。我的外甥、外甥女啊！我要让一个外甥女长年陪着我。”

“你认识贝茨小姐的外甥女吗？你一定见过她上百次了——可是你们熟悉吗？”

“哦！熟悉。她每次来到海伯里，我们不熟悉也得熟悉。顺便说一句，这简直可以让人对外甥女失去好感。但愿别出这样的事儿！至少我不会把奈特利家的孩子宠得惹人厌烦，丝毫不像贝茨小姐那样，因为宠爱简·费尔法克斯，而惹得人家厌烦。大家一听到简·费尔法克斯的名字，就会感到腻烦。她的每封来信都要从头到尾念上四十遍，她对每个朋友的问候都要转告一次又一次。哪怕她给姨妈寄来一个衬胸式样，或是给外祖母织了两根袜带，那也会挂在嘴上念叨一个月。我祝福简·费尔法克斯，但她让我厌烦死了。”

这时眼看快到小屋了，两人便停止了闲谈。爱玛心地慈善，穷人有了难处，她不仅给以亲切关怀，出主意想办法，不厌其烦，而且还解囊相助。她了解他们的习性，能体谅他们的愚昧无知和所受诱惑，鉴于他们没受过什么教育，也不幻想他们会有什么异乎寻常的美德。她对他们的困苦充满了同情，总是怀着一片善心，很有见识地给以帮助。这一次，她来看望一户贫病交加的人家，她好生劝慰了一番之后，便走出了小屋，边走边对哈丽特谈起了她触景生情的感受：

“哈丽特，看看这些情景对人有好处。与这些境况相比，别的事情是多么微不足道啊！我现在觉得，除了这些可怜的人儿，今天我没有心思想别的啦。不过，谁说得上这情景要过多久才在我心里完全消失呢？”

“的确也是，”哈丽特说，“可怜的人儿！让人没有心思想别的事儿。”

“说真的，我看这滋味一下子还打消不了，”爱玛一边说一边穿过矮树篱，走下小屋花园里那条又窄又滑的小路尽头的摇摇晃晃的踏板，又来到巷子里，“我看是打消不了啦。”说着她停下脚，又看了看那座凄惨的房子，想了想里面更加凄惨的人。

“唉！是打消不了啊。”她的同伴说。

两人往前走着。巷子稍微转了个弯，过了这个弯，猛然见到了埃尔顿先生。因为离得太近，爱玛只来得及说了下面几句话：

“哦！哈丽特，我们刚说过只会想着那家人，没有心思想别的事儿，这下可遇上了突如其来的考验。嗯，（说着笑了笑）但愿可以这样说：同情要是能使受苦的人受到鼓舞和安慰，那就起到了应有的作用。只要我们同情受苦的人，为他们做些力所能及的事，其他的都是空头人情，只会惹得我们自己苦恼。”

哈丽特刚说了一声“嗨！可不是嘛”，埃尔顿先生就走过来了。他们相见后的第一个话题，还是这家人如何贫困，如何受苦。埃尔顿先生本来是来看望他们的，现在只好改日再说。不过，二人对能做什么、该做什么，还是兴致勃勃地议论了一番。随后，埃尔顿先生便陪着她们往回走。

“在这样一件事上不谋而合，”爱玛心想，“在执行慈善使命中不期而遇，这会大大加深双方的情意。两人说不定要趁机表白衷心。我要是不在场的话，他们肯定要表白的。我要是不在场该有多好。”

她急于想离他们远些，便迅即走上巷子一边微微凸起的狭窄的人行道，让他们俩走在大路上。但是，她在人行道上还没走上两分钟，便发现哈丽特早已养成小鸟依人、紧随不舍的习惯，转眼间就跟了上来，还有那另一个人，势必也会马上跟踵而至。这可不行。她立刻收住脚步，假装要重新系一系鞋带，便弯下腰挡住人行道，叫他们往前走，她随后赶上去。他们照她的意思办了。等她觉得鞋带该系好了，她又欣然找到了进一步拖延的机会，因为小屋里有个女孩遵照她的吩咐，提着壶去哈特菲尔德取肉汤，这时赶上了她。跟这小孩并排走着，跟她说说话，问些问题，这是再自然不过的事情，即使她当时并不存心拖延时间，那也是再自然不过的事情。这样一来，那另外两人还得在前面走着，完全用不着等她。然而，她情不由己地离他们越来越近。原来，那小女孩脚步迈得快，他们两个却走得慢，而使爱玛越发着急的是，那两个人显然谈得正投机。埃尔顿先生兴致勃勃地谈着，哈丽特喜形于色地留心听着。爱玛叫那女孩先走，刚想琢磨如何落得远些，不料那两人突然掉过头来，她只得走上前去。

埃尔顿先生还在讲，讲述一个有趣的细节。爱玛发觉，他跟他那个漂亮的伙伴述说昨天在他的朋友科尔家吃饭的情景，她恰好听见他说起吃斯提耳顿干酪、北威尔特乳酪、黄油、芹菜、甜菜根和种种甜食。

“这自然会马上引出好事儿来，”这是爱玛聊以自慰的想法，“恋人之间热衷的事情，可以导致心心相印的事情。我要是能多避开他们一会儿就好啦！”

三人默默地往前走着，终于能看见牧师住宅的围篱了。蓦然间，爱玛灵机一动，觉得至少可以把哈丽特拉进牧师住宅。于是，她又假装鞋带出了问题，待在后面重新系扎。她猛地一下把鞋带拉断，顺手扔进水沟，随即便叫他们两个停一停，说她实在没有办法，难以凑合着走回家。

“我的鞋带断了，”她说，“不知道该怎么办。我真成了你们的累赘了，不过我想我并非常出这种事。埃尔顿先生，我只得要求在贵府歇一歇，向你的女管家要一节丝带或细绳之类的东西，把靴子系好。”

埃尔顿先生一听这话，不由得喜笑颜开。他小心翼翼、毕恭毕敬地把两位小姐领进房，尽量把处处搞得妥妥帖帖。他把她们带进他常住的那间屋子。这屋子朝着大门，后面还有一间屋子，跟它直接相连。那门开着，爱玛跟女管家走进后屋，欣欣然地接受她的帮助。她只得让门照旧开着，不过她满心以为埃尔顿先生会把它关上。可是门并未关上，还依然开着。但她与女管家不停地交谈，实指望埃尔顿先生可以在隔壁房间随意说话。足有十分钟工夫，她什么声音也听不到，只听见她自己在说话。这种局面再也持续不下去了。她只得赶紧办完事，走进了前屋。

两个情人一道站在一扇窗户前。这是个极好的迹象，一时间，爱玛自鸣得意地觉得她的计谋得逞了。但是，还不能沾沾自喜，埃尔顿先生还没有谈到要害问题。他非常和蔼，非常可爱，告诉哈丽特说，他看见她们俩走过去了，便有意跟在后面。他还说了些别的讨好的话，但却没有认真的表示。

“小心翼翼，太小心翼翼了，”爱玛心想，“他稳打稳扎，没有把握绝不贸然行事。”

然而，尽管她的妙计没有成功，但她仍然认为，这次接触使得两人满心欢喜，以后势必会成就那大事。

第十一章

现在，埃尔顿先生只能任他自己去了。爱玛已经没有能力顾及他的幸福，促使他从速采取措施。她姐姐一家即将到来，先是让她翘首以盼，然后是忙于接待，她从此一心扑在这上面。姐姐一家要在哈特菲尔德住十天，在这期间，对于那对情人，她除了偶尔帮点忙之外，谁也不能指望——连她自己也不指望——她还能做些什么。不过，两人只要主动些，事情还是会取得迅速进展的。再说，不管双方主动与否，这事总会取得一定进展的。她简直不想再抽空去管他们的事。天下就有这样的人，你越是多管他们，他们就越是不管自己。

跟往年相比，约翰·奈特利夫妇今年有很久没来萨里郡[1]了，当然让人格外企盼。本来，他们自结婚后，每逢假期较长，就要在哈特菲尔德和当维尔寺各住些日子。可是今年秋天的假日，他们全用来带孩子去洗海水澡了。因此，好几个月以来，萨里郡的亲人很少见到他们，而伍德豪斯先生压根儿就没见到他们。他就是想见可怜的伊莎贝拉，也不肯跑到伦敦那么远的地方。所以，现在女儿要来家小住几天，他心里既欣喜万分，又紧张不已，忧念丛生。

他担心女儿旅途受苦，也担心他那到半路接客的马匹和马夫路上劳顿。其实，他大可不必担心。那十六英里的路顺顺当当地走下来了，约翰·奈特利夫妇，那五个孩子，还有一帮保姆，全都平平安安地来到了哈特菲尔德。一下子来了这么多人，大家兴高采烈，顿时忙碌起来，一个个地寒暄，又是欢迎，又是鼓励，随即便分开，送到各自的住处，搞得一片闹哄哄、乱糟糟的，要是换成往常，伍德豪斯先生的神经肯定受不了，就是在今天，他也忍受不了多长时间。好在约翰·奈特利夫人十分尊重哈特菲尔德的规矩和她父亲的情绪，虽然她身为母亲巴不得几个孩子一到就能高高兴兴，马上就能自由自在，受人服侍，想吃就吃，要喝就喝，愿睡就睡，爱玩就玩，但她绝不允许孩子们长久地打扰外公，不仅孩子们不行，就是不停侍候他们的人也不让。

约翰·奈特利夫人是个娇小娟秀的妇女，举止优雅娴静，性情极其和蔼温柔，一心顾着她那个家，对丈夫忠心耿耿，对子女娇宠溺

[1] 萨里郡：系英格兰南部一郡，与伦敦南部毗邻，书中的海伯里和当维尔寺均属该郡。

爱；对父亲和妹妹也情深意切，若不是因为跟丈夫孩子关系更亲一些，她似乎不可能更热烈地爱他们。她从来看不到他们有什么缺点。她不是个聪明伶俐的女人，不仅在这一点上像她父亲，而且还在很大程度上遗传了她父亲的体魄。她身体虚弱，也极其当心孩子们的身体，成天担惊受怕，紧紧张张，十分喜爱她在伦敦的医生温菲尔德先生，就像她父亲厚爱佩里先生一样。他们父女俩还有一个相似之处：对任何人都心地慈善，对老朋友更是一往情深。

约翰·奈特利先生是个身材高大、风度翩翩、头脑聪敏的男人。他事业蒸蒸日上，顾惜家庭生活，为人十分体面。不过，由于举止拘谨的缘故，他又不讨众人喜欢，有时还会发发脾气。他并不常常无端发火，因而算不上性情乖戾。不过，他的性情也不是他的尽善尽美之处。他有个崇拜他的妻子，他性情上那些先天的缺陷，难免不因此得到助长。他妻子生性极其温柔，这势必会损害他的性情。他头脑机灵敏锐，这是他妻子所缺乏的。他有时能做出一桩没有气量的事，说两句刻薄的话。他那个漂亮的小姨子并不很喜欢他，他有什么过失都逃不过她的眼睛。他做了对不起伊莎贝拉的小事，伊莎贝拉是从来察觉不了的，她却能敏锐地觉察到。也许，他的仪态若是能讨爱玛喜欢一些，爱玛说不定会多体谅一些他的毛病。可惜他只摆出一副不冷不热的姐夫和朋友的姿态，既不吹吹捧捧，也不贸然行事。然而，不管他对爱玛如何恭敬，爱玛都难以无视他不时显露的一个缺陷，她认为这是他最大的缺陷：对她父亲缺乏应有的包涵。在需要宽容的时候，他并非总是表现得很有耐心。伍德豪斯先生有些怪癖，经常坐立不安，有时惹得他或是以理相劝，或是厉声反驳两句。这种事倒不经常发生，因为约翰·奈特利先生毕竟十分敬重他的岳父，通常也知道应该如何待他。可是对于爱玛来说，做女婿的还是说得太多，因而不能宽容他；特别是，即便约翰·奈特利先生没有说出什么不得体的话，但是爱玛往往因为怕他出言不逊，而搞得提心吊胆。然而，约翰·奈特利先生每次来到岳父家，起初总是表现得恭恭敬敬，而这次既然只能住几天，兴许可望过得相安无事。等大家坐定之后，伍德豪斯先生伤心地摇了摇头，叹了口气，向女儿说起了她走后哈特菲尔德发生的不幸变化。

“唉！亲爱的，”他说，“可怜的泰勒小姐——她这事儿真让人伤心啊！”

“哦！是呀，爸爸，”伊莎贝拉立即用赞同的口吻嚷道，“你该多么挂念她啊！还有亲爱的爱玛！这对你们俩是多大的损失啊！我真为你们感到难过。我无法想象你们怎么离得了她。这确实是个不幸的变化。不过，但愿她过得挺好吧，爸爸。”

“挺好，亲爱的——但愿——挺好。我甚至说不上她是否能勉强适应那地方。”

约翰·奈特利先生一听这话，便轻声问爱玛：是不是兰多尔斯的空气不好？

“哦！不——没有的事儿。我从未看见韦斯顿夫人身体这么好——气色从没这么好过。爸爸只是表示有些惋惜。”

“这是双方都很光彩的事。”约翰·奈特利先生慨然答道。

“你常见到她吗，爸爸？”伊莎贝拉问道，那哀婉的语调跟她父亲的心境正相协调。

伍德豪斯先生迟疑了一下。“不常见，亲爱的，不像我希望的那样常见。”

“哦！爸爸，他们结婚后，我们只有一天没见过他们的面。除了那一天，每天早上或是晚上，我们不是见到韦斯顿先生，就是见到韦斯顿太太，往往是两人一起见到，要么在兰多尔斯，要么在这儿——你可以猜想，伊莎贝拉，还是在这儿的次数多。他们真是太好了，经常来看望我们，韦斯顿先生跟他太太一样好。爸爸，你说得那样伤心，伊莎贝拉会产生误解的。人人都知道我们想念泰勒小姐，不过还应该让大家知道，韦斯顿夫妇想方设法不让我们想念他们，凡是我们所期待的，他们都做得很周全——这是个千真万确的事实。”

“果不其然，”约翰·奈特利先生说，“从你的信里看，我就期待是这样的。韦斯顿太太总想来看望我们，这是不容怀疑的，而韦斯顿先生又是个悠闲自得、喜欢交际的人，这一来事情就好办了。亲爱的，我总是对你说，我觉得这事并不像你担心的那样，哈特菲尔德不会发生什么大不了的变化。你现在听爱玛这么一说，我想你该放心了。”

“哦，那当然，”伍德豪斯先生说，“的确是这样——毋庸否认，韦斯顿太太，可怜的韦斯顿太太，确实经常来看望我们——可是——她每次总还得走啊。”

“爸爸，她要是不走，那就太让韦斯顿先生为难了。你把可怜的韦斯顿先生忘掉啦。”

“说真的，”约翰·奈特利打趣说，“我看我们得替韦斯顿先生想一想。爱玛，你我都要大胆地袒护那可怜的做丈夫的。我当了丈夫，你还没有做妻子，我们都同样同情那做丈夫的。至于伊莎贝拉嘛，她结婚久了，自然容易把做丈夫的撇在一边。”

“说我呀，亲爱的，”他妻子没有听全他的话，也不大明白他的意思，便大声嚷道，“你在说我吗？我敢说，天底下不可能，也不会有人比我更赞成男婚女嫁了。泰勒小姐若不是令人难过地离开了哈特菲尔德，我真要把她视为世界上最幸运的女人。至于说把韦斯顿先生撇在一边，他可是个出类拔萃的人，我看他没有什么不配得到的。我相信，他是个脾气最好的人，除了你和你哥哥，我真不知道还有谁的脾气能跟他的相比。我怎么也忘不了今年复活节那天，他冒着大风给亨

利放风筝——去年九月一天夜里，都半夜十二点了，他还特意写信告诉我，说科巴姆[①]没有流行猩红热，由此我便认定：天底下没有比他更热心、更好的人了。要说有谁能配得上他，那就是泰勒小姐。”

“他那个儿子哪儿去了？”约翰·奈特利问道，“这一次他来了没有？”

“还没来呢，”爱玛答道，“大家都盼望他父亲结婚后他能来，不想白盼了一场。近来也没听人说起他。”

“不过，亲爱的，你应该跟他们说说那封信，”她父亲说道，“他给可怜的韦斯顿太太写了一封信，向她道喜，写得十分亲切得体。韦斯顿太太给我看过那封信。我觉得写得真是好。不过，那是不是出于他自己的心意，还很难说。他还年轻，说不定他姨妈——”

“我的好爸爸，他已经二十三岁啦。你忘了岁月过得多快呀。”

“二十三岁啦！真的吗？唉，真想不到啊——他那可怜的母亲去世时，他才两岁呀！哎，光阴似箭啊！我的记性真不好。不过，他那封信写得好极了，棒极了，韦斯顿夫妇看了好生高兴。我记得信是从韦默斯寄来的，日期是九月二十八日——开头是‘亲爱的夫人’，可惜我忘了后面是怎么写的。署名是‘F.C. 韦斯顿·邱吉尔’，这我记得很清楚。”

“他多讨人喜欢，多有礼貌啊！”好心肠的约翰·奈特利太太嚷嚷道，“我想他一定是个十分可爱的青年。不过，他不跟他父亲住在家里，这有多遗憾啊！做孩子的离开父母，不回自己的家，这就有点不像话啦！我真想不通韦斯顿先生怎么舍得放他走。连自己的孩子都不要啦！谁要是撺鼓别人去做这种事，我绝不会看得起他！”

“我看谁也不曾看得起邱吉尔夫妇，”约翰·奈特利先生沉静地说

---

① 萨里郡的一个小镇。

道，“你是不会舍得把亨利或约翰送给别人的，但你不要以为韦斯顿先生跟你心情一样。韦斯顿先生是个心情愉快、脾气随和的人，不是个很重感情的人。他比较现实，凡事都想图个快乐。依我看，他主要通过所谓的交际求取快乐，也就是说，每周跟邻居聚会五次，一起吃吃喝喝，打打惠斯特。他并不在乎一家人亲亲热热，不在乎家中应有的天伦之乐。”

这几乎是在非议韦斯顿先生，爱玛有心想反驳，但又踌躇了一下，最后没有吭声。她要尽可能保持一团和气。对她姐夫来说，具有强烈的家庭观念，一切以家庭为满足，这是一种可贵的美德，因此他不喜欢平常的社交，也不喜欢看重社交的人。于是，也就大有宽容的必要了。

第十二章

奈特利先生要来跟他们一道吃饭——这是伍德豪斯先生很不情愿的事；伊莎贝拉回来的头一天，他不希望外人跟他一起分享这份欢乐。不过，爱玛自有主见，定下了这件事。除了考虑对那兄弟俩要一视同仁之外，她还顾及她与奈特利先生最近的争吵，因而特别乐意请他来做客。

她希望他们能言归于好。她觉得现在是该和解的时候了。其实，和解是谈不上的。她爱玛绝对没有错，而他奈特利先生也绝不会认错。让步是不可能的，不过现在应该装作不记得曾经吵过架。她想了一个主意，指望能帮助他们言归于好：等奈特利先生一走进屋，她就抱起一个孩子玩——那是她姐姐最小的孩子，一个八个来月的小女孩，这次是第一次来哈特菲尔德，让姨妈抱在怀里上下舞逗，觉得好生开心。这一招果然灵验。虽然奈特利先生起初还板着个脸，简慢地问了几句话，但是没过多久，他又一如既往地谈起了孩子们，还从爱玛怀里接过小姑娘，显得十分亲切，毫不拘礼。爱玛觉得他们又成了朋友。心里一高兴，她先是感到十分得意，继而又有几分顽皮，听见奈特利先生赞赏小姑娘，便情不自禁地说道：

“真令人欣慰，我们对自己的侄儿侄女、外甥外甥女的看法是一致的。对于大人们，我们的看法有时大相径庭，但是对于这些孩子，我发觉我们从来没有异议。”

“如果你对大人们也像对这些孩子一样，能按照情理评价他们，而不是凭着异想天开或一时冲动对待他们，那我们的看法总会是一致的。”

“当然啦——我们发生分歧总是我的过错。”

“是的，”奈特利先生微笑地说道，“而且理由很充分。你出生的时候，我都十六岁了。”

“那倒是很大的差别啦，”爱玛回道，“毫无疑问，那时候你比我懂事多了。不过，如今过了二十一年了，难道我们的智力不是大大接近了吗？”

“是的——是大大接近了。”

“不过还不是十分接近，我们一有了不同看法，我依然不可能是正确的。”

“比起你来，我依然占有优势：一来比你多十六年的阅历；二来我不是个漂亮的年轻姑娘，不是个被宠坏了的孩子。算了吧，爱玛，我们言归于好，别再旧事重提啦。小爱玛，告诉你姨妈，说她应该给你做个好榜样，别再重提过去那些令人不快的事情啦，即使她过去没有错，现在这样做可不对。”

“的确，”爱玛嚷道，“一点不错。小爱玛，长大了要比你姨妈有出息些。要比她聪明得多，一点也不像她那样自负。奈特利先生，我再有一两句话就说完了。就良好的愿望而言，我们俩谁也没有错，而且我要说，就结果而言，事实证明我也没有错。我只是想知道，马丁先生不是非常、非常伤心。”

“他伤心透了。”奈特利先生简短地答道。

“啊！我真感到遗憾。来，跟我握握手吧。”

两人刚亲热地握过手，约翰·奈特利便进来了。兄弟俩以地道的英国方式，一个说了声“你好，乔治！”另一个说了声“约翰，你好！”表面上很沉静，显得颇为冷漠，实际上却亲密无间，若有必要，谁都会为对方尽心竭力，无可不可。

晚上，大家安安静静，倾心交谈。伍德豪斯先生不肯打牌，定要跟亲爱的伊莎贝拉好好聊一聊，于是几个人自然而然地分成了两伙，一边是他和大女儿，一边是奈特利兄弟俩。两边的话题截然不同，或者说互不搭界——爱玛只是偶尔跟这边谈谈，偶尔跟那边谈谈。

那兄弟俩谈起了各自关心和从事的事情，但主要谈论哥哥的。这位哥哥健谈得多，因而往往是他在说话。他身为地方长官，经常有点法律上的事情要向约翰求教，至少也有点奇闻趣事要给他讲讲。而约翰身为农场主，掌管着当维尔的家用农场，也得讲讲每块田地来年准备种什么，还得谈谈老家的情况，那位做哥哥的毕竟在家里度过了大部分岁月，对家乡怀有深厚的感情，不可能不爱听老家的事。约翰虽然少言寡语些，但是说起挖排水渠、换围篱、伐树，以及每一英亩地都要种上小麦、萝卜或春玉米[1]，同样兴致勃勃。如果他那好心的哥哥有什么事没说到的话，他就会带着近乎急切的口吻问个明白。

就在这兄弟俩谈得投契的时候，伍德豪斯先生也在尽享与女儿倾

① 18 世纪末、19 世纪初，英法战争期间，为了克服粮食短缺，英国开展了农业革命，奈特利先生积极投入了农作物轮作。

吐衷肠的乐趣，抱怨中透着欣喜，疼爱中伴着忧虑。

“我可怜的好孩子，”他说，见伊莎贝拉还在忙着服侍一个孩子，便亲切地握住了她的手，使她暂时丢开了孩子，“你很久没有回家了，真是太久啦！跑了这么远的路，一定很疲乏了吧！亲爱的，你得早一点睡——我劝你喝点粥再睡。你跟我一起喝一钵香喷喷的粥。亲爱的爱玛，我们都喝一点粥吧。”

爱玛是不会想出这样的事情的。她心里明白，奈特利兄弟跟她一样，说什么也不肯喝粥。因此，只吩咐要两钵粥。伍德豪斯先生先说了几句粥的好处，对不是每人每晚都喝点粥惊诧了一番，随即便带着冥思苦索的神情说道：

“亲爱的，你秋天不回家，却跑到骚桑德[1]，这事做得不妥当。我一向不大喜欢海边的空气。”

“爸爸，温菲尔德先生竭力劝我们去——不然我们是不会去的。他说几个孩子都应该去，特别是小贝拉，她喉咙不舒服，需要吸吸海边的空气，洗洗海水澡。”

“哎！亲爱的，佩里很怀疑去海滨对她有什么好处。至于我嘛，虽然我以前没有跟你明说过，但我绝不相信去海滨对谁有好处。有一次险些要了我的命。”

“得了，得了，”爱玛觉得这个话题不妥善，便嚷嚷道，“我求求你们不要再谈论海滨了，叫我听了又眼红又气馁。我还从没见过海呢！请你们不要再提骚桑德啦。亲爱的伊莎贝拉，我还没听你问起过佩里先生，他可是从没忘记你呀。”

“哦！可敬的佩里先生——他好吗，爸爸？”

“嗯，挺好的，可也不是太好。可怜的佩里肝有毛病，又没有时

---

① 骚桑德：英格兰南部港口城市，海滨游憩胜地。

间照管自己——我听他说他没有时间照管自己——真叫人难受——可是这乡间总有人找他看病。我看哪里也找不到一个干这一行的人。不过，哪里也找不到一个这么聪明的人。”

“还有佩里太太和几个孩子，他们都好吗？孩子们长高些没有？我很敬重佩里先生，希望他能早一点来。他见到我的小宝贝们会很高兴的。”

“我希望他明天就来，我有一两件要紧的事儿要向他请教。亲爱的，不管他哪一天来，你最好让他瞧瞧小贝拉的喉咙。”

“哦！亲爱的爸爸，她的喉咙好多了，我已不再为这件事担心了。也许是洗海水澡对她大有好处，要么就是温菲尔德先生开的药十分灵验，自八月份以来我们经常给她涂这种药。”

“亲爱的，洗海水澡对她不大可能有效——我要是知道你们要给孩子涂药，我早就找——”

“我看你们好像把贝茨太太母女给忘了，”爱玛说道，“我还没听见你们问起她们俩呢。”

“哦！可亲的贝茨太太母女俩——真叫我感到不好意思——你几乎每次写信都要提起她们。但愿她们安然无恙。可亲的贝茨老太太——我明天就去看望她，把孩子也带去。她们每次见到我的孩子，都感到很高兴。还有那位了不起的贝茨小姐！两人多么可敬可亲啊！她们都好吗，爸爸？”

“嗯，亲爱的，总的说来挺不错。不过，大约一个月以前，可怜的贝茨太太患了重感冒。”

“那太遗憾了！不过，今年秋天患感冒的人比哪年都多。我听温菲尔德先生说，他从没见过这么多人患感冒，病情又那么重——除非发生了流感。”

“亲爱的，的确有不少人患感冒，但是还没有达到你说的那个地步。佩里说到处都有患感冒的人，不过从病情上看，还不及往年十一月他常见的那样严重。佩里根本不认为这是个容易发病的季节。”

“对呀，据我所知，温菲尔德先生也不认为这是个很容易发病的季节，不过——”

“嗨！我可怜的好孩子，其实，伦敦一年到头都是个容易发病的季节。那里没有一个人身体健康，谁也没法健康。你是迫不得已住在那里，真令人可怕啊！离家那么远！空气又那么糟糕！”

“那倒不见得——我们那儿的空气并不糟糕。我们那一带比伦敦大多数地区好多啦！亲爱的爸爸，你千万别拿我们那儿跟伦敦多数地区混为一谈。布伦斯维克广场一带跟其他地区大不一样。我们那儿空气可新鲜啦！说实话，要是叫我住到另外一个城区，我还真不愿意呢。叫孩子们搬到哪个地方住，我都不会称心。我们那儿的空气清新极啦！温菲尔德先生认为，就空气而言，布伦斯维克广场一带肯定是最好的。”

“啊！亲爱的，还是比不上哈特菲尔德吧。你们只是随遇而安罢了——可你们要是在哈特菲尔德住上一个星期，那就会全都变个样。眼下嘛，我真不敢说你们哪一个看上去身体是好的。”

“爸爸，听你这么说，我感到挺遗憾的。我向你担保，我的身体很好，只是有点神经性的头痛和心悸，不过这是我走到哪儿也避免不了的。几个孩子睡觉前脸色不好，这不过是路上辛苦，到了这里又很兴奋，因而比往常劳累些。我想明天你准会发现他们脸色要好些。你放心吧，温菲尔德先生对我说过，他认为他哪次送我们走，我们大伙的身体都没有这次这么好。我起码可以相信，你不会认为奈特利先生气色不好。”说着，将一双饱含柔情而又急巴巴的眼睛转向丈夫。

“不是很好，亲爱的，我可不敢恭维。我看奈特利先生远远算不上气色好。”

“什么事儿，爸爸？你是跟我说话吗？”约翰·奈特利先生听到提起他的名字，便嚷嚷道。

“亲爱的，我觉得很遗憾，我父亲并不觉得你气色好——不过，我看这只不过因为你有点疲乏罢了。你要知道，我本该让你离家前去看看温菲尔德先生的。”

“亲爱的伊莎贝拉，”做丈夫的急忙嚷道，“请你不要为我的气色操心。你仔细照料自己和孩子，有什么病好好治疗就行了，不要管我的气色怎么样。”

“有一件事我不是很明白，”爱玛嚷道，“你刚才跟你哥哥说，你的朋友格雷厄姆先生打算从苏格兰请一位管家，来料理他那座新庄园。可是这么做行吗？他原有的偏见是不是太深了？”

爱玛就这么滔滔不绝地说着，而且卓有成效，后来不得不再听父亲和姐姐讲话时，发现没再发生什么争执，只听见伊莎贝拉关切地问起了简·费尔法克斯。虽然一般说来她并不喜欢简·费尔法克斯，但这时候也很乐意跟着夸她几句。

“简·费尔法克斯好和蔼、好可爱啊！”约翰·奈特利太太说道，“我有好久没看见她了，只是偶尔在城里见过几面！她要是来看看她可亲的外婆、可爱的姨妈，她们该有多高兴啊！她不能再到海伯里来了，我总为亲爱的爱玛感到万分惋惜。如今坎贝尔上校夫妇的女儿出嫁了，他们说什么也舍不得放简走。她要是陪伴爱玛该有多好。”

伍德豪斯先生完全赞同，但是又说：

“我们的小朋友哈丽特·史密斯也是个漂亮姑娘。你准会喜欢哈丽特的。她给爱玛做伴再好不过了。”

“听你这么说我很高兴——不过大家都知道，还就数简·费尔法克斯最多才多艺，最有头有脸啦！她还跟爱玛同岁呢。”

大家乐陶陶地谈起了这个话题，后来又扯起了几个同样有趣的话题，都谈得同样融洽。不过，最后也发生了一场小小的争执。粥端上来了，这一下可就有了谈资了——一个个赞不绝口，议论纷纷——一致断定喝粥对各种体质的人都有益处，并且厉声责怪许多人家压根儿烧不出像样的粥来。伊莎贝拉能举出许多人烧不好粥，然而不幸的是，一个最近因而也是最突出的例子，就是她在骚桑德的厨娘。这是她临时雇用的一个年轻妇女，根本就不懂得她说的喷香细溜的稀粥是怎么回事，要稀，可又不能太稀。尽管她经常抱着希望，并且一再叮嘱，但她还是吃不到像样的粥。这就给人提供了可乘之机。

"唉！"伍德豪斯先生说道，一边摇摇头，以爱怜的目光望着伊莎贝拉。在爱玛听来，这声感叹像是在说："唉！你这次去骚桑德，引起了没完没了的烦恼，说起来真让人难受。"一时间，爱玛希望父亲不要再谈论这个话题，他只要沉思一番，就能再津津有味地喝他那细溜的粥。然而，过了不久，他又开口：

"今年秋天你们不来这儿，却去了海滨，我将永远感到很遗憾。"

"可你遗憾什么呀，爸爸？我向你保证，这对孩子们大有好处。"

"再说，即使要去海滨，也不该去骚桑德呀。骚桑德是个有损于健康的地方。听说你们选中了那地方，佩里感到惊讶。"

"我知道许多人都有这个看法，不过这实在是个误解呀，爸爸。我们一家人在那儿身体都很好，虽然那儿尽是泥，我们一点也不觉得有什么不便的。温菲尔德先生说，谁要是以为那里对身体没有好处，那就大错特错了。我想他的话是绝对可以相信的，因为他完全了解那儿的空气，他的兄弟及其一家人常去那儿。"

"亲爱的，你真要出去，也该去克罗默①。佩里在克罗默住过一个星期，他认为那是一个洗海水浴最好的地方。他说那儿海滩开阔，空

① 诺福克郡东北部的海滨游憩胜地。

气清新。据我所知，你在那儿可以租到离海远一些的房子——离海四分之一英里——非常舒适。你应该问问佩里呀。”

“不过，亲爱的爸爸，那路程可就不一样了。你想想那路程有多大差距呀。一个是四十英里，一个兴许有一百英里。”

“啊！亲爱的，佩里说的好，事关身体的大事，别的一概不足考虑。既然要出门，就不要在乎走四十英里还是走一百英里。与其跑四十英里去呼吸更糟糕的空气，还不如索性不出门，就待在伦敦。佩里就是这么说的。他似乎觉得那样做不划算。”

爱玛本想打断父亲的话头，可是枉费心机。不出她所料，父亲刚说到这里，姐夫便开腔了。

“佩里先生，”他以愤懑的口气说道，“最好不要信口开河，除非有人征求他的意见。他为什么要多此一举，大惊小怪地来管我的事呢？我带一家人到哪个海滨，这与他有什么相干呢？我想，佩里可以有他自己的看法，我同样可以有我自己的看法。我既不需要他来开药，也不需要他来指教。”他顿了顿——变得冷静了些，接着又以冷冰冰的讽刺口吻说道：“要是佩里先生能告诉我如何带着妻子和五个孩子旅行一百三十英里，就像旅行四十英里一样，开销一样多，还同样便当，那我倒乐意像他那样，宁愿去克罗默，而不去骚桑德。”

“的确，的确，”奈特利先生当即插嘴道，“一点不错。的确有道理。不过，约翰，先前我跟你说过，我想把通往兰厄姆的那条小路往右移一移，不从家用草场经过，我看这事没什么难办的。要是改道后会给海伯里的人带来不便，我就不改了。不过，你要是还记得那条小路现今的路线……改进的唯一办法，是看看地图。我想，明天上午你到寺院里找我，我们仔细揣摩一下地图，你再跟我说说你的意见。”

伍德豪斯先生一向把佩里视为朋友，事实上，他有许多想法、许多言语，都不知不觉地受了他的影响，刚才听见有人对他出言尖刻，心里颇为气愤。幸亏两个女儿好言劝慰，他才渐渐消了气。再说那兄弟俩，一个马上警觉起来，另一个也出言谨慎，伍德豪斯先生没有再度发火。

第十三章

约翰·奈特利太太这次回哈特菲尔德住不了几天，却成了世界上最快活的人。每天上午，她要带着五个孩子去看望老朋友；到了晚上，就跟父亲和妹妹谈她白天做的事。她没有别的期望，只求日子不要过得太快。她这次回来真是快活，一切都很圆满，就觉得时间太短。

一般说来，跟朋友相聚都是上午的事，晚上比较清闲。不过，有一个宴请，还要出门做客，尽管是圣诞节，却也没法回避。韦斯顿先生执意坚持，非要大家都去兰多尔斯吃饭不可。连伍德豪斯先生也给说动了心，认为这样也行，免得把大家拆散。

他本来还想出个难题，说大家都去车子怎么坐得下，可是他女儿、女婿的马车和马就在哈特菲尔德，他那话只能算是一个简单的问题，简直没有什么疑难可言。爱玛没费多少口舌就说服了他，觉得其中一辆马车还可以给哈丽特挤出一个座位。

主人家另外邀请的客人，只有哈丽特、埃尔顿先生和奈特利先生。人数要少一些，时间要早一点。无论做什么事，总要考虑一下伍德豪斯先生的习惯和意愿。

伍德豪斯先生竟然在十二月二十四日出门做客，这真是件了不起的大事。就在这件大事发生的前夜，哈丽特待在哈特菲尔德，不想得了重感冒，爱玛本不肯放她走，可她执意要让戈达德太太照料她，便回家去了。第二天，爱玛去看望她，发现她肯定去不了兰多尔斯。她发着高烧，喉咙痛得厉害。戈达德太太疼爱不已，放心不下，说要去请佩里先生。哈丽特自觉病得浑身无力，也就认定无法去参加这次愉快的聚会，不过说起错失了良机，倒也流了不少泪。

爱玛陪她坐了好久，趁戈达德太太不得不走开时，帮着照料她，跟她说埃尔顿先生若是知道她病成这个样子，不知会有多么伤心，好逗她高兴一些。最后临走时，哈丽特心情好了许多，不由得甜滋滋地在想：埃尔顿先生去做客时会多么难过，其他人会多么牵挂她。爱玛出了戈达德太太的门没走几码远，便遇见了埃尔顿先生，显然他正朝戈达德太太家走来。原来，他听说哈丽特病得不轻，便特地赶来探问，好把消息报告给哈特菲尔德。于是，两人一边慢慢地往前走，一边谈起了那位病人。谈着谈着，约翰·奈特利先生赶了上来。他每天要去一趟当维尔，今天正带着两个大儿子往回走。两个孩子脸上红扑扑的，一看就知道跑了不少路，眼下走得这么急急匆匆，就想赶紧回去吃烤羊肉和大米布丁。两帮人合到一起，一道往前走。爱玛又说起哈丽特的病情："喉咙一片红肿，浑身发烧，脉搏又急又弱。听戈达德太太说，哈丽特的喉咙经常发炎，痛得很厉害，一次次把老太太吓得不知所措，真让我感到不安。"埃尔顿先生顿时大惊失色，禁不住嚷道：

"喉咙发炎！但愿不是传染性的。但愿不是容易传染的坏疽性喉炎。佩里给她看过没有？说真的，你关心朋友，自己也得多加小心。我恳求你千万别冒险。为什么佩里不去看她呢？"

爱玛本人倒是一点也不害怕，只管拿话安慰埃尔顿先生，说什么戈达德太太又有经验又尽心，埃尔顿先生也不那么过于担忧了。不过，爱玛也不想说得像没事一般，还得让他担几分心，而且宁愿助长他的不安。隔了不久，她又说了一番话——像是另扯起了一个话题：

"天好冷，冷极了——看样子，让人觉得要下雪了。如果去的是另一个地方，陪的是另一家人，我今天还真不想出去呢——还要劝我父亲别冒这个险。可他早已打定了主意，好像并不觉得冷，我也就不便阻拦了，因为我知道，倘若我们真不去，韦斯顿夫妇定会大失所望。不过，你听我说，埃尔顿先生，我要是你的话，一定找个借口推辞了。我听你的嗓子已经有点沙哑了，再想想明天要说多少话，让你多么劳累，我看你还是注意一点，今晚待在家里好好休息。”

埃尔顿先生看样子不知如何回答，实际上也确实如此。虽说他为自己受到这样一位美貌小姐的关心而感到喜不自禁，而且也不想不听她的劝诫，但他丝毫也不愿意放弃这次做客的机会。谁想爱玛心里着急，光顾着琢磨她早已想好的主意和念头，既没听明白他的话，也没看清楚他的神情，只听他喃喃地承认天是“很冷，的确很冷”，便感觉很得意，只管继续往前走，一想到这一来埃尔顿先生可以不去兰多尔斯，并能在晚上打发人每个钟头去探望一次哈丽特，心里不禁喜滋滋的。

“你做得很对，”她说，“我们会替你向韦斯顿夫妇表示歉意的。”

她话音未落，便听见她姐夫客客气气地说，埃尔顿先生若是只因天冷而不能去，完全可以搭他的马车，埃尔顿先生立刻欣然接受了他的好意。这下可完了，埃尔顿先生非去不可啦。瞧他那张宽阔而英俊的面孔，从来没有像现在这样喜形于色过；他转脸望着爱玛时，从来没有这样喜笑颜开过，两眼也从来没有这样喜气洋洋过。

“唉，”爱玛心里嘀咕道，“真是太不可思议啦！我都给他想好了脱身的办法，他却偏要去凑热闹，眼看哈丽特在生病也不管！真是太不可思议啦！不过，我看许多男人，特别是单身男人，还就愿意出去做客——喜欢出去做客——以至于出去做客成了他们最快乐的事，最爱做的事，最光彩的事，简直是义不容辞的事，别的事都要为之让路——埃尔顿先生一定是这样的人。一个极其和蔼、极其可敬、极其可爱的青年，深深地爱上了哈丽特，可他还是无法拒绝别人的邀请，不管谁家有请，他都必定要去。爱情真是个怪物呀！他觉得哈丽特又聪明又伶俐，可是又不肯为她牺牲一次宴请。”

过了不久，埃尔顿先生就与他们分手了。临别时，他向爱玛保证说，他在准备与她再次幸会之前，一定到戈达德太太府上探问一下她那位漂亮的朋友的病情，希望能给她带来点好消息；看他提起哈丽特时的神态，听他说话的口气，爱玛可以充分感受到他的满怀柔情。他叹了口气，微微一笑，那样子倒真让人喜欢。

爱玛和约翰·奈特利沉默了一会，随后约翰开口说道：

“我还从没见过一个比埃尔顿先生更想讨人喜欢的人。对女人，他毫不掩饰地一味讨好。在男人面前，他头脑倒还清醒，也不装腔作势，可是一见了女人，整副面孔不知有多做作。”

“埃尔顿先生的举止并不是完美无缺的，”爱玛答道，“不过，你既然想要讨好别人，就势必会有疏忽的地方，而且疏忽的地方还不少。有的人本来没有多大能耐，但只要尽心竭力，就能胜过那些有能耐而不用心的人。埃尔顿先生脾气好，待人亲热，也算是难得。”

“是呀，”约翰·奈特利先生带着狡黠的口吻，连忙说道，“他对你好像特别亲热。”

“对我！”爱玛心里一惊，笑吟吟地答道，“你认为埃尔顿先生看上了我？”

“说实话，爱玛，我真有这样的看法。你要是以前没有意识到，现在可得考虑考虑了。”

“埃尔顿先生爱上了我！想到哪儿去了！”

“我并非说他一定爱上了你，可你要考虑一下有没有这种可能，并对你的行为作出相应的制约。我认为你的举动在怂恿他。爱玛，我是好心劝你。你最好留点神，搞明白你在干什么，打算干什么。”

“谢谢你的好意，不过你确实搞误会了。我和埃尔顿先生是很好的朋友，仅此而已。”说罢又继续往前走，一想到有的人由于对情况只知其一不知其二，而往往搞得阴差阳错，还有的人自恃精明，其实总是一错再错，心里觉得很是好笑；而她姐夫却以为她盲目无知，需要别人指点，搞得她又不大高兴。约翰没再吱声。

伍德豪斯先生这次是打定主意要去做客，尽管天气越来越冷，他却似乎毫无畏缩之意，等时间一到，就与大女儿坐上他的马车，准点动身了，看样子对天气的关注还比不上两个女儿：他光顾着琢磨自己怎么有这般兴头出门去，心想到了兰多尔斯一定非常快活，因而也就意识不到天冷，加上又穿得暖暖和和，越发感觉不到冷。然而，那天着实冷得厉害，第二辆马车刚一起动，天上就飘起了雪花，只见天空阴云密布，仿佛只要刮起一阵微风，天地间顿时就会变成白茫茫的。

没过多久，爱玛发现跟她同坐一辆车的姐夫并不是很高兴。遇到这样的天气，偏要兴师动众地出门去，吃过饭还不能跟孩子们待在一起，真让人受罪，至少令人心烦，约翰·奈特利先生说什么也不乐意。他觉得不管怎么说，跑这一趟得不偿失。因此，在去牧师住宅的路上，他一直在发牢骚。

“赶上这样的天气，”他说，“还要叫人家离开自家的火炉，跑去看望他，这种人一定自以为很了不起。他一定以为谁都喜欢他，我可做不出这种事。真是太不像话——眼下正在下雪呢！真荒唐，不让人舒舒服服地待在家里——人家本来可以舒舒服服地待在家里，却硬是不让，多荒唐啊！我们倘若有什么事情要办，非要在这样一个夜晚往外跑，那我们定会觉得这是一桩苦差。可现在倒好，明明是人人看得清、感受得到的坏天气，都知道应该躲在家里不出来，却偏要违抗天意，也不管身上穿得比平常还单薄，便二话不说，心甘情愿地跑出来。我们要跑到别人家索然乏味地熬上五个钟头，要说要听的每一句话，都是昨天说过听过的，而且明天还要照样说照样听。出门时天气不好，回来时也许更糟。打发四个用人，出动四匹马，就是为了把五个闲得无聊、冻得发抖的人送到一个地方，那里的屋子比他们家里还冷，那里的人比他们家里的人还无聊。”

毫无疑问，约翰·奈特利先生习惯于别人对他随声附和，可爱玛却无法向他欣然表示赞同，无法学着他以往的旅伴常用的口气，对他说一声，“谁说不是呢，亲爱的”。然而她已经打定主意，索性不搭理他。她没法附和他，又怕跟他争吵，最好的办法就是保持沉默。她任他唠叨去，一边关好玻璃窗，裹好衣服，一直闭口不语。

到了牧师住宅，马车掉过头，放下了踏脚板，埃尔顿先生立即上了车，只见他穿着一身黑衣服，风度翩翩，笑容可掬。爱玛心里一高兴，就想换个话题。埃尔顿先生不胜感激，兴高采烈。看他那客客气气、欢天喜地的样子，爱玛以为他一定得到了哈丽特的好消息，跟她听到的不一样。她先前更衣打扮的时候，曾派人去打听过，得到的回答是：“还是老样子——没有好转。”

“我从戈达德太太那儿听到的消息，”她连忙说道，“并不像我期望的那样令人满意。我得到的回答是：‘没有好转。’”

埃尔顿先生顿时拉长了脸，带着伤感的口吻答道：

“哦！是没好转——让我感到难过的是——我正想告诉你，就在我回去换衣服之前，我去了戈达德太太家，听说哈丽特小姐没有好转，一点也不见好转，反而病得更重了。我感到很难过，也很担忧——但我知道她早上吃了点提神的甜酒，还以为她该好些了。”

爱玛微微一笑，答道：“我去看望她，我想是会给她带来点精神安慰的，可是就连我也治不好她的咽喉痛。她的感冒还真是非常严重。佩里先生一直在守着她，你大概也听说了。”

“是的——我在想——就是说——我没有——”

"佩里先生常给她看这样的病，但愿我们明天早上能听到令人欣慰的好消息。不过，真没法让人不着急呀。我们今天见不到她有多可惜啊！"

"太糟糕啦！的确可惜。大家时时刻刻都会想念她的。"

这话说得倒很妥当，接着又是一声叹息，真是难能可贵。不过，他的叹息应该拉长一点。不一会工夫，他就说起了别的事情，而且是带着兴高采烈的口气，让爱玛心里凉了半截。

"用羊皮把马车裹起来，"埃尔顿先生说道，"真是个好主意。这样一来就舒服多了。采取了这样的措施，就不会觉得冷了。绅士的马车配上现代的装置，还真变得完美无缺了。人坐在里面给封得严严实实的，不怕日晒雨淋，连一丝风也透不进来。天气好坏已经完全无关紧要。今天下午天气很冷——可是我们坐在这辆马车里，却一点也不觉得冷。哈！我察觉下小雪了。"

"是呀，"约翰·奈特利说，"我看是要下一场大雪。"

"圣诞节的天气嘛，"埃尔顿先生说，"倒是挺适时的。我们可谓幸运极了，昨天没有开始下雪，不然我们今天兴许还聚不到一起呢：如果地上积了厚厚一层雪，伍德豪斯先生是不大敢出门的。不过现在没有关系了。这是朋友们相会的时节。到了圣诞节，人人都把朋友请到家里，天气再坏也不在乎。有一次我让大雪困住了，在一位朋友家住了一个星期。真是快活极了。我原来打算只住一夜，后来走不了了，住了整整一个星期。"

约翰·奈特利先生看样子好像体会不出这有什么快活的，只冷漠地说了一句：

"我可不想在兰多尔斯让大雪困上一个星期。"

若是换个时候，爱玛也许会给逗乐了，可是现在她感到大为惊讶，埃尔顿先生居然会有兴致去想别的心事。他一心只想大家凑在一

起乐一乐，哈丽特似乎早被抛到了九霄云外。

“我们肯定可以享受到暖烘烘的火炉，”他接着说道，“一切都安排得十分舒适。韦斯顿夫妇是很可爱的人。韦斯顿太太真是任你怎么夸奖都不过分，韦斯顿先生正是受人器重的那种人，热情好客，喜欢交际。今天是个小型聚会，不过，如果到会的都是些谈得来的人，这小型聚会还兴许更有意思。韦斯顿先生的餐厅坐十个人倒还凑合，再多就不舒服了。要是换成我，在这种情况下，我宁可少两个人，也不要多两个人。我想你会同意我的看法，（说着满面柔情地转向爱玛，）我想你一定会赞同我的观点，不过奈特利先生可能比较习惯于伦敦的大型聚会，不大会赞成我们的看法。”

“我从没见识过伦敦的大型聚会，先生——我从没和别人一起吃过饭。”

“真的呀！（语气中充满了惊异和惋惜）我真没想到搞法律会这么辛苦。不过嘛，先生，你的辛劳肯定会得到报偿的，到时候可以少操劳多享受了。”

“我的头一桩享受，”马车通过韦斯顿先生家的大门时，约翰·奈特利先生答道，“就是平平安安地回到哈特菲尔德。”

第十四章

一进了韦斯顿太太的客厅，两位男士就不得不变换一下神态：埃尔顿先生要克制他的兴高采烈，约翰·奈特利先生要打消他的闷闷不乐。为了跟那场合协调起来，埃尔顿先生要少笑一点，约翰·奈特利先生要多笑一点。爱玛只要顺其禀性，尽量显得高高兴兴。她又见到了韦斯顿夫妇，心里还真感到快活。她非常喜欢韦斯顿先生，而他的那位太太，则是她天下最能推心置腹的人；她和父亲凡有什么安排，或者遇到什么琐碎的、为难的或高兴的事，还就爱跟她讲，知道她喜欢听，善解人意，而且总是很感兴趣，总能心领神会。她一说起哈特菲尔德，韦斯顿太太就会不胜关注。本来，私人生活的日常乐趣就取决于一些区区小事，两人滔滔不绝地将这种小事谈了半个钟头，不禁觉得十分开心。

也许，一整天的做客都不会再有这样快乐的事了。当然，眼下这半个钟头也不该这样快活。不过，爱玛一看见韦斯顿夫人，一见到她的笑脸，一触摸到她，一听到她的声音，心里就感到乐滋滋的，决计尽量抛开埃尔顿先生的古怪行为和其他不称心的事，痛痛快快地玩它一番。

爱玛还没到，哈丽特不幸感冒的消息就谈论开了。伍德豪斯先生早已平安到达，在主人家坐了多时，先讲述了他和伊莎贝拉一路上的情形，说是爱玛随后就到，接着叙说了哈丽特生病的原委，最后又得意地谈起詹姆斯该来看看女儿。刚说到这里，另外几个人赶到了。韦斯顿太太本来只能听他絮叨，现在一见来了机会，便连忙转身去迎接亲爱的爱玛。

爱玛原先打算暂时忘掉埃尔顿先生，可等大家坐下后，却见他就坐在她身边，心里很不是滋味。这个对哈丽特无情无义的怪人，要忘掉他还真不容易，他不仅坐在她旁边，而且总是喜眉笑脸地冲着她，急巴巴地抓住一切时机跟她讲话。他的这番举动，不仅没有让爱玛忘掉他，而且还难免让她心里犯疑："难道真让姐夫猜中了？难道说这家伙变了心，不爱哈丽特倒爱起我来了？真是荒谬绝伦，让人无法容忍！"然而他十分关心爱玛是否穿得暖和，对她父亲兴致盎然，对韦斯顿太太喜幸不已。后来又夸奖起她的画来，一边赞叹不已，一边又显露出他的浅薄，俨然像个痴情种子，惹得爱玛差一点失礼。看在她自己的分上，她不能失礼；看在哈丽特的分上，她希望事情还有挽回的余地，便装作客客气气的。不过，这又谈何容易。就在埃尔顿先生胡搅蛮缠搞得她无可奈何时，别人扯起了一个话题，她特别想听一听。她听得出来，韦斯顿先生在说他的儿子。她听见他一次次地反复提到“我儿子”、“弗兰克”，而从另外一些片言只语中，她料想他在说他儿子很快就要来。然而，她还没来得及打断埃尔顿先生的话，韦斯顿先生早已谈完了那个话题，她也不便旧话重提了。

虽说爱玛打定主意一辈子不结婚，但是一听到弗兰克·邱吉尔先生的名字，一想到他这个人，她总要为之怦然心动。她经常在想——特别是在韦斯顿先生和泰勒小姐结婚后——如果她真要结婚，从年龄、性情和家境来看，跟她最相配的就是弗兰克了。鉴于她家与韦斯顿先生家的特殊关系，弗兰克似乎更应该属于她了。她不由得在想，但凡认识他们俩的人，都会把他们视为天生的一对。她坚信韦斯顿夫妇想到了这件事。虽说她不想因为受到弗兰克或别人的诱惑，而舍弃一个在她看来说什么也换不来的美满家庭，但她却很想见见他，很想体验一下他多么讨人喜欢，感受一下讨他喜欢的滋味；一想到朋友们把他们看成天生的一对，心里不禁乐滋滋的。

爱玛如此心荡神驰，埃尔顿先生还来献殷勤，未免太不是时候。不过，使她感到欣慰的是，她尽管心里很气恼，外表却装得挺客气——再说韦斯顿先生为人直率，在她做客期间，想必还会重新提起这一消息，起码说说大概意思。果不其然。到吃饭时，她侥幸地摆脱了埃尔顿先生，坐到了韦斯顿先生身边。就在吃羊脊肉的当儿，韦斯顿先生趁不用关照客人的间隙，对她说道：

“只要再来两个人，我们的人数就正好。我希望能见到两个人，你那位漂亮的小朋友史密斯小姐和我儿子——那样一来，我们的人数可就齐全了。我在客厅里告诉过其他人，说弗兰克要来，你大概没听见吧？我今天上午接到他的信，说他再过两个星期来看我们。”

爱玛说话时，流露出了恰如其分的喜悦。至于说弗兰克·邱吉尔先生和史密斯小姐一来就把人数凑齐了，她表示完全赞同。

“从九月份以来，”韦斯顿先生接着说道，“他就想来看我们。他每封信都这么说，可他掌握不了自己的时间。他要博得某些人的欢心，那些人他不能不讨好，而且（我们俩私下说说），有时还非要作出很大牺牲才能讨个好。不过这一次嘛，我想到了一月份的第二个星期准能见到他。”

“这对你该是多大的乐事啊！韦斯顿太太一心就想见见他，一定会像你一样高兴。”

“是呀，她敢情会很高兴，不过她又担心他还会再次推迟。她不像我那样认为他准能来，不过她也不像我那样了解方方面面的情况。实际上，你知道——（不过这完全是我们俩私下说说，刚才在客厅里我可只字未提呀。你知道，各家有各家的秘密啊。）实际上，他们邀请一伙朋友一月份到恩斯库姆去做客，弗兰克来不来就看他们的聚会是否延期。要是不延期，弗兰克就来不了。不过我知道他们肯定要延期，因为恩斯库姆有一位很有势力的贵妇人，特别讨厌那帮人。虽说每两三年都必须请他们一次，但到了时候总要延期。我敢肯定是这么回事。我有百分之百的把握，一月中旬以前弗兰克一定能来。不过你那位好朋友（说着朝餐桌的上端摆摆头），一向缺乏大胆想象，在哈特菲尔德时就没有这个习惯，因而也不相信那会有什么效应，我可是一直喜欢大胆想象的。”

“很遗憾，居然有人对这件事持怀疑态度，”爱玛答道，“不过，韦斯顿先生，我是赞成你的看法的。只要你认为他会来，我也就认为他会来，因为你对恩斯库姆很熟悉。”

“是呀——我敢说我是很熟悉那地方，虽说我还从没去过那里。那真是个怪女人！不过看在弗兰克的分上，我从不愿说她的坏话，因为我确实认为她很喜欢弗兰克。我以前觉得，她除了喜欢自己以外，不会喜欢别人。不过她总是很关心弗兰克（当然是按她的方式——她遇事容易冲动，爱使小性子，什么都要顺从她的心意）。依我看，弗兰克还真了不起，能讨得她的欢心。有一句话我对别人是不说的：她对谁都是一副铁石心肠，脾气坏透了。”

爱玛很喜欢这个话题，刚回到客厅不久，就冲着韦斯顿太太絮叨开了：一边向她道贺，一边又说，这第一次见面一定会让人战战兢兢的。韦斯顿太太同意她的说法，不过又添了一句：如果到时候真能见得了面，她倒情愿尝尝这战战兢兢的滋味。“我看他不一定能来。我不像韦斯顿先生那样乐观。我还就怕这事儿落得一场空。我想韦斯顿先生已经把实情告诉你了。”

“是的——这事好像完全取决于邱吉尔太太的坏脾气，我想这是最有准头的事啦。”

“爱玛呀！”韦斯顿太太笑吟吟地答道，“反复无常的人有什么准头可言的？”说罢转向先前没在听她们讲话的伊莎贝拉，“你要知道，亲爱的奈特利太太，弗兰克·邱吉尔先生不会像他父亲想象的那样一定会来，我看我们不见得能见得着他。他来不来完全取决于他舅妈高兴不高兴、乐意不乐意，一句话，看她心情好不好。我待你们俩像亲生女儿一样，不妨对你们实话实说。恩斯库姆的事都是邱吉尔太太说了算，她是个脾气很怪的女人。弗兰克这次来不来，就看她肯不肯放他走。”

“唉，邱吉尔太太，谁不了解邱吉尔太太呀，”伊莎贝拉答道，“我一想起那个年轻人，就觉得他太可怜了。跟一个脾气很坏的人朝夕相处，一定很可怕。幸亏我们没遇上这样的倒霉事，这样的生活一定很凄惨。她倒没生过孩子，真是万幸！她若真有了孩子，一个个小家伙不知会给她搞得多么可怜！”

爱玛心想，她要是跟韦斯顿太太单独在一起就好了。那样她就会听到更多的内情。韦斯顿太太对她可以畅所欲言，对伊莎贝拉却不能百无禁忌。她相信，韦斯顿太太不会向她隐瞒邱吉尔家的事，唯一不便说的是对弗兰克的看法，而这些看法她凭本能早已猜了出来。然而眼下可好，韦斯顿太太不肯多透口风了。过了不久，伍德豪斯先生也跟着进了客厅。吃过饭坐久了像是被监禁一样，真让他受不了。他既不爱喝酒，又不想交谈，却兴冲冲地朝一向跟他最对劲的几个人走去。

他跟伊莎贝拉说话的时候，爱玛趁机说道：

“这么说，你还拿不准你的继子这次能不能来。真令人遗憾。做什么事就怕光打雷不下雨，还是越早了结越好。”

“是的。而且每遇到一次推延，都会让人担心遇到接二连三的推延。就是布雷斯韦特家决定延期，恐怕也能找到借口来使我们失望。我看不会是那孩子不愿意来，一定是邱吉尔夫妇不肯放他走。这是出于嫉妒。他们甚至嫉妒他心里想着他父亲。总之，我看他不见得能来，希望韦斯顿先生不要太乐观了。”

“他应该来，”爱玛说道，“他哪怕只能住两天，也应该来。一个年轻小伙子，连这样的事都做不了主，简直令人不可思议。倘若一个年轻女人落到坏人手里，倒可能身不由己，见不到她想见的人。可是一个年轻的男子汉受到这样的管束，想去生身父亲那里住一周都做不到，这就让人不可思议了。”

“你要想知道他什么事做得了主，那就得跑到恩斯库姆，了解一下那家人的规矩，”韦斯顿太太答道，“也许，无论你在评判哪一家人家的哪一个人，你都得采取同样的审慎态度。但是对于恩斯库姆，我认为绝不能照常规来评判。她实在太不讲人情了，什么事都要听她的。”

“不过她倒挺喜欢她那个外甥，对他十分宠爱。依我看，她多亏了她丈夫才有今天的一切，可她总是反复无常地对待他，不肯作出任何牺牲让他过得舒心些；而对她那个外甥，虽说什么也不欠情于他，却常常受他约束。”

“我亲爱的爱玛，你性情温柔，不要假装很理解坏脾气的人，还给总结出一条一条的，你就听其自然吧。我并不怀疑弗兰克有时很有左右力，但究竟是什么时候，他事先也不见得能知道。”

爱玛听着，然后冷静地说道：“只有他来了才能说得准。”

“有些事他可能很有左右力，”韦斯顿太太接着说道，“有些事则没有。在他左右不了邱吉尔太太的事情中，有一桩可能就是不让他来看我们。”

第十五章

没过多久，伍德豪斯先生就想要喝茶了。等喝完了茶，他又一心想要回家。还有些男士没有出来，他的三个伙伴只能尽力给他逗趣，不让他觉得时间已经很晚。韦斯顿先生又健谈，又爱交际，聚会无论怎样早散，他都不喜欢。不过，客厅里终于又来了一些人。埃尔顿先生喜气洋洋的，是最早进来的几个人之一。韦斯顿太太和爱玛一起坐在一张沙发上。他当即走到她们跟前，也不等她们邀请，就坐在了她们中间。

爱玛因为盼着弗兰克·邱吉尔先生要来，也变得兴高采烈，便欣然忘记了埃尔顿先生的不当行为，仍像以前一样觉得他还不错。他一开口就谈起了哈丽特，爱玛笑容可掬地倾听着。埃尔顿先生说他为他那位漂亮的朋友——他那位漂亮、可爱、和蔼的朋友极为担忧。“你知道吗？我们来到兰多尔斯以后，你有没有听到她有什么消息？我很担心——说实话，她的病情使我大为惊恐。”他就这样十分得体地谈论了一番，也不大理会别人怎样回答，一心只为严重咽炎感到惊惧。爱玛觉得他还真不错。

然而，后来事情似乎发生了异变。好像突然间，他之所以担心哈丽特得了严重咽炎，与其说是为哈丽特担心，不如说是为爱玛担心——与其说是关心这种病不要传染，不如说是关心爱玛不要传染上这种病。他情恳意切地求她暂时不要再去探望病人——求她答应他不冒这个险，等他去探问过佩里先生的意见再说。尽管爱玛想一笑置之，把话题扯回到正轨上来，可他还是为她忧烦个没完。爱玛有些恼火了。看起来——他也没法掩饰——他爱的显然是她爱玛，而不是哈丽特。如果当真如此，那就是朝三暮四，真是可鄙至极，可恶至极！爱玛很难捺住性子了。埃尔顿先生转向韦斯顿太太，求她帮助。“难道你不支持我吗？难道你不肯帮我劝一劝伍德豪斯小姐，叫她在拿不准史密斯小姐的病是否传染之前，先不要去戈达德太太家吗？她不答应我，我就不罢休——难道你不肯施加点影响，劝她答应我吗？”

“对别人关怀备至，”埃尔顿先生接着说道，“对自己却这样漫不经心！她要我今天待在家里，治好感冒，可她自己面临染上溃疡性咽炎的危险，也不答应避一避！韦斯顿太太，这公平吗？你给我们两个评评理。难道我没有权利抱怨吗？我想我一定会得到你的好心支持和援助。”

他说这番话时，从措辞到神态都显得他有资格异乎寻常地关心爱玛，因而爱玛发觉韦斯顿太太吃了一惊，而且觉得准是大吃一惊。而她本人因为又气又恼，一时不知说什么是好。她只能瞪他一眼，可是她心想，这一眼准能叫他清醒过来。随后她离开了沙发，坐到了她姐姐身边，把注意力都集中到她身上。

她还没来得及弄清埃尔顿先生如何对待她的这一责难，马上就冒

出了另一个话题。原来，约翰·奈特利先生出去察看天气，这时刚回到屋里，向大家报告说外面已是遍地白雪，而且大雪还在纷飞，风也刮得正猛。最后，他又对伍德豪斯先生这样说道：

“先生，这将是你们冬季活动的一个有力的开端。让你的马车夫和马匹在暴风雪中赶路，这可是新鲜事儿啊。”

可怜的伍德豪斯先生吓得说不出话来，而别人却有话可说，有的表示吃惊，有的并不感到奇怪，有的提出疑问，有的安慰两句。韦斯顿太太和爱玛苦口婆心地劝解他，叫他不要理会他女婿。他那个女婿真是冷酷无情，还要得意地乘胜追击。

“这样的天气还要冒险出门，”他说，“我很敬佩你的勇气，先生，因为你出门前肯定看出就要下雪了。谁都能看出就要下雪了。我钦佩你的勇气。我们也许能平平安安地回到家里。雪再下一两个小时，也不会把路封得无法通行。我们有两辆马车，就是一辆在荒野上让风吹翻了，还可以用那另一辆。也许在午夜之前，我们都能平平安安地回到哈特菲尔德。”

韦斯顿先生以另一种得意的口吻，说他早就知道在下雪了，但他没有吭声，免得引起伍德豪斯先生心焦，借口急着回家。至于说下了多大的雪，或者说要下多大的雪，搞得大家回不了家，那不过是说着玩的，他还就怕遇不到什么困难。他巴不得路不好走，他可以把客人全留在兰多尔斯。他满腔热情，保证能把每个人安顿好，还叫他太太同意他的说法：只要稍微想点办法，就能给每个人安排好住处。可韦斯顿太太真不知如何是好，因为她心里有数：家里只有两个空房间。

“怎么办，亲爱的爱玛？怎么办？”这是伍德豪斯先生发出的第一声惊叫，而且他有半晌没再作声。他向爱玛寻求安慰。爱玛保证不会有问题，说那几匹马都很精良，詹姆斯也很精干，再说周围还有那么多朋友，这才使他情绪好了一点。

他的大女儿和他一样惊慌。伊莎贝拉想来想去，就怕自己给困在兰多尔斯，而孩子们却待在哈特菲尔德。她心想，对于肯冒险的人来说，那条路现在还能通行，但是不能再拖延了，因此她急于要说定，让父亲和爱玛留在兰多尔斯，而她和丈夫立即出发，也许积雪会阻碍他们行进，他们还是要往回赶。

“亲爱的，你最好马上吩咐备车，”她说，“我们要是马上动身，也许还赶得回去。要是遇到很糟糕的情况，我可以下车走。我一点也不怕。就是走一半的路程，我也不在乎。你知道，我一到家就可以换鞋，这种事儿是不会使我着凉的。”

“真的呀！”她丈夫答道，“亲爱的伊莎贝拉，这倒是天下最奇特的事情了，因为平常什么事都能使你着凉。走回家去！也许你穿了一双很棒的鞋子，是可以走回家。可是那几匹马却受不了。”

伊莎贝拉转向韦斯顿太太，希望她能赞成她这个办法。韦斯顿太太只能表示赞成。伊莎贝拉接着走到爱玛跟前，可是爱玛还没有完全放弃大家一道走的希望。几个人正议论的时候，奈特利先生回来了。原来，他刚才听他弟弟说下雪了，便立即走出屋去，回来告诉大家说，他到外面察看过了，诸位不论什么时候想回去，现在也好，再过一个小时也好，管保没有丝毫困难。他走过了拐弯处——在去海伯里的路上走了一程——哪里的积雪也没超过半英寸厚——许多地方几乎连地面还没变白。眼下只是稀稀拉拉地飘着几片雪花，而云彩却在散开，看来雪就快停了。他见过了两个马车夫，他们都同意他的看法，认为没什么可担心的。

一听这话，伊莎贝拉不禁松了一大口气，爱玛为了父亲的缘故，同样觉得很高兴。伍德豪斯先生虽然神经脆弱，心里也马上宽慰下来。不过，刚才引起那样一场虚惊，只要还待在兰多尔斯，他就不会感到自在。他感到高兴的是，现在回家没有什么危险了，但是不管别人怎么说，他都不相信待下去会安然无事。就在众人七嘴八舌出主意、提建议的时候，奈特利先生和爱玛三言两语就把这个问题解决了：

“你父亲安不下心来，你们为什么不走呢？”

“如果别人想走，我也不成问题。”

“要我拉铃吗？”

“行，你拉吧。”

奈特利先生拉了铃，也吩咐了备马车。又过了一会，爱玛希望看到一个烦人的伙伴回到自己家里，变得清醒和冷静下来，而另一个伙伴经历了这次艰苦的做客之后，能重新平静和高兴起来。

马车来了。遇到这种场合，伍德豪斯先生总是首先受到关照，奈特利先生和韦斯顿先生小心翼翼地把他送上了他自己的马车。不过，他一看到下了那么多的雪，发现夜色比他预想的暗得多，不由得又惊恐起来，他们两个再怎么安慰，也无济于事。“我担心这一路很难走。恐怕可怜的伊莎贝拉不会觉得好受。可怜的爱玛要坐在后一辆车上。我不知道怎么办才好。两辆车要尽量靠近些。”于是他吩咐詹姆斯，叫他赶慢一些，等候另一辆车。

伊莎贝拉紧跟着父亲上了车，约翰·奈特利忘了他不该跟他们坐同一辆车，便理所当然地跟着妻子上去了。于是，爱玛由埃尔顿先生陪伴上了第二辆车时，就发现车门理所当然地关上了，他们可以坐在车上促膝谈心了。如果这事发生在她没起疑心之前，那她就一刻也不会感到尴尬，反倒会觉得十分快乐。她可以跟他谈论哈丽特，四分之三英里的路像是只有四分之一英里长。可是现在，她倒宁愿不要出现这种情况。她心想，韦斯顿先生的佳酿他喝了不少，肯定要胡言乱语了。

她想借助自己的仪态，来尽量约束他，便立即准备用十分平静而又十分严肃的口吻，谈谈天气和夜晚。可是她刚一开口，他们的马车刚走出大门，刚跟上另一辆马车，她的话题便被打断了——她的手被抓住了——她不得不听埃尔顿先生讲话了，他竟然狂热地向她求起爱来。他抓住这个宝贵的机会，倾诉他那早已众所周知的情感——又是希望——又是忧虑——又是倾慕——如果遭到拒绝，他宁愿去死。不过，他自信他的爱是热烈的、无与伦比的、绝无仅有的，必定会收到一定的效果。总之，他下定决心，非要她尽快郑重接受不可。情况确实如此。埃尔顿先生本来爱着哈丽特，现在却声称他爱她爱玛，居然无所顾忌——不作辩解——也见不到羞怯之色。爱玛想制止他，可是徒劳无益，他偏要讲下去，把话统统讲出来。爱玛尽管很气愤，但是由于当时的一个念头，到说话时又决计克制住自己。她觉得他做出这种蠢事，在相当程度上是酒后失态，因此很可能是一时的现象。于是，针对他的半醉半醒，她认为最好采取半认真半开玩笑的办法，说道：

“我感到非常惊讶，埃尔顿先生。居然对我说这些话！你忘乎所以了——你把我误当成我的朋友了——你有什么口信要带给史密斯小姐，我愿意代劳，可是请你别再向我说这种话了。”

“史密斯小姐！带口信给史密斯小姐！她算得了什么？”埃尔顿先生重复着她的话，口气那样坚定，装出一副不胜惊讶的神态，爱玛禁不住急忙答道：

“埃尔顿先生，你这行为太令人惊奇了！对此我只能作出一种解释：你神志不清了，不然你不会以这种方式跟我说话，也不会以这种方式谈论哈丽特。你清醒一些，不要胡说了，我尽量忘记今天的事。”

可是埃尔顿先生喝下的酒，只足以使他鼓起勇气，还不足以使他神志不清。他完全明白他的意图。他提出强烈的抗议，说她这样猜疑太让他伤心。他还顺便提起史密斯小姐作为爱玛的朋友，自然受到他的尊重，但是他感到奇怪，爱玛居然会提起她。他又重新说起了他的倾慕之情，急切地希望得到一个有利的回答。

爱玛认识到他的问题不是酒后失态，而是朝三暮四，肆无忌惮，便不顾什么礼貌了，回答道：

"我再也不用怀疑了。你已经表露得太清楚了。埃尔顿先生，我的惊讶是远远不能用言语来表达的。这一个月来，我亲眼看见你那样厚待史密斯小姐——我天天看见你向她献殷勤——现在却如此这般地向我求起爱来——这真是朝三暮四，我万万想不到会有这种事！请相信我，先生，你向我表白钟情，我一点也不感到高兴，丝毫也不感到高兴。"

"天哪！"埃尔顿先生嚷道，"这是什么意思呀？史密斯小姐！我有生以来从没想到过史密斯小姐——除了把她看作你的朋友以外，从没向她献过殷勤，从不管她是死是活。如果她想到别的地方了，那是她自己一厢情愿引起的错觉，我感到非常抱歉——万分抱歉——不过，史密斯小姐，怎么会呀！哦！伍德豪斯小姐！有伍德豪斯小姐在身边，谁还会看得上史密斯小姐啊！不，我以名誉担保，这谈不上朝三暮四。我心里只有你。我绝不承认对别人动过丝毫的念头。好几个星期以来，我说的每句话，做的每件事，都只有一个意图，就是表白我对你的倾慕。你不可能当真怀疑我的真情。不可能！——（用讨好的口气说）——我想你一定看出来了，明白我的意思。"

爱玛听了这话心里作何感想——在她的种种不快心情中，哪一种来得最为强烈，这是不可能讲清楚的。她气得一时答不上话来。埃尔顿先生本来就挺自信，现在见她沉默了一阵，心里越发受到鼓舞，便再次抓住她的手，兴冲冲地嚷道：

"迷人的伍德豪斯小姐！请允许我来解释这意味深长的沉默吧。这是承认你早就明白我的意思了。"

“不，先生，”爱玛嚷嚷道，“绝没有这样的事。在这之前，我不仅一点也不明白你的意思，而且完全误解了你的意思。我感到很遗憾，你居然会动起感情来——我最不希望看到这样的事——你喜爱我的朋友哈丽特——你追求她（看来像是追求），使我感到十分高兴，我一直真心诚意地祝你成功。不过，我要是知道你去哈特菲尔德不是为了她，那我一定会认为你常来常往是打错了主意。难道我会相信你从来没有想过要讨好史密斯小姐？你从来没有认真地考虑过她？”

“从来没有，小姐，”埃尔顿先生觉得自己受到了侮辱，便大声嚷道，“我向你保证，从来没有。我会认真考虑史密斯小姐！史密斯小姐是个很好的姑娘，我真希望她能有个体面的归宿。但愿她非常幸福。毫无疑问，有些男人不会反对——各人有各人的标准。不过，就我而言，我想我还没有可怜到那个地步。我可不是没有希望找到一个门当户对的人，而只好去向史密斯小姐求婚！不，小姐，我去哈特菲尔德只是为了你，而你给我的鼓励——”

“鼓励！我给你鼓励！先生，你这样想可就大错特错了。我只是以为你爱上了我的朋友。若不是由于这个缘故，我只会把你看成一个一般的相识。我感到万分抱歉。不过，这样也好，误会到此为止。你要是还像以前那样，史密斯小姐兴许也会误解你的意思。你觉得你们之间门第悬殊，她可能跟我一样没有意识到。不过，实际上，这失望只是单方面的，而且我相信也不会持久。目前我还不打算结婚。”

埃尔顿先生气得没再作声。爱玛态度坚决，他没法再恳求。他们就这样越来越气愤，彼此羞愧不已，却不得不在一起再熬一阵，因为伍德豪斯先生害怕出危险，他们的马车只得慢慢地走。两人若不是怒气冲冲，定会感到尴尬至极。不过，直截了当地把情绪发泄出来，也就省得拐弯抹角地闹别扭了。他们也不知道马车什么时候拐进了牧师住宅巷，什么时候停了下来，却突然发现来到了牧师住宅门口。埃尔顿先生也没吭一声，就下了车。爱玛觉得有必要跟他道声晚安，对方同样回了声晚安，语气冷漠而高傲。接着，她带着无法形容的恼怒，回到了哈特菲尔德。

她父亲怀着万分喜悦的心情，欢迎她归来。他刚才一直在胆战心惊，唯恐她一个人坐车从牧师住宅回来，会遇到什么危险——车子要拐一个他想都不敢想的弯——赶车的是个陌生人——一个很一般的马车夫——而不是詹姆斯。看来，只要她平安归来，家里就会万事大吉。约翰·奈特利先生因为发过脾气，心里感到惭愧，现在显得非常亲切，非常体贴人，而且特别关心她父亲的安康，看样子——即使不大乐意陪他喝一钵粥——也深知喝粥对身体极有好处。对于这一家人来说，这一天在平静和舒适中结束了，只有爱玛例外。她从来没有这样心烦意乱过，好不容易装出了一副专心致志、高高兴兴的样子，直到最后各自回房休息的时候，她才松了一口气，能静下心来思索一番。

第十六章

头发卷好了，女佣给打发走了，爱玛便坐下来思前想后，心里很不好受。这件事真让人伤心！她一直在企盼的事，就这样告吹了！她最讨厌的事，却出现了这样的结果！对哈丽特是多大的打击啊！这是最糟糕的。这件事处处给她带来了这样那样的痛苦和羞辱。但是，比起哈丽特的不幸来，一切都是微不足道的。假如她的过失仅仅殃及她本人，那她即使觉得自己比实际上犯了更大的错误——更严重的错误——由于判断错误而丢失更大的脸面，她也会心甘情愿。

“如果哈丽特不是听了我的劝说喜欢上了这个人，那我什么都可以忍受。埃尔顿先生可以对我做出加倍冒昧无礼的事来——但是可怜的哈丽特啊！”

她怎么能受这样的蒙骗呀！埃尔顿先生分辩说，他从来没有认真考虑过哈丽特——从来没有啊！她仔细想了想，可是脑子里却乱糟糟的。她觉得是她先有了这个念头，然后什么事都往这上面扯。不过，他的态度肯定是含含糊糊、犹犹豫豫、暧暧昧昧的，否则她绝不会产生这样的误解。

那幅画像！他多么热衷于那幅画像啊！那个字谜！还有上百个别的证据。看上去清清楚楚地表明他有意于哈丽特。当然，字谜中用了“聪敏过人”——接着又用了“温柔的眼睛”——其实这两者都不恰当。这只是一种胡拼乱凑，既不高雅，又不符合实际。谁能猜透这种笨拙的胡说八道呢？

的确，她经常感到他没有必要对她那样殷勤，特别是最近。不过，她一直把这看成他的习性，看成仅仅是错觉、误断或情趣不高，看成他并非一直生活在上流社会的一个明证。所以，尽管他谈吐斯文，但他有时还缺乏真正的文雅。不过，直到今天以前，她一直以为他念她是哈丽特的朋友，便对她又感激又敬重，一刻也没怀疑他还会有什么别的意思。

她多亏了约翰·奈特利先生，才第一次想到这个问题，开始意识到这种可能性。无可否认，这兄弟俩很有洞察力。她记得奈特利先生有一次跟她谈起埃尔顿先生，提醒她小心一些，说他深信埃尔顿先生绝不会轻率结婚。对于埃尔顿先生的品格，有人看得比她准确得多，她想到这里脸就红了。这真叫她万分羞愧。的确，埃尔顿先生在许多方面与她想象的截然相反：傲慢、骄矜、自负，一心只为自己打算，丝毫不顾忌别人的情感。

此事异乎寻常的是，埃尔顿先生向她求爱，反而使她看不起他。他的表白和求婚全是徒劳无益。她一点也不稀罕他的爱，他的满怀希望使她感觉受了侮辱。他想攀一门好亲事，便自不量力地看中了她，大言不惭地说是爱上了她。不过，使她感到十分欣慰的是，他并没有颓然为之失望，用不着别人来安慰。他的言词和神情都没流露出真实的柔情。他说了不少甜言蜜语，老是唉声叹气，但她简直想不出有哪句话，也想不出有哪个声调，能比他的话、他的声调更缺少真正的爱。她用不着自寻烦恼来可怜他。他只不过是想提高自己的身价，捞取钱财而已。如果哈特菲尔德的身为三万英镑家产继承人的伍德豪斯小姐，并不像他想象的那样容易捞到手，那他马上就会去另找一位拥有两万英镑或一万英镑的小姐。

但是——他居然说他受到了鼓励，居然认为她知道了他的心意，接受了他的献殷勤，一句话，打算嫁给他！居然认为自己在门第和心智上与她旗鼓相当！居然瞧不起她的朋友，光看到别人地位比他低，却看不到有人地位比他高，居然不知天高地厚，向她求起婚来！真叫人来气。

也许，要指望他感觉自己在天资和心灵优雅上赶不上她，那是不公道的。正是因为双方相去甚远，他才看不到这种差距。不过他应该明白，就财产和地位而言，她爱玛比他优越得多。他一定知道，伍德豪斯家是一个古老世家的后裔，已在哈特菲尔德居住了好几代——而埃尔顿家却湮没无闻。当然，哈特菲尔德的地产数量很少，只不过像是当维尔寺的一隅，海伯里的其余地产都归当维尔寺所有。不过，伍德豪斯家别的财源充裕，在其他方面几乎都不亚于当维尔寺。伍德豪斯家在这附近一带早就享有很高的声望，而埃尔顿先生只是两年前才来到这里，一心只想往上爬，除了职业上的来往之外，跟外界没有其他任何交往，除了身为牧师和对人彬彬有礼之外，没有其他任何惹人注目的地方。然而他却异想天开，以为她爱玛爱上了他。显然，他一定是这样认为的。举止那么斯文，心里却那么不自量，爱玛对这明显的表里不一嘀咕了一阵之后，又不得不停下来，坦率地承认自己对他那样热心体贴，那样礼貌周全，像埃尔顿先生这样不大明察、不大敏锐的人，在没有察觉她的真正动机的情况下，难免会想入非非，认定自己成了她的心上人。既然她爱玛都误解了他的感情，那他埃尔顿让个人的私利迷住了心窍，因而误解了她的感情，她也就没有什么权利觉得奇怪了。

首先出错，而且错得更严重的，是她。那么起劲地要把两个人撮合在一起，真是又愚蠢又荒唐。本该是很严肃的事，却不当一回事，本该是很简单的事，却拿来当儿戏，真是太冒失、太逞能了。她深感不安，羞愧不已，决心再也不干这种事了。

"其实，"她心想，"可怜的哈丽特是听了我的话，才深深地爱上了这个人。要不是因为我，她可能永远也不会想到他的；要不是我一再说他喜欢她，她绝不会对他抱有希望，因为她这个人又谦虚又谨慎，以前我总以为埃尔顿先生也是又谦虚又谨慎。唉！要是我仅仅劝说她拒绝马丁就好了。在这一点上，我全然没有错。这件事我干得很好，不过我应该就此罢手，其余的留给时间和机会去安排。我把她引荐到上流社会，使她有机会赢得一个值得攀附的人的好感；我不该做过了头。可是现在，可怜的姑娘，她的心在很长一段时间里得不到安宁了。我只不过帮了她一半忙。即使她对这次失恋并不感到十分伤心，那我也想不出还有哪个人对她比较合适。威廉·考克斯——哦！不行，我可受不了威廉·考克斯——一个冒冒失失的年轻律师。"

她不再往下想了，不由得脸红了，笑自己又故态复萌。接着她又更加认真、更加颓丧地回顾了已经发生的事，揣摩了可能发生和必定发生的事。她不得不令人伤心地向哈丽特说明实情，可怜的哈丽特会感到多么痛苦，以后他们俩再见面会多么尴尬，不管继续来往还是中

断来往，以及抑制感情，掩饰忿恨，避免冲突，都是很难的事，这些足以使她懊丧地又思忖了一会。最后她上床睡觉了，除了确信自己铸成大错之外，别的什么也没琢磨出来。

像爱玛这样富有朝气而又生性欢快的人，尽管夜里一时感到忧伤，但是一到白天定会重又高兴起来。早晨的朝气和欢快气息与她有着绝妙的酷似之处，而且对她起着强烈的感染作用。只要不是痛苦得无法合眼，等到睁开眼时，那就会感到痛苦已经缓解，心里充满了希望。

爱玛第二天起床时，感觉比上床时好受一些，心想眼前的不幸还会不断减轻，相信她定能从中摆脱出来。

使她感到莫大安慰的是：其一，埃尔顿先生并没有真正爱上她，对她并不是特别亲切，拒绝他也没有什么大不了的；其二，哈丽特不是一个生性出众的人，感情不是十分强烈，也不会至死不变；其三，除了三个主要的人之外，没有必要让其他人知道内情，特别是没有必要让她父亲为这事感到一时一刻的不安。

这些想法使她高兴起来。看到地上积着厚厚的雪，她越发感到高兴，因为任何事只要能使他们眼下互不见面，她都要为之庆幸。

天气对她十分有利。虽然是圣诞节，她却不能上教堂。她若是想去的话，伍德豪斯先生定会于心不忍，因此她可以确保无事，既不会引起又不会招来令人不快和令人难堪的想法。地上覆盖着雪，天气变幻不定，时而要结冰，时而要解冻，这最不适合搞什么活动。每天早上不是下雪就是下雨，到了晚上就开始结冻。接连好几天，她都心甘情愿地关在家里。跟哈丽特没法来往，只能写写信；星期天跟圣诞节一样，也不能上教堂；埃尔顿先生不来登门，也无须为他找什么借口。

这种天气完全可以把每个人都禁锢在家里。爱玛虽然认为父亲跟朋友在一起过得很快活，也希望他能这样做，但是使她十分高兴的是，他现在却情愿一个人待在家里，明智地不出门；而且她还听他对不管什么天气都要来看他们的奈特利先生说：

“咳！奈特利先生，你为什么不像可怜的埃尔顿先生那样待在家里呢？”

要不是因为心里烦恼，这几天闭门不出本可以过得极其愉快，因为她姐夫最不喜欢人来人往，而他的情绪又总给他的朋友带来很大影响。再说，他在兰多尔斯生的闷气早已涤荡而光，回到哈特菲尔德以后一直是和和气气的。他总是又和蔼又热心，谈起谁来都拣好话说。不过，尽管可望让人快活的事情不少，尽管还存在暂时拖延的欣慰，但是向哈丽特说明真情的时刻总要来临的，这一不幸正威胁着爱玛，使她不可能完全安下心来。

第十七章

约翰·奈特利夫妇没有在哈特菲尔德逗留多久。天气很快好转，该走的人可以走了。伍德豪斯先生像往常一样，先是挽留女儿跟孩子们多住些日子，后来不得不把他们全都送走了，回头又哀叹起可怜的伊莎贝拉的命运来。而这位可怜的伊莎贝拉跟自己心爱的人朝夕相处，光知道他们有这样那样的优点，全然看不到他们有什么缺点，而且总是天真地忙来忙去，或许真可以说是女人生活幸福的一个典范。

就在他们走的那天晚上，埃尔顿先生叫人给伍德豪斯先生送来了一封信。这是一封礼仪周全、客客气气的长信，表达了埃尔顿先生的崇高敬意。信里说：“我打算明天早上离开海伯里去巴思[①]。我接受了

① 英国萨默塞特郡的一个城市，历史悠久的矿泉疗养胜地。

几位朋友的盛情邀请，答应去那里住上几周。由于天气和事务的关系，我不能亲临府上辞行，深感抱歉。我将永远铭记先生的深情厚谊——先生如有吩咐，我将乐意效劳。”

爱玛感到惊喜不已。埃尔顿先生这时候走开，真是求之不得。她佩服他能想出这一招，但他采取这种方式通知他们，她却无法赞赏。他客客气气地给她父亲写信，对她却只字不提，这再明显不过地表露了他的忿懑之情。甚至在开头的问候中，也把她撇在一边，连她的名字都不提一下。他这番变化太明显了，辞别中虽然表示了谢意，但是一本正经的并不明智，因此她从一开始就担心，这难免会引起她父亲的猜疑。

不过这倒没有。她父亲光顾得为埃尔顿先生这次突然出门感到诧异，还担心他能否安全抵达目的地，并没有察觉他的言词有什么异乎寻常的地方。这封信很有用处，在这孤寂的夜晚余下的时间里，他们有新鲜的事可以想、可以谈了。伍德豪斯先生谈起了他的担忧，爱玛则兴致勃勃地劝说他，像往常一样迅速打消了他的忧虑。

她现在打定主意，不再让哈丽特蒙在鼓里。她有理由相信，哈丽特的感冒差不多痊愈了，她最好赶在埃尔顿先生回来之前，尽可能多花些时间治好她的心病。于是，第二天她就跑到戈达德太太家，去承受说明真情的苦差。这还真是一件苦不堪言的差事。她不得不把她辛勤培育出来的希望全部摧毁——摆出一个令人喜爱之人的令人讨厌的身份，承认最近六个星期以来，她在这个问题上的所有想法、所有看法、所有信念、所有预言，全都是大错特错，荒谬绝伦。

这番坦白又彻底勾起了她起初的羞愧——眼见哈丽特流出了眼泪，她觉得她永远也不能原谅自己了。

哈丽特听了这消息，表现得倒挺能担待的——也不责怪谁——处处表明了她那纯朴的性情和自卑的心理，而此时此刻，这对她的朋友一定具有特别重要的意义。

爱玛这时的心情，倒是再推崇纯朴和谦逊不过了。天下一切最可爱、最迷人的优点，似乎都属于哈丽特的，而不为她所有。哈丽特认为自己没有什么好抱怨的。要是能被埃尔顿先生这样的男人所爱上，那该是多大的荣幸。她根本配不上他——只有伍德豪斯小姐这种好心加偏心的朋友，才会认为有这个可能。

她泪如泉涌——不过她是真的伤心，丝毫也不做作，在爱玛看来，不管多高贵的人，也不会比她表现得更可敬——爱玛听她说话，真心诚意地安慰她、体谅她——这时她还真觉得，她们两人比起来，哈丽特倒是更强些——她若是能像哈丽特那样，那她就会感到无比安乐、无比幸福，任何富有聪明才智的人都要望尘莫及。

天已经很晚了，要从这一天学着变得头脑简单、愚昧无知，那是来不及了。但她离开哈丽特时，还是坚定了先前的决心：从今以后，一定要谦虚谨慎，不再胡思乱想。现在，除了伺候父亲之外，她的第二职责就是让哈丽特过得快活，用一种比做媒更好的方式，证实自己对她的一片真心。她把她接到哈特菲尔德，始终无微不至地关怀她，想方设法让她做事，帮她解闷，给她书看，陪她聊天，使她不再去想埃尔顿先生。

她知道，要彻底做到这一点还需要时间。一般说来，她觉得自己对这类事不是很明鉴，特别是有人竟然爱上了埃尔顿先生，真叫她不可思议。不过，哈丽特毕竟年轻，加上希望已经完全破灭，只要这样发展下去，等到埃尔顿先生回来时，双方的情绪就可以归于平静，大家又能像一般熟人那样往来，既不会流露柔情，也不会增添蜜意。这似乎也是合情合理的。

哈丽特确实把埃尔顿先生视为完人，认定世上没有人在品貌上能与他媲美，事实证明她还真比爱玛料想的更爱埃尔顿先生。不过，爱玛觉得这种单相思会自然而然地、不可避免地受到抑制，因此她无法理解这样的感情能持续多久。

她认为埃尔顿先生回来后，肯定会明确无疑地摆出一副毫不在乎的架势，如果真是如此，那她可就想象不出：哈丽特为什么非要把自己的幸福寄托在见到他或回想他上。

他们住在同一个地方，而且是绝对无法改变的，这对谁都不利，对三个人都不利。他们谁也搬不走，谁也无法改变自己的社交环境。他们必定要见面，而且要尽可能随遇而安。

对哈丽特来说，更加不幸的，是她在戈达德太太学校里的同伴们的说话腔调。埃尔顿先生成了学校里所有女教师和了不起的女学生的崇拜对象。只有在哈特菲尔德，她才有机会听到有人对他作出冷静而适度的分析，说出令人反感的事实。创伤如果可以在哪儿治愈的话，那就该哪儿受伤就在哪儿治愈。爱玛感到，不看见哈丽特治愈创伤，她自己就不可能有真正的安宁。

第十八章

弗兰克·邱吉尔先生没有来。约定的日子临近了，来了一封致歉信，说明韦斯顿太太的担心不是没有道理。眼下他走不开，为此“深感歉疚和遗憾；但仍望不久能来兰多尔斯”。

韦斯顿太太感到失望极了——实在比她丈夫还失望得多，虽说对于究竟能否见到这位年轻人，她原来所抱的希望比她丈夫也小得多。不过，性情乐观的人，尽管总是不切实际地希望多有好事发生，但当希望落空时，他的沮丧并不一定与希望成正比。他会很快忘记眼前的失败，重新燃起新的希望。韦斯顿先生惊讶、遗憾了半个钟头，但是随即便意识到，弗兰克打算过两三个月再来，这反而要好得多：那时候季节更好，天气也更好，他还可以多住一些时间，无疑比现在就来要长得多。

这样一想，他心里马上就舒坦了。而韦斯顿太太生来比较喜欢担忧，便预料以后还会出现一次次的道歉和推延。她担心丈夫心里难过，因而她自己心里要难过得多。

爱玛这时并没有心思去计较弗兰克·邱吉尔先生来不了，只觉得这件事会叫兰多尔斯的人感到失望。结识这个人，眼下对她没有什么吸引力。她倒宁可安安静静，不受任何诱惑。不过，她最好装得跟平常一样，看在她与韦斯顿夫妇友情的分上，对这件事深表关心，对他们的失望深表同情。

是她第一个向奈特利先生报告了这件事，还对邱吉尔夫妇不放弗兰克走这种行为，必不可少地（或者说，是出于装模作样，甚至异常做作地）说了些慷慨激昂的话。接着，她又说了一些言不由衷的话，什么萨里这地方一向冷冷清清，他要是能来该有多好；什么能看到一个新来的人，该有多么快乐；什么他一来，整个海伯里会像过节一样欢天喜地；临了，又把邱吉尔夫妇责怪了一番，不料与奈特利先生的意见大相径庭。使她感到十分有趣的是，她发觉自己完全站在了她真实观点的反面，在用韦斯顿太太的论点反驳她自己。

“邱吉尔夫妇很可能是有责任，”奈特利先生冷静地说道，“不过他要是真想来，也许还是能来的。”

“我不明白你为什么要这样说。他非常想来，可他舅舅、舅妈就是不让他走。”

“如果他一定要来，我不相信他就来不了。这是不可能的事，没有真凭实据我是不会相信的。”

“你这人真怪！弗兰克·邱吉尔先生出什么问题了，你要把他看成如此不通人情？”

"我可没有把他看成不通人情，我只是猜想他跟什么人在一起就学什么样，兴许都不把亲戚朋友放在眼里，一心只顾自己的快乐。一个由傲慢自大、爱好奢侈、自私自利的人抚养大的年轻人，也会是傲慢自大、爱好奢侈、自私自利的，这是再自然不过的事情，不以人们的主观意愿为转移。如果弗兰克·邱吉尔真想来看他父亲，他在九月和一月间总是可以设法办得到的。一个人到了他这个年龄——他多大了？——二十三四岁吧——不可能连这么点事都办不到。不可能。"

"你说得轻巧，想得轻巧，因为你什么事都是自己做主。奈特利先生，你一点也不懂得寄人篱下的难处。你也不懂得对付坏脾气是什么滋味。"

"一个二十三四岁的人连那点身心自由都没有，真是不可想象。他不会缺钱——也不会缺时间。我们都知道，正相反，他这两样东西有的是，还真想跑到王国最无聊的地方把它们消耗掉。我们常常听说他不是去了这个海滨，就是去了那个温泉疗养地。不久以前，他还去了韦默斯①。这说明他是可以离开邱吉尔夫妇的。"

"是的，有时候是可以。"

"那都是他认为值得的时候，有欢乐引诱他的时候。"

"不熟悉人家的处境就评判人家的行为，这是很不公平的。没有在人家家里待过，谁也说不清这家人家的哪一个人有什么难处。我们必须先了解一下恩斯库姆的情况，以及邱吉尔太太的脾气，然后再断定她的外甥能够做些什么事。也许他有时候可以做许多事，有时候却不能。"

"有一件事，爱玛，只要一个人想做，总是做得成的，那就是尽他的责任。用不着玩花招，耍手腕，只需要毅力和决心。来看望他父

---

① 英国南部海滨胜地。

亲，这是弗兰克·邱吉尔的责任。从他的许诺和信件来看，他知道他有这个责任。如果他真想尽这个责任，还是可以做得到的。一个理直气壮的人，会斩钉截铁地对邱吉尔太太说：‘如果仅仅是为了娱乐，你总会发现，我乐意根据你的意愿放弃一切机会；不过，我必须马上去看望我父亲。我知道，我这次不去向他表示自己的心意，他一定会难过的。因此，我明天就动身。’如果他能当即用男子汉的坚决口吻对她这么说，她绝不会不让他来。”

“是不会，”爱玛笑着说道，“不过，也许会不让他再回去了。一个完全寄人篱下的年轻人，居然会用这样的言语说话！除了你奈特利先生以外，谁也不敢想象会有这种事。不过，跟你处境截然相反的人应该怎么办，你是一点也不知道的。弗兰克·邱吉尔先生是由他舅父母抚养大的，以后还要靠他们供养，他怎么能跟他们说出这样的话来！我想是站在屋子当中，扯着嗓门大喊大叫吧！你怎么能以为他会这样做呢？”

“没错，爱玛，一个有头脑的人不会觉得这有什么难的。他会觉得自己有理。把话说明了——当然要像有头脑的人那样，说得很有分寸——那比想出一连串的权宜之计更好些，更能提高他的身价，让供养他的人更喜爱他。除了爱，还会加上敬重。他们会觉得可以信赖他，觉得这个外甥既然能待他父亲好，就一定会待舅父母好，因为他们跟他和全世界的人一样清楚，他理应去看望他父亲。他们在卑鄙地仗势不让他来的同时，心里并不会因为他屈从他们的怪念而对他有所好感。对于正当的行为，人人都知道应该尊重。如果他能以这样的方式行事，坚持原则，始终如一，坚定不移，他们那小心眼也会屈从于他。”

“我很怀疑这一点。你就喜欢让小心眼的人屈从于你。可是，如果那耍小心眼的是些有钱有势的人，我看他们就会得意忘形，跟大人物一样难以驾驭。我可以想象，奈特利先生，照你现在这样，要是一下子把你摆在弗兰克·邱吉尔先生的境地，你认为他该说的话、该做的事，你一定也会那样说、那样做，而且还会取得很好的效果。邱吉尔夫妇也不会有什么好说的。不过，你也没有从小服从和长期恭顺的习惯需要打破。弗兰克·邱吉尔先生顺从惯了，要让他一下子冲破羁绊，做到完全独立自主，置舅父母要他感恩和敬重的权利于不顾，这可不是件容易的事。他可能和你一样，具有强烈的是非感，只是遇到具体情况，不能跟你一样付诸行动罢了。”

“那就是是非感不强烈了。如果不能导致同样的行动，那就不可能是同样的观念。”

“哦！处境和习性不同啊！一个可爱的青年跟他从小到大一直肃然起敬的人分庭抗礼，我希望你能想明白他心里会是什么滋味。”

“如果这是他第一次下决心违背别人的意愿去做一件正当的事，那你这个可爱的青年就是个非常软弱的人。到了这个年龄，他应该早已养成了恪守职责的习惯，而不是采取权宜之计。小时候担心害怕还情有可原，长大了就不能这样了。他明白事理以后，就应该鼓起勇气，拒不接受他们的胡乱摆布。他们最初要他怠慢他父亲的时候，他就应该起来反抗。他若是早就据理反抗，现在也就不会有什么困难了。”

“我们对他永远不会有一致的看法，”爱玛大声说道，“不过，这也没有什么令人奇怪的。我一点也不认为他是个非常软弱的人，我敢肯定他不是这样的人。对于别人的愚笨，韦斯顿先生不会看不出来，就是对亲生儿子也不例外。不过，他很可能生性比较谦让、随顺、温和，不符合你心目中男子汉的完美形象。也许他是这种性格，虽然这会使他吃些亏，但也会给他带来很多好处。”

“是呀，好处多着呢，可以在该动的时候坐着一动不动，过着悠闲快乐的日子，还自以为最善于为此找借口。他可以坐下来写一封辞藻华丽的信，满纸的花言巧语和谎话，还自以为找到了最好的办法，既能保持家里一团和气，又能让他父亲无法抱怨。他那些信真叫我恶心。”

“你的看法真是怪。他的信别人看了似乎都很满意。”

“恐怕韦斯顿太太看了不见得会满意。像她这样又聪明又敏感的女人，虽然处在做母亲的位置，但却没有让母亲的柔情蒙住眼睛，她看了那些信是不大会满意的。为了她，弗兰克更应该到兰多尔斯来，他的失礼使她觉得更加难受。如果她是个有地位的人，也许他早就来了。其实，他来不来也没有什么大不了的。你以为你的朋友没有这样考虑吗？你以为她心里不经常嘀咕这些事吗？不，爱玛，你这位可爱的青年只能是法语意义上的可爱，不是英语意义上的可爱。他可能非常‘aimable[1]’，彬彬有礼，很讨人喜欢，但他不会像英国人那样善于体贴别人的感情。其实，他没有什么真正可爱的地方。”

“看来你是铁了心看不起他啦。”

“我！没这回事，”奈特利先生很不高兴地答道，“我可不想看不起他。我倒愿意像别人一样，能充分肯定他的优点，可我没有听说他有什么优点，听说的只是外表上的，说他堂堂正正，一表人才，温文尔雅，能说会道。”

“即使他没有什么别的好称道的，他也会成为海伯里的宝贝。我们不常看到受过良好教养、讨人喜欢的漂亮青年。我们不应该苛求，非要人家具备所有的美德。奈特利先生，难道你想象不出他来了会引起多大的轰动吗？整个当维尔教区和海伯里教区，大家只会谈论一个

① Aimable 系法文词，与英文词 amiable 意思相似，但前者偏重于乖巧讨好，而后者却偏重于和蔼可亲。

话题。大家只会关注一个人——好奇心都会集中到一个人身上。那就是弗兰克·邱吉尔先生。除了他，我们不会想到别人，也不会谈论别人。”

“请原谅我这样固执己见。如果我发觉跟他谈得来，我就会乐意结交他。不过，如果他只是个油嘴滑舌的花花公子，我就不会花费多少时间去搭理他，也不会花费多少心思去想他。”

“我对他的看法是，他跟谁说话都能投合对方的口味，而且一心就想讨大家喜欢，也有本事讨大家喜欢。对你，他会谈种田的事；对我，他会谈绘画和音乐；总之，对什么人说什么话。他什么事都懂一些，因而能恰当地把握时机，别人谈什么他能跟着谈，别人不谈的他能挑头谈，而且哪个话题都能谈得头头是道。这就是我对他的看法。”

“我的看法是，”奈特利先生激动地说，“如果他真是这样，那他就成了个最令人无法容忍的家伙！什么！才二十三岁就要在同伴中称王——成为了不起的人——老练的政客，能看透每个人的个性，利用每个人的天赋显示他自己的高明，四处对人阿谀奉承，使人人跟他相比都成了傻瓜！我亲爱的爱玛，如果真是这样，你凭着自己的聪明，也忍受不了这样一个自负的家伙。”

“我不想再谈他了，”爱玛大声说道，“你把什么都往坏里说。我们两个都有偏见：你对他有反感，我对他有好感。他人不在这里，我们不可能取得一致意见。”

“偏见！我可没有偏见。”

“可我就很有偏见，而且丝毫也不为此感到羞愧。我喜爱韦斯顿夫妇，因此对他确实怀有好感。”

“他这个人我从来都不考虑。”奈特利先生有点气恼地说道。爱玛见势不妙，连忙把话题岔开，但她不明白他为什么要生气。

她一向认为他心胸开阔，现在仅仅因为一个青年跟他性情不一样，就不喜欢人家，这哪里称得上心胸开阔。她经常说他自视过高，但她一刻也没料到，他会这样无视别人的优点。

第二卷

第一章

一天早上，爱玛和哈丽特在一起散步。爱玛觉得，这一天她们谈论埃尔顿先生已经谈够了。她认为无论是为了安慰哈丽特，还是为了忏悔她自己的罪过，都不需要再多谈了。所以，在回家的路上，她极力回避这个话题。可是，她刚以为回避过去了，这个话题重又冒了出来。她说了一阵穷人冬天一定很苦的话，只听哈丽特十分悲哀地回了一声："埃尔顿先生对穷人真好！"爱玛意识到只得另想个办法。

这时，两人刚好走近了贝茨太太和贝茨小姐的家。爱玛决定去看看她们，人一多哈丽特就无法再提埃尔顿先生了。要去看望贝茨母女俩，总会找到充分理由的。她们喜欢别人去看望她们。她还知道，有极少数人自以为看到了她的不足，认为她在这方面有些疏忽，而那母女俩本来就很少得到安慰，她也没有尽到自己应尽的责任。

对于她的缺点，奈特利先生多次提醒过她，她自己心里也时而有所觉察——但这都不足以抵消这样一个想法：去看望这母女俩是很不愉快的事，是浪费时间，她们俩令人讨厌也罢了，更令人可怕的是，还会碰到海伯里一些二三流的人，这种人总往她们家里跑，因此她很少去接近那母女俩。可是眼下她突然打定主意，不能过门而不入——她对哈丽特提出这一建议时，说照她的估计，简·费尔法克斯最近不会有信来，她们可以尽管放心去。

这幢房子是一些买卖人的。贝茨母女住在客厅那一层，这里有一个不大的房间，也是母女俩仅有的一间屋子，两位客人在这里受到了极其热诚，甚至感恩戴德的欢迎。那个安安静静、喜欢整洁的老太太正坐在最暖和的角落做针线活，见伍德豪斯小姐来了，甚至想把她的位置让给她；她那个比她活跃、比她话多的女儿，时而感谢她们的来访，时而为她们的鞋子担心，时而焦急地询问伍德豪斯先生身体如何，时而兴冲冲地说起她自己的母亲的身体，时而从食品柜里拿出甜饼来，那个亲切友好劲儿，几乎让两位客人受不了。“科尔太太刚来过，本来只打算待十分钟，后来却坐了一个钟头。她还吃了一块甜饼，而且好心好意地说她很喜欢吃。因此，希望伍德豪斯小姐和哈丽特小姐也都赏脸吃一块。”

一提起科尔家的人，紧跟着势必要提起埃尔顿先生。他们彼此关系密切，埃尔顿先生走后还给科尔先生来过信。爱玛知道下面要怎么办了。她们一定会再谈起那封信，算算他走了多久，猜想他怎样忙于应酬，走到哪里都如何受人喜爱，典礼官的舞会如何热闹。爱玛对此应付自如，怀着必要的兴趣，做了必要的赞许，而且总是抢在前面，免得哈丽特不得不说一两句。

爱玛进屋时就作好了这样的思想准备，不过她原打算把埃尔顿先生恰如其分地议论一番之后，就不再去谈论任何惹人心烦的话题，而只想东拉西扯地随便聊聊海伯里的太太小姐，以及她们打牌的事。她没料到谈完埃尔顿先生之后，居然会谈起简·费尔法克斯小姐。原来，贝茨小姐不愿多谈埃尔顿先生，匆匆说了几句之后，就突然把话题转到科尔家，扯出了科尔太太收到她外甥女的一封信。

“哦！是的——埃尔顿先生，我明白——说到跳舞嘛——科尔太太告诉我说巴思舞厅的舞会很——科尔太太真好，跟我们坐了好久，谈起了简。她一进门就问起了简，简在这儿可讨人喜欢啦。科尔太太每次来我们家，对她关心得不得了。我得说一句，简比谁都不差，这样的关心受之无愧。就这样，科尔太太一进门就问起了简，说道：'我知道你们近来不会收到简的信，因为这不是她写信的时候。'我连忙说：'可是我们还真收到了，就在今天早上收到的。'我从没见到有谁比她更吃惊的。'真有这事呀！'她说。'哎，真是意想不到。跟我说说她都写了些什么。'"

爱玛马上露出客客气气的样子，笑吟吟地说道：

"你们刚收到费尔法克斯小姐的来信？我太高兴了。我想她身体还好吧？"

"谢谢。你真是太好了！"当姨妈的信以为真，兴高采烈，一边急急忙忙找信，一边回答说，"哦！在这儿。我知道就在手边嘛。可是你瞧，我没留意把针线盒放在上面了，把信给盖住了。不过我刚才还拿在手里，因此我几乎可以肯定，一定放在桌上。我先是念给科尔太太听，科尔太太走了以后，我又念给我妈妈听，因为简一来信她就高兴，听多少次都听不厌。所以我知道这信就在手边，这不是嘛，就在针线盒下面——承蒙你关心，想听听简说了些什么，可为了对简公正起见，首先我真得为她写了这么封短信表示歉意——你瞧只有两页——几乎连两页都不到——她一般是写满一张信纸，再把信纸翻过来，与正面交叉成行地写上半张①。妈妈总觉得奇怪，我怎么能看得这么清楚。每次一打开信，她总说：'唉，赫蒂，我看你又要费劲地辨认那方格式的玩意儿了。'是吧，妈妈？然后我就对她说，如果没有人替她念，我相信她自己一定能认出来——认出每个字——我相信

① 18 世纪末、19 世纪初，英国寄信按里程和信纸张数来收费，许多人为了节省邮资，往往只用一张信纸，写满后再翻过来，与正面成"方格式"地交叉成行书写，因而难免引起辨认不清。

她会盯着信仔细看，直至把每个字都看清楚。说真的，尽管我妈妈的眼睛不像以前那么好了，但是谢天谢地，她戴着眼镜还能看得很清楚，真令人惊奇！这是她的福气呀！我妈妈的眼睛确实很好。简在这儿的时候常说：‘外婆，你现在看东西这么清楚，我相信你以前的眼睛一定很好——你还能做那么细的活儿！但愿以后我的眼睛也像你那样就好了。’”

贝茨小姐这席话说得太快了，不得不停下来喘口气。于是爱玛趁机美言了两句，说费尔法克斯小姐字写得漂亮。

“你真是太好了，”贝茨小姐十分得意地说，“你真是个有眼力的人，你自己的字又写得那么漂亮。我敢说，谁的称赞也比不上伍德豪斯小姐的称赞，让人听了这么开心。我妈妈听不见，你知道她有点耳聋。妈妈，”贝茨小姐对她妈妈说，“你有没有听见伍德豪斯小姐夸奖简字写得好啊？”

爱玛听见她那拙劣的恭维被重复了两遍，那位好老太太才听明白是怎么回事。爱玛就趁着这个当儿，心里在琢磨如何避开简·费尔法克斯的那封信，而又不显得很唐突。她刚想找个小小的借口赶忙离开，不料贝茨小姐又转过身，冲她说话了。

“你看，我妈妈只是有一点点耳聋——根本算不了什么。我只要抬高嗓门，说上两三遍，她准能听得见。不过，她也听惯了我的声音。可是真奇怪，她听简说话总是比听我说话容易听懂。简的口齿可清楚啦！然而，她会发现她外婆的耳朵一点也不比两年前差；处在我妈妈这样的年纪，能这样就相当不错了——你瞧，简已有整整两年没来这儿了。我们以前从没隔这么久见不到她，我刚才还对科尔太太说，我们简直不知道怎样款待她才好。”

“费尔法克斯小姐快来了吗？”

“哦，是的，就在下星期。”

“真的呀！那太叫人高兴了。”

“谢谢。你真好。是的，就在下星期。谁都没有料到，谁都说这事叫人高兴。我敢说，海伯里的朋友们看到她高兴，她看到他们也一样高兴。是呀，星期五或星期六，她说不准哪一天，因为这两天里有一天坎贝尔上校自己要用车。他们真是好啊，把她一路送过来！不过你知道，他们每次都这样。哦，是的，下星期五或星期六。她信里是这样写的。正是由于这个原因，照我们的说法，她这次破例写了信。按一般情况，我们要到下星期二或星期三才收到她的信。”

“是呀，我本来也是这么想的。我还担心今天听不到费尔法克斯小姐的消息呢。”

“你真是太好啦！是呀，要不是出现了特殊情况，我们是不会听到她马上要来的消息的。我妈妈高兴极了！因为她至少要在我们这里住上三个月。三个月，她信上说得很明确，我可以马上念给你听。你知道，事情是这样的：坎贝尔夫妇要去爱尔兰。迪克逊夫人劝说她父母马上去看看她。那做父母的本来打算到了夏天再去，可是迪克逊夫人迫不及待地要再见到他们——她在去年十月结婚以前，从来没有离开过他们一个星期，因此分住在不同的王国就会感到很不自在。我原想说不同的王国，不过还是说不同的地区为好[①]。所以她写了一封十分急迫的信给她妈妈——也许是给她爸爸，我声明我不知道究竟是写给谁的，不过我们马上会从简的信中看个分明——她信里用她自己和迪克逊先生的名义，恳请他们马上就去。他们在都柏林[②]接他们，然后带他们去他们的乡间住宅巴利克莱格，我想那地方一定很美。简经常听人说起那地方有多美，我是指听迪克逊先生说的——我知道别人

① 大不列颠与爱尔兰联合成立联合王国是1801年1月的事，贝茨小姐之所以这么说，可能暗示《爱玛》写的是1800年后的事，或者表明贝茨小姐对时势变迁反应迟钝。

② 爱尔兰的最大城市，现为爱尔兰共和国首都。

是不会对她说这事的。不过你知道，迪克逊先生向她求爱的时候，自然而然是要夸自己的家的——而且简经常和他们一起出去散步——因为坎贝尔上校夫妇管得很严，不许女儿常和迪克逊先生单独出去散步，我看这也不能怪他们。不用说，迪克逊先生向坎贝尔小姐夸他爱尔兰老家的话，简肯定都听到了。简在信里告诉我们说，迪克逊先生给她们看过他家乡的一些素描，那都是他自己画的。我相信，他是个极其可爱、极其迷人的青年。听到他的描述，简眼巴巴地就想去爱尔兰。”

这时，爱玛想着简·费尔法克斯，想着那位迷人的迪克逊先生，想着简不打算去爱尔兰，脑子灵机一动，顿时起了疑心，便暗自算计要探听一下真相，于是说道：

“简·费尔法克斯小姐居然能在这个时候获许来看望你们，你们一定觉得很庆幸吧。她与迪克逊夫人特别要好，按理说免不了要陪坎贝尔上校夫妇一道去的。”

“一点不错，的确如此。我们一直担心的就是这件事。我们不喜欢她离我们这么远，一去就是好几个月——万一有什么事儿也来不了。不过你瞧，结果却再好不过了。他们（迪克逊夫妇）非要叫她跟坎贝尔上校夫妇一道去不可。千真万确。他们夫妇俩联名邀请，真是恳切极了，这是简说的，你马上就会听到。看来，迪克逊先生关心起人来，丝毫也不甘落后。他是个十分讨人喜欢的年轻人。他在韦默斯救了简一命。当时，他们一伙人正在海上玩，突然船帆中间有个什么东西飞旋过来，要不是迪克逊先生临危不惧，一把抓住了她的衣服，她会给一下子撞到海里，差一点送了命——（我一想起这件事就要发抖！）——但是，自从我们听说了那天的事以后，我就非常喜欢迪克逊先生！”

“可是，尽管朋友一再恳请，她自己也很想去爱尔兰，但费尔法克斯小姐还是宁愿把这段时间奉献给你和贝茨太太吧？”

“是的——完全是她自己的决定，完全是她自己的选择。坎贝尔上校夫妇认为她做得很对，他们本来也正想劝她这样做。说真的，他们特别想让她呼吸一下家乡的空气，因为她近来身体不如往常好。”

“听你这么说，我为她担心。我认为他们很明断。不过，迪克逊夫人一定很失望。我知道，迪克逊夫人长得不是很漂亮，无论如何也比不上费尔法克斯小姐。”

“哦！是的。你这样说太好了——的确比不上。她们俩没法比。坎贝尔小姐长得极其一般——但是却非常文雅，非常可爱。”

“是的，那当然。”

“简这可怜的东西！早在十一月七日那天就得了重感冒（我马上念给你听），从那天起就一直没好过。她得的是感冒，拖的时间是不是太长了？她一直没有提起过，就怕我们着急。她就是这样！这么体贴人！不过，她身体很不好，她好心的朋友坎贝尔夫妇认为她最好还是回家去，试试呼吸一向适合她的空气。他们相信，在海伯里住上三四个月，她就定会痊愈——她既然身体不好，来这儿当然要比去爱尔兰好得多。要是去爱尔兰，就没有人像我们这样护理她。”

“我看这样安排最好。”

“这么说，她下星期五或星期六就来到我们这儿啦，再下星期一坎贝尔夫妇动身去霍利赫德[①]——你从简的信里可以了解到。这么突然！亲爱的伍德豪斯小姐，你可以想象我有多么激动啊！要不是简在生病——恐怕她人一定变瘦了，气色也很不好。说到这儿，我得告诉你我做了一件很遗憾的事。你知道，每次简来信，我总是先自己看一遍，然后再念给我妈妈听，就怕信里有什么东西惹她难过。简要我这

① 威尔士西北部安格尔西岛的港口城市。

么做，所以我总是这么做。今天一开始我也像往常一样小心，后来看到简身体不好，我吓了一跳，便嚷了起来：‘天哪！可怜的简病了！’我妈妈当时正留着神儿，听得清清楚楚，心里不禁十分担忧。不过，我再往下念时，发现病情并不像我起先想象的那么重。于是我就不把她的病当作一回事，我妈妈也不把这件事放在心上了。可我怎么也想不通，我怎么会这么疏忽大意！要是简不能马上复原，我们就去请佩里先生。费用不必考虑。佩里先生为人慷慨，又很喜欢简，也许不会收钱，但是我们可不能容许他不收，这你知道的。他要养活老婆孩子，不能白白耗费时间。好啦，我已经简单地提了提信里的内容，现在就来看看信吧。我敢说，她那些事儿听她讲，一定比我讲的清楚得多。”

“恐怕我们得赶快走，”爱玛望了哈丽特一眼，一边立起身，一边说道，“我父亲会等我们的。我刚进屋的时候，只打算待五分钟，没法再多待了。我只是进来看一看，因为我不想过门而不入，不来问候一下贝茨太太。可我已经愉快地多待了这么久！现在，我该向你和贝茨太太告辞了。”

主人家虽然一再挽留，但还是未能留住爱玛。她又回到了街上——虽然她被迫听了许多她不愿听的话，虽然事实上她已经听完了简·费尔法克斯来信的主要内容，但她却用不着去听贝茨小姐念信了，她还是为此感到高兴。

第二章

简·费尔法克斯是个孤儿，贝茨太太小女儿的独生女。

某步兵团费尔法克斯中尉和简·贝茨小姐的婚姻曾经名噪一时，甜甜蜜蜜，充满希望，情趣盎然。可是，现在这一切都已烟消云散，剩下的只是丈夫在国外战死疆场——寡妻患上肺结核，随即郁郁而终的令人忧伤的记忆——以及这个女孩。

简生来是海伯里人。三岁那年失去母亲后，她就成了外婆和姨妈的财产、抚养对象、精神安慰和心肝宝贝。看来她很可能要永远拴在这里，接受有限的家庭收入所能提供的教育，长大后除了上天赋予她的美貌与聪明，以及几个热心善良的亲戚之外，就没有什么亲友能提携她，没有什么办法能找到出头之日。

可是，她父亲的一个朋友出于一片同情心，改变了她的命运。此人就是坎贝尔上校。他非常器重费尔法克斯，认为他是个出色的军官，是个值得提拔的青年。此外，坎贝尔上校在患斑疹伤寒时，受到他的精心护理，他便觉得是他救了自己的命。这份恩情他始终没忘，不过他是在可怜的费尔法克斯死了几年后才回到英国，才能够尽到点力。他回来以后，找到了这个孩子，开始关心她。他已经结过婚，只有一个孩子还活着，是个女儿，跟简年纪差不多。简成了他们家的常客，在他们家一住就是很久，渐渐博得了一家人的欢心。简还不满九岁的时候，坎贝尔上校见女儿十分喜爱她，加上自己一心想真正尽到做朋友的义务，便主动提出全面负责她的教育。这个提议被接受了。从此以后，简就成了坎贝尔上校家的一员，成年跟他们生活在一起，只是偶尔去看看外婆。

坎贝尔上校的计划是，把她培养成个教师。她从父亲那里只继承了几百英镑，要靠这点钱独立生活是不可能的。想以别的方式为她提供生计，坎贝尔上校又没有这个能力。虽然他的津贴和薪金加起来还算可观，但是他的财产却不多，而且必须全部归女儿所有。因此他希望，让简受些教育，就会为她以后维持体面生活创造条件。

这就是简·费尔法克斯的身世。她落到了好人手里，在坎贝尔家受到了百般关怀，得到了良好的教育。由于成天跟思想纯正、见多识广的人生活在一起，她的心灵和智力受到了充分的训练和熏陶。鉴于坎贝尔上校住在伦敦，即使天分不高的人，只要能有一流的老师指点，也能得到充分的发挥。简性情好，又有能力，没有辜负恩人的一片盛情。到了十八九岁，如果说这么小的年纪就有资格照料孩子，那她可就完全能够胜任教育别人的工作了。可是大家都很疼爱她，不舍得放她走。那做爸爸妈妈的不肯催促这件事，那做女儿的更不忍心这么做。那令人心酸的日子被推迟了。这倒很好办，就说她还太年轻。于是简仍旧跟他们在一起，就算是另一个女儿，分享着上流社会的正当乐趣，既有家庭的温馨，又有愉快的消遣。只是未来令人担心，简是个聪明人，头脑也很清醒，知道这一切马上就要结束。

简在姿容和学识上都明显地胜过坎贝尔小姐，在这种情况下，一家人还那样喜欢她，特别是坎贝尔小姐还对她一片深情，这对双方来说，就格外可贵了。上天赋予简的容貌，那位小姐不会看不到，而简的聪明才智，那做父母的也不会没有觉察。然而，他们依旧相亲相爱地住在一起，直到坎贝尔小姐出嫁。在婚姻问题上，运气往往令人不可捉摸，把魅力赐给了平庸的人，而不是出众的人。坎贝尔小姐就是凭着这样的机遇，差不多一认识既有钱又可爱的迪克逊先生，就博得了他的欢心。她称心如意地成了家，而简还要自己去谋生。

这件事刚发生不久，她那位没有她幸运的朋友还来不及寻求自己的谋生之路，虽然她已到了自己认为应该走这条路的年龄。她早就下了决心，把这个期限定在二十一岁。她怀着虔诚的见习修女的那种刚毅精神，决心在二十一岁那年完成这种献身，放弃一切人生的欢乐、正当的来往、平等的交际、宁静和希望，永远过着苦修苦行的生活。

坎贝尔上校夫妇都是明白人，眼见简主意已定，虽然感情上过意不去，却不会表示反对。只要他们还健在，简就没有必要去自己奋斗，她可以永远把他们的家当作她的家。而且，就是为了他们自己的安适，他们也可以完全把她留下来，但是这样做岂不有些自私。最终免不了的事，不如趁早了结了。也许他们开始意识到，要是能克制住往后拖延的念头，不让她再享受现在非放弃不可的安逸和舒适，倒可能更仁慈、更明智。然而，人难免不受感情的支配，喜欢抓住任何合理的借口，来延缓那不幸的时刻。自从他们的女儿出嫁以后，简身体一直不大好。她没有完全复原之前，他们必须禁止她操劳。因为，别说身体虚弱、心情纷乱的人不宜操劳，即便在最有利的情况下，似乎还不能仅仅凭借身心安然无恙，就能胜任愉快地完成任务。

至于她不陪上校夫妇去爱尔兰，她对姨妈讲的倒全是事实，尽管有些事实可能还没讲出来。趁上校夫妇出门的时候到海伯里来，这是她自己的选择，也许是跟她最和蔼可亲的亲人一起，度过她最后几个月的完全自由的时间。坎贝尔上校夫妇不管是出于什么动机，不管是一个动机，还是两个动机，还是三个动机，反正是欣然同意了这一安排，说是要想使她恢复健康，最好让她呼吸几个月家乡的空气，这比什么办法都有效。因此，她准定会来。海伯里人既然欢迎不到一个早就许诺要来而一直未能谋面的完全新奇的人物——弗兰克·邱吉尔先生——便只好暂时将就一下，迎接简·费尔法克斯到来，她才离开两年，也只能给人们带来这么点新奇感。

爱玛觉得很遗憾，居然要跟一个她不喜欢的人应酬漫长的三个月！往往要做些不想做的事，而该做的事却又不能做！她为什么不喜欢简·费尔法克斯，这也许是个难以回答的问题。有一次，奈特利先生对她说，那是因为她一心希望别人把她看成一个多才多艺的人，后来却发现简才是个真正多才多艺的年轻女士。虽然她当场对这话做了激烈的反驳，但有时候她也自我反省，良心上觉得自己并非完全无辜。可是，“我总是跟她合不来，不知道是怎么回事。不过，她总是那么冷冷冰冰、默默不语——不管她高兴不高兴，总是摆出一副爱理不理的样子——再说，她姨妈总是没完没了地唠叨！大家个个都烦她！人们都以为我们俩亲密无间——就因为我们是同龄人，谁都以为我们一定情投意合。”这就是她的理由——她没有什么更好的理由了。

爱玛的这种讨厌是毫无来由的——那种种缺点本来就是强加于人，又给想入非非地夸大了，所以每逢久别之后第一次见到简·费尔法克斯，她都会觉得自己对不住她。现在，简离别了两年又回来了，爱玛按照礼节去看望她。整整两年来，她一直在贬低简的外貌和举止，然而这次一见面，不由得大为震惊。简·费尔法克斯样子十分优雅，简直优雅得出奇；而爱玛自己就最看重优雅。简的身高就很适中，几乎人人都会认为她个子高，却又不会有人觉得她太高。她的体态特别娇美，长得身材适中，不胖不瘦，虽然略带一点病态，似乎表明可能还是偏瘦一些。爱玛不可能不察觉这一切。再说她的脸蛋——她的五官——要比她记忆的更美；虽然不是端端正正，却颇有几分迷人的姿色。她的眼睛是深灰色的，睫毛和眉毛是黑色的，谁见了都要为之赞美。而她的皮肤，以前爱玛总爱挑剔，认为缺少血色，现在却又光洁又细嫩，真可谓容光焕发。这是一种以优雅为主要特征的美，她根据自己的原则，不得不为之赞赏。这种外貌和心灵上的优雅，她在海伯里很少见到。在那里，只要不粗俗，就算杰出，就算优点。

总之，在这第一次相见时，她坐在那里瞅着简·费尔法克斯，心里怀着双重的满足：既感到高兴，又觉得自己很公正。她下定决心，以后再也不讨厌简了。她不仅看到了简的美貌，还确实了解了她的身世和处境，考虑了她的这般优雅注定会有什么结果，她要从什么地位上跌落下来，以后会过着什么样的生活，这时，爱玛除了同情和钦佩之外，似乎不可能还有什么别的感触。特别是，除了每个可以使爱玛感兴趣的众所周知的细节之外，简还很可能爱上了迪克逊先生，这是爱玛早就自然而然产生的猜疑。如果真有此事，她决心作出的牺牲可就是再可怜、再可敬不过了。爱玛现在很愿意改变自己的看法，认为简没有去勾引迪克逊先生，从他太太那里夺取了他的爱，她也不会做出任何她原先猜疑的坏事。即使是爱，那也只是她一方面的单纯的、单一的单相思。也许是简在和她的朋友一起跟他讲话时，不知不觉地吸食了那可悲的毒汁。现在，出于最良好、最纯洁的动机，毅然放弃了去爱尔兰的机会，决心马上开始她那辛勤的职业，以便跟他和他的亲友来个干脆利索的一刀两断。

总的说来，爱玛是怀着这种温良宽厚的心情离开简的，因此在回家的路上，眼睛不时地向四下张望，一面哀叹海伯里没有一个小伙子能让简过上舒适的生活，想不到有谁能为她规划运筹。

这是些极其美好的情感——然而并不持久。爱玛还没来得及公开宣称自己要跟简·费尔法克斯做一辈子朋友，除了对奈特利先生说了声“她确实很漂亮，而且还不止是漂亮！”之外，还没来得及拿出什么行动，表示她放弃了过去的偏见和错误，简就已经跟外婆和姨妈在哈特菲尔德过了一个晚上，一切也都恢复了常态。以前那些令人烦恼的事又出现了。那位姨妈跟往常一样讨厌，甚至比以往更讨厌，因为现在除了赞赏简的多才多艺之外，还要担心她的身体。大家既要听她唠叨简早饭吃了多么小的一块奶油面包，晚饭吃了多么小的一片羊肉，还要看她给她母亲和她自己做的一顶顶新帽、一只只新针线包。简也开始讨人嫌了。大家要听音乐，爱玛不得不演奏，简随即必然要感谢和赞扬一番，可是在爱玛看来，她那是故作坦荡，装出很了不起的样子，只不过想顾盼自雄地炫耀自己有多么高超的演技。此外，最糟糕的是，她是那么冷漠，那么谨慎！你简直没法知道她的真实想法。她裹着一层礼貌的外衣，好像绝不肯贸然开口。她是那样沉闷不语，真是既可恶又可疑。

如果说在事事隐秘不说的情况下，还有什么更加讳莫如深的事，那就是，她更是绝口不提韦默斯和迪克逊夫妇。她似乎不愿让人了解迪克逊先生的性格，她对与他交往的估价，以及她对他那门婚事是否合适的看法。一切都是笼统地表示赞美，话讲得很圆滑，既没有详细的描绘，也没有具体的评说。然而，这对她毫无帮助。她的谨慎只是枉费心机。爱玛看穿了她的伎俩，又回到了原先的猜疑上。也许，简要隐瞒的还不仅仅是自己的隐衷。迪克逊先生兴许就要换个朋友了，也许只是为了将来可以获得一万二千英镑的财产，所以才选定了坎贝尔小姐。

她对别的事也同样少言寡语。她跟弗兰克·邱吉尔先生在同一时间去过韦默斯。听说他们有一点相识，可邱吉尔先生究竟是怎样一个人，爱玛从她嘴里却套不出一句真话来。“他长得漂亮吗？”“我想大家都认为他是个非常英俊的青年。”“他和蔼可亲吗？”“大家都这么认为。”“他看起来像不像一个通情达理的青年，一个见多识广的青年？”“只不过在海滨玩玩，在伦敦也不过是泛泛之交，要在这些方面作出判断是很困难的。一个人的举止，要经过长久的交往才能作出正确的判断，而我跟邱吉尔先生只有这点交往是远远不够的。我想大家都觉得他的举止很讨人喜欢。”爱玛无法宽恕她。

第三章

爱玛无法宽恕简。可是，当时在场的奈特利先生并未发现任何恼怒或怨恨的迹象，看到的只是两人礼貌周到，行为得体，所以第二天早上有事再来哈特菲尔德找伍德豪斯先生时，对一切都表示很满意，虽然没有伍德豪斯先生不在家时那么坦率，但话说得明明白白，爱玛完全能够领会。奈特利先生以前一直认为爱玛对简不公正，现在看到她有了进步，觉得十分高兴。

“昨天晚上过得非常愉快，”他刚跟伍德豪斯先生谈完了该谈的事，伍德豪斯先生也表示听明白了他的意思，就把文件推到一旁，开始说道，“愉快极了。你和费尔法克斯小姐给我们演奏了非常优美的乐曲。整个晚上都怡然自得地坐在那里，由这样两位年轻小姐陪着，时而听她们演奏乐曲，时而跟她们交谈，伍德豪斯先生，我觉得再惬意不过了。爱玛，我想费尔法克斯小姐一定觉得这一晚过得很愉快。你处处想得很周到。我很高兴，你让她演奏了那么多曲子，因为她外婆家没有钢琴，她一定弹得很痛快。”

“我很高兴，能听到你的赞许，”爱玛微笑地说，“不过我想，我对哈特菲尔德的客人，并不大有什么欠缺吧。”

“是没有，亲爱的，”她父亲连忙说道，“我相信你决没有什么欠缺。谁也没有你这么周到，这么客气，连一半都及不上。如果说你还有什么缺点的话，那就是你太周到了。昨天晚上的松饼——要是只给大家递一次，我看就足够了。”

“是呀，”奈特利先生几乎在同一时间说道，“你是不大有什么欠缺。无论在言谈举止上，还是在知人知心上，你都不大有什么欠缺。因此，我想你是明白我的意思的。”

爱玛调皮地看了他一眼，仿佛表示“我很明白你的意思”。不过，她嘴里只说了一句：“费尔法克斯小姐太沉默寡言。”

“我早就跟你说过她沉默寡言——有一点。不过，凡是她不该沉默寡言的地方，凡是出于羞怯的行为，你很快就会帮她克服掉的。凡是出于谨慎的沉默，必须受到尊敬。”

“你认为她羞怯。我可看不出来。”

“亲爱的爱玛，”奈特利先生说着，从自己的椅子上移到靠近爱玛的一张椅子上，“但愿你不要告诉我说，你过了一个不大愉快的夜晚。”

“哦！不会的。我坚持不懈地问问题，感到很高兴；而一想到她不肯回答，又觉得挺有趣。”

“我感到失望。”奈特利先生只回答了这么一句。

“我希望每个人都过了一个愉快的夜晚，”伍德豪斯先生像往常那样从容不迫地说道，“我就过得很愉快。有一次，我觉得炉火太热了，后来就把椅子往后移了移，只移了一点点，就不觉得不舒服了。贝茨小姐很爱说话，脾气也挺好，她总是这样，只不过话讲得太快。不过，她很讨人喜欢，贝茨太太也很讨人喜欢，就是特点不一样。我喜欢老朋友。简·费尔法克斯小姐是个非常漂亮的年轻小姐，的确是个非常漂亮、非常端庄的年轻小姐。奈特利先生，她一定觉得这一晚过得很愉快，因为她和爱玛在一起。”

“一点不错，先生。爱玛也觉得很愉快，因为她和费尔法克斯小姐在一起。”

爱玛见奈特利先生有些担忧，便想让他放心，至少暂时放心，于是带着谁也无法怀疑的真诚口吻说道：

“她是个文雅的人，谁都忍不住要多看她几眼。我总是盯着她，赞赏她。可我确实打心眼里可怜她。”

奈特利先生好像满意得不知说什么好。这时，伍德豪斯先生一心想着贝茨家母女俩，他还没等奈特利先生作出回答，便说：

“她们的家境这么窘迫，真是太可怜了！实在是太可怜了！我常想——可惜一个人的能力总是有限的——送一点小小的而又非同寻常的薄礼去——我们刚刚宰了一头小猪，爱玛想送她们一块肋条肉或一条猪腿，小小的，嫩嫩的——哈特菲尔德的猪肉跟别处的猪肉不一样——不过它还是猪肉——亲爱的爱玛，你还得确保她们把它做成可口的炸猪排，就像我们炸的那样，没有一点油腻，可不要去烤它，谁也没有胃口吃烤猪肉——我看还是送猪腿好——你说呢，亲爱的？”

“亲爱的爸爸，我把整个后腿都送去了。我早就知道你会愿意这样送的。你知道腿要腌起来，那是很可口的，而肋条肉可以马上做成菜，随便她们怎样做。”

“说得对，亲爱的，说得对。我起先没想到，不过那是最好的办法。她们可不能把腿腌得太咸。只要不要腌得太咸，而且煮得烂熟，就像塞尔给我们煮的那样，吃的时候要有节制，还要搭上一些煮熟的萝卜，再加一点胡萝卜或者防风根，我看不会对身体有害的。”

“爱玛，”过了不一会，奈特利先生说道，“我要告诉你一条消息。你喜欢听消息——我在来这儿的路上听到一条消息，我想你一定会感兴趣。”

“消息！哦！是的，我一向喜欢听消息。什么消息？你干吗这么笑嘻嘻的？你是在哪儿听来的？在兰多尔斯吗？”

奈特利先生刚来得及说一声：

“不，不是在兰多尔斯，我没去兰多尔斯。”门给一把推开了，贝茨小姐和费尔法克斯小姐走进屋来。贝茨小姐装了一肚子的话，既要表示感谢，又要报告消息，不知道先说哪一桩是好。奈特利先生马上意识到他失去了报告消息的机会，连插一句嘴的余地也没有了。

“哦！亲爱的先生，你今天早上好吗？亲爱的伍德豪斯小姐——我简直不知道说什么好了。那么棒的猪后腿！你真是太慷慨啦！你听到消息了吗？埃尔顿先生要结婚啦。”

爱玛还来不及去琢磨埃尔顿先生，一听她那话，感到十分意外，禁不住微微一惊，脸上也有点发红。

“这就是我要报告的消息——我想你会感兴趣的。”奈特利先生说道，脸上微微一笑，似乎表示贝茨小姐的话是可信的。

“你是从哪儿听来的？”贝茨小姐大声问道，“你能从哪儿听来的呢，奈特利先生？我接到科尔太太的信还不到五分钟——不，不会超过五分钟——也许至少不超过十分钟——因为我已经戴上了帽子，穿上了外衣，准备出门了——我只是为了猪肉的事下楼再关照一下帕蒂——简就站在走廊里——是不是呀，简？因为我妈妈担心我们家的腌肉盆子不够大。所以我说，我要下去看看。这时简说：'我替你下去好吗？我看你有点感冒，帕蒂在洗刷厨房。''哦！亲爱的，'我说——恰在这时，来了那封信。跟一位霍金斯小姐结婚——我就知道这么一点。巴思的霍金斯小姐。可是，奈特利先生，你怎么会听到这个消息的呢？科尔先生一把这事告诉科尔太太，科尔太太就坐下来给我写信。一位霍金斯小姐——"

"一个半小时以前，我有事去找科尔先生。我进去的时候，他刚看完埃尔顿先生的信，马上把信递给了我。"

"啊！真是太——我想从来没有这么令人感兴趣的消息。亲爱的先生，你真是太慷慨啦。我妈妈要我代她致以最诚挚的问候和敬意，还要表示千谢万谢，说你真让她承受不起呀。"

"我们觉得哈特菲尔德的猪肉，"伍德豪斯先生回答说，"真比别处的猪肉强得多，的确强得多，所以爱玛和我都很高兴——"

"哦！亲爱的先生，我妈妈说得对，我们的朋友们待我们太好了。如果说有人自己没有多少家产，却能想要什么有什么，那肯定就是我们了。我们还真可以说：'我们命中注定要继承一份丰厚的财产。'①奈特利先生，这么说你还真看到那封信了。呃——"

"信很短，只是宣布——不过，当然是充满喜悦，令人欢欣鼓舞啦。"说到这里，奈特利先生诡秘地瞥了爱玛一眼。"他真幸运，竟然——我记不住确切的字眼了——也用不着去记那些字眼。那消息，

① 贝茨小姐在引用《圣经》里的话，但有出入。《圣经·旧约·诗篇》第16章第7节说："我的地界坐落在佳美之处，我有一份丰厚的财产。"

就像你说的，他要和一位霍金斯小姐结婚了。从信里的口气来看，我想这事刚刚定下来。”

“埃尔顿先生要结婚了！”爱玛终于能开口说话了。“大家都会祝他幸福的。”

“他现在就成家，还太年轻了，”伍德豪斯先生说，“他最好不要匆忙行事。依我看，他原来就过得挺好嘛。我们总是欢迎他来哈特菲尔德的。”

“我们大家要有一位新邻居了，伍德豪斯小姐！”贝茨小姐欢天喜地地说道，“我妈妈可高兴啦！她说她不忍心眼见那古老的牧师住宅连个女主人都没有。这真是个大喜讯。简，你可从没见过埃尔顿先生啊！难怪你那么好奇，一心就想见见他。”

简似乎并没好奇到急不可耐的地步。

“是的——我从没见过埃尔顿先生，”她接过贝茨小姐的话题，回答说，“他是不是——是不是个高个儿？”

“谁来回答这个问题呢？”爱玛大声说道，“我父亲会说‘是高个儿’，奈特利先生会说‘不是高个儿’，而贝茨小姐和我会说不高不矮恰好适中。费尔法克斯小姐，你要是在这儿稍微待久一些，你就会发现，埃尔顿先生无论看相貌还是看才智，在海伯里都是一个标准的尽善尽美的人物。”

“一点不错，伍德豪斯小姐，她会发现的。埃尔顿先生是最棒的小伙子——不过，亲爱的简，你要是记得的话，我昨天告诉过你，他正好跟佩里先生一样高。霍金斯小姐，也许是一位出色的姑娘吧。埃尔顿先生对我妈关心极了——让她坐在教区牧师的专座上，好听得清楚些，因为你知道，我妈有一点耳聋——不是很严重，但听起来有些迟钝。简说坎贝尔上校也有点耳聋。他以为洗澡对耳朵有好处——洗温水澡——可简说没给他带来持久的效果。你知道，坎贝尔上校真是我们心目中的天使。迪克逊先生似乎是个非常可爱的年轻人，很配做他的女婿。好人跟好人结亲，该是多么幸福——而好人总是跟好人结亲。如今，埃尔顿先生和霍金斯小姐要成亲了。再看科尔夫妇，多么善良的人。还有佩里夫妇——我看没有哪对夫妇比佩里夫妇过得更幸福、更美满了。我说，先生，”说着把脸转向伍德豪斯先生，“我看没有什么地方能比得上海伯里，有这么多的好人。我总是说，我们真是福气，有这样的好邻居。亲爱的先生，要是我妈妈有什么特别喜爱的东西，那就是猪肉——烤猪肉——”

“关于霍金斯小姐是何许人，是怎样一个人，埃尔顿先生跟她认识多久了，”爱玛说道，“我想谁也无法知道。只是感觉他们不会认识多久。埃尔顿先生才走了四个星期。”

谁也说不出什么情况。爱玛又寻思了一番，说道：

“费尔法克斯小姐，你一声不吭——可是我想，你对这条消息也该感点兴趣吧。你最近对这些事听得多、看得多，一定还为坎贝尔小姐操了不少心——现在却对埃尔顿先生和霍金斯小姐漠不关心，这我们可不能原谅了。”

“等我见到了埃尔顿先生，”简回答说，“也许我会感兴趣的——不过我倒觉得，我还真要这样才行。坎贝尔小姐已经结婚几个月了，有些事情印象不深了。”

“是的，伍德豪斯小姐，正像你说的，埃尔顿先生正好走了四个星期，”贝茨小姐说，“到昨天正好四个星期。一位霍金斯小姐。唉，我原先一直以为他会看上这附近一带的哪位年轻小姐。倒不是我原先——科尔太太有一次悄悄对我说过——可我马上就说：‘不，埃尔顿先生是个很优秀的青年——不过——’总之，我觉得我不大敏感，不善于察觉这类事情。我也不想假装很敏感。摆在眼皮底下的，我才看得见。尽管如此，谁也不会感到奇怪，如果埃尔顿先生有心于——

伍德豪斯小姐真是好性子，让我不停地唠叨。她知道我是绝对不会惹人生厌的。史密斯小姐怎么样了？她好像完全康复了。你最近有没有收到约翰·奈特利太太的信？啊！那些可爱的小宝贝。简，你知道吧，我总以为迪克逊先生很像约翰·奈特利先生？我说的是长得像——高高的个子，还有他那样的神态——而且不怎么爱讲话。”

“完全搞错了，亲爱的姨妈。一点也不像。”

“好怪呀！不管什么人，只要没见过面，你就说不准是个什么模样。你总是有了一个想法，就抱住不放。照你的意思，严格说来，迪克逊先生并不漂亮。”

“漂亮！哦！不——一点也不漂亮——的确不好看。我告诉过你，他其貌不扬。”

“亲爱的，你说过坎贝尔小姐不承认他其貌不扬，而你自己却——”

“哦！说到我嘛，我的看法是无足轻重的。凡是我敬重的人，我总认为很好看。不过，我之所以说他其貌不扬，是因为我相信这是一般人的看法。”

“好吧，亲爱的简，我想我们得赶紧走了。天气看来不怎么好，外婆会担心的。你真是太好了，亲爱的伍德豪斯小姐。不过，我们真得告辞了。这的确是个令人万分高兴的好消息。我要顺便去一趟科尔太太家，不过待不上三分钟。简，你最好直接回家——我可不想让你挨雨淋！我们觉得她来海伯里已经好些了。谢谢你——我们真是感谢你。我不想去看望戈达德太太，因为我真觉得她除了煮猪肉之外，什么都不放在心上。现在我们要烧猪腿，那就是另一码事了。再见，亲爱的先生。啊！奈特利先生也要走了。嗬，这真是太——！我想要是简累了，你一定会让她挽着你的胳臂的。埃尔顿先生要娶霍金斯小姐。再见。”

只剩下爱玛和父亲两个人。爱玛一边在听父亲哀叹年轻人非要这么急于结婚——而且还要跟素不相识的人结婚——一边在用心思考这件事。对她来说，这是一个很有趣、也是很可喜的消息，因为它证明埃尔顿先生没有苦恼多久。然而，她为哈丽特感到难过。哈丽特一定会觉得不好受——她只希望由她来首先告诉她这一消息，免得她从别人那里听到觉得突然。现在这时候，她就很可能来访。如果她在路上遇到贝茨小姐，那可就糟啦！天开始下雨了，爱玛还得估计到哈丽特可能待在戈达德太太家出不来，无疑会毫无准备地听到这条消息。

雨下得很大，但时间不长。雨停了不到五分钟，哈丽特就噔噔地走进来了，只见她满脸通红，神情激动，像是有什么急事匆匆赶来的；而且一进门就嚷道："嗨！伍德豪斯小姐，你猜出了什么事啊！"足以表明她正心烦意乱。既然她已遭到了打击，爱玛觉得现在表示关心的最好办法，就是老老实实听着。哈丽特没有受到阻拦，急火火地一口气把要说的话全说出来了。"我是半小时前从戈达德太太家出来的——我怕天要下雨——我怕随时都会下大雨——不过我又想，也许我能在下雨前赶到哈特菲尔德——我就拼命地赶来了。等走过给我做衣服的那个年轻女人的家门口时，我想还是进去看看衣服做得怎么样了。尽管我进去好像没怎么停留，可是刚出门不久就下起雨来了，我不知道怎么办是好。所以，我就使劲往前奔，跑到福德商店去躲雨。"福德商店是一家兼营毛料、亚麻布和服饰用品的综合商店，也是当地最大、最时髦的商店。"我就坐在店里，什么也不想，也许足有十分钟——就在这时，突然间，你猜谁进来啦——真是好奇怪呀！不过他们倒总是去福德买东西——进来的不是别人，正是伊丽莎白·马丁和她哥哥！亲爱的伍德豪斯小姐啊！你想想看吧。我心想我可要晕倒了。我不知道该怎么办。我就坐在门口——伊丽莎白一眼就看见了我。可她哥哥却没看见我，他正忙着收伞。伊丽莎白肯定看见我了，不过她立即把脸扭开了，压根儿不理睬我。他们两人都朝店铺里头走去，我还是一动不动地坐在门口！天哪，我真是难受极啦！我的脸色

肯定像我的衣服一样白。你知道我想走也走不了，因为天在下雨。不过我真想待在哪儿都可以，就是别在那儿。天哪！伍德豪斯小姐——后来，我想那位哥哥还是回过头来，看见了我，因为那兄妹俩不再买东西了，而是悄声嘀咕起来。他们肯定在谈论我。我禁不住在想，那哥哥一定在劝妹妹跟我说话——（你看他是不是这样，伍德豪斯小姐？）——因为伊丽莎白立即走过来——走到我跟前，向我问好，似乎只要我愿意，就想跟我握手。她这次的整个举动，跟以往不一样。我看得出来，她变了。不过，她似乎很想表示亲热，我们就握了手，站在那儿谈了一会儿。可是我已经记不得当时说了些什么——我抖得好厉害呀！我记得她说真遗憾，我们总见不着面，我觉得这话简直太亲切了！亲爱的伍德豪斯小姐，我心里实在太难受了！就在这时，雨快要停了，我便打定主意，无论如何也得走了——这时候——你想想看吧！我居然看见那位哥哥也朝我走来——你要知道，是慢吞吞的，好像不知道该怎么办才好。就这样，他走了过来，还说了话，我也回答了——在那儿站了一会儿，觉得很难受，你知道，说不出是什么滋味。接着，我鼓起勇气，说雨不下了，我该走了。于是我拔腿就走。刚出门走了不到三码，他就追了上来，说是如果我要去哈特菲尔德，他认为我最好绕道打科尔先生的马厩那儿去，因为我会发现，这场雨一下，那条近路上尽是水。天哪，我心想那不是要我的命嘛！于是我说，我非常感激他。你知道我不能不这么说。随即，他就回到伊丽莎白那儿，我就绕道打马厩那儿过来——我想我是打那儿走过来的——可我简直辨不清位置了，什么都辨不清。哦！伍德豪斯小姐，叫我干什么都可以，我可不愿碰上刚才这种事。不过，你知道，见他那样和蔼，那样亲切，我也觉得挺高兴。伊丽莎白也一样。哦！伍德豪斯小姐，你跟我说说话，让我觉得好受一点。”

爱玛倒真心诚意地想这么做，可惜一时又无能为力。她不得不停下来想一想。她自己心里也不是很舒畅呀。那小伙子和他妹妹的举动，似乎都是真情实感所致，她只能同情他们。照哈丽特的说法，他们的举动流露出一种有趣的感情，既有受了创伤的痴情，又有真心实意的体贴。她以前也认为他们是心地善良、值得尊敬的人。但是，既然双方不相匹配，那又有什么用呢？为这件事烦恼，真是愚蠢。当然，马丁先生失去她，一定感到很难过——他们都会感到很难过。爱情落空了，奢望也落空了。他们原来可能都希望跟哈丽特拉关系，借以提高自己的地位。除此之外，哈丽特的话还有什么价值呢？那么容易高兴，那么没有眼力，她的称赞又有什么意义呢？

爱玛振作了一下，而且的确在尽力安慰她，要她把遇到的事看成一桩区区小事，不必挂在心上。

“也许当时令人觉得不大好受，”她说，“不过你好像表现得极为得体。事情已经过去了——也许再也不会——再也不会出像第一次见面那样的事了，所以你就不必再想了。”

哈丽特说了一声“一点不错”，然后就“不再想了”。可她还是在谈这件事——她仍然无法谈论别的事。后来，为了不让她再想马丁家的人，爱玛只得把原先准备小心翼翼地告诉她的消息，赶紧一股脑地讲出来。看到可怜的哈丽特处于这种心态——认定埃尔顿先生对她还这么举足轻重，爱玛自己简直搞不清究竟该喜、该怒、该羞，还是仅仅为之一乐！

然而，埃尔顿先生渐渐恢复了他应有的地位。尽管哈丽特一听到这消息，并没像一天以前或一小时以前那样作出强烈的反应，不过她对这事的兴趣又马上浓了起来。她们这第一次交谈还没结束，她就一个劲地谈着那位幸运的霍金斯小姐，心里又好奇，又惊异，又懊悔，又痛苦，又高兴，真是百感交集，终于在脑海里将马丁兄妹俩摆在了恰当的次要位置。

他们有了这次相遇，爱玛反倒感到高兴。这可以打消最初的震惊，而不至于余悸未消引起惊慌。像哈丽特这样生活，马丁家的人不去找她是看不到她的，而要去找她，他们既缺乏勇气，又放不下架子。自从哈丽特拒绝了马丁之后，他的两个妹妹还从没去过戈达德太太家。也许再过一年，也不会有什么必要再把他们撮合在一起，即使别人再怎么劝说也无济于事。

第四章

人类出于自己的本性，对于处于令人关注的境况中的人们，往往会产生好感。因此，一个年轻人无论结婚还是去世，人家准会说他几句好话。

霍金斯小姐的名字第一次在海伯里提起后不到一星期，人们就通过这样那样的方式发现，她从姿容到心性处处都很讨人喜欢：面容秀丽，仪态大方，多才多艺，还十分和蔼可亲。埃尔顿先生回来以后，想要夸耀自己的幸福前景，宣扬霍金斯小姐的百般优点，并不需费什么事，只要说出她的教名，说出她最喜欢演奏谁的乐曲就行了。

埃尔顿先生回来时，成了一个非常幸福的人。他走的时候，遭到了拒绝，受到了羞辱——在受到他认为是一连串的热烈鼓励之后，他的满怀希望却破灭了，不仅失去了一位与他正相匹配的小姐，而且发现自己给贬低到必须娶一个跟他很不相配的小姐的水平上。他气冲冲地离去了——跟另一位小姐订了婚回来了——那位小姐当然要胜过第一位。在这种情况下，得到的足以弥补失去的。他回来以后，兴高采烈，洋洋自得，风风火火，忙个不停，根本不把伍德豪斯小姐放在心上，更不把史密斯小姐放在眼里。

那位迷人的奥古斯塔·霍金斯小姐，不仅具有品貌双全的平常优点，而且还拥有一笔可以确保丰衣足食的财产，一笔高达一万英镑的财产。这既是一种实惠，又是一种体面。这事说来真是光彩。他并没有自暴自弃——他得到了一个拥有一万英镑或差不多一万英镑的女人，而且是以令人可喜的神速获得的——两人一经结识，便立即脉脉传情起来。他向科尔太太讲起事情的来龙去脉，讲得兴味盎然——从偶然相遇，到格林先生家的宴会，到布朗太太家的晚会，一步步发展得非常迅速——小姐脸上泛起笑容和红晕，意味越来越深——满脸露出羞涩和激动的神情——她轻而易举就动了心——显得那么甜蜜可爱——总之，用最明了的话来说，欣然乐意嫁给他，这样一来，爱慕虚荣的人和谨小慎微的人都同样得到了满足。

他既得到了实惠，又得到了体面——既得到了财富，又得到了爱情，理所当然地成了一个幸福的人。他只谈论自己和自己关心的事——就想让别人向他道喜，任凭别人取笑他——见到当地的年轻小姐们，表现得热情无畏，谈笑自若，而仅仅几个星期前，他对她们还只能小心翼翼地献殷勤呢。

婚礼已经为期不远了，双方只要让自己满意就行了，因此，除了做些必要的准备工作之外，什么也不需要再等了。他再次动身去巴思的时候，大家都指望他下次来海伯里时，一定会把新娘带来。科尔太太的眼神似乎表明，这种指望是不会落空的。

他这次没逗留几天，爱玛跟他很少见面。不过，就是这难得的见一两面，使她觉得这第一次接触算是结束了，并且得到一个印象：他如今摆出一副又怄气又做作的架势，并不比以前好。其实，她觉得很奇怪，她以前怎么会认为他讨人喜欢。她一看见他，心里难免会感到很不舒服。她只是从道德的角度，把事情视为一种赎罪，一种教训，一种对她心灵有益的羞辱办法，否则她真希望今生今世不再看见他。她祝愿他万事如意，可他使她感到痛苦。他如果能到二十英里以外去享受幸福，那她就要庆幸不已了。

他继续待在海伯里，这本是一件令人痛苦的事，可是等他一结了婚，那痛苦肯定会随之减少。这样一来，可以免除许多徒然的担忧——缓和许多尴尬的局面。有了一位埃尔顿太太，就可以成为他们改变交往的借口；以前的亲密关系可以渐渐疏远，而又不招人议论。他们可以再度以礼相待。

说到那位小姐个人，爱玛很是瞧不起她。毫无疑问，她还是配得上埃尔顿先生的。对海伯里来说，她还是够多才多艺的——也是够漂亮的——但是跟哈丽特比起来，可就显得很一般了。至于说到亲友，爱玛心里倒是十分踏实。她相信，尽管埃尔顿先生条件很高，瞧不起哈丽特，但他并未找到一个比哈丽特更好的人。在这方面，事情似乎是可以搞个水落石出的。她是干什么的，当然还让人捉摸不定；不过她是何许人，也许还能打听出来。撇开那一万英镑不说，看来她一点也不比哈丽特强。她一没有名望，二没有门第，三没有显贵的亲戚。霍金斯小姐的父亲是布里斯托尔人——当然只能把他称作商人[①]，她是他两个女儿中的小女儿。不过，看来他经商的整个收益非常有限，也就可以猜想他干的不是什么体面的行当。每年冬天，霍金斯小姐要去巴思住一段时间。可是她的家在布里斯托尔，就在布里斯托尔中心。虽然她父母亲几年前就去世了，但她还有一个叔叔——他是搞法律的——没有人敢说他干过什么更体面的行当，只听说他是搞法律的。这个女儿就跟他住在一起。爱玛猜想他是给哪个律师干苦差使，因为太笨，总也爬不上去。这门亲事唯一的荣耀，就在于那位姐姐，她攀上了一门阔亲，嫁给了一个很有钱的绅士，就住在布里斯托尔附近，

---

① 布里斯托尔系英国格罗斯特郡的商城，爱玛说到这里有些吞吐，可能因为她把经商视为不体面；也可能她忌讳那里的奴隶买卖。

竟然有两辆马车！这就是这件事的结局，也是霍金斯小姐的荣耀所在。

她要是能把自己的感受向哈丽特和盘托出，那该有多好啊！她是经她劝说才坠入了情网，可是天哪！要劝说她摆脱这份情感，可不那么容易。一个意中人盘踞了哈丽特的整个心灵，这种魔力可不是言语可以驱除掉的。也许可以用另外一个人来取代他；当然还真可以用另外一个人来取代他；这是再清楚不过了；哪怕是罗伯特·马丁这样一个人，也能够取代他。然而她又担心，没有什么别的办法可以医治她的创伤。有的人一旦爱上什么人，就会始终不渝地爱下去，哈丽特就是这样一个人。可怜的姑娘啊！埃尔顿先生这次回来以后，她的心情可是比以前糟多了。她总要在这儿那儿瞧见他。爱玛只见过他一次，可是哈丽特每天总有两三次，肯定要*恰巧*碰见他，或者*恰巧*发现他刚走，*恰巧*听到他的声音，或者看到他的肩膀，*恰巧*出点什么事，将他留在她的幻想中，而这一切都是带着惊异和猜测的激烈心情进行的。此外，她总是听到别人谈论他，因为除了在哈特菲尔德以外，她周围的人没有一个能看到埃尔顿先生的缺点，大家都认为没有什么比谈论他的事更有趣了。因此，每一篇报道，每一个猜测——关于他的已经发生的事情，可能发生的事情，包括收入、仆人和家具，总是在她周围谈得沸沸扬扬。听到人们个个都在称赞他，她也就越发敬慕他了。听到大家不停地谈论霍金斯小姐多么幸福，不停地议论埃尔顿先生多么爱她，她又感到非常懊悔，也很气恼。埃尔顿先生在房前屋后走过时的那副神态——他戴帽子的模样，全都表明他正处在热恋之中！

哈丽特心里摇摆不定，如果这事可以拿来逗乐，而不给这位朋友带来痛苦，也不使爱玛自己为之自责的话，她爱玛还真会觉得这摇摆不定很是可笑。有时是埃尔顿先生占上风，有时又是马丁家的人占上风。而且偶尔间，哪一方都可以用来遏制另一方。埃尔顿先生的订婚，打消了她与马丁先生相遇引起的激动。而获悉这起订婚所引起的不快，又因几天后伊丽莎白·马丁来到戈达德太太家，而被暂时置诸脑后。当时哈丽特不在家，但是客人给她留下了一封信，写得十分动人：大多是表示亲切的话，中间夹杂了一点责怪。埃尔顿先生到来之前，她一直在琢磨这封信，不停地思忖怎样写回信，心里很想写些不敢承认的事。可是，埃尔顿先生一来，这些心思也就一扫而光。在他逗留期间，马丁一家人给抛到脑后去了。就在埃尔顿先生再次去巴思的那天早晨，爱玛想消除这件事带来的一些痛苦，觉得最好去回访一下伊丽莎白·马丁。

她这次回访会受到怎样的接待——需要做些什么事情——怎么做才能万无一失，真叫她左思右想，捉摸不定。既然是请她去，到时不理睬那位母亲和两个妹妹，岂不显得忘恩负义。绝不能那么办。然而，不那么办吧，又有恢复旧交的危险呀！

她想来想去，还是想不出更好的办法，只得让哈丽特去回访。不过要注意方式，让主人家明白，这只是一次礼节性的拜访。她打算用马车送她去，让她在阿比-米尔下车，她自己坐在车上再往前走一小段，然后马上回来接她。这样一来，他们就来不及搞什么阴谋诡计，或者危险地重提往事，向他们清清楚楚地表明：他们以后将保持一种怎样的友情关系。

她想不出更好的办法。尽管她自知这样做有点不妥——有点像是经过掩饰的忘恩负义——但是还非得这么办不可，否则哈丽特会怎么样呢？

第五章

哈丽特真没有什么心思去回访。就在她的朋友去戈达德太太家叫她之前半小时，她不巧来到一个地方，看见一只标着“巴思，怀特哈特，菲利普·埃尔顿牧师收”的大箱子，给搬到肉店老板的大车上，准备拉到驿车经过的地方。于是，这世界上的一切，除了那只箱子和箱子上的姓名地址以外，全从她脑海里消失了。

然而，她还是去了。等车子驶到农庄，她在宽阔光洁的砾石林荫道尽头下了车。这林荫道夹在支有棚架的苹果树中间，一直通到大门口。眼前的这一切，去年秋天曾给她带来了莫大的喜悦，现在再触景生情，心里不禁有点激动。爱玛与她分手时，见她带着一种既害怕又好奇的神情四处张望，因此便作出决定：这次访问不能超过原定的一刻钟。她独自坐着车往前走，想利用这段时间去看望一个结了婚住在当维尔的老用人。

一刻钟刚过，爱玛就准时回到了白色的大门跟前。史密斯小姐听说爱玛来叫她，一点也没耽搁就出来了，身边也没跟着一个让人担惊受怕的小伙子。她就一个人顺着砾石道走来——只有一位马丁小姐送出门来，显然是用客套性的礼节跟她告别。

哈丽特一时讲不清楚事情的经过。她心里思绪万千。不过，爱玛最后还是听明白了这次会面的情况，以及这次会面引起的苦恼。原来，她只见到了马丁太太和两个姑娘。她们对她的接待，即便算不上冷淡，也是抱着怀疑的态度，而且几乎自始至终都只谈些极其平常的话——直至最后，马丁太太突然说起她觉得史密斯小姐长高了，这才扯起一个比较有趣的话题，态度也比较热情一些。去年九月，就在这间屋里，她与她的两个朋友量过身高。窗户旁的护壁板上还留着铅笔标记和备忘记录。那都是马丁画上去的。他们似乎全都记得那一天、那一时刻、那一伙人、那一场合——有着同样的感受，同样的遗憾——准备恢复同样的亲密关系。几个朋友刚刚故态复萌（正如爱玛定会料到的，几个人中就数哈丽特最热忱、最快活），马车就回来了，一切也就结束了。这次回访的方式，时间的短促，当时就让人觉得做

得太绝了。不到六个月以前，她还欣然跟这家人一起过了六个星期，而这次却只能在他们家待上十四分钟！爱玛不难想象这一切，觉得这家人有理由表示忿懑，哈丽特自然会感到苦恼。这件事办得不好。她本来可以作出很大努力，或者忍受很多艰难困苦，把马丁家的地位提高一些。他们是很不错的，只要稍微提高一点就足够了。不过，既然情况如此，她又有什么办法呢？不可能有！她不会后悔。一定要把他们拆开。可是，在这过程中又引起了好多的痛苦——眼下她自己就感到很痛苦，不久就觉得需要寻求点安慰，便决定回家时取道兰多尔斯，从那里找些安慰。她心里十分讨厌埃尔顿先生和马丁家的人。到兰多尔斯去提提神，这是绝对必要的。

这是个好主意。可是等马车驶到门口，她们听说"男女主人都不在家"，已出去一些时候了。那仆人料想，他们去哈特菲尔德了。

"真倒霉，"马车掉头往回走时，爱玛大声说道，"现在偏偏见不着他们，太气人了！我真不知道有什么时候这么扫兴过。"她往角上一靠，想嘟嘟囔囔地抱怨一番，或者劝说自己打消这些抱怨，也许两者都有一点——这是并无恶意的人最常用的办法。过了不久，马车突然停住了。她抬头一看，原来是韦斯顿夫妇拦住了车，站在那里要跟她说话。一看见他们俩，爱玛顿时高兴起来，而一听到说话声，就知道还有比她更高兴的，因为韦斯顿先生当即走上前来跟她说：

"你好？你好？我们陪你父亲坐了一阵——看他身体很好，真是高兴。弗兰克明天要来了——我今天早上接到一封信——明天吃晚饭时肯定能见到他——他今天在牛津，要来住两个星期。我早就料到会这样。他要是赶在圣诞节来，那就会连三天也住不上。我总是情愿他圣诞节不要来。现在的天气正好适合他，又晴朗，又没雨，也不变来变去。我们可以陪他好好玩玩。一切都那么称心如意。"

听到这样的消息，真叫人没法不兴奋。再一看韦斯顿先生满面喜悦，谁都没法不受感染。他妻子虽然话少一些，也不那么激动，但言谈神情同样证实了他的消息。连她都认为弗兰克一定会来，那她爱玛也就置信不疑了，而且打心底里跟他们一样高兴。这是治疗情绪沮丧的最有效的兴奋剂。过去的烦恼淹没在即将来临的喜事之中，她转念一想，觉得现在不用再提埃尔顿先生了。

韦斯顿先生向她讲述了他们在恩斯库姆商谈的经过。经过这番商谈，他儿子可以确保有两个星期自由支配。他还介绍了弗兰克旅行的路线和方式。爱玛听着，笑着，还向他们表示祝贺。

“我会马上带他去哈特菲尔德的。”他临了说道。

爱玛可以想象，听他说到这里，她看见他妻子用胳臂碰了碰他。

“我们还是走吧，韦斯顿先生，”她说，“我们耽搁两位小姐了。”

“好吧，好吧，我这就走。”韦斯顿先生说罢又转向爱玛：“不过，你可不要指望他是个非常出众的青年。你要知道，你只是听了我的描述。也许他实在没有什么特别出众的地方。”可是，这时他两眼亮闪闪的，说明他言不由衷。

爱玛摆出一副天真无猜的神态，回了两句不置可否的话。

“明天，大约四点钟时想想我吧，亲爱的爱玛。”这是韦斯顿太太临别时的叮嘱，话音里带有几分焦虑，只是说给爱玛听的。

“四点钟！他三点钟准能到。”韦斯顿先生连忙修正说。一次令人非常满意的会晤就这样结束了。爱玛变得兴高采烈起来。一切都显得跟刚才不一样了，詹姆斯赶着马似乎也不像先前那样懒洋洋了。她望着树篱，心想至少那接骨木马上就要长出芽来。她转脸看看哈丽特，见她脸上春意盎然，还挂着一丝温柔的微笑。

“弗兰克·邱吉尔先生会不会路过牛津，也路过巴思呢？”她虽然问了这句话，但这话并不能说明多少问题。

不过，地理问题也好，心情平静也好，都不是一下子能解决的。

爱玛处于现在这样的心情，她很有把握断定，这两者到时候都会迎刃而解。

这个令人关注的一天的早晨来到了。韦斯顿太太的忠实学生在十点、十一点或十二点，都没有忘记要在下午四点想想韦斯顿太太。

“我亲爱的、亲爱的、焦急的朋友啊，”她出了自己的房间往楼下走的时候，心里在自言自语，“你总是体贴入微地为别人的安适操心，却从不关心自己的安适。我想你现在又坐立不安了，一次又一次地往他屋里跑，非要把一切安排得妥妥帖帖。”她走过门厅时，钟正好打十二点。“十二点了，再过四个钟头我不会忘记想着你的。也许明天这个时候，或许稍迟一点，我想他们几位可能全都来到这里。我看他们一定会很快把他带来的。”

她打开客厅的门，发现她父亲陪两位男士坐着——原来是韦斯顿先生和他儿子。他们俩才刚到不久，韦斯顿先生还没来得及说完弗兰克为什么提前一天到，她父亲还在客客气气地表示欢迎和祝贺，她爱玛就进来了，领受她那一份惊讶、介绍和喜悦。

那位大家谈论已久、又深为关注的弗兰克·邱吉尔，眼下就在她面前——他被介绍给她，她认为他受到的赞扬并不过分。他是个非常英俊的青年——身材、气派、谈吐，都无可挑剔。他的脸颇像他父亲，神采奕奕，生气勃勃。他看上去又聪明又机灵。她立即觉得自己会喜欢他。他具有一种教养有素的无拘无束的风度，还很健谈，使她感到他是有意来结识她的，他们很快就会结为相识。

弗兰克是头天晚上到达兰多尔斯的。他心里着急，就想早一点赶到，于是便改变了计划，早启程，晚歇脚，紧赶快赶，争取提前半天赶到。她为此感到高兴。

“我昨天就告诉你们了，”韦斯顿先生得意洋洋地大声说道，“我早就告诉你们大家，说他会提前赶到的。我想起了我以前就常常这样。谁出门也不能在路上慢腾腾地磨蹭啊，总忍不住要比计划的走得快些呀。能在朋友们开始盼望之前就赶到，这是多大的快乐，即使需要路途上辛苦一点，那也是非常值得的。”

“来到可以尽享其乐的地方，真让人高兴，”那位年轻人说道，“尽管我现在还不敢指望有多少人家可去的。但是，既然回家来了，我觉得我可以爱干什么就干什么。”

一听说“家”这个字，他父亲又得意洋洋地朝他望了一眼。爱玛立即看出，弗兰克很会讨人喜欢。后来的事情越发坚定了她的这一看法。他很喜欢兰多尔斯，认为那所房子布置得令人称羡。他甚至都不肯承认房子太小。他赞赏那个地点、那条通往海伯里的小道、海伯里本身，还特别赞赏哈特菲尔德。他声称自己对乡村一向怀有只有自己的家乡才能激起的那种兴致，急巴巴的就想来看看。爱玛心里有些怀疑：也许他从未有过如此亲切的想法。不过，即使他说的是谎话，那也是令人高兴的谎话，而且说得很动听。他并不像是装腔作势，也不像是言过其实。瞧他那神态，听他那谈吐，好像他真的感到非常高兴。

总的说来，他们谈的话题无外乎人们初次结识时常谈的话题。他这一边都是问话：“你会骑马吗？有舒适的骑马道吗？有舒适的散步小径吗？邻居多吗？也许海伯里有不少社交活动吧？这里及附近一带有几所非常漂亮的房子。舞会——开不开舞会？这儿的人们爱好音乐吗？”

他的这些问题都得到了满意的答复，他们也随之变得熟识起来。这时，他趁他们双方的父亲正谈得起劲的当儿，把话题转到他的继母身上。他一说起这位继母，便赞不绝口，称赏不已，还一再感激她给他父亲带来幸福，并且热情地接待他；这再次证明了他懂得如何讨好人——证明他确实认为值得讨好她。在爱玛听来，他发出的每一句赞美之词，韦斯顿太太都受之无愧。不过，他肯定不怎么了解实情。他懂得说什么话中听，别的事就没有把握了。“我父亲这次结婚，”他说，“是一个最明智的举动，每一位朋友都会为之高兴。他要永远铭记让他获得这般幸福的那家人，感谢他们对他恩重如山。”

他还尽量表示这样的意思：泰勒小姐有这些功德，应该感谢她爱玛。但他似乎没有忘记，按照常理，与其说是伍德豪斯小姐造就了泰勒小姐的性格，不如说是泰勒小姐造就了伍德豪斯小姐的性格。最后，他好像下了决心要把话锋一转，绕到心里想说的话题上，便惊叹起泰勒小姐的年轻美貌上。

“举止优雅，和蔼可亲，这是我早料到的，”他说，“可是不瞒你说，从各方面考虑，我原以为她只不过是个上了一定年纪、还算好看的女人，却没想到韦斯顿太太竟然是个漂亮的年轻女人。”

“你把韦斯顿太太看得再怎么完美，我也不会觉得过分，”爱玛说，“你就是猜她只有十八岁，我听了也会很高兴。可你真要这样说了，她准会跟你吵起来。千万别让她知道，你把她说成一个漂亮的年轻女人。”

“我想这倒不至于，”弗兰克回答道，“不会的，你放心好了，（说着谦恭有礼地鞠了一躬）跟韦斯顿太太说话，我知道可以称赞什么人而不会被认为言过其实。”

爱玛心里一直在猜想，他们两人的相识会产生什么结果，她不知道弗兰克是否也有这样的猜想；他的那些恭维话究竟应该看作是默许的标志，还是违抗的证据。她必须和他多见几次面，才能了解他的习性。现在，她只觉得他的习性还挺讨人喜欢的。

韦斯顿先生时常在想什么，她心里很清楚。她瞧见他将锐利的目光一次次地瞥向他们俩，脸上露出喜滋滋的神情。即使他决意不看他们俩的时候，她也相信他时常在侧耳倾听。

她自己的父亲全然没有这样的念头，他丝毫没有这样的眼力和疑心，这倒是个令人十分欣慰的情况。幸亏他既不赞成男婚女嫁，也无这方面的预见。虽说不管谁在筹备婚事，他总要加以反对，但他对这种事总是后知后觉，因而事前就用不着烦恼。看来，不到既成事实的时候，他似乎不会把哪两个男女情愫相通看得很重，认为他们打算结婚。他这样视而不见倒是不错，爱玛感到庆幸。现在，他既不用作出任何令他不快的猜测，也不用怀疑他的客人可能居心不良，而只需充分发挥他那热情好客的天性，觉得弗兰克·邱吉尔先生不幸在路上过了两夜，便关切地问起了他一路上的饮食起居，而且真是十分急切地想知道他确实没有着凉——不过，关于这件事，他要再过一个晚上才能完全放宽心。

按情理坐了一段时间以后，韦斯顿先生要告辞了。“我得走了。我要到克朗旅店处理干草的事，还要到福德商店为韦斯顿太太办一大堆事。不过，我不必催促别人。”他儿子是个很懂规矩的人，没听出他的话外之意，也立即站起身来，说道：

“既然你要去办事，爸爸，那我就利用这个机会去看一个人。反正是迟早要去的，不如现在就去。我有幸认识你们的一位邻居，（说着转向爱玛）一位住在海伯里或者那附近一带的女士。一个姓费尔法克斯的人家。我想，那座房子并不难找。不过，我认为，说他们姓费尔法克斯并不妥当——应该说姓巴恩斯或者贝茨。你认识哪个姓这个姓的人家吗？”

“当然认识啦，”他父亲大声说道，“贝茨太太——我们刚才还路过她家——我看见贝茨小姐就站在窗前。对呀，对呀，你是认识费尔法克斯小姐。我记得你是在韦默斯认识她的，她可是个好姑娘啊。你当然得去看看她。”

“今天早上就不必去了，”年轻人说，“改天也行。不过，在韦默斯彼此那么熟悉——”

“嗨！今天就去，今天就去。别推迟了。该做的事总是越快越好。此外，我还得提醒你，弗兰克，你在这里可要小心谨慎，千万不要怠慢了她。你看见她和坎贝尔夫妇在一起时，她跟周围的哪个人都可以平起平坐。可是在这里，她却跟一个只能勉强糊口的老外婆在一起。你要是不早一点去，就是看不起人家。”

儿子似乎被说服了。

“我听她说过认识你，”爱玛说，“她是个非常文雅的小姐。”

弗兰克赞成这一说法，不过只是轻轻说了声“是的”，使爱玛几乎要怀疑他是否真的同意。然而，如果简·费尔法克斯只能算是一般的文雅的话，那么上流社会就必定会有一种截然不同的文雅标准。

“如果你以前不是特别喜欢她的风度的话，”爱玛说，“我看你今天一定会喜欢的。你会发现她很讨人喜欢。你会看到她，听她说话——不行，恐怕你压根儿听不到她说话，因为她有个姨妈总是唠叨个没完。”

“你也认识简·费尔法克斯吗，先生？”伍德豪斯先生说，照样总是最后一个开口。“那么请允许我向你担保，你会发现她是个十分讨人喜欢的年轻小姐。她是来看望她外婆和姨妈的，她们可是很值得敬重的人。我跟她们是老相识了。我敢说，她们见到你一定会很高兴。我叫个用人给你带路。”

“亲爱的先生，那可使不得，我父亲会给我指路的。”

“可你父亲走不了那么远。他只到克朗旅店，在这条街的那一边。再说那里有好多人家，你可能不大好找。那条路又很泥泞，除非你走人行道。不过，我的马车夫会告诉你最好在哪儿过街的。”

弗兰克·邱吉尔先生还是谢绝了，脸上尽量摆出一副很认真的神气。他父亲竭诚地支持他，大声嚷道：“我的好朋友，这就大可不必了。弗兰克见到水洼不会往里走的。至于上贝茨太太家，他从克朗旅店三蹦两跳就到了。”

他们终于获准自己去了。那父子俩，一个热忱地点了一下头，另一个大方地鞠了一个躬，随即便告辞了。爱玛对这初次相识感到非常高兴，整天都可以想象他们在兰多尔斯的情境，相信他们过得很快活。

第六章

第二天早晨，弗兰克·邱吉尔先生又来了。他是跟韦斯顿太太一起来的，他似乎打心眼里喜欢这位太太，也打心眼里喜欢海伯里。看来他一直十分亲切地陪她坐在家里，直至她平常出门活动的时间。韦斯顿太太要他选择散步的路线，他立刻表示要去海伯里。“我毫不怀疑，无论朝哪个方向走，都有非常宜人的地方可以散步。不过要我选择的话，我总会选择同一个地方。海伯里，那个空气新鲜、令人赏心悦目的海伯里，无时无刻不在吸引我。”在韦斯顿太太看来，海伯里就意味着哈特菲尔德；而且她相信，他也是这么看的。于是，他们便径直朝这里走来。

爱玛简直没想到他们会来，因为韦斯顿先生刚刚来过一会儿，就想听听别人夸他儿子长得英俊，并不知道他们的打算。所以，爱玛看见他们臂挽臂地朝他们家走来，不禁又惊又喜。她还正想再见见他，尤其想见他和韦斯顿太太在一起。她要看看他对韦斯顿太太采取什么态度，再决定对他抱有什么看法。如果他在这方面还有欠缺的话，那就没有什么可以弥补的了。然而，一看见他们俩在一起，她就感到十分高兴。他不仅用动听的语言和过甚其词的恭维，来表示他的恭敬之情，而且他对继母的整个态度，也是再恰到好处、再令人高兴不过

了——没有什么比这更令人可喜地表明：他希望把继母当作朋友，希望博得她的欢心。鉴于他们要待上一个上午，爱玛有足够的时间作出合理的判断。他们三人一起在外面转悠了一两个小时——先围着哈特菲尔德的矮树丛转了一圈，然后在海伯里走了走。弗兰克对什么都喜欢，把哈特菲尔德大大赞赏了一番，伍德豪斯先生听了一定会觉得很悦耳。后来决定继续往前走时，他表示希望熟悉一下整个村子。他时而发现这也不错，时而觉得那也挺有意思，真是出乎爱玛的意料。

有些东西引起他的兴趣，说明他心里怀有缱绻的情意。他恳求带他去看看他父亲住过多年的房子，那房子也是他祖父的家。后来想起那个带过他的老太太现在还活着，便从街这头走到街那头，寻找她住的小屋。虽然他寻求的某些东西、说的某些话，并没有什么实在的价值，但是把这一切加在一起，总的看来他对海伯里颇有好感，这在跟他一道散步的人看来，倒肯定是一个优点。

爱玛通过观察断定：既然他现在流露出这样的情感，那就不能认为他以前是故意不肯来；他不是在装模作样，也不是虚情假意地故作姿态；奈特利先生对他的看法肯定有失公道。

他们第一个停留的地方是克朗旅店。虽然这是当地主要的一家旅店，但是规模却不大，只养着两对驿马，与其说是供来往客人雇用，不如说是为附近一带的人提供方便。弗兰克的两位同伴没想到他会对这地方感兴趣，就在打这儿走过时，讲起了那间一看就知道是后来加上去的大屋子的来历。那是多年前造来作舞厅用的。当时，这一带人特别多，又特别爱跳舞，有时就在这间屋里举行舞会。但是，那种明媚灿烂的日子早就一去不复返了，如今，它的最大用途，是作为本地一些绅士和半绅士组织的惠斯特俱乐部的活动场所。弗兰克当即就产生了兴趣。原本是作舞厅用的，这一点把他吸引住了。他没有继续往前走，而是在两扇开着的、装有上等框格的窗子跟前停了几分钟，朝里面望望，估量能容纳多少人，为它失去原先的用途感到遗憾。他觉得这间屋子没有什么缺陷，他们说的那些缺陷，他并不认为是缺陷。不，这间屋子够长、够宽、够漂亮的啦，在里面跳舞再适意不过了。整个冬天，应该至少每两周在这里举行一次舞会。伍德豪斯小姐为什么没有恢复这间屋子昔日的好时光呢？她在海伯里可是什么都办得到的啊！爱玛解释说，这里没有几家合适的人家，附近一带又没有人愿意来，但他听了却不以为然。他看到周围有那么多漂亮的房子，说什么也不相信会凑不齐人数开舞会。甚至在爱玛讲述了详细情况和各家的境况之后，他仍然认为这样贫富同乐不会带来多大的不便，第二天早晨大家又都各守本分，不会有丝毫的困难。他就像一个热衷于跳舞的年轻人一样争辩着。爱玛发现在他身上，韦斯顿家的气质完全压倒了邱吉尔家的习性，不由得大吃一惊。看来，他还真像他父亲那样，生气勃勃，精力充沛，性情开朗，喜欢交际，全然没有恩斯库姆的傲慢和矜持。也许他的确没有多少傲慢。他不计较地位的高低，心灵未免有些近乎庸俗了。然而，他又判断不出被他轻视的那种祸害。那不过是他生性活跃的一种表现罢了。

经过劝说，他终于离开了克朗旅店。几个人快到贝茨家的时候，爱玛想起他头天打算去看看这家人，便问他去过了没有。

“去了，哦！去了，”弗兰克回答说，“我正要说这件事呢。我去得还真是巧啊，三位女士我全见到了，多亏你事先嘱咐了我。如果我毫无思想准备遇上了那位喋喋不休的姨妈，那可准会要了我的命。其实，我只是有些身不由己，稀里糊涂地多待了些时候。本来十分钟就足够了，也许再恰当不过了。我还跟我父亲说过，我一定会比他先回家——谁想我根本脱不了身，话说个没完没了。我父亲在别处找不到我，最后也跟到贝茨家，这时我万分惊讶地发现，我在那里已经坐了将近三刻钟。那位好心的老太太一直不给我脱身的机会。”

“你觉得费尔法克斯小姐看上去怎么样？”

“气色不好，很不好——就是说，如果一位年轻小姐可以被认为气色不好的话。不过，这种说法是不大容易被人接受的，是吧，韦斯顿太太？小姐们是绝不会气色不好的。说真的，费尔法克斯小姐天生就这么脸色苍白，几乎总是给人一种身体不好的样子。脸色这么不好，真令人可怜。”

爱玛不同意他的这一看法，便极力为费尔法克斯小姐的脸色辩护起来。“她的确没有容光焕发过，可是总的说来，我觉得也没有什么病容。她皮肤娇嫩，给她的面孔增添了几分独特的优雅。”弗兰克恭恭敬敬地听着，承认说他也听到好多人都这么说过——然而坦白地说，在他看来，一个人缺乏健康的神采，那是无论如何也无法弥补的。即使五官长得很一般，只要气色好，五官也会显得很美。要是五官长得秀丽，那效果就——好在他用不着说明效果会怎么样。

“好了，”爱玛说，“不要去争论审美观啦。至少，除了脸色以外，你还是很赞赏她的。”

弗兰克摇摇头，笑了起来。“我可无法将费尔法克斯小姐和她的脸色分开。”

“你在韦默斯经常见到她吗？你们经常一起参加社交活动吗？”

这时候，他们快到福德商店了，弗兰克连忙大声嚷道：“哈！这一定是人人每天都得去的那家商店了，我父亲告诉过我。他说他七天里有六天要来海伯里，每次都要到福德商店买点东西。你们要是没有什么不便的话，我们就进去吧，好让我证明我是这儿的人，是真正的海伯里公民。我一定要在福德商店买点东西，行使一下我作为公民的权利。他们也许有手套卖吧。”

“哦！是的，手套什么的都有。我真钦佩你的乡土观念。你在海伯里会受到敬重的。你没来之前，大家就很喜欢你了，因为你是韦斯顿先生的儿子——不过，你要是在福德商店花上半个几尼，你的受人喜欢就建立在你的美德的基础上了。”

他们进了福德商店。当店员把式样优美、包装考究的男式海狸手套和约克皮手套取下来，放在柜台上时，弗兰克说：“对不起，伍德豪斯小姐，刚才就在我忽发 amor patriae[①] 的时候，你在跟我说话，提起了一件事。别让我错失过去。跟你说吧，不管大家把我看得有多好，都无法弥补我在个人生活中失去的任何乐趣。”

“我只不过问一问：你在韦默斯跟费尔法克斯小姐那一伙人是不是很熟悉？”

“既然我明白了你的问题，我要说你这话问得很不公道。究竟熟悉到什么程度，必须由小姐来断定。费尔法克斯小姐一定早就说过了。她想说到什么程度就是什么程度，我可不想再多说什么。”

“天哪！你回答得跟她一样谨慎。可她不管说什么事，总要留下很多东西让人去猜。她总是不声不响，不肯提供任何人的哪怕是一点点的消息，因此我真觉得你可以尽情谈谈你跟她结交的情况。”

“真可以吗？那我就照实说了，这再对我心思不过了。我在韦默斯常常遇见她。我在伦敦就有点认识坎贝尔夫妇，在韦默斯又常常在一起。坎贝尔上校是个非常和蔼可亲的人，坎贝尔太太是个又亲切又热心的女人。他们几个我都喜欢。”

“我想你了解费尔法克斯小姐的生活处境吧，知道她将来命中注定要干什么。”

“是的——（相当迟疑地）——我想我是了解的。”

“爱玛，你谈到微妙的话题上了，”韦斯顿太太笑吟吟地说道，“别忘了我还在场呢。你谈起费尔法克斯小姐的生活处境，弗兰

---

① 拉丁文，意为爱国之心或思乡之情。

克·邱吉尔先生简直不知道说什么是好。我要稍微走开一点。”

“我对她呀，”爱玛说，“除了视为朋友，而且是最亲密的朋友之外，倒是真忘了还有什么别的身份。”

弗兰克看上去好像完全理解，也十分敬重爱玛的这种情感。

买好手套以后，几个人又走出了商店。“你可曾听到我们刚才谈起的那位年轻小姐弹过琴吗？”弗兰克·邱吉尔问道。

“可曾听到她弹琴！”爱玛重复了一声。“你忘了她是不折不扣的海伯里人啊。自从我们俩开始学琴以来，我每年都听她弹奏。她弹得好极了。”

“你是这样想的吗？我就想听听真正有鉴赏力的人的意见。我觉得她弹得不错，就是说，她弹得很有情调，可惜我对此道一窍不通。我非常喜欢音乐，可我却一点也不会演奏，也无权评说别人演奏得怎么样。我常常听见别人夸她弹得好。我还记得有一件事，可以证明别人认为她弹得好。有一个人，很有几分音乐天赋，爱上了另一个女人——跟她订了婚——都快结婚了——可是，只要我们现在谈起的这位小姐肯坐下来弹奏，他就绝不会请他那另一位女士来弹——看来，只要能听这一位弹，就绝不会喜欢听另一个弹。能受到一个众所周知的音乐天才的青睐，我想这就很能说明问题。”

“当然能啦！”爱玛说道，觉得十分有趣。“迪克逊先生很有音乐天赋，是吗？关于他们几个人的事，我在半个小时里从你这儿了解的情况，比半年里从费尔法克斯小姐那儿听来的还要多。”

“是的，我说的就是迪克逊先生和坎贝尔小姐两个人。我想这是很有力的证据。”

“当然——的确很有力。说实话，真是太有说服力了，我要是坎贝尔小姐的话，真要受不了啦。一个人把音乐看得比爱情还重——耳朵比眼睛来得灵——对美妙的声音比对我的情感反应敏感，让我无法谅解。坎贝尔小姐喜欢他这样吗?”

“你知道，她们是特别要好的朋友呢。”

“那有什么好的!”爱玛笑着说道，“宁愿要个陌生人，也不要个特别要好的朋友——如果是个陌生人，就不会再出这种事儿——可是身边总有个特别要好的朋友，什么事儿都比你自己做得好，那有多么不幸啊！可怜的迪克逊夫人！她去爱尔兰定居，我看倒也挺好。”

“你说得对。对坎贝尔小姐来说，倒没有什么光彩的。不过，她好像并不在乎。”

“这就更好了——要么就更糟了：我不知道是好是糟。不管她是出于可爱，还是出于愚蠢——是出于朋友间的坦率，还是出于感觉的迟钝——我想有一个人肯定感觉到了，那就是费尔法克斯小姐。她一定感觉到了这种不恰当而又危险的区别。”

“说到这个嘛——我倒不——”

“哦！可别以为我想让你或是别人说说费尔法克斯小姐有什么感受。我猜想，除了她自己以外，别人谁也不知道她有什么感受。但是，如果迪克逊先生每次请她弹琴她都弹的话，那别人就可以爱怎么猜就怎么猜了。”

“她们三人之间好像倒是十分融洽的——”弗兰克脱口而出，可是马上又打住了，补充说道，“不过，我也说不上他们的关系究竟怎么样——背地里又怎么样。我只能说，表面上和和气气。不过，你从小就认识费尔法克斯小姐，当然比我更了解她的性格，更了解她在紧要关头会有什么表现。”

“不错，我是从小就认识她。我们从小在一起，后来又一起长大成人。因此，人家自然会以为我们关系密切，以为她每次来看朋友，我们都该很亲热。可是，我们从来就没有亲热过。我简直不知道是怎么回事儿。也许我这个人有点不厚道，她姨妈、外婆那一伙人一个劲儿地宠爱她、吹捧她，我就禁不住要讨厌她。再说，她又不爱说话——我绝不会喜欢一个金口难开的人。”

“这种性格的确令人十分讨厌，”弗兰克说，“毫无疑问，这种性格往往挺有好处的，可是从不讨人喜欢。保持沉默比较保险，可是不招人爱。谁也不会喜欢一个沉默寡言的人。”

“除非不再沉默寡言，那样一来，就会更加讨人喜欢。不过，我比以往任何时候都更需要一个朋友，或者说一个称心的伙伴，才能帮助别人克服沉默寡言的毛病，交上一个朋友。我和费尔法克斯小姐是亲密不起来的。我没有理由看不起她——丝毫没有——不过她的言谈举止总是那么谨小慎微的，不敢对任何人发表一点明确的看法，叫人难免不怀疑她有什么事瞒着别人。”

弗兰克完全同意她的看法。两人一起走了这么远，想法又这么接近，爱玛觉得他们已经很熟悉了，简直不相信这只是他们的第二次会面。他跟她原来想象的不尽相同：从他的某些见解来看，他并不是个老于世故的人，也不像个娇生惯养的富家子弟，因而比她想象的要好些。他的观点似乎比较温和——感情似乎比较热烈。令她特别感动的是，他不仅要去看那教堂，还要去看看埃尔顿先生的住宅，别人挑剔这房子的毛病，他也不跟着随声附和。不，他并不认为这座房子有什么不好，房主人也不该因为住这样的房子而受人怜悯。只要能同自己心爱的女人一起住在里面，那么，不管哪个男人拥有这座房子，他都觉得没有什么可怜悯的。谁还有更高的奢望，那他一定是个傻瓜。

韦斯顿太太笑了，说他说话没有谱。他自己住惯了大房子，从没考虑房子大有多少好处和方便，因而也不清楚住小房子在所难免的苦处。然而，爱玛却另有看法，断定他说话还是有谱的，表明他出于美好的动机，想要早一点成家。他可能没有意识到，要是女管家没屋子住，或者配膳室不像样，那会给家庭安适带来什么损害，但他一定会

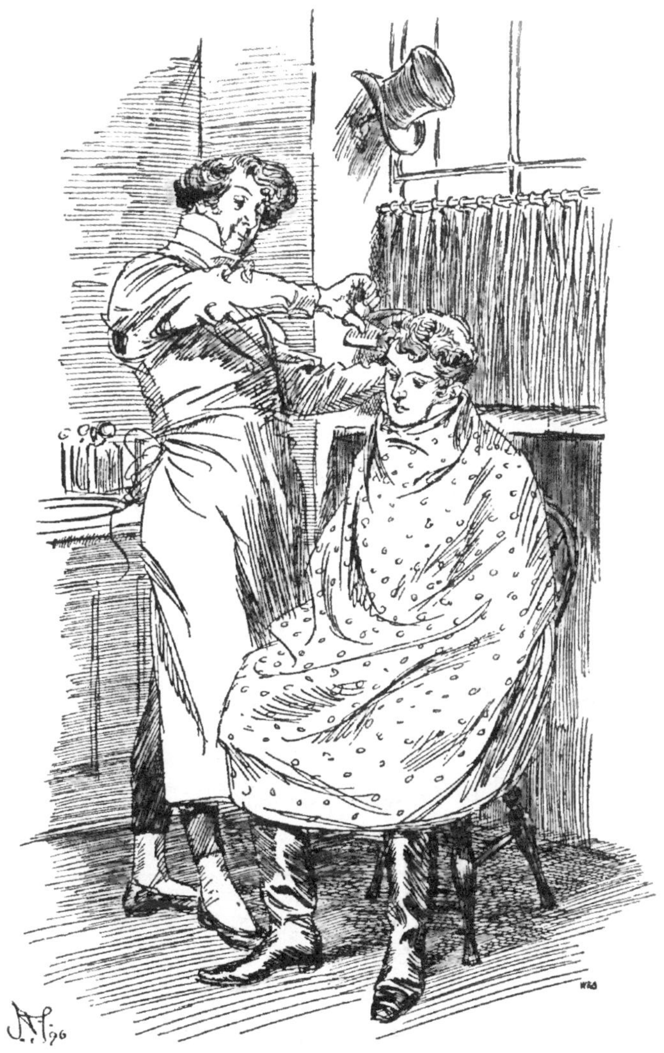

感到恩斯库姆不会给他带来幸福，他一旦爱上了谁，就会宁愿放弃大笔财产，也要早日成家。

第七章

第二天，爱玛听说弗兰克·邱吉尔仅仅为了理发而跑到伦敦[1]，原先对他的高度好评略微发生了动摇。吃早饭时，他似乎突发奇想，叫了一辆轻便马车出发了，打算赶回来吃晚饭，看来并没有什么要紧的事，只不过想去理个发。当然，为这事来回跑两个十六英里倒也无碍，但是爱玛看不惯那纨绔习气和轻浮做派。她昨天还觉得他办事有条有理，花钱有所节制，甚至待人热情无私，谁想他今天的表现却并非如此。图慕虚荣，大手大脚，心神不定，喜欢变来变去，这些因素必定要起作用，不管是好作用还是坏作用；不顾他父亲和韦斯顿太太是否高兴，也不管他的行为会给大家造成什么印象；人们会这样责备他。他父亲只说他是个花花公子，并觉得这件事很有趣。不过，韦斯顿太太显然不喜欢他这样做，因为她没有多提这件事，只说了一句："年轻人都有点心血来潮。"

爱玛发现，弗兰克到来之后，除了这点小毛病之外，给她的朋友留下的都是好印象。韦斯顿太太逢人便说，他是一个多么亲切、多么可爱的伙伴——她发现他的性情处处都很讨人喜欢。他看来心胸开阔——真是又开朗又活跃。她发觉他的念头不会有错，往往是绝对正确的。他总是满怀深情地说起舅舅，喜欢跟人谈论他——说他舅舅若能自行其便的话，一定会是世界上最好的人。他虽说并不喜爱舅妈，但又感激她的情意，好像谈起她时总是怀着敬意。这些都是很好的苗

① 19 世纪初，英国时髦的年轻人开始时兴理发，而不戴假发。

头。本来，爱玛在想象中已给他加上了一项殊荣，他要不是生出一个到伦敦理发的怪念头，还真没有什么表明他不配得到这份殊荣。他的这份殊荣，如果说他还不是真正爱上了她，至少也非常接近于爱上了她，只是由于她自己态度冷淡，他的感情才没有进一步发展——（因为她依然抱着终身不嫁的决心）——总之，他们俩共同认识的人都给他这种殊荣，把他选作爱玛的对象。

韦斯顿先生又给这一说法增添了一个很有分量的砝码。他对爱玛说，弗兰克极其爱慕她——认为她非常漂亮，非常可爱。弗兰克有那么多值得称道的地方，爱玛觉得自己不能对他妄加评论了。正如韦斯顿太太所说的，“年轻人都有点心血来潮”。

弗兰克在萨里新认识的人当中，有一个人对他不那么宽怀大度。总的说来，在当维尔和海伯里两个教区，大家对他都作出了非常公正的评价。这么漂亮的一个青年——一个经常面带微笑、对人彬彬有礼的青年，即使有点稍微过分的地方，大家也可以宽宏大量地原谅他。然而，这当中就有一个人，生性喜欢挑剔，没有被他的微笑和彬彬有礼所感化——那就是奈特利先生。他在哈特菲尔德听说了他去伦敦理发的事，当时一声未吭。可是，随后他手里拿起一张报纸来看时，爱玛听见他自言自语：“咳！我早就料到他是个轻浮的傻瓜。”爱玛本来有点想反驳，但仔细一想，就觉得他说那话只是想发泄一下自己的情绪，并不想招惹谁，因此也就没有去理会。

韦斯顿夫妇虽然带来了一条不大好的消息，但从另一方面来看，他们这天早晨却来得特别凑巧。他们待在哈特菲尔德的时候，爱玛遇上了一件事，需要听听他们的意见。而更加凑巧的是，他们出的主意正中爱玛的心意。

事情是这样的：科尔家已在海伯里居住多年，算是个很好的人家——与人为善，慷慨大方，谦和朴实。但是，从另一方面看，他们出身低微，靠做买卖营生，只是略有点气势不凡。他们初来这儿时，过日子量入为出，深居简出，很少与人来往，即使有点来往，也不怎么花钱。可是，近一两年来，他们的收入大大增加了——城里的房子收益增多了，命运之神在朝他们微笑。随着财富的增加，他们的眼界也高了，想住一座较大的房子，想多结交些朋友。他们扩建了房屋，增添了仆人，扩大了各项开支。时至如今，他们在财产和生活方式上仅次于哈特菲尔德那家人。他们喜欢交际，又新建了餐厅，准备请每个人都来做客，并已请过几次客了，邀的大多是单身汉。爱玛估计，他们不大敢贸然邀请那些正经的名门大户——不管是当维尔，还是哈特菲尔德，或是兰多尔斯，一概不敢邀请。即使他们有请，她说什么也不会去。她感到遗憾的是，大家都知道她父亲的习性，因此她的拒绝也就表达不出她意想中的意味。科尔夫妇可算是很体面的人，可是应该让他们明白，他们没有资格安排上流人家去他们家做客。爱玛心想，能叫他们明白这一点的，恐怕只有她自己，奈特利先生不大可能，韦斯顿先生更不可指望。

早在几个星期之前，爱玛就打定主意要如何对付这种自以为是的行径，可等到终于受到怠慢的时候，她心里则完全是另一番滋味。当维尔和兰多尔斯都接到了科尔家的邀请，她父亲和她自己却没接到。韦斯顿太太解释说："我看他们不敢冒昧地请你们，知道你们不去别人家吃饭。"可这理由并不充分。她觉得她很想得到拒绝他们的权利。后来想到一些跟她最亲近的人要去那里做客，而且这念头一次次地冒出来，她又拿不准自己若是接到邀请的话，是否能不为之动心。哈丽特晚上要去那里，贝茨家也要去。前一天在海伯里散步时，他们讲起过这件事，弗兰克·邱吉尔对她没去感到万分可惜。那天晚上最后是否可能来一场舞会？这是他问的一个问题。正是因为存在这种可能性，爱玛越发觉得心里不是滋味。就算是人家看她高贵而不敢高攀，就算是可以把人家不请她视为一种恭维，那也只能是微不足道的安慰。

就在韦斯顿夫妇还待在哈特菲尔德的时候，请柬送来了。这时，爱玛还真庆幸有这夫妇俩在场。虽然她一看完信就说了声“当然应该拒绝”，但她马上又请教他们该怎么办，他们立即劝她应该去，而且还很奏效。

爱玛承认说，考虑到种种因素，她并非完全不想去赴宴。科尔家的请柬写得那么妥帖——表现得那么客气——对她父亲那么体贴。“本拟早日恳请光临，只因一直在等待折叠屏风从伦敦运到，以期能为伍德豪斯先生挡风御寒，伍德豪斯先生也会因此而更乐于光临。”总的说来，爱玛很快就给说通了。他们三人当即商定了应该怎么办，而又不至于忽视了伍德豪斯先生的舒适——当然要有个人陪伴他，如果贝茨太太不行的话，那就要劳驾戈达德太太。晚宴眼看就要到了，还要劝说伍德豪斯先生，让他同意女儿去赴宴，整个晚上都要离开他。至于让他也去赴宴，爱玛并不企望他会认为有这个可能：晚宴要很晚才散，去的人又太多。伍德豪斯先生不久就爽快地答应了。

“我不喜欢到别人家去吃饭，”他说，“我一向不喜欢。爱玛也不喜欢。我们不习惯闹得太晚。很遗憾，科尔夫妇居然会这样安排。如果等到夏天哪个下午他们来跟我们喝喝茶——或者邀请我们一道散散步，那就好多了。他们可以这么做，因为我们的时间安排得很合理，可以早早地回家，不会沾上晚上的露水。夏天晚上有露水，我可不想让任何人给打湿了。不过，你们一心想让亲爱的爱玛去吃饭，你们俩和奈特利先生也要去，可以关照她，我也就不想阻拦了，只要天气好，没雨，不冷，也没风。”随即转向韦斯顿太太，脸上露出温和的责备神情：“咳！泰勒小姐，你要是还没结婚的话，就可以待在家里陪伴我啦。”

“哦，先生，”韦斯顿先生嚷道，“既然是我夺走了泰勒小姐，我就有责任尽可能地找人代替她。你要是愿意的话，我马上就去找戈达德太太。”

可是，一听说马上要办什么事，伍德豪斯先生不仅没有安心，反而更加焦急了。两位女士知道怎样才能缓和他的情绪。韦斯顿先生必须保持沉默，一切都得仔仔细细地安排好。

这样一来，伍德豪斯先生马上就平静下来了，能像平常一样讲话了。“我很想见见戈达德太太。我很敬重她，爱玛应该给她写封请柬，可以让詹姆斯送去。不过，先得给科尔太太写封回信。”

“你要代我表示歉意，亲爱的，尽量写得客气些。你就说我体弱多病，哪儿都不去，所以不能接受他们的盛情邀请。当然，开头要代我表示问候。不过，你什么事都能办得妥妥帖帖的，用不着我嘱咐你怎么办。我们得记住跟詹姆斯说一声，星期二要用马车。由他赶车送你去，我就不用担心了。自从新修了那条路以后，我们只去过那儿一次。不过，我想詹姆斯会把你平平安安地送到的。你到了那儿，可得关照他什么时候回去接你，最好把时间定得早一些。你不要待得太晚了，等吃过了茶点，你就会觉得很累了。”

“可是，你不会要我还没累就走吧，爸爸？”

“哦！不会的，亲爱的。不过，你很快就会累的。那么多人七嘴八舌地讲话，你不会喜欢吵吵嚷嚷的。”

“可是，亲爱的先生，”韦斯顿先生大声嚷道，“要是爱玛走得早，那晚会就散了。”

“散了也无妨呀，”伍德豪斯先生说道，“不管什么样的聚会，都是散得越早越好。”

“可你没有考虑科尔夫妇会怎么想。爱玛一喝完茶就走，会惹人家不高兴的。他们都是厚道人，倒不会计较自己怎么样，不过要是有人急匆匆地走掉，他们肯定会觉得不大礼貌；如果走掉的是爱玛，那会比屋里任何人走掉，都更惹人不高兴。我敢说，先生，你是不想叫科尔夫妇扫兴、丢面子的。他们是最善良、最友好的人，这十年来一直是你的邻居。”

“不会的，绝对不会的。韦斯顿先生，多谢你提醒了我。惹他们难过，我会感到万分抱歉的。我知道他们是值得敬重的人。佩里告诉我，科尔先生从来不沾麦芽酒。你从他外表还看不出来，他容易发脾气——科尔先生动不动就发脾气。不，我可不愿意惹他们心里不痛快。亲爱的爱玛，我们得考虑到这一点。依我看，你宁可忍着性子多待一会儿，也别冒昧地使科尔夫妇感到为难。你不要去管它累不累。你要知道，你跟朋友们在一起是绝对安全的。”

“哦，是的，爸爸。我一点也不为自己担心，韦斯顿太太待多久，我也会毫不犹豫地待多久，我不过是为你着想罢了，怕你不睡等我。我倒不担心你跟戈达德太太在一起会怎么不自在。你知道，她喜欢玩皮克牌[①]，可她回家以后，我怕你一个人坐着，而不按时睡觉——一想到你会这样，我就一点也没有心思玩了。你得答应别等我。”

做父亲的答应了，条件是女儿也答应了几件事，例如：要是她回来时觉得冷，一定要把身子都暖和过来；要是肚子饿了，就吃点东西；她自己的女仆得等她回来；塞尔和管家得像往常一样，把家里的一切都安排妥帖。

第八章

弗兰克·邱吉尔又回来了。如果说他害得他父亲等他吃晚饭，那也不会让哈特菲尔德的人知道。韦斯顿太太一心想让他博得伍德豪斯

① 一种两人对玩的纸牌戏。

先生的欢心，他纵使有什么不足之处，但凡能隐瞒的，她就绝不会泄露。

他回来了，理了发，怡然自得地嘲笑了自己一番，但似乎一点也不为自己的行为感到羞愧。他没有理由要把头发留长一些，来遮掩脸上的局促不安；也没有理由要省下那笔钱，好使心里高兴一些。他还像以前一样神气，一样活跃。爱玛看到他以后，就自言自语地嘀咕起来：

"我不知道是否理应如此，不过聪明人冒冒失失做了傻事，那傻事也就不成其傻事了。坏事总归是坏事，但傻事却不一定总是傻事。那要看当事人是什么样的人。奈特利先生，他不是一个轻浮、愚蠢的青年。如果是的话，他就不会这么做了。他要么会为这一举动而洋洋得意，要么为之感到羞愧。要么像纨绔子弟那样大肆炫耀，要么像性格懦弱、不敢护卫自己的虚荣心的人那样畏畏缩缩。不，我认为他一点都不轻浮，一点都不愚蠢。"

随着星期二的来临，她又可以惬意地再次见到他了，而且见面的时间比以往要长，可以趁机审视一下他的整个态度，推断一下他对她的态度有什么含义，猜测她必须在什么时候摆出冷漠的神情，想象那些第一次看见他们俩在一起的人会有什么想法。

这次是在科尔家聚会，她心里总忘不了埃尔顿先生即使跟她要好的时候，最惹她不快的一个缺点，就是喜欢跟科尔先生一起吃饭。尽管如此，她还是打算高高兴兴地去。

她父亲的舒适可以得到充分的保证，不仅戈达德太太能来，贝茨太太也能来。她离家之前要尽的最后一项适意的义务，是等他们吃过饭坐定以后，向她们表表敬意；并且趁她父亲满怀深情地欣赏她那身漂亮衣服时，给两位太太斟满酒杯，夹上大块的蛋糕，尽力补偿她们的损失，因为刚才吃饭时，她父亲出于对她们身体的关心，让她们不大情愿地少吃了一些。她为她们准备了一顿丰盛的晚餐，希望能眼见她们尽情地吃个痛快。

她跟在另一辆马车后面来到科尔先生家门口。一看是奈特利先生的马车，她不由得高兴起来。奈特利先生没有养马，也没有多少闲钱，只是仗着身体好、好活动、独立自主，爱玛觉得他太爱走来走去，很少坐马车，跟当维尔寺主人的身份不大相称。这时，奈特利先生停下来，扶她走下马车，她心里感到热乎乎的，便趁机向他表示赞许。

"你这样做才像个绅士的样子，"她说，"看到你很高兴。"

奈特利先生谢了她，说："我们居然同时到达了，好巧啊！要是我们先在客厅里见面，我看你不见得会发现我比平常更有绅士风度。你不见得能从我的神情和举止看出我是怎么来的。"

"不对，我看得出来，肯定看得出来。谁要是知道自己以屈尊的方式来到什么地方，脸上总有一副不好意思或心慌意乱的神情。你也许以为自己若无其事的装得挺像的，可你那只是一种虚张声势，一副故作镇静的样子。我每次在这种情况下遇见你，都能看出你这副样子。现在，你不用装模作样了。你也不怕人家以为你难为情。你也不想装得比别人都高一些。现在，我真愿意跟你一起走进同一间屋子。"

"没有正经的姑娘！"奈特利先生答道，可是丝毫没有生气。

爱玛不仅有充分的理由对奈特利先生感到满意，而且有充分的理由对其他人感到满意。她受到了热情的接待和应有的尊敬，这只能使她为之高兴。大家都像她所希望的那样敬重她。韦斯顿一家到达后，那夫妇俩便向她投来了最亲切的目光，最热烈的爱慕之情。那位儿子乐滋滋、急匆匆地朝她走来，表明他对她有着特别的兴趣。吃饭的时候，她发现他就坐在她旁边——她心想，他一定要了点心计才坐在她旁边的。

客人相当多，因为还请来了另一家人，这是个正正派派、无可非议的乡下人家，是科尔夫妇在其相识中引以为荣的一家人。此外，还请上了科尔家男系的亲属，海伯里的律师。那些不怎么尊贵的女宾，将跟贝茨小姐、费尔法克斯小姐、史密斯小姐一起，到晚上才来。可吃饭时，由于人太多，很难找到大家都感兴趣的话题。等谈过了政局和埃尔顿先生之后，爱玛可以全神贯注地听她的邻座讲些令人愉快的话。她听见从远处传来而又觉得不能不听的第一个声音，是有人提起了简·费尔法克斯的名字。科尔太太似乎在讲一件有关她的事，像是很有趣。她听了听，发现很值得一听。爱玛那富于幻想的可贵特点，这下可就有了颇为有趣的发挥余地。科尔太太说她去看望了贝茨小姐，一进屋就见到了一架钢琴——一架非常雅致的钢琴——算不上大钢琴，而是一架挺大的方形钢琴。爱玛又是惊讶，又是询问，又是祝贺，贝茨小姐在一旁做解释，到头来，这故事的主要意思，是想说明这架钢琴是头一天从布罗德伍德琴行运来的，使姨妈和外甥女大吃一惊①——全然没有料到。据贝茨小姐说，起初简自己也莫名其妙，困惑不解，想不出会是谁定购的——不过，她们现在可是确信无疑了，认为这东西只能来自一个人：不用说，一准是坎贝尔上校送的。

“谁也不会料想是别人送的，”科尔太太接着说道，“我只是感到惊奇，怎么还会产生怀疑。不过，简好像最近才接到他们的一封信，只字没提这件事。她最了解他们的习性，可我倒觉得，不能因为只字不提，就断定礼物不是他们送的。他们也许是想给她来个出其不意。”

许多人都同意科尔太太的看法。凡是对此事发表意见的人，个个都认为一定是坎贝尔上校送的，而且个个都为他送了这份厚礼感到高

① 布罗德伍德琴行系英国著名琴行，一台钢琴要卖 20—30 几尼，因此会令姨妈和外甥女“大吃一惊”。

兴。还有一些人也有话要说，让爱玛可以一边按自己的思路去想，一边仍然听科尔太太讲下去。

“我敢说，我从没听过这么令人高兴的事！简·费尔法克斯琴弹得那么好，却没有一架钢琴，真叫我气不过。尤其考虑到，许多人家放着很好的钢琴没人弹，真是太不像话了。这真像给了我们一记耳光啊！昨天我还跟科尔先生说，我一看见客厅里那架崭新的大钢琴还真感到脸红。我自己连音符都分辨不清，而那几个姑娘才刚刚开始学，也许一辈子也不会有出息。而简·费尔法克斯可真够可怜的，那么有音乐天赋，却没有一样乐器供她消遣，连一架最简单的旧古钢琴都没有。我昨天还跟科尔先生说过这话，他完全同意我的看法。不过，他太喜欢音乐了，禁不住把钢琴买下来了，希望哪位好邻居肯赏赏光，偶尔来我们家弹一弹。我们正是出于这一考虑，才买下这架钢琴的——不然的话，我们准会感到羞愧的。我们非常希望今晚能劳驾伍德豪斯小姐试试这架钢琴。”

伍德豪斯小姐得体地表示默认了。她发觉从科尔太太嘴里再也听不到什么消息了，便把脸转向弗兰克·邱吉尔。

“你笑什么？”她问道。

“没有啊，你笑什么？”

“我！我想坎贝尔上校又有钱又慷慨，我是因为高兴而笑的。这可是一件丰厚的礼物啊。”

“非常丰厚。”

“我觉得很奇怪，怎么以前没送。”

“也许是因为费尔法克斯小姐以前从没在这儿待得这么久。”

“或者是因为他不让她用他们自己的琴——那架琴现在一定锁在伦敦，没有人去碰它。”

“那是一架大钢琴，他可能觉得太大了，贝茨太太家放不下。”

"你爱怎么说就怎么说吧——不过你脸上的神情却表明，你对这件事的想法跟我是一样的。"

"我搞不清楚。我看你是过奖了，我没有那么敏锐。我是因为你笑我才笑的，也许还会看你猜疑什么也跟着猜疑。不过，眼下我看是不会有什么问题的。如果不是坎贝尔上校送的，那还会是谁呢？"

"你看会不会是迪克逊夫人呢？"

"迪克逊夫人！真有可能啊。我没想到迪克逊夫人。她一定像她父亲一样，知道送钢琴是十分受欢迎的。这事做得又神秘又突然，也许更像是一位年轻女士筹划的，而不像是上了年纪的人干的。我敢说就是迪克逊夫人。我跟你说过，你猜疑什么我也会跟着猜疑。"

"要是这样的话，你得把猜疑面再扩大一点，把迪克逊先生也包括进去。"

"迪克逊先生。很好。是的，我马上意识到，这一定是迪克逊夫妇联合送的。你知道，我们那天还说起过，迪克逊先生非常热烈地赞赏费尔法克斯小姐的演奏。"

"是呀，你跟我讲的这个情况，证实了我原先的一个看法。我倒并非想怀疑迪克逊先生或费尔法克斯小姐的好意，而是情不自禁地在猜疑，要么是他向她的朋友求婚后，不幸地爱上了她，要么是他察觉到她对他有点意思。人们进行猜测，可能猜二十次也猜不对一次。不过我敢肯定，她不跟坎贝尔夫妇去爱尔兰，却宁可到海伯里来，其中必有特别原因。在这儿，她必须过着清贫、苦修的生活；在那儿，本可以尽情享乐。至于说想呼吸一下家乡的空气，我看那仅仅是个借口而已。要是夏天，那倒还说得过去。可是在一月、二月、三月，家乡的空气能给人带来什么好处呢？身体娇弱的人往往更需要熊熊的炉火和舒适的马车，我敢说她的情况正是如此。我并不要求你全盘接受我的猜疑，尽管你慨然宣称你是这么做的。不过，我老实告诉你我猜疑的是什么。”

“说真的，那倒真有可能啊。迪克逊先生喜欢听她弹琴，不喜欢听她的朋友弹琴，我敢说是确凿无疑的。”

“还有，他救过她的命。你听说过这件事吗？一次水上聚会，出现了意外情况，她眼看着要从船上跌下去，迪克逊先生一把抓住了她。”

“他是抓住了她。我也在场——跟众人在一起。”

“真的吗？嗨！可你当然什么也没有察觉，因为这对你好像是个陌生的概念。我要是在场的话，一定会发现一些奥秘。”

“你也许会吧。可我是个头脑简单的人，只是看见费尔法克斯小姐险些从船上摔下去，多亏迪克逊先生抓住了她。那是一瞬间的事。尽管引起了很大的震惊，而且持续了很长时间——我想足足过了半个钟头，我们才又定下心来——可是大家都很惊慌，也就看不出有什么人特别焦急。不过，我并不是想说，你就不可能发现什么奥秘。”

讲到这里，他们的谈话被打断了。因为两道菜之间的间歇比较长，他们不得不跟着一起忍受这尴尬的局面，不得不跟别人一样一本正经，默不作声。可是，等餐桌上又摆满了菜肴，角上的菜盘也都放好以后，大家又变得无拘无束，重新吃起来、谈起来；这时，爱玛说道：

“送这架钢琴来，我看是大有文章的。我本想多了解一点情况，这下可就足够了。请相信好了，我们马上就会听说，这是迪克逊夫妇送的礼物。”

“如果迪克逊夫妇矢口否认，说他们对此一无所知，那我们就只好断定是坎贝尔夫妇送的。”

“不，我敢肯定不是坎贝尔夫妇送的。费尔法克斯小姐知道不是坎贝尔夫妇送的，不然她一开始就会猜到他们。她要是敢断定是他们，就不会那么迷惑不解了。我的话你不一定相信，可我却百分之百地相信，迪克逊先生是这件事的主谋。”

“你要是说我不一定信你的话，那你真是冤枉我了。我的看法完全是受你的推理左右的。起初，我以为你认准是坎贝尔上校送的钢琴，便把这事视为父亲般的慈爱，觉得这是再自然不过的事。后来你提到迪克逊夫人，我又觉得这更可能是女友之间出于热烈的友情赠送的礼物。现在，我只能把它看作一件表示钟情的礼物。”

这个问题没有必要再深究了。弗兰克似乎真的相信她，看上去好像真是这么想的。爱玛没再说下去，话题转到了别的事情上。晚饭吃完了，甜食端上来，孩子们也进来了，大家像往常一样交谈着，对孩子们也问问话，夸奖几句；有的话说得倒挺聪明，有的话说得极其愚蠢，但绝大多数的话说得既不聪明也不愚蠢——仅仅是些平常议论、老调重弹、陈旧的消息、拙劣的笑话。

女士们在客厅里没坐多久，其他女宾便三三两两地来到了。爱玛看着她那特别要好的小朋友走进来。如果说她无法为她的端庄优雅而欢欣鼓舞，那她也不能仅仅只喜欢她那花一般的娇媚和朴实的仪态，而且还要竭诚地喜欢她那轻松愉快、并不多愁善感的性格，正是这种性格，使她在忍受失恋的极度折磨中，能多方寻求欢乐来解除自己的痛苦。她就坐在那儿——谁能猜想她最近流了多少泪呀？能和大家待在一起，自己打扮得漂漂亮亮，看见别人也打扮得漂漂亮亮，坐在那里笑吟吟的，模样十分俏丽，嘴里什么也不说，这在眼下已经够愉快的了。简·费尔法克斯从神情到举止，确实更胜一筹。不过爱玛心想，她说不定乐意和哈丽特交换一下感受，乐意用自己明知被朋友的丈夫爱上的那种危险乐趣，去换取哈丽特爱上别人——是的，甚至是枉然爱上埃尔顿先生的那种痛苦。

当着这么多人，爱玛用不着去接近她。她不愿意谈那钢琴的事，她已经完全掌握了这个秘密，觉得没有必要流露出好奇或感兴趣的样子，因此故意跟她保持了一段距离。可是别人又马上扯起了这件事，她发现简接受祝贺时脸都涨红了，这是她嘴里说“我的好朋友坎贝尔上校”时，因为心虚而脸红。

韦斯顿太太是个好心人，又喜欢音乐，对这件事分外感兴趣，一个劲儿地谈个不休，爱玛不禁觉得好笑。这位太太对音色、弹性和踏板，有那么多话要问要说，全然没有察觉对方只想尽量少谈这件事，而爱玛却从美丽的女主人公的脸上清楚地看出了这一愿望。

没过多久，几位男宾走了进来；而在这早来的几位当中，第一个就是弗兰克·邱吉尔。他第一个走进来，也数他最英俊。他从贝茨小姐和她外甥女旁边走过，向她们问了好，然后就径直朝另一边走去，伍德豪斯小姐就坐在这里。他开始一直站着，后来找到了个座位才坐下。爱玛猜得出来，在场的人一定在想什么。她是他的目标，谁都看得出来。她把他介绍给她的朋友史密斯小姐，后来到了便利的时刻，听到他们谈起了对彼此的看法。“我从没看见过这么漂亮的面孔，还很喜欢她那么天真。”而哈丽特却说：“毫无疑问，大家把他捧得太高了，不过我看他那样子有点像埃尔顿先生。”爱玛抑制住了心中的火气，一声不吭地转过脸去。

她和弗兰克向费尔法克斯小姐瞥了一眼之后，都会心地笑了笑，不过十分谨慎，避免讲话。弗兰克告诉爱玛，他刚才迫不及待地想离开饭厅——不喜欢坐得太久——只要可能，每次都是第一个走开——他父亲、奈特利先生、考克斯先生和科尔先生还待在那儿忙于谈论教区的事务——不过，他待在那儿也很快活，因为他发现他们是一伙既有绅士风度又挺通情达理的人。他还对海伯里倍加赞扬——觉得这里有许多很好的人家——一听这话，爱玛觉得自己以前太瞧不起这地方了。她向他问起约克郡社交界的情况，恩斯库姆的邻居多不多，以及诸如此类的问题。从他的答话可以看出，就恩斯库姆而言，还真没有多少活动，那家人只跟些大户人家交往，没有一家是很近的。而且，即使日期定好了，邀请也接受了，邱吉尔太太还会因为身体不爽，或情绪欠佳，而不能前去赴约。他们家是从不去看望新来的人的。弗兰克虽然有他自己的约会，但是真要想去赴约，或者留个熟人住一宿，事情并非那么容易，有时候还得费不少口舌呢。

爱玛觉得，对于一个不愿老待在家里的青年来说，恩斯库姆是不会令他满意的，而海伯里从最好的方面看，倒是会使他感到称心的。他在恩斯库姆的重要性是显而易见的。他并不自夸，但却自然而然地流露出来了：有的事他舅父无能为力，他可以说服他舅妈。等舅妈笑哈哈地加以关照时，他又说，他相信，只要有足够的时间，他可以说服舅妈做任何事情，只有一两件事例外。接着，他就提到了说服不了舅妈的一件事。他一心想出国——还真渴望能获许去旅行[①]——可舅妈就是不同意。这是去年的事。现在嘛，他说，他渐渐打消了这个念头。

另一件说服不了舅妈的事，他没有说起，爱玛猜想是要好好对待他父亲。

"我发现真是不幸，"他稍微踌躇了一下，说道，"到明天我已经在这儿待了一个星期了——刚好是一半时间。我从没觉得日子过得这样快过。明天就一个星期啦！而我还没来得及痛快地玩呢。只是刚刚认识了韦斯顿太太和其他各位。我真不愿意往这上面想。"

"也许你会感到后悔，总共就那么几天，你却花了整整一天去理发。"

① 18世纪，拿破仑战争期间，到欧洲大陆旅行是很困难的，到奥斯丁写作《爱玛》时，拿破仑战败，英国人又可以到欧洲大陆旅行了。

“不，”他笑吟吟地说，“那件事根本没有什么后悔的。如果我觉得自己不能有模有样地见人的话，我是不喜欢跟朋友见面的。”

这时其他几位男士也来到了客厅，爱玛不得不离开他一会儿，去听科尔先生说话。等科尔先生走开，她又可以把注意力转向弗兰克·邱吉尔时，她发现他两眼紧盯着屋子那头的费尔法克斯小姐，她就坐在正对面。

“怎么啦？”她问。

弗兰克一惊。“谢谢你叫醒了我，”他答道，“我想我刚才太无礼了。不过说真的，费尔法克斯小姐把头发做得那么奇特——真是太奇特了——我禁不住要盯着她看。我从没见过那么奇特的[①]发型！那一绺绺的鬈发！一定是她自己别出心裁想出来的。我见不到有谁像她那副样子！我得去问问她，那是不是爱尔兰发式。可以吗？是的，我要去——说去就去。你等着看她有何反应，会不会脸红。”

他说罢就去了。爱玛马上就看见他站在费尔法克斯小姐跟前，在跟她说话。可是，至于那位年轻小姐有何反应，无奈弗兰克太不小心，恰好立于她们两人中间，恰好挡在费尔法克斯小姐面前，搞得爱玛什么也看不见。

他还没回到原座上，韦斯顿太太就坐到了他的椅子上。

“这就是大型聚会的好处了，”她说，“你想接近谁就接近谁，爱说什么就说什么。亲爱的爱玛，我真想跟你谈谈。就跟你一样，我也有所发现，有些想法，要趁想法还新鲜的时候，讲给你听听。你知道贝茨小姐和她外甥女是怎样上这儿来的吗？”

“怎样来的！她们是被邀请来的，是吧？”

“哦！是的——可她们是怎么到这儿来的？以什么方式来的？”

① 原文为法语“outree”。

“我敢断定是走来的。还能是怎么来的呢？”

“一点不错。嗯，刚才我在想，到了深夜，加上如今夜里又那么冷，要叫简·费尔法克斯小姐走回家，那有多令人可怜啊。我两眼望着她，虽然从未见她这么好看过，心想她现在身上热起来了，那就特别容易着凉。可怜的孩子！我不忍心让她走回去，所以等韦斯顿先生走进客厅，我能跟他说话的时候，就向他提起了马车的事。你可以料想得到，他非常痛快地依了我的心愿。我得到他的同意之后，就立即走到贝茨小姐跟前，叫她尽管放心，马车送我们回家之前，先把她送回家。我想她一听这话，准会马上放下心来。好心的人儿！你会以为她一定感激不尽。‘我真是太幸运了！’可是千谢万谢之后，她又说：‘不必麻烦你们了，因为奈特利先生的马车把我们接了来，还要把我们送回去。’我感到大为惊讶。我实在非常高兴，可又的确大为惊讶。真是一片好心——真是关怀备至呀！这种事男人是很少想得到的。总而言之，凭我对他一贯作风的了解，我倒觉得他是为了方便她们，才动用马车的。我还真有点怀疑，他若只是为了自己坐，就用不着租两匹马了，那只是想要帮助她们的一个借口罢了。”

“很可能，”爱玛说道，“完全可能。据我所知，奈特利先生最可能做这种事了——做出任何真正好心的、有益的、周到的、仁慈的事情。他不是个爱向女人献殷勤的人，却是个很讲人道的人。鉴于简·费尔法克斯身体不大好，他会觉得这是一种人道的行为。做了好事而又不夸耀，我看除了奈特利先生不会有别人了。我知道他今天租了马，因为我们是一起到达的。我为此还取笑了他几句，可他却没透露一点口风。”

“嗯，”韦斯顿太太笑着说道，“在这件事上，你把他看得又单纯又无私，出于一片善心，我可不像你这样。贝茨小姐说话的时候，我就起了疑心，一直没能打消。我越往这上面想，就越觉得有这可能。

简而言之，我把奈特利先生和简·费尔法克斯配成了一对。瞧，这就是跟你交谈引出的结果！你有什么要说的？”

“奈特利先生和简·费尔法克斯！”爱玛惊叫道，“亲爱的韦斯顿太太，你怎么想得出这样的事？奈特利先生！奈特利先生可不能结婚！你总不会让小亨利给赶出当维尔吧？哦！不，不，亨利一定得继承当维尔。我绝不赞成奈特利先生结婚，而且我相信这绝不可能。你居然能想出这种事来，真让我吃惊。”

“亲爱的爱玛，我是怎么想到这上面的，这我已经跟你说过了。我并不想让他们结婚——我可不想损害亲爱的小亨利——不过，当时的情况促使我这样想的。如果奈特利先生真想结婚的话，你总不见得让他为了亨利就不结婚吧？亨利只是个六岁的孩子，根本不懂这种事。”

“是的，我还真想让他那样做呢。我可不忍心让小亨利被取而代之。奈特利先生结婚！不，我从没有过这样的想法，现在也不能这样想。再说，那么多女人，却偏要看中简·费尔法克斯！”

“不，他一向最喜欢她，这你是很清楚的。”

“可是这门亲事太轻率啦！”

“我不在说轻率不轻率，而只是说可能不可能。”

“我可看不出有什么可能性，除非你能说出更充分的根据。我跟你说过了，他心眼好，为人厚道，这可以充分说明他为什么要备马了。你知道，撇开简·费尔法克斯不谈，他对贝茨一家人也很尊重——而且总是很乐意关心她们。亲爱的韦斯顿太太，别给人家乱做媒啦。你这媒做得很不靠谱。让简·费尔法克斯做当维尔寺的女主人！哦，不，不，万万使不得。为他自己着想，我也不能让他做出这种疯狂的事情。”

“要说轻率倒差不多——可不能说疯狂。除了财产多寡不均，也许年龄也有点悬殊以外，我看不出有什么不匹配的。”

“可是奈特利先生并不想结婚呀。我敢说他丝毫也没有这个打算。不要给他灌输这个念头。他干吗要结婚呢？他一个人再快活不过了；他有他的农场、他的羊群、他的书房，还得管理整个教区；他还十分喜欢他弟弟的孩子。无论是为了消磨时间，还是为了寻求精神安慰，他都没有必要结婚。”

“亲爱的爱玛，只要他是这么想的，那就是这么回事。不过，如果他真爱上了简·费尔法克斯——”

“胡说八道！他才不喜欢简·费尔法克斯呢。要说恋爱，我敢肯定他没这回事。为了简，或她家里的人，他是什么好事都乐意做的，可是——”

“得啦，”韦斯顿太太笑呵呵地说道，“也许，他能为她们做的最大的好事，就是给简安置一个体面的家。”

“如果这对简是好事的话，我看对奈特利先生自己可就是坏事了，一门又丢脸面又失身份的婚事。贝茨小姐跟他攀上亲戚，他怎么受得了啊？让她三天两头地出没于当维尔寺，从早到晚感谢他大发善心娶了简吗？‘真是一片好心，帮了大忙啊！不过你一向是个和蔼可亲的好邻居呀！’话刚说了一半，就一下扯到她母亲的那条旧裙子上。‘倒不是说那条裙子很旧——其实还能穿好久呢——我还真得谢天谢地地说一声：我们的裙子都挺经久耐穿的。’”

“真不像话呀，爱玛！别学她了。我本不想笑，你却逗我笑。说真的，我并不觉得奈特利先生会很讨厌贝茨小姐，他不会为些小事心烦。贝茨小姐可以喋喋不休地讲下去。奈特利先生如果要讲什么话，他只消讲得响一点，盖过她的声音就行了。然而，问题不在于这门亲事对他好不好，而在于他愿不愿意。我看他是愿意的。我听见他高度赞赏简·费尔法克斯，你也一定听见过！他对她可感兴趣——关心她的身体——担心她将来不会很幸福！我听他说起这些话时，说得好动情啊！他还赞扬她琴弹得有多好，嗓音有多动听呢！我听他说过，他永远也听不厌。哦！我差一点忘记我心里冒出了一个念头——就是人家送她的那架钢琴——尽管我们大家都满心以为是坎贝尔家送的礼物，但会不会是奈特利先生送的呢？我禁不住要怀疑他。依我看，即使他没爱上她，他也会做出这种事来。”

“那也不能以此为由，证明他爱上了她呀。不过，我看这件事不可能是他做的。奈特利先生从不搞得神秘兮兮的。”

“我听他三番五次地惋惜她没有钢琴。按照常情，我看他不该总把这样一件事挂在嘴上。”

“不见得吧。他要是打算送她一架钢琴，事先会对她说的。”

“也许是不好意思说吧，亲爱的爱玛。我看八成是他送的。科尔太太吃饭时跟我们讲起这件事，我看他是一声不吭啊。”

“你一冒出一个念头，韦斯顿太太，就要想入非非，亏你还多次这样责怪我呢。我看不出坠入情网的迹象——我不信钢琴是他送的——只有拿出证据来，才能使我相信奈特利先生想娶简·费尔法克斯。”

她们就这样又争执了一会。爱玛当然占了朋友的上风，因为她们俩一争起来，谦让的往往是韦斯顿太太。后来，见屋里有人在忙碌，表明茶点用完了，正在准备钢琴，她们才停止争论。就在这当儿，科尔先生走了过来，请伍德豪斯小姐赏个脸，试试钢琴。爱玛刚才光顾着跟韦斯顿太太说话，一直没注意弗兰克·邱吉尔，只知道他坐在费尔法克斯小姐旁边；这时，只见他跟在科尔先生后面，也来恳请她弹琴。本来，爱玛什么事都喜欢带头，所以便客客气气地答应了。

她知道自己本事有限，只弹了自己拿手的曲子。一般能为众人所欣赏的小曲，她弹起来倒是不乏情趣和韵味，而且可以边弹边唱，颇为动听。她唱歌的时候，只听有人也跟着她伴唱，使她又惊又喜——原来是弗兰克·邱吉尔轻声而准确地唱起了低声部。歌一唱完，他就请爱玛原谅，于是一切照常规进行。大家都说他嗓子好，又精通音乐，他却恰如其分地加以否认，说他对音乐一窍不通，嗓子一点也不好。他们又合唱了一曲，然后爱玛就让位给费尔法克斯小姐了。无论弹琴还是唱歌，费尔法克斯小姐都远远胜过她，这是她从不隐讳的。

钢琴旁边坐着许多人，爱玛怀着错综复杂的心情，在不远的地方坐下来听。弗兰克·邱吉尔又唱起来了。看来，他们在韦默斯一起合唱过一两次。不过，一见奈特利先生听得那么入神，爱玛就有点心不在焉了。她想起了韦斯顿太太的疑心，思想便开起了小差，那合唱的美妙歌声只能偶尔打断一下她的思路。她反对奈特利先生结婚，这一想法丝毫没有改变。她觉得那样做有百弊而无一利。那会使约翰·奈特利先生大为失望，伊莎贝拉也会大为失望。那几个孩子可真要倒霉了——给他们带来苦不堪言的变化，造成非同小可的损失；她父亲的日常安适要大打折扣——而她自己，一想到费尔法克斯要做当维尔寺的女主人，心里就受不了。一个他们大家都要谦让的奈特利太太！不——奈特利先生说什么也不能结婚。小亨利一定得做当维尔的继承人。

过了不久，奈特利先生回过头看了看，走过来坐在她身边。起初，他们只谈论这次演唱。奈特利先生当然是赞不绝口。不过，若不是因为听了韦斯顿太太的话，她也不会觉得有什么大不了的。然而，她有心想试探一下，便谈起了他好心派车去接那姨妈和外甥女的事。虽说他只是敷衍了两句，把这个话头打断了，但爱玛却以为，那只表明他不愿多谈自己做的好事罢了。

“我经常感到不安，”爱玛说，“我不敢在这种场合多用我们家的马车。倒不是因为我不愿意这么做。你知道，我父亲认为不应该让詹姆斯去做这样的事。”

“是不应该，是不应该，”奈特利先生回答道，“不过，我想你一定常常想要这么做。”他说罢笑了笑，似乎感到很高兴，爱玛只得再进一步。

“坎贝尔夫妇送的这份礼物，”她说，“他们真是太好了，送了这架钢琴。”

“是呀，”奈特利先生答道，脸上毫无窘色，“不过，他们要是事先说一声，岂不是更好。出其不意是愚蠢的做法，不仅不会增加欣喜感，往往还会带来很大的不便。我原以为坎贝尔上校不至于做出这样的事来。”

从此刻起，爱玛便可以发誓：奈特利先生跟送钢琴毫无关系。不过，他是否没有一点特殊的感情——是否没有一点偏爱——她心里的疑团还没有一下子就打消。简快唱完第二支歌时，声音变得沙哑了。

“行啦，”等歌一唱完，奈特利先生自言自语道，“今晚你已经唱够了——好啦，别唱了。”

然而，有人要求她再唱一支。“再来一支。我们可不想累坏费尔法克斯小姐，只要求再唱一支。”这时，只听弗兰克·邱吉尔说：“在我看来，你唱这支歌一点都不费劲。前一部分没什么意思，力量在第二部分。”

奈特利先生一听生气了。

“那个家伙，”他气鼓鼓地说道，“一心只想卖弄自己的嗓子。那可不行。”这时贝茨小姐正好从他身边走过，他轻轻碰了碰她。“贝茨小姐，你是不是疯了，让你外甥女这样把嗓子都唱哑了？快去管一管，他们是不会怜悯她的。”

贝茨小姐还真为简担心，连一句道谢的话都没顾上说，就跑过去不让他们再唱下去。这一来，晚上的音乐节目便告结束了，因为能弹会唱的年轻女士，只有伍德豪斯小姐和费尔法克斯小姐两人。可

是过了不久（不到五分钟），就有人提议跳舞——也不知道是谁提议的——科尔夫妇表示赞同，于是所有的东西都给迅速移开了，腾出了足够的场地。韦斯顿太太擅长演奏乡间舞曲，便坐下弹起了一支迷人的华尔兹舞曲。弗兰克·邱吉尔带着恰如其分的殷勤姿态，走到爱玛跟前，拉起她的手，把她领到了上首。

就在等待其他年轻人找舞伴的时候，弗兰克趁机恭维她嗓子好，唱得有韵味，不料爱玛却无心听，只管东张西望，想看看奈特利先生怎么样了。这可是个考验。他一般是不跳舞的。他要是急着想跟简·费尔法克斯跳舞的话，那就不啻是一种征兆。但一时倒看不出什么迹象。真的，他在跟科尔太太说话——漫不经心地在一旁观望。别人请简跳舞，他还在跟科尔太太闲聊。

爱玛不再为亨利担心了，他的利益还是保险的。她满怀兴致和喜悦，带头跳起舞来。能凑起的只有五对舞伴，但正因为舞伴少，又来得突然，这才越发快活。再说，她觉得自己的舞伴又配得那么合适。他们这一对最惹人注目。

令人遗憾的是，总共只能跳两曲舞。时间不早了，贝茨小姐惦记母亲，急于想回家。尽管有人几次要求再跳一曲，她说什么也不肯，大家只好谢过韦斯顿太太，愁眉苦脸地收场了。

“也许这倒也好，”弗兰克·邱吉尔送爱玛上车时说，“要不然，我非得请费尔法克斯小姐跳舞不可。跟你跳过之后，再接受她那无精打采的跳法，我会觉得很不带劲。”

第九章

爱玛屈尊去了科尔家，并不感到后悔。第二天，她心里还留下许多愉快的回忆。她打破了深居简出的尊严，这也许可以算是一种损失，但她这次大受欢迎，出尽了风头，充分弥补了所受的损失。她一定使科尔夫妇感到很高兴——他们都是体面人，应该让他们感到高兴！她还留下了一个让人久久不会淡忘的好名声。

完满无缺的欢乐，即使在回忆里，也是不寻常的。有两件事使她感到不安。她把自己对简·费尔法克斯心迹的怀疑泄露给了弗兰克·邱吉尔，心想这是否违背了女人对女人应尽的责任。那样做很难说是正当的，不过她心里的念头太强烈了，便禁不住脱口而出了，而弗兰克能老老实实地听她讲下去，说明她很有洞察力，这样一来，她也就拿不准自己是否应该闭口不语了。

另一件使她懊丧的事，也跟简·费尔法克斯小姐有关，这是毋庸置疑的。她自己弹琴唱歌都不如人，为此她确确实实感到难过。她痛悔小时候太懒散——于是便坐下来，发奋苦练了一个半小时。

后来，哈丽特进来了，打断了她的练琴。假若哈丽特的赞美能给她带来满足的话，也许她马上就会感到欣慰的。

“唉！我要是能弹得跟你和费尔法克斯小姐一样好，那有多好啊！”

“别把我们俩相提并论，哈丽特。我可没有她弹得好，就像灯光比不上阳光一样。”

“哦！天哪——我看你们俩还是你弹得好。我看你弹得真跟她一样好。说真的，我更爱听你弹。昨天晚上，大家都夸你弹得好。”

“凡是懂行的人肯定能分出高下来。其实呀，哈丽特，我弹得只是可以让人夸一夸，而简·费尔法克斯就弹得好多啦。”

“噢，我什么时候都会认为你弹得真跟她一样好，即使有什么高低之别，也没有人听得出来。科尔先生说你弹得很有韵味，弗兰克·邱吉尔先生也大讲你多有韵味，说他把韵味看得比技巧重要得多。”

“啊！可是简·费尔法克斯却两者兼而有之呀，哈丽特。”

“你敢肯定吗？我看出她有技巧，可我并不觉得她有什么韵味。谁也没说起过。我不爱听意大利歌曲。让人一句话也听不懂。再说，你也知道，她只有弹得好才行，因为她还得去教别人呢。昨天晚上，考克斯姐妹还在想她能不能到哪家大户人家。你觉得考克斯姐妹看样子怎么样？”

“还跟往常一样——非常庸俗。”

“她们跟我说了一件事，”哈丽特支支吾吾地说，“不过也不是什么要紧的事。”

爱玛忍不住要问说了什么事，尽管又怕扯起埃尔顿先生。

“她们告诉我——马丁先生上星期六跟她们一起吃饭了。”

“啊！”

“他有事去找她们的父亲，她们的父亲留他吃饭的。”

“啊！”

“她们一个劲儿地谈论他，特别是安妮·考克斯。我也不知道她是什么意思，反正她问我今年夏天还想不想再去那儿住。”

“她的意思就是无礼地打探别人的事，安妮·考克斯就是这种人。”

“她说他在她们家吃饭那天还真讨人喜欢。他就坐在安妮旁边。纳什小姐说，考克斯家的两个姑娘都很愿意嫁给他。”

“很可能。我看她们两个无一例外，都是海伯里最俗气的姑娘。”

哈丽特要去福德商店买东西。爱玛觉得，为谨慎起见，最好陪她一起去。说不定还会碰巧遇上马丁家的人，哈丽特眼下处于这种心境，那将是很危险的。

哈丽特见一样喜欢一样，别人说什么都能让她动心，因而买东西总要花很长时间。就在她望着细纱布踌躇不定的时候，爱玛走到门口想看看热闹。在海伯里，即便最热闹的地段，也不能指望看到多少行人车马。她所能指望看到的最热闹的场面，无外乎是佩里先生匆匆走过去，威廉·考克斯先生走进事务所，科尔先生家拉车的马遛完了刚回来，信差骑着一头犟骡子在闲逛。而实际上，她看到的只是卖肉的手里拿着个托盘，一个整洁的老太太提着满满一篮东西出了店门往家走，两条杂种狗正在为争一根脏骨头而狂吠乱叫，一群游手好闲的孩子围在面包房的小凸肚窗外面，眼睁睁地盯着姜饼。这时候，她觉得自己没有理由抱怨，反倒感到挺有趣，便一直站在门口。一个性情开朗、悠闲自在的人，什么都看不见也无所谓，而且也看不到什么不对自己心意的东西。

她朝通往兰多尔斯的路上望去。视线，开阔了，只见出现了两个人，是韦斯顿太太和她的继子。他们来到了海伯里，不用说是去哈特菲尔德。不过，他们先走到贝茨太太家门口，贝茨太太家比福德商店离兰多尔斯稍近一点。两人刚要敲门，一眼瞧见了爱玛，便立即从街对面朝她走来。由于昨天大家在一起玩得很快活，今天相见似乎格外高兴。韦斯顿太太告诉爱玛说，他们正要去贝茨太太家，好听听那架新钢琴。

“我的同伴告诉我说，”她说，“我昨晚确确实实答应过贝茨小姐，说我今天早晨要来。我自己都不记得了。我不记得我说定了日子，不过既然他说我约定了日子，我现在也就来了。”

“趁韦斯顿太太串门的时候，我希望能允许我，”弗兰克·邱吉尔说，“跟你们一道走，如果你要回家的话，我就在哈特菲尔德等韦斯顿太太。”

韦斯顿太太有些失望。

“我还以为你要跟我一道去呢。你要是去了，人家一定会很高兴的。”

“我！我去了是会碍事的。不过，也许——我在这儿会同样碍事。看样子，伍德豪斯小姐好像并不欢迎我。我舅妈买东西的时候，总要把我支使开，说我烦得她要命。看样子，伍德豪斯小姐好像也会说这话。我可怎么办呀？”

“我不是来办什么事儿的，”爱玛说，“我只是在等朋友。她可能马上就买好了，然后我们就回家。不过，你最好还是陪韦斯顿太太去听听钢琴。”

“那好吧——既然你也动员我去。不过，（微微一笑）要是坎贝尔上校委托的是个粗心的朋友，要是钢琴的音质比较差——那我该说什么呢？我可不会做韦斯顿太太的应声虫。她一个人去或许要好些。不顺耳的话经她一说也就中听了，我可是最不会客客气气地说假话的。”

“我才不信你这话呢，”爱玛答道，“我相信，到了必要的时候，你会像别人一样言不由衷。不过，并没有理由认为那架钢琴音质不好。其实，要是昨天晚上费尔法克斯小姐的意思我没领会错的话，事实应该是恰恰相反。”

“你若不是很不愿意去的话，”韦斯顿太太说，“就跟我一起去吧。我们不会待多久。然后就去哈特菲尔德。她们先去哈特菲尔德，我们晚一点去。我真希望你能陪我去。人家会觉得这是多大的面子啊！我一直以为你是想去的。”

弗兰克不再说什么了。他心想反正有哈特菲尔德作补偿，便跟着韦斯顿太太回到了贝茨太太家门口。爱玛看着他们进了门，然后就来到招徕顾客的柜台跟前，站在哈丽特身边。她费尽了心机想让哈丽特认识到：如果她想买素色薄纱，就用不着去看花色料子；蓝色缎带再怎么漂亮，跟她的黄色衣料也不相配。最后，要买的东西终于选定了，连往哪儿送也说妥了。

“要我送到戈达德太太家吗，小姐？”福德太太问。“对——不——

对，送到戈达德太太家。可是，我的衣服样子还放在哈特菲尔德呢。不，还是请你送到哈特菲尔德吧。不过，戈达德太太想要看看。衣服样子我哪天都可以带回家，可是这条缎带我马上要用——因此，最好送到哈特菲尔德——至少把缎带送去。你可以分成两个包，福德太太，行吗？”

“用不着麻烦福德太太去分成两个包，哈丽特。”

“那就不麻烦了。”

“一点不麻烦，小姐。”福德太太热忱地说道。

“哦！我还真希望就打成一包。那就请你全都送到戈达德太太家吧——我也拿不准——不行，伍德豪斯小姐，我看还是送到哈特菲尔德，我晚上再带回家。你看呢？”

“这件事你一刻也别再犹豫了。请你送到哈特菲尔德吧，福德太太。”

“啊，那再好不过了，”哈丽特颇为满意地说，“其实我压根儿就不想送到戈达德太太家。”

这时有一个说话声在朝商店接近——确切地说，是一个说话声和两位女士。那两人在门口遇见了韦斯顿太太和贝茨小姐。

“亲爱的伍德豪斯小姐，”贝茨小姐说，“我特地跑来请你赏个脸，去我家稍坐一会，谈谈对我们那架新钢琴的看法。你和史密斯小姐一起去。你好吗，史密斯小姐？很好，谢谢。我求韦斯顿太太一起来，务必把你们请回家。”

“希望贝茨太太和费尔法克斯小姐都——”

“都挺好，多谢你的关心。我母亲身体很好，真叫人高兴。简昨天晚上没有着凉。伍德豪斯先生怎么样？听说他身体挺好，我真高兴。韦斯顿先生告诉我你在这儿。‘哦！’我说，‘那我一定得跑过去，我想伍德豪斯小姐一定会允许我跑过去请她的。我母亲一定很乐意见到她——现在我们家里又来了嘉宾，她不会不肯来的。’‘是呀，请去吧，’弗兰克·邱吉尔先生说，‘伍德豪斯小姐对钢琴的看法值得听一听。’‘可是，’我说，‘你们哪一位要是跟我一起去，我就更有把握请到她了。’‘哦！’弗兰克说，‘稍等片刻，让我把手头的事情办完。’你肯相信吗？伍德豪斯小姐，天下没有比弗兰克更热心的人啦，他在给我母亲的眼镜装小铆钉呢。你知道，那铆钉今天早上掉出来了。真是太热心啦！我母亲已经不用这副眼镜了——没法戴了。顺便说一句，人人应该配备两副眼镜，的确应该。简是这么说的。我今天本来打算要做的第一件事，是把眼镜拿到约翰·桑德斯那儿去，可是一个上午总有什么事情来打扰，一直没去成。事情一件接一件，你要知道，我也说不上是什么事。一会儿，帕蒂跑来说厨房的烟囱要扫一扫了。‘哦！帕蒂，’我说，‘别拿这坏消息来打扰我。瞧，老太太眼镜上的铆钉掉下来了。’随后，烤苹果送来了，是沃利斯太太打发她的孩子送来的。沃利斯家待我们太客气、太热心了，一向如此——我听有人说，沃利斯太太很不客气，回起话来很冲，可是我们从未遇见这种事，人家总是客客气气的。这倒不是看在我们是他们顾客的分上，因为你也知道，我们能吃多少面包啊？我们才三口人——再说亲爱的简——她简直不吃什么东西——吃早饭时真令人震惊，你要是看见了，准会大吃一惊。我不敢让我妈妈知道简吃得多么少——所以就支支吾吾地搪塞过去了。可是到中午简肚子饿了，还就爱吃这些烤苹果。烤苹果对身体极有好处，因为那天我趁机问过佩里先生了。我是凑巧在街上碰见他的。倒不是说我以前有过什么怀疑——我经常听见伍德豪斯先生劝人家吃烤苹果。我想伍德豪斯先生认为，只有这样吃苹果才对身体最有好处。不过，我们还是经常吃苹果布丁。帕蒂做得一手好棒的苹果布丁。好啦，韦斯顿太太，我想你已经说通了吧，两位小姐会赏光的。”

爱玛说了两句“非常乐意去拜访贝茨太太”之类的话。于是，几个人终于走出了商店。贝茨小姐没怎么再耽搁，只说了这样几句话：

“你好啊，福德太太？请你原谅，刚才我没看见你。听说你从城里采购来一批漂亮的新缎带。简昨天回来时很高兴。谢谢你，那副手套很合适——只是腕口略大了些，不过简正在改小。”

“我刚才说什么来着？”等大伙来到了街上，她又说起来了。

爱玛心想，她东拉西扯地说了一大堆，谁知道她又要谈哪一件。

“说实话，我想不起刚才说什么来着。啊！我妈妈的眼镜。弗兰克·邱吉尔先生真是个热心人啊！‘哦！’他说，‘我的确认为我能把铆钉装上去，我太喜欢干这一类活了。’你知道，这表明他非常……我的确应该说，虽然有关他的事我以前听说过许多，也料想过许多，但他真是好得不得了……韦斯顿太太，我向你表示最热烈的祝贺。他似乎处处都像最慈爱的父母所能……‘哦！’他说，‘我能把那个铆钉装上去。我非常喜欢这一类的活。’我们永远忘不了他待人接物的样子。我从食品柜里拿出烤苹果，希望朋友们能赏脸吃一点，他马上就说：‘哦！说起水果来，没有抵得上这一半好的了，我可从没见过这么漂亮的家烤苹果。’你知道，这话可真是……看他那样子，我认为他那绝不是奉承话。那些烤苹果还真惹人喜爱，沃利斯太太烤得真棒——可惜我们只烤两次，伍德豪斯先生非叫我们答应烤三次——不过伍德豪斯小姐是不会提起这件事的。毫无疑问，那些苹果本身就是最适合做烤苹果的，都是当维尔的苹果——奈特利先生慷慨赠送的一部分。他每年都送我们一麻袋。他有一棵树上的苹果真是再经放不过了——我想他有两棵树吧。我妈妈说，她年轻时这个果园就很有名。不过，那天我真是大吃了一惊——因为那天早上奈特利先生来了，简正在吃苹果，于是我们就谈起了苹果，说简多么喜欢吃，奈特利先生就问我们是否快吃完了。‘我看你们肯定快吃完了，’他说，‘我再给你们送一些来。我还有好多，怎么也吃不完。今年威廉·拉金斯让我留的比往年多。我要给你们再送一些来，免得坏了可惜。’我求他别送了——因为我们的的确快吃完了，我绝不敢说我们还剩好多——其实只剩五六个了，而那几个还得留给简吃。我绝不忍心让他再送了，虽说他早已送了那么多。简也是这么说的。奈特利先生走了以后，简差点跟我吵了起来——不，我不该说吵，因为我们从没吵过架。不过，我承认苹果快吃完了，她听了很不高兴。她怨我没跟奈特利先生说我们还剩许多。‘哦！’我说，‘亲爱的，能说的话我确实都说了。’可就在那天晚上，威廉·拉金斯送来了一大篮苹果，还是那个品种的，至少有一蒲式耳[①]。我非常感激，就下楼跟威廉·拉金斯聊了起来。你可以想象，我该说的全说了。威廉·拉金斯可是老相识啦！我总是很乐意见到他。不过，事后我从帕蒂那儿得知，威廉说那种苹果他主人也只有这么多了——现在主人家一个也没留，要烤要煮都没有了。威廉好像并不在乎，一想到主人家卖了那么多，他觉得挺高兴。因为你知道，威廉把主人家的收益看得比什么都重要。可是他说，霍奇斯太太见苹果都给送走了，心里很不高兴。今年春天主人家都不能再吃一个苹果馅饼，她心里真不是滋味。威廉把这话告诉了帕蒂，不过叮嘱她别介意，还叫她千万别跟我们说起这件事，因为霍奇斯太太有时候真会发脾气的。那么多袋苹果都卖掉了，剩下的给谁吃也就无关紧要了。帕蒂是这样跟我说的，我的确是大吃了一惊呀！这件事我说什么也不能让奈特利先生知道啊！他会非常……我原来也想瞒着简，可不巧的是，我稀里糊涂地给说出来了。”

贝茨小姐刚把话说完，帕蒂就打开了门。客人们往楼上走去，也没有什么正经的话要听，只听见贝茨小姐在后面好心好意地说些提醒

---

① 蒲式耳：计量单位，在英国等于 36.368 升。

众人当心的话。

“请当心，韦斯顿太太，拐弯处有一个台阶。请当心，伍德豪斯小姐，我们的楼梯太暗了——又暗又窄，令人难以想象。史密斯小姐，请当心。伍德豪斯小姐，我真担心。我想你一定碰到脚了。史密斯小姐，当心拐弯处的台阶。”

第十章

她们走进那间小起居室的时候，屋里显得异常安静：贝茨太太没有做她平时做的事，坐在火炉边打瞌睡；弗兰克·邱吉尔坐在她旁边的一张桌子边，正聚精会神地忙着给她修眼镜；简·费尔法克斯则背朝着他们站在那儿，目不转睛地望着钢琴。

那位年轻人虽然正忙着，但是一见到爱玛，还能露出一副喜不自禁的神情。

“真令人高兴，”他说，声音压得很低，“比我预料的早到了十分钟。你瞧，我想帮点儿忙。你看我能不能修好。”

“什么！”韦斯顿太太说，“还没修好啊？你要是做个银器匠的话，照这样的速度干活，可挣不到钱来过好日子。”

“我又不是一直在不间断地修眼镜，”弗兰克答道，“我刚才帮费尔法克斯小姐把钢琴放稳，原来放得不大稳，我想是因为地板不平。你瞧，我们已经在一条琴腿底下垫上了纸。你真好，给请来了。我还有点担心你会急匆匆地回家呢。”

他设法让爱玛坐在他身边，好不容易给她挑了个最好的烤苹果，还请她帮帮忙，指点他修眼镜，直至简·费尔法克斯准备就绪，好再一次坐在钢琴跟前。爱玛心里猜疑，简之所以没有马上准备好，是因为心绪不宁的关系。她刚得到这架钢琴不久，一触到它心里难免不激

动，必须让头脑冷静一下才能弹奏。这种心情不管起因如何，爱玛只能表示同情，只能打定主意，绝不能将其暴露给她旁边这个人。

简终于开始演奏了。尽管开头几小节弹得有气无力，但是钢琴的良好性能渐渐地给充分发挥出来了。韦斯顿太太以前听得乐滋滋的，这次又听得乐滋滋的。爱玛跟她一起赞叹不已。这架钢琴经过种种严格的鉴定，被宣称为上上品。

"不管坎贝尔上校委托的什么人，"弗兰克·邱吉尔说，一边朝爱玛笑了笑，"这个人没有挑错。我在韦默斯常听人说起坎贝尔上校很有鉴赏力。我敢肯定，他和他那一伙人特别讲究高音键的柔和。我敢说，费尔法克斯小姐，他要么向给他挑选钢琴的朋友做了仔细的交代，要么亲自给布罗德伍德琴行写过信。你看呢？"

简没有回头。她用不着去听他的。韦斯顿太太这时也在跟她说话。

"这样不好，"爱玛小声说道，"我那是乱猜的。不要惹她难过啦。"

弗兰克笑着摇了摇头，好像既不怀疑又不怜悯。过了不久，他又说：

"费尔法克斯小姐，你眼下这么快乐，你在爱尔兰的朋友一定会为你感到高兴。我敢说，他们经常惦记着你，心想钢琴究竟哪一天才能送到。你认为坎贝尔上校知道眼下事情的进展情况吗？你认为这是他直接托办的结果呢，还是他只做了个一般性的指示？虽然订了货，但没有说定时间，而要根据具体情况，根据对方是否方便，来决定什么时候发货？"

弗兰克顿了顿。简不能不听了，也免不了要回答了。

"我没收到坎贝尔上校的来信之前，"她强作镇静地说，"心里没有把握，只能是猜测。"

“猜测——啊，人有的时候会猜对，有的时候会猜错。但愿我能猜到，我还要多久能把这只铆钉装好。伍德豪斯小姐，人在专心干活的时候说话，尽是胡说八道。我想，真正的工匠是不开口的。可是，我们这些人做起活来，只要抓住一个字眼——费尔法克斯小姐说到了猜测。瞧，铆好啦。太太，（对贝茨太太说），我很高兴把你的眼镜修好了，现在没问题啦。”

那母女俩诚挚地向他道谢。为了避开那位女儿，弗兰克走到钢琴那儿，请还坐在钢琴前的费尔法克斯小姐再弹一曲。

“你要是肯赏脸的话，”他说，“那就弹一曲我们昨天晚上跳过的华尔兹，让我重温一遍吧。你不像我那么喜欢听，总是显得无精打采的。我想，见我们不跳了你一定很高兴，可我真想再跳它半个小时——说什么都想跳啊。”

简弹起来了。

“再次听到一支曾经令人快活的曲调，多让人高兴啊！要是我没记错的话，我们在韦默斯跳过这支舞。”

简仰起脸来看了看他，满脸涨得通红，连忙弹起了另一支曲子。弗兰克从钢琴旁边的桌上拿起一份琴谱，转过头来对爱玛说：

“这支曲子我从没听过，你熟悉吗？克雷默①出版的。这是新出版的一本《爱尔兰乐曲集》。从这样一个地方得到这样一本乐曲集，这是可以料想得到的。那是跟钢琴一起送来的。坎贝尔上校想得真周到，对吧？他知道费尔法克斯小姐在这儿搞不到乐谱。我特别赞赏他这份情意，说明完全是发自内心的关心。不是敷衍塞责，不是草草了事。只有出自一片真心，才能做到这一步。”

爱玛希望他不要这么尖刻，然而又不由得觉得挺有趣。她朝

① 克雷默：系德国钢琴教师兼演奏家克雷默（1771—1858）创办的一家著名的音乐出版社。

简·费尔法克斯瞥了一眼，只见她脸上还留着一丝没有完全收敛的微笑，这时她才意识到：简尽管羞得满脸通红，但这张脸上暗暗露出过喜色，因此也就无所顾忌地乐了，对简也不感到内疚了。别看简·费尔法克斯和蔼可亲，为人诚实，十全十美，她心里还藏着不可告人的秘密。

弗兰克把所有的乐谱拿到简跟前，两人一起翻阅。爱玛趁机小声说：

“你说得太露骨了。她一定会听出你的意思来。”

“我希望她听出来。我还就想让她明白我的意思。我表示这样的意思丝毫没有什么难为情的。”

“不过我还真有些难为情呢。我要是没冒出这个念头就好了。”

“我很高兴你冒出了这个念头，而且告诉了我。我现在找到了她那怪异神情、怪异举止的答案。让她去难为情吧。她要是做了亏心事，当然应该感到羞愧。”

“我看她并非毫无愧疚。”

“我看不出多少迹象。她现在在弹《罗宾·阿戴尔》①——那可是他最喜欢的曲子。”

过了不久，贝茨小姐从窗前走过，望见奈特利先生骑着马在不远的地方走。

“哎呀，是奈特利先生！要是可能的话，我一定要跟他谈一谈，好好谢谢他。我不开这扇窗子，那会使你们都着凉的。不过你们知道，我可以去我妈妈屋里。我敢说，他要是知道谁在这儿，一定会进来的。有你们大家光临，多令人高兴啊！给我们的小屋子增添了多少

---

①《罗宾·阿戴尔》：原是苏格兰歌曲，被收入《爱尔兰乐曲集》第一集。歌词说一位名叫卡罗琳·凯佩尔的姑娘爱上了一个爱尔兰医生罗宾·阿戴尔，不顾亲属反对，与他结了婚。

光彩呀！”

贝茨小姐还没说完，就来到了隔壁房间，一打开那儿的窗户，就叫住了奈特利先生。他们两人说的话，别人都一字字地听得清清楚楚，好像是在一间屋里似的。

“你好吗？你好吗？很好，谢谢。你昨天晚上让我们坐马车，真是太感谢了。我们回去得正是时候，我妈妈刚好在等我们。请进来，进来吧。你会见到几位朋友。”

贝茨小姐这样开的头；奈特利先生似乎决意要让大伙听见他的话，因而以十分坚决而洪亮的声音说：

“你的外甥女好吗，贝茨小姐？我向你们大家问好，特别是向你的外甥女问好。费尔法克斯小姐好吗？希望她昨晚没着凉。她今天怎么样？告诉我费尔法克斯小姐怎么样。”

贝茨小姐不得不直接回答了这个问题，奈特利先生才肯听她说别的事。在场的人都给逗乐了。韦斯顿太太意味深长地看了爱玛一眼。可爱玛还是摇了摇头，说什么也不肯相信。

“太感谢你啦！感谢你让我们坐马车。”贝茨小姐又说。

奈特利先生打断了她的话：

“我要去金斯顿。我能为你做什么事儿吗？”

“哦！天哪，金斯顿——你要去那儿吗？那天科尔太太还在说，她想请人从金斯顿买点东西。”

“科尔太太可以打发用人去。我能为你办点事儿吗？”

“不用啦，谢谢。还是请进来吧。你知道谁在这儿吗？伍德豪斯小姐和史密斯小姐。她们可真好，特意来听听新钢琴。把马拴在克朗旅店，进来吧。”

“好吧，”奈特利先生从容地说，“或许可以待上五分钟。”

“韦斯顿太太和弗兰克·邱吉尔先生也来啦！好叫人高兴啊，有这么多朋友！”

“不行，现在不行，谢谢。我待不了两分钟。我得尽快去金斯顿。”

“哦！进来吧。他们见到你一定会很高兴的。”

“不啦，不啦，你们家里宾客满座，我改日再来拜访，听听钢琴。”

“唉，真是遗憾！哦！奈特利先生，昨天晚上大家玩得多快活呀。真是快活极啦。你见过这样的舞会吗？难道不令人快活吗？伍德豪斯小姐和弗兰克·邱吉尔先生，我从没见过跳得这么棒的。”

“哦！的确令人快活。我不能不这么说，因为我俩说的话，伍德豪斯小姐和弗兰克·邱吉尔先生想必句句都听见了。还有，（他把嗓门提得更高了）我不明白为什么不提一提简·费尔法克斯小姐。我认为费尔法克斯小姐舞跳得也很好。韦斯顿太太是英国最出色的乡村舞曲演奏家，谁也比不上她。现在，你的朋友们如果心存感激之情的话，一定会大声地说几句你和我的好话。可惜我不能待在这儿听了。”

“哦！奈特利先生，再待一会儿。有一件要紧的事儿——真让人吃惊啊！简和我都为苹果的事儿大吃一惊！”

“怎么啦？”

“想想看，你把剩下的苹果全都给了我们了。你说你还有许多，可你现在一个也没留下。我们真是大吃一惊啊！霍奇斯太太可真要生气了。威廉·拉金斯在这里说起过。你不该这么做，确实不该这么做。哎！他走了。他从不让人谢他。我还以为他不会走的，要是不提的话，也太可惜了……（她又回到屋里）我没能留住他。奈特利先生没能留下来。他要去金斯顿。他问我有没有什么事要他办……”

“是的，”简说，“我们听见他问你了，我们什么话都听见了。”

“哦！是的，亲爱的，我想你们也许是听见了，因为你知道，房

门开着，窗户开着，奈特利先生说话的声音很大。你们一定是什么都听见了。‘我能为你在金斯顿做什么事吗？’他说。所以，我就提了提……哦！伍德豪斯小姐，你得走了吗？你好像刚刚才来呢——你真是太好了。”

爱玛觉得真该回家了。她们已经来了很长时间了。大家一看表，发现上午已经过去了不少时光，韦斯顿太太和她的伙伴也起身告辞，不过他们只能陪两位年轻小姐走到哈特菲尔德大门口，然后再回兰多尔斯。

第十一章

人还是可以做到完全不跳舞的。年轻人常年累月不参加任何形式的舞会，而身心并未受到多大损害，这样的事例屡见不鲜。但是，一旦开了头——一旦领略了快速旋转的快乐，即便是稍微领略一点——那只有傻瓜才不想继续跳下去。

弗兰克·邱吉尔曾在海伯里跳过一回舞，因而一心巴望能再跳。那天伍德豪斯先生被说动了心，跟女儿来兰多尔斯玩了一个晚上，而那一晚的最后半个小时里，两位年轻人一直在筹划另开一次舞会。弗兰克首先想出了这个主意，并且在满腔热情地促成这件事；而那位年轻小姐最懂得这里面的难处，也最关注场地和请什么人的问题。不过，她还是很想让大家再看看弗兰克·邱吉尔先生和伍德豪斯小姐跳起舞来多么令人赏心悦目——这样一来，拿她和简·费尔法克斯相比较，她也就用不着脸红了——即便只是为了跳跳舞，没有图谋虚荣的念头在作怪，她也会这么做的——她先帮他用步子量出他们所在的那间屋子的大小，看看能容纳多少人——然后又量了量另一间客厅的大小，尽管韦斯顿先生说过这两间屋子一样大，他们还是希望这另一间略大一些。

弗兰克的第一个建议和要求，是舞会在科尔家开始，也在科尔家结束——还请上次那些人参加，也请上次那位乐师演奏——大家欣然接受了他的这个建议。韦斯顿先生兴致勃勃地赞成这个主意，韦斯顿太太则痛痛快快地承诺，大家想跳多久她就弹多久。接着就做那有趣的事：琢磨该请哪些人，合计每对舞伴至少要占多少地方。

"你，史密斯小姐，费尔法克斯小姐，这就是三个了，加上考克斯家的两位小姐，就是五个，"这话反复讲了好多遍，"除了奈特利先生以外，还有吉尔伯特家的两个人，小考克斯，我父亲，我自己。是的，这就可以欢欢畅畅地玩一场了。你，史密斯小姐，费尔法克斯小姐，这就是三个了，加上考克斯家的两位小姐，就是五个。五对舞伴跳舞，还是有足够的场地的。"

可是，马上有人提出异议：

"不过，五对舞伴跳舞，那场地够吗？我倒真觉得不够。"

又有人说：

"不管怎么说，五对舞伴还是太少了，不值得开舞会。仔细想一想，五对舞伴太少了。只请五对可不行。要是一时心血来潮生出这个念头，那还说得过去。"

有人说吉尔伯特小姐可能在她哥哥家，也得把她一起请来。还有个人认为，那天晚上要是请上吉尔伯特太太的话，她也会跳舞的。不知什么人为考克斯家的小儿子说了句话。最后，韦斯顿太太又提到一家表亲，说这家人一定要请上，还提到一位老朋友，说他们家也不能落掉。这样一来，五对舞伴至少要变成十对，他们兴趣盎然地猜测怎样才能安排得下。

两个房间正好门对门。"可不可以两间都用上，穿过走廊来回跳呢？"这似乎是个最好的主意，然而好几个人又不大满意，还想找个更好的办法。爱玛说这太不方便了。韦斯顿太太为夜宵发愁。伍德豪斯先生从健康的角度考虑，坚决表示反对。他心里老大不高兴，别人也不便再坚持了。

“哦！那不行，”他说，“那样做太轻率了。我不能让爱玛去！爱玛身体不结实，会得重感冒的。可怜的小哈丽特也会着凉的。你们大家都会着凉。韦斯顿太太，你会病倒起不了床，可别让他们谈论这样的荒唐事啦。求你别让他们再谈啦。这位年轻人，（压低了声音说）一点都不为别人着想。别告诉他父亲，不过这年轻人有点不怎么样。今天晚上他一次次地打开门，也不考虑别人，让门敞开着。他就不想想有穿堂风。我倒不是有意让你跟他作对，不过他的确不怎么样啊！”

韦斯顿太太听到这一指责，不免有些遗憾。她知道那话的分量，便竭力加以劝解。这时，每扇门都关上了，穿过走廊跳舞的计划打消了，大家又谈起了起初议论的就在这个房间跳的计划。承蒙弗兰克·邱吉尔的一片好意，一刻钟以前还认为容纳不下五对舞伴的房间，现在容纳十对都绰绰有余了。

“我们也太讲究了，”弗兰克说，“我们把场地算得过宽了。这儿完全容得下十对舞伴。”

爱玛表示反对。“那太拥挤了——太拥挤不堪了。跳起舞来连转身的地方都没有，还有什么比这更糟糕的呢？”

“一点不错，”弗兰克一本正经地答道，“是太糟糕了。”但他继续测量房间的大小，最后还是说：

“我看差不多容得下十对舞伴。”

“不，不，”爱玛说，“你也太不近情理了。大家都挤作一团，那有多难受啊！最令人扫兴的事，就是挤在一起跳舞——特别是挤在一间小屋里跳舞！”

“这倒是无可否认，”弗兰克回道，“我完全赞成你的看法。挤在一间小屋里跳舞——伍德豪斯小姐，你真有本领，寥寥几个字就把事情说得那么形象。说得精妙，真是精妙绝伦啊！不过，已经谈到这一步了，谁也不愿意就此罢休。我父亲会感到失望的——总的说来——我也说不准——我还是认为这儿完全容得下十对舞伴。”

爱玛意识到，他的殷勤已经有点固执的味道，他宁可提出异议，也不愿失去与她跳舞的欢乐。不过，爱玛还是接受了他的恭维，而对别的给以谅解。如果她想过要嫁给他的话，那兴许还值得停下来考虑考虑，琢磨一下他那钟爱的价值，他那脾气的特点。但是，不管他们是出于什么目的结识的，他还是十分逗人喜欢的。

第二天没到中午，他就来到了哈特菲尔德。他笑容可掬地走进屋来，看来是想继续谈论那项计划。事情马上就明确了，原来他是来宣布一项改进措施的。

“我说，伍德豪斯小姐，”他立即开口说道，“我希望，我父亲的小房间没有把你的跳舞兴致吓跑了。对于这项计划，我带来了一个新的建议，是我父亲出的主意，只要你同意，就可以付诸实施。这个计划中的小小的舞会，不在兰多尔斯举行，而在克朗旅店举行，我能有幸跟你跳头两曲舞吗？”

“克朗旅店！”

“是的。如果你和伍德豪斯先生不反对的话，我相信你们也不会反对，我父亲希望朋友们能赏光到那儿去。他可以保证那儿的条件更好些，大家会像在兰多尔斯一样受到热烈的欢迎。这是他自己的主意。只要你满意，韦斯顿太太就不会表示反对。我们都有这个感觉。哦！你昨天说得一点不错！让十对舞伴挤在兰多尔斯的哪间屋里都不行，叫人无法忍受啊！好可怕呀！我觉得你自始至终都是正确的，只是急于想找到个什么办法，不肯退让罢了。难道换个地方有什么不好吗？你会同意的——我想你会同意吧？”

“这项计划只要韦斯顿夫妇不反对，我看谁也不会反对。我认为这是个好主意。就我自己而言，我非常乐意——看来也只能采取这个改进措施。爸爸，难道你不认为这是个绝妙的办法吗？”

爱玛不得不说了一遍又一遍，还做了解释，她父亲才听懂她的意思。再说这是个全新的主意，她还得费一番口舌，才能让父亲接受。

“不，我认为这绝不是个改进措施——而是个很糟糕的计划——比原来的计划糟糕得多。旅店里的房间又潮湿又危险，向来不怎么通风，也不宜于住人。如果一定要跳舞，最好还是在兰多尔斯跳。我这一辈子还从未进过克朗旅店的房间呢——也不认识开旅店的人。哦！不行——一个很糟糕的计划。在克朗旅店比在哪儿都更容易得重感冒。”

“我本来想说，先生，”弗兰克·邱吉尔说，“换个地方的一个主要好处，就是谁也不大容易感冒——在克朗旅店的危险性比在兰多尔斯的危险性少得多！对于这一改变，也许只有佩里先生会感到遗憾，可别人谁也不会。”

“先生，”伍德豪斯先生相当激愤地说，“你要是认为佩里先生是那种人，那你就大错特错了。不管我们谁生了病，佩里先生都十分关心。不过我不明白，克朗旅店的房间怎么会比你父亲家里还保险。”

“就因为那地方大呀，先生。我们根本不用开窗——整个晚上一次也不用开。先生，你也很清楚，正是那开窗的坏习惯，让冷空气往热乎乎的身上一吹，才叫人感冒的。”

“开窗！可是邱吉尔先生，想必不会有人想在兰多尔斯开窗吧。谁也不会这么鲁莽！我从没听说过这种事。开着窗子跳舞！我敢肯定，不管是你父亲，还是韦斯顿太太（也就是可怜的泰勒小姐），都不会允许这样做。”

“啊！先生——可是有时候，就有哪个愣头愣脑的年轻人溜到窗帘后面，神不知鬼不觉地把窗格推上去。我自己就常遇到这样的事。”

“真的吗，先生？天哪！我怎么也想象不到。不过我不大出门，听到什么事常常感到惊讶。可是，这的确有些不一样，我们要是好好谈一谈，也许——不过这种事需要仔细考虑，不能匆匆地做决定。如果韦斯顿夫妇哪天早上肯光临的话，我们可以仔细谈谈，看看怎么办好。”

“可不巧的是，先生，我的时间很有限——”

“哦！”爱玛打断了他的话，“会有充足的时间谈论每件事的，用不着着急。要是能在克朗旅店开舞会，爸爸，那马就很好安顿了，那儿离马厩很近。”

“是很近，亲爱的。这一点很重要。倒不是怕詹姆斯抱怨什么，而是应该尽量让马省些力气。如果我能肯定那儿的房间通风情况良好——可是斯托克斯太太靠得住吗？我怀疑。我不认识她，连面都没见过。”

“这一类的事我敢担保没问题，先生，因为有韦斯顿太太关照。韦斯顿太太负责掌管一切。”

“瞧，爸爸！你现在该满意了吧——韦斯顿太太跟我们那么亲，她再仔细不过了。好多年前我出疹子的时候，佩里先生说的话你还记得吗？‘要是让泰勒小姐把爱玛小姐裹起来，你就用不着担心了，先生。’我有多少次听你用这话称赞她呀！”

“是呀，一点不错。佩里先生的确是这么说的。我一辈子也忘不了。可怜的小爱玛！你那场疹子出得可真厉害啊；就是说，要不是佩里悉心诊治，还不知要严重到什么地步。有一周的时间，他每天要来四次。他起初说情况还挺好——我们感到非常欣慰，可是麻疹毕竟是一种可怕的病。我希望，可怜的伊莎贝拉的孩子出麻疹的时候，一定要去请佩里。”

“我父亲和韦斯顿太太眼下都在克朗旅店，”弗兰克·邱吉尔说，“看看房子能容纳多少人。我从他们那儿来到哈特菲尔德，急着要听听你的意见，希望能劝说你去给他们当场出出主意。他们俩都让我说明这个意思。你要是肯让我陪你去，他们会觉得不胜高兴。没有你，他们做什么事都不会满意。”

听说要找她商量这样的事，爱玛觉得很高兴。她父亲则表示，等她走后再好好考虑一下这件事。于是，两个年轻人便立即动身往克朗旅店去。韦斯顿夫妇都等在那儿，看见她来了，并得到她的赞同，心里十分快活。他们俩都很忙，也都很高兴，只是方式不同：妻子有点不满意，丈夫觉得一切完美无缺。

“爱玛，”韦斯顿太太说，“这墙纸比我预料的还差。瞧！有些地方脏极啦。那护壁板又黄又破，真让我难以想象。”

“亲爱的，你太挑剔了，”做丈夫的说，“那有什么关系呢？烛光下根本看不出来。在烛光下，那会像兰多尔斯一样干净。我们俱乐部晚上搞活动时，什么也看不出来。”

这时，两位女士也许交换了一下眼色，意思是说：“男人从来就不知道脏不脏的。”而两位男士也许在各自思忖：“女人就喜欢吹毛求疵，无端操心。”

然而有一件棘手的事，是两位男士轻视不得的。这就是饭厅的问题。当初建造舞厅的时候，并没有把吃夜宵考虑在内，只在隔壁加了个小小的牌室。怎么办呢？这间牌室现在还要用来打牌；即使他们四人决定不必打牌，那是不是还是太小了，没法在里面舒舒服服地吃夜宵呢？还有一个大得多的房间，也许可以用来吃夜宵，不过在房子的另一头，去那儿要穿过一条又长又难走的走廊。这是个难题。韦斯顿太太担心年轻人经不起走廊里的冷风，而两位男士一想到挤在一起吃夜宵，就觉得难以忍受。

韦斯顿太太建议不吃夜宵，只在那间小屋里摆一些三明治什么的，可是别人认为这太寒酸。举行私人舞会而不请人家吃夜宵，这是对男女客人应有权利的欺骗行为，实在太丢人了。韦斯顿太太可不能再提了。她要再想一个权宜之计，于是朝那间可疑的小屋看了看，说道：

"我看那间小屋并不算很小啊。你知道，我们不会有多少人呀。"

这时，韦斯顿先生正轻快地迈着大步穿过走廊，一面大声嚷道：

"你总说这条走廊太长，亲爱的。其实根本算不了什么，楼梯那儿也根本没有什么风。"

"但愿能知道，"韦斯顿太太说，"我们的客人们一般最喜欢什么样的安排。我们的目标应该是尽量让大家都满意——我们要是能知道就好了。"

"是呀，一点不错，"弗兰克嚷道，"一点不错。你想听听邻居们的意见。我并不感到奇怪。如果你能搞清楚他们中的主要人物——比如说科尔夫妇。他们离这儿不远。要我去请他们吗？或者贝茨小姐？她离这儿更近。我说不准贝茨小姐是不是像别人一样了解大家的喜好。我看我们确实需要广泛征求一下意见。我去把贝茨小姐请来怎么样？"

"嗯——如果你愿意的话，"韦斯顿太太颇为犹豫地说，"如果你认为她有用的话。"

"你从贝茨小姐那儿听不到你想听的意见，"爱玛说，"她只会高兴不已，感激不尽，但是什么也不会跟你说。甚至你问她话，她都不会听。我看跟贝茨小姐商量没有什么用。"

"可她很逗人，逗人极啦！我很喜欢听贝茨小姐说话。你要知道，我不必把她全家都请来。"

这时候，韦斯顿先生走了过来，听说要请贝茨小姐，坚决表示赞同。

“对呀，请去吧，弗兰克。去把贝茨小姐请来，马上把这件事定下来。我想她一定会喜欢这项计划的。要找个人告诉我们如何解决困难，我觉得她是再合适不过了。去把贝茨小姐请来。我们有点太挑剔了。她永远都是个快快活活的榜样。不过，还是把她们两个都叫来。把她们两个都请来。”

“两个都请，爸爸！那位老太太能……”

“那位老太太！不，当然是那位年轻小姐啦。弗兰克，你要是只请来了姨妈，而没请来外甥女，那我就会把你看成个大傻瓜。”

“哦！请你原谅，爸爸。我没有当即领会你的意思。当然，既然你有这个意思，我一定尽力劝她们两个都来。”说罢，拔腿就跑去了。

还没等他把那位矮小整洁、动作敏捷的姨妈和那位优雅动人的外甥女请来，韦斯顿太太早就以温和女性和贤惠妻子的姿态，把走廊又查看了一番，发现其缺陷比她以前想象的少多了——真是微不足道。于是，犹豫不决的难题解决了。剩下的问题就会迎刃而解了，至少想来如此。所有的小问题，像桌子和椅子，灯光和音乐，茶点和夜宵，也都做了安排，或者作为细节问题，留待韦斯顿太太和斯托克斯太太随便什么时候去解决。凡是受到邀请的人，肯定个个都会来。弗兰克已写信给恩斯库姆，要求在两周的期限之后再多待几天，这是不可能遭到拒绝的。那将是一次令人愉快的舞会。

贝茨小姐来了以后，竭诚表示赞成，说一定要这么办。她这个人，作为参谋是用不着的；但是作为赞同者（一个稳妥得多的角色），她还是受到了真诚的欢迎。她那赞同的话说得既全面又具体，既热烈又滔滔不绝，让人听了只会高兴。随后半个小时里，大家在一个个房间里走来走去，有的在出主意，有的在留心听，全都沉浸在未来的欢乐之中。临分手前，爱玛已明确答应了这次晚会的主角，要同他跳头

两曲舞。她还听到韦斯顿先生对太太小声说："他邀请她了，亲爱的。他做得对。我早就知道他会的！"

第十二章

要使爱玛对行将举行的舞会感到完全满意，就只差一件事——日期要定在弗兰克·邱吉尔获准待在萨里的期限内。尽管韦斯顿先生满怀信心，爱玛还是认为，邱吉尔夫妇说不定只许外甥住满两周，想多住一天都不行。可是，在两周内举行舞会看来是行不通的。准备工作还需要时间，要等到进入第三周才能准备妥当，而且得花几天工夫进行筹划，一边盘算，一边着手进行，心里没有多少把握——还要冒着徒劳一场的危险——在她看来，这种危险还不少。

然而，恩斯库姆的人还是挺宽容的，即便言语上没有表现出来，实际行动上还是挺宽容的。弗兰克想要多住几天，显然惹得家里不高兴，可是他们却没反对。一切都平安无事，顺顺当当。但是，令人担心的事往往是解决了一桩又来一桩。爱玛现在觉得开舞会不成问题了，但是又有了新的烦恼：奈特利先生对舞会漠不关心，真令人为之恼火。不知道是因为他自己不跳舞，还是因为事先没跟他商量，看来他是决计不去关心这场舞会，眼下绝不对之产生好奇心，将来也绝不跟着凑热闹。爱玛主动把舞会的情况告诉他，他只是作了这样的回答：

"好吧。如果为了几小时的喧闹取乐，韦斯顿夫妇认为值得花这么大的力气，那我也没有什么好反对的，不过他们可不要为我来选择乐趣。哦！是呀，我是非去不可的。我没法拒绝，还要尽可能不打瞌睡，可我宁愿待在家里，看看威廉·拉金斯一周来的账目。说实话，我真想待在家里。开心地看别人跳舞！我还真不会呢——我从来不看——也不知道有谁爱看。我相信，优美的舞蹈就像美德一样，一定有其本身的价值。旁观者往往抱着不同的看法。”

爱玛觉得这话是针对她说的，不由得十分生气。然而，他这样冷漠，这样气愤，并不是为了讨好简·费尔法克斯。他反对举行舞会，并不是受了她的情绪的影响，因为她一想到要开舞会，心里就高兴得不得了。她为之感到兴奋——性情也开朗了——不由自主地说：

“哦！伍德豪斯小姐，但愿别出什么事搅得舞会开不成。那会让人多扫兴啊！不瞒你说，我怀着满心的喜悦期待着。”

因此，奈特利先生并不是为了讨好简·费尔法克斯，才宁愿与威廉·拉金斯做伴的。不是的！爱玛越来越觉得，韦斯顿太太完全猜错了。奈特利先生对简是很友好，也很同情——但却并不爱她。

唉！马上就没有闲暇与奈特利先生争执了。才满怀希望地高兴了两天，事情一下子泡汤了。邱吉尔先生来了一封信，催他外甥速归。邱吉尔太太病了——病得很重，非要他回去不可。据她丈夫说，她两天前给外甥写信时，身体就已经很不舒服，只因一向不愿给别人带来苦恼，一向从不顾惜自己，因而没有说起自己的病情。然而她现在病势加重，实在轻视不得了，只好恳请他立刻返回恩斯库姆。

韦斯顿太太当即写了一封短简，将那封信的主要内容转告了爱玛。弗兰克要走，这是不可扭转的。尽管他没有为舅妈感到惊慌，没有减少对她的厌恶之情，但他还得在几小时之内就启程。他了解舅妈的病情：若不是为了自己的便利，她是从来不生病的。

韦斯顿太太又写道：“他只能利用早饭后的时间匆匆赶到海伯里，向他认为关心他的几位朋友道个别，预计他很快就会到达哈特菲尔德。”

这封带来不幸消息的短简让爱玛再也吃不下早饭了。她一看完短简，除了长吁短叹之外，什么事也做不成了。失去了舞会——失去了那个年轻人——那个年轻人心里所想的一切也都化为了泡影！真是太不幸了！本来该是多么令人愉快的一个夜晚啊！每个人都那么兴高采烈！她和她的舞伴将是最开心的一对！“我早就说过会有这样的结局。”这是她唯一的安慰。

她父亲的心情就大不相同了。他主要关心的是邱吉尔太太的病情，想知道是怎么治疗的。至于舞会，让亲爱的爱玛感到失望固然不像话，但是待在家里还要平安些。

爱玛等了一会，她的客人才来。不过，如果这一点表明了他一心想回去的话，那他到来时的那副满面忧伤和无精打采的样子，则足以补偿他的过失。他因为要走，心里觉得十分难受，连话都不想说了。显然，他情绪非常低落。起初，他坐在那里沉思，还真发了一会呆。等再回过神来，只说了这么一句：

“什么事也没有离别让人更伤心的。”

“可你还会再来的，”爱玛说，“你不会只来兰多尔斯这一回吧。”

“唉！”弗兰克摇了摇头，“很难说我什么时候能再来呀！我会极力争取的！这将是我一心一意追求的目标！如果我舅父舅妈今年春天肯去伦敦——可是我又担心——他们去年春天就没去——我担心他们的这一习惯一去不复返了。”

“我们那倒霉的舞会肯定开不成了。”

“啊！那场舞会呀！我们当初为什么要等呢？为什么不抓紧时机及时取乐呢？好事往往让准备工作破坏了，愚蠢的准备工作啊！你早对我们说过会有这样的结果。哦！伍德豪斯小姐，怎么总是让你言中了呢？”

“说真的，这次让我言中了，我感到很遗憾。我宁愿快活一场，而不要这先见之明。”

“如果我能再来，我们还是要举行舞会。我父亲认为一定要举行。

你可别忘记你的许诺呀。”

爱玛亲昵地望着他。

“多么有意思的两个星期啊！”弗兰克接着说，“每一天都比前一天更难得，更快活！每一天都使我更不愿意到别的地方去。能住在海伯里的人真是幸福啊！”

“既然你现在这么喜欢我们这儿，”爱玛笑着说，“我想冒昧地问一声：你当初来的时候是否有点不情愿？我们是不是比你预料的要好？我想准是这样。我想你一准没有料到会喜欢我们。你当初要不是因为不喜欢海伯里的话，也不会拖那么久才来。”

弗兰克不好意思地笑了。尽管他否认有那样的情绪，爱玛还是认为事实就是那样。

“你今天上午就要走吗？”

“是的，我父亲要来这儿接我，我们一道回去，我得马上动身。恐怕他随时会到。”

“甚至都抽不出五分钟去看看你的朋友费尔法克斯小姐和贝茨小姐吗？真令人遗憾！贝茨小姐见多识广，能言善辩，也许会帮你增长见识的。”

“是啊——我已经去过那儿了。从她家门口走过时，我想还是进去为好。这是理所当然的事。我本来打算进去待三分钟，因为贝茨小姐不在家，就多耽搁了一会儿。她出去了，我觉得不能不等她回来。她这个人，也许会惹人笑话，也必定会惹人笑话，但是谁也不愿意瞧不起她。我最好还是去看看她，然后——”

弗兰克顿住了，立起身来，朝窗口走去。

“总之，”他说，“也许，伍德豪斯小姐——我看你不会一点也不怀疑——”

他看着爱玛，仿佛要猜透她的心思。爱玛简直不知道说什么是好。这好像是个先兆，预示要发生一件万分认真的事，而这又不是她所希望发生的事。因此，她逼迫自己开口，希望借此避开这件事，便镇定地说道：

“你做得很对。你去看看她是理所当然的，然后——”

弗兰克默不作声。爱玛心想他一定在看着她，也许在琢磨她的话，揣测她的态度。她听见他叹了口气。他自然觉得他有理由叹气。他不敢相信爱玛在鼓励他。尴尬地过了一会，他又坐下来了，以比较坚定的口吻说：

“我本来觉得，能把余下的时间都奉献给哈特菲尔德，那就好了。我真喜欢哈特菲尔德——”

他又顿住了，又立起身来，显得非常局促。他比爱玛想象的还要爱她。如果他父亲不来的话，谁知道会闹出什么样的结局呢？过了不久，伍德豪斯先生也来了，因为非要镇静不可，他也就镇静下来了。

不过，只过了一会工夫，这难堪的局面便结束了。韦斯顿先生遇事一向干脆利落，既不会拖延不可避免的坏事，也不会预见尚未肯定的坏事，因而只说了一句：“该走了。”那位年轻人尽管会叹息，而且确实在叹息，却只得表示同意，起身告辞了。

“我会得知你们大家的情况的，”弗兰克说，“这是我最大的安慰。我将获悉你们这儿发生的每一件事。我请韦斯顿太太跟我通信，她好心地答应了。哦！你要是真正思念不在身边的人，跟一位女性通通信可是一件幸事啊！她会把一切都告诉我。读着她的信，我仿佛又回到了亲爱的海伯里。”

说完这席话，他和爱玛十分亲切地握了握手，十分恳切地说了声“再见”，随即门关上了，弗兰克·邱吉尔也走了。真是说走就走——他们只匆匆地见了一面。他走了。爱玛觉得分别的滋味真不好受，料想他这一走，对他们这个小圈子里的人是多大的损失，她担心自己会过于难过，过于伤感。

这是一个不幸的变化。弗兰克来了以后，他们俩几乎天天见面。在过去的两个星期里，他的到来无疑给兰多尔斯增添了很大的活力——难以形容的活力。每天早上都想着见到他，期盼见到他，而他总是那么殷勤备至，那么生气勃勃，那么风度翩翩！那两个星期真是快活极了，可现在哈特菲尔德又要回到以前的老样子，真令人可怜。弗兰克有这样那样的好处，而尤为可贵的是，他几乎向她表白了他爱她。至于他的爱是否热烈，是否坚贞，那是另一码事。但她现在可以肯定，他确实非常爱慕她，打心里喜欢她。一想到这里，再加上其他种种念头，她不由得意识到：她自己一定有点爱上他了，尽管她以前下定决心不谈恋爱。

"肯定是这么回事，"她心想，"这么没精打采，懒懒洋洋，痴痴呆呆，也不想坐下来做点事，觉得家里的一切都那么沉闷乏味！我肯定坠入了情网。如若不然，我就是天下一个最最古怪的人——至少有几个星期如此。唉！一些人视为不幸的事，另一些人总认为是好事。即使没有什么人跟我一起为弗兰克·邱吉尔离去而惋惜，也会有许多人跟我一起为开不成舞会而悲叹。但是，奈特利先生却会感到高兴。他要是愿意的话，晚上尽可以跟亲爱的威廉·拉金斯待在一起了。"

然而，奈特利先生并没有露出洋洋得意的喜悦之情。他不能说他为自己感到遗憾；如果他要这样说的话，他那喜气洋洋的神态就会表明他言不由衷。不过他却说，而且是执意说，他为别人的失望感到遗憾，并用十分亲切的口吻补充了一句：

"爱玛，你难得有机会跳跳舞，真不走运。太不凑巧啦！"

爱玛有好几天没有见到简·费尔法克斯，心想她对这一不幸变化一定感到不胜遗憾。可是等到她们见面时，她那副满不在乎的样子真令人作呕。然而，她这一阵身体特别不好，头痛难忍，据她姨妈说，即使举行舞会，她认为简也没法参加。因而，把她那不得体的冷漠态度归咎于身体欠佳引起的倦怠，真可谓仁慈。

第十三章

爱玛还是毫不怀疑自己坠入了情网，只是拿不准程度有多深。起初她以为爱得很深，后来又觉得只是稍微有一点。她非常喜欢听人家谈论弗兰克·邱吉尔，而且也是为了他的缘故，比以往更加喜欢见到韦斯顿夫妇。她时常想念弗兰克，眼巴巴地盼望他来信，好知道他身体好不好，情绪高不高，舅妈病情如何，今年春天他有没有可能再来兰多尔斯。不过，她又不容许自己闷闷不乐，并在第一个早晨过后，也不容许自己比往常懒得做事。她照样忙碌，照样高兴。弗兰克尽管讨人喜欢，她还是认为他有缺点。她虽然很想念他，坐着画画或做针线的时候，还为他们感情的发展和结局设想过上千种有趣的前景，虚构过许多微妙的对话，杜撰过一封封情意绵绵的信件，但是在她的想象中，弗兰克每次向她求爱时，她都拒绝了他。他们之间虽然有情有义，到头来总是落得一般友情。每次分离时都要恋恋不舍，但最终还是要分离。她一意识到这一点，就觉得自己不可能爱得很深。虽说她以前早已下定决心，永不离开父亲，永不出嫁，但她若是当真萌发了强烈的爱，那她心里定会产生她料想不到的斗争。

“我觉得自己并没有使用牺牲这个字眼，”她心想，“我做了那么多机敏的回答，巧妙的否定，却没有一次暗示过要作出牺牲。我觉得我并非一定要有他才能幸福。没有他反而会更好。我当然不会要自己爱得更深。我已经爱得够深了，可不能再深入下去了。”

总的说来，她对自己对弗兰克的情感的看法，同样感到满意。

“毫无疑问，他肯定深深地坠入了情网——种种迹象都表明了这一点——真是深深地坠入了情网！等他再来的时候，如果仍旧情意绵绵，那我可得留神，千万不能怂恿他。我既然已经拿定了主意，不这样做是绝对不可宽恕的。我倒不是料想他会觉得我一直在怂恿他。不，如果他当真认为我也对他有意思，他就不会这么怏怏不乐了。他要是觉得我在怂恿他的话，临别时就会是另一副神情，另一番言谈。然而，我还是得留神。这是假定他还像现在这样对我情深意浓，不过我也说不准他是不是会这样。我看他不是那种人——我根本不指望他会坚定不移、忠贞不渝。他的感情是热烈的，但是可以想象也是多变的。总之，经过左思右想，我觉得自己没把幸福过多地寄托在他身上，是值得庆幸的。我很快就会恢复正常的——到那时，这又会成为一件好事了，因为据说人人一生都要坠入一次情网，我会轻而易举地解脱出来。”

韦斯顿太太收到弗兰克的来信以后，爱玛也看了这封信，而且是带着几分欣喜和赞赏之情看的，因此不由得摇起头来，对自己的感情表示惊异，觉得自己以前低估了那些感情的力量。那是一封长信，写得很出色，详细述说了他一路上的情况、心里的感受，表达了满怀的爱慕和感激，以及自然而真挚的敬重之情，描绘了当地和外地种种有趣的事情，笔调准确而生动。信里没有令人生疑的表示抱歉和关切的华丽辞藻，有的只是向韦斯顿太太表达真情实意的语句。他从海伯里回到恩斯库姆，两地在社交生活方面的主要差异，只是略带了几笔，但也足以表明他的感触有多深，若不是由于拘于礼仪，他还可以多写多少内容啊。信里自然少不了她的芳名，不止一次地见到“伍德豪斯小姐”，而且每次都能引起愉快的联想，不是称赞她情趣高雅，就是回忆她说过什么话。她最后一次见到自己的名字时，虽然写得朴实无华，丝毫没有献殷勤的意味，但是却能看出她的举足轻重，意识到这也许是对她最大的恭维。在信笺最下方的空白处，密密麻麻地写了这样两行字："你知道，我星期二那天抽不出空来去向伍德豪斯小姐的那位美丽的小朋友辞别。请代我表示歉意，并向她告别。"爱玛毫不怀疑，这完全是为了她而写的。他之所以惦着哈丽特，仅仅因为她是她爱玛的朋友。他所描绘的恩斯库姆的现状和前景，跟她预料的差不多。邱吉尔太太正在康复，他还不敢说什么时候能再来兰多尔斯，甚至连想都不敢想。

虽说这封信的主要内容，也就是所表达的情感，使她感到得意，受到鼓舞，然而等她把信叠好还给韦斯顿太太时，却发觉它并未激起丝毫持久的热情，没有了这个写信人，她还可以照样生活，而他也该学会没有她而照样生活。她没有改变初衷。她想好了一个主意，以使他以后获得安慰和幸福，因而越发坚定了拒绝他的决心。他还惦着哈丽特，称她为"美丽的小朋友"，这就启发她生出这样一个念头：她拒绝他以后，他可以继而去爱哈丽特。难道不可能吗？不能这么说。毫无疑问，哈丽特在见识上远远比不上他，不过她那妩媚动人的脸蛋、热烈纯真的举止，却使他为之着迷。而且从家庭出身和社会关系来看，她可能具有很优越的条件呢。这件事要是办成了，对于哈丽特来说，真是又有利又可喜。

"我不能多想这件事了，"她心想，"我不能再想下去了。我知道这样胡思乱想是危险的。不过，比这更奇怪的事情还有呢。现在我们已经不再两心相悦了，这倒可以促使我们稳固地建立一种真正无私的友情，我已经在乐滋滋地企盼这种友情了。"

能为哈丽特的幸福操点心是件好事，不过还是少想入非非为好，因为马上就要出现一件不幸的事。起初，海伯里人谈论的话题是埃尔顿的订婚，等弗兰克·邱吉尔来了以后，大家都把兴趣集中在这最新的话题上，完全压倒了先前的兴趣。因此，如今弗兰克·邱吉尔走了以后，埃尔顿先生的婚事又变成大家齐心关注的话题了。他的婚期已经择定。他很快就要回到他们中间来——埃尔顿先生和他的新娘。大家几乎还没来得及细谈恩斯库姆来的第一封信，人人嘴里就唠叨起“埃尔顿先生和他的新娘”了，弗兰克·邱吉尔早给抛到了九霄云外。爱玛听得厌烦了。她不受埃尔顿先生的干扰，过了三个星期的快活日子。哈丽特像她殷切期望的那样，最近也变得坚强起来了。至少有韦斯顿先生的舞会可以盼望，她也不会去想别的事情。不过显而易见，她的心境尚未完全平静下来，还经受不住行将来临的诸如新马车、教堂钟声等情况的刺激。

可怜的哈丽特给搞得心神不安，需要爱玛尽力多加开导、安慰和关心。爱玛觉得她为哈丽特再怎么尽心竭力都不会过分，哈丽特有权利要她使出所有的本事、最大的耐心。但是，总是劝说而不见效果，总是嘴上表示同意而却不能达成一致意见，这可是件沉重的差事呀。哈丽特恭恭敬敬地听着，然后说：“一点不错——就像伍德豪斯小姐所说的——不值得去想他们——我再也不去想了。”然而，就是换个话题也无济于事，接下来的半个小时里，哈丽特还是像先前那样，让埃尔顿夫妇搅得心急如焚，坐立不安。最后，爱玛只得从另一个角度去打动她。

“哈丽特，眼看埃尔顿先生结婚了，你总也想不开，整天愁眉苦脸的，这是你能给我的最有力的指责。对于我犯下的错误，这是你给我的最严厉的指责了。我知道，这件事都怪我不好。你放心好了，我没有忘记我的责任。我自己受了骗，又非常可悲地骗了你——我将为此痛悔一辈子。别以为我会忘记这件事。”

哈丽特听了这话大为感动，只能发出几声惊叫。爱玛接着说道：

“我并没有说：为了我振作起来，哈丽特；为了我而少想、少谈埃尔顿先生；因为我要你这样做，恰恰是为了你自己。我心里好不好受关系不大，要紧的是你应养成自制的习惯，考虑到自己的责任，注意行为得体，尽量避免引起别人的猜疑，爱惜自己的身体，维护自己的声誉，恢复内心的平静。我就是为了这些动机，才苦口婆心地劝你。这些都是至关重要的——遗憾的是，你对此没有足够的认识，因而也没有照着去做。不让我难受倒是次要的，我只想让你不要陷入更大的痛苦中。也许我有时候会觉得，哈丽特不会忘记该怎么做——或者说，不会忘记体谅我。”

这番触动情义的话比别的话更起作用。哈丽特确实非常喜爱伍德豪斯小姐，一想到自己无情无义，对她不够体贴，心里好生难受了一阵子。等爱玛给了她安慰，满腹的痛楚过去之后，她心里依然觉得过意不去，敦促她做她应该做的事情，并且支持她这样做。

“你是我有生以来的最好的朋友——我却辜负了你的情义！谁也比不上你呀！我对谁也没有像对你这么敬重啊！哦！伍德豪斯小姐，我多么忘恩负义呀！”

这一席肺腑之言，加上神情仪态的衬托，使爱玛觉得她以前从未这样爱过哈丽特，也从未这样珍惜她的情义。

“没有什么比温柔的心灵更有魅力，”事后她自言自语说，“什么也比不上温柔的心灵。热情、温柔的心灵，加上亲切、坦率的仪态，比天下最机灵的头脑还有吸引力。我对此深信不疑。我亲爱的父亲正是凭着温柔的心灵而受到众人的爱戴——伊莎贝拉正是凭着温柔的心灵而受到大家的喜爱。我没有这样的心灵——但是我懂得如何珍重这样的心灵。哈丽特比我强，具有温柔的心灵所赋予的百般魅力和幸福。亲爱的哈丽特！就是拿天下最机灵、最有远见、最有判断力的女人来换你，我也不肯干。哦！简·费尔法克斯那么冷漠！哈丽特抵得上一百个这样的人。说起给人做妻子——给一个有头脑的人做妻子——那是再可贵不过了。我不想指名道姓，但是不要爱玛而要哈丽特的人一定会非常幸福！”

第十四章

人们是在教堂里第一次见到埃尔顿太太的。但是，一个新娘坐在长椅上，虽然会打断别人的虔诚祈祷，却满足不了大家的好奇心，以后还得通过正式的登门拜访，才能断定她是确实很漂亮，还是仅仅有点漂亮，还是根本不漂亮。

爱玛与其说是出于好奇，不如说是出于自尊和礼仪，决定不要最后一个去登门拜访她。她非要让哈丽特陪她一起去，以便尽早度过那最尴尬的局面。

她再走进这座房子，走进三个月前她借口系鞋带而枉费心机走进去的那间屋子[①]，不由得勾起了回忆。上千个令人气恼的念头涌进她的脑际。那些恭维话，那些字谜，那些荒谬的错误。不要以为可怜的哈丽特就不在追忆过去。不过她表现得相当不错，只是脸色苍白，默默不语。当然，拜访的时间很短：那么尴尬的局面，又是那么心事重重，自然要把时间缩短。爱玛顾不得仔细端量一下新娘，根本谈不上对她有什么看法，只能空泛地说一声“衣着讲究，样子挺讨人喜欢”。

爱玛并非真正喜欢她。她不想急于挑毛病，但是觉得她并不文雅：大方而不文雅。她几乎可以肯定，她作为一个年轻女人，一个陌生人，一个新娘，有些过于大方了。她的模样相当不错，脸蛋也不能算不漂亮，但是她的五官、神态、嗓音、举止都不优雅。爱玛心想，至少以后会证明如此。

至于埃尔顿先生，他的举止好像并不——不行，她可不能对他的举止轻率下结论，或是说什么俏皮话。婚礼后接待来客，什么时候都

---

① 见小说第一卷第十章。

是件尴尬的事情，新郎必须很有雅量才能应付过去。新娘则比较好办。她可以有漂亮的衣服做帮衬，还可以有羞答答的特权，而新郎只能依靠自己的聪明才智。她认为可怜的埃尔顿先生特别不幸，居然跟他刚娶的女人、原来想娶的女人以及别人要他娶的女人，同待在一间屋子里。她只得承认，他有理由显得笨拙、做作、局促不安。

“呃，伍德豪斯小姐，”两人走出牧师住宅以后，哈丽特等了好久不见朋友吭声，便先开了口，“呃，伍德豪斯小姐，（说着轻轻叹了口气）你觉得她怎么样？难道不是很可爱吗？”

爱玛回答时有点支支吾吾。

“哦！是的——非常——一个非常讨人喜欢的年轻女子。”

“我认为她长得挺美的，相当美。”

“的确穿得很讲究。那件长裙特别漂亮。”

“埃尔顿先生会爱上她，我一点也不感到奇怪。”

“哦！是呀——一点也没有什么好奇怪的。那么有钱，又恰好遇见了埃尔顿先生。”

“我敢说，”哈丽特又叹了口气，回答说，“我敢说她很爱埃尔顿先生。”

“也许是这样。可是并非个个男人都能娶到最爱他的女人。也许是霍金斯小姐想要有个家，并且认为这是她能攀上的最好的亲事。”

“是呀，”哈丽特诚挚地说，“八成是这样的，没有人能攀到比这更好的亲事了。嗯，我打心底里祝他们幸福。伍德豪斯小姐，我想我以后再见到他们也不会介意了。他还是那么出众。不过你知道，人一结了婚就大不一样了。真的，伍德豪斯小姐，你不用担心。我现在可以坐在那里欣赏他，而不感到很痛苦。知道他没娶一个跟他不般配的女人，真是莫大的安慰啊！埃尔顿太太看上去真是个可爱的年轻女人，跟他正般配。真是个有福气的人啊！他管她叫‘奥古斯塔’，多么惬意呀!”

新婚夫妇回访以后，爱玛就打定了主意。这时候，她可以看得仔细些，作出比较公正的判断。哈丽特碰巧不在哈特菲尔德，伍德豪斯先生要应酬埃尔顿先生，她便独自跟那位太太聊了一刻钟，可以安安静静地听她说话。经过这一刻钟的交谈，她深深地认识到：埃尔顿太太是个爱慕虚荣的人，沾沾自喜，自以为了不起；就想炫耀自己，出人头地，可惜她是在一所蹩脚的学校受的教育，举止又冒失又随便；她的见识都来自于同一类人、同一种生活方式；即使算不上愚蠢，也可以说是愚昧无知；埃尔顿先生跟她朝夕相处，肯定没有什么好处。

要是换成哈丽特，就会般配多了。虽说她本人不聪明，不优雅，但她能使他结交上聪明、优雅的人。而霍金斯小姐呢，从她那大大落落、自命不凡的神态来看，或许可以算作她那一类人中的佼佼者。这次联姻唯一值得骄傲的，是她那位住在布里斯托尔附近的阔姐夫，而这位阔姐夫唯一值得骄傲的，是他的住宅和马车。

她坐下后谈的第一个话题是枫园。“我姐夫萨克林先生的住所”——拿哈特菲尔德跟枫园相比。哈特菲尔德的庭园比较小，但却整洁漂亮，房子式样新颖，建构结实。埃尔顿太太对房间的大小、房门以及所能看到和想象到的一切，似乎留下了极好的印象。“真的跟枫园太相像了！相像得令我吃惊！这个房间从形状到大小，跟枫园的那间晨室一模一样，我姐姐最喜欢那间晨室啦。”这时，她要求埃尔顿先生为她帮腔：“难道不是相像得令人吃惊吗？我简直以为我待在枫园呢。”

“还有这楼梯呢——你知道，我一进来就发现这楼梯多么相像，放在房里的同一位置。我简直忍不住要感叹啊！说真的，伍德豪斯小姐，在这儿能让我想起枫园这样一个我最最喜爱的地方，我觉得真是高兴。我在那儿愉快地度过了多少个月呀!（说着动情地轻轻叹了口气）毫无疑问，是个迷人的地方。谁见了都觉得美，可是对我来说，那儿可是我的家呀。伍德豪斯小姐，你要是什么时候像我这样离开了家，看到什么东西跟你撇下的东西有些相似，你会觉得有多高兴啊。我总说这是结婚的一个弊端。”

爱玛尽可能少答话，可是埃尔顿太太觉得已经够多了，她就想一个人喋喋不休地讲下去。

“跟枫园像极啦！不仅房子像——我敢说，照我的观察，那庭园也像极了。枫园的月桂也是这样繁茂，位置也一样——就在草坪对面。我还看见一棵大树，四周围着一条长凳，也勾起了我的联想！我姐姐、姐夫一定会被这地方迷住。自己有宽庭大院的人，总是喜欢类似的庭园。”

爱玛怀疑人们是否真有这样的心理。她倒有个大不一样的见解，认为自己有宽庭大院的人不会喜欢别人的宽庭大院。然而，如此荒谬的错误不值一驳，因此她只是回答说：

“等你在这一带多看些地方以后，你恐怕就会觉得你对哈特菲尔德的评价过高了。萨里到处都很美。”

“哦！是呀，这我很清楚。你知道，那是英格兰的花园。萨里是英格兰的花园啊。”

“是呀，可我们也不能独享这份殊荣。我相信，有许多郡跟萨里一样，被称为英格兰的花园。”

“不，我想没有吧，”埃尔顿太太答道，一面露出非常得意的微笑，“除了萨里以外，我没听说哪个郡有这样的美称。”

爱玛哑口无言。

“我姐姐、姐夫答应春天来看我们，最迟在夏天，”埃尔顿太太接着说道，“那时候我们就可以去游览了。他们来了以后，我们真可以畅游一番啦。他们一定会坐那辆四轮四座大马车来，能宽宽敞敞地坐四个人。因此，压根儿就用不着我们的马车，我们就可以到各个风景区痛痛快快地游览一番。我想，到了那个季节，他们不会坐着两轮双座轻便马车来。真的，等快到春天的时候，我一定叫他们坐四轮四座大马车来，那要好得多。你知道，伍德豪斯小姐，客人来到这种风景优美的地方，我们自然希望他们尽量多看看。萨克林先生特别喜欢游览。去年夏天，他们刚买了那辆四轮四座大马车不久，我们就坐着它去金斯威斯顿游览了两次，玩得开心极啦。伍德豪斯小姐，我想每年夏天有不少人来这儿游玩吧？”

“不，这附近一带倒没有。能吸引你所说的那种游客的风景胜地离我们这儿还很远。我想我们这儿的人都喜欢清静，宁可待在家里，也不愿意出去游玩。”

“啊！真要图舒服，最好还是待在家里。没有人比我更恋家了。在枫园，我的恋家是尽人皆知的。塞丽娜去布里斯托尔的时候，曾多次说过：‘我真没办法叫这姑娘离开家。我百般无奈，只好一个人出去，尽管我不喜欢一个人闷坐在那辆四轮四座大马车里，连个伴儿也没有。可是，我看奥古斯塔真是好性子，从不肯迈出花园栅栏。’她这样说了好多次，其实我并不主张整天不出门。我认为，关起门来与世隔绝，反倒很不好。跟外界适当地作些交往，既不要太多，也不要太少，则可取多了。不过，我完全理解你的处境，伍德豪斯小姐——（一面朝伍德豪斯先生望望）——你父亲的身体一定是个很大的拖累。他怎么不去巴思试一试？他真该去试一试。我向你推荐巴思。你放心，我肯定那儿对伍德豪斯先生有好处。”

“我父亲以前试过不止一次了，可是不见什么效果。佩里先生，你对这个名字想必并不生疏吧，他认为现在去也不见得会有什么效果。”

“啊！那太遗憾了。我向你担保，伍德豪斯小姐，只要水土适宜

的话，就会产生奇妙的效果。我在巴思的时候，就见过多起这样的例子啊！那是个让人心旷神怡的地方，我看伍德豪斯先生有时心情低沉，去那儿定会有好处。至于对你会有什么好处，我就不必多费口舌了。巴思对年轻人的好处是尽人皆知的。你一直过着深居简出的生活，介绍你进入那儿的社交界该有多美呀，我马上就能给你介绍几个上流社会的人。只消我一封信，就能让你结识好几个朋友。我在巴思的时候，一直跟帕特里奇太太住在一起，她是我特别要好的朋友，一定乐意尽心关照你的，由她陪着你进入那儿的社交界，再合适不过了。”

爱玛真是忍了又忍，才没有变得失礼。试想一想，居然要承蒙埃尔顿太太给她作所谓的介绍——要仰仗埃尔顿太太的一个朋友把她带进社交界，而这位朋友说不定是个庸俗放荡的寡妇，要靠招徕一个搭伙的房客才能勉强维持生计！伍德豪斯小姐的尊严，哈特菲尔德的尊严，真是一落千丈了！

然而她还是忍住了，本想责怪的话一概没说，只是冷漠地向埃尔顿太太道了谢。“我们去巴思是根本不可能的。我相信，那地方对我父亲不合适，对我也不合适。”接着，为了免得再生气发火，她立即转了话题：

“埃尔顿太太，我不用问你是否喜欢音乐。遇到这种事，新娘人还没到，名声就传开了。海伯里早就听说你琴弹得很出色。”

“哦！哪儿的话。我要说没有这回事。琴弹得很出色！实话跟你说，差远了。你想想告诉你这话的人太有失偏颇了。我特别喜欢音乐——喜欢得发狂了。我的朋友都说我也并非毫无鉴赏力。至于别的方面，说实话，我的琴弹得差劲极了。我很清楚，你伍德豪斯小姐弹得很好听。说真的，听说能跟喜欢音乐的人在一起，我感到极为得意，极为欣慰，极为高兴。我绝对离不开音乐。音乐是我生活中必不可少的一部分。不管是在枫园还是在巴思，我总是习惯于跟酷爱音乐的人在一起，没有了音乐将是最大的损失。当初埃先生说起我未来的家，担心我受不了这儿的冷清，我就老老实实地对他这样说过。他知道我以前住惯了什么房子，当然还怕我嫌这儿的房子差呢。他那么说的时候，我老老实实地跟他讲，我可以放弃社交活动——包括宴会、舞会、看戏——因为我不怕冷清。我有的是办法消遣，社交活动对我来说并不是必不可少的。没有也完全可以。对于没有办法自己消遣的人，那就是另一回事了。可我有的是办法，完全不用依赖别人。至于房间比我以前住的小，我压根儿就不会在意。我相信，这种损失根本算不了什么。不错，我在枫园过惯了奢华的生活，可我跟他说过，要让我过得幸福，不一定要有两辆马车，也不一定要有宽敞的房间。'但是，'我说，'说实话，要是周围没有喜欢音乐的人，我想我是没法生活的。'我不提别的条件，可是没有了音乐，生活对我来说是空虚的。"

"可以料想，"爱玛笑吟吟地说，"埃尔顿先生一定会对你说，海伯里有一些非常喜欢音乐的人。考虑到他的动机，希望你不要以为他言过其实，不可原谅。"

"的确如此，我对此毫不怀疑。我很高兴，能置身这样一个环境。希望我们能一起多举行几次美妙的小型音乐会。我想，伍德豪斯小姐，你我应该组织一个音乐俱乐部，每周在你们家或我们家聚会一次。难道这计划不好吗？只要我们尽力而为，我想不久就会有人支持的。这种情况对我尤其有好处，可以激励我经常练琴。对于结了婚的女人，你知道——人们一般有个对她们不利的可悲说法。她们太容易放弃音乐了。"

"可是你那么酷爱音乐——当然不会有这个危险啦。"

"但愿不会。可是看看周围的熟人，我真有些不寒而栗。塞丽娜完全放弃了音乐——现在碰也不碰钢琴了——尽管以前弹得那么好。杰弗里斯太太——就是以前的克拉拉·帕特里奇——两位米尔曼小姐，就是现在的伯德太太和詹姆斯·库珀太太，还有些举不胜举的人，情况也是这样。说真的，真够叫人害怕的。我以前很气塞丽娜，现在却开始明白了，结了婚的女人有许多事情要做。我想，今天早上我跟管家闭门不出忙活了半个小时。”

“不过这种事情，”爱玛说，“很快就会走上正轨的——”

“嗯，”埃尔顿太太笑着说，“我们等着瞧吧。”

爱玛见她坚定地要放弃音乐，也就无话可说了。隔了一会儿，埃尔顿太太又选了个话题。

“我们到兰多尔斯去了，”她说，“发现他们都在家。两人好像都很和蔼可亲，我非常喜欢他们。韦斯顿先生似乎是个很出色的人——实话跟你说吧，已经成了我最喜欢的人了。他太太看上去还真好——一副慈母般的仁慈心肠，使人一见面就会产生好感。我想她是你的家庭教师吧？”

爱玛大吃一惊，简直答不上话来。不过，埃尔顿太太并没等她说声“是的”，便又继续往下讲。

“虽然早就有所耳闻，但是见她如此雍容大度，我还真是大为吃惊呢！她是个真正有教养的女人。”

“韦斯顿太太的仪态，”爱玛说，“总是十分得体。又端庄，又朴实，又优雅，足可成为年轻女子最稳妥的榜样。”

“我们在那儿的时候，你猜谁来了？”

爱玛大为茫然。听口气像是一个老朋友，那她怎么能猜得着呢？

“奈特利！”埃尔顿太太接着说道，“就是奈特利呀！不是很巧吗？他那天来的时候我不在家，因此一直没见过他。当然，他是埃先生特别要好的朋友，我也就特别想见见他。我经常听埃先生提到‘我的朋友奈特利’，便急不可待地想见见他。我得为我的 caro sposo[①] 说句公道话，他不必为他的朋友害臊。奈特利是个真正的绅士，我很喜欢他。我觉得他确实是个很有绅士风度的人。”

幸亏到了客人该走的时候。埃尔顿夫妇走了，爱玛可以松口气了。

“这女人真叫人受不了！”她立即感慨道，“比我想象的还不如。实在叫人受不了！奈特利！我简直不敢相信。奈特利！以前从没见过人家，就管人家叫奈特利！还说发现他是个绅士呢！一个自命不凡、庸俗不堪的小东西，开口她的埃先生，闭口她的 caro sposo，吹嘘自己有的是办法，摆出一副骄横无礼的自负神气，炫耀她那俗不可耐的故作优雅。居然发现奈特利先生是个绅士！我怀疑奈特利先生是不是会反过来恭维她，认为她是个淑女。我简直不敢相信！还叫我和她一道组织一个音乐俱乐部！人家还以为我们是知心朋友呢！还有韦斯顿太太哪！见把我带大的人是个大家闺秀，也要大惊小怪！真是越来越不像话。我从没见过像她这样的人。万万没有想到。拿她跟哈丽特相比，那是对哈丽特的污辱。哦！弗兰克·邱吉尔要是在这儿，会对她怎么说呢？他会多么气愤，又会觉得多么好笑啊！哎！又来了——一下子又想到了他。总是首先想到他！我又抓住了自己的弱点！弗兰克·邱吉尔总要时不时地往我脑子里钻！”

这些念头从她脑际很快闪过，等埃尔顿夫妇告辞忙乱了一阵之后，伍德豪斯先生安静下来准备说话的时候，爱玛总算能够静心听他说了。

“哎，亲爱的，”做父亲的从容不迫地说，“我们以前从没见过她，看样子是个非常漂亮的年轻太太。我看她很喜欢你。她说话有点太

① 意大利语：亲爱的丈夫。

快，声音一急促，就有点刺耳朵。可是，我恐怕也太挑剔了，不喜欢听陌生人的声音，谁说话也没有你和可怜的泰勒小姐好听。不过，她似乎是个非常热情、非常端庄的年轻女士，肯定会成为埃尔顿先生的好太太。但是依我看，他还是不结婚为好。这次办喜事，我没去向他和埃尔顿太太道喜，我已经表示了真诚的歉意，说夏天一定会去。不过我早该去了，不去向新娘道喜总是不大妥当。唉！从这事就可以看出，我可怜巴巴的身体有多不好！可我真不喜欢牧师住宅巷的那个拐角。”

“我敢说，爸爸，他们相信你的道歉是真诚的。埃尔顿先生是了解你的。”

“是呀。可是，对于一位年轻女士——一位新娘——只要有可能，我还是应该去恭贺一番的。不去是很失礼的。”

“爸爸，你一向不赞成女人出嫁，怎么会急于去恭贺一个新娘呢？你总不见得会觉得这是什么好事吧。你要是搞得很认真，岂不是鼓励人家结婚。”

“不，亲爱的，我从没鼓励任何人结婚，可我总希望对女士要有适当的礼貌——特别是对新娘，更是怠慢不得。对新娘一定要礼貌周到才行。你知道，亲爱的，不管跟你在一起的还有些什么人，新娘总是第一位的。”

“哦，爸爸，如果这还算不上鼓励别人结婚的话，我真不知道什么是鼓励了。我没想到你也会鼓励可怜的年轻小姐想入非非啊。”

“亲爱的，你误解了我的意思。这只是一般的礼貌问题，教养有素的表现，根本谈不上鼓励别人结婚。”

爱玛闭口不语了。做父亲的又有点神经质了，也没法理解爱玛。爱玛又想起了埃尔顿太太的那些气人的话，久久不能释怀。

第十五章

后来了解的情况表明，爱玛用不着改变她对埃尔顿太太的不良印象。她原先的看法非常正确。第二次见面时她觉得埃尔顿太太是这样，以后每次见面时她得到的都是这个印象：自命不凡、自行其是、放肆无知、缺乏教养。她略有几分姿色，稍有几分才艺，但却没有自知之明，以为自己见多识广，能给乡下带来生气，改善一下那里的环境。她还认为自己作霍金斯小姐时就已经很有身份了，那个身份仅次于现在的埃尔顿太太。

谁也不会认为埃尔顿先生跟他妻子有什么不对心思的地方。看起来，他对她不仅感到满意，而且感到骄傲。瞧他那神气，似乎在庆幸自己给海伯里带来了一个宝贝女人，就连伍德豪斯小姐也无法与她相媲美。埃尔顿太太新结识的人里，有的喜欢夸奖别人，有的虽然缺乏眼力，但是见贝茨小姐对她好也跟着效仿，要么就想当然地认为，新娘一定像她自己表白的那样又聪明又和蔼，因而大多数人对她都很满意。于是，对埃尔顿太太的称赞也就理所当然地传扬开了，伍德豪斯小姐也没从中作梗，还是甘愿重复她最初说的那句话，宽怀大度地说她“挺讨人喜欢，衣着挺讲究”。

在有一方面，埃尔顿太太变得甚至比初来时还糟。她对爱玛的态度发生了变化。上次她提出了要亲近的建议，爱玛没怎么理会，她可能生气了，就转而往后退缩，渐渐变得越来越冷淡，越来越疏远。尽管这样的结果没有什么不好，不过她这样做是出于一番恶意，这就势必要使爱玛越发讨厌她。埃尔顿太太——以及埃尔顿先生，对哈丽特很不客气，嘲笑挖苦，冷落怠慢。爱玛心想，这一定会很快治好哈丽特的心病。可是，能激起这种变化的情绪却搞得她俩十分沮丧。毫无疑问，哈丽特可怜巴巴的一片痴情成了他们夫妇俩披肝沥胆的谈话资料，而她爱玛插手了这件事，很可能也被谈论过了，把她描绘得一无是处，搞得埃尔顿先生快慰至极。那夫妇俩当然都讨厌她。他们无话可说的时候，总是动不动就诽谤起伍德豪斯小姐来。他们俩不敢公开对她表示不敬的时候，就会变本加厉地鄙视哈丽特，把气出在她身上。

埃尔顿太太非常喜欢简·费尔法克斯，而且从一开始就如此。她并不是因为跟一位年轻小姐作对，就要笼络另一位年轻小姐，而是从一开始就如此。她还不单是自然而适度地赞美几句——而是在人家并没要求，也未恳请，更无特权的情况下，非要去帮助她，跟她交好。爱玛还没失去她的信任之前，大约是跟她第三次见面的时候，就听她讲了一番侠义心肠的话。

“简·费尔法克斯真迷人啊，伍德豪斯小姐。我完全被她迷住了。人又甜又有趣，那么娴静，像个大家闺秀——还那么多才多艺！说真的，我认为她才华出众。我可以毫不顾忌地说，她的钢琴弹得棒极啦。我懂音乐，可以毫不含糊地这么说。哦！她真是太迷人啦！你会笑话我太冲动——可是说真的，我讲的不是别人，而是简·费尔法克斯。她的处境太令人可怜了！伍德豪斯小姐，我们得努力为她做点事。我们得提携她。她这样的才华不该埋没了。你一定听过两句动人的诗句：

> 多少花儿盛开而无人看见，
> 它们的芳香白白浪费在荒原。①

---

① 英国诗人托马斯·格雷（1716—1771）《墓园挽歌》中的诗句。奥斯丁在《诺桑觉寺》第一章也援引过这两句。

“我们不能让可爱的简·费尔法克斯也应验了这两句诗。”

“我想不会有这种可能性，”爱玛平静地回答，“等你多了解一些费尔法克斯小姐的处境，明白她跟坎贝尔上校夫妇过着怎样的日子，我想你就不会认为她的才能可能被埋没。”

“哦！亲爱的伍德豪斯小姐，她现在这样深居简出，这样默默无闻，完全被埋没了。她在坎贝尔家不管得到多少好处，那好日子显然已经到头啦！我想她也感觉到了。我敢肯定她感觉到了。她羞羞怯怯，沉闷不语，一看就知道，她心里有些气馁。我因此而更喜欢她。说实话，我觉得这是个优点。我就赞成人要羞怯一点——我敢说羞怯的人是不多见的。不过，出身低微的人具有这样的特点，那就格外招人喜爱。哦！说实在的，简·费尔法克斯是个非常可爱的人，我喜欢得无法形容。”

“看来你是非常喜欢她——不过我真不知道，不管是你，还是费尔法克斯小姐在这儿的熟人，或是跟她认识比你更久的人，对她还会有什么别的——”

“亲爱的伍德豪斯小姐，敢作敢为的人是可以大有作为的。你我用不着担心。只要我们作出了榜样，许多人都会想方设法跟着学的，虽然并不是人人都有我们这样的家境。我们都有马车可以去接她，送她回家。我们都有这样的生活派头，不管什么时候，加上一个简·费尔法克斯不会带来丝毫的不便。赖特给我们送上晚饭的时候，我绝不会后悔跟她要多了，搞得简·费尔法克斯吃不完。我脑子里不会冒出这种念头来。我已经过惯了那样的生活，不大可能会产生那样的想法。我持家的最大问题也许恰恰相反，排场搞得太大，花钱太随便。也许以后我要多学学枫园的榜样，虽说按理我不该这样做——因为我们可没有假装有我姐夫萨克林先生那么多的进项。不过我已经下定决心，要提携简·费尔法克斯。我一定常请她上我家来，无论在哪儿要多介绍她与人相识，要多举行些音乐会让她展现一下才能，还要随时留心给她找个合适的职位。我这个人交际广，相信用不了多久，准能给她找个适宜的职位。当然，我姐姐和姐夫来我家的时候，我要特地把她介绍给他们俩。我敢肯定，他们会非常喜欢她的。等她跟他们稍微熟悉一点，她就一点也不会害怕了，因为他们待人接物确实非常和蔼可亲。等他们来了，我真会常常请她来玩，大家出去游玩的时候，说不定有时还可以给她在四轮四座大马车里腾个座位。”

“可怜的简·费尔法克斯！”爱玛心想，“你不该这么倒霉。你在迪克逊先生身上也许打错了主意，可你也不该受到这样的惩罚呀！居然要领受埃尔顿太太的仁慈和呵护！开口一个‘简·费尔法克斯’，闭口一个‘简·费尔法克斯’。天哪！但愿她别到处叫我‘爱玛·伍德豪斯’呀！不过我敢说，这个女人的舌头看来是没有遮拦的！”

爱玛用不着再听她那自我炫耀了——那种只对她一个人的自我炫耀——令人恶心地用“亲爱的伍德豪斯小姐”点缀起来的自我炫耀。过了不久，埃尔顿太太就起了变化，她也得到了安宁——既不用被迫去做埃尔顿太太的亲密朋友，也不用被迫在埃尔顿太太的指导下，去当简·费尔法克斯的积极保护人，而只是跟别人一样，一般地了解一下简感觉怎么样，在想些什么，又做了些什么。

她兴致勃勃地在一旁看着。埃尔顿太太这么关心简，贝茨小姐真是感铭斯切，无以复加。埃尔顿太太是她最可尊敬的人——一个最和蔼可亲、最招人喜欢的女人——既多才多艺，又能纡尊降贵，埃尔顿太太就希望别人这样看她。爱玛唯一感到惊奇的是，简·费尔法克斯居然接受了这种关照，而且好像还能容忍埃尔顿太太。她听说简跟埃尔顿夫妇一起散步，跟埃尔顿夫妇一起坐着，跟埃尔顿夫妇一起度过一天！这太让人吃惊啦！费尔法克斯小姐这么有情趣、这么有自尊心的人，居然能容忍跟牧师家的人来往交朋友，她简直不相信会有这样的事。

“她是个谜，真是个谜呀！”她心想，“偏要一个月又一个月地待在这里，受尽种种艰难困苦！现在又偏要不顾体面地领受埃尔顿太太的关心，聆听她那无聊的絮叨，而不回到一直真挚热烈地爱着她的那些更好的伙伴中去。”

简到海伯里来，原说只待三个月，坎贝尔夫妇去爱尔兰也待三个月。可现在坎贝尔夫妇已答应了女儿的要求，至少住到施洗约翰节①。随即简又收到信，邀请她到他们那儿去。据贝茨小姐说——情况都是她提供的——迪克逊太太写得极其恳切。简只要肯去，车马可以解决，仆人可以派来，还可以找几个朋友——旅行不会有任何困难。但简还是谢绝了。

“她拒绝这次邀请，一定有什么理由，而且是比表面上看来更加充分的理由，”爱玛得出这样的结论，“她一定在做某种忏悔，不是坎贝尔夫妇引起的，就是她自己造成的。有人很担心，很谨慎，态度也很坚决。切不可让她跟迪克逊夫妇住在一起，准是有谁下过这样的命令。可她又何必答应跟埃尔顿夫妇待在一起呢？这是另一个难解的谜。”

有几个人知道她对埃尔顿太太的看法，她向他们说出了她对这个问题的困惑不解，韦斯顿太太便无所顾忌地为简辩护。

“亲爱的爱玛，她在牧师住宅很难说有多么快乐——但总比老待在家里强。她姨妈是个好人，但天天跟她做伴，那一定让人十分厌倦。我们先不要责怪她要去什么地方缺乏情趣，而要先考虑一下她离开的是什么环境。”

“你说得对，韦斯顿太太，”奈特利先生热切地说，“费尔法克斯

① 6月24日，英国4大结账日之一。

小姐跟我们一样，对埃尔顿太太是会作出正确的判断的。她如果可以选择的话，绝不会选择跟她交往。但是（以责备的目光朝爱玛笑笑），别人都不关心她，她只好接受埃尔顿太太的关心啦。”

爱玛觉得韦斯顿太太朝她瞥了一眼，加上听了那番热切的言词心里有所触动。她脸上微微一红，连忙答道：

“依我看，埃尔顿太太的那种关心只会使费尔法克斯小姐感到厌倦，而不会使她感到高兴。我认为，埃尔顿太太的邀请绝不会令她向往。”

“如果那位姨妈非要代外甥女接受埃尔顿太太的好意，”韦斯顿太太说，“从而致使费尔法克斯小姐做出违背本意的事情，那我也不会感到惊讶。可怜的贝茨小姐很可能连逼带催，让外甥女尽量显得亲密些，尽管她在理智上并不想这么做。当然，她倒也很想换一换环境。”

两位女士急于想听奈特利先生再说下去，奈特利先生沉默了一阵以后才说：

“还有一点必须考虑——埃尔顿太太当面对费尔法克斯小姐说话，跟背后说起她是不一样的。‘他’、‘她’、‘您’是人们最常用的几个代词，我们都知道它们之间的差别。我们都有感觉，人与人相互交谈时，除了一般的礼貌之外，还有一个因素在起作用——一个早就存在的因素。你先前不管多么讨厌某一个人，谈话时可不能流露出来。人们的感受是各不相同的。除此之外，按常情来说，你尽可以相信，费尔法克斯小姐在心智和仪态上都胜过埃尔顿太太，埃尔顿太太为此会敬畏她，当面也会表现出应有的恭敬。埃尔顿太太以前可能从未遇见过像简·费尔法克斯这样的女人——不管她怎样自命不凡，都没法不承认自己有些相形见绌，即使心里不承认，行动上也要有所表现。”

“我知道你很欣赏简·费尔法克斯。”爱玛说。她想到了小亨利，心里浮起一种既惊恐又微妙的情感，拿不定主意再说什么是好。

“是的，”奈特利先生答道，“谁都知道我很欣赏她。”

“不过，”爱玛赶忙说道，脸上露出一副诡秘的神情，但马上又顿住了——不管怎么说，最好还是尽早听到那最坏的消息——她急忙继续说道：“不过，或许连你自己也不大清楚欣赏到何种程度。说不定有一天，你的欣赏程度会让你自己也大吃一惊的。”

奈特利先生正在埋头扣他那双厚皮靴上的纽扣，或许是由于费劲的缘故，或许是由于其他原因，他回话时脸都红了：

“哦！是吗？可惜你知道得太晚了。科尔先生六个星期以前就向我透露过了。”

奈特利先生顿住了。爱玛感到韦斯顿太太踩了一下她的脚，心里一下乱了方寸。过了一会，奈特利先生继续说道：

“不过，我可以向你担保，那是绝对不可能的。我敢说，我就是向费尔法克斯小姐求婚，她也不会同意嫁给我的——何况我是绝不会向她求婚的。”

爱玛觉得很有意思，回踩了一下她朋友的脚，随即高兴地嚷了起来：

“你倒一点不自负啊，奈特利先生。我要为你说句公道话。”

奈特利先生似乎没注意听她的，而是在沉思——过了不久，以显然不大高兴的口气说道：

“这么说，你认定我要娶简·费尔法克斯啦。”

“没有，我真没这么想。你经常责备我爱给人家做媒，我哪敢唐突到你身上。我刚才说的话并没有什么意思。人说起这种事来，当然都是说着玩的。哦！说实在话，我一点也不希望你娶简·费尔法克斯，或者任何叫简的人。你要是结了婚，就不会这么安安逸逸地跟我们坐在一起了。”

奈特利先生又陷入了沉思。沉思的结果是：“不，爱玛，我想我对她的欣赏程度永远不会叫我大吃一惊。我向你担保，我对她从没动过那样的念头。”过了一会，又说：“简·费尔法克斯是个非常可爱的姑娘——但就连简·费尔法克斯也不是十全十美。她有个缺点，就是不够坦诚，而男人都喜欢找坦诚的女人做妻子。”

爱玛听说简有个缺点，不由得乐滋滋的。“看来，”她说，“你马上就把科尔先生顶回去啦？”

“是的，马上。他悄悄给我露了个口风，我说他搞误会了。他请我原谅，没再吱声。科尔并不想显得比邻居更聪明、更机灵。”

“在这一点上，亲爱的埃尔顿太太可大不一样了，她就想比天下所有的人都聪明、都机灵啊！我不知道她是怎样议论科尔一家的——管他们叫什么！她又放肆又粗俗，怎么来称呼他们呢？她管你叫奈特利——她能管科尔先生叫什么呢？所以，简·费尔法克斯接受她的邀请，答应跟她在一起，我并不觉得奇怪。韦斯顿太太，我最看重你的意见。我宁可相信费尔法克斯小姐情愿离开贝茨小姐，而不相信费尔法克斯小姐在智力上胜过埃尔顿太太。我不相信埃尔顿太太会承认自己在思想和言行上不如别人。我也不相信她除了受点教养懂点可怜巴巴的规矩之外，还会受什么别的约束。我可以想象，费尔法克斯小姐去她家时，她会没完没了地用赞美、鼓励和款待来侮辱她的客人，还会喋喋不休地细说她那些宏伟的打算，从给她找一个永久性的职位，到带她乘坐四轮四座大马车出去游玩。”

“简·费尔法克斯是个有感情的人，”奈特利先生说，“我不责怪她缺乏感情。我认为她的感情是强烈的——性情也很好，凡事能宽容、忍耐、自制，但却并不坦率。她沉默寡言，我看比以前还要沉默——而我却喜欢性情坦率的人。不——要不是科尔提到我所谓的对她有意思，我脑子里还从未转过这个念头。我每次见到简·费尔法克斯，跟她交谈，总是怀着赞赏和欣快的心情——但除此之外，没有别的想法。”

“我说，韦斯顿太太，”奈特利先生走了以后，爱玛洋洋得意地说，“你现在对奈特利先生娶简·费尔法克斯有什么看法？”

“哦，说真的，亲爱的爱玛，我看他一门心思总想着不爱她，要是到头来终于爱上了她，我是不会感到奇怪的。可别打我呀。”

第十六章

海伯里及其附近一带，凡是跟埃尔顿先生有过交往的人，个个都想为他的婚事表示庆贺，为他们夫妻俩举行宴会和晚会，请帖接二连三地送来，埃尔顿太太不久就欣喜地意识到，他们绝不会有哪一天不要赴宴的。

“我知道是怎么回事了，”她说，“我知道跟你们在一起要过一种什么样的生活。我敢说，完全是花天酒地的日子。我们真像是成了社会名流了。如果乡下的生活就是这样，那倒也没有什么可怕的。我敢说，从下星期一到星期六，我们没有哪一天不要赴约的！即使不像我这么有钱的女人，也用不着犯愁。”

凡是有请，她没有不接受的。她在巴思养成了习惯，觉得参加晚会是自然而然的事，而在枫园住过以后，她又喜欢上了晚宴。见海伯里的人家没有两间客厅，糕点做得很不像样，打牌时也没有冰淇淋招待，她不禁有点吃惊。贝茨太太、佩里太太、戈达德太太等人实在太落后，一点不了解外面的世面，可是她马上就会教给她们怎样来安排一切。到了春天，她要答谢众人的好意，举行一次盛大的宴会——每张牌桌都点上蜡烛，摆上没拆封的新牌——除了原有的仆人以外，还要临时多雇几个人来伺候，在适当的时候，按适当的次序给大家上茶点。

这时候，爱玛也觉得非要在哈特菲尔德为埃尔顿夫妇举行一次宴会不可。他们可不能落在别人后面，否则就会遭到可恶的猜疑，让人觉得你会可鄙地记恨于人。一定得搞一次宴请。爱玛谈了十分钟之后，伍德豪斯先生就觉得没什么不愿意了，只是又像往常一样，提出自己不坐末席，也像往常一样，拿不准由谁代他坐末席。

要请哪些人毋须多费脑筋。除了埃尔顿夫妇以外，还得请上韦斯顿夫妇和奈特利先生。这都是理所当然的——还有一个少不了的是可怜的小哈丽特，一定要请上她凑足八个人。不过，请她时可没表现得那么心甘情愿，等哈丽特恳求别让她去的时候，爱玛出于种种考虑，反倒感到特别高兴。“如果不是万不得已，我宁可不跟他在一起。我看到他和他那可爱、快活的妻子在一起，心里不是滋味。如果伍德豪斯小姐不见怪的话，我宁可待在家里。”如果爱玛觉得有什么正中心意的事，这话就正中她的心意。眼见她的小朋友表现得如此刚毅，她心里感到非常高兴——她知道，哈丽特不愿出去做客，而宁可待在家里，这正是刚毅的表现。现在，她可以邀请她真正想请来凑齐八个人的那个人了，那就是简·费尔法克斯。自从上次跟韦斯顿太太和奈特利先生谈话以来，她比以往任何时候都更觉得对不起简·费尔法克斯。奈特利先生的话总是萦绕在她的心头。他说简·费尔法克斯得不到别人的关心，只好接受埃尔顿太太的关心。

“一点不错，”她心想，“至少对我来说是这么回事，而他指的也正是我——真不像话。我跟她同年——一向都很了解她——本该待她更好一些。她再也不会喜欢我了。我对她冷落得太久了。不过，我以后要比过去多关心她。”

每一份请帖都取得了预期的效果，被请的人全都没有约会，个个都很高兴。然而，就在这次宴会准备工作方兴未艾的时候，却出了一件不凑巧的事。本来早就说定，奈特利家的两个大孩子春天要来陪外公和姨妈住上几个星期，不想他们的爸爸这就提出要送他们来，在哈特菲尔德住上一整天——而这一天偏偏就是举行宴会的那一天。他业务上的事情不容他往后推迟，那父女俩见事情这么不巧，心里很是不安。伍德豪斯先生认为，餐桌上顶多只能坐八个人，否则他的神经就受不了——而现在却冒出一个第九人来——爱玛担心，这第九个人来哈特菲尔德，甚至待不上两天就要遇上一次宴会，叫谁心里都不会高兴。

爱玛尽管难以安慰自己，安慰父亲却有办法多了。她说虽然约翰·奈特利一来就把人数增加到九个，但他总是少言寡语，不会增添多少噪音。她认为，他总板着个脸，又不大愿意说话，让他而不是让他哥哥坐在她对面，这对她真是件倒霉的事。

这件事爱玛觉得倒霉，伍德豪斯先生却觉得是件好事。约翰·奈特利来了，可韦斯顿先生却出乎意料地给叫到了城里，那天就来不了了。他也许晚上能来，但肯定不能来吃饭。伍德豪斯先生松了一口气。爱玛见父亲放宽了心，加上两个小外甥也到了，姐夫听说自己赶得这么巧时又显得那么沉静，她心里的不快也就大致消逝了。

这一天来到了，客人也都准时到齐了。约翰·奈特利先生似乎从一开始就摆出一副和蔼可亲的样子。等吃饭的时候，他没把他哥哥拉到窗口，而是在跟费尔法克斯小姐说话。韦斯顿太太穿着镶花边的衣服，戴着珠宝，打扮得非常漂亮，约翰默默地瞅着她——只想好好地看几眼，回去可以讲给伊莎贝拉听——不过费尔法克斯小姐是个老相识，又是个文静姑娘，可以跟她谈一谈。吃早饭前他带着两个儿子出去散步，回来时遇见过她，恰好天下起了雨。他自然要来几句表示关心的客气话，于是便说：

“我想你今天早上没走远吧，费尔法克斯小姐，不然你一定让雨淋湿了。我们差一点没来得及赶回家。我想你马上就转回去了吧？”

“我只去了邮局，”费尔法克斯小姐说，“雨没下大就回到了家。我每天都要跑一趟。我来到这儿，总是由我去取信。这省掉了麻烦，还可以趁机出去走走。吃早饭前散散步对我有好处。”

“我想在雨里散步可没什么好处吧。”

“那当然，可我出门时根本没下雨。”

约翰·奈特利先生微微一笑，答道：

“这么说，你是想出去走走的，因为我有幸遇见你时，你离开家门还不到六码远。亨利和约翰早就看见雨点了，一会儿雨点就多得让他们数不清了。在人们的一生中，邮局一度是有很大魅力的。等你到了我这个年纪，你就会觉得根本不值得冒雨去取信。”

简脸上微微一红，然后答道：

“我可不敢指望有你这样的处境，亲人都在身边，因此我无法设想，仅仅因为上了年纪，就会使我对信漠不关心。”

“漠不关心！哦！不——我从没承想你会漠不关心。信不是关心不关心的事，一般说来，是招惹麻烦的事。”

“你说的是业务上的信，我说的是表示友情的信。”

“我时常觉得表示友情的信更没有意义，”约翰·奈特利先生冷冷地回道，“你知道，业务上的事还能赚到钱，而友情上的事却赚不到什么钱。”

“啊！你这是在开玩笑。我太了解约翰·奈特利先生了——我敢说，他最懂得友情的价值。信对你来说无足轻重，不像我看得那么重，这我不难相信。不过，所以有这个不同，并不是因为你比我大十岁。不是年龄问题，而是环境不一样。你的亲人总在你身边，而我可能永远不会再有这一天了。因此，除非我活到丝毫感情都没有了，否则即使遇上比今天还要坏的天气，我想我也总要往邮局里跑的。”

“我刚才说你会随着时间的推移、年龄的增长而慢慢起变化，”约翰·奈特利说，“这就是说，时间往往会带来处境的变化。我认为一个因素中包含着另一个因素。一般说来，如果不是天天生活在同一个圈子里，人与人之间的感情就会淡漠下去——不过，我所说的你的变化，不是指这个方面。作为一个老朋友，费尔法克斯小姐，你总会允许我抱有这样的希望：十年以后，你也会像我一样，身边聚集着那么多亲友。”

这话说得很亲切，丝毫没有冒犯的意思。简高兴地说了声“谢谢”，似乎想要一笑置之，但是她脸红了，嘴唇在颤抖，眼里噙着泪水，表明她心里是笑不起来的。这当口，她的注意力让伍德豪斯先生吸引去了。伍德豪斯先生按照他在这种场合的惯例，正在逐个地招呼客人，对女士们尤为客气，最后轮到了简——只见他彬彬有礼地说：

“费尔法克斯小姐，听说你今天早上出去淋了雨，我感到很不安。年轻小姐应该注意保重身体。年轻小姐都是些嫩苗，要保护自己的身体和皮肤。亲爱的，你换了袜子没有？”

“换了，先生，真的换了。非常感谢你对我的亲切关怀。”

“亲爱的费尔法克斯小姐，年轻小姐肯定会受到关怀的。我希望你那好外婆、好姨妈身体都好。她们都是我的老朋友了。我要是身体好一些，就会做一个更好的邻居。我敢说，你今天给我们大增光彩。我女儿和我深知你的好意，能在哈特菲尔德接待你，感到万分荣幸。”

这位心地善良、礼仪周全的老先生这下可以坐下了，心想自己已经尽到了责任，使每位漂亮的女宾都觉得自己受到了欢迎，心里不由得十分欢畅。

这时，简冒雨出去的事传到了埃尔顿太太的耳朵里，于是她对简劝诫开了。

“亲爱的简，我听到的是怎么回事呀？冒雨去邮局啦！跟你说，这可不行啊。你这可怜的姑娘，怎么能做这样的事呢？这说明我不

在，就照顾不了你。”

简很有耐心地对她说，她没有着凉。

“哼！我才不信呢。你真是个可怜的姑娘，都不会自己照顾自己。居然往邮局里跑！韦斯顿太太，你听说过这样的事吗？你我真得好好管管她。”

“我还真想劝说几句呢，”韦斯顿太太以亲切、规劝的口气说道，“费尔法克斯小姐，你可不能冒这样的险啊。你动不动就患重感冒，真要特别小心啊，尤其是在这个季节。我总觉得，春天需要特别小心。宁可晚一两个钟头，甚至晚半天再去取信，也不要冒险再招来咳嗽。难道你不这样觉得吗？是啊，我敢肯定你是很有理智的。看来，你是不会再做这样的事了。”

“哦！她绝不会再做这样的事了，”埃尔顿太太急忙说道，“我们也不会让她再做这样的事了。”她说着意味深长地点了点头。“一定要想个办法，非这样不可。我要跟埃先生说一说。每天上午我们家的信都由一个仆人去取（那是我们家的一个仆人，我忘了他的名字），叫他顺便也问问你的信，给你捎回来。你知道，这会省掉好多麻烦。亲爱的简，我真认为你用不着顾虑，就接受我们提供的这一方便吧。”

“你真太好了，”简说，“可我不能放弃早晨的散步啊。医生嘱咐我尽可能多到户外走走，我总得去个什么地方，邮局就成了目的地。说真的，我以前还没遇见哪个早上天气这么糟呢。”

“亲爱的简，别再说了。这件事已经决定了，就是说（装模作样地笑起来），有的事我可以自己决定，而不必征求我那位当家人同意。你知道，韦斯顿太太，你我发表意见的时候也得小心一点。不过，亲爱的简，我可以自鸣得意地说一句：我的话多多少少还是起作用的。因此，只要不是遇到无法克服的困难，那就可以认为这件事说定了。”

“对不起，”简恳切地说，“我说什么也不会同意这个办法，平白无故地麻烦你们的仆人。如果我不乐意去取信的话，那就叫我外婆的仆人去取，我不在这儿的时候，都是这么办的。”

“哦！亲爱的，帕蒂要做的事太多啦！叫我们的仆人干点事，也是给我们的面子呀。”

简看上去并不打算退让，但她没有回答，而是又跟约翰·奈特利先生说起话来。

“邮局真是个了不起的机构啊！”她说，“办事又准确又迅速！你只要想想有那么多邮件要处理，而且处理得那么好，真让人吃惊啊！”

“的确是很有条理。”

“很少出现什么疏忽或差错！全国各地来来往往的信件成千上万，很少有什么信给投错地方——而真正遗失的，我想一百万封里也找不出一封！再想想各人的笔迹千差万别，有的还写得那么蹩脚，都要一封封地辨认，那就越发令人惊叹！”

“邮局里的人做惯了也就成了行家。他们一开始就得眼明手快，后来经过不断练习，便越发熟练了。如果你需要进一步解释的话，”约翰·奈特利笑了笑，继续说道，“他们干活是拿钱的。这是他们本领大的关键所在。大家出了钱，他们就得好好服务。”

他们又谈起了千差万别的笔迹，发表了一些平常的看法。

“我听人说，”约翰·奈特利说，“一家人的笔迹往往相类似；而由同一个老师教出来的，笔迹自然是相类似的。要不是这个原因，我倒认为这种相似主要局限于女性，因为男孩除了小时候学点书法以外，以后就很少接受训练，胡画乱写地形成了自己的笔迹。我看伊莎贝拉和爱玛的笔迹就很相似，我时常分辨不出来。”

“是的，”他哥哥有些迟疑地说，“是有些相似。我明白你的意思——可是爱玛的笔迹比较刚劲有力。”

“伊莎贝拉和爱玛的笔迹都很娟秀，”伍德豪斯先生说，“一向都很娟秀。可怜的韦斯顿太太也是如此——”说着，冲韦斯顿太太半是叹息，半是微笑。

“我从没看到哪位先生的笔迹比——”爱玛开口说道，也看看韦斯顿太太。可是一见韦斯顿太太在听别人说话，便把话打住了——而这一停顿，倒给了她思索的机会：“现在我该怎样来提起他呢？我不宜当着这些人的面一下子就说出他的名字吧？我是不是要用个拐弯抹角的说法？你在约克郡的那位朋友——约克郡跟你通信的那个人。我想，如果我心里有鬼的话，那就只能这么说。不行，我可以心安理得地把他的名字说出来。我的心情的确是越来越好了，说就说吧。”

韦斯顿太太不在听别人说话了，爱玛便又开口说道：“我所见过的男士当中，就数弗兰克·邱吉尔先生的字写得最好。”

“我可不欣赏他的字，”奈特利先生说，“太小了——没有力量，就像是女人写的。”

两位女士都不同意他那话，都为弗兰克辩护，反对那卑劣的诽谤。“不，绝不是没有力量——字是写得不大，但却很清楚，而且的确很有力。韦斯顿太太身上没带信让大家看看吗？”韦斯顿太太还真没带，她最近刚收到一封信，可是已经回过了，把信收起来了。

“假如我们是在另一间屋里，”爱玛说，“假如我的写字台就在旁边，我肯定能拿出他的一份字样来。我有一封他写的短信。韦斯顿太太，有一天你雇用他给你写过一封信，难道你不记得吗？”

“是他喜欢说雇用他——”

“好了，好了，我是有那封信，吃过饭可以拿出来，让奈特利先生看个究竟。”

“嗨！像弗兰克·邱吉尔先生那样爱献殷勤的年轻人，”奈特利先生冷冷地说，“给伍德豪斯小姐这样的漂亮女士写信，当然要使出最大的本领啦。”

晚宴端上桌了。埃尔顿太太也没等别人跟她说，就做好了准备。伍德豪斯先生还没来得及走过来，请求允许他把她领进餐厅，她便说开了：

“我得先走吗？我真不好意思总走在前面。”

简非要自己去取信，这没有逃过爱玛的注意。事情让爱玛听到了，也看到了，她很想知道简上午冒雨出去是否有什么收获。她猜想有收获。如果不是满怀希望会收到一位很亲近的人的信，简不会那样矢志不移要去的，她一定没有白跑。爱玛觉得她看样子比往常高兴——容光焕发，兴高采烈。

爱玛本想问一问去邮局的情况，以及爱尔兰来的信要多少邮资，话都到了嘴边——但又咽回去了。她已下定决心，但凡能伤害简·费尔法克斯感情的话，她一句也不说。大家跟着另外两位女士走出客厅，一个个臂挽着臂，那亲亲热热的样子，跟两人的美貌和风度十分相宜。

第十七章

女士们吃完饭回到了客厅，爱玛发现简直没法阻止她们分成界线分明的两伙。埃尔顿太太固执己见，又没礼貌，硬是缠住简·费尔法克斯不放，而故意冷落她爱玛。她和韦斯顿太太只好一直待在一起，有时说话聊天，有时沉默不语。埃尔顿太太搞得她们别无选择。即使简叫她安静一会，她马上又会打开话匣。虽然两人大部分时间是在低声耳语，特别是埃尔顿太太声音更低，但是别人仍能听出她们主要在谈些什么：邮局——着凉——取信——还有友情，扯了老半天。后来又说起了一件事，至少是简同样不愿谈的一个话题——问她是否听说有什么适合她的职位，埃尔顿太太自然要表白自己如何为她煞费苦心。

"眼下已经是四月了!"她说,"我真为你着急。眼看就是六月了。"

"可我从没说定非要在六月或别的什么月份——我只想大致等到夏天。"

"你真没听到什么消息吗?"

"我连打听都没打听过。我现在还不想打听。"

"哦!亲爱的,越早打听越好。你不知道找一个称心的活计有多难哪。"

"我不知道!"简摇摇头说,"亲爱的埃尔顿太太,谁能像我这样来考虑这个问题呢?"

"可你见的世面没有我多呀。你是不知道,最好的职位总有好多人抢着要。这种事我在枫园见得可多了。萨克林先生的侄女布雷格太太,找她求职的人就多得不得了。谁都想去她家,因为她常在上流社会活动。教室里还点蜡烛哪!你可以想象那有多好啊!全英国所有的人家中,我最希望你去布雷格太太家。"

"坎贝尔上校夫妇要在仲夏回伦敦,"简说,"我得去陪他们一阵子,他们肯定也希望我去。在那之后,我大概就可以自行安排了。不过,我希望你现在可不要费神去打听。"

"费神!咳,我知道你过虑了。你怕给我添麻烦,可是说实话,亲爱的简,坎贝尔夫妇不见得比我更关心你。过一两天我给帕特里奇太太写封信,叫她仔细留心给找个合适的职位。"

"谢谢,我倒宁愿你别跟她提起这件事。不到时候我不想麻烦任何人。"

"好孩子,时候就快到了。现在是四月,很快就到六月,甚至七月,我们要办的这件事可不容易。你太没经验了,真叫人好笑!你要找的职位,你的朋友们想要给你找的职位,可不是天天都有的,也不是说找就找得到的。我们确确实实要马上开始打听。”

“对不起，太太，我还真没有这个打算。我自己没有打听，也不希望我的朋友们为我打听。等定下时间以后，我才不担心会长期找不到差事呢。城里有些事务所，去找他们总会很快就有结果的——那些营销事务所——倒不全是出卖人身的——而是出卖脑力的。”

“哦！亲爱的，出卖人身！你真把我吓坏了。如果你是在抨击奴隶买卖，那我可要告诉你，萨克林先生是一向主张废除奴隶买卖的①。”

“我不是这个意思，我没想到奴隶买卖，”简答道，“你放心好啦，我想的是家庭教师这个行当。干这一行的人，罪过是大不一样的，但是说到受害人，很难说哪一行的人吃的苦头更大。我只是说，有登广告的事务所，我只要去找他们，肯定会很快找到一个合适的职位。”

“合适的职位！”埃尔顿太太重复了一遍。“是呀，那也许比较适合被你看得很低的你。我知道你有多么谦虚，但是你的朋友却不愿意你随便接受一个职位，一个不起眼的、普普通通的职位，雇用你的人家也不在什么社会圈子里活动，生活又不优裕。”

“你是一片好心，不过我并不在乎这些。我并不想去富人家，跟富人在一起，我只会觉得更难受，跟人家一比，心里越发痛苦。我只想找一个绅士家庭。”

“我了解你，我了解你。你是什么职位都肯接受的，我可要比你挑剔一些，我敢肯定，善良的坎贝尔夫妇一定支持我的看法。你有那么高的天分，应该出入在上层的圈子里。就凭你的音乐知识，你就有资格提出条件，想要几个房间就有几个房间，与主人家想要怎么密切就怎么密切。这就是说——我也拿不准——如果你会弹竖琴的话，我

---

① 1807 年，英国议会通过法案废除奴隶买卖，翌年生效。

敢肯定，你什么都好办。不过，你琴弹得好，歌也唱得好。是呀，即使你不会弹竖琴，我看你真可以随意提出什么条件。你一定得找一个快活、体面、舒适的职位，而且也一定找得到，不然的话，坎贝尔夫妇和我都不会安心的。”

“你尽可以把这样一种职位的快活、体面、舒适列在一起，”简说，“这些当然都是同样重要的。不过，我绝不是说着玩的，我真不希望别人现在就来帮我这个忙。我非常感激你，埃尔顿太太，我感谢关心我的每个人，但我当真希望等到夏天再说。我要在这儿再待两三个月，就像现在这样。”

“你尽管放心，”埃尔顿太太欣快地答道，“我也绝不是说着玩的，我一定要随时留心，还要叫我的朋友随时留心，不要错过任何大好的机会。”

她就这样喋喋不休地说着，直到伍德豪斯先生走进屋来才停住嘴。这时，她的虚荣心又换了个目标，爱玛听见她对简低声耳语道：

“瞧，我这位亲爱的老相好来啦！你想想他多会献殷勤呀，别的男士还没来他就来了！多可爱的人儿。说实话，我太喜欢他了。我赞赏那些奇特有趣的老派礼节，比现代的落落大方更合我的口味，现代的落落大方常常叫我觉得讨厌。不过，这位善良的伍德豪斯老先生，你要是听见他吃饭时对我讲的那番献殷勤的话就好了。哦！跟你说吧，我都在担心我那位 caro sposo 要嫉妒死了。我想我真成了宠儿了，他注意到了我的长裙。你觉得这件衣服怎么样？是塞丽娜挑选的——我觉得挺好看的，但不知道是否装饰过多了。我最讨厌过多的装饰——花里胡哨的叫人害怕。我现在可得搞点装饰，因为人家期望我这样做。你也知道，新娘就得像个新娘，不过我生来就喜欢朴素，穿着朴素比穿着华丽不知要好多少。可我知道，像我这样的人是少数，如今好像没什么人讲究衣着朴素，而都在追求虚饰与华丽。我想把我那件银白色的毛葛料衣服也加上这样的装饰，你觉得会好看吗？”

诸位宾客刚重新聚集在客厅里，韦斯顿先生就来了。他很晚才回家吃晚饭，一吃完便赶到了哈特菲尔德。明眼人早就料到他会来，因而对他的到来并不感到意外——但大家都觉得很高兴。要是在吃饭前看见他，伍德豪斯先生定会感到很遗憾，现在见到他心里却很快活。只有约翰·奈特利先生虽然嘴里不说，心里却很诧异。一个人去伦敦办事奔波了一天，晚上也不肯安安静静地待在家里，却又要往外跑，走上半英里路来到别人家，为的是跟一群男女泡到就寝时间，在寒暄客套和吵吵嚷嚷中过完这一天，这委实让他难以理解。一个人从早晨八点就开始忙碌，现在本该好好歇一歇；本来已经磨了不少嘴皮了，现在可以闭口不语；白天已经接触了不少人，现在本可一个人清静清静！此人居然不在自家的火炉边独自图个清闲，却在夜里冒着四月间雨夹雪的阴冷天跑到别人家！他来了若是能立即把妻子接回家，那倒也情有可原，可他这一来，也许大家会散得更晚，而不是更早。约翰·奈特利惊异地望着他，然后耸耸肩说：“即使是他，我也很难相信会做出这样的事。”

这时候，韦斯顿先生全然不知道自己激起了别人的气愤，而仍然像往常一样兴高采烈。他因为外出了一整天，也就有了夸夸其谈的权利，于是便充分利用这一权利，来讨得众人的欢喜。韦斯顿太太问起他吃晚饭的事，他一一作了回答，让太太尽管放心，她仔细交代仆人的事，仆人一概没有忘记，还把他在外面听到的消息告诉了大家，然后就转入夫妻间的话题，虽然主要是对他太太说的，但他丝毫也不怀疑，屋里的人全都很感兴趣。他交给太太一封信。信是弗兰克写给他太太的，送到了他手里，他擅自拆开了。

“看看吧，看看吧，”他说，“你看了会高兴的。只有几行字——要不了多久。念给爱玛听听。”

两位女士在一起看信。韦斯顿先生笑嘻嘻地坐在一旁，一直在跟她们说话。他把声音压低了一点，但大家都还听得见。

“你瞧，他要来了。我看是个好消息。你怎么看呢？我总跟你说他不久还会来的，对吧？安妮，亲爱的，我不是总跟你这么说，而你不肯相信我吗？你瞧，下星期就到城里了——我敢说，最迟是下星期。因为那邱吉尔太太，要是有什么事要办的话，就像黑先生[1]一样性急，他们说不定明天或星期六就到。至于她的病，当然算不了什么。不过，弗兰克就近在伦敦，让他来一趟再好不过了。他们一来就能待上很长时间，弗兰克会有一半时间跟我们在一起。正合我的心意。哦，是个好消息吧？你看完了吗？爱玛也看完了吧？收起来，收起来。我们另找个时间好好谈谈，现在不行。这件事我对别人只是随便说一声就行了。”

韦斯顿太太这时感到万分欣慰，她的神情和谈吐对此毫不掩饰。她很高兴，知道自己很高兴，也知道自己应该高兴。她的恭贺话说得既热烈又坦率，可是爱玛说得就不那么顺畅了。她多少有点分心，掂量起了自己的心情，想搞清楚自己激动到什么地步。她觉得，自己是相当激动的。

然而，韦斯顿先生心里过于急切，顾不上观察别人，只管自己说话，不让别人说话，听到他太太说的话，倒觉得挺悦耳，马上就走开了，把全屋的人早已听见的消息又述说了一番，让他们也高兴高兴。

幸亏他理所当然地认为人人都很高兴，要不然，他也不会认为伍德豪斯先生或奈特利先生特别开心。韦斯顿太太和爱玛得知了这好消息之后，接下来就应该告诉他们俩，让他们高兴高兴。再接下来，就

---

① 奥斯丁在 1807 年以及《爱玛》本章，先后两次称魔鬼为“黑先生”(the black gentleman)，而这两次都有废除奴隶买卖的背景，从中可以领悟这一称谓的诙谐意趣。

轮到费尔法克斯小姐，可是她眼下跟约翰·奈特利先生谈得正起劲，他凑上去，肯定要打扰人家。后来见埃尔顿太太离得很近，而且正闲着，便跟她扯起了这件事。

第十八章

“我希望不久就能有幸向你介绍我的儿子。”韦斯顿先生说。

埃尔顿太太很愿意把这样一个希望看作是对她的一种特别恭维，于是便喜笑颜开。

“我想你一定听说过一个名叫弗兰克·邱吉尔的人，”韦斯顿先生接着说，“而且知道他是我的儿子，尽管他没有跟我姓。”

“哦！是的，我将很乐意结识他。我敢说埃尔顿先生一定会马上去拜访他。如果他能光临牧师住宅，我们俩都会感到不胜荣幸。”

“你太客气了。我想弗兰克一定会感到万分高兴的。他即使不能再早，下星期也该到伦敦了。我们今天收到一封信，得到了这一消息。今天早上我在路上遇见送信的来，看见了我儿子的笔迹，便把信拆开了——不过，信不是写给我的——是写给韦斯顿太太的。不瞒你说，弗兰克主要是跟她通信。我几乎收不到什么信。”

“这么说，你还真把写给她的信拆开啦！哦！韦斯顿先生——（埃尔顿太太装模作样地笑了起来）我要抗议这种行径。真是个十分危险的先例啊！我求你可别让你的邻居也跟你学。说实在话，我要是也碰上这样的事，那我们已婚妇女可要拿出点厉害来！哦！韦斯顿先生，我简直不敢相信，你居然会干出这种事来！”

“是呀，我们男人都是坏家伙。你得自己小心才是，埃尔顿太太。这封信告诉我们——这是封短信——写得很匆忙，只是告诉我们一声——说他们马上就要到伦敦来，为的是邱吉尔太太的缘故——她整个冬天身体都不好，觉得恩斯库姆对她来说太冷——因此，他们要赶紧往南方跑。”

“谁说不是呀！我想是从约克郡来。恩斯库姆是在约克郡吧？”

“是的，离伦敦大约有一百九十英里。路程相当长啊。”

“是呀，确实相当长。比枫园到伦敦还远六十英里。不过，韦斯顿先生，对于有钱人来说，路程远又算得了什么呢？我姐夫有时候东奔西跑的，你听了准会大吃一惊。你也许不大相信——他和布雷格先生驾着驷马马车，一个星期来回跑了两趟伦敦呢。”

“从恩斯库姆这么远的地方赶来，”韦斯顿先生说，“那麻烦就在于，据我们了解，邱吉尔太太已经有一个星期没能离开沙发了。弗兰克在上封信里说，她抱怨身体太虚弱，每次去暖房都得让弗兰克和他舅舅扶着！你知道，这说明她身体太虚弱了——可现在倒好，她迫不及待地想进城，只打算在路上睡两夜——弗兰克的信上是这么写的。当然，娇弱的女士体质就是特别，埃尔顿太太。这一点你要承认。”

“不，我绝不会承认。我总是站在我们女人这一边。真是这样。我要预先告诉你——在这一点上，我要坚决跟你作对。我总是要维护女人的——跟你说吧，你要是知道塞丽娜觉得在旅馆里过夜是什么滋味，那你对邱吉尔太太千方百计地要避免在旅馆里过夜，就不会感到奇怪了。塞丽娜说她觉得真可怕——我想我已经感染上了一点她的娇气。她每次出去旅行都要带上自己的被单，难得的防范措施。邱吉尔太太是不是也这么做？”

“你放心好了，别的有身份的女士怎么做，邱吉尔太太就会怎么做。在英国，邱吉尔太太绝不会落在任何女士的后面——”

埃尔顿太太急忙打断了他的话：

“哦！韦斯顿先生，你别误会我的意思。塞丽娜可不是什么有身份的女士。可别这样想。”

"她不是吗？那就不能拿她来衡量邱吉尔太太了。邱吉尔太太可是个地地道道的有身份的女士。"

埃尔顿太太心想，她不该这样矢口否认。她绝不想让人家认为，她姐姐不是个有身份的女士。也许她还缺乏勇气，不敢大言不惭。她正想最好怎样把话收回来，只听韦斯顿先生接着说道：

"我不是很喜欢邱吉尔太太，你也许猜得出来——不过，这话只是在我们两人中间说说。她很喜欢弗兰克，因此我也就不想说她的坏话。再说，她现在身体不好。不过，据她自己说，她一直都是那样。我不会对谁都这么说，埃尔顿太太，我不大相信邱吉尔太太真有病。"

"她要是真有病，为什么不去巴思呢，韦斯顿先生？去巴思或克利夫顿[1]？"

"她觉得恩斯库姆太冷了，她受不了。其实，我看她是在恩斯库姆住腻了。她这一次比以前哪一次在那儿住的时间都长，便想换换环境。那地方太偏僻。是个好地方，但是太偏僻。"

"是呀——我敢说，就像枫园一样。什么地方也比不上枫园离大路更远的了。周围是那么一大片农场！你就像是跟一切都隔绝了似的——完全与世隔绝。邱吉尔太太也许没有塞丽娜那样的身体，那样的心情，来欣赏与世隔绝的生活。要么就是缺乏消遣办法，适应不了乡下生活。我总是说，女人的消遣办法越多越好——谢天谢地，我有这么多的消遣办法，没人交往也没有关系。"

"弗兰克二月份在这儿住了两个星期。"

"我记得听人说过。他下次再来的时候，会发现海伯里社交界新添了一员，那就是说，如果我可以自许为新添的一员的话。不过，他也许从没听说天下还有这么个人吧。"

---

① 英国格罗斯特郡布里斯托尔西部的温泉疗养地。

她这话显然是要讨人恭维，因而也不会被人置之不理。韦斯顿先生马上彬彬有礼地大声说道：

“亲爱的太太！除了你自己以外，谁也想象不到会有这样的事。没听说过你！我相信，韦斯顿太太最近写的信里简直没提什么别的人，通篇都是埃尔顿太太。”

韦斯顿先生尽到了责任，可以回过头来谈他的儿子了。

“弗兰克走的时候，”他继续说道，“我们都还拿不准什么时候能再见到他，这就使今天的消息令人格外高兴。这事太出人意料了。其实，我可是一直坚信他不久就会再来的，我相信一定会出现令人可喜的情况——可就是没人相信我。弗兰克和韦斯顿太太都灰心透了。‘我怎么来得了呢？舅舅舅妈怎么会再放我呢？’诸如此类的顾虑——我总觉得会出现对我们有利的情况。你瞧，果然出现了。我以前曾经说过，埃尔顿太太，如果这个月事情不顺心，下个月肯定就会有所补偿。”

“一点不错，韦斯顿先生，千真万确。那话也是我以前对某一位先生常说的。他当时正在求婚，因为事情进展得不顺当，不像他期望的那么快，他便绝望了，说照这样的速度发展，就是到了五月，婚姻之神也不会给我们披上藏红色长袍！① 哦！我费了多少劲才打消了他那些悲观的念头，让他乐观起来！就说马车吧——我们对马车没抱什么希望——有一天早上，我记得他灰心丧气地跑来找我。”

她轻轻咳嗽了起来，话给打断了，韦斯顿先生连忙抓住机会，继续往下说。

“你说起五月。就是在五月，邱吉尔太太不知是听了别人的话，

---

① 英国诗人弥尔顿（1608—1674）所写的长诗《快乐的人》中有这样两句：

　　让婚姻之神常常出现，

　　穿着藏红色长袍，拿着明亮的蜡烛。

还是自己决定的，要到一个比恩斯库姆暖和的地方——说明了，就是要去伦敦。因此，令人可喜的是，弗兰克整个春天会经常来我们这里——春天是人们喜欢出来探亲访友的最好季节：白天几乎最长，天气温和宜人，总是诱人往外跑，绝不会热得让人懒得活动。他上次来的时候，我们想尽量玩得痛快些。可是那阵子多雨潮湿，阴阴郁郁。你也知道，二月里天气总是那样，我们打算干的事连一半都干不成。这一次赶上好时候了，可以玩个痛快。埃尔顿太太，我们拿不准他什么时候能来，无时无刻不在盼望他今天来，明天来，或是随时都会来，这种期盼是不是比他真来了还令人高兴。我想是的。我想这种心情最令人欢欣鼓舞。我希望你会喜欢我儿子，不过别以为他是个天才。大家都认为他是个好青年，但是别以为他是个天才。韦斯顿太太非常喜爱他，你也猜得到，我对此非常高兴。她认为谁也比不上他。”

“你放心好啦，韦斯顿先生，我丝毫也不怀疑我会喜欢他的。我已经听到了那么多称赞弗兰克·邱吉尔先生的话。不过，还可以说句公正话，我也是那种一向自有主见的人，绝不会盲目地受别人的左右。我可以预先告诉你，我发现你儿子怎么样，就会说他怎么样。我可不会奉承人。”

韦斯顿先生在沉思。

“我希望，”他随即说道，“我对可怜的邱吉尔太太没有太苛刻。她要是真病了，我就悔不该错怪了她。不过她的性格有些怪，我说起她来很难抱着应有的宽容。埃尔顿太太，你不会不了解我与这家人的关系，也不会不了解我的遭遇。我们俩私下说一句，这一切都怪她。是她从中挑拨的。要不是因为她，弗兰克的母亲绝不会受到欺侮。邱吉尔先生是有些傲慢，但是同他妻子的傲慢比起来，那就算不了什么。他那是一种文雅的、懒散的、绅士般的傲慢，不会损害任何人，只会搞得自己有点无可奈何，令人厌烦。可是他那位太太，真是傲慢无礼！而让人更不能容忍的是，她并没有什么门第和血统可以炫耀。邱吉尔先生娶她的时候，她是个微不足道的人，勉强算得上绅士的女儿。可是，自从嫁到邱吉尔家以后，便趾高气扬的，比邱吉尔家的人还要自以为了不起。不过，跟你说吧，她只不过是个暴发户。”

“想想看！咳，真叫人来气啊！我最讨厌暴发户。我在枫园的时候，对这种人厌恶透了，因为那附近就有一户这样的人家，硬要装模作样的，可把我姐姐、姐夫气坏了！你一说起邱吉尔太太，我马上就想起了他们。那家人家姓塔普曼，最近才搬来的，明明有许多低下的亲戚，却要摆出好大的架子，还想跟那些名门世家平起平坐呢。他们在韦斯特宅第顶多住了一年半，究竟怎样发的财，谁也不知道。他们是从伯明翰[1]搬来的，你也知道，韦斯顿先生，那不是个能发财的地方。对伯明翰不能抱多大希望。我总说，那名字听起来就不吉利。不过，有关塔普曼家的其他情况就不清楚了，虽说我可以向你担保，还有不少事是令人怀疑的。从他们的神态看得出来，他们觉得自己甚至跟我姐夫萨克林先生不相上下，我姐夫正是他们最近的邻居。这太不像话了。萨克林先生在枫园住了十一年，在他之前还有他父亲——至少我是这么认为的——我几乎可以肯定，老萨克林先生在去世前就买下了这幢宅第。”

他们的谈话被打断了。茶点端来了，韦斯顿先生把要说的话都说完了，马上乘机溜掉了。

用完茶点，韦斯顿夫妇和埃尔顿先生坐下来陪伍德豪斯先生玩牌。其他五个人随他们自己去，爱玛怀疑他们是否能合得来，因为奈特利先生似乎不想交谈，埃尔顿太太就想别人听她说话，而别人又不愿听她的，她觉得心里烦恼，宁可沉闷不语。

---

① 英格兰中部的工业城市，当时发展迅速，但在国会中尚无代表。

倒是约翰·奈特利先生比他哥哥话多。他第二天一大早就要离开，因而马上说道：

“我说，爱玛，我看两个孩子的事我不用多交代了，你收到了你姐姐的信，可以肯定，信里把什么都写得很详细。我要嘱咐的比她的简单得多，而且精神也不大一样。我所要建议的只是：不要宠坏了他们，不要动不动就给他们吃药。”

“我倒希望让你们两个都满意，”爱玛说，“因为我要尽力让他们玩得快活，这对伊莎贝拉来说就足够了；而要快活，就不能恣意娇惯和随意服药。”

“你要是觉得他们烦人，就把他们送回家。”

“那倒很可能。你是这么认为的吗？”

“我是怕他们吵得你父亲受不了——甚至还会成为你的累赘，因为你最近来往的客人比较多，以后说不定还要多。”

“还要多！”

“肯定。你一定感觉到了，最近半年来，你的生活方式发生了很大的变化。”

“变化！不，我还真没感觉到。”

“你的交际活动比以前多得多，这是毫无疑问的。这一次我就亲眼看到了。我来这儿只待一天，你就摆起了宴席！以前什么时候有过这样的事，或者这一类的事？你的邻居越来越多，你跟他们的交往也越来越多。最近你写给伊莎贝拉的每一封信，都谈到刚举行过什么娱乐活动：在科尔先生家吃饭啦，在克朗旅店跳舞啦。单说你跟兰多尔斯的来往，那变化就很大。”

“是呀，”他哥哥连忙说道，“都是兰多尔斯引起的变化。”

“是这样的——依我看，爱玛，兰多尔斯今后的影响也不会比过去小，因此我觉得亨利和约翰可能有时候会妨碍你。如果真是这样的话，我只求你把他们送回家。”

“可别，”奈特利先生大声说道，“不一定非要这么办。把他们送到当维尔，我肯定有空。”

“说实在话，”爱玛嚷了起来，“你这话让我感到好笑！我倒想知道，我举行了这么多聚会，有哪一次你没参加；你又凭什么认为我没有空照顾两个小孩。我的这些令人惊异的聚会——都是些什么聚会呀？在科尔家吃过一次饭——谈起过要开一次舞会，可是一直没开成。我懂得你的意思——（说着朝约翰·奈特利点点头）——你碰巧一下子在这儿遇见这么多朋友，就高兴得不得了，没法让人不注意。可是你呢，（一面转向奈特利先生）你知道我难得哪一次离开哈特菲尔德两个小时，凭什么说我搞那么多的吃喝玩乐，真叫我难以想象。至于我亲爱的小外甥，我得说一句，如果爱玛姨妈没有空照料他们，我看他们跟着奈特利伯伯也不见得会好到哪里，爱玛姨妈离开家一小时，他就要离开家五小时——他即使待在家里，那也是不是埋头看书，就是埋头算账。”

奈特利先生好像竭力想忍住笑。恰在这时，埃尔顿太太跟他说起话来，他也就不费劲地忍住了。

第三卷

第一章

爱玛静下心来稍微想了想，就可以断定她听到弗兰克·邱吉尔先生要来的消息以后，心里是怎么个激动法。她很快就意识到，她担心也好，尴尬也罢，都不是为了她自己，而是为了他。她的情意委实完全消失了，根本不值得考虑。可是他们两人中，弗兰克无疑一直是感情更深一些，这次回来时如果还跟走时一样痴情，那就很难办了。如果分离两个月还不能使他情淡爱弛，那她爱玛就会面临危险和祸害。他们两个都必须谨慎行事。爱玛不打算再卷入感情的纠葛之中，也有责任别去激励他的痴情。

爱玛但愿自己能够阻止他不要明言直语地向她求爱。那样一来，他们目前的交情就要令人十分痛苦地结束了！然而，她又禁不住料想要出点什么事。她觉得好像今年春天一定会出现一场危机，出一件事，一件改变她目前平静安逸状况的大事。

没过多久，虽然比韦斯顿先生料想的要久一些，爱玛就有机会来判断弗兰克·邱吉尔的情感了。恩斯库姆那一家人并没像预想的那样早就来到伦敦，但弗兰克到了伦敦不久就来到海伯里。他骑马走了两个小时，不能再快了。不过，他是从兰多尔斯直奔哈特菲尔德的，因此爱玛可以用她敏锐的目光，迅速断定他心里是怎么想的，她应该怎样对付。他们极其友好地相见了。毫无疑问，弗兰克看见她很高兴。但爱玛几乎立即感觉到，他不像以前那样喜欢她，不像以前那样对她情意绵绵了。爱玛仔细地观察他。他显然不像以前那样痴情了。由于分离的缘故，加之他也许看出爱玛无意于他，因此便自然而然地产生了这种结果，这也是爱玛求之不得的。

弗兰克兴高采烈，跟以前一样爱说爱笑，似乎很喜欢谈论上次来做客的情形，重提一些往事，心里也不是一点不激动。爱玛不是从他的泰然自若中看出他比较淡漠。他并不泰然自若，情绪显然有些激动，心里有些忐忑不安。他虽然很活跃，但是对于这样的活跃他自己也不喜欢。不过，使爱玛对这件事坚定看法的是，他只待了一刻钟，便匆匆赶到海伯里别人家拜访去了。“我来的时候在街上遇见许多老相识——只是停下来问候了一声，不想再多停留——不过，我自以为要是不去拜访，人家会见怪的。尽管我很想在哈特菲尔德多待一会，可是也得赶紧走了。”

爱玛毫不怀疑他不像以前那样情意绵绵了——但是他情绪激动也好，匆匆离去也好，似乎都不是万全之策。她禁不住在想，这意味他担心她会使他旧情复萌，因此为了谨慎起见，他决定不要跟她久待在一起。

十天当中，弗兰克·邱吉尔只来过这么一次。他一次次地希望来，一次次地打算来——但始终没有来成。他舅妈不让他离开。这是他在兰多尔斯亲口说的。如果他说的是真话，如果他真的想来，那就可以断定：邱吉尔太太来到伦敦，并未治好她那任性和神经质的毛病。她真的病了，这是肯定的，弗兰克在兰多尔斯就声称，他对此深信不疑。虽说可能有不少凭空想象的成分，但他回想起来，觉得她的身体无疑比半年前来得虚弱。他认为只要悉心护理，注意用药，她那病没有什么治不好的，甚至也不会不久于人世。不管他父亲怎么怀疑，他都不会跟着说她的病是凭空想象出来的，也不会说她还跟以前一样健壮。

过了不久，看样子伦敦并不是适合她待的地方。她受不了那儿的喧闹，神经始终处于烦躁和苦恼之中。十天之后，她外甥写信到兰多尔斯说，计划改变了。他们马上要到里士满[①]去住。有人向邱吉尔太太推荐了那儿的一位医术高明的著名医生，不然就是她自己想去那儿。他们选了一个适意的地点，租了一所备有家具的房子，心想换个地方对她会大有裨益。

爱玛听说，弗兰克兴高采烈地写到了这一安排，而且感到十分庆幸，他有两个月的时间——因为房子租了五、六两个月，能跟许多好朋友离得这么近。爱玛还听说，他在信中满怀信心地写道，他可以经常同他们在一起，几乎可以想什么时候在一起，就什么时候在一起。

爱玛看出了韦斯顿先生是怎样领会这喜幸的前景的。他认为这样的前景能给他带来满心的喜悦，那根源就在她爱玛。她倒希望事情并非如此。两个月的时间足以证实这一点了。

韦斯顿先生自己满怀喜悦是不容置疑的。他心里乐滋滋的，这正是他求之不得的。现在，弗兰克真要住在他们附近了。对于一个年轻人来说，九英里路算得了什么？骑马只要一个小时，他会经常过来的。在这方面，里士满和伦敦是大为不同的，一个是能天天见到他，一个却永远见不到他。十六英里——不，是十八英里——去曼彻斯特街足有十八英里——可是个不小的障碍。即使他抽得开身，一个来回也得花上一天。他待在伦敦没什么好的，跟住在恩斯库姆差不多，可是里士满距离适中，来往方便，再近一点反而没有这样好！

这次搬家可以马上促成一件好事——克朗旅店的舞会。以前倒没

① 指泰晤士河畔的里士满，在大伦敦西部。

忘记这件事，只是大家很快就意识到没法确定一个日子。然而，现在说什么也要举行了，于是重新开始了种种准备。邱吉尔一家住到里士满以后不久，弗兰克写来一封短信，说他舅妈换了环境觉得好多了，他随时都能来跟他们一起过上一整天，劝他们把日子尽可能定得早一些。

韦斯顿先生的舞会即将成为现实。过不了几天，海伯里的年轻人就可以痛痛快快地玩一场了。

伍德豪斯先生就不准备参加了。一年当中，这个季节对他来说烦恼要少一些。不管干什么，五月总比二月来得好。已经跟贝茨太太说定，那天晚上由她来哈特菲尔德作陪，还向詹姆斯作了必要的吩咐。他满心希望亲爱的爱玛不在家时，亲爱的小亨利和亲爱的小约翰都会相安无事。

第二章

没有出什么不幸的事再来阻碍这次舞会。那一天日渐临近，终于来到了。大家心焦地等了一上午之后，弗兰克·邱吉尔果不其然在宴会前赶到了兰多尔斯，一切都平安无事。

他与爱玛上次见面后没再见过第二次。这一次虽然要在克朗旅店的舞厅里见面，但是要比在大庭广众中的普通相会来得好。韦斯顿先生一再恳求爱玛，等他们到后也能尽快赶到，以便趁客人未到之前，先征求一下她的意见，看看房间布置得是否得体、舒适，话说得十分恳切，爱玛不便推却，只好跟这个青年在一起默默地待了一阵。她去接哈丽特，等坐车来到克朗旅店的时候，兰多尔斯的那伙人恰好比她们早到一步。

弗兰克·邱吉尔似乎已经在等候了，虽然嘴上没怎么说，但是一看眼神就知道，他打算痛痛快快地玩一个晚上。他们一起到各处走走，看看是否一切都安排妥当。过了不久，又来了一辆马车，车上的人也来到他们中间。爱玛刚一听到马车的声音，不由得大吃一惊。“到得太早了！”她刚想嚷叫，却立即发现，那家人家是老朋友，跟她一样，也是特意请来给韦斯顿先生做参谋的。紧跟着又来了一辆马车，是韦斯顿先生的亲戚，也受到同样热诚的恳求，早早地来执行同样的使命。看样子，也许马上会有半数客人赶来查看准备工作。

爱玛意识到，韦斯顿先生并非只相信她一个人的鉴赏力，觉得作为一个有这么多好友和知己的人的好友和知己，并不是最光荣的事。她喜欢他的坦率，但他若是略微少坦率一点，品格就会更高尚一些。普遍与人为善，而不是普遍与人为友，他应该是这样一个人。她就喜欢这样的人。

大家走走看看，还要夸奖一番。后来没事可做了，就在壁炉跟前围成半个圆圈，以各自的口吻说，尽管已是五月了，晚上生个火还是很舒适的，直说到扯起别的话题为止。

爱玛发现，没有请来更多的私人顾问，这并不怪韦斯顿先生。那些人曾在贝茨太太家门口停下车，请姨妈和外甥女坐他们的马车走，可是她们已经说好由埃尔顿夫妇来接。

弗兰克就站在爱玛旁边，但是不沉稳。他有点心神不安，表明心里不自在。他一边东张西望，一边朝门口走去，留心听有没有马车的声音。他不是心急地等待舞会开始，就是害怕老待在她身边。

他们说起了埃尔顿太太。“我想她该快到了，”他说，“我很想见见埃尔顿太太，我常听人说起她。我想她不一会儿就会到的。”

外面传来了马车声。他赶忙往外跑，随即又转回身，说道：

“我忘了，我还不认识她呢。我从没见过埃尔顿夫妇，用不着我去迎接。”

埃尔顿夫妇出现了，大家都露出了笑脸，表达过了礼仪。

"贝茨小姐和费尔法克斯小姐呢！"韦斯顿先生说着向四下望了望。"我们还以为你们会把她们带来呢。"

这不是什么大不了的错误，马上又打发马车去接她们了。爱玛很想知道弗兰克对埃尔顿太太会有什么样的初次印象，对她那精美考究的服装、那笑容可掬的模样有何反应。介绍过后，弗兰克比较注意她，因而很快就有了自己的看法。

不一会工夫，马车就回来了。有人说在下雨。"我要叫他们备几把伞，爸爸，"弗兰克对父亲说，"可不能把贝茨小姐忘了。"说罢转身就走。韦斯顿先生跟在后面，不想被埃尔顿太太拉住了，她要跟他讲讲她对他儿子的看法，让他高兴高兴。她伶牙俐齿地讲得很快，那年轻人虽说走得绝不能算慢，倒还能听到她说的话。

"真是个好帅的小伙子呀，韦斯顿先生。你知道，我曾坦率地告诉过你，我会有自己的看法的。现在我可以高兴地告诉你，我太喜欢他了。你相信我好啦，我从不恭维人。我认为他是个非常英俊的小伙子，言谈举止也是我所欣赏的那一种——真有绅士风度，毫不自大，也不自负。你要知道，我很讨厌自负的年轻人——对他们厌恶极了。枫园容不了这种人。萨克林先生和我对他们一向没有耐心。我们有时候说话可尖刻啦！塞丽娜有些过于温和了，比我们能容忍多了。"

埃尔顿太太夸弗兰克的时候，韦斯顿先生专心致志地听着。可是等她一谈到枫园，他就想起有些女宾刚到，得去迎接一下，便笑嘻嘻地匆匆走开了。

埃尔顿太太转向韦斯顿太太。"我看一定是我们的马车把贝茨小姐和简接来了。我们的马车夫、我们的马速度快极啦！我相信我们的车子比谁家的都快。打发车子去接朋友，真是件乐事呀！我知道你好心提出要去接她们，可是下一次就完全没有必要了。你放心好啦，我

会随时关照她们的。”

贝茨小姐和费尔法克斯小姐由两位男士陪同，走进屋来。埃尔顿太太似乎觉得自己跟韦斯顿太太一样，也有责任迎接她们俩。她的种种手势和动作，像爱玛这样的旁观者一看就明白，可是她说的话，以及别人说的话，却立即淹没在贝茨小姐的滔滔不绝之中。贝茨小姐进来时就在说话，直至在炉前的半圆中坐定好一阵还没说完。开门的时候，只听她说：

“你们真是太好了！根本没有雨。没什么大不了的。我自己倒不在乎。鞋子厚得很。简说——哇！（她一进门就嚷道）哇！真是灯火辉煌啊！太好啦！我敢说，设计得好棒。应有尽有，真想不到。灯光这么亮。简，简，你看——你以前看见过吗？哦！韦斯顿先生，你一定是搞到了阿拉丁的神灯[①]啊。善良的斯托克斯太太都要认不出自己的房间了。我进来的时候看见她了，她就站在门口。‘哦！斯托克斯太太，’我说——可我没工夫再说下去了。”这时，韦斯顿太太过来问候她。“很好，谢谢你，太太。我想你身体挺好吧。我听了很高兴。我还担心你会头痛呢！经常看见你路过，知道你一定有不少麻烦事。听说你身体挺好，我真的很高兴。啊！亲爱的埃尔顿太太，谢谢你的马车！来得正是时候，简和我正准备走呢。一刻也没让马等候。好舒适的马车呀。哦！我敢说，韦斯顿太太，我们得为此感谢你。埃尔顿太太十分亲切地给简写了封信，不然我们就坐你的车了。一天里两次有人提出用车送我们呀！从没见过这么好的邻居。我跟我妈妈说：‘说实在话，妈妈——’谢谢，我妈妈身体非常好，上伍德豪斯先生家去了。我让她带上了披巾——晚上可不暖和呀——她那条新的大披巾——是迪克逊太太的结婚礼物。她太好了，还想到了我妈妈！你知

① 阿拉丁是阿拉伯民间故事集《一千零一夜》中的人物，他想要什么，他的神灯就能给什么。

道，是在韦默斯买的——迪克逊先生挑选的。简说还有另外三条，他们犹豫了一阵。坎贝尔上校喜欢橄榄色的。亲爱的简，你肯定你的鞋子没湿吗？只下了一两滴雨，可我还是很担心。弗兰克·邱吉尔先生真是太——还找了块席子让你踩着走——他太客气了，我一辈子也忘不了。哦！弗兰克·邱吉尔先生，我要告诉你，我妈妈的眼镜后来再也没出过毛病，那个铆钉再也没脱落过。我妈妈时常夸你脾气好，对吧，简？我们不是时常谈起弗兰克·邱吉尔先生吗？啊！伍德豪斯小姐来了。亲爱的伍德豪斯小姐，你好？我很好，谢谢，很好。这是相聚在仙境里呀！多大的变化啊！我知道，不能恭维——（一边得意洋洋地瞅着爱玛）——那样是很鲁莽的——不过，说实在的，伍德豪斯小姐，你看上去真——你看简的头发怎么样？你最有眼力。全是她自己梳的。她梳得多好啊！我想伦敦的理发师也梳不了这么好。啊！我敢说是休斯大夫——还有休斯太太。我要去跟休斯大夫夫妇聊一聊。你好？你好？我很好，谢谢。好快活呀，是吧？亲爱的理查德先生呢？哦！在那儿。别打扰他。跟年轻小姐们聊天要好得多。你好吗，理查德先生？那天我看见你骑着马打城里走过——我敢说，这是奥特维太太！还有善良的奥特维先生，奥特维小姐，卡罗琳小姐。这么多朋友！还有乔治先生和阿瑟先生！你们好？各位都好？我很好，非常感谢。从没这样好过。我是不是听见又来了一辆马车？能是谁呢？可能是尊贵的科尔一家吧。说真的，跟这样的朋友在一块儿，多有意思啊！多旺的火啊！我快热死了。不，谢谢，我不喝咖啡——从不喝咖啡。可以给我来杯茶，先生，过一会儿吧，不着急——哦！送来了。一切都这么棒！”

弗兰克·邱吉尔回到爱玛身边。贝茨小姐一静下来，爱玛就不由自主地听到了埃尔顿太太和费尔法克斯小姐之间的谈话，她们就站在她身后不远的地方。弗兰克在沉思，是否也在听她俩说话，她就说不准了。埃尔顿太太先是对简的衣服和容貌大加恭维，简也悄然得体地接受了她的恭维。随后，埃尔顿太太显然要简也恭维恭维她——便这样说道："你看我的长裙怎么样？你觉得上面的花饰怎么样？赖特给我梳的头好吗？"还问了许多其他的有关问题，简都耐心而客气地作了回答。埃尔顿太太接着又说：

"在一般情况下，谁也不会比我更不讲究衣着了——但是在这样一个场合，人人都拿眼睛盯着我，为了韦斯顿夫妇的体面——我毫不怀疑，他们主要是为了我才举行这个舞会的——我不想显得比别人寒酸。在这屋里，除了我的以外，就见不到还有什么珍珠。听说弗兰克·邱吉尔舞艺高超。我们要瞧瞧我们的风格是否协调。弗兰克·邱吉尔真是个好帅的小伙子。我好喜欢他。"

就在这当儿，弗兰克兴致勃勃地讲话了，爱玛不由得猜想他听到了人家赞美他，不想再听下去。一时间两位女士的说话声给盖没了，后来弗兰克停住了，才又清楚地听见埃尔顿太太的说话声。当时，埃尔顿先生刚来到两位女士身边，他太太嚷道：

"哦！我们躲在这儿，终于让你找到了，是吧？我刚才还对简说，我想你一定迫不及待地找我们呢。"

"简！"弗兰克·邱吉尔重复了一声，脸上露出惊异不快的神情。"这样称呼也太随便了——不过，我想费尔法克斯小姐并不介意吧。"

"你喜欢埃尔顿太太吗？"爱玛小声问道。

"一点也不喜欢。"

"你真忘恩负义。"

"忘恩负义！你这是什么意思？"接着，皱着的眉头舒展开了，脸上露出了笑容。"别，别告诉我——我不想知道你是什么意思。我父亲在哪儿？我们什么时候开始跳舞？"

爱玛简直琢磨不透他。他的心绪似乎很古怪。他走开去找他父亲，可是不一会儿工夫，他又跟韦斯顿夫妇一起回来了。原来，他碰到他们俩时，他们遇到了一个小小的难题，必须跟爱玛说说。韦斯顿太太刚刚想到，这场舞会应该请埃尔顿太太开头，她自己也盼望这样。可是这样又违背了他们的心意，他们本想给爱玛这个殊荣的。爱玛听到这令人啼笑皆非的事情时，表现得很坚忍。

“我们叫谁给她当舞伴好呢？”韦斯顿先生说，“她会觉得弗兰克应该请她跳舞。”

弗兰克赶忙转向爱玛，要她履行以前的诺言。他声称他已有约在先，他父亲露出一副称心如意的神情——这时候，韦斯顿太太似乎就要这位父亲亲自跟埃尔顿太太跳舞，于是他们两个便帮着劝说，那做父亲的很快就被说服了。韦斯顿先生与埃尔顿太太领头，弗兰克·邱吉尔先生与伍德豪斯小姐跟在后面。爱玛虽然一直认为这次舞会是特地为她举行的，但现在不得不屈居埃尔顿太太之后。这样一来，她几乎想要结婚了。

这一次，埃尔顿太太无疑占了上风，虚荣心得到了尽情的满足。虽说她原想先跟弗兰克·邱吉尔跳，但是换了个舞伴并无什么损失。韦斯顿先生也许比他儿子强。爱玛尽管受了点小小的挫折，但是看到跳舞的人排成长得可观的舞队，而且觉得可以非同寻常地快活几个小时，不禁十分高兴，喜笑颜开。而最使她感觉不安的是，奈特利先生没有跳舞。他就站在旁观者当中；其实，他不应该待在那儿，而应该跳舞——不该去跟那些做丈夫的、做父亲的和打惠斯特牌的人混在一起，尽管那几个人在打牌以前还装出对跳舞很感兴趣的样子。奈特利先生看上去有多年轻啊！他待在那伙人中间，也许比待在任何别的地方都显得更出众。他高高的个子，长得又结实又挺拔，待在那些身宽体胖、弯腰曲背的上了年纪的人中间，爱玛觉得准能为人人所瞩目。在那一长列年轻人中，除了她自己的舞伴以外，谁也没法跟他比。他

往前走了几步，可这几步就足以表明，只要他肯尽心跳舞的话，跳起来一定很有绅士风度，而且显现出与生俱来的优雅。爱玛每次触到他的目光，总能引得他嫣然一笑。不过，总的说来，他的神情比较严肃。爱玛希望他能对舞厅喜欢一点，也能对弗兰克·邱吉尔喜欢一点。他似乎常常在注视她。她不能自鸣得意地认为他在琢磨她的跳舞，不过他若是在责怪她的行为，她也不害怕。她和她的舞伴之间没有任何轻佻的举动。他们俩不像是情人，而像是快活、融洽的朋友。弗兰克·邱吉尔不像以前那样思恋她，这是毋庸置疑的。

舞会欢快地进行着。韦斯顿太太费尽心机，不断张罗，终于没有白费，看来人人都很快活。本来舞会不结束难得会有人说好的，但这次从一开始，大家就一再夸奖这是一场令人愉快的舞会。跟平常的舞会比起来，这次舞会也没出现更多重要的、值得记载的事情。不过，有一件事爱玛比较看重。夜宵前的最后两曲舞开始了，哈丽特却没有舞伴，年轻小姐中只有她一人干坐着。迄今为止，跳舞的人一直是男女人数相等，要找到一个闲着的人那才怪呢！但是，一看见埃尔顿先生在悠闲地走来走去，爱玛也就不那么见怪了。只要能避免，他是不会邀请哈丽特跳舞的。爱玛知道他不会——她料想他随时都会溜进牌室里。

然而他并不想溜，却来到旁观者较多的地方，跟这个说说话，在那个面前走走，仿佛要显显他的自由自在，而且决心自由自在下去。他有时候难免走到史密斯小姐跟前，或者跟她身边的人聊上几句。爱玛都看见了。她还没有跳舞，正从舞队的末尾往前走，因此有空四下张望，只把头稍微一转，就能把这一切全都看在眼里。她走到舞队当中的地方，那伙人恰好都在她后面，她也就不再去张望了。不过埃尔顿先生离她很近，他和韦斯顿太太之间的谈话，她一字一句都听得清清楚楚。她还发现，就在她前面的埃尔顿太太这时不仅也在听，而且还在使眼色鼓励丈夫。心地善良、和蔼可亲的韦斯顿太太已离开座位，走到埃尔顿先生跟前，说："埃尔顿先生，你不跳舞吗？"埃尔顿先生赶忙回答说："韦斯顿太太，如果你肯跟我跳，我很乐意奉陪。"

"我！哦！不——我给你找一个比我好的舞伴。我可不会跳。"

"如果吉尔伯特太太想跳的话，"埃尔顿先生说，"我一定非常乐意——虽说我开始感觉自己是个结过婚的老家伙了，跳舞的日子已经一去不复返了，可是不管什么时候，能跟吉尔伯特太太这样的老朋友跳舞，我会感到不胜荣幸的。"

"吉尔伯特太太不想跳舞，倒是有一位年轻小姐没有舞伴，我很愿意看着她跳舞——就是史密斯小姐。"

"史密斯小姐！哦！我没注意。你真是太好了——我要不是个结过婚的老家伙——不过，我跳舞的日子已经一去不复返了，韦斯顿太太。请原谅我。换了别的事，我都会欣然从命——可我跳舞的日子一去不复返了。"

韦斯顿太太没再说什么。爱玛可以想象，她回到自己座位上的时候，一定感到十分惊异，没有脸面。这就是埃尔顿先生啊！那个和蔼可亲、温文尔雅的埃尔顿先生。她又朝四下望了望，只见埃尔顿先生走到奈特利先生跟前，准备跟他好好谈一谈，一边又喜滋滋地跟他太太对笑着。

爱玛不想再看下去了。她心里热辣辣的，害怕自己的脸也发起烧来。

过了不久，她见到了一个令人高兴的情景：奈特利先生领着哈丽特朝舞队走去！在这当儿，她从来没有这么惊奇过，也很少这么高兴过。她满怀喜悦和感激之情，既为了哈丽特，也为了她自己，真想向奈特利先生表示感谢。虽然离得太远，没法说话，可是一触到他的目光，她的神情充分表达了她的心意。

结果正如她所料，奈特利先生的舞跳得极其出色。要不是刚才出现了那么糟糕的情况，要不是哈丽特那喜笑颜开的样子表明她极其开心，深感荣幸，那她还真会像是很幸运呢。她对此并不是毫无反应，她跳得比往常更起劲，快步旋到了舞池中间，而且一直笑容满面。

埃尔顿先生又躲进牌室去了，爱玛觉得他的样子很可笑。在她看来，他虽然越来越像他太太，但他不像他太太那么冷酷无情。他那位太太对她的舞伴大声说出了自己的心情：

"奈特利对可怜的小史密斯怜悯起来了！我敢说，真厚道啊。"

宣布吃夜宵了。大家开始动作了。从这时起，你能听到贝茨小姐又滔滔不绝地絮叨起来，直至她在餐桌前坐下，拿起汤匙为止。

"简，简，我亲爱的简，你在哪儿呀？这是你的披肩。韦斯顿太太要你披上披肩。她说走廊里恐怕有风，尽管采取了各种措施——有一扇门给钉上了——还用了不少席子——亲爱的简，你真得披上披肩。邱吉尔先生，哦！你真是太好了！你给她披上了！多让人高兴啊！舞也跳得棒极了！是呀，亲爱的，我是跑回家去了，我说过的，把外婆送上床，再跑回来，谁也没发现。就像我告诉你的，我没说一声就走了。外婆挺好，一晚上跟伍德豪斯先生过得好快活，说了好多话，还下了十五子棋。她走之前楼下准备了茶点，有饼干、烤苹果，还有酒。她有几次掷骰子运气好极了。她还问了好多你的情况：玩得高兴不高兴，都有哪些舞伴。'哦！'我说，'我不会抢在简之前告诉你的。我走的时候她在跟乔治·奥特维先生跳舞。明天，她一定愿意一五一十地告诉你的。她的第一个舞伴是埃尔顿先生，我不知道谁会请她跳下一轮，也许是威廉·考克斯先生吧。'亲爱的先生，你太好了。有谁你不肯扶的呀？我还不是走不动。先生，你太好了。真是一手扶着简，一手扶着我。等一等，等一等，我们退后一点，让埃尔顿太太先走。亲爱的埃尔顿太太，她看上去多高雅呀！多美的花边呀！现在，我们都跟在她后面。真是今晚的皇后啊！注意，到走廊了。有两级台阶，简，当心这两级台阶。哦！不，只有一级。啊，我听说是两级。多么奇怪呀！我还以为是两级，原来只有一级。我从没见过这么舒适、这么气派的——到处是蜡烛。我刚才跟你讲起你外婆，简。有一件小事不是很如意。你知道，烤苹果和饼干其实是很好的，但是先端上来的是一盘鲜美的杂碎炖芦笋，好心的伍德豪斯先生认为芦笋没煮烂，叫人原样不动地端了回去。外婆最爱吃这杂碎炖芦笋——因此她感到很失望。不过我们都说定了，不对任何人提起这件事，怕传到亲爱的伍德豪斯小姐的耳朵里，让她过意不去！嗬，真是灯火辉煌啊！我都惊呆了！真想象不到啊！这么讲究、这么豪华！我从没见过这样的场面——喂，我们坐哪儿呢？我们坐哪儿呢？坐哪儿都行，只要简吹不到风。我坐哪儿没关系。哦！你说坐这边吗？嗯，我敢肯定，邱吉尔先生——只是看来太好了——不过随你便。在这屋里，有你指挥错不了。亲爱的简，这么多的菜，我们怎么向外婆说得出一半呀？还有汤！天哪！我不该这么早就吃东西，可是闻起来香极了，我忍不住要吃了。”

直到吃完夜宵，爱玛才有机会跟奈特利先生说上话。不过，等大家又回到舞厅时，爱玛使了个眼色，请他到她跟前，好向他道谢，让他无法抗拒。他猛烈地谴责了埃尔顿先生的行为，真是粗暴，简直不可饶恕。埃尔顿太太的神态也受到了应有的批评。

“他们不仅仅是想伤害哈丽特，”奈特利先生说，“爱玛，他们干吗要跟你作对呢？”

他以敏锐的目光，笑吟吟地看着爱玛。见爱玛没有回答，便接着说道：“我想，不管埃尔顿先生怎么样，她埃尔顿太太不该生你的气呀。人家有个猜疑，你当然是什么也不说啦。不过说实话吧，爱玛，你确实曾经想要他娶哈丽特。”

“是的，”爱玛答道，“因此他们不肯原谅我。”

奈特利先生摇摇头，但又露出体谅的微笑，只说道：

“我不责怪你，让你自己去琢磨吧。”

“你能放心让我自己去琢磨这些爱奉承人的人吗？我生性自负，难道会承认自己做错了吗？”

“不是你的自负生性，而是你的认真精神。如果你的前一种生性把你引入歧途，那你的后一种精神就会为你指明方向。”

“我承认我把埃尔顿先生完全看错了。他有点心胸狭小，你发现了，我却没有。我还一心以为他爱上了哈丽特。那都是一连串的荒唐错误造成的！”

“你既然这样坦诚地承认了错误，我倒要说一句公道话：你给他选的人比他自己选的强。哈丽特·史密斯有一些一流的品质，那是埃尔顿太太完全没有的。一个朴实无华、天真单纯的姑娘——任何一个有头脑、有品位的男人都宁可要她，也不要埃尔顿太太那样的女人。我发现哈丽特比我料想的要健谈。”

爱玛高兴极了。这时韦斯顿先生嚷嚷着催大家再跳舞，打断了他们的谈话。

“来，伍德豪斯小姐，奥特维小姐，费尔法克斯小姐，你们都在干什么呀？来，爱玛，给你的伙伴带个头。个个都懒洋洋的！个个都像睡着了似的！”

“什么时候要我跳，”爱玛说，“我都乐意从命。”

“你准备跟谁跳呢？”奈特利先生问。

爱玛迟疑了一下，随后答道：“你要是邀我的话，就跟你跳。”

“是吗？”奈特利先生说罢，伸出了手。

“当然啦。你已经证明你能跳舞，再说你也知道我们并不是亲兄妹，在一起跳舞没什么不合适的。”

“兄妹！当然不是。”

第三章

跟奈特利先生作过这番简短的交谈之后，爱玛感到非常快活。这是这次舞会留下的美好回忆之一，第二天早上她在草坪上散步时还在尽情地回味。她感到十分高兴，他们在埃尔顿夫妇的问题上完全达成了谅解，对那夫妇俩的看法非常相似，而奈特利先生对哈丽特的称赞，对她的认可，尤其使她感到满意。埃尔顿夫妇的傲慢无礼，昨晚有一阵差一点扫尽她的兴致，后来却导致了令人极其满意的结果。她还期待着另一个美好的结果——治好哈丽特的一片痴情。从离开舞厅前哈丽特说起那件事的神态来看，还是大有希望的。她仿佛突然睁开了眼睛，看清了埃尔顿先生并不是她料想的那种杰出人物。狂热已经过去了，爱玛不必担心再有什么有害的殷勤，惹得她加速脉搏的跳动。她相信埃尔顿夫妇出于恶意，必定还会故意怠慢哈丽特，而哈丽特可能还需要这样的刺激。哈丽特头脑清醒了，弗兰克·邱吉尔没有深深地爱上她，奈特利先生又不想跟她争吵，爱玛觉得今年可以过上一个多么快活的夏天啊！

今天早上她见不到弗兰克·邱吉尔。他告诉过她，他中午要赶回家，因而不能在哈特菲尔德停留。爱玛对此并不感到遗憾。

爱玛把这些事都清理了一遍，考虑了一番，妥善解决之后，便兴高采烈地回到屋里，去照看两个小外甥和他们的外祖父。恰在这时，大铁门打开了，走进来两个人，她怎么也想不到会看见他们两个在一起——弗兰克·邱吉尔搀着哈丽特——确实是哈丽特！爱玛一看就知道，准是出了什么事。哈丽特脸色苍白，神情惊慌，弗兰克在安慰她。铁门离前门不到二十码。不一会工夫，他们三人就进到门厅里，哈丽特立刻倒在一张椅子上，晕了过去。

年轻小姐晕过去，总得救醒过来。事情总得问一问，受惊的缘由总得说个明白。这种事很令人好奇，可是谜底也不会迟迟解不开。过了不久，爱玛就知道了事情的全部经过。

史密斯小姐和戈达德太太学校里另一个也参加了舞会的寄宿生比克顿小姐一道出去散步，沿着去里士满的路往前走。这条路来往的人多，看上去挺安全，可是却让她们受了惊。在海伯里过去大约半英里的地方，路突然转了个弯，两边都是榆树，浓阴遍地，有一大段比较僻静。两位小姐沿这段路走了一阵，突然发现前面不远的地方，就在路边的一大片草地上，有一群吉卜赛人。一个望风的男孩走过来向她们讨钱。比克顿小姐吓坏了，发出一声尖叫，一边呼喊哈丽特跟她一起跑，一边冲上一个陡坡，跳过坡顶的一道小树篱，拼命地奔跑，抄一条近路回到了海伯里。但是，可怜的哈丽特却跟不上她。她跳舞后抽过筋，刚才第一次往坡上奔时，腿又抽筋了，一点也跑不动了——在这种状况下，加上惊恐万分，她只得待在原地不动。

假如两位小姐再勇敢一些，那些游民会如何对待她们，那是很难预料的。但是，眼见这样一个任人攻击的小姐，他们自然不会错过机会。哈丽特马上遭到了五六个孩子的围攻，为首的是一个壮女人和一个大孩子，一伙人全都吵吵嚷嚷，虽然嘴里没有恶言恶语，脸上却是一副凶相。哈丽特越来越害怕，马上答应给他们钱。她拿出钱包，给了他们一个先令，恳求他们别再要了，也别欺负她。这时她能走路了，尽管走得很慢，还是要走开——可是她的惊恐和钱包有着极大的诱惑力，那伙人全都跟着她，或者不如说围着她，还要跟她要钱。

弗兰克·邱吉尔就是在这般景况下遇见她的：哈丽特在哆哆嗦嗦地跟他们讲条件，他们却大喊大叫，蛮横无理。幸亏他在海伯里给耽

搁了一下，才赶上在这紧急关头来解救她。那天早上天气宜人，他不由得想步行，让马在海伯里过去一两英里的另一条路上等他——凑巧头一天晚上他向贝茨小姐借了一把剪刀，忘了还给她，只得送到她家，进去了一会儿，因此比原来打算的迟了一点。由于是步行去的，他都快走到跟前了，那伙人才发现他。原先是那女人和男孩吓得哈丽特害怕，现在却轮到他们自己害怕了。弗兰克把他们吓得胆战心惊，哈丽特紧紧地抓住他，简直连话都说不出来，硬撑着往回走，一到哈特菲尔德精神就垮了。是弗兰克想把她送到哈特菲尔德的，他没想到别的地方。

这就是事情的来龙去脉，有的是弗兰克讲的，有的是哈丽特清醒过来能讲话后讲的。弗兰克见她神志恢复了正常，就不敢再耽搁了。经过这几番耽搁，他连一分钟也不能再延误了。爱玛说她一定告诉戈达德太太哈丽特平安无事，通知奈特利先生附近有一群吉卜赛人，随即又为朋友和自己向弗兰克表示感谢和祝福，弗兰克便带着这感谢和祝福走了。

这真是一场奇遇——一个漂亮的小伙子和一个可爱的姑娘就这样相遇了，即使最冷漠的心灵和最冷静的头脑，也不会不产生一些想法。至少爱玛是这么想的。假如一位语言学家、一位语法家，甚至一位数学家看见了她所看到的情景，目睹了他们俩一起出现，听见了他们述说事情的经过，难道不觉得机遇在促使他们彼此间产生特别的好感吗？一个像她那样富于幻想的人①，该会怎样想入非非、猜测不已啊！何况她的脑子里早已动过这样的念头。

这真是件极不寻常的事！在爱玛的记忆中，当地的年轻小姐从没

① 原文为imaginist，英文中并无此字，显然奥斯丁是指“富于幻想的人”（an imaginative person）。

遇到过类似的事，没有这样的机遇，也没有这样的惊吓。现在，偏偏有这样一个人，在这样一个时刻，遇到这样一件事，而另一个人又恰巧打那地方路过，把她救了出来！确实是极不寻常啊！爱玛知道两人这时处于有利的心理状态，因而更觉得情况如此。弗兰克希望能克制住他对爱玛的爱，而哈丽特则在渐渐打消对埃尔顿先生的一片痴情。看来好像一切都凑到一起了，要促成一桩最美满的好事。这件事不可能不使他们两心相悦。

哈丽特处于半昏迷状态时，爱玛跟弗兰克交谈了几分钟。弗兰克兴致勃勃地谈到哈丽特紧紧抓住他的胳臂，脸上流露出又惊慌、又天真、又热切的神情。后来哈丽特自己讲述了事情的经过以后，他又对比克顿小姐可恶的愚蠢表示愤慨，言词极其激烈。然而，一切只能听其自然，既不用推波，也不必助澜。爱玛不会作出什么举动，也不会透露一点口风。不，她已经尝够了多管闲事的苦头。搞一个计划，一个消极的计划，总不会有什么坏处吧。那只不过是个心愿而已，她绝不会越雷池一步。

爱玛起初决定不让父亲获悉这件事，她知道那会引起他的惊恐不安。但她很快又意识到，要瞒是瞒不住的。不到半小时工夫，这事就传遍了海伯里。那些多嘴多舌的人，特别是年轻人和下层人，对这种事最津津乐道。转眼间，当地的年轻人和仆人全都沉浸在这可怕消息带来的欢乐之中。昨晚的舞会似乎给抛到了脑后，取而代之的是吉卜赛人。可怜的伍德豪斯先生坐在那里直打哆嗦，而且正如爱玛所预料的，非要她们答应以后绝不走过矮树丛，他才方肯罢休。这一天余下的时间里，许多人都来问候史密斯小姐，也来问候他和伍德豪斯小姐（邻居们知道，他就喜欢别人问候），他觉得很是欣慰。他有幸回答说，他们的身体状况都很差——这话虽说并非事实，因为她爱玛身体挺好，哈丽特也不差，但是爱玛并不想插嘴。作为这样一个人的孩子，她的身体状况总是不会好的，尽管她简直没生过什么病。假如做父亲的不给她想出点病来，她也就不会成为新闻人物了。

吉卜赛人并没等待法律的制裁，而是匆匆逃跑了。海伯里的年轻小姐们几乎还没开始惊慌，就又可以平平安安地出去散步了。整个事情很快就被人们淡忘了，只有爱玛和她的小外甥没有忘。这件事还依然盘踞在爱玛的脑海里，亨利和约翰还是每天要她讲哈丽特和吉卜赛人的故事，要是她在哪个细枝末节上讲得跟第一次讲的有一丁点出入，他们就会不依不饶地加以纠正。

第四章

这件事过去后没几天的一个上午，哈丽特拎着一个小包裹来看爱玛，坐下后犹豫了一阵，然后说道：

“伍德豪斯小姐——如果你有空的话——我想跟你讲一件事——算是一种坦白吧——然后嘛，你知道，就算过去了。”

爱玛大为惊讶，但还是求她快说。哈丽特不仅话说得一本正经，神情也一本正经，爱玛便有了思想准备，知道一定有什么不寻常的事。

“在这件事情上，”哈丽特接着说道，“我有责任对你直言不讳，也的确不想瞒你。在某一方面，我幸好完全变了一个人，所以应该让你知道，你也好为之高兴。我不想多说——我以前没有控制住自己的感情，真感到难为情，你也许能谅解我吧。”

“是的，”爱玛说，“我想能谅解。”

“我怎么这么久都在想入非非啊！……”哈丽特激愤地嚷道，“简直像是发疯！现在，我看他丝毫没有什么特别的地方。我不在乎是否看见他——其实比较而言，我宁可不看见他——的确，为了躲开他，让我绕多远都愿意——不过，我一点也不羡慕他妻子。我不像以前那样羡慕她，嫉妒她。她也许是挺迷人的，有诸如此类的优点，可我认为她脾气很坏，让人很讨厌——我一辈子都忘不了她那天晚上的那副神情！不过，你放心好了，伍德豪斯小姐，我不咒她倒霉。不，让他们幸福地生活下去吧，我不会有片刻的痛悔。为了让你相信我说的是实话，我这就毁掉——我早该毁掉的东西——我不该保存的东西——这我心里很清楚（说着脸上泛起了红晕）。不管怎么说，我现在就把它全毁掉——我还特别希望当着你的面毁掉，让你看看我现在有多理智。难道你猜不出这包里是什么吗？"她带着羞涩的神情说道。

"压根儿猜不出。他给过你什么东西吗？"

"没有——那些东西称不上礼物，可是我却把它们当成了宝贝。"

哈丽特把小包递到她跟前，爱玛看到上面写着"最珍贵的宝贝"几个字。她的好奇心给激发起来了。哈丽特把小包打开，爱玛在一旁焦急地瞅着。在多层锡纸里面，是一只漂亮的滕布里奇[①]小盒。哈丽特打开小盒，里面整齐地衬着极其柔软的棉花。可是除了棉花以外，爱玛只看到一小块橡皮膏。

"现在，"哈丽特说，"你一定想起来了。"

"不，我确实想不起来。"

"天哪！我们最后在这屋里见过几次面，其中有一次用过橡皮膏，没想到你居然给忘记了！就在我喉咙痛的前几天——就在约翰·奈特利夫妇俩到来之前——我想就在那天晚上吧。难道你不记得他用你的新铅笔刀割破了手指头，你叫他贴橡皮膏吗？可是你身边没有，知道我有，就叫我给他一块。我就把我的拿出来，给他剪了一块。不想太大了，他便剪小了些，把剩下的那块拿在手里玩了玩，然后才还给

---

① 指英国肯特郡的滕布里奇韦尔斯，那里的手工工人以制作精巧的礼品盒、玩具等而著称。

我。我当时也是瞎胡闹，把它当成了宝贝——于是就把它收起来，也不再用了，而是作为莫大的乐趣，经常拿出来看看。”

“最亲爱的哈丽特！”爱玛嚷道，一边用手捂住脸，忽地跳起来，“你叫我羞愧得无地自容了。记得吗？唉，我这下全记起来了，只是不知道你保存了这个纪念品——我是刚刚知道有这么回事——可我记得他割破了手指，我叫他贴橡皮膏，说我身边没有啊！哦！我的罪过，我的罪过呀！当时我口袋里就有好多呀！我耍的一个无聊的花招！我真该脸红一辈子。好了，”她又坐了下来，“说下去——还有什么？”

“你当时身边真有吗？我还真没想到你会有，你装得好像啊。”

“这么说，你真是为了他把这块橡皮膏收起来了！”爱玛说，她已经从羞愧中解脱出来，只觉得又惊奇又好笑。她心里暗自想道：“天哪！我什么时候会想到把弗兰克·邱吉尔拉着玩的橡皮膏放在棉花里收起来呀！我绝不可能干出这种事。”

“你瞧，”哈丽特又转向那小盒子说，“这儿还有一件更加珍贵的东西，我的意思是说以前更加珍贵，因为这东西原来的确是属于他的，而那橡皮膏却不是。”

爱玛急于要看看那件更珍贵的宝贝。那是一个旧铅笔头，里面却没有笔芯。

“这真是他的，”哈丽特说，“你不记得有一天上午吗？不，你大概不记得了。可是有一天上午——我忘了究竟是哪一天——不过也许是那个晚上以前的星期二或星期三，他想在笔记本里做个记录，免得以后忘掉。那是关于云杉啤酒①的事。奈特利先生在跟他讲怎样酿云杉啤酒，他想把它记下来。可他拿出铅笔的时候，发现只剩一点点笔

① 系用云杉枝叶酿造的一种啤酒。

芯，几下就削光了，不能再用了，于是你又借了一支给他，这个铅笔头就撂在桌上没用了。不过，我两眼一直盯着它，一有敢动手的机会，就把它拿起来，一直保存到现在。”

“我还真记得呢，”爱玛嚷道，“记得一清二楚。是在谈酿啤酒的事。哦！是的——奈特利先生和我都说喜欢那种酒，埃尔顿先生似乎决心也要学着喜欢它。我记得一清二楚。等一等，奈特利先生就站在这儿，对吧？我记得他就站在这儿。”

“啊！我不知道。我记不得了。真奇怪，我记不得了。我记得埃尔顿先生坐在这儿，大约就是我现在坐的地方。”

“好吧，说下去。”

“哦！就这些。我没有别的东西拿给你看了，也没有别的事告诉你了——只是我要把这两样东西都扔到火里，我想让你看着我这么做。”

“我亲爱的哈丽特好可怜啊！你珍藏这些东西真感到快活吗？”

“是呀，谁叫我那么傻的！不过我现在感到非常羞愧，想把它们烧了，也能一股脑地把它们忘掉。你知道，他都结婚了，我真不该保留什么纪念品。我也知道不该——可就是下不了决心扔掉。”

“可是，哈丽特，橡皮膏也要烧掉吗？我对那旧铅笔头没什么好说的，可那橡皮膏或许还有用呢。”

“烧了心里痛快些，”哈丽特答道，“我看了觉得讨厌。什么都得清除掉。去它的吧，谢天谢地！埃尔顿先生的事就此了结了。”

“那么，”爱玛心想，“邱吉尔先生的事什么时候开始呢？”

过了不久，她就有理由相信，这事已经开始了，而且不由得在想，虽说她没有算过命，但那个吉卜赛人说不定会给哈丽特带来好运。在那次受惊后大约两个星期，她们俩进行了一次长谈，而且完全是偶然间谈起的。当时爱玛并不在考虑这件事，因而觉得听到的情况更加可贵。在闲聊中，她只说了一句："我说，哈丽特，不管你什么时候结婚，我都要给你出出主意"——然后就把此事抛到了脑后。沉默了一会之后，只听哈丽特以一本正经的口气说道："我永远也不结婚。"

爱玛抬起头来，立刻明白了是怎么回事。她心里嘀咕了一下，琢磨该不该理会她这话，然后答道：

"永远不结婚！这可是个新的决定。"

"然而却是个我永远不会改变的决定。"

又迟疑了片刻之后："我想不是因为——我想不是为了埃尔顿先生的缘故吧？"

"什么埃尔顿先生！"哈丽特气愤地叫了起来。"哦！不，"——爱玛只听到这么一句，"跟埃尔顿先生毫不相干！"

爱玛接着沉思了好久。她是否应该不再谈下去了？她是否应该不再追问了，装作毫不猜疑的样子？要是那样的话，哈丽特也许会认为她冷漠无情，或者在生她的气；而她要是完全闷声不响的话，那也许只会逼得哈丽特要她听的话太多了。因此她完全打定了主意，不像过去那样毫无保留，那样经常而坦率地谈论希望和机会。她觉得比较明智的做法，是把她想说的话、想知道的事，一次说个清楚、问个明白。开诚布公总是上策。她事前已经想过了，如果哈丽特要她出主意的话，她将把话说到什么地步。要经过头脑的思索尽快作出明断，这对双方都比较稳妥。她打定了主意，便这样说道：

"哈丽特，我不想假装不明白你的意思。你那永不结婚的决心，或者不如说希望，是由这样一个想法产生的，这就是：你可能看中的那个人地位比你高得太多了，因而不会考虑你，对吧？"

"哦！伍德豪斯小姐，请相信我，我不会这样冒昧地认为——我确实没有这样狂妄。不过，怀着任何人尤其是我理所当然会有的那种感激、惊异和崇敬之情，远远地爱慕他——想想他比天下所有的人都好得多，那对我是一桩赏心乐事。”

“我对你一点也不感到惊奇，哈丽特。他帮了你那么个忙，够让你心里热乎乎的了。”

“帮忙！哦！那真是一种难以用言语表达的恩惠！一想起这件事，一想起我当时的心情——眼见着他走过来——那副堂堂的神情——而我以前却那么可怜。这样的变化！顷刻之间发生了这样的变化！从可怜巴巴变成了美滋滋的。”

“这很自然。很自然，也很体面。是的，我想能作这样美好、这样可喜的选择，那是很体面的。可是，这样的选择是否会带来好的结果，那我可不敢说。我劝你不要放任自己的感情，哈丽特。我绝不敢说你的情感得到了回报。想想你这是在干什么。也许你最好还是趁现在做得到的时候，尽早控制住自己的感情。无论如何，不要感情用事做出过分的事来，除非你肯定他喜欢你。要留神观察他。让他的行为作你感情的向导。我现在给你这个告诫，因为我以后不会跟你在这件事上再说什么了。我决心不再干预了。从此以后，我就算是什么都不知道好了。我们不要再提什么人的名字。我们以前完全搞错了，现在要谨慎。毫无疑问，他条件比你好，看来确实会有人竭力反对，加以阻挠。可话又说回来，哈丽特，比这更奇妙的事都发生过，条件更悬殊的人都结合了。不过，你要当心。我希望你不要过于乐观。不过，无论结果如何，你放心好了，你心里对他有意思，说明你有眼力，这将永远受到我的珍重。”

哈丽特一声不吭，带着驯顺的感激之情吻了吻她的手。爱玛深信，她的朋友有这番心意并非坏事。这种心意会提高她的思想，培育她的情操——而且一定会把她从堕落的危险中拯救出来。

第五章

就这样，哈特菲尔德在筹划、期望和默许中迎来了六月。总的说来，这并没给哈特菲尔德带来什么重大变化。埃尔顿夫妇仍在谈论萨克林夫妇的来访，谈论要坐他们的四轮四座大马车。简·费尔法克斯依然住在外婆家。由于坎贝尔夫妇再次推迟了从爱尔兰归来的日期，不在施洗约翰节那天，而推到八月，因此她很可能在这儿再住上整整两个月，只要她至少能挫败埃尔顿太太的帮忙活动，使自己不违反本意匆匆接受一个称心的职位。

奈特利先生出于他自己最清楚的原因，的确早就讨厌弗兰克·邱吉尔了，现在只是越发讨厌他了。他开始怀疑，他追求爱玛是要两面手法。爱玛是他的追逐目标，这看来是毋庸置疑的。种种迹象都表明了这一点：他自己的献殷勤，他父亲的暗示，他继母的小心沉默，全都是一致的；言论也好，行动也罢，不管谨慎还是疏忽，都说明是这么回事。可是，就在许多人认为他倾心于爱玛，而爱玛自己把他跟哈丽特扯在一起的时候，奈特利先生却开始怀疑他想玩弄简·费尔法克斯。他琢磨不透这件事，不过他们之间有些心照不宣的迹象——至少他是这么想的——弗兰克确有爱慕的迹象，他一旦有所察觉，就没法认为那是毫无意义的，不过他也许想要避免犯爱玛犯下的那种想当然的错误。他最初起疑心的时候，她爱玛并不在场。当时，他正和兰多尔斯那家人，还有简，在埃尔顿家吃饭。他发现倾心于伍德豪斯小姐的那个人向费尔法克斯小姐瞅了一眼，而且不止瞅了一眼，这似乎有点出格了。后来他再跟他们俩在一起时，不由得又想起了他先前见到的情景。他免不了又要观察，这种观察，除非像暮色中考柏[1]待在

① 威廉·考柏（1731—1800）：英国诗人，下面一行诗引自他的长诗《任务》中的“冬日黄昏”。

炉前：

我自己创造了我见到的景象。

他因此而越发怀疑弗兰克·邱吉尔和简之间有一种私下的好感，甚至是私下的默契。

有一天晚饭后，他跟往常一样，走到哈特菲尔德，晚上要在那儿度过。爱玛和哈丽特正要出去散步，他便跟她们一道出去了。回来的时候，又遇到一大群人，这群人跟他们三个一样，觉得天好像要下雨了，最好趁早出去散散步。韦斯顿夫妇和他们的儿子，贝茨小姐和她的外甥女，他们也是偶然相遇的。他们全都聚到了一起。等来到哈特菲尔德门口时，爱玛知道她父亲一定会欢迎这些人，便硬要大家进去跟他喝杯茶。兰多尔斯的那伙人立刻同意了。贝茨小姐喋喋不休地唠叨了半天，简直没有什么人听她的，后来她也觉得可以接受亲爱的伍德豪斯小姐的盛情邀请。

大家转身往庭园里走时，佩里先生骑着马过去了。几位男士谈起了他的马。

“顺便问一声，”弗兰克·邱吉尔随即对韦斯顿太太说，“佩里先生打算装配马车的事儿怎么样了？”

韦斯顿太太显得很惊讶，便说：“我还不知道他有过这样的计划呢。”

“怪了，我还是听你说的呢。三个月前你写信给我提到的。”

“我！不可能！”

“真是你说的。我记得清清楚楚。照你的说法，好像马上就要装配。佩里太太告诉过什么人，因为这件事高兴得不得了。那还是她的主意呢，因为她觉得佩里先生风里来雨里去的，怕身体受不了。你现

在该记起来了吧？”

“说实话，在这之前我还从没听说过。”

“从没听说！真的从没听说！天哪！这怎么可能呢？那我一定是做梦梦到的——不过我想一定有这事儿吧——史密斯小姐，看你走路的样子，你像是累了，回到家里就好了。”

“什么？什么？”韦斯顿先生嚷道，“佩里要搞马车？佩里要装配马车吗，弗兰克？他装配得起马车，我很高兴。你是听他自己说的吗？”

“不，爸爸，”儿子笑着答道，“我好像从没听什么人说过。真奇怪呀！我的确记得好几个星期以前，韦斯顿太太写给恩斯库姆的一封信里提到了这件事，谈到了所有这些细节——可是现在她却声称以前压根儿没听说过这件事，那当然就是个梦了。我这个人很会做梦。我不在海伯里的时候，会梦见这儿的每一个人——特别要好的朋友都梦见过以后，就开始梦见佩里夫妇。”

“这事儿还真奇怪，”他父亲说，“你居然会经常梦见你在恩斯库姆不大可能想到的一些人。佩里要装配马车！还是他太太出于对他身体的关心，劝他装配的——我毫不怀疑，总有一天会办到的，只是还早了点。有时候梦也有可能会应验呢！有时候却纯属荒诞无稽！嗯，弗兰克，你的梦确实说明，你不在这儿的时候，心里还想着海伯里。爱玛，我想你也很会做梦吧？”

爱玛没有听见。她已赶在客人前面，匆匆跑去告诉她父亲，让他准备迎接客人，因而没听见韦斯顿先生的话。

“咳，说实话，”贝茨小姐大声说道，她刚才就想要人家听她说话，可惜没人听她的，“如果非要让我在这个问题上说几句话，那就不可否认，弗兰克·邱吉尔先生也许——我不是说他没梦见——我有时候确实也做些最稀奇古怪的梦——不过，要是有人问起我这件事的话，我得承认今年春天他们是有过这么个想法。佩里太太亲口对我妈妈提起过，科尔夫妇跟我们一样，也知道这件事——不过那完全是个秘密，别人都不知道，只酝酿了三天光景。佩里太太急于想让丈夫有辆马车，有天早上兴高采烈地来找我妈，她以为她已经说服了佩里先生。简，难道你不记得我们回到家里外婆就告诉我们了吗？我不记得我们上哪儿去了——很可能是兰多尔斯。是的，我想是兰多尔斯。佩里太太一向特别喜欢我妈妈——我还真不知道有谁不喜欢我妈妈的——她悄悄告诉了我妈妈，当然不反对我妈妈告诉我们，可是不能再外传了。从那天到现在，我从没向哪个熟人说起过。不过，我不敢担保我从没露过口风，因为我知道，我有时会不知不觉地说漏嘴。你们知道我爱说话，非常爱说话，时不时地要冒出一句不该说的话。我不像简，要像她就好了。我敢说，她可从不透露一丁点的事。她哪儿去了？哦！就在后面。我清清楚楚地记得佩里太太来过。真是个奇特的梦啊！”

众人在往大厅里走。奈特利先生比贝茨小姐先瞟了简一眼。他先看见了弗兰克·邱吉尔，觉得他脸上有一种强作镇静或强颜欢笑的困窘神情，随即便不由自主地把目光转到简的脸上。简就走在后面，正在摆弄她的披肩。韦斯顿先生已经走进去了，另外两位先生站在门旁，让简先进。奈特利先生怀疑，弗兰克·邱吉尔决计要引起简的注意——他似乎在目不转睛地盯着她——然而，即使他真想这样做，那也是白费心思——简从他们两人中间走进大厅，对他们哪个也没看一眼。

没有时间再议论、再解释了，那梦只好搁在心里，奈特利先生只好跟众人一起，围着那张新式的大圆桌坐下。这张桌子是爱玛搞到哈特菲尔德的，除了爱玛，谁也没本事把它摆在那儿，并且说服她父亲舍弃那张小折叠桌，而来使用它。四十年来，他一天两餐在那张小折叠桌上吃饭，上面总是摆得满满的。大家高高兴兴地喝完了茶，好像谁也不急于走。

“伍德豪斯小姐，”弗兰克·邱吉尔看了看身后那张他坐着就能够到的桌子，说道，“你外甥把他们那些字母——他们那盒字母拿走了吗？以前就放在这儿。现在哪儿去了？今晚天有点阴沉，不像夏天，倒像冬天。有一天早上，我们玩那些字母玩得很有意思。我想再让你猜猜。”

爱玛很喜欢这主意，于是便拿出盒子，桌上立即摆满了字母，别人似乎谁也不像他们俩这么起劲。他们迅速排出字来让对方猜，或者让其他愿猜的人猜。他们安安静静地玩着游戏，特别中伍德豪斯先生的心意。韦斯顿先生曾偶尔搞过些吵吵闹闹的游戏，往往闹得他心烦意乱。这一次，伍德豪斯先生快活地坐在那里，带着慈爱的伤感，哀叹“可怜的小家伙”都走了，要不就拿起一张放在他跟前的字母卡，满怀深情地说爱玛的字写得多美。

弗兰克·邱吉尔把一个字放在费尔法克斯小姐跟前。她往桌子四周略微扫了一眼，随即便用心琢磨起来。弗兰克坐在爱玛旁边，简坐在他们两人对面——奈特利先生坐的地方可以看见他们三个。他就想仔细察看一番，表面上又装着漫不经心。简猜出了那个字，笑吟吟地把字推开了。如果她想把这个字马上跟别的字混在一起，不让别人看见，她就该看着桌面而不是桌对面，其实这个字没给混起来。哈丽特每见到一个新字都想猜，可是一个也猜不出来，于是拿起这个字，苦苦思索起来。她就坐在奈特利先生旁边，便求他帮忙。那个字是“错”。哈丽特欣喜若狂地说了出来，简顿时脸红了，这就给了这个字一个原来并不明显的意思。奈特利先生将它与梦联系起来，可是又搞不清这究竟是怎么回事。他所喜爱的人的敏感与谨慎都跑到哪儿去了！他担心她与此一定有所牵连。他似乎处处都看到诡诈和伪装。这些字母仅仅是献殷勤和耍花招的手段而已。这本是孩子的游戏，弗兰克·邱吉尔却用来掩饰他那不可告人的把戏。

奈特利先生怀着极大的愤慨继续观察他，同时怀着极大的惊诧和怀疑观察他那两个蒙在鼓里的伙伴。他看到他为爱玛摆了个字母较少的字，带着一副狡黠、假正经的神情让她猜。他见爱玛一下就猜出来了，并且觉得很有趣，不过她又觉得应该指责一下那个字，因为她说了一声："无聊！真丢脸！"他又见弗兰克·邱吉尔瞟了简一眼，只听他说："我把这给她——行吗？"他同样清楚地听到爱玛一边笑，一边竭力表示反对："不，不，你不该给她，真不能给她。"

然而还是给了她。这个爱献殷勤的年轻人想恋爱又无真情，想讨好又不谦恭，马上把这个字交给了费尔法克斯小姐，带着一本正经而又特别客气的神情，请她来琢磨。奈特利先生觉得很好奇，就想知道那是个什么字，便尽可能抓住一切时机，将目光瞅向那个字，不久就发现是"迪克逊"[①]。简·费尔法克斯似乎跟他同时看到了。对于五个如此排列的字母，她自然更容易理解其内在的含义、巧妙的意图。她显然不大高兴，抬起头来见有人在望着她，脸涨得比以往什么时候都红，只说了一句："我不知道还会叫我猜别人的姓氏。"随即，甚至气呼呼地把字母推到一边，看样子像是打定了主意，不管再让她猜什么字，她都不猜。她掉过头去，背对着那些捉弄她的人，面朝着她姨妈。

"啊，一点不错，亲爱的，"简一声不响，她姨妈却大声嚷道，"我本来也想这么说呢。我们真该走了。天色不早了，外婆要等我们了。亲爱的先生，你真太好了。我们真该告辞了。"

---

① 迪克逊：系坎贝尔上校的女婿，爱玛怀疑他有意于简·费尔法克斯。该词的英文有 5 个字母（Dixon）。

简动作迅速，证明她就像她姨妈预料的那样急于回家。她连忙起身，想从桌边走开，无奈好多人都想走，她走不掉了。奈特利先生觉得，他又看见弗兰克急急忙忙地把一组字母[①]推到她跟前，可她连看也不看就一把推开了。随后她就四处找披肩——弗兰克·邱吉尔也在找——天越来越暗，屋里一片混乱。大家是怎么分手的，奈特利先生就不得而知了。

别人走了后，他还待在哈特菲尔德，脑子里尽想着刚才见到的情景。他尽想着这些事，等拿来蜡烛的时候，他作为一个朋友——一个焦急的朋友——不得不——是的，的确不得不——提醒一下爱玛，问她一个问题。他不能眼见她陷入危险的境地，而不设法保护她。他有这个责任。

“请问，爱玛，”他说，“我是否可以问一声：让你和费尔法克斯小姐猜的最后一个字有什么好玩的，又有什么值得气愤的？我看见那个字了，觉得很奇怪，怎么会使你们一个人感到那么有趣，使另一个人感到那么气恼。”

爱玛完全不知如何是好。她还不便把真正的原因告诉他。虽说她心中的猜疑还没有完全打消，但她又为自己泄露了秘密而羞愧不已。

“哦！”她显然十分尴尬，嚷道，“这没什么，只是彼此之间开个玩笑罢了。”

“那玩笑，”奈特利先生一本正经地答道，“似乎只局限于你和邱吉尔先生吧。”

他本希望爱玛再说话，可她却没有说。让她做什么都可以，就是不想说话。奈特利先生满腹狐疑地坐了一会，脑海里闪过种种不祥的念头。干预——徒劳的干预。爱玛的慌张，那直言不讳的亲密关系，

① 据查普曼考证，根据家庭传统，这个字应是 pardon（原谅）。

似乎都表明她已有了意中人。然而，他还是要说话。他对她负有责任，宁可冒险卷入不受欢迎的干预，也不能让她受到损害，宁可遭遇什么不测，也不要在将来后悔自己失职。

“亲爱的爱玛，”他终于恳切地说，“你认为你非常了解我们所谈的那位先生和那位小姐之间的关系吗？”

“你是说弗兰克·邱吉尔先生和费尔法克斯小姐之间吗？哦！是的，非常了解。你为什么要怀疑这一点呢？”

“难道你从来就没觉得他们两个你爱慕我、我爱慕你吗？”

“从来没有，从来没有！”爱玛带着坦率热切的口吻嚷道，“我有生以来压根儿就不曾有过这样的想法。你怎么会这样想呢？”

“我近来觉得看到了他们彼此有意的迹象——一些眉目传情的举动，我想那是不打算让别人知道的。”

“哦！你真让我觉得太好笑了。我感到很高兴，你居然会胡思乱想起来——不过，这可不行——很抱歉，你刚开始尝试就叫我扫了兴——不过，这的确不行。他们两人并没有意思，你放心好了。你所看到的现象是某些特定情况引起的——是一种性质全然不同的情感。这不可能解释清楚。这里面有不少无聊的成分——不过，那可以解释的合理的成分是，世界上没有哪两个人比他们俩更不相亲更不相爱了。这就是说，我相信那女方是这样，我担保那男方也是这样。我敢说那位先生完全无心。”

爱玛说这话时，那自信的口吻使奈特利先生大为震惊，那得意的神气又使他无言以对。她兴致勃勃，还想继续谈下去，听听他如何猜疑的细枝末节，听听他们如何眉目传情，以及她感兴趣的每件事的来龙去脉，不想他的兴致却没她的那么高。他觉得自己帮不上什么忙，情绪受了刺激又不想说话。伍德豪斯先生已经养成了习惯，一年到头几乎天天晚上都要生起火炉，奈特利先生怕待在炉火旁边，给烤得心里也冒起火来，过了不久便匆匆告辞，回去感受当维尔寺的冷清和寂寞。

第六章

海伯里的人们早就期盼萨克林夫妇尽快来访，后来听说他们要到秋天才可能来，不免感到失望。眼下，没有这一类的新鲜事来丰富人们的精神生活了。每天交换新闻时，大家只得再谈起一度和萨克林夫妇来访有关的其他话题，例如邱吉尔太太的最新消息，她的身体状况似乎每天都有个不同的说法，又如韦斯顿太太的景况，她因为一个孩子要出世而感到越发幸福，她的邻居们也为此感到欣喜。

埃尔顿太太大失所望。她本想尽情地乐一乐，好好地炫耀一番，这下全给推迟了。对她的介绍和举荐只好等一等再说，每一个计划中的聚会还只能谈一谈而已。起初她是这样想的，后来再一琢磨，觉得不必什么都要推迟。萨克林夫妇不来，为什么就不能去游一游博克斯山[①]呢？秋天他们来了，还可以跟他们再去一次嘛。于是，大家说定了要去博克斯山。要组织这样一次活动，这早就是尽人皆知的事，甚至还让另一个人动了念头。爱玛从未去过博克斯山，很想看看众人认为值得一看的景物。她跟韦斯顿先生说好，拣一个风和日丽的早晨坐马车去那里。原来择定的人中，只叫两三个人跟他们一起去，不加声张，不搞排场，但要讲究雅致，比起埃尔顿夫妇和萨克林夫妇的吵吵嚷嚷，大张旗鼓，讲吃讲喝，还要大摆野餐，不知要强多少。

他们两人把这事完全谈妥了，后来韦斯顿先生说他向埃尔顿太太提议，既然她姐姐、姐夫来不了，他们两帮人不如合起来一道去，埃

① 英格兰南部风景区，人们尤为喜欢去那里野餐。

尔顿太太满口答应，如果爱玛不反对，那就这么办。爱玛听了不禁有些惊讶，还有点不高兴。爱玛即便反对，也不过是因为极端讨厌埃尔顿太太罢了，韦斯顿先生对此早已十分清楚了，现在也不值得再提出来。要提的话，势必要责怪韦斯顿先生，那样一来就会伤韦斯顿太太的心。因此，她不得不同意一项她本来要千方百计加以避免的安排。她接受这项安排，很可能会有失体面，被人说成甘愿与埃尔顿太太为伍！她满腹委屈，虽然表面上顺从了，心里却在暗暗责备韦斯顿先生心眼太好，做事没有分寸。

"你赞成我的做法，我很高兴，"韦斯顿先生颇感欣慰地说，"不过，我料到你会同意的。这类活动人少了就没有意思。人越多越好。人多才有意思。再说她毕竟是个性情和善的人，不大好把她撇在一边。"

爱玛嘴里没表示反对，心里也没表示同意。

眼下正是六月中旬，天清气朗。埃尔顿太太迫不及待地要定下日期，跟韦斯顿先生商定带鸽肉饼和冷羊肉的事，恰在这时，一匹拉车的马跌跛了腿，把一切搞得捉摸不定了。要用那匹马，也许要过几个星期，也许只要几天，不过准备工作却不能贸然进行了，只好垂头丧气地静等着。埃尔顿太太办法虽多，却不足以应付这样的意外打击。

"这岂不是太让人恼火了吗，奈特利？"她嚷道，"多好的游玩天气呀！这样一次次耽搁，一次次让人扫兴，真令人讨厌。我们怎么办呢？照此下去，这一年眼看过去了还一事无成。跟你说吧，去年还没到这个时候，我们已经从枫园到金斯韦斯顿痛痛快快游玩了一番。"

"你最好去当维尔玩玩，"奈特利先生答道，"去那儿没有马也行。来尝尝我的草莓吧，熟得很快。"

如果奈特利先生开始说的时候还不是很当真，说到后来就不能不当真了，因为他的提议被对方欣喜地抓住不放了。"哦！这再好不过了。”话说得明确，态度也不含糊。当维尔的草莓圃很有名气，这似乎是邀请的一个借口。不过，其实也不必有什么借口，即使卷心菜也可以，这位太太只不过想出去玩玩。她三番五次地答应去——次数多得叫他无法怀疑——她把这看成一种亲密的表示，一种特别的恭维，感到万分得意。

“你尽管放心好啦，”埃尔顿太太说，“我肯定会来。你定个日子，我一定来。你会允许我把简·费尔法克斯也带来吗？”

“我想再请些人跟你相见，”奈特利先生说，“在跟他们说好以前，我没法定下日子。”

“啊！这事儿交给我吧。只要全权委托给我就行了。你知道，我是女主顾呀。这可是我的聚会呀，我要带朋友来。”

“我希望你带埃尔顿来，”奈特利先生说，“可我不想劳驾你去邀请别人。”

“啊！现在你看上去真狡猾。可你想一想：你委托我来办，就不必担心了。我可不是任性的年轻小姐。你要知道，委托结了婚的女人办事是很稳妥的。这是我的聚会，都交给我吧。我来给你邀请客人。”

“不，”奈特利先生平静地答道，“世界上只有一个结了婚的女人，我可以让她随意邀请客人来当维尔，那就是——”

“我想是韦斯顿太太吧。”埃尔顿太太觉得很委屈，打断了他的话。

“不，是奈特利太太——在她没出现之前，我要自己来办这类事情。”

“啊！你真是个怪人！”埃尔顿太太嚷道，发现没有人比她更受器重，不由得很是得意。“你这个人真幽默，想说什么就说什么。真是个幽默家。好吧，我把简带来——简和她姨妈。其他人由你去请。我压根儿不反对跟哈特菲尔德一家人见面。不用顾虑，我知道你跟他们

有交情。”

“只要我能请得到，你肯定会见到他们的。我回家的路上，顺便去看看贝茨小姐。”

“完全没有必要，我天天看见简。不过，随你的便。你知道，奈特利，就是一个上午的活动，非常简单。我要戴一顶大帽子，胳膊上挎着一只小篮子。你瞧，也许就是有粉红色缎带的这一只。要知道，没什么比这更简单了。简也会带这么只篮子。不拘形式，不搞排场——就像吉卜赛人的聚会。我们就在你的园子里逛逛，亲手采草莓，坐在树底下。不管你还要搞什么，都要安排在户外——你知道，桌子要摆在树阴下。一切都要尽量朴实，尽量简单。难道你不这样想吗?”

“不完全这样。我心目中的朴实简单，是把桌子放在餐厅里。先生们、女士们及其仆从，家具要做到朴实简单，我想只有在室内就餐最能显现出来。等你在园子里吃厌了草莓以后，屋子里还有冷肉。”

“好吧——随你的便，只是不要搞得太铺张了。顺便问一声，需不需要我或者我的管家帮助出出主意？请直说吧，奈特利。如果你想让我去跟霍奇斯太太谈谈，或者查看一下什么——”

“我丝毫没有这样的想法，谢谢。”

“好吧——不过，要是有什么困难的话，我的管家可是非常机灵的。”

“我敢担保，我的管家也认为自己非常机灵，不会要别人帮忙。”

“我们要是有头驴子就好了。我们大家最好都骑驴子来——简、贝茨小姐和我——我的 caro sposo 在旁边走着。我真要劝他买头驴子。在乡下生活，我看这是必不可少的，因为让一个女人有那么多消遣办法，总不能叫她一天到晚关在家里，而要让她跑远路，你知道——夏天尘土飞扬，冬天道路泥泞。”

“在当维尔和海伯里之间，你遇不到这样的问题。当维尔小路从来没有尘土，现在完全是干的。不过，你要是愿意，就骑驴子来吧。你可以借科尔太太的。我希望一切都尽量让你满意。”

“你肯定会希望我这样。我的好朋友，我对你的看法是很公道的。尽管你外表上看起来很冷淡，态度显得比较生硬，但我知道你的心最热情不过。我常对埃先生说，你是个不折不扣的幽默家。是呀，请相信我，奈特利，在这项计划中，我完全感受到了你对我的关心。你想到这一招真叫我高兴。”

奈特利先生不愿把桌子摆在树阴下，还有一个理由。他想说服爱玛以及伍德豪斯先生也来参加。他知道，要让他们中的任何一位坐在户外吃饭，势必会把伍德豪斯先生害病了。千万不能假借上午驾车出游，到当维尔玩一两个小时的机会，引得伍德豪斯先生受罪。

伍德豪斯先生受到真挚的邀请。没有什么潜在的恐怖来责怪他的轻信，他确实同意了。他已有两年没去当维尔了。“遇上个风和日丽的上午，我、爱玛以及哈丽特满可以去一趟。我可以跟韦斯顿太太静静地坐着，让两个亲爱的姑娘到花园里去逛逛。我想到了这个季节，人在中午是不会受潮的。我很想再看看那栋老房子，也很乐意见见韦斯顿夫妇和别的邻居。我要和爱玛以及哈丽特在一个风和日丽的上午去一趟，我看这没有什么不可以的。我觉得奈特利先生请我们去真是好极了——非常友好，非常明智——比在外面吃饭明智多了。我可不喜欢在外面吃饭。”

奈特利先生很幸运，每个人都欣然接受了邀请。这请帖到处受到欢迎，看来人人都像埃尔顿太太一样，全都把这项活动看成是对他们自己的特别恭维。爱玛和哈丽特声称，大家一定会玩个痛快。韦斯顿先生则主动承诺，如果可能的话，把弗兰克也叫来参加；以此表示赞同和感激，其实大可不必。这样一来，奈特利先生只得说欢迎他来。

韦斯顿先生便立即写信，摆出种种理由劝他来。

这时候，那匹跛腿马很快就复元了，大家又在乐滋滋地盘算去博克斯山游玩的事了。最后终于说定，先在当维尔玩一天，第二天去博克斯山。看来，天公也挺作美。

在临近施洗约翰节的一个阳光灿烂的中午，伍德豪斯先生安安稳稳地坐上马车去参加这次户外聚会，马车的一扇窗户还拉了下来。他给安顿在寺院一个最舒适的房间里，那是特地为他准备的，生了一上午的火，因此他觉得很高兴，也很自在，便兴致勃勃地谈起为他作的安排，劝说大家都来坐下，不要中暑了。韦斯顿太太似乎是走来的，故意累一累，好始终陪他坐着，等别人应邀或受劝出去玩了，可以耐心地听他说话，随声附和他。

爱玛已有好久没来寺院了，见父亲给安顿得舒舒服服的，觉得挺满意，便高高兴兴地离开了他，到四处看看。她和她一家人对这房子和庭院一向都很感兴趣，她一心就想仔细地观察一下，真切地了解一番，以便唤醒以前的记忆，记错的地方也好纠正过来。

那座房子又大又气派，位置适宜，富有特色，地势较低，也挺隐蔽——花园很大，一直延伸到草场，草场上有一条小溪流过，由于以前不大讲究视野，从寺院几乎看不见那条小溪——那儿还有一排排、一行行茂密的树木，既没有因为赶时髦而破坏掉，也没有因为挥霍无度而糟蹋掉。爱玛看着这一切，想到自己跟目前和未来主人的亲戚关系，不禁感到由衷的骄傲和得意。与哈特菲尔德相比，这座房子来得大些，式样截然不同，地盘铺得很大，格局有些杂乱，好多房间都挺舒适，有一两间比较漂亮。房子恰到好处，而且朴实无华——爱玛对它越来越怀有敬意，觉得住在里面的人家是个从血统到意识都纯正无瑕的地道绅士世家。约翰·奈特利性情上有些缺陷，可伊莎贝拉结下这门亲事却是无可指摘的。她自家的亲属、名声和地位，都不会使那家人脸红。爱玛心里乐滋滋的，一边四处溜达，一边沾沾自喜，直至不得不像别人一样，来到种草莓的地方。大家都聚集在这里，只缺弗兰克·邱吉尔，众人都盼着他随时从里士满赶来。埃尔顿太太用上了她最喜欢的装束，戴着大帽子，挎着篮子，准备带头采草莓，接受草莓，谈论草莓——现在大家心里想的，嘴上谈的，全是草莓，只有草莓。“英国最好的水果——人人都喜爱——总是很有营养。这是最好的草莓圃，最好的品种。自己采才有意思——只有这样吃起来才有滋味。上午无疑是最好的时间——绝不会感到累——哪个品种都挺好——麝香莓比别的不知要好多少——真是无与伦比——别的简直不能吃——麝香莓很少见——大家都喜欢辣椒莓——白木莓味道最好——伦敦的草莓价格——布里斯托尔产得多——枫园——培育——草莓圃什么时候翻整——园丁的意见不一致——没有常规——园丁绝不会放弃自己的做法——鲜美的水果——只是太腻了，不宜多吃——不如樱桃——红醋栗比较清爽——采草莓的唯一缺点是要弯腰——太阳晃眼——累死人——再也受不了啦——得去树阴里坐坐。”

这类话谈了半个小时——中间只被韦斯顿太太打断过一次，她牵挂继子，出来问问他来了没有——她有点放心不下，怕他的马出事。

树阴下还可以找到坐的地方。这一来，爱玛没法不听到埃尔顿太太跟简·费尔法克斯在说话。她们谈的是一个职位，一个非常理想的职位。埃尔顿太太那天早上得到消息，高兴得不得了。不是在萨克林太太家，也不是在布雷格太太家，不过就福气和富贵而言，也仅次于这两家。那是在布雷格太太的表姐家，她是萨克林太太的熟人，在枫园颇有名气。她快活、可爱、高贵，她的背景、势力、职业、地位等，全都是第一流的。埃尔顿太太急于马上定下这件事。她热情满怀，劲头十足，得意洋洋——绝不让她的朋友拒绝，尽管费尔法克斯小姐一再跟她说，她目前还不想做什么事，她还是把以前敦促她快点谋职的理由重复了一遍又一遍。埃尔顿太太坚持要代她写一封表示认可的信，第二天就寄出去。简怎么能受得了这一切，真叫爱玛感到吃惊。简看样子的确有些懊恼，话也说得尖刻起来——最后，她采取了一个在她来说并不寻常的果断行动，建议再走一走。“干吗不散散步呢？奈特利先生不想带我们看看花园——整个花园吗？我想整个都看看。”她的朋友那样执拗，看来真让她受不了啦。

天气很热。大家零零散散地在花园里走着，几乎没有三个人在一起的，溜达了一阵之后，无意中一个接一个地来到一条宽而短的路上，路两旁都是欧椴树，树阴下非常凉爽。这条路在花园外边，与小河平行，似乎是游乐场地的尽头。它并不通向什么地方，顶头只看到一道立着高柱的矮石墙；建造这些高柱，似乎是想让人觉得那是房子的入口，尽管房子并不在那儿。安排这样一个尽头是否得体还值得商榷，但这路本身却是迷人的，周围的景色美不胜收。寺院差不多就坐落在一大片斜坡的脚下，斜坡到了庭院外边，就渐渐地越来越陡，在半英里以外的地方是一道巍峨峭拔的陡坡，坡上林木茂盛，坡下是阿比-米尔农场，地势适宜而隐蔽，前面是草场，小河就在近旁，绕着草场蜿蜒而过。

这儿景色宜人——真令人赏心悦目。英国的青葱草木，英国的农林园艺，英国的宜人景色，在灿烂的阳光的辉映下，毫无令人抑郁之感。

爱玛和韦斯顿先生发现，别人全都聚集在这条路上。她朝路那边望去，一眼就瞧见了奈特利先生和哈丽特。这两人十分显眼，静静地走在最前面。奈特利先生与哈丽特！这是一对奇怪的搭档，可是见他们俩在一起，她又很高兴。曾经有一度，奈特利先生不屑跟哈丽特做伴，见到她就要毫不客气地转身走开。现在，他们似乎谈得很投机。过去也曾有一度，爱玛不愿意看见哈丽特待在一个可能对阿比-

米尔农场产生好感的地点，可现在她不担心了。让她看看那繁茂旖旎的景色，那丰饶的牧场，遍地的羊群，花儿盛开的果园，袅袅上升的炊烟，是不会出什么问题的。她在墙边那儿赶上了他们，发现他们俩只顾说话，并不在观赏周围的景色。奈特利先生在向哈丽特介绍农作物种类方面的知识，见到爱玛时微微一笑，仿佛是说："这都是我所关心的事。我有权利谈论这些事，谁也不会怀疑我在给罗伯特·马丁作媒。"爱玛没有怀疑他。这件事早已成为历史了。罗伯特·马丁可能已经不再想哈丽特了。他们在这条路上又转了几圈。树阴下非常清凉，爱玛觉得这一天就数这段时间最快活。

接下来要到屋里去，大家都得进去用餐。等众人坐下忙碌起来，弗兰克·邱吉尔还是没来。韦斯顿太太望了一次又一次，都是白搭。他父亲不承认自己心神不定，还嘲笑他太太多虑。不过韦斯顿太太说什么也放心不下，一个劲儿地巴望弗兰克不要骑他的黑马。他非常肯定地表示过要来。"我舅妈身体大大好转，我毫无疑问一定能来。"然而，正如许多人提醒的那样，邱吉尔太太的身体很可能突然发生变化，那样一来，自然只能依靠她外甥来照料了，那外甥想来也来不了啦——最后，韦斯顿太太终于给说服了，于是便相信，或者是这么说的：一定是邱吉尔太太犯病了，他来不成了。在琢磨这件事时，爱玛拿眼望着哈丽特，只见她神态自若，没露声色。

用过冷餐之后，大家再一次出去，看看还没看过的景物：寺院的老鱼池。那也许要走到明天就要开割的苜蓿地，至少可以去领受一下先热后凉的乐趣。伍德豪斯先生觉得园子最高的地方没有小河的湿气，便在那儿兜了一小圈，然后就不想再动了。他女儿决意留下来陪他，这样韦斯顿先生可以动员他太太去活动活动，散散心，看来她需要调剂一下精神。

奈特利先生竭尽了全力，要让伍德豪斯先生玩好。他为他的老朋友准备了一本本的版画册，从柜子里拿出一抽屉又一抽屉的纪念章、浮雕宝石、珊瑚、贝壳等家藏珍品，供他消磨一个上午。这番好心完全得到了回报。伍德豪斯先生玩得极其快活。这些东西都是韦斯顿太太拿给他看的，现在他要把它们拿给爱玛看。所幸的是，除了对看到的东西毫无鉴赏力之外，他没有别的地方像个孩子，因为他行动迟缓，呆滞古板，有条不紊。然而，还没等他开始欣赏第二遍，爱玛就走进了门厅，想看一看房子的入口和平面图。她刚一进去，就见简·费尔法克斯匆匆从花园里闯进来，看样子想溜走。她没料到一下子就遇见了伍德豪斯小姐，起先吃了一惊。不过，她要找的也正是伍德豪斯小姐。

"要是有人问起我，"她说，"是否请你说一声我回家去了？我这就走。我姨妈不知道天这么晚了，也不知道我们出来这么久了——不过，我想家里一定在等我们，我非得立刻回去不可。我对谁也没说，说了只会引起麻烦，让人担心。有人去鱼池了，有人去了欧椴路。他们要全回来了，才会想起我。到时候，是否请你说一声我回家了？"

"你有这个要求，当然可以。可你总不见得一个人走回海伯里吧？"

"是一个人走——这对我有什么害处呢？我走得快，二十分钟就到家了。"

"不过，一个人走太远了，实在太远了。让我爸爸的仆人送你去吧。我去叫马车，五分钟就来了。"

"谢谢，谢谢——千万别叫车。我还是走回去。我才不怕一个人走路呢！说不定我马上要去照料别人啦！"

简说得十分激动。爱玛很是动情地答道："那也用不着现在就去冒险啊。我得去叫马车。就连炎热也够危险的。你已经累了。"

"是的，"简答道，"我是累了，但不是累得不行了——一走快就来精神了。伍德豪斯小姐，人有时候都会尝到心烦的滋味。说实话，我心烦透了。你要是真想帮忙，最好不要管我，只在必要的时候说一声我走了。”

爱玛没再阻拦。她全明白了，体谅她的心情，催她快走，怀着朋友的热忱，目送她安然离去。简临别时的神情充满了感激之情——她那告别的话“哦！伍德豪斯小姐，有时候一个人待着真适意！”——似乎是从一颗过分沉重的心里迸发出来的，多少可以看出长期以来她一直在忍耐，甚至对一些最爱她的人也要忍耐。

“这样的家！这样的姨妈！”爱玛回到门厅时，心里在想，“我的确同情你。你越是流露出理所当然的惧怕心理，我越是喜欢你。”

简走了不到一刻钟，那父女俩刚看了威尼斯圣马克广场的几张风景画，弗兰克·邱吉尔便走了进来。爱玛没在想他，也忘了想他——可是见到他却很高兴。韦斯顿太太可以放心了。黑马是无可指责的，把问题归因于邱吉尔太太生病的那些人说对了。弗兰克是让她一时病情加重绊住了。那是一次神经性发作，持续了几个小时——他都完全放弃了要来的念头，直至很晚。他要是早知道一路上骑着马有多么热、赶得那么急还到得那么晚，那他肯定就不会来了。天热得厉害，他从没吃过这样的苦头——简直后悔不该不待在家里——最要他命的就是天热——天再怎么冷，再怎么糟，他都能忍受，可就是受不了热。他坐了下来，尽可能离伍德豪斯先生火炉里的余烬远一些，看上去一副可怜相。

“你静静地坐着，一会儿就凉快了。”爱玛说。

“等我一凉快了，就又得回去了。我真是走不开呀——可是不来又不行啊！我看你们都快走了吧。大家都要散了。我来的时候碰到一位——在这样的天气里真是发疯啊！绝对是发疯！”

爱玛听着看着，马上就意识到，弗兰克·邱吉尔眼下的状况，最好用“情绪不佳”这个富有表现力的字眼来形容。有些人热了就要烦躁，他也许就是这样的体质。爱玛知道，吃喝往往可以治好这种偶然出现的抱怨，于是便劝他吃点东西，说他可以在餐厅找到吃的，样样都很丰盛，还好心地指了指门。

“不——我不要吃。我不饿，吃了只会更热。”然而，刚过两分钟，他对自己发了慈悲，咕哝了一声要喝云杉啤酒，便走开了。爱玛又一心一意关照起父亲来，心想：

“幸好我不爱他了。因为上午天热就闹情绪，我才不喜欢这样的人呢。哈丽特性情温柔随和，她不会在意的。”

弗兰克去了好久，足以痛痛快快地吃上一顿，回来时就好多了——完全冷静下来了，又像往常一样彬彬有礼了——能够拉张椅子坐到他们身边，对他们的活动发生了兴趣，还入情入理地说他不该来晚了。他的心情还不是最好，不过似乎在竭力使之好转，最后终于能令人高兴地说些闲话了。他们一道看着瑞士的风景画。

“等舅妈病一好，我就到国外去，”他说，“这样的地方不去看它几个，我是绝不会甘心的。有朝一日，你们会看到我的素描——读到我的游记——或者我的诗。我要露一手。”

“那倒可能——但不会是瑞士的素描。你绝不会去瑞士。你舅舅、舅妈绝不会让你离开英国。”

“也许可以说服他们也去。医生可能叫舅妈去一个气候温暖的地方。我看我们很可能一起出去。我敢说真有这个可能。今天早上我就深信我不久就要出国了。我应该去旅行。无所事事让我厌烦，我要换个环境。我是当真的，伍德豪斯小姐，不管你瞪着一双敏锐的眼睛在想什么——我对英国已经厌烦了——只要办得到，我明天就想离开。”

“你是过腻了荣华富贵、恣意享乐的生活。难道你不能找几件吃苦的事儿，安心地留下来吗？”

“我过腻了荣华富贵、恣意享乐的生活！你完全想错了。我觉得

自己既没有荣华富贵，也没有恣意享乐。我在物质生活上没一件事是称心的，我根本就不认为自己是个幸运儿。”

“不过，你也不像你刚进来时那么可怜呀。再去吃一点，喝一点，就会没事儿了。再吃一片冷肉，再喝一口兑水马德拉白葡萄酒，你就差不多跟我们大家一样了。”

“不——我不想动。我要坐在你身边。你是我最好的良药。”

“我们明天去博克斯山，你跟我们一块去吧。那不是瑞士，但是对于一个想换换环境的年轻人来说，还是有好处的。你别走了，跟我们一起去吧？”

“不，真不能去。我晚上要趁天凉回去。”

“你可以趁明天早上天凉再来呀。”

“不——那划不来。来了还要上火。”

“那就请你待在里士满吧。”

“可要是那样的话，我就更要上火了。想到你们都去了却撇下我，我可受不了。”

“这些难题由你自己解决。你自己选择上火的程度吧。我不再勉强你了。”

这时其余的人陆续回来了，大家马上都聚到了一起。一看到弗兰克·邱吉尔，有些人兴高采烈，有些人却安之若素。可是听说费尔法克斯小姐走了，大家都感到又惋惜又沮丧。由于已经到了该走的时候，这件事也就到此了结了。最后把明天的活动简要安排了一下，众人便分手了。弗兰克·邱吉尔本来就有点不愿意，现在更不想将自己排斥在外，因此他对爱玛讲的最后一句话是：

“好吧，你要是想让我留下，跟大家一起去，我就照办。”

爱玛笑吟吟地表示欢迎。除非里士满下令招他，否则他不会在明天天黑前赶回去。

第七章

去博克斯山那天，天气非常好，加上在安排、装备、守时等环节上都做得不错，可以确保大家愉愉快快地出游。韦斯顿先生担任总指挥，奔走于哈特菲尔德和牧师住宅之间，稳妥地行使职责，人人都准时赶到。爱玛和哈丽特共一辆车，贝茨小姐、她外甥女与埃尔顿夫妇共一辆车，男士们则骑马。韦斯顿太太与伍德豪斯先生留在家里。真是一切俱备，只须到那儿快快活活地玩了。大家在欢乐的期盼中走完了七英里的路程，刚到目的地，人人都惊叹不已。但是总的说来，这一天还是有所欠缺的。一个个懒洋洋的，既没兴致，也不融洽，总也克服不了。队伍分得过于零散，埃尔顿夫妇走在一起，奈特利先生照料贝茨小姐和简，爱玛和哈丽特却跟着弗兰克·邱吉尔。韦斯顿先生试图让大家融洽一些，可是无济于事。起初似乎是偶然分散的，可后来一直没怎么变。其实，埃尔顿夫妇并非不愿意跟大家在一起，也并非不愿意尽量随和些，但是在山上的两个小时中，其他几群人之间似乎有一个原则，非要分开不可，而且这原则还很强烈，任凭有多美的景色、多好的冷点，任凭韦斯顿先生有多活跃，都无法消除。

爱玛从一开始就意兴索然。她从未见过弗兰克·邱吉尔如此沉静，如此迟钝，他说的话没有一句值得一听——两眼视而不见——赞叹起来不知所云——听人说话又不知对方说些什么。他如此沉闷，也就难怪哈丽特会同样沉闷。他们两人真叫爱玛难以忍受。

等大家都坐下后，情况有了好转。在爱玛看来，情况好多了，因为弗兰克·邱吉尔变得健谈了，来了兴致，把她作为首要目标。他竭力把心思都花在她身上，似乎一心就想逗她高兴，讨她欢喜——而爱玛正想活跃一下，听一听对她的奉承，于是也变得快活、随和起来，给了他友好的鼓励，听任他献殷勤。在最初交往的日子里，两人关系最热烈的时候，她曾鼓励过他、听任过他。可是现在，她认为他这样做已经毫无意义，不过在大多数旁观者看来，他们的所作所为最好用“调情”两字来形容。“弗兰克·邱吉尔先生和伍德豪斯小姐调情调过头了。”他们受到了这样的非议——一位女士写信把这事传到了枫园，另一位女士写信把这事传到了爱尔兰。其实，爱玛并不是真的快活得忘乎所以，恰恰相反，她觉得自己并不快活。她因为失望而放声大笑。虽说她喜欢他献殷勤，认为这种殷勤不管是出于友谊、爱慕还是逢场作戏，都是十分妥当的，但是已经无法赢回她那颗心了。她仍然希望他做她的朋友。

“你叫我今天来，”弗兰克说，“我多感激你啊！要不是你劝说，我肯定要错失这次出游的乐趣。我当时已经打定主意要走了。”

“是呀，你当时情绪很不好。我也不知道是为什么，大概是来晚了，没采到最好的草莓。我不该对你那么宽厚。不过你倒挺谦恭的，一个劲儿地央求我命令你来。”

“别说我情绪不好。我是累了，热得受不了。”

“今天更热。”

“我倒不觉得。我今天非常舒服。”

“你因为接受了命令，所以才舒服的。”

“你的命令吧？是的。”

“也许我是想让你说这句话，但我的意思是你自己的命令。你昨天不知怎么越轨了，控制不住自己了，不过今天又控制住了——我不能总跟你在一起，你还是要相信，你的脾气受你自己的控制，而不是受我的控制。”

“那是一回事。我没有动机也就谈不到自我控制。不管你说不说话，都是你给我下命令。你可以一直和我在一起。你就是一直和我在一起。”

“从昨天下午三点钟吧。我的永恒影响不可能比这来得更早，要不然，你在那之前不会闹情绪的。”

“昨天下午三点钟！那是你的说法。我想我第一次见到你是在二月。”

“你这样奉承人，真叫人无法应答。不过（压低了声音）——除了我们俩以外，没有别人在说话。说些无聊的话为七个沉默不语的人解闷，这也太不像话了。”

“我可没说什么让我害臊的话，”弗兰克嬉皮笑脸、没羞没臊地答道，“我第一次见到你是在二月。山上的人要是能听见我说话，就让他们听好啦。我要扯高嗓门，让声音往这边传到密克尔汉姆，往那边传到多金。我第一次见到你是在二月。”随即小声说道，“我们的伙伴一个个呆头呆脑的，我们有什么办法让他们活跃起来呢？再怎么胡闹都可以。非叫他们说话不可。女士们，先生们，我奉伍德豪斯小姐之命（她到了哪儿就是哪儿的主宰），对你们说一声：她希望知道你们都在想些什么。”

有人笑了，快快活活地作了回答。贝茨小姐又喋喋不休了一番。埃尔顿太太听说伍德豪斯小姐是主宰，不禁气得鼓鼓的。奈特利先生的回答最独特。

“伍德豪斯小姐是不是真想知道我们都在想些什么呢？”

“哦！不，不，”爱玛尽可能满不在乎地笑着嚷道，“决没有的事。现在，我绝不想为这件事而自讨苦吃。让我听什么都可以，就是不要让我听你们大家在想什么。我不是说我全都不要听。也许有一两位，（瞟了韦斯顿先生和哈丽特一眼）我听听他们的想法也无妨。”

“这种事情，”埃尔顿太太起劲地嚷道，“我就不认为自己有权过问。虽说我作为这次活动的监护人，也许——我从没加入过什么圈子——游览活动——年轻小姐——结了婚的女人——”

她嘟嘟哝哝的主要是说给她丈夫听的，她丈夫也嘟嘟哝哝地答道：

“说得对，亲爱的，说得对。千真万确——从没听到过——可是有些小姐信口开河什么话都说。就当作是开玩笑，别去理会。人人都知道你应受的尊重。”

“这可不行，”弗兰克对爱玛小声说道，“我们把大多数人都给得罪了。我要给他们点厉害瞧瞧。女士们，先生们——我奉伍德豪斯小姐之命对你们说，她放弃要知道你们大家都在想什么的权利，只是要求你们每个人说一段有趣的话。大家一共是七个人，我要除外（她很高兴地说，我说的话已经很有趣了）。她只要求你们每个人，要么来一段绝妙的话，可以是散文，也可以是韵文，可以是自己编的，也可以是借用别人的——要么说两段还算巧妙的话——要么说三段着实笨拙的话，她听了一定会开怀大笑。”

“啊！那好，”贝茨小姐大声嚷道，“那我就不必担心了。‘三段着实笨拙的话。’你们知道，这正对我的口味。我一开口就能说三段笨拙的话，是吧？（乐滋滋地四下望了望，相信人人都会表示赞同）——难道你们认为我不行吗？”

爱玛忍不住了。

“啊！小姐，那可有点难。对不起——数目上有个限制——一次只能讲三段。”

贝茨小姐被她那装模作样的客气神态蒙住了，没有马上领会她的意思。可是一旦醒悟过来，虽然不好发火，脸上却微微一红，可见她心里很难受。

“啊！是呀——那当然。是的，我领会她的意思了，（转身对奈特利先生说）我就尽量闭口不语。我一定非常惹人讨厌，不然她不会对一个老朋友说这样的话。”

“我喜欢你的计划，”韦斯顿先生嚷道，“同意，同意。我将尽力而为。我现在出一个谜。一个谜怎么样？”

“怕是低级了吧，爸爸，太低级了，”他儿子答道，“不过我们要包涵一些——特别是对带头的人。”

“不，不，”爱玛说，“不算低级。韦斯顿先生出一个谜，他和他邻座的人就算过去了。来吧，先生，请说给我听听。”

“我自己也拿不准是不是绝妙，”韦斯顿先生说，“太切合实际了。不过是这样一个谜：字母表里哪两个字母表示完美？”

“哪两个字母！表示完美！我还真猜不出。”

“啊！你绝对猜不出。你吗？（对爱玛）我看也绝对猜不出。我告诉你吧。是 M 和 A。Em—ma[①]。明白了吗？”

爱玛明白了，也很得意。这是个很平常的谜语，可是爱玛却觉得很好笑，很有趣——弗兰克和哈丽特也这样认为。其他人似乎并没有同感。有人看上去大惑不解，奈特利先生一本正经地说：

“这说明我们缺的正是这种绝妙的东西，韦斯顿先生表现得很出色，但他把别人都难倒了。‘完美’不该这么快就说出来。”

“哦！至于我嘛，我要说你们一定得免了我，”埃尔顿太太说，“我可真的不能猜啊——我压根儿不喜欢这种东西。有一次，有人用我的名字拆写成一首离合诗[②]送给我，我就一点也不喜欢。我知道是谁送给我的。一个令人讨厌的傻瓜！你知道我是说谁——（对她丈夫点点头）。这种东西在圣诞节那天，坐在炉边玩一玩倒还挺不错，但是在夏天郊游的时候，我觉得就不合适了。伍德豪斯小姐一定得把我

---

① 这个所谓的谜语，旨在奉承爱玛，因为 M 和 A 这两个字母连读起来很像 Emma（爱玛）。

② 系数行诗句中的第一个词的首字母，或最后一个词的尾字母，或其他特定处的字母，能组合成词或词组等的一种诗体。

免了。我这个人可不是谁一吩咐就能说出什么妙语来。我并不自命为妙语连珠的人。我非常活跃，有自己的活跃方式，但什么时候该开口说话，什么时候该闭口不语，你们的确应当让我自己来决定。请放过我们吧，邱吉尔先生。放过埃先生、奈特利、简和我。我们说不出什么巧妙的话——我们谁也说不出。”

“是呀，是呀，请放过我吧，”她丈夫带着自我解嘲的口吻接着说道，“我可说不出什么妙语来，供伍德豪斯小姐或其他年轻小姐逗趣。一个结了婚的老头儿——完全不中用了。我们去走走吧，奥古斯塔？”

“我完全赞成。在一个地方玩这么久，真叫人腻烦。来吧，简，挽住我另一只胳膊。”

然而简没有依从，他们夫妇俩便自己走了。“幸福的一对呀！”等他们走远了，弗兰克·邱吉尔说道，“天造地设的一对！太幸运了——只是在公共场合认识的，居然结婚了！我想他们只是在巴思认识了几个星期吧！幸运得出奇！要说在巴思这样的公共场合对人的品性能有什么真正的了解——那是不可能的。那是不可能了解的。你只有看见女人像平常那样待在自己家里，待在自己人中间，才能作出正确的判断。做不到这一点，一切都是猜测，都是碰运气——而且一般都是坏运气。有多少人没认识多久就结婚，然后抱恨终身！”

费尔法克斯小姐先前除了跟知己好友以外，跟别人很少说话，这时却开口了。

“的确有这种事。”她的话被一阵咳嗽打断了。弗兰克·邱吉尔转过脸来听她说。

“你还没说完吧。”他一本正经地说。简的嗓子又恢复了正常。

“我只是想说，虽然男人和女人有时候都会遇到这种倒霉的事，但是我想并不是很多。可能会出现仓促而轻率的恋情——但事后一般还来得及弥补。我的意思是说，只有意志薄弱、优柔寡断的人（他们的幸福总是取决于运气），才会让不幸的恋情酿成终身的烦恼和痛苦。”

弗兰克没有回答，只是望着她，谦恭地鞠了个躬，然后用轻快的语调说：

“唉，我太不相信自己的眼力了，我要是结婚的话，希望有个人为我选个妻子。你愿意吗？（转身对爱玛说）你愿意为我选个妻子吗？不管你选中谁，我一定会喜欢的。你知道，你善于给我们家撮合妻子（朝他父亲笑笑）。给我找一个吧。我不急。收养她，教育她。”

“把她教育成我这样的人。”

“能这样当然最好。”

“那好。我接受这个任务，一定给你找一个迷人的妻子。”

“她一定要非常活泼，有一双淡褐色的眼睛。我不喜欢别的。我要去国外两年——回来的时候就找你要妻子。记住啦。”

爱玛是不会忘记的。这件事正合她的心意。哈丽特不正是他所形容的那种妻子吗？只有淡褐色的眼睛除外，再过两年也许就完全中他的意了。甚至就在现在，他心里想的也许就是哈丽特，谁说得准呢？他向她提起教育的事，似乎就是一个暗示。

“姨妈，”简对她姨妈说，“我们到埃尔顿太太那儿去好吗？”

“好吧，亲爱的。我完全赞成。我刚才就想跟她去的，不过这样也好。我们很快就能赶上她。她在那儿——不，那是另一个人。那是乘爱尔兰马车[1]游览的一位小姐，一点都不像她。嗯，我敢说——”

她们走了，奈特利先生也马上跟着去了，剩下的只有韦斯顿先生、他儿子、爱玛和哈丽特。那位年轻人的情绪这时变得几乎令人不快了。甚至爱玛也终于对奉承和说笑感到厌倦了，只希望能有个人陪

---

① 一种买不起高档马车的人家乘坐的旧式马车。

她安静地四处溜达溜达，或者一个人坐着，不要什么人陪伴，静心观赏一下下面的景色。仆人来找他们，告知马车准备好了，这倒是件令人高兴的事。就连收拾东西和准备动身的忙碌情景，以及埃尔顿太太急着要让她自己的马车先走，她都高高兴兴地没有介意，因为马上就可以安安安静静地回家了，结束这本是寻求快乐却无什么快乐可言的一天的活动。她希望以后再也不要上当，卷入由这么多相互格格不入的人参与的活动了。

等马车的时候，她发现奈特利先生就在她身边。他向四下瞅了瞅，仿佛要确保附近没有人似的，然后说：

"我要像过去那样，再跟你谈一次：也许这一特权不是要你容许，而是要你容忍，我是一定要使用这一特权的。我眼见着你做错事，不能不劝劝你。你对贝茨小姐怎么能那么冷酷无情呢？你是聪明人，怎么能对一个像她那种性格、那个年龄、那般处境的女人那么傲慢无礼呢？爱玛，我没想到你会这样。"

爱玛想了想，脸红了起来，心里感到愧疚，但又想一笑置之。

"不过，我怎么忍得住不那么说呢？谁也忍不住呀。事情没那么严重。我看她还不懂我的意思呢。"

"我敢说她懂。她完全懂得你的意思。她事后一直在谈这件事。我倒希望你能听听她是怎么说的——多么坦率，多么宽厚。我希望你能听听她多么敬重你的涵养，她说她是个令人讨厌的人，可是你和你父亲却能这样关心她。"

"哦！"爱玛大声说道，"我知道天下没有比她更好的人了，可你得承认，在她身上，善良的成分与可笑的成分极其不幸地混合在一起了。"

"是混合在一起，"奈特利先生说，"这我承认。如果她吉祥如意，我可以容许偶尔多看看她的可笑之处，而少看重她的善良之处。如果她是个有钱的女人，我可以听任无伤大雅的荒唐行为，不会为了你的冒昧举动同你争论。假如她跟你的境况一样——可是，爱玛，你想想实际情况远非如此。她家境贫困，她出生时家里还挺宽裕，后来就败落下来了，到了晚年也许还会更加潦倒。她的处境应该引起你的同情。你这件事做得真不像话！你还是个娃娃的时候，她就认识你；她看着你从小长大的，而那时候，受到她的关怀还被视为一种光荣呢。而现在却好，你冒冒失失，凭着一时的傲气，嘲笑她，奚落她——还当着她外甥女的面——当着别人的面，而在这些人中，有许多人（当然是几个）会完全学着你的样子来对待她。这话你不会喜欢听，爱玛，我也绝不喜欢讲，可是，在我办得到的时候，我必须，我要——我要对你讲实话，通过以诚相告来证明我是你的朋友，并且相信，我的好意你即使现在不理解，以后总有一天会理解的。”

他们一边谈一边朝马车走去。马车已经准备好了。没等爱玛再开口，奈特利先生就把她扶上了车。见爱玛总是背着个脸，哑口无言，奈特利先生误解了她的心思。她只不过是对自己生气，感到又羞愧又懊悔罢了。她说不出话来，一上车就将身子往后一靠，心里难过极了——随即便责怪自己没有告别，没有道谢，显然是在怏怏不乐中离开的。她连忙往窗外看去，又要跟他说话，又是向他挥手，急于想表露出另一副心态。可惜太晚了。奈特利先生已经转身走了，马已经跑起来了。她不停地往后看，但是没有用。马车似乎跑得特别快，不一会工夫就下到了半山腰，把一切都远远地抛在了后面。她苦恼得无法形容——几乎也无法掩饰。她长了这么大，还从来没有因为什么事而如此激动、如此懊恼、如此伤心过。她受到了极大的打击。奈特利先生的那一席话说得非常中肯，那是无可否认的，她打心眼里接受。她对贝茨小姐怎么能那么粗鲁、那么冷酷啊！她怎么能给一个她所敬重的人留下这样的不良印象啊！她怎么能不说一句表示感激、认错或一般礼节性的话，就让他走了呢！

时间也没让她平静下来。她似乎越想越难受。她从来没有这样沮丧过。幸好用不着说话。身边只有哈丽特，而哈丽特好像也不快活，觉得很累，懒得说话。一路上爱玛感到泪水在顺着脸颊往下淌，尽管很奇怪，她并没有试图去抑制。

第八章

博克斯山之行那令人懊丧的情景，整晚都萦绕在爱玛的脑际。别人会怎么想，她不得而知。他们也许都在各自的家中，以各自的方式，愉快地回忆着。然而在她看来，她以前从未像这次这样完全虚度了一个上午，当时没有一丁点应有的乐趣，事后回想起来又不胜厌倦。相比之下，整晚跟父亲玩十五子棋倒是件乐事。这其中倒还真有一点乐趣，因为她把一天二十四小时中最美好的时刻用来给父亲解闷；虽说她觉得自己不配受到父亲那样的疼爱和信赖，她的行动总的说来不会受到人们的严厉指责。她希望自己不是个没有孝心的女儿。她希望谁也不会对她说："你怎么能对你父亲那么无情呢？我必须，我要尽可能对你直言相告。"贝茨小姐绝不会再——绝不会！如果未来的关心能弥补以往的过失，那她也许可望得到原谅。她扪心自问，知道自己常常怠慢人，这也许主要表现在思想上，而不是行动上。她目中无人，傲慢无礼。但是，以后再也不能这样了。在真诚悔恨的驱使下，她打算第二天早上就去看望贝茨小姐。从此以后，她要跟她开始一种经常的、平等的、友好的交往。

第二天早上，她决心未变，早早就出门了，免得让别的事耽误。她心想，说不定在路上能遇见奈特利先生，或者到了贝茨小姐家，他说不定也会去。对此她并不在乎。她作忏悔是正当而真诚的，她不会感到羞愧。她一边走一边朝当维尔方向望去，可是没有见到奈特利先生。

“太太小姐都在家。”以前听到这个声音，她从未感到高兴过；以前进了走廊，走上楼梯，除了履行义务之外，从未希望给这家人带来快乐，而除了以后取笑一番之外，也从未希望从她们那里得到什么快乐。

等她走近了，只见房里一阵忙乱，有人在走动，有人在说话。她听到贝茨小姐的声音，好像有什么事急着要办。女仆显得又惊慌又尴尬，希望她能等一会，随即又过早地把她领了进去。姨妈和外甥女像是在往隔壁房里躲避，她清清楚楚地瞥见了简，她看样子病得很厉害。关门之前，她听见贝茨小姐说：“喂，亲爱的，我就说你躺在床上，我看你确实病得厉害。”

可怜的贝茨老太太，像往常一样又客气又谦恭，似乎不大明白眼下是怎么回事。

“恐怕简身体不大好，”她说，“可我确实不了解。她们告诉我说她挺好的。我女儿可能马上就来，伍德豪斯小姐。希望你找张椅子坐下。赫蒂要是没走就好了。我不大能——找到椅子了吗，小姐？你坐的地方好吗？我敢说她马上就来了。”

爱玛也一心巴望贝茨小姐能来。她心里闪过一个念头，担心贝茨小姐有意回避她。可是，没过多久，贝茨小姐就来了——“非常高兴，非常感谢”——不过爱玛意识到，她不像以前那样兴致勃勃、滔滔不绝——神情举止也不像以前那样自在。她心想，亲切地问候一下费尔法克斯小姐，也许能唤起旧日的情意。这一招似乎立即奏效。

“啊！伍德豪斯小姐，你真好！我想你已经听说了——就来向我们道喜的吧。依我看，这还真不大像是喜事——（眨了眨眼睛，掉了一两滴眼泪）——她在我们家住了这么久，真舍不得让她走啊。她一早上都在写信，现在头痛得厉害。你要知道，那么长的信，是写给坎贝尔上校和迪克逊太太的。‘亲爱的，’我说，‘你会弄瞎眼睛的’——因为她一直眼泪汪汪的。这也难怪，这也难怪。这变化太大了，不过她的运气好得令人惊奇——我想初次出去工作的年轻小姐是很难找到这样的职位的——伍德豪斯小姐，不要以为我们有了这么令人惊奇的好运气还不知足——（说着又掉下泪来）——可怜的亲亲啊！你要是知道她头痛得多厉害就好了。你要知道，人遭受病痛折磨的时候，就是有了值得高兴的好事，也高兴不起来。她的情绪低落极了。瞧她那副样子，谁也不会想到她找到这样一个职位有多高兴，多开心。她没来见你，请你原谅——她来不了——回自己房里去了——我叫她躺在床上。‘亲爱的，’我说，‘我就说你躺在床上。’可她就是不听，在屋里走来走去。不过她已经把信写好了，说她马上就会好的。她没见到你会感到万分遗憾的，伍德豪斯小姐，不过你心眼好，会原谅她的。刚才让你在门口等了一会——真不好意思——屋里不知怎么有点乱哄哄的——恰恰没听到你敲门——直到你走到楼梯上，我们才知道来了客人。‘只会是科尔太太，’我说，‘肯定没错。别人不会来这么早。’‘唉，’她说，‘迟早都要受的罪，还不如现在受的好。’恰在这时，帕蒂进来了，说是你来了。‘哦！’我说，‘是伍德豪斯小姐，我想你一定想见她。’‘我谁也不能见，’她说，随即站起来要走。这样一来，就让你在门口等了一会——真是不好意思，非常抱歉。‘你要是非走不可的话，亲爱的，’我说，‘你就走吧，我就说你躺在床上。’”

这些话引起了爱玛的深切关注。她的心对简早就变得仁慈些了。贝茨小姐对简目前所受痛苦的描述，彻底打消了她过去那些褊狭的猜疑，心里感到的只是怜悯。她想起自己过去对简不够公正、不够宽厚，就不得不承认，简理所当然宁愿见科尔太太或其他一贯要好的朋友，而不想见她。她怀着真挚的懊悔和关注之情，说出了自己的心里话——衷心希望贝茨小姐所说的已经选定的这家人家，能给费尔法克斯小姐带来尽可能多的好处，过上尽可能舒适的日子。“我们大家都会觉得很难受。我想要等到坎贝尔上校回来再去吧。”

“你真好！”贝茨小姐回道，“不过你一向都好。”

爱玛真受不了“一向”这个字眼，为了打断对方那可怕的感谢，她直截了当地问道：

“我是否可以请问——费尔法克斯小姐要去哪儿？”

“去斯莫尔里奇太太家——一个人见人爱的女人——人好极了——去照看她的三个小姑娘——讨人喜欢的孩子。不可能还有比这更舒适的职位了，也许萨克林太太家和布雷格太太家要除外，不过斯莫尔里奇太太跟那两家都很熟，而且住在同一个区里：离枫园才四英里。简以后离枫园只有四英里呀。”

“我想，是埃尔顿太太帮了费尔法克斯小姐的忙——”

“是的，好心的埃尔顿太太。真是个坚定不移的忠实朋友。她不准别人拒绝，不让简说个‘不’字。简乍一听说这件事（那是前天，我们在当维尔的那天早上），她乍一次听说这件事，说什么也不答应，就是为了你说的那些理由。正像你说的，她打定了主意，坎贝尔上校没回来以前，她什么也不接受，不管你怎么说，她也不会答应现在就去做事——她就这样一遍又一遍地告诉埃尔顿太太——我根本想不到她还会改变主意！可是那位好心的埃尔顿太太一向最有眼光，比我看得远。并非人人都会像她那样坚定不移，拒不接受简的答复。她昨天斩钉截铁地宣称，她绝不会按照简的意思写信把这件事回掉，她要等待——果然，到了晚上，简就决定要去了。我真感到吃惊！我丝毫也没想到！简把埃尔顿太太拉到一边，马上告诉她说，考虑了斯莫尔里奇太太家条件那么好，她决定接受这个职位。事情没定之前，我是一无所知。”

“你们晚上跟埃尔顿太太在一起吗？”

“是的，我们全都在，是埃尔顿太太叫我们去的。我们在山上跟奈特利先生一起散步时，就说定了。‘你们晚上一定全都要来，’她说——‘我一定要你们全都来。’”

“奈特利先生也去了吗？”

“没有，奈特利先生没去。他从一开始就不肯去。埃尔顿太太扬言不会放过他，我以为他会去的，可他还是没有去。我妈妈、简和我都去了，一晚上过得好快活。伍德豪斯小姐，你知道，跟好心的朋友在一起，你总会觉得很愉快的，虽说玩了一上午大家似乎都觉得挺累。你知道，就连玩乐都是累人的——何况我也不敢说有谁玩得很快活。不过，我将永远认为这是一次十分快活的活动，而且非常感谢邀我参加的好心的朋友们。”

“我想，你也许没留意，费尔法克斯小姐一整天都在下决心吧。”

“我敢说是的。”

“不管什么时候去，她和她的朋友们一定都很难过——不过我倒希望，她一工作起来心里可能好受些——我是说，就那家人的名声和为人而言。”

“谢谢，亲爱的伍德豪斯小姐。的确是这样，凡是能使她快活的东西，那个人家样样都有。埃尔顿太太熟识的人中，除了萨克林家和布雷格家以外，再也找不到这样一个保育室了，既宽敞又讲究。斯莫尔里奇太太是个好讨人喜欢的女人！生活派头跟枫园的几乎完全一样——说到孩子，除了萨克林家和布雷格家的以外，哪儿也找不到这样文雅可爱的小家伙了。简会受到应有的尊敬和厚待！只感到快乐，一种快乐的生活。她的薪金啊！我真不敢把她的薪金告诉你，伍德豪斯小姐。尽管你对大笔大笔的钱早已习以为常，但你恐怕很难相信像简这样的年轻人居然能挣那么多钱。”

“哦！小姐，”爱玛嚷道，“要是别的孩子也像我小时候那样难伺候，就是把我听到的给这种工作的最高薪金加上五倍，我看也不算多。”

“你真有见地啊！”

“费尔法克斯小姐什么时候离开你们？”

“快了，真的快了。这是最糟糕的。不出两个星期。斯莫尔里奇太太催得很紧。我那可怜的妈妈简直受不了啦。所以我尽量不让她想这件事，跟她说：‘得了，妈妈，我们别再去想这件事了。’”

“她的朋友们一定舍不得让她走。她在坎贝尔上校夫妇还没回来之前就找到了工作，他们知道了不会感到难过吗？”

“是呀，简说他们一定会感到难过的。可是那么好的人家，她又觉得不该拒绝。她第一次把她对埃尔顿太太说的话告诉我的时候，恰好赶上埃尔顿太太跑来向我道喜，我真是大吃一惊！那是在吃茶点以前——慢——不，不可能是在吃茶点以前，因为我们正要打牌——不过，还是在吃茶点以前，因为我记得我在想——哦！不，现在我想起来了，现在我记起来了。吃茶点以前是发生了一件事，可不是这件事。吃茶点以前，埃尔顿先生给叫到屋子外面，老约翰·阿布迪的儿子有话要对他说。可怜的老约翰，我很尊重他，他给我可怜的父亲当了二十七年文书。那老头好可怜，如今卧床不起了，患了严重的关节痛风病——我今天得去看看他。简要是出得了门，我敢肯定她也会去的。可怜的约翰的儿子来找埃尔顿先生谈谈教区救济问题①。你知道，他在克朗旅店做领班、马夫之类的差事，自己的日子过得还不错，但是没有救济，还养不活他父亲。所以，埃尔顿先生回来的时候，把马

① 从 16 世纪起，英国的教区就负有责任向当地教民征税，以救济贫困人家。

夫约翰对他说的话告诉了我们，然后就说起派车去兰多尔斯把弗兰克·邱吉尔先生送到里士满。这是吃茶点以前的事。简是在吃完茶点以后才跟埃尔顿太太说的。”

爱玛想说她一点也不了解这件事，可贝茨小姐简直不给她插话的工夫。她没想到爱玛对弗兰克·邱吉尔离开的详情会一无所知，但还是把一切都讲了出来，尽管这是无关紧要的。

埃尔顿先生从马夫那儿听说的，既有马夫亲眼所见的情况，又有从兰多尔斯的仆人那儿打听来的消息，概括起来是说：游博克斯山的人回来以后，从里士满来了一个送信的人——可以料想得到是哪个人来送信的；邱吉尔先生给他外甥写来一封短信，大致内容是说邱吉尔太太身体还可以，但希望他最迟明天清晨要赶回；但弗兰克·邱吉尔先生决定立即回家，不想再等，而他的马似乎着了凉，便立刻派汤姆去叫克朗旅店的马车，马夫站在外面，看见马车驶过，马夫赶得飞快，但车子驾得很稳。

这里面既没有令人惊异的地方，也没有让人感兴趣的地方，之所以还能引起爱玛的关注，只不过因为它牵扯到她脑子里想的那件事。邱吉尔太太和简·费尔法克斯小姐之间地位之悬殊，使她感慨不已：一个主宰一切，一个却微不足道——她坐在那儿默默思索女人命运的差异，全然不知道自己的眼睛望着什么地方，后来还是听见贝茨小姐说话，才回过神来。

“啊，我知道你在想什么了，在想钢琴。那玩意儿该怎么办呢？的确是呀。可怜的简刚才还在说钢琴呢。‘你得走了，’她说。‘你得跟我分手了。你在这儿没什么用了。不过，就放在这儿吧，’她说。‘摆在放东西的房间里，等坎贝尔上校回来了再说。我要跟他谈谈，他会为我安排的。我有什么困难，他都会帮我解决的。’我相信，直到今天，她还不知道这钢琴究竟是他送的，还是他女儿送的。”

这一来，爱玛也不得不想起了钢琴。想起自己以前无端地胡乱猜测，感到心里很不是滋味，过了不久，她觉得自己坐的时间够长了，就硬着头皮把真正想说的祝愿话又说了一遍，随即便告辞了。

第九章

爱玛一边往家走一边沉思，也没人打断她。可是一进客厅，就见到了两个人，这才醒过神来。原来，她不在家时，奈特利先生和哈丽特来了，陪她父亲坐着。奈特利先生立即站起来，以显然比往常严肃的神态说道：

“我非要见你一面才能走，不过我没时间了，马上就得走。我要到伦敦去，在约翰和伊莎贝拉那儿住几天。除了谁也没法带的‘爱’以外，你有什么东西或口信要我带吗？”

“什么也没有。不过，你这个决定是不是太突然了？”

“是的——有一点——我考虑的时间不长。”

爱玛一看就知道，奈特利先生还没原谅她：他看上去跟往常不一样。不过她心想，用不了多久，他一定会跟她重归于好的。他站在那里，仿佛想走，却又不走——这时她父亲开始发问了。

“啊，亲爱的，你平平安安地去了那儿吗？你见到我那可敬的老朋友和她的女儿怎么样了？你去看她们，她们一定很感激吧？奈特利先生，我跟你说过了，亲爱的爱玛刚才去看望了贝茨太太和贝茨小姐。她总是那么关心她们！”

爱玛听了这番溢美之词，不由得脸红起来。她意味深长地笑了笑，摇了摇头，望着奈特利先生。奈特利先生似乎立即对她产生了好感，从她的眼里看出了她的一片真情，她心头闪过的美好情感一下被他捕捉住了，赢得了他的尊重。他用热切的目光注视着她。爱玛心里洋洋得意——又过了一会，奈特利先生作出了一个异乎寻常的、小小的友好举动，使她越发高兴。他抓住了她的手。爱玛说不清楚，究竟是不是她自己先伸出手来——也许是她先伸出了手——但他一把抓住了，握得紧紧的，无疑是要拉到他的嘴唇上——恰在这时，他又转念一想，突然把她的手放下了。他为什么要犹豫，为什么在最后时刻又改变了主意，她也琢磨不透。她心想，他若是不停下来，岂不是更好一些。然而，他的意图是毋庸置疑的，究竟是因为他一向不爱向女人献殷勤，还是由于什么别的原因，她都觉得他这样做是再自然不过了。他生性又纯朴又庄重。她一想起他那个意图，就满心高兴。这说明他们已经完全和好了。接着，他就离开了他们——转眼间就走掉了。他行动一向果断，既不迟疑，也不拖拉，可这一次似乎比平时走得还突然。

爱玛并不后悔去看了贝茨小姐，但她当时早离开十分钟就好了：跟奈特利先生谈谈简·费尔法克斯找到了工作，该是多大的乐事呀。他要去布伦斯维克广场，她也并不感到遗憾，因为她知道他去那里该有多快活呀——不过，他可以选一个更好的时间去——早一点打个招呼，可能更让人高兴些。然而，他们分手时已经完全和好了，她不会误解他脸上的神情，他那未完成的殷勤举动，这都说明她已重新博得了他的好感。她发觉他已在他们家坐了半个小时。可惜她没有早点回来！

奈特利先生要去伦敦，还这么突然，而且要骑马去，爱玛知道这都很糟糕。为了转移父亲的思绪，别为此事烦恼，她讲起了简·费尔法克斯的事，这一招果然生效了，起到了有效的遏制作用——父亲既感兴趣，又没有感到不安。他早就认定简·费尔法克斯要出去当家庭教师，而且也能兴高采烈地谈论这件事，但是奈特利先生要去伦敦，却是个意外的打击。

“亲爱的，听说她找到这么一个富裕的人家，我的确很高兴。埃尔顿太太为人敦厚，和蔼可亲，我敢说她熟识的人都是好人。但愿那儿气候干燥，那家人好好照料她的身体。这应该是最要紧的事，可怜的泰勒小姐跟我在一起的时候，我确实都是这么照料她的。你知道，亲爱的，她要跟着那位新结识的太太，就像以前泰勒小姐跟着我们一样。我希望她在有一点上能表现得好一点，不要在那儿安居了很久以后又想离开。”

第二天，从里士满传来一条消息，把别的事全都推到了一边。一位专差赶到兰多尔斯，宣布邱吉尔太太去世了！虽然她外甥没有什么特别理由为了她而赶回去，但他到家后她至多只活了三十六小时。她突然出现前所未有的病变，挣扎了一阵之后便咽了气。了不起的邱吉尔太太终于与世长辞了。

这件事引起了正常的反应。人人都神情庄严，显出几分悲哀：缅怀死者，关心活着的朋友；过了一定的时候，又都好奇地想知道要把她葬在哪里。哥尔德斯密斯告诉我们说，可爱的女人堕落到干出蠢事来，只有一死了之；而堕落到令人厌恶的地步，也只能以死来清洗恶名。[①] 邱吉尔太太讨人嫌至少已有二十五年了，现在大家说起她来却抱着怜悯体恤之情。在有一点上她算洗刷干净了。以前谁也不承认她身患重病。现在她死了，证明她绝不是胡思乱想，绝不是出于自私的动机无病呻吟。

“可怜的邱吉尔太太！毫无疑问，她一定受了不少的罪：谁也想象不到有多大的罪——不停地受罪把脾气也折腾坏了。这是件令人悲伤的事——令人震惊——尽管她有不少缺点，可是邱吉尔先生没有了她可怎么办呀？邱吉尔先生真是损失惨重。他会伤心一辈子的。”甚

① 此语引自哥尔德斯密斯《威克菲尔德的牧师》第 24 章。

至连韦斯顿先生也摇摇头，神情严肃地说："哎！可怜的女人，谁想得到啊！"他决定把他的丧服做得尽可能漂亮些。他太太坐在那里一边做着宽折边，一边怀着真挚而深沉的哀思和理念，又是叹息，又是评说。这件事对弗兰克会产生怎样的影响，他们俩从一开始就想过了。爱玛也早就有所考虑。邱吉尔太太的人品，她丈夫的悲哀——在她脑海里掠过，使她又敬畏又同情——随即再想想这件事将给弗兰克带来什么影响，他会怎样得到好处，怎么获得自由，心里不禁高兴起来。她顿时看出了可能带来的种种好处。现在，他要是对哈丽特·史密斯有了情意，就不会遇到什么阻力了。邱吉尔先生没有了妻子，谁也不会怕他。他这个人脾气随和，容易让人牵着鼻子走，他外甥说什么他都会依从。爱玛只希望那个外甥真的有了情意，因为她虽然抱着一片好意，但却不敢肯定他确已有了情意。

这一次哈丽特表现得极为出色，很能自我克制。不管她感受到了多大的希望，她都一点也没有流露出来。爱玛看到她的性格变得坚强了，不禁十分高兴，也不想把事情点破，以免妨碍她继续保持这种状态。所以，她们谈论邱吉尔太太去世这件事，彼此都比较克制。

兰多尔斯收到了弗兰克的几封短信，信中把他那边一个个要紧的情况、要紧的打算，全都作了介绍。邱吉尔先生的心情比预料的要好。到约克郡举行葬礼后，他们首先去的是温莎[①]的一个老朋友家，过去的十年里，邱吉尔先生一直在说要去拜访他。眼下，对哈丽特没有什么事情可做，爱玛只能对未来抱着美好的希望。

更迫切的事，是要关心简·费尔法克斯。在哈丽特的人生出现光明前景时，简的好景却结束了。现在她接受了聘请，海伯里那些一心想关怀她的人，已经到了刻不容缓的地步——而这已成为爱玛的首要

① 温莎：英国伯克郡的一个地区，位于伦敦西面泰晤士河南岸。

愿望。一想起过去冷淡了她，她就比什么都感到后悔。几个月来她一直怠慢的一个人，如今却成了她要百般关怀、深表同情的对象。她要为简做点好事，表示自己珍惜与她的交情，证明自己尊重她、体谅她。她打定主意要动员她到哈特菲尔德来玩一天，于是便写了封短信请简来。不想邀请被拒绝了，而且是通过口信："费尔法克斯小姐身体欠佳，无法写信。"那天上午，佩里先生来到哈特菲尔德时，看来简病得不轻，他没经她本人同意就去看了她。她头痛得厉害，还发着高烧，他怀疑她能否如期去斯莫尔里奇太太家。这一次她的身体似乎全垮了——胃口全然没有了——虽说没有什么令人惊骇的症状，没有全家一直担心的肺病的迹象，佩里先生还是为她担忧。他觉得她承受的负担太重，她自己也感觉到了，只不过不肯承认罢了。她的精神似乎支撑不住了。佩里先生看得出来，她目前的家对一个神经出了毛病的人是不利的：老是守在一间屋子里，但愿能改变这种情况——而她那好心的姨妈，虽然是他多年的老朋友，他却不得不承认，并不是这种病人的最佳伴侣。她的关心照料是不成问题的，其实倒是过分了些，他担心反而对费尔法克斯小姐弊多利少。爱玛怀着极其热切的心情听着，越听越为她着急，便四下张望，急于想找个办法帮帮她的忙。把她接出来——哪怕只是一两个小时——离开她姨妈，换换空气和环境，安安静静、合情合理地说说话，哪怕是一两个小时，也许会对她有好处。第二天早上，她又写了封信，以最动情的语言说，不管简说个什么时间，她都可以坐车去接她——并且说佩里先生明确表示，这种活动对病人有好处。回答只是这样一个短简：

"费尔法克斯小姐谨表敬意和感谢，但还不能作任何活动。"

爱玛觉得她那封信应该得到更好的答复，但又不便作文字上的计较，从那颤抖不匀的字迹看得出来，简显然有病，因此她只想找个最好的办法，打消她那不愿见人、不愿接受别人帮助的心理。因此，她

尽管收到了那封信，还是吩咐备车，乘到贝茨太太家，希望能说服简跟她一道出去——可是不成。贝茨小姐来到车门前，满怀感激，竭诚赞同她的看法，认为出去透透气大有好处——而且费尽了口舌——但完全是白搭。贝茨小姐无可奈何地回来了，简无论如何也说不通。只要一提起出去，她的情况似乎就越发糟糕。爱玛想去见见她，试试自己能不能说服她，可是，几乎没等她把这个意思说出来，贝茨小姐就向她表明：她已答应外甥女绝不让伍德豪斯小姐进去。“说真的，可怜的亲爱的简的确没法见任何人——根本没法见任何人——埃尔顿太太的确是不能不见——科尔太太非要见她不可——佩里太太磨了半天嘴皮——除了她们几个，简的确不想见任何人。”

爱玛可不想人家把她同埃尔顿太太、佩里太太、科尔太太划为一类，这些人什么地方都要往里钻。她也不觉得自己有什么优先权——因此便让步了，只是又问了问贝茨小姐她外甥女胃口如何，吃些什么东西，希望在这方面提供点帮助。一说起这个话题，可怜的贝茨小姐忧心忡忡，话也多了。简几乎什么也不吃。佩里先生建议她吃些营养丰富的食物，可是她们能搞到的（而且谁也不曾有过这么好的邻居）都不合她的口味。

爱玛一回到家，就立即叫管家去查看一下储存的食物，打发人火速给贝茨小姐送去一些质量上乘的葛粉，还附了一封十分友好的短简。半小时后，葛粉退回来了，贝茨小姐千谢万谢，但是说：“亲爱的简非让送回去才肯罢休，她不能吃这东西——而且非要说，她什么也不需要。”

爱玛事后听说，就在简·费尔法克斯推说不能活动，断然拒绝同她一起乘车出去的那天下午，却有人看见她在海伯里附近的草场上散步。爱玛把一件件事情串联起来，深深意识到，简是下定决心不肯接受她的好意。爱玛很难过，非常难过。简精神受到刺激，行动前后不一致，做什么都无能为力，这就使她目前的状况比以前更加可怜，爱玛为此感到很伤心。而且，简并不相信她的一片真情，不把她视为朋友，她也感到很委屈。然而她可以聊以自慰的是，她知道自己的用心是好的，她可以对自己说：如果奈特利先生知道她一次次地试图帮助简·费尔法克斯，甚至能看透她的一片真心，那他这一次对她就没有什么可指责的了。

第十章

大约在邱吉尔太太去世十天后的一个上午，爱玛给叫到楼下去见韦斯顿先生，他“待不上五分钟，想特地跟她谈谈”。他在客厅门口迎接她，刚用平常的语调向她问了好，便立即压低声音，不让她父亲听见，说道：

“今天早上你能去一趟兰多尔斯吗？能去就去一趟吧。韦斯顿太太想见见你。她一定得见见你。”

“她不舒服吗？”

“不，不，一点也没有——只是有点激动。她本来想坐马车来看你，不过她要单独见你。你知道——（朝她父亲点点头）——嗯！你能去吗？”

“当然。可以的话，这就去。你这样邀请，我没法不去。不过，究竟是什么事呢？她真的没生病吗？”

“放心吧——别再问了。到时候你什么都会知道的。真是最不可思议的事情！不过，别问了，别问了！”

甚至连爱玛也猜不着究竟是怎么回事。从韦斯顿先生的神情看来，似乎有什么非常要紧的事。不过，既然她的朋友安然无恙，爱玛也就用不着着急了。于是，她跟父亲说好，她现在要去散步，随即便跟韦斯顿先生一起走出屋去，匆匆朝兰多尔斯赶去。

“现在，”等出了大门一大段路之后，爱玛说，“韦斯顿先生，告诉我出了什么事吧。”

“不，不，”韦斯顿先生一本正经地答道，“别问我。我答应了我太太，一切由她来说。这事由她透露给你比我透露好。别着急，爱玛。你马上就会全知道了。”

“快告诉我吧，”爱玛吓得站住了，嚷了起来，“天哪！韦斯顿先生，快告诉我吧。布伦斯维克广场出了什么事。我知道出事了。告诉我，我要你这就告诉我出了什么事。”

“没事，你真猜错了。”

“韦斯顿先生，别跟我开玩笑。你想想，我有多少最亲爱的朋友就在布伦斯维克广场啊。是他们中的哪一位？我凭神圣要求你，千万不要瞒着我。”

“我发誓，爱玛。”

“你发誓！为什么不是以名誉担保！为什么不以你的名誉担保，说这事跟他们任何人都没有关系？天哪！既然那件事跟那家人家没有关系，为什么又要透露给我呢？”

“我以我的名誉担保，”韦斯顿先生十分认真地说，“是没有关系。跟奈特利家的人没有一丝一毫的关系。”

爱玛又有了勇气，继续往前走去。

“我说把消息透露给你，”韦斯顿先生接着说，“说得不对。我不该使用那个字眼。事实上，这事与你无关——只与我有关，就是说，希望如此。嗯！总而言之，亲爱的爱玛，你用不着那么着急。我并不是说这不是件令人不快的事——但事情本来还可能糟得多。我们要是走快些，马上就到兰多尔斯了。”

爱玛觉得只有等待了，不过并不那么难挨了。于是她不再发问了，只是发挥自己的想象，脑子里很快就冒出一个念头：事情说不定跟钱财有关系——家境方面刚暴露出什么令人不快的事情，是里士满最近发生的不幸引起的。她的想象非常活跃。也许发现了五六个私生子——可怜的弗兰克给剥夺了继承权！这种事虽说很糟糕，但却不会使她为之痛苦，只不过激起了她的好奇心。

“那个骑马的人是谁？”两人继续往前走时，爱玛问道——她说话不为别的，只想帮助韦斯顿先生保守心中的秘密。

“我也不知道。也许是奥特维家的人吧。不是弗兰克。我敢肯定不是弗兰克。你是见不到弗兰克的。这当儿，他正在去温莎的半路上。”

“这么说，你儿子刚才跟你在一起啦？”

“哦！是的——难道你不知道？嗯，嗯，没关系。”

韦斯顿先生沉默了一会，然后以更谨慎、更认真的口吻，接着说道：

“是啊，弗兰克今天早上来过，只是来问个好。”

两人匆匆赶路，很快就到了兰多尔斯。“喂，亲爱的，”他们走进屋时，韦斯顿先生说道，“我把她带来了，希望你马上就好了。我让你们两个单独谈谈。拖延没什么好处。你要是叫我的话，我不走远。”他走出屋以前，爱玛清清楚楚地听见他小声加了一句：“我遵守诺言。她一点也不知道。”

韦斯顿太太脸色不好，一副心绪不宁的样子，爱玛又急起来了。等只剩下她们俩时，她急忙说道：

“什么事，亲爱的朋友？我感觉一定出了什么很不愉快的事。快告诉我是什么事。我走了这一路，心里一直很焦虑。我们两个都怕焦虑，别让我再焦虑下去了。你不管有什么苦恼，说出来对你有好处。”

“你真的一点不知道吗？”韦斯顿太太声音颤抖地说道，“难道你，亲爱的爱玛——难道你猜不着我要对你说什么吗?”

“只要是跟弗兰克·邱吉尔先生有关，我就猜得着。”

“你说对了。是跟他有关，我这就告诉你。”韦斯顿太太又继续做手里的活，好像决计不抬起眼来，“他今天早上来过了，为了一件极不寻常的事。我们惊奇得简直无法形容。他来跟他父亲谈一件事，说他爱上了——”

韦斯顿太太停下来喘口气。爱玛先以为他爱上了她自己，随即想到了哈丽特。

“其实不仅仅是爱上了，”韦斯顿太太接着又说，“而且订了婚——的的确确订了婚。你知道了会怎么说呢，爱玛——别人知道了会怎么说呢？弗兰克·邱吉尔和费尔法克斯小姐订了婚，而且是早就订了婚!”

爱玛惊奇得甚至跳了起来。她大惊失色地嚷道：

“简·费尔法克斯！天哪！你不是当真的吧？你不是这个意思吧?”

“你完全有理由感到惊异，”韦斯顿太太回道，仍然把目光避开爱玛，急着继续往下说，好让爱玛平静下来，“你完全有理由感到惊异。但事实就是如此。早在去年十月份，他们就郑重地订了婚——那是在韦默斯，对谁都严守秘密。除了他们自己以外，谁也不知道——坎贝尔夫妇、男女双方的家人，全都不知道。真是奇怪，我完全相信这是事实，可我又觉得简直不可思议。我简直不敢相信。我还以为我很了解他呢。”

爱玛几乎没听见她说的话。她心里转着两个念头——一是她以前跟弗兰克议论过费尔法克斯小姐，二是哈丽特有多可怜。一时间她只能惊叹，而且要人家证实了又证实。

“咳，”她终于说话了，竭力想平静下来，“这件事就是让我琢磨半天，我也琢磨不透啊。什么！跟她订婚整整一个冬天了——那不是两人都没来海伯里以前的事吗？”

“十月份就订婚了，秘密订的婚。太叫我伤心了，爱玛。他父亲也同样伤心。他有些行为我们是不能原谅的。”

爱玛沉思了一下，然后答道：“我也不想假装不明白你的意思。为了尽量安慰你，我要请你放心，他向我献殷勤并没产生你所担心的那种效果。”

韦斯顿太太抬起头来，简直不敢相信。可爱玛不仅言语镇定，神态也很自若。

“我可以夸口，说我现在毫不在乎，为了使你更容易相信起见，”爱玛接着又说，“我还要告诉你，我们最初相识的时候，我一度的确挺喜欢他，很想爱上他——不，是爱上了他——后来怎么结束的，也许有些奇怪。不过，幸好结束了。最近有一段时间，至少有三个月，我真没把他放在心上。你可以相信我，韦斯顿太太。这全是实话。”

韦斯顿太太含着喜悦的眼泪亲吻爱玛。等到能说出话时，就对她说，听到她这番表白，真比世界上什么东西都更宝贵。

“韦斯顿先生会跟我一样放心了，”她说，“我们对这件事感到很苦恼。以前，我们真心希望你们能相爱——而且也以为你们在相爱。你想想看，我们为你感到多么难受啊。”

“我逃脱了。我居然能逃脱，这对你们、对我自己，都是个值得庆幸的奇迹。可是，那也不能为他开脱呀，韦斯顿太太。我要说，我认为他太不应该。他明明爱上了别人，又跟人家订了婚，还有什么权利跑到我们中间，装作好像是个完全自由的人？他既然已经有人了，还有什么权利去讨好别的年轻女人——一个劲儿地向她献殷勤呢？难道他不知道他在搞什么名堂吗？难道他不知道他会害得我爱上他吗？真不道德，太不道德了。”

“听他说的话，亲爱的爱玛，我倒认为——”

“她怎么能容忍这种行为啊！眼睁睁地看着还能若无其事！男的当着她的面一次次地向另一个女人献殷勤，她却袖手旁观，毫不抱怨。这样的涵养工夫，我既难以理解，也无法敬佩。”

“他们之间有误会，爱玛，他是明明白白这么讲的，只是来不及细说。他在这儿只待了一刻钟，由于心情激动，就连这一刻钟也没充分利用——不过，他明言直语地说他们有误会。目前的紧张局面好像真是这些误会引起的；而这些误会又很可能是他的行为不当引起的。”

“行为不当！哎！韦斯顿太太——你太轻描淡写了。远远不止是行为不当！这一下可降低了我对他的看法，我也说不准降得有多低。完全不像个男子汉大丈夫！男子汉大丈夫应该事事表现得为人正派诚实、坚持真理和原则、蔑视卑鄙的伎俩，可是这些优点他却一概没有。”

“不，亲爱的爱玛，我得为他说几句话。尽管他在这件事上做得不对，可是我认识他也不算短了，可以担保他有许许多多优点，而且——”

“天哪！”爱玛根本不听她的，大声嚷道，“还有斯莫尔里奇太太哪！简就要去做家庭教师了！他采取这么可怕的轻率举动，究竟是什么意思？居然让她去应聘——甚至让她想出这样一招！”

“他不知道这件事啊，爱玛。在这一点上，我敢说他完全是无辜的。那是简私自决定的，没跟他交换意见——至少没有明确地商量过。我知道，他说直到昨天他还蒙在鼓里，不知道简的计划。他是突然知道的，我也不清楚是怎么知道的，也许是收到信了，或是接到了口信——正是因为发现了简的举动，获悉了她的这项计划，他才决定立即采取主动，向他舅舅坦白一切，求他宽恕。总之，结束这隐瞒已久所造成的痛苦状态。”

爱玛开始认真听了。

“我很快就会收到他的信，”韦斯顿太太接着往下说，“他临走时跟我说，他会马上写信来的。从他说话的神态来看，他似乎要告诉我许多现在还不能说的详情细节。所以，我们就等他来信吧。也许信里会作出许多辩解。有许多事情目前无法理解，信里或许会解释清楚，得到谅解。我们别把问题看得太严重了，别急于责怪他。我们还是耐心些。我必须爱他，我既然认准了这一点，而且是最重要的一点，就急巴巴地想让事情有个好的结果，心想一定会这样。他们一直遮遮掩掩的，一定忍受了不少痛苦。”

“他的痛苦，”爱玛冷冷地回道，“似乎没给他带来多少伤害嘛。嗯，邱吉尔先生是什么态度？”

“完全顺着他外甥呗——简直毫不犯难地就同意了。想想看，那家人家一个星期里出了那么多事，发生了多大的变化啊！可怜的邱吉尔太太在世时，我觉得没有希望、没有机会、没有可能。可是她的遗体刚葬入自家的墓穴，她丈夫就做出了完全违背她意愿的事。人一进了坟墓，其不良影响也就随之消失，这是多大的幸事啊！简直没费什么口舌，他就同意了。”

“哦！”爱玛心想，“换了哈丽特，他也会同意的。”

“这是昨天晚上说定的，弗兰克今天早上天一亮就走了。我想他先去了海伯里，在贝茨家停了停——然后再上这儿来。不过，他又急着要回到他舅舅那儿，他眼下比以前更需要他，因此正如我刚才对你说的，他只能在我们这儿待一刻钟。他非常激动——的确非常激动——我从没见过他那么激动，那样子跟以前完全判若两人。别的且不说，看到她病得那么厉害，他先前丝毫没有料到，因而大为震惊——看来他心里非常难受。”

“你当真认为这件事搞得非常秘密吗？坎贝尔夫妇、迪克逊夫妇，他们谁都不知道他俩订婚的事吗?”

爱玛说到迪克逊时，脸上不由得微微一红。

“谁都不知道，没一个人知道。他说得很肯定：世界上除了他们俩以外，谁也不知道。”

“嗯，”爱玛说，“我想我们会渐渐想开的，祝愿他们美满幸福。不过，我永远认为这种做法十分可鄙。除了虚情假意、招摇撞骗、暗中刺探和背信弃义那一套以外，还会是什么呢？来到我们中间的时候，一个劲儿地标榜自己多么坦率、多么纯朴，暗地里却串通起来，对我们大家评头论足！整整一个冬天，整整一个夏天，我们完全受了骗，以为大家都一样的坦率、一样的诚实，没想到我们中间有那么两个人，他们传来传去，比这比那，把不该让他们知道的想法和话语刺探了去，坐在那里说三道四。如果他们彼此听到了别人议论对方的不大悦耳的话，那他们就得自食其果了!”

“在那方面我倒挺心安理得的，”韦斯顿太太回道，“我敢说，我从没在他们中的哪个人面前议论过另一个，说些不该让他们两人都听到的话。”

“你真幸运。你唯一的错误是，你认为我们的一位朋友爱上了那位小姐，不过你那话只是对我讲了。”

“一点不错。不过，我一向很看得起费尔法克斯小姐，绝不会冒冒失失地说她的坏话。至于弗兰克的坏话，那我当然更不会说啦。”

恰在这时，韦斯顿先生出现在离窗口不远的地方，显然是在观察她们的动静。他太太朝他使了个眼色，叫他进来。趁他还没进来的时候，他太太又补充道：“最亲爱的爱玛，我求你留心你的言语和神态，让他心里踏实些，对这门亲事感到满意。我们要尽可能往好里想——的确，几乎一切都可以说是对她有利。这门亲事并不很称心如意，不过邱吉尔先生都不计较，我们何必去计较呢？对他来说，我指弗兰克，爱上这样一个稳重而有头脑的姑娘，也许是件很幸运的事。尽管严格说来，她这件事做得很越格，我还是一向认为——并且以后仍然认为她有这样的优点。她处于那个地位，即使犯了那个过错，也情有可原啊！”

“的确情有可原！”爱玛感慨地嚷道，“如果一个女人只为自己着想还可以原谅的话，那只有处在简·费尔法克斯小姐那样的地位。对于这种人，你简直可以说：‘这世界不是他们的，这世界的法律也不是他们的。’①”

韦斯顿先生一进门，他太太便笑容满面地大声嚷道：

“瞧你的，你还真会跟我开玩笑啊！我看你是用这个花招来挑逗我的好奇心，练一练我的猜测本领。你真把我吓坏了。我还以为你至少损失了一半财产呢。到头来，这不仅不是件令人伤心的事，反倒是件值得庆贺的事。衷心祝贺你，韦斯顿先生，你眼见就有一个全英国最可爱、最多才多艺的年轻女子作你的儿媳了。”

韦斯顿先生跟太太对视了一两眼后便意识到，正如这番话所表明的那样，一切都顺顺当当，因而立刻高兴起来。看他的神态，听他的声音，他又恢复了往常的活跃。他满怀热诚和感激之心，一把抓住太太的手，跟她谈起了这件事，那样子足以证明：只要给以时间，让他听听别人的话，他就会相信这还不算是件很坏的亲事。他的两个同伴说的话，只是想为弗兰克的鲁莽行为开脱，使他不至于反对这门亲事。等他们三人一起谈完了这件事，他送爱玛回哈特菲尔德途中跟爱玛又谈了一阵之后，他已经完全想通了，差不多快要认为：这是弗兰克所能做的最令人满意的事了。

---

① 爱玛在仿效引用莎士比亚所著悲剧《罗密欧与朱丽叶》第五幕第一场中的一句话，原话为：“这世界不是你的朋友，这世界的法律也保护不到你。”

第十一章

“哈丽特啊，可怜的哈丽特！”正是这声感叹，蕴涵着令人痛苦的思绪，这些思绪，爱玛摆脱不了，却构成了这件事的真正可悲之处。弗兰克·邱吉尔很对不起她——在许多方面都很对不起她。但是，惹她如此怨恨他的，与其说是他的行为，不如说是她自己的行为。他最让她恼火的是，她为了哈丽特的缘故，被他拖进了窘境。可怜的哈丽特！又一次成了她的误解和吹捧的牺牲品。真让奈特利先生言中了，他有一次说道：“爱玛，你根本算不上哈丽特·史密斯的朋友。”她担心自己只是给哈丽特帮了倒忙。不错，这一次跟上一次不一样，她不用责怪自己一手酿造了这起恶作剧，不用责怪自己在哈丽特心中挑起了原本不可能有的情感，因为哈丽特已经承认，爱玛在这件事上还没给她暗示之前，她就爱慕并喜欢上了弗兰克·邱吉尔。然而，她鼓励了她本该加以抑制的感情，她觉得这完全是她的过错。她本来是可以阻止这种感情的滋长的，她有足够的左右力。如今她深感自己应该加以制止。她觉得她无端地拿朋友的幸福冒了险。本来，她凭着人情常理，满可以告诉哈丽特说，她千万不要一厢情愿地去思恋他，他看上她的可能性真是微乎其微。“不过，”她心里又想，“我恐怕就没考虑什么人情常理。”

她非常气自己。如果她不能也生弗兰克·邱吉尔的气，那就太可怕了。至于简·费尔法克斯，她至少现在用不着为她操心了。哈丽特已经够她心烦的了，她不必再为简苦恼，她那由于同一原因产生的烦恼和疾病，一定也会同样消除。她那卑微不幸的日子已经到头了，她马上就会恢复健康，获得幸福，祥和如意。爱玛现在想象得出，为什么她的关心屡屡受到轻慢。这一发现使许多小事都容易理解了。无疑，那是出于嫉妒。在简看来，爱玛是她的情敌，她只要提出想帮助她、关心她，势必都要遭到拒绝。乘哈特菲尔德的马车出去兜风，等于叫她受刑；吃哈特菲尔德储藏室里的葛粉，岂不是叫她服毒。爱玛一切都明白了。她尽量摆脱掉气恼时的褊狭、自私心理，承认简·费尔法克斯攀得这样的人家，取得这样的幸福，都是她理所应得的。但是，她始终念念不忘她对可怜的哈丽特应负的责任！她顾不上再去同情别人了。爱玛非常伤心，担心这第二次打击比第一次来得还要沉重。考虑到对方的条件那么优越，必然会更加沉重；再看看此事在哈丽特心里显然产生了更强烈的影响，导致了她的沉闷不语和自我克制，那也会更加沉重。然而，她必须把这令人痛苦的事实告诉哈丽特，而且要尽快告诉。韦斯顿先生临别时叮嘱要保守秘密。"眼下，这件事还得严守秘密。邱吉尔先生特别强调这一点，借以表示他对他最近过世的妻子的敬重。人人都觉得这不过是尽尽礼仪而已。"爱玛答应了，但是哈丽特应当除外，她有义不容辞的责任。

爱玛尽管很苦恼，但又不禁觉得有些可笑，她对哈丽特居然要扮演一个韦斯顿太太刚刚扮演过的难堪而又微妙的角色。韦斯顿太太焦灼不安地告诉她的消息，她现在要焦灼不安地告诉另一个人。一听到哈丽特的脚步声和说话声，她的心就怦怦直跳。她心想，可怜的韦斯顿太太快到兰多尔斯时，心里无疑也是同样的感觉。要是她去报告消息能有相同的结果就好了！但不幸的是，完全没有这个可能。

"喂，伍德豪斯小姐！"哈丽特急急忙忙走进屋来，大声嚷道——"这不是天下最奇特的消息吗？"

"你说的什么消息？"爱玛答道，从神情和话音判断，她还猜不出哈丽特是否真的听到了风声。

"关于简·费尔法克斯的消息。你听到过这么奇怪的事吗？哦！你用不着怕告诉我，韦斯顿先生已经亲口告诉我了。我刚才碰到了他。他跟我说这绝对是秘密。因此，除了你以外，我对谁也不能提起，不过他说你知道了。”

“韦斯顿先生告诉你什么了？”爱玛还是困惑不解，说道。

“哦！他什么都告诉我了，说简·费尔法克斯和弗兰克·邱吉尔先生就要结婚了，还说他们早就秘密订了婚。多奇怪呀！”

的确很奇怪，哈丽特的表现真是奇怪极了，真叫爱玛琢磨不透。她的性格似乎完全变了。她似乎要表明，她得知这件事并不激动，也不失望，也不怎么在意。爱玛瞧着她，简直说不出话来。

“你想到过他爱她吗？”哈丽特大声说道，“你也许想到过。你（说到这里脸红了）能看透每个人的心，可是别人却不能——”

“说实话，”爱玛说，“我开始怀疑我是否有这样的天赋。哈丽特，难道你在一本正经地问我：我在——如果不是直截了当地，也是婉转地——鼓励你大胆表露自己的感情的时候，却又认为他爱着另一个女人呀？直到一小时以前，我还丝毫没想到弗兰克·邱吉尔先生居然会对简·费尔法克斯有一丁点意思。你可以相信，我要是真想到了，一定会劝你小心点。”

“我！”哈丽特红着脸惊叫道，“你干吗要劝我小心呀？你总不会认为我对弗兰克·邱吉尔先生有意思吧。”

“听你说得这么理直气壮，我很高兴，”爱玛笑吟吟地答道，“可是有一段时间——而且还是不久以前——你却使我有理由认为你对他有意思，这你不想否认吧？”

“对他！绝对没有，绝对没有。亲爱的伍德豪斯小姐，你怎么能这样误解我？”哈丽特委屈地转过头去。

“哈丽特！”爱玛先是顿了一下，然后喊了起来，“你这是什么意思？天哪！你这是什么意思？误解你？那你是要我……？”

她再也说不下去了。她的嗓子哽住了，便坐了下来，怯生生地等着哈丽特回答。

哈丽特站的地方离她有点距离，脸背着她，没有马上回答。等她开口说话时，声音差不多跟爱玛的一样激动。

“我没想到你居然会误解我！”她说，“我知道，我们说好了不再提他的名字——可是，考虑到他比别人不知要好多少倍，我觉得我不可能被误认为是指别的什么人。弗兰克·邱吉尔先生，真是的！他跟那另一个人在一起的时候，我真不知道有谁会去看他。我想我还不至于那么没有品位，居然会把弗兰克·邱吉尔先生放在心上，谁都比他强。你居然会这样误解我，真令人吃惊！我敢说，我若不是认为你满心赞成并且鼓动我去爱他，我从一开始就会觉得那太不自量，连想都不敢去想他。从一开始，要不是你跟我说以前有过比这更奇妙的事，门第更悬殊的人都结合了（这是你的原话）——我就绝不敢听任——绝不会认为有这个可能——可是你一向跟他很熟，要是你——”

“哈丽特！”爱玛终于果决地冷静下来，大声说道，“我们还是把话说清楚，免得再误会下去。你是说——奈特利先生吧？”

“我当然是说他。我绝不会想到别人——我还以为你知道呢。我们说起他的时候，那是再清楚不过了。”

“不见得，”爱玛强作镇静地回道，“你当时说的话，我听起来都是指的另一个人。我几乎可以说，你都提起过弗兰克·邱吉尔先生的名字。我想一定是说起弗兰克·邱吉尔先生帮了你的忙，保护你没受吉卜赛人的伤害。”

“哎！伍德豪斯小姐，你真健忘！”

“亲爱的哈丽特，我当时说的话，大意还记得很清楚。我跟你说，我对你的心思并不感到奇怪。鉴于他帮了你的忙，那是再自然不过了。你同意我的说法，还十分热烈地谈了你对他帮忙的感受，甚至还说起你眼看着他来搭救你时，你心里是什么滋味。我对这事的印象很深。”

“哦，天哪，”哈丽特嚷道，“现在我可明白你说的是什么事了。可我当时想的完全是另一码事。我说的不是吉卜赛人——不是弗兰克·邱吉尔先生。不是的！（略微抬高了一点嗓门）我想的是一件更难能可贵的事情——在埃尔顿先生不肯跟我跳舞，而屋里又没有别的舞伴的时候，奈特利先生走过来请我跳舞。正是这好心的举动，正是这大仁大义、宽怀大度，正是这次帮助，使我开始感觉到，他比天下任何人都不知要强多少倍。”

“天哪！”爱玛嚷道，“这是个极其不幸——极其可悲的误会啊！这可怎么办呢？”

“这么说，你要是明白了我的意思，就不会鼓励我了。不过，至少我的处境还不算太糟，要是换了另外那个人，我可能就要更倒霉了。现在——倒有可能——”

哈丽特停了停，爱玛说不出话来。

“伍德豪斯小姐，”哈丽特接着说道，“你觉得不管对我来说，还是对别人来说，这两人之间有着极大的差别，我并不感到奇怪。你一准认为这两人都比我条件好，但其中一个比另一个还要高出五亿倍。可是我希望，伍德豪斯小姐，要是——如果——尽管事情看来有些奇怪——可是你知道，这都是你的原话：以前有过更奇妙的事，比弗兰克·邱吉尔先生和我门第更悬殊的人都结合了。因此，看来好像以前就连这样的事也有过——如果我幸运的话，幸运得没法说——如果奈特利先生真会——如果他不在乎这种差异，我希望，亲爱的伍德豪斯小姐，你不要反对，不要从中作梗。不过我知道，你是个好心人，不会做那样的事。”

哈丽特站在一扇窗子跟前。爱玛惊异地转过头去看她，急忙说道：

“你认为奈特利先生对你也有意思吗？”

“是的，”哈丽特回答得有点羞涩，但并不胆怯，“我要说是这样的。”

爱玛蓦地收回了目光，坐在那里一动不动，默默沉思了一会。就这一会工夫，足以让她摸透自己的心思了。像她这样的头脑，一旦起了猜疑，就会很快猜疑下去。她触及了——接受了——承认了整个事实。为什么哈丽特爱上奈特利先生就比爱上弗兰克·邱吉尔糟糕得多呢？为什么哈丽特有了一点希望，说奈特利先生也有意于她，那问题就越发可怕了呢？她脑子里像箭似的闪过一个念头：奈特利先生不能跟别人结婚，只能跟她爱玛！

就在这一会工夫，她自己的行为，连同她的内心，一起展现在她眼前。她把这一切看得清清楚楚，以前从没这么清楚过。她多么对不起哈丽特呀！她的行为多么轻率、多么粗暴、多么不合情理、多么冷漠无情！把她引入歧途的，是何等的盲目，何等的疯狂啊！她受到了可怕而沉重的打击，恨不得用尽种种恶名来诅咒自己的行为。然而，尽管有这些过错，她还是要保持一点自尊心——要注意自己的体面，对哈丽特要公正——（对一个自以为赢得奈特利先生爱情的姑娘不必再怜悯——但为公正起见，现在还不能冷淡她，免得惹她伤心。）于是，爱玛决定冷静地坐着，继续忍受这一切，甚至要装出一副心慈面善的样子。的确，为了自身的利益，她要探究一下哈丽特究竟有多大的希望。她一直在自愿地关心爱护哈丽特，哈丽特并没犯下什么过失，活该失去她的关心和爱护——或者活该受到从未给过她正确引导的人的蔑视。因此，她从沉思中醒来，抑制住自己的情感，又转向哈丽特，用比较热情的口吻，继续跟她交谈。她们起先谈论的简·费尔法克斯的奇妙故事，早已给忘得一干二净。两人都只想着奈特利先生和她们自己。

哈丽特一直站在那儿沉浸在惬意的幻想之中，现在让伍德豪斯小姐这样一个有见识的朋友，以鼓励的姿态把她从幻想中唤醒，倒也觉得挺高兴。只要爱玛一要求，她就会满怀喜悦，颤颤抖抖地讲出她那希望的来龙去脉。爱玛在询问和倾听时也在颤抖，虽然比哈丽特掩饰得好，但同样抖得厉害。她的声音并没有颤抖，但她内心却一片烦乱。她这样的自我暴露，意外遇到这样的险情，突然冒出这样错综复杂的情感，势必会造成这样的结果。她听着哈丽特讲述，内心痛苦不堪，外表却若无其事。哈丽特当然不会讲得有条有理，头头是道，或者有声有色，但是把其中累赘无力的成分去掉以后，这些话却包含着令她情绪低沉的主要内容——特别是她回想起奈特利先生对哈丽特的看法已大有好转，则越发证明哈丽特说的是实情。

自从那两次决定性的跳舞以后，哈丽特就看出他的态度有了转变。爱玛知道，他当时觉得哈丽特比他料想的强得多。从那天晚上起，至少从伍德豪斯小姐鼓励她动动他的心思那刻起，哈丽特就察觉他跟她谈话比以前多了，对她的态度也确实跟以前大不一样，变得和蔼可亲了！后来，她看得越来越清楚了。大家一起散步的时候，他常过来走在她旁边，而且谈笑风生！他似乎想跟她搞熟一些。爱玛知道确实是这么回事。她经常察觉这种变化，察觉到大致差不多的地步。哈丽特一再重复他对她表示赞同和赞赏的话——爱玛觉得这些话与她所了解的他对哈丽特的看法完全吻合。他称赞哈丽特不虚伪、不做作，称赞她具有真诚、纯朴、宽厚的情怀。她知道他看出了哈丽特的这些优点，不止一次地跟她谈论过这些优点。有许多事情，哈丽特受到奈特利先生关注的许多小小的举动，例如一个眼神，一句话，一个换张椅子的动作，一声委婉的夸奖，一种含蓄的喜爱，这一切哈丽特都记在心里，爱玛却由于毫不猜疑，而从未注意过。有些事可以滔滔不绝地说上半个小时，而且包含了她所见到的许多明证，她也都忽视过去，直到现在才听说。不过，值得一提的最近发生的两件事，哈丽特最满怀希望的两件事，也不是爱玛没有亲眼目睹的。第一件是他撇开众人，跟哈丽特在当维尔的欧椴路上散步，两人在一起走了好久爱玛才赶来。爱玛相信，他那次是煞费苦心把哈丽特从别人那儿拽到他身边的——而且从一开始，他就以一种前所未有的特殊方式跟哈丽特谈话，的确是以一种非常特殊的方式！（哈丽特一回想起来就要脸红。）他似乎差一点要问她是否已有心上人，可是一见她（伍德豪斯小姐）好像在朝他们走来，他就换了话题，谈起了农事。第二件是他最后一次来哈特菲尔德的那个早上，趁爱玛出去没回来，他已跟哈丽特坐在那儿谈了将近半个小时——虽然他一进来就说，他连五分钟也不能待——在谈话中，他对哈丽特说，虽说他非去伦敦不可，但他很不情愿离开家，爱玛觉得，这话他可没对她爱玛说过呀。这件事表明，他对哈丽特更加推心置腹，她心里真不是滋味。

沉思了一下之后，她就这两件事里的第一件大胆地提出了下面的问题："他会不会？是不是有这样的可能，他像你认为的那样询问你有没有心上人时，可能是指马丁先生——可能是为马丁先生着想呢？"可是哈丽特断然否定了这一猜测。

"马丁先生！绝不会！压根儿没提到马丁先生。我想我现在头脑清醒了，不会去喜欢马丁先生，也不会有人怀疑我喜欢他。"

哈丽特摆完了证据之后，便请亲爱的伍德豪斯小姐说说，她是否有充分根据抱有希望。

"要不是因为你，"她说，"我起初还真不敢往这上面想。你叫我仔细观察他，看他的态度行事——我就这么办了。可现在我似乎觉得，我也许配得上他，他要是真看中了我，那也不会是什么很奇怪的事。"

爱玛听了这番话，心里好不酸楚，真是满腹酸楚，费了很大劲儿才这样答道：

“哈丽特，我只想冒昧地说一句：奈特利先生要是不喜欢哪个女人，就绝不会虚情假意，让她觉得他有意于她。”

哈丽特听到这句可心的话，似乎真要对她的朋友顶礼膜拜了。恰在这时，传来了伍德豪斯先生的脚步声，爱玛这才幸免了目睹那如痴如狂的神态，不然的话，那对她真是可怕的惩罚。伍德豪斯先生穿过门厅走来，哈丽特太激动了，不便跟他见面。“我平静不下来——会吓着伍德豪斯先生的——我还是走开吧。”于是，她的朋友爽爽快快地一说好，她就从另一扇门出去了——她刚走掉，爱玛的情绪就不由自主地发泄出来了：“哦，天哪！我要是从没见过她有多好啊！”

白天余下的时间，以及晚上的时间，还不够她用来思考的。过去的几个小时里，一切都来得那么突然，使她慌慌张张不知所措。每时每刻都带来了新的惊异，而每一次惊异又使她感到屈辱。怎么来理解这一切呀！怎么来理解她自欺欺人、自作自受的行径啊！她自己没有理智，盲目行事，铸成的大错啊！她要么一动不动地坐着，要么走来走去，在自己房里踱步，在灌木丛里徘徊——无论在哪里，无论坐还是走，她都觉得自己太软弱无力。她受了别人的欺骗，真是太没有脸面了。她还自己欺骗了自己，更是羞愧难当。她真是不幸，很可能还会发现：这一天只是不幸的开始。

摸透自己的心思，彻底摸透自己的心思，这是她首先要做的事。照料父亲之余的一切空闲时间，每逢心不在焉的时候，她都在琢磨自己的心思。

她现在深感自己爱上了奈特利先生，可她爱上他多久了呢？奈特利先生对她的影响，像现在这样的影响，是什么时候开始的呢？她曾一度有意于弗兰克·邱吉尔，奈特利先生什么时候取代了他呢？她回顾了一下，拿两人作了比较——就从她认识弗兰克·邱吉尔的时候起，比较一下两人在她心中所占的地位——她本来早就可以作这样的比较，如果——唉！如果她早就灵机一动，想到要在他们中间作这样的比较。她发现，她一向认为奈特利先生要强得多，对她也亲切得多。她发现，她在自我劝解、想入非非、作出相反行动的时候，完全处在错觉之中，丝毫也不了解自己的心思——总而言之，她从未真正喜欢过弗兰克·邱吉尔！

这是她头一阵思考的结果，是探究第一个问题时对自己作出的认识，而且没用多长时间就完成了。她非常懊悔，也非常气恼，为自己的每一种情感感到羞愧，除了刚意识到的这一种——她对奈特利先生的爱。她的其他心念都令人厌恶。

她出于让人无法容忍的自负，以为自己能看透每个人内心的秘密；出于不可饶恕的自大，硬要安排每个人的命运。结果，她一次次地犯错误。她也不是一事无成——她造成了危害。她害了哈丽特，害了她自己，而且她还很担心，也害了奈特利先生。假如天下最不般配的这门亲事成为事实的话，那她要承担全部罪责，因为事情是她起的头；因为她坚决相信，奈特利先生的感情只可能是由于意识到哈丽特爱他之后才产生的。即使并非如此，若不是因为她爱玛的愚蠢，他也不会认识哈丽特。

奈特利先生娶哈丽特·史密斯！这门亲事真使再怪的亲事也不算怪了。相比之下，弗兰克·邱吉尔跟简·费尔法克斯相爱就变得很普通、很一般、很平淡了，看不出什么不般配的，没什么好惊奇的，也没什么想不通、好非议的。奈特利先生娶哈丽特·史密斯！女的一步登天！男的一落千丈！一想到这一来奈特利先生会怎样让众人看不起，大家会怎样嘲笑他、讥讽他、拿他开心，他弟弟会觉得没有脸面，再也瞧不起他，他自己也会遇到没完没了的麻烦，爱玛觉得真是可怕。这可能吗？不，不可能。然而，却又绝不是，绝不是不可能。

一个卓著有能耐的男人被一个很平庸的女人所迷住，这难道是新鲜事吗？一个也许是忙得无暇追求的人被一个追求他的姑娘俘获了，这难道是新奇的事吗？世界上出现不平等、不一致、不协调的事情——机遇和环境（只是第二位的原因[①]）左右人的命运，这难道是新奇的吗？

唉！她要是没有提携哈丽特该有多好啊！她要是让哈丽特保持原有的状况，保持奈特利先生所说的她应有的状况，那该有多好啊！她若不是由于不可言喻的愚蠢，阻止哈丽特嫁给一个可以使她在她所属的生活天地过得又幸福又体面的好端端的青年——那就会万事大吉，不会出现这一连串可怕的事情。

哈丽特怎么会这么不自量，居然想要高攀奈特利先生！要不是确有把握的话，她怎么敢幻想自己被这样一个人看中！不过，哈丽特不像以前那么胆小、那么顾虑重重了。她似乎已经觉察不到自己在智力和地位上的低下。以前若是让埃尔顿先生娶她，她似乎觉得是屈尊降贵，现在要让奈特利先生娶她，她就没有这个感觉了。唉！难道这不是她爱玛一手造成的吗？除了她以外，还有谁费尽心机地向哈丽特灌输妄自尊大的思想呢？除了她以外，还有谁会教她尽力往上爬，认为自己完全有权进入名门望族呢？如果哈丽特真从自卑发展成自负，那也是她爱玛一手造成的。

第十二章

爱玛如今面临着失去幸福的危险，才终于意识到，她的幸福在多大程度上取决于奈特利先生把她摆在第一位，最关心她，也最疼爱

① 上帝被视为左右万物的第一位的原因。

她。本来，她对此深信不疑，觉得这是她理所应得的，因而心安理得地享受了这般幸福；现在，只是在害怕被人取而代之的情况下，才发现这对她说不出有多么重要。长久以来，她觉得奈特利先生一直把她摆在第一位。奈特利先生没有姐妹，就关系而言，只有伊莎贝拉可以和她相比，而她一向很清楚，奈特利先生对伊莎贝拉是多么喜爱、多么看得起。许多年以来，他一直把她爱玛摆在第一位，她真有些担当不起。她经常漫不经心、执拗任性，无视他的规劝，甚至有意与他作对，对他的优点有一半意识不到，还要跟他争吵，就因为他不赞成她不切实际地过高估计自己——不过，由于亲戚关系和习性，也是出于一片好心，他还是很喜欢她，从小就关照她，竭力促使她上进，巴望她品行端正，别人根本没有这样的情意。尽管她有这样那样的缺点，她知道他仍然喜爱她，难道不可以说是很喜爱吗？然而，就在她由此而产生一点希望的时候，她却不能尽情地沉迷在其中。哈丽特·史密斯也许认为自己并非不配得到奈特利先生那特有的、专一的、热烈的爱。而她爱玛却不能这样想。她不能自以为奈特利先生在盲目地爱着她。她最近就遇到一件事，说明他并没有偏爱她——见她那样对待贝茨小姐，他是多么震惊啊！在这件事上，他对她多么直言不讳，言词多么激烈呀！就她的过错而言，他的责备并不算太重——但是，如果他除了心地耿直、善意规劝之外，还夹有什么柔情的话，那就未免太重了。她并不指望他会对她怀有那种令她猜疑不定的情意，也没有什么理由抱有这样的指望。但是，她（时弱时强地）希望哈丽特是在自己欺骗自己，过高地估计了奈特利先生对她的情意。她必须怀有这样的希望，这是为了他——不管后果如何，她都无所谓，只要他一辈子不结婚。的确，只要能确保他一辈子不结婚，她就会心满意足。让他对他们父女来说还是以前的奈特利先生，对众人来说还是以前的奈特利先生，让当维尔和哈特菲尔德不要失去那充满友谊和信任的珍贵交往，那她就会平平静静地生活下去。事实上，她也不能结婚。她要是结了婚，就没法报答父亲的养育之恩，也没法对他尽孝心。说什么也不应该把她和她父亲分开。她不能结婚，即使奈特利先生向她求婚也不行。

她一心巴望哈丽特只是空欢喜一场，希望等到再次看见他们俩在一起时，至少能弄清楚这件事究竟有多大的可能性。从今以后，她要密切地观察他们。虽说她以前可怜巴巴地甚至误解了她所观察的人，但她却不知道自己在这件事上怎么会受了蒙蔽。她天天盼他回来。她的眼睛马上就会明亮起来——她只要朝一个思路想，那就会快得吓人。在此期间，她决计不跟哈丽特见面。这件事再谈下去，对她们俩没有好处，对事情本身也没有好处。她打定主意，只要还有犯疑的地方，她就绝不信以为真，然而她没有根据可以打消哈丽特的信心。谈话只会惹人生气。因此，她给哈丽特写了封信，以亲切而又坚决的口吻，请她暂且不要到哈特菲尔德来，说她相信，有一个话题最好不要再推心置腹地谈下去，并且希望近日内两人不要再见面，除非有别人在场——她只是不想两人私下见面——这样她们就当作忘掉了昨天的谈话。哈丽特依从了，同意了，还很感激。

这件事刚安排好，就来了一位客人，把爱玛从过去二十四小时连睡觉走路都无法释怀的那件事上分了心——这就是韦斯顿太太，她去看望未来的儿媳妇，回家时顺路来到哈特菲尔德，一方面礼节性地去看看爱玛，一方面也好让自己散散心，把这么有趣的一场会晤详详细细地讲一讲。

韦斯顿先生陪太太去了贝茨太太家，十分得体地表示了他那份必不可少的关怀。他们在贝茨太太的客厅里只尴尬地坐了一刻钟，本来没有多少话可对爱玛说，但是韦斯顿太太劝说费尔法克斯小姐跟她一起出去兜风，现在回来了，要说的话，而且是洋洋得意说的话，可就多得多了。

爱玛对这事还是有一点好奇，趁朋友述说的时候，倒是充分利用了这点好奇心。韦斯顿太太刚出门时，心里有些忐忑不安。她原先并不打算去，只想给费尔法克斯小姐写封信，等过一些时候，邱吉尔先生同意把婚约公开了，再去作这次礼节性的拜访，因为考虑到方方面面的因素，她这一去势必会传得沸沸扬扬。可是，韦斯顿先生却不以为然。他急于要向费尔法克斯小姐及其家人表示认可，认为去一趟不会引起别人的猜疑，即便有人猜疑，也没有什么大不了的。他说："这一类事总要张扬出去。"爱玛笑了，觉得韦斯顿先生这么说很有道理。总而言之，他们去了——那位小姐显得极其窘迫，极为不安。她几乎一声不吭，每一个眼神、每一个举动，都流露出一副难为情的样子。老太太打心眼里感到满意，但是没有作声，她女儿则欣喜若狂——高兴得甚至都不像往常那样唠唠叨叨了，真是一个令人高兴，甚至令人感动的场面。她们两人的喜幸劲儿真令人可敬，襟怀那样坦荡无私，只想着简，想着别人，就是没想到自己，心里洋溢着种种亲切的情意。费尔法克斯小姐最近生过病，恰好为韦斯顿太太邀她出去兜风提供了借口。她起初退退缩缩不想去，后来经不住韦斯顿太太竭力劝说，只好依从了。兜风的时候，韦斯顿太太温声细语地鼓励她，大大消除了她的局促不安，终于使她谈起了那个重大的话题。首先当然是表示歉意，说他们第一次来看她，她却沉闷不语，真是太没有礼貌了；接着便激动不已地表达了她对韦斯顿夫妇一贯的感激之情。倾诉了这些心意之后，两人谈了很多有关订婚的现状和未来。韦斯顿太太心想，她的游伴长期把苦衷埋在心里，这次跟她一交谈，一定感到如释重负，因而她对自己说的话，感到很满意。

"她隐瞒了好几个月，忍受了不少的痛苦，"韦斯顿太太继续说道，"从这点看来，她还是很坚强的。她有这样一句话：'我不能说订婚后就没有过快乐的时候，但是我敢说，我一时一刻也没安宁过。’爱玛，她说这话的时候，嘴唇都在颤抖，我从心底里相信她说的是实情。”

“可怜的姑娘！”爱玛说，“这么说，她认为同意秘密订婚是做错了？”

“做错了！我想她总要责备自己，别人谁也没有那样责备她。‘结果，’她说，‘给我带来了没完没了的痛苦，这也是理所当然的。尽管错误带来了惩罚，可错误还是错误。痛苦并不能涤罪。我绝不再是无可指摘的了。我的行为违背了我的是非观。虽说事情出现了转机，我现在受到了厚待，但我的良心告诉我，我是受之有愧的。太太，’她又说，‘你不要以为我从小被教坏了。千万别责怪抚养我长大成人的朋友管教不严，照顾不周。都是我自己的过失。跟你说实话，虽然目前的处境似乎给我提供了借口，但我还是不敢把这件事告诉坎贝尔上校。’”

“可怜的姑娘！”爱玛又一次说道，“我想她一定非常爱他，只有出于一片真情，才会订下这样的婚约。她的情感一定压倒了理智。”

“是的，我想她一定非常爱他。”

“恐怕，”爱玛叹了口气说，“我一定经常惹她不高兴。”

“亲爱的，你那完全是无意的。不过，她提起弗兰克以前给我们造成的误会时，心里也许就有这样的想法。她说，她卷入这场不幸的一个自然后果，就是搞得自己不合情理。她知道自己做错了事，心里万分不安，性情变得很古怪，动不动就发脾气，他一定会觉得——其实就是觉得——很难忍受。‘我本该体谅他的脾气和心情，’她说，‘可我没那么做——他性情开朗，快快活活，爱开玩笑，要是换一个处境，我肯定会像一开始那样，始终为之着迷。’接着她就讲到了你，说她生病期间你对她关怀备至。她脸都红了，我一看就明白了是怎么回事。她要我一有机会就向你道谢——我怎么道谢都不会过分——感谢你为她操的心，为她尽的力。她心里明白，她自己从来没有好好地谢谢你。”

“我知道她现在很快活，”爱玛一本正经地说道，“尽管她良心上有点过意不去，她一定还是很快活，不然的话，我也领受不起这样的感谢。唉！韦斯顿太太，要是把我为费尔法克斯小姐做的好事和坏事算出一笔账来！算了，（说到这儿顿了顿，想要装作快活些）把这一切都忘了吧。多谢你告诉了我这些很有意思的情况，从中可以充分看出她的好处。我认为她的确很好——希望她也很幸福。应该说幸运之神站在男的一边，因为依我看美德全在女的一边。”

对于这样的结论，韦斯顿太太没法不答复了。在她看来，弗兰克几乎样样都好。再说简又很喜欢他，因此她要竭力为他辩护。她说得入情入理，至少情深意浓——可是因为话太多，爱玛难免不走神，不一会工夫，她就时而想到布伦斯维克广场，时而想到当维尔，忘了去听她的话。韦斯顿太太最后说：“你知道，我们还没收到那封左盼右盼的信，不过我想很快就会收到的。”爱玛一下子愣住了，后来不得已敷衍了两句，因为她压根儿想不起她们在盼什么信。

“你身体好吗，爱玛？”韦斯顿太太临别时问道。

“哦！很好。你知道，我一向很好。信来了一定要尽快告诉我。”

听了韦斯顿太太说的情况，爱玛越发敬重和同情费尔法克斯小姐，越发感到以前对不起她，因而心里越想越难过。她悔不该没跟她再亲近一些，为自己的嫉妒心理感到脸红，正是这嫉妒心理，在一定程度上妨碍了她们的亲近。想当初，她要是听了奈特利先生的话，注意关心费尔法克斯小姐（不管从哪方面看，这都是她应该做的）；她要是设法去进一步了解她，尽量去亲近她，力求跟她做朋友，而不是跟哈丽特·史密斯做朋友，那八成就不会有现在这些烦恼。就出身、天分和教养来看，两人中有一个可以做她的朋友，本该是她求之不得的，而那另一个呢——她是什么人呢？就算她们俩没有成为亲密的朋友，就算费尔法克斯小姐在这个重大问题上没向她推心置腹——这是很可能的——然而，就凭她对费尔法克斯小姐应有的了解，她也不该胡乱猜疑她与迪克逊先生关系暧昧。她不仅极其荒唐地胡乱猜疑，而且还要讲给别人听，这就越发不可原谅。她很担心，由于弗兰克·邱吉尔的轻率或粗心，这一想法给简的脆弱感情带来了很大的痛苦。她觉得，简自从来到海伯里以后，给她造成痛苦的种种根源中，最糟糕的一定是她爱玛了。她简直成了她的老冤家。每次他们三个人在一起，她总要无数次地刺得简不得安宁。而在博克斯山，她那颗心也许痛苦到了极点，再也无法忍受了。

哈特菲尔德的这天黄昏又漫长又阴沉，平添了几分阴郁的气氛。骤然袭来一场阴冷的暴风雨，除了树林和灌木丛中的绿叶受到狂风的摧残，白昼延长可以让人多瞧一瞧这凄凉的景象以外，已经丝毫看不到七月的景致。

伍德豪斯先生受天气影响，他女儿几乎在一刻不停地关照他，付出了比平常多得多的努力，才使他觉得还算好受些。这时候，爱玛不由得想起了韦斯顿太太结婚的那天晚上，他们父女俩第一次孤苦伶仃在一起的情景。不过，那次吃过茶点后不久，奈特利先生就走了进来，驱散了一切的忧思。唉！类似这样的探访说明哈特菲尔德还是个令人喜欢的地方，但是也许好景不长了。当时，她为即将到来的冬天描绘出一幅凄凄凉凉的景象，可结果证明她错了。他们既没失去哪个朋友，也没失去任何欢乐。可是她在担心，这一次不祥的预感不会出现适得其反的结果。她眼下面临的前景就有点预兆不祥，不可能被完全消除——甚至不可能出现几分光明。如果她的朋友中间能发生的事都发生了的话，那哈特菲尔德一定会变得冷冷清清，她只能怀着幸福已经破灭的心情，来逗父亲高兴。

兰多尔斯的孩子出世以后，那关系肯定要比她爱玛来得还亲，韦斯顿太太的心思和时间势必要全部花在那孩子身上。他们会失去韦斯顿太太，说不定在很大程度上还会失去她丈夫。弗兰克·邱吉尔不会再来了，而且还可以设想，费尔法克斯小姐马上也不再是海伯里的人了。他们将会结婚，在恩斯库姆或附近什么地方定居下来。一切美好的东西都将化为乌有。若是在这些损失之外，再失去当维尔，那他们还能到哪里找到快乐而理智的朋友呢？奈特利先生再也不会来他们家消磨夜晚的时光了！再也不会随时走进来，好像甘愿把他们家当作他自己的家似的！这叫人怎么受得了啊？如果他真为哈丽特而抛开了他们，如果今后真觉得他有了哈丽特就有了一切，如果哈丽特真成了他最中意、最可亲的人，成了他的朋友和妻子，成了他终身幸福的归属，那她爱玛始终不会忘记这都是她自作自受的结果，还有什么比这更让她伤心的呢？

想到这里，她不由得为之一惊，长叹了一声，甚至在屋里踱了几步——唯一能使她感到宽慰和平静的是，她下定决心好自为之，并且希望，不管今年还是以后哪个冬天，她要是情绪比以前来得低落，没有什么欢乐可言，她都要变得理智一些，有点自知之明，少做令她后悔的事。

第十三章

第二天一上午，天气还像头一天一样，哈特菲尔德似乎依然笼罩在一片孤寂、一片忧伤之中——可是到了下午，天气转晴，风势变小，乌云散开，太阳出来了，夏天回来了。爱玛一见天气好转，心里也憋不住了，便决定尽快出去散散心。暴风雨过后，大自然显得又平静，又温和，又灿烂，那优美的景色，那清新的气息，那宜人的感觉，她从没觉得对她有这么大的吸引力。她很想领略一下这一切渐渐带来的安宁。刚吃完晚饭不久，佩里先生来了，没事陪她父亲个把小时，她就趁机匆匆来到小树林。她精神好了些，心里也宽慰了一点，刚在小树林里兜了几圈，就看见奈特利先生穿过花园门朝她走来。她这才知道他从伦敦回来了。她刚才还在寻思，他肯定还在十六英里以外。她只来得及匆匆地理一下思绪。她必须镇定下来。转眼间，两人走到了一起。双方都说了声“你好”，口气又平静又拘谨。女的问起他们共同朋友的情况，男的回答说都挺好。他是什么时候离开他们的？就在那天早上。他准是冒雨骑马来的。是的。爱玛发现，他想陪她一起走走。“我朝餐厅里看了看，那儿用不着我，我还是喜欢到户外来。”爱玛看他那神情，听他那口吻，都觉得他不大快活。她出于担心，首先想到的一个原因，是他把自己的打算告诉了他弟弟，他弟弟的反应导致了他的不痛快。

他们一道走着。奈特利先生一声不响。爱玛觉得，他在时不时地瞅着她，想仔细地瞧瞧她的脸，搞得爱玛很不自在。爱玛的这一念头又引起了另一种忧虑。也许他想跟她讲讲他喜爱哈丽特。说不定他在等待，得到她的鼓励后再开口。她觉得这样的话题不该由她先开口，她也没法先开口，而应由他自己来开头。然而，她又禁不住这样的沉默。奈特利先生这样做，也太不寻常了。她寻思了一下——拿定了主意——然后强作笑颜地说道：

“现在你回来了，你会听到一条消息，让你吃一惊。”

“是吗？”奈特利先生一边平静地说道，一边望着她。“什么样的消息？”

“哦！天下最好的消息——一桩婚事。”

奈特利先生等了等，仿佛是要拿准她不想再往下说似的，然后答道：

“如果你指的是费尔法克斯小姐和弗兰克·邱吉尔的话，那我已经听说了。”

“怎么可能呢？”爱玛嚷了起来，满脸通红地望着他。她说话的当儿意识到，他也许在回来的途中去过戈达德太太家了。

“今天早上我收到了韦斯顿先生一封谈教区公事的信，末尾简要地说了说这件事。”

爱玛松了一口气，立即用稍微平静一点的口气说道：

“你也许不像我们大家这么吃惊吧，因为你起过疑心。我还记得你有一次告诫过我。我要是听了你的话就好了——可是——（声音低了下去，深深地叹了口气）我好像注定什么也看不清似的。”

两人沉默了一会，爱玛没想到她那话会引起什么特别的兴趣，直至发觉奈特利先生挽起了她的手臂，紧紧贴在他的心口上，只听他用深情的口吻轻声说道：

“时间，我最亲爱的爱玛，只有时间会治好创伤。你的非凡理智——你为你父亲所作的努力——我知道你不会让自己——”他又紧紧挽住爱玛的胳臂，同时用更不连贯、压得更低的声音说道：“最热烈的友情——令人愤慨——可恶的无赖！”最后，他提高了嗓门，以比较镇定的口吻说道：“他快走了。他们就要去约克郡了。我为简感到惋惜。她的命运应该更好一些。”

爱玛明白他的意思。她受到这般爱怜体恤之情的感动，高兴得激动起来，一等平静下来，就答道：

“你真是一片好心——不过你搞错了——我要让你明白是怎么回事。我并不需要那样的怜悯。我看不清眼前发生的事，对他们采取了那样的态度，真要让我羞愧一辈子。我太愚蠢了，鬼使神差地说了那么多傻话，做了那么多傻事，难免要引起人家种种不愉快的猜测。不过，我没有别的事值得懊悔的，只怪我没有早点儿知道这个秘密。”

“爱玛！”奈特利先生大声嚷道，目光热切地望着她，“你真是这样吗？”——但他又抑制住了自己——“不，不，我了解你——请原谅我——你能说出这些话，我也很高兴了。你的确犯不着为他感到惋惜！我希望，过不了多久，你将不只是在理智上认识到这一点。幸亏你在感情上不是陷得很深！说实话，看你那样子，我真摸不透你的心思——我只知道你喜欢他——我认为他根本不值得你喜欢。他败坏了男人的名声。难道他配得上那样一位可爱的姑娘吗？简，简，你要成为一个可怜的人啦。”

“奈特利先生，”爱玛说，想尽量装得轻快些，可实际上却很慌乱，“我处在一个很不寻常的境地。我不能让你继续误会下去。不过，既然我的行为给人家造成了这样的印象，我也就不好意思表白自己根本就没爱过我们所说的那个人，正如任何女人都会自然而然地羞于承认自己爱上了谁一样。不过，我真的从没爱过他。”

奈特利先生一声不响地听着。爱玛希望他说话，可他就是不说。爱玛心想，她必须再费些口舌，才能赢得他的宽容。然而，她也不能让他瞧不起。不过，她还是往下说了：

“我对自己的行为没有什么好说的。我让他的献殷勤给迷惑住了，显出一副很得意的样子。这也许是老掉牙的事——平平常常的事——只不过是成百上千的女人都有过的事。然而，这种事出在一个自以为很有头脑的人身上，那就没有什么好原谅的。有好多情况促使我受到了诱惑。他是韦斯顿先生的儿子——经常在这儿——我总觉得他很讨人喜欢——总而言之，（说着叹了口气）让我再怎么巧言巧语地搬出种种理由，最后还要集中到这一点——他迎合了我的虚荣心，我就听任他向我献殷勤。可是，到了后来——确实有一段时间——我觉得他那样做并没有什么意思。我认为他是出于习惯，是耍花招，我用不着去当真。他欺骗了我，但是没有伤害我。我从来没有爱过他。现在，我总算可以理解他的行为了。他从来没有想讨我喜欢。他不过是为了遮人耳目，想掩饰他跟另一个人的真实关系。他的意图是要遮掩周围所有人的耳目，我敢肯定，谁也不像我那样容易受蒙骗——不过，我还是没有受骗——那是我的运气——总之，不管怎么说，我没上他的当。”

说到这里，她指望对方能回答——听他说一声她的行为至少是可以理解的。可是他却沉默不语，而且据她断定，他在沉思。最后，他总算用平常的口吻说话了：

“我对弗兰克·邱吉尔的印象一向不是很好，我想我还可能低估了他。我跟他很少接触。即使我没有低估他，他以后兴许还是会变好的。跟这样一个女人在一起，他还是有希望的。我没有必要希望他倒霉——简的幸福与他的品行息息相关，看在她的分上，我当然希望他好。”

“我不怀疑他们会幸福地生活在一起，”爱玛说，“我相信他们彼此是真心相爱的。”

“他这个人太有福气啦！”奈特利先生起劲地答道，“这么年轻——才二十三岁——一个人在这样的年龄选择妻子，一般都选不好。二十三岁就选中了这么一个好妻子啊！人们尽可以想象，这个人一辈子会过得多么幸福啊！他有这样一个女人爱他——纯真无私的爱，因为简·费尔法克斯有那样的性情，确保了她的纯真无私。一切都对他有利。境况相当——我是指出身和主要的习惯与举止。他们俩处处都旗鼓相当，除了一点以外——而那一点，由于她的心地无疑是纯洁的，必定会使他更加幸福，因为弥补她仅有的不足就是他的幸福。男人总希望给妻子安排一个比她娘家更好的家。只要女方一片真心，但凡能做到这一点的男人，我想一定是天下最快活的人。弗兰克·邱吉尔的确是命运的宠儿，事事都很如意。他在海滨遇到一位姑娘，赢得了她的喜爱，甚至连怠慢都没使她厌倦——哪怕他和他家里人跑遍全世界要给他找一个十全十美的妻子，也找不到一个比她更强的。他的舅妈阻挠他，可是已经去世了。他只要开口说一声，他的朋友都愿促成他的幸福。他对不起每一个人——而大家都乐意原谅他。他真是个有福气的人！”

“听你说话，好像你羡慕他似的。”

“我还真羡慕他，爱玛。他有一点值得我羡慕。”

爱玛再也说不出话来。他们似乎再说半句就要扯到哈丽特了，她当即感到，应该尽可能避开这个话题。她想了一个办法，要谈点截然不同的事情——布伦斯维克广场的孩子们。她刚要等喘口气再开始说，不料奈特利先生讲出了下面的话，让她吃了一惊：

“你不想问我羡慕他什么。我知道，你是决计不想问的。你很明智——可是我却明智不了。爱玛，我非要把你不想问的事告诉你，虽说我可能马上就会后悔不该说。”

“哦！那就不要说，不要说啦，”爱玛急忙嚷道，“别着急，想一想，不要勉强自己。”

“谢谢。”奈特利先生以十分委屈的口气说道，随即便一声不吭了。

爱玛不忍心委屈他。他想跟她说说心里话——也许请她出出主意。不管要她付出什么代价，她还是想听听。她也许可以帮他拿定主意，或者让他想开些。她还可以把哈丽特恰如其分地赞赏一番，或者跟他说他可以独立自主，让他摆脱那犹豫不决的状态，对于他这样的心境来说，犹豫不决比什么都叫人难以容忍。这时，他们走到了房子跟前。

“我想你要进去了吧。”奈特利先生说。

“不，”爱玛答道——见他说话时情绪还那么低沉，她越发坚定了

自己的想法，“我想再兜一圈。佩里先生还没走。”走了几步以后，她又说，“刚才我很不客气地打断了你，奈特利先生，恐怕惹你不高兴了。不过，如果你希望像朋友那样跟我开诚相见，或者就你正在考虑的问题征求我的意见——那你作为朋友，尽管吩咐好了。不管你想说什么，我都乐意听，还会把我的想法如实地告诉你。”

“作为朋友！”奈特利先生重复了一声。“爱玛，恐怕那是个字眼——不，我不希望——慢着，是呀，我为什么要踌躇不决呢？我已经表现得很露骨了，掩饰不住了。爱玛，我接受你的说法——尽管你这说法看来很不寻常，我还是愿意接受，并把自己当成你的朋友。那就请告诉我，难道我没有成功的希望吗？”

他停住脚步，眼中显出急切询问的神色，那眼神让爱玛不知所措。

“我最亲爱的爱玛，”他说，“因为，不管这次谈话的结果如何，你永远都是我最亲爱的，我最亲最爱的爱玛——请马上告诉我。如果要说‘不’的话，你就说吧。”爱玛真的说不出话来。“你不吭声，”奈特利先生兴奋不已地嚷道，“一声不吭！那我眼下就不再问了。”

一时间，爱玛激动得差一点倒下去。她此时此刻的心情，也许最怕自己从这最甜蜜的美梦中醒来。

“我不善于辞令，爱玛，”奈特利先生随即又说话了，口气中带着明显的、真挚的、毫不含糊的柔情，听起来不容怀疑，“如果我不是这么爱你，也许还能多说一些。可是你了解我是怎样一个人。我对你说的都是真话。我责备过你，教训过你，在英国没有哪个别的女人会像你那样忍受下来。最亲爱的爱玛，我现在要跟你讲的实话，你就像以前那样忍受下来吧。从我的态度看，你也许不大相信我说的是实话。天知道，我是个漫不经心的情人。不过你了解我。是的，你知道，你了解我的情意——如果可能的话，还会报答我这情意。眼下，我只想再听听，再听一次你的声音。”

他说话的时候，爱玛的脑子在转个不停，但尽管她的思路转得奇快，她还是能够——而且一字不漏地——抓住并领悟那全部的真情，发觉哈丽特所抱的希望毫无根据，仅仅是个误会，是个错觉，跟她自己犯的错误一样，完全是个错觉——他心里根本没有哈丽特，而只有她爱玛。她所说的有关哈丽特的话，全都被理解成她自己心灵的语言。她的激动，她的疑虑，她的勉强，她的沮丧，全都被理解成发自她内心的沮丧。她不仅来得及认识到这一切，心里伴随着一股暖融融的甜蜜感，而且还能庆幸自己没把哈丽特的秘密泄露出去，她断定这秘密不必泄露，也不该泄露。现在，她对她那可怜的朋友，只能做到这个分上了，因为她没有那种侠义心肠，可以激励她央求奈特利先生不要爱她，而去爱哈丽特，认为哈丽特比她合适得多——她也没有那种比较纯朴的崇高精神，下定决心干脆拒绝他了事，也不说明任何理由，仅仅因为他不能同时娶她们两个，她爱玛就不能嫁给他。她同情哈丽特，感到又痛心又懊悔。但是，她没有慷慨到头脑发热的地步，完全置可能性和合理性于不顾。她把她的朋友引入了歧途，她将永远为此责备自己。但是，无论在感情上，还是在理智上，她都一如既往地坚决反对他娶哈丽特这样的人作妻子，认为他们一点都不般配，只能降低他的身份。她的道路是明确的，虽然并非平平坦坦。经不住对方一再恳求，她终于说话了。说了些什么呢？当然是该说的话。女人总是这样。她向他表明没有必要失望——还要他再说一说。刚才他还真是失望过，对方叫他小心不要开口，一时间使他万念俱灰。爱玛刚开始时还不肯听他说话。这个变化也许有些突然。她提议再兜一圈，重新扯起了被她打断的话题，这也许真有点异乎寻常！她觉得这样做有些前后矛盾，可奈特利先生却挺能包涵的，没要求她作进一步解释。

人们在透露秘密的时候，极少有和盘托出的，也很少有丝毫不掩饰、丝毫不被误解的。可是在这件事情上，虽然行动上产生了误会，但是感情上却没造成误解，那就没什么大不了的了。奈特利先生不敢指望爱玛会多么宽容，心甘情愿地接受他的情意。

实际上，他丝毫没有料到自己会有那么大的影响。他跟她走进小树林时，并没想到要试一试。他急急忙忙跑来，是想看看爱玛听到弗兰克·邱吉尔订婚的消息有什么反应，并没有什么自私的想法，甚至没有任何想法，只想如果她给他机会的话，就安慰安慰她，或者劝劝她。后来的事都是他听了她说的话，心里当即作出的反应。她说她对弗兰克·邱吉尔丝毫没有意思，说她根本没有把他放在心上，真让他感到高兴，给他带来了一个希望：到头来，也许是他自己赢得了她的爱。但这并不是眼前的希望——他只是一时冲动，头脑发热，想让她告诉他，她并不反对他试图讨她欢心。这渐渐展现的更高希望显得越发美妙。他一直在请求让他培育的那种感情（如果允许他培育的话），已经为他所拥有啦！不到半小时工夫，他的心境就从万念俱灰变成了近乎万分幸福，简直无法用别的字眼来形容。

爱玛也经历了同样的变化。在这半个小时中，两人都难能可贵地认识到他们彼此在相爱，双方打消了同等程度的误会、嫉妒和猜疑。奈特利先生已经嫉妒了很长时间，早在弗兰克·邱吉尔来到的时候，甚至在听说他要来的时候，就开始了。大约就从那个时候起，他爱上了爱玛，嫉妒起弗兰克·邱吉尔来，也许是一种感情导致了另一种感情。他是因为嫉妒弗兰克·邱吉尔才离开乡下的。博克斯山之行使他打定主意一走了之。一方听任，甚至鼓励另一方献殷勤，这种情景他再也看不下去了。他走是为了让感情淡漠下来，不想却投错了地方。他弟弟家充满了天伦之乐，女人在那里显得极其和蔼可亲。伊莎贝拉太像爱玛了——所不同的只是在某些地方显然不如爱玛，而这些地方总使爱玛在他眼里显得更加光彩夺目，因此他待得越久，心里只会越发痛苦。不过，他还是硬撑着一天又一天地待下去了，直至今天上午接到一封信，得知了简·费尔法克斯订婚的消息。当时，他理所当然地感到万分高兴，而且毫不顾忌地感到万分高兴，因为他一向认为弗兰克·邱吉尔根本配不上爱玛。他太关怀爱玛了，为她担心着急，再也待不住了。他骑着马冒雨赶回家，吃过晚饭便匆匆走过来，看看这个最可爱、最出色、虽有缺点但又完美无缺的人，听到这一消息作何反应。

他发觉她又激动又沮丧。弗兰克·邱吉尔真是个无赖。他听她说她从未爱过他。弗兰克·邱吉尔还不是个无可救药的人。他们回到屋里的时候，她已经成了他的爱玛，答应嫁给他。如果这时他能想起弗兰克·邱吉尔，他也许会认为他是个蛮不错的人。

第十四章

爱玛回屋时的心情跟出来时的心情真有天壤之别啊！本来她出来只想散散心，现在却高兴得有些飘飘然了。而且她还相信，等这阵兴奋过后，她一定会感到倍加幸福。

他们坐下来喝茶——还是同一伙人坐在同一张桌子周围——他们在这里相聚过多少次啊！她的目光有多少次落在草地的这些灌木丛上，多少次观赏过夕阳西沉的这一瑰丽景色啊！可是却从来没有过这样的心情，从来没有过这样的兴致。她好不容易才恢复了一些常态，勉强做一个尽心的女主人，甚至做一个尽心的女儿。

可怜的伍德豪斯先生万万没有想到，他热情欢迎、一心希望骑马途中没有着凉的那个人，正在酝酿一项对他颇为不利的计划。他若是能看透他那颗心，就绝不会关心他的肺出不出问题。可他万万没有想到那近在眼前的灾难，丝毫没有察觉他们两人的神情举止有什么异常之处。他津津乐道地把佩里先生告诉他的消息重说了一遍，然后又自得其乐地往下说，全然没有料到他们可能会告诉他什么消息。

奈特利先生还在场的时候，爱玛一直兴奋不已，直到等他走了之后，她才平静了一点，克制了一点。她度过了一个不眠之夜，这是她为那样一个傍晚付出的代价。在这不眠之夜里，她发现有一两个颇为严肃的问题需要考虑，因而觉得就连她的幸福也是要打折扣的。她父亲——还有哈丽特。她一个人待着的时候，就感到了她对他们应尽的责任，如何尽力安慰他们俩的确是个问题。她父亲的问题很快就有了答案。她还不知道奈特利先生会提出什么要求，可是她心里思忖了一会，就一本正经地作出决定：永远也不离开父亲。一想到离开，她甚至凄然泪下，认为是罪过。只要父亲活着，那就只能是订婚而已。可是她又想，要是没有了失去女儿的危险，父亲反倒可能感到更加高兴。如何为哈丽特尽力呢，这就比较难以定夺了。如何帮她免除不必要的痛苦，如何给她作出补偿，如何使自己看上去不像她的情敌？这些问题让她大伤脑筋，大为苦恼——她心里真是悔恨交加，不得不一次次地痛责自己，懊悔不已。她最后只能决定，还是不要跟哈丽特见面，有什么事要告诉她就写信跟她说；让她暂时离开海伯里一段时间，这是个再好不过的办法。另外——她还在酝酿另一招——几乎打定了主意：让布伦斯维克广场的人请她去那里，这也许是切实可行的。伊莎贝拉喜欢哈丽特，让她去伦敦住上几个星期，定会叫她心情舒畅一些。她觉得，像哈丽特这种性情的人，到了那新奇的环境中，有了丰富多彩的活动，逛大街，去商店，逗孩子，对她不会没好处的。不管怎么说，这会证明她是关心她、体贴她的，会想方设法帮助她的。暂时不要见面，避开又得重新相聚的尴尬日子。

她很早就起身给哈丽特写了信，写过后就觉得心情烦闷，几乎到了忧伤的地步，幸好奈特利先生一早便赶到哈特菲尔德吃早饭。她偷了半小时的空，跟他在原来那地方又兜了一圈，无论从哪个意义上讲都很有必要，使他重温了昨天傍晚的幸福。

奈特利先生走后不久，她还丝毫没来得及想到别人，就有人从兰多尔斯给她送来一封信——一封很厚的信。她猜得到信里写的什么，觉得没有必要看。她现在已经完全宽恕了弗兰克·邱吉尔，用不着再听他解释，她只想一个人清静地想一想——至于要让她理解他信里写的什么内容，她敢肯定自己没有这个能耐。不过，总还得勉为其难地浏览一下。她拆开了信，果不其然，是韦斯顿太太写给她的信，还附了弗兰克写给韦斯顿太太的信：

亲爱的爱玛：万分高兴地转给你这封信。我知道你会十分公正地对待它，无疑它会产生令人满意的效果。我想我们对这位写信人不会再有多大的分歧了。不过我不想啰里啰唆耽搁你读信。我们都很好。这封信治好了我最近感到的小小的不安。我不大喜欢你在星期二那天的神色，不过那天早上的天气也不大好，尽管你绝不会承认自己受了天气的影响，我想人人都感受到了东北风的滋味。星期二下午和昨天上午下暴雨，我真为你亲爱的父亲担忧，可是昨晚听佩里先生说他安然无恙，我也就放心了。

你的

安·威

[致韦斯顿太太]

七月于温莎

亲爱的夫人：

如果我昨天把意思说清楚了，那你就会在等待这封信。可是，无论你是否在等待，我知道你会抱着公正和宽容的心情来看这封信的。你是个十分善良的人，我想你甚至需要使出你全部的善良，才能容忍我过去的一些行为。可是我已被一个更有理由抱怨我的人所原谅。我写信时来了勇气。人一顺当了是很难有自卑感的。我两次请求宽恕都如愿以偿，这就会使我陷入过于自信的危险，认为我也能获得你和你那些有理由生我气的朋友的原谅。请你们一定要理解我初到兰多尔斯时的处境，请你们一定要考虑我有一个需要不惜一切代价加以保守的秘密。这是事实。至于我是否非得把自己搞得这么遮遮掩掩的，那是另一个问题，这里暂且不谈。要知道是什么诱使我认为非得这样做，那我就请每个爱吹毛求疵的人去看看海伯里的一所砖屋，下面的框格窗，上面的窗扉。我不敢公开向她求爱。我在恩斯库姆的困境是众所周知的事，无须赘述。我们在韦默斯分手以前，我幸运地说通了，使天下最诚实的姑娘发了善心，甘愿跟我秘密订婚。假如她拒绝的话，我非发疯不可。可是你会问：你这样做有什么指望？你有什么希求呢？一切的一切——时间、机会、境况、缓慢的发展、突然的爆发、坚毅和厌倦、健康和疾病。我有着美好的前景，幸福得到了初步的保证，她答应非我不嫁，并同我通信。如果你还需要进一步的解释，那么，亲爱的夫人，我有幸作为你丈夫的儿子，又有继承他那乐观性情的优点，这其中的价值可不是继承房屋田地所能比拟的。你瞧，我就是在这种情况下第一次来到了兰多尔斯。我知道自己错了，因为我本该早一些来的。你回想一下就会发现，我是在费尔法克斯小姐到了海伯里以后才来的。由于这是对你的不恭，请你马上原谅我吧。不过，我一定要请我父亲谅解，说我离开家门那么久，一直无幸认识你。我跟你们一起度过了快乐的两周，我想我在这两周的行为，除了一点以外，没有什么可指责的。现在，我要谈谈这一主要问题，也就是和你们在一起的时候，我的行为中唯一要紧的内容，它引起了我的不安，需要作出非常详细的说明。我怀着最崇高的敬意和最热烈的友情提到伍德豪斯小姐，也许我父亲会认为，我还应该加上最深切的愧疚。他昨天随口说的几句话就表明了这个意思，我承认我是应该受到责备。我知道我对伍德豪斯小姐表现得过分了。为了掩饰对我来说至关紧要的秘密，我禁不住过多地利用了我们一开始就形成的亲密关系。我无法否认，伍德豪斯小姐看上去像是我追求的对象——可是我想你一定会同意我这么说：如果我不确信她无意于我的话，我就不会抱着自私的念头继续这样干。伍德豪斯小姐虽然又可亲又可爱，但却从未让我觉得是个令人倾心的年轻小姐，她也根本不可能倾心于我，这我置信不疑，也但愿如此。她对我的殷勤表示并不当真，显得又大方又和善又开朗，正合我的心意。我们似乎彼此心中有数。从我们相互的处境来看，这样的殷勤是她理所应得的，给人的感觉也是如此。伍德豪斯小姐是否在那两周结束前就真正了解了我，我还说不准。我只记得，我去向她告别时，差一点向她吐露了真情，心想她并非没有猜疑。不过，我想她从那以后对我有所察觉，至少有一定察觉。她不一定会猜到全部真情，但她那么机灵，一定能猜着几分。我对此毫不怀疑。你会发现，这件事不管什么时候公开出来，她都不会感到大吃一惊。她多次对我暗示过。我记得她在舞会上跟我说，埃尔顿太太那么关心费尔法克斯小姐，我应该感谢她。我希望，你和我父亲了解了我对她的态度的原委，就会认为我远远没有那么大的过错。只要你们认为我做了对不起爱玛·伍德豪斯小姐的错事，我就休想得到你们的原谅。现在原谅我吧，并在适当的时候，代我请求爱玛·伍德豪斯的原谅和良好祝愿。我对她怀有深厚的兄妹之情，希望她能像我一样，也沉浸在深深的、甜蜜的爱情之中。我那两周里不管说了什么奇怪的话，做了什么奇怪的事，你们现在都可以理解了。我的心在海伯里，一门心思就想尽可能多去那里，而又不引起别人的疑心。如果你们还记得什么可疑现象的话，就请往正确的方面想吧。至于大家议论纷纷的那架钢琴，我觉得只需说一句：费小姐事先一点也不知道订钢琴的事，如果由着她的意思，她是绝不会让我送的。亲爱的夫人，在订婚的过程中，她的心眼细得真让我无法形容。我真诚地希望，你很快就会完全了解她。她是没法形容的，非得由她自己来告诉你她是怎样一个人——然而不是用言语，因为没有哪个人会像她那样故意贬低自己的优点。这封信比我预料的要长，我开始动笔以后，收到过她的来信。她说她身体很好，可她从不说自己身体不好，我也就不敢相信她的话。我想听听你对她气色的看法。我知道你不久就会去看她，而她还就怕你去。也许你已经去过了，快给我来信吧，我急于想听听好多详情细节。请不要忘记我在兰多尔斯只待了一会儿工夫，当时心里乱糟糟、疯癫癫的，现在也不见得好多少，不是因为高兴就是因为痛苦，依然若痴若狂。一想起我得到的好意和恩惠，想起她的卓越和耐心，想起舅舅的慷慨大方，我便高兴得发狂；但是，一想到我给她带来的种种烦恼，想到我真不该得到原谅，我又气得发疯。我多么想再见见她啊！可是现在还不能提。舅舅那么好，我不能再难为他了。这封长信还得再写下去。你该了解的情况我还没说完。昨天我没法介绍有关的细节。不过，这件事爆发得太突然，而且在某种意义上不合时宜，因此需要加以解释。正如你会断定的，上月二十六日那件事[①]立即给我带来了最美好的前景，尽管如此，我

① 指邱吉尔太太的去世。

不该这么早就贸然采取措施，不过我当时也是情势所迫，真是一个小时都等不及了。我自己不该这么仓促行事，她也会用加倍的坚强和体贴来对待我的审慎。可是我别无选择。她匆忙接受了那个女人的聘约——写到这里，亲爱的夫人，我不得不突然停下，好使自己镇定下来。我刚在田野里散完了步，希望现在神志清醒了一些，能把信的剩余部分写得像样一些。其实，这件事想起来真叫我无地自容。我表现得很可耻。我现在可以承认，我对伍小姐的态度惹得费小姐不高兴，这是很不应该的。费小姐不赞成，这就足够了。我说这是为了掩盖真相，她认为这样的借口是不充足的。她很不高兴，我认为她犯不着这样。她在许多场合都瞻前顾后，小心翼翼，我看没有那个必要。我甚至觉得她很冷淡。但她总是对的。我要是听了她的话，把情绪克制到她认为适可而止的地步，我就能免除巨大的痛苦。我们发生了争吵。你还记得我们在当维尔度过的那个上午吗？就在那儿，以前出现的种种不满发展成了一种危机。我来晚了，碰到她一个人往家走，就想陪她一起走，可她却不肯。她断然拒绝了，我当时觉得毫无道理。不过我现在意识到，那只是很自然的、一贯的谨慎罢了。刚才为了向世人掩饰我们的订婚，我还令人作呕地去亲近另一个女人，现在怎么又要叫她做一件可能使先前的百般谨慎前功尽弃的事呢？要是有人看见我们俩一起从当维尔往海伯里走，那就一定会猜出是怎么回事。不过，我当时真是发疯了，还生起气来。我怀疑她是否还爱我，第二天在博克斯山上，我越发怀疑。我采取这样的行径，可耻而又无礼地怠慢她，明目张胆地去亲近伍小姐，这是任何有头脑的女子都无法忍受的。她被我的举动激怒了，用我完全听得懂的言词来宣泄她的愤慨。总之，亲爱的夫人，在这次争吵中，她是没有过错的，而是我太可恶了。我本来是可以跟你们待到第二天早上的，但我当晚就回里士满了，只是为了使劲跟她怄怄气。即使在那时，我也没有那么傻，不想到时候跟她和好，可我是个受了伤害的人，被她的冷淡所伤害，走的时候下定决心，要让她采取主动。你没有跟着一起去博克斯山，因此我总为自己感到庆幸。你要是看到了我在那儿的行为，我想你恐怕再也不会看得起我了。这件事促使她马上下定了决心：她一发现我真的离开了兰多尔斯，就接受了好管闲事的埃尔顿太太的提议。顺便说一句，埃尔顿太太对待她的那一套，使我又气又恨。我不能跟一个对我如此宽容的人争吵，要不然的话，我真要厉声抗议那个女人插手这件事。“简”，真不像话！你会注意到，我还没放肆到用这个名字称呼她，就连在你面前也没有。请你想一想，埃尔顿夫妇庸俗不堪地一再重复这个名字，自以为高人一等，厚颜无耻，我听了心里有多难受啊。请耐心地听我说下去，我马上就要结束了。她接受了那个提议，决心跟我彻底决裂，第二天就写信告诉我，我们永远不要再见面了。**她觉得这个婚约成了双方悔恨和痛苦的根源，就把它解除了**。这封信我是在可怜的舅妈去世那天早上收到的。我在一个小时内就写好了回信，可是由于心烦意乱，而且有许多事一下子落在我身上，那封信没跟当天的许多信一道发出，而给锁进了我的书桌里。虽然只是短短的几行，但我相信已经写得够清楚了，足以让她回心转意，因而我不再感到有什么不安。她没有立即回信，我感到很失望。不过，我为她找了借口，再说我也很忙——是否还可以加上？——也很乐观，没有往坏处去想。我们搬到了温莎。两天后，我收到她的一个包裹，我的信全给退回来了！同时还收到她的一封短信，说我对她上一封信只字未回，真让她万分惊奇。还说在这样一个问题上保持沉默意思是很清楚的，鉴于双方都需要尽快做好剩下的具体安排，她现在通过可靠的途径，把我所有的信退还给我，并提出要求，如果我不能在一周之内把她的信寄到海伯里，那就在那以后给她寄到：赫然出现在我眼前的，是斯莫尔里奇先生在布里斯托尔附近的住址。我熟悉这名字、这地点，熟悉与之有关的一切，立即看出了她是怎么回事。我知道她是个性情果决的人，她那样做完全符合她的个性。她前一封信里秘而不谈这件事，同样说明她虽然着急，但是心很细。她绝不愿意显得像是在威胁我。你想想我有多么震惊吧，想想我没发觉自己的过错之前，如何痛骂邮局出了差错。怎么办呢？只有一个办法：我得找舅舅谈谈。得不到舅舅的恩准，她就不可能再听我说话。我谈了，形势对我很有利。刚发生的不幸使他不那么自负了，我没料到他那么快就想通了，答应了我的事。最后，好可怜的人！他深深叹了口气说，希望我婚后能像他一样幸福。我觉得，那将是另外一种幸福。我跟他谈这件事的时候心里多么难受，悬而未决的时候心里多么焦急，你会因此而可怜我吗？不，还是等我到了海伯里，看见我把她折磨成什么样子，你再可怜我吧。等我看到她面色苍白，一副病容的时候再可怜我吧。我知道他们家早饭吃得迟，就选了这个时刻来到海伯里，心想一定可以单独跟她谈一谈。我没有失望。最后，我此行的目的也没落空。我得苦口婆心地帮她打消许多合情合理、理所当然的不快。不过，不快还是打消了，我们重归于好了，比以前爱得更深了，而且要深得多，我们之间再也不会出现一时一刻的不快。亲爱的夫人，我现在要解放你了，可我没法早一点结束。我要上千遍上千遍地感谢你对我的好意，上万遍上万遍地感谢你对她的好心关怀。如果你认为我在某种意义上不配得到这样的幸福，那我完全同意你的看法。伍小姐把我称作幸运的宠儿。我想她说得对。

就一方面而言，我的幸运是毋庸置疑的，那就是我可以把自己称作

你的感恩的、亲爱的儿子
弗·邱·韦斯顿·邱吉尔

第十五章

这封信势必要打动爱玛的心。尽管她原先并没打算好好看，但正如韦斯顿太太所料想的，她还是看得很认真。一读到她自己的名字，那简直没法不往下读了。与她有关的每一行都很有趣，几乎每一句都中她的意。等到这魅力消失以后，她对这件事依然兴趣不减，因为她过去对写信人的好感又自然而然地复萌了，再说在那当儿，任何有关爱情的描写都会对她有着强烈的吸引力。她一鼓作气地把信从头看到尾，虽说不可能不感到他有错，但并不像她想象的那么严重——况且他也有他的苦处，还深感歉疚——再说，他那么感激韦斯顿太太，那么挚爱费尔法克斯小姐，加上她自己也有喜事，就不会对人太苛刻了。假如他这时走进屋来，她准会像以前一样热情地同他握手。

她认为这封信写得太好了，等奈特利先生再来时，她叫他也看一看。她知道韦斯顿太太一定希望能把信拿给大家看，特别是拿给像奈特利先生这种认为他行为应受指责的人看。

“我很乐意看一看，”他说，“不过好像比较长。我还是晚上带回家看吧。”

这可不行。韦斯顿先生晚上要来，她得让他把信带回去。

“我本来想跟你聊聊，”奈特利先生答道，“不过，看来是应该看一下，那就看吧。”

他看了起来——然而，几乎马上又停下来了，说道：“要是几个

月前让我看这位先生写给他继母的一封信，爱玛，我可不会这样漫不经心。”

他又往下看了一点，默默地念着，然后笑微微地说：“哼！一开头就是漂亮的恭维话。不过，他总是这样。一个人的风格不必成为另一个人的准绳。我们不要太苛刻了。”

“一边看一边发表看法，”他随即又说，“这对我来说是很自然的。这样做，我就觉得在你身边。这就不会浪费很多时间。不过，你要是不喜欢——”

“没有不喜欢。我就希望你这样。”

奈特利先生顿时来了劲，欣欣然地又读起信来。

“说到诱惑，”他说，“他可是在瞎说。他知道他错了，没什么在理的话可说。糟糕啊。他就不该订婚。‘我父亲的性情’——不过，他这样说对他父亲是不公正的。韦斯顿先生生性乐观，因而为人正直，品行高尚。不过，他也没历尽什么艰辛，就得到了目前的幸福，这也是他应得的。一点不错，他是在费尔法克斯小姐来了以后才来的。”

“我还记得，”爱玛说，“你认为他要是愿意的话，完全可以早一些来。他宽怀大度地没再提这件事——可你说得完全正确。”

“我的判断并非完全公正，爱玛。要不是事情与你有关，我想我还是不会信任他。”

他读到写伍德豪斯小姐的地方，禁不住把那一部分——与她有关的那一部分——大声念了出来，同时根据内容的需要，时而嫣然一笑，时而瞧她一眼，时而摇一摇头，时而冒出一句话，或是表示赞同，或是表示反对，或是仅仅表示挚爱。不过，经过一番沉思默想，他最后一本正经地说道：

“这很不好——虽说还可能来得更糟。玩了一个非常危险的把戏。

为了替自己开脱，硬把责任推到客观事件上。他对你的态度不能由他自己来判断。事实上，他是鬼迷心窍，只图自己方便，别的什么也不顾。居然以为你猜到了他的秘密。当然啦！他自己诡计多端，就以为人家跟他一样。神神秘秘——机关算尽——真叫人琢磨不透！我的爱玛，这一切岂不越来越证明，我们彼此真心实意、开诚相见有多美呀？”

爱玛同意这一看法，而一想到她想成全哈丽特的事，脸上不由得泛起一阵红晕，这件事她是不能说实话的。

“你最好再读下去。”她说。

奈特利先生往下读，但马上又停了下来，说道：“钢琴！唉！这是个年轻后生干的傻事，太年轻气盛了，根本不考虑这事引起的麻烦会大大超过带来的快乐。这事真是太幼稚啦！一个男人家，明明知道女方宁可不要他那爱情的信物，却硬要塞给她，我真不理解他为什么要这样。他哪里知道，女方要是办得到，是不会让他把琴送去的。”

在这之后，奈特利先生一直在往下看，没有再停顿。而引他要认真多说几句的第一件事，是弗兰克·邱吉尔承认自己行为可耻。

“我完全同意你的说法，先生，”他这么说道，“你的行为的确很可耻。你这话说得再真实不过了。”信上紧接着谈到他们不和的原因，谈到弗兰克·邱吉尔坚持反对简·费尔法克斯的是非观，奈特利先生看完之后，停下来发了一通议论：“这太不像话了。他引诱她为了他的缘故，把自己置于一个极其困难、极其尴尬的局面，他的首要责任应该是不让她忍受不必要的痛苦。为了保持通信，简的困难肯定比他的多得多。即使简是平白无故地多虑，他也该尊重才是，何况她的顾虑全是合情合理的。我们得看到她的一个缺点，还得记住她同意订婚是做了一件错事，因而应该受到这样的惩罚。”

爱玛知道他看到游博克斯山那一段了，心里感到不安起来。她自己的行为也很不检点呀！她深感羞愧，有点怕他再朝她看。然而，他还是平静而专心地把信看完了，一句议论也没发，只是瞟了她一眼，由于怕引起她难受，赶忙又把目光收回去了——他似乎把博克斯山给忘了。

“说到我们的好朋友埃尔顿夫妇的关心体贴，那倒不算过分，”他接着说道，“他有那样的想法是很自然的。什么！要坚决跟他彻底决裂！简觉得订婚成了双方懊恼和痛苦的根源——她把婚约解除了。她对他的行为有什么看法，从这一点可以看得多么清楚啊！他准是一个极其——”

“别，别，再往下看看。你会发现他有多么痛苦。”

“但愿如此，”奈特利先生冷冷地回道，又继续看信，“‘斯莫尔里奇！’这是什么意思？这是怎么回事？”

“简接受了聘约，去给斯莫尔里奇太太的孩子当家庭教师。斯莫尔里奇太太是埃尔顿太太的好朋友——枫园的邻居。顺便说一句，埃尔顿太太的希望落了空，不知道她会怎么样。”

“亲爱的爱玛，你叫我看信的时候，就别说话——连埃尔顿太太也别提。只剩一页了，马上就看完了。这人写的什么信啊！”

“希望你能怀着一颗仁慈之心来读他的信。”

“啊，这儿还真有感情呢。发现简生病，他好像还真有些心疼呢。的确，我并不怀疑他喜欢简。‘比以前爱得更深了，而且要深得多。’我希望他能长久地珍惜这次和好。他向人道谢倒是十分慷慨，几千遍几万遍地感谢。‘我不配得到这样的幸福。’瞧，他这才有了自知之明。‘伍小姐把我称作幸运的宠儿。’这是伍德豪斯小姐的原话，是吗？结尾写得不错——信到此结束了。幸运的宠儿！你是这么称呼他的吗？”

“你对他的信似乎不像我这样满意。不过看完信以后，你还是应该，至少我希望你应该，对他的看法好一些。我希望这封信能多少改变一下你对他的印象。”

“是呀，当然是这样。他有很大的过错——考虑不周和唐突从事的错误。我很赞成他的看法：他很可能不配得到这样的幸福。不过，既然他无疑是真心爱着费尔法克斯小姐，而且可望很快就跟她朝夕相处，我倒乐于相信他的性格会往好里变，会从简那里学到他所缺少的稳重和谨慎。现在，让我跟你谈点别的事吧。眼下我还牵挂着另一个人，不能再想弗兰克·邱吉尔的事了。爱玛，自从今天早上我离开你以后，我脑子里一直在苦苦思索这个问题。”

于是就谈起了这个问题。那是用明白、朴实而又不失优雅的英语谈的，奈特利先生甚至对自己的情人也用这样的语言说话。他谈的是怎样才能让她嫁给他，而又不引起她父亲的不快活。爱玛一听就作出了回答：“只要我亲爱的父亲还在世，我就不可能改变现在的状况。我绝不能离开他。”然而，这个回答只有一半可以接受。她不可能离开她父亲，奈特利先生跟她一样深有同感。但是说不能有其他任何改变，他却不能同意。他已经非常深入、非常专注地考虑过这个问题了。起初，他希望劝说伍德豪斯先生跟女儿一起住到当维尔，他原以为这是行得通的，可他了解伍德豪斯先生，不能总是自己骗自己。现在他承认，要劝说她父亲换个地方，搞不好会危及他的安乐，甚至他的性命，万万使不得。让伍德豪斯先生离开哈特菲尔德！不，他觉得不能这么做。然而，为了舍弃这个办法而想出来的另一计划，他相信他最亲爱的爱玛说什么也不会有意见，那就是他搬到哈特菲尔德来。只要为了她父亲的安乐——或者说为了她父亲的性命，需要她继续以哈特菲尔德为家，那就只能让她以哈特菲尔德为家。

他们全家都搬到当维尔，爱玛心里早已经琢磨过了。跟奈特利先生一样，她考虑过这个计划，然后又放弃了。不过，她却没想到过这样一个变通办法。她领会到了他要这样做所表露的一片深情。她觉

得，他要离开当维尔，一定会牺牲大量属于他自己的时间，属于他自己的习惯；终日陪着她父亲，又不是住在自己家里，总要忍受许许多多的不便。爱玛答应考虑考虑，也叫他再考虑考虑。可是奈特利先生深信，他再怎么考虑也不会改变在这个问题上的心愿或主意。他对爱玛说，他已经冷静地考虑很久了；说他避开威廉·拉金斯，一个人思考了一上午。

“啊！有一个困难没有想到，”爱玛嚷了起来，“我看威廉·拉金斯一定不喜欢这样。你在征求我同意之前，必须先征得他的同意。”

不过她还是答应考虑考虑，而且几乎答应通过考虑，发现是一个很好的计划。

令人奇怪的是，爱玛从众多角度来考虑当维尔寺，居然没想到事情会对她的外甥亨利不利。以前，她一直都很看重他作为未来继承人的权利。她必须考虑这可能给那可怜的孩子带来的影响。不过，她只是调皮地、不自然地笑了笑。过去，她以为拼命反对奈特利先生与简·费尔法克斯或任何别人结婚，完全是出于做妹妹和做姨妈的亲切关心，现在才找到了真正的原因，不禁觉得挺有趣的。

他的这个建议，这个既能结婚又能继续住在哈特菲尔德的计划——她越想越觉得称心如意。对他没有什么弊端，对她自己又有益，真是两全其美，没有一点害处。以后焦灼不安、闷闷不乐的时候，有这样一个伴侣该有多好啊！随着时间的推移，义务和操劳必然会带来更多的忧虑，那时有这样一个伙伴该有多好啊！

若不是为了可怜的哈丽特，她真要乐不可支了。可是她自己的幸福似乎牵扯并加剧了她朋友的痛苦，这个朋友现在甚至要给排斥在哈特菲尔德之外了。爱玛为自己营造了一个乐融融的家庭，出于善意的谨慎，必须让可怜的哈丽特与她家保持一定的距离。无论从哪方面看，哈丽特都是个失意的人。以后见不到她，爱玛也不愁会减少一丝一毫的欢乐。在这样一个家庭里，哈丽特只会成为一个沉重的负担。但是，对这可怜的姑娘来说，硬把她置于这般田地，忍受不应受的惩罚，实在是太残酷了。

当然，到时候奈特利先生是会被忘记的，也就是说，由别人所代替。但这又不是指日可待的事。奈特利先生本人是帮不了什么忙来医治那创伤的，他不像埃尔顿先生。他总是那么心地善良，那么富于同情心，那么真挚地关心每一个人，大家永远都会对他敬重有加。况且，即便是哈丽特，要她在一年里爱上三个以上的男人，那也确实太过分了。

第十六章

爱玛发现哈丽特跟她一样，也想避免与她见面，这才大大松了一口气。她们的书信来往已经够令人痛苦了，假如不得不见见面，那该有多糟糕啊！

哈丽特正如人们可以猜想的那样表达了自己的思想，没有什么责备的话，也没有明显的受愚弄的感觉。不过，爱玛总感觉她有几分怨气，笔调上有点近乎怨气的味道，因此越发觉得两人分开好。这也许只是她自己神经过敏，但是看起来，只有天使才会受到这样的打击而毫无怨气。

她轻而易举地为哈丽特弄到了伊莎贝拉的邀请。她凑巧有个充分的理由提出这一要求，而不需要编造什么借口。哈丽特有一颗牙齿出了毛病，就想找个牙医看看，而且早已有了这个愿望。约翰·奈特利太太就乐于帮忙，不管谁有什么病，她都愿意出力——虽说她喜欢温菲尔德先生胜过喜欢牙医，但她还是非常热心地要来照料哈丽特。姐姐作了这样的安排之后，爱玛便向她的朋友提出了这一建议，发现朋友倒挺容易说通的。哈丽特决定要去。伊莎贝拉邀请她至少住上两个星期。她将坐伍德豪斯先生的马车去。一切都安排好了，也都完成了，哈丽特平平安安地住到了布伦斯维克广场。

现在，爱玛可以真正享受奈特利先生来访的乐趣了。现在，她可以满心欢喜地谈，满心欢喜地听，不用感到亏待了别人，不用感到问心有愧，不用感到痛苦不堪。以前，一想起身边有个心灰意冷的人，想起那个被她爱玛引入歧途的人正在不远的地方忍受着多大的痛苦，她就心绪不宁。

哈丽特在戈达德太太家和在伦敦会有所不同，而这不同也许在爱玛心里引起了不合情理的差异。她认为她到了伦敦定会有新奇的东西吸引她，使她有事可做，从而不再去想过去，从内心的痛苦中解脱出来。

心头释去哈丽特这个重负之后，她不想马上再招致任何其他烦恼。接下来有一件事，只有她才能办得到——那就是向父亲承认自己订了婚。但她眼下还不想这样做——她已经打定主意，要等韦斯顿太太平安分娩后再宣布。在这期间，不能再给她心爱的人增添激动了——也不能没到时候就过早地自找麻烦。经历了种种惬意的，甚至令人激动的快乐之后，她至少应该平平静静、悠然自得地过上两个星期。

不久她就决定，她要在心理调整的这段时间里，抽出半个小时去看看费尔法克斯小姐，这既是一种责任，又是一种乐趣。她应该去——她渴望去看她。她们目前的处境颇为相似，这就越发激起了要交好的动机。这只是一种秘而不宣的得意。不过，由于意识到两人前景相似，简无论说什么话，她自然会兴致勃勃地听下去。

她去了——她有一次曾坐车到过她家门口，但却吃了闭门羹。自从去博克斯山游玩以来，她还没去过她们家。那天早上，可怜的简忍受着很大的痛苦，爱玛虽说没猜到什么事惹她痛苦，但还是对她满怀同情。她唯恐这次还不受欢迎，因此，尽管料定她们都在家，还是决定在走廊里等候，只是报了姓名。她听见帕蒂通报她的名字，可是并没有可怜的贝茨小姐以前跟她所说的那种忙乱，没有。她当即听见一声回答："请她上来。"转眼工夫，简亲自匆匆地跑下楼梯来接她，仿佛不这样就算不上欢迎似的。爱玛从未见她气色这么好，这么可爱，这么迷人。她有点难为情，但却充满活力，热情洋溢，仪容举止中以前可能缺少的东西，现在倒是一应俱备。她伸出手迎上前来，用低微而动情的语调说道：

"你真是太好了！伍德豪斯小姐，我没法表达——我希望你相信——请原谅我都讲不出话了。"

爱玛非常高兴，若不是从起坐间传来埃尔顿太太的声音，使她欲言又止，只好把满肚子的友好情谊和良好祝愿凝聚在一阵非常热诚的握手之中，那她马上就会表明她并非没话可说。

贝茨太太陪着埃尔顿太太，贝茨小姐出去了，难怪刚才屋里那么安静。爱玛本来希望埃尔顿太太不在这里，可她现在处于这样的心情，对谁都有耐心。见埃尔顿太太异常客气地迎接她，她心想见见面对她们俩不会有什么坏处。

过了不久，她就觉得自己看透了埃尔顿太太的心思，明白她为什么像她自己一样兴高采烈：因为费尔法克斯小姐向她吐露了真情，她自以为知道了别人还不知道的秘密。爱玛当即从她的面部表情看出了这一迹象。她一边向贝茨太太问好，一边显出在聆听这位善良的老太太的答话，只见埃尔顿太太露出急切而神秘的神情，把她显然在念给费尔法克斯小姐听的一封信叠起来，放回身边那个金紫两色的网袋，意味深长地点点头说：

"你知道，我们可以改天再把它念完。我跟你有的是机会。其实，主要的内容你已经都听到了。我只是想向你证明，斯太太接受了我们的道歉，没有生气。你瞧，她信里写得多么中听。哦！她真是个可爱的人儿！你要是去了，一定会喜欢她的。不过，这事别再提了。我们要小心些——处处得小心行事。嘘！你记得那几行——这当儿，我把那首诗给忘了：

‘因为在关系到一位女士的情况下，
你知道，其他的一切都得让位。’①

“我说，亲爱的，在我们的情况下，对女士来说，读吧——别出声！对聪明人说的话。我兴致很高，是吧？可是，我要让你别为斯太太的事着急。你瞧，我的话已经使她心平气和了。”

趁爱玛回头去看贝茨太太织东西的当儿，她又小声补充说：

“你会注意到，我没有指名道姓。哦！没有。像大臣一样谨慎。我处理得极其稳妥。”

爱玛无法怀疑。这显然是炫耀，一有机会就要重复一次。几个人一起谈了一会天气和韦斯顿太太之后，只听埃尔顿太太突然对她说：

“伍德豪斯小姐，你看我们这位漂亮的小朋友不是完全复原了吗？她的病给治好了，难道你不觉得佩里先生非常了不起吗？”说到这里，她意味深长地瞟了简一眼。“我敢说，佩里先生把她治好了，快得真是惊人啊！哦！你要是像我这样，在她病得最重的时候看到过她就好了！”贝茨太太跟爱玛说什么事的时候，她又小声说道：“我们只字不提佩里得到什么帮助，只字不提从温莎来的一位年轻医生。哦！不，全要归功于佩里先生。”

---

① 引自英国诗人、剧作家约翰·盖伊（1685—1732）所著《寓言》中的《野兔和朋友》。

“自从游博克斯山以后，伍德豪斯小姐，”她随即又说，“我几乎不曾有幸与你见面。那次玩得很快活，不过我觉得还有点欠缺。看起来似乎并不——就是说，有人似乎情绪不怎么高。至少我是这么看的，但我也许会看错。不过，我想还是挺有意思的，能诱人再去游览。趁天气好，我们集结原班人马再去游一次博克斯山，你们看怎么样？一定要原班人马，你要知道，完全是原班人马，一个也不例外。”

过了不久，贝茨小姐进来了。爱玛见她回答她的第一句话时有点困惑不安，不由得感到很有趣。她心想，那也许是因为不知道说什么好，而又急于什么都想说。

“谢谢你，亲爱的伍德豪斯小姐，你真是太好了。真不知怎么说——是呀，我心里真的很清楚——最亲爱的简的前途——就是说，我不是那个意思。不过她完全复原了。伍德豪斯先生好吗？我真高兴。我真是没有办法。你看我们几个人有多么快活。是呀，一点不假。多可爱的年轻人！就是说——那么友善。我说的是好心的佩里先生。对简关怀备至！”埃尔顿太太这次能来，贝茨小姐感到非常高兴，非常欣慰，爱玛猜想牧师家对简一定有过不满，现在和好了。两人又小声嘟哝了几句，但别人猜不着说的是什么，然后埃尔顿太太抬高嗓门说道：

“是呀，我来了，我的好朋友。我来了很久了，要是换个别的地方，我看非要告辞不可了。不过，事实上我在等我丈夫。他答应到这儿来找我，也看看你们。”

“什么！埃尔顿先生要光临？真是赏脸啊！我知道男士们不喜欢早上串门儿，而埃尔顿先生又那么忙。”

“他的确很忙，贝茨小姐。他真是从早忙到晚，找他的人络绎不绝，不是为这件事就是为那件事。地方长官、管救济的人、教会执事总要向他讨教。离开了他，他们好像什么事也办不成。‘说真的，埃先生，’我常说，‘幸好是你，而不是我。要是有一半人来找我，那我的画画和弹琴不知会怎么样了。’其实也够糟糕的了，因为我两样事都荒疏了，简直到了不可原谅的地步。我想这两个星期我连一小节都没弹过。不过，你们放心好了，他会来的。是的，的确是特意来看看你们大家。”她抬起手遮住嘴，不让爱玛听见她的话。“来道喜的，你知道。哦！是呀，不能不来啊。”

贝茨小姐向四下看看，心里乐滋滋的！

“他答应从奈特利先生那儿一脱身，马上就来找我。不过，他正在跟奈特利先生关在屋里深入商谈事情呢。埃先生可是奈特利的得力助手啊。”

爱玛说什么也不想笑，只是说：“埃尔顿先生是走着去当维尔的吗？那走起来可够热的了。”

“啊！不对，是在克朗旅店开会，一次例会。韦斯顿和科尔也去，不过人们只说那些带头儿的。依我看，埃先生和奈特利做什么事都是想怎么办就怎么办。”

“你没把日子搞错吧？”爱玛说，“我几乎可以肯定，克朗旅店的会要到明天才开。奈特利先生昨天还在哈特菲尔德，说是星期六开会。”

“啊！不对，肯定是今天开会，”埃尔顿太太一口咬定说，表示她不可能搞错，“依我看，”她接着说，“就数这个教区麻烦事儿最多。我们枫园可从没听说过这种事儿。”

“你们那个教区很小。”简说。

“说真的，亲爱的，我也说不准，我从没听人说过这话。”

“不过这可以从学校小看得出来。我听你说起过，这学校是你姐姐和布雷格太太办的，就这么一所学校，总共才二十五个孩子。”

“啊！你这个机灵鬼，说得一点不错。你真会动脑子！我说简，我们俩要是能拧到一起，那会构成一个多么完美的人啊。我的活泼加上你的稳重，就会十全十美。不过，我的意思并不是说，有人或许认为你还不够完美。可是，嘘！请别说了。”

这似乎是个不必要的告诫，简不是想跟埃尔顿太太说话，而是想跟伍德豪斯小姐说话，这一点伍德豪斯小姐看得很清楚。简想要在礼貌允许的范围内，尽量对她敬重有加，这个意图十分明显，虽说往往只能用眼神来表达。

埃尔顿先生来了，他太太用一番欢快的俏皮话来招呼他。

“先生，你真会干好事，把我打发到这儿，来拖累我的朋友，你自己却姗姗来迟！不过你知道你摆布的是个多么听话的人。你知道我要等丈夫来了才肯走。我一直坐到现在，给两位年轻小姐树立了一个对丈夫服服帖帖的榜样——因为你知道，谁说得清她们几时会用得着这样的涵养功夫？”

埃尔顿先生又热又累，似乎全然没有理会这通俏皮话。他得向另外几位太太小姐客套一番，接下来就是抱怨自己热得难受，白跑了一趟路。

“我到了当维尔，”他说，“却找不到奈特利。真奇怪！真莫名其妙！今天早上我给他送了封信，他也回了信，他理所当然应该在家等到一点。”

“当维尔！”他妻子嚷了起来，“亲爱的埃先生，你没去当维尔吧！你说的是克朗旅店。你是在克朗旅店开完了会赶来的。”

“不，不，那是明天的事，我今天正是为此才特地去找奈特利的。今天上午热极啦！我还打地里穿过去——”他以苦不堪言的语调说，“因此就更受罪了。到头来竟然发现他不在家！跟你说实话，我心里很不高兴。没留下一句道歉的话，也没给我留个言。管家的说不知道我要去。真是奇怪！谁也不知道他去哪儿了。也许是

去了哈特菲尔德，也许是去了阿比-米尔，也许是跑进他的树林里去了。伍德豪斯小姐，我们的朋友奈特利可不是这样的人啊。你能解释吗？”

爱玛觉得很好笑，也说的确很奇怪，没什么要为他说的。

“我无法想象，”埃尔顿太太说，做妻子的，理所当然觉得没有脸面，“我无法想象，他怎么偏偏对你干出这样的事来！你是最不应该受人怠慢的！亲爱的埃先生，他一定给你留言了，我敢肯定他留了。哪怕是奈特利，也不可能这样古怪，准是他的用人忘了。没错，准是这么回事。当维尔的用人很可能做出这种事来，我常常发觉，他们一个个都笨手笨脚、丢三落四。我敢说，我说什么也不愿意要一个像他家哈里那样的人来做司膳总管。至于霍奇斯太太，赖特还真瞧不起她。她答应给赖特一张收条，可一直没送去。”

“快到奈特利家的时候，”埃尔顿先生接着又说，“我遇见了威廉·拉金斯，他跟我说主人不在家，可是我不相信。威廉好像很不高兴。他说他不知道他的主人最近是怎么回事，他简直没法让他说话。威廉急什么不关我事，但是我今天非要见到奈特利不可，这是至关重要的。因此，这么大热天让我白跑了一趟，真叫人没办法。”

爱玛觉得她最好马上回家。此时此刻，奈特利先生很可能在家里等着她。也许她可以确保奈特利先生不要进一步引起埃尔顿先生的不满，即使不是引起威廉·拉金斯的不满。

告辞的时候，费尔法克斯小姐决意要把她送出屋，甚至送她下楼，她觉得很高兴，便立即抓住这个机会说：

“我刚才没有机会说话，或许倒也好。如果你身边没有别的朋友，我会忍不住谈起一件事，问一些问题，信口开河说些没有分寸的话。我觉得我肯定会失礼的。”

“哦！”简大声嚷道，脸上一红，又迟疑了一下，爱玛觉得，她这副神态比平常的沉静和优雅不知要动人多少倍。“那倒不会。只怕是我惹你厌烦了。你最让我高兴的是，你表示关心——真的，伍德豪斯小姐，”她较为镇定地说，“我意识到我表现得不好，非常不好，但特别令我欣慰的是，我有些朋友，我最看重他们对我的好感，他们并不觉得事情可恶到——我心里想说的话连一半也没来得及说。我想道歉，赔不是，为自己作点开脱。我觉得应该这样做。但是很可惜——总之，如果你不原谅我的朋友——”

“啊！你过虑了，的确过虑了，”爱玛诚挚地说道，一边抓住了她的手，“你没什么可向我道歉的，你觉得应该接受你道歉的人都很满意，甚至都很高兴——”

“你真好，可我知道我是怎么对待你的。那么冷淡，那么虚假！我总是像在演戏。那是一种骗人的生活！我知道我一定让你觉得讨厌。”

“请别说了。我觉得该道歉的是我。让我们马上互相谅解吧。最紧迫的事情是非做不可的，我想我们的心情也是刻不容缓的。但愿温莎那儿有好消息吧？”

“很好的消息。”

“我想下一个消息将是我们要失去你——恰好在我开始了解你的时候。”

“啊！这一步现在还没能考虑呢。我要在这儿一直待到坎贝尔上校夫妇叫我去。”

“也许现在事情还定不下来，”爱玛笑吟吟地答道，“可是，对不起，事情总得考虑吧。”

简也笑吟吟地回道：

“你说得一点不错，是考虑过了。老实跟你说（我想这样稳妥些），我们要跟邱吉尔先生一起住在恩斯库姆，这算是定下来了。

至少要服三个月的重丧[1]，可是服完丧以后，我想就没有什么好等的了。”

“谢谢，谢谢。这正是我想了解的。哦！我什么事都喜欢干脆明确，你要是知道就好了！再见吧，再见。”

第十七章

韦斯顿太太平安分娩了，朋友们都为之感到高兴。爱玛见她安安康康不禁为之得意，如果说有什么事能让她越发得意的话，那就是得知朋友生了一个女孩。她一心巴望来一个韦斯顿小姐。她不会承认那是为了以后可以给她做个媒，把她嫁给伊莎贝拉的哪个儿子。她认为做父母的觉得女儿更为贴心。等韦斯顿先生上了年纪——甚至韦斯顿先生十年后也会上年纪的——火炉边始终有一个不离家的孩子[2]用嬉戏、调皮、任性和幻想来活跃气氛，那倒是个莫大的安慰。韦斯顿太太也一样——谁也不怀疑她多么需要一个女儿。再说，任何一个善于管教孩子的人，如果不能再一次发挥自己的才能，也是很可惜的。

“你知道，她有她的有利条件，曾拿我作为她的实践对象，”爱玛接着说，“就像德·让利夫人所写的《阿黛莱德和西奥多》里的达尔曼男爵夫人以道斯达利女伯爵为实践对象[3]那样，我们可以看到她以更完美的方案来教育自己的小阿黛莱德。”

“那就是说，”奈特利先生回答道，“对她比对你还要更娇惯，还以为自己根本没有娇惯。这将是唯一的差别。”

---

① 按英国的习惯，“重丧”期间，服丧者要穿全黑丧服，不能举行诸如婚礼之类的喜庆活动。

② 按英国当时的习俗，女孩一般待在家里接受家庭教师的教育，男孩则去寄宿学校读书。

③ 德·让利夫人（1746—1830）：法国著名的教育理论家，《阿黛莱德和西奥多》是她一本书的英译本的书名。

"可怜的孩子!"爱玛大声嚷道,"那样的话,她会成什么样子呢?"

"没什么大不了的,成千上万的孩子都这样。小时候讨人嫌,大了会自己改正的。最亲爱的爱玛,对娇生惯养的孩子我慢慢的也不那么讨厌了。我的幸福全要归功于你,我要是对他们太苛刻了,那岂不是忘恩负义吗?"

爱玛笑起来了,答道:"可是你竭力帮我抵消了别人的娇惯。要是没有你的帮助,我怀疑靠我自己的理智是否能改好。"

"是吗?我倒并不怀疑。造物主给了你理智,泰勒小姐给了你原则。你肯定会好好的。我的干预既可能带来好处,也可能带来坏处。你完全可以说:他有什么权利来教训我?我怕你自然会觉得我这样做令人讨厌。我认为我没给你带来什么好处。好处都让我得了,使你成了我热恋的对象。我一想起你心里就充满了爱,缺点什么的我都爱。正因为我想象出你有许多错处,至少从你十三岁起,我就爱上了你。"

"我敢肯定,你对我大有好处,"爱玛大声说道,"我经常受到你的良好影响——只是我当时不肯承认罢了。我敢肯定你给我带来了好处。如果可怜的小安娜·韦斯顿给宠坏了,你就像以前待我那样来对待她,那将是最大的仁慈,可就是别在她长到十三岁时又爱上她。"

"你小时候经常露出一副调皮的神情对我说:'奈特利先生,我要做什么什么事,爸爸说可以,或者泰勒小姐同意了——而你当时也知道,我是不赞成的。'在这种情况下,我的干预不是使你一般的不高兴,而是使你双重的不高兴。"

"我当时有多可爱啊!难怪你会这么深情地记住我的话。"

"'奈特利先生。'你总叫我'奈特利先生'。从习惯上说,听起来并不那么一本正经。然而却显得太一本正经了。我想让你换个称呼,可又不知道换什么称呼好。"

“我记得大约十年前，有一次心里一热乎，就叫你‘乔治’。我当时这样叫你，本想气气你，可是你并不在意，我也就没再这么叫。”

“现在你不能叫我‘乔治’吗？”

“不可能！我只能叫你‘奈特利先生’。我甚至不会答应用埃尔顿太太那种风雅的简短称呼，叫你‘奈先生’。不过我会答应，”她马上又一边笑一边红着脸补充说，“我答应叫你一次教名。我不说在什么时候，可你也许可以猜到在什么地方：不管是好是歹，N与M缔姻的地方[①]。”

奈特利先生那么有见识，爱玛要是听了他的话，本来可以避免犯下她那女性最愚蠢的错误——任性地跟哈丽特·史密斯搞得那么亲密，可惜她不敢公开地承认这一点，她为此感到悲哀。这个问题太微妙了，她根本没法谈。他们两人很少谈到哈丽特。奈特利先生之所以如此，也许仅仅因为没想到她，而爱玛却觉得问题棘手，从某些表面现象来看，怀疑她们的友情不如以前。她自己也知道，她们要是在别的情况下分手，书信来往肯定会频繁一些，而不至于像现在这样，几乎完全靠伊莎贝拉的信件提供消息。奈特利先生或许也看出了这一点。不得不向他隐瞒事实真相，这痛苦丝毫也不亚于造成哈丽特悲伤时所感到的痛苦。

果然不出所料，伊莎贝拉来信详细地介绍了她的客人的情况。她发觉她刚到的时候神情沮丧，这倒也非常正常，因为还要去看牙医。可是看过牙医之后，她似乎觉得哈丽特跟以前并没什么两样。当然，伊莎贝拉并不是个目光敏锐的人，但如果哈丽特没有心思跟孩子们玩，那她也不至于看不出来。哈丽特能多住一段时间，原定的两个星

---

① 指教堂。N和M原本代表即将结婚的男女双方，但爱玛似乎在有意利用两者的语音效果，听上去像是特指奈特利和爱玛。

期很可能要延长到至少一个月，这使爱玛感到非常欣慰，心里一直满怀希望。约翰·奈特利夫妇俩打算八月份来，可以叫她多住些日子，跟他们一道走。

“约翰甚至没提到你的朋友，”奈特利先生说，“你要是想看的话，这就是他的回信。”

奈特利先生把他打算结婚的事写信告诉了弟弟，弟弟给他写了回信。爱玛急忙伸手接过信，迫不及待地想看看约翰是怎么说的，听说没提到她的朋友也不在意。

“约翰怀着手足之情为我高兴，”奈特利先生接着说，“可他不会恭维人。他是你姐夫，虽说我知道他十分疼爱你，他却不会花言巧语，换个别的年轻女人，还会觉得他不诚心赞美人。不过，我不怕让你看看他写了些什么。”

“他写起信来倒像一个通情达理的人，”爱玛看过信以后回答道，“我敬佩他的真诚。显然，他认为我们这次订婚完全是我交了好运，不过他还是希望我以后会无愧于你的一片真情，而你认为我已经受之无愧了。他要是不这么说，我倒还不会相信他呢。”

“我的爱玛，他并不是这个意思。他只是说——”

“他和我对两人的评价分歧很小，”爱玛打断了他的话，脸上露出一本正经的微笑，“如果我们可以不讲客套、开诚布公地谈论这件事，那我们的分歧或许还要小得多。”

“爱玛。亲爱的爱玛——”

“哦！”爱玛更加兴高采烈地嚷了起来，“你要是认为你弟弟对我不公道，那就等到我亲爱的父亲知道这桩秘密之后，听听他的意见吧。你听我说吧，他对你会更不公道。他会认为这全是你的福气，是你占了便宜，优点全在我这一边。但愿我不要一下就落到被他称作‘可怜的爱玛’的境地。对于受委屈的好人，他充其量只能表现出这样的怜悯之情。”

“啊!”奈特利先生大声嚷道,“但愿你父亲能像约翰一半那样好说服,相信我们很般配,生活在一起会很幸福。约翰的信有一段我看了觉得很有趣——你注意到了没有?他说我的消息并没有使他感到太意外,他早就料到会听到这样的消息。”

“如果我了解你弟弟的话,他只是说他料到了你打算结婚。他没想到会是跟我。看来他对此完全没有思想准备。”

“是呀,是呀——可我觉得很有意思,他居然能猜透我的心思。他凭什么判断的呢?我觉得我的情绪和谈吐与往常没什么两样,他怎么现在会料到我要结婚呀。不过,我想是这么回事。我敢说,那天我待在他们那儿,跟往常是有些不一样。我想我跟孩子玩得不像平时那么多。我记得有一天晚上,几个可怜的孩子说:‘伯伯好像总是没劲儿。’”

到时候了,应该把消息传扬开,听听别人的反应。等韦斯顿太太身体一恢复,可以接待伍德豪斯先生了,爱玛便想发挥一下她那委婉的说理功夫,决定先在家里宣布这件事,再到兰多尔斯去宣布。可是,最终如何向她父亲说呀!她已经打定主意,要趁奈特利先生不在场的时候,由她自己来说,否则的话,她怕到时候失去勇气,事情就要拖延下去了。不过,奈特利先生会在这样一个节骨眼上赶到,接着她的话头往下说。她不得不说话,而且要兴高采烈地说。她绝不能用一种忧伤的语调,让父亲听了心里难过。她不能让父亲觉得,好像她都认为这是一门不幸的亲事。她鼓足了勇气,先让他有个思想准备,好听一件意料不到的事,然后直言脆语地说,这件事若能得到他的赞同和恩准——她相信这不会有什么困难,因为此事会促成大家的幸福——她和奈特利先生打算结婚。这就是说,此人就要来哈特菲尔德与他们朝夕相伴,她知道,父亲除了女儿和韦斯顿太太以外,最喜爱的就是这个人了。

可怜的人儿！他起初大为震惊，苦口婆心地劝女儿别这么做。他一再提醒爱玛，她总说她一辈子也不结婚，对她来说，独身确实要好得多，不信就看看伊莎贝拉和泰勒有多么可怜。可是他的话不顶用，爱玛腻腻地缠住他不放，笑吟吟地说她非要结婚不可。还说不应把她与伊莎贝拉和韦斯顿太太相提并论，她们一结婚就离开了哈特菲尔德，因而的确引起了令人心酸的变化。可是她并不离开哈特菲尔德，而要永远守在家里。她给家里带来的变化，除了人数增加，日子过得更舒服之外，不会有别的。她敢肯定，父亲只要想开了，有奈特利先生经常在身边，那只会增添无穷的快乐。父亲不是很喜欢奈特利先生吗？她知道父亲不会否认这一点。他有事除了找奈特利先生商量，还找过谁呢？还有谁对他这么有用，这么乐意给他写信，这么喜欢帮助他？还有谁对他这么和气、这么体贴、这么有感情呢？难道他不喜欢他始终待在身边吗？是呀，一点不错，奈特利先生来得再勤，他也不会嫌多，他巴不得天天见到他。可事实上，他们已经是天天见到他了，为什么不能一如既往地继续下去呢？

伍德豪斯先生一时还说不通。不过，最大的难关已经渡过，事情已经摊开了，余下的就是要假以时日，要反复地做工作。奈特利先生紧跟着爱玛，也一再恳求，一再保证，他对爱玛满怀深情的赞美，让伍德豪斯先生听了还真有点乐滋滋的。这两人一有机会就跟他谈这个问题，过了不久，他也就不以为然了。伊莎贝拉从中鼎力相助，写来一封封信，表示全力支持。韦斯顿太太第一次见面，就本着成人之美的原则考虑问题——首先此事已成定局，其次这是一件好事——她心里很清楚，要说服伍德豪斯先生，这两点几乎是同样重要的。事情该怎么办，大家的看法是一致的。过去他信赖的几个人，个个都向他保证说，这也是为了他的幸福。他心里有点给说动了，几乎想承认是这

么回事，便开始设想：再过一阵子——也许过一两年，两人结婚未必是件坏事。

韦斯顿太太劝说他时并没有装假，流露出的都是真情实意。爱玛第一次向她透露这件事时，她不禁大吃一惊，真是从未这么惊奇过。但是转念一想，她觉得这件事只会使大家更为幸福，因此便毫不迟疑地极力鼓动伍德豪斯先生答应。她很器重奈特利先生，认为他甚至配得上她最亲爱的爱玛。无论从哪一方面看，这都是一门最合适、最般配、最完美的亲事，而且在某一点上，在最重要的一点上，更是特别妥当，特别圆满，爱玛要是爱上了别人，那就不可能这么稳妥，她觉得自己真是天下最大的傻瓜，居然没有早想到这件事，没有早向他们祝福。一个有地位的人向爱玛求婚，愿意舍弃自己的家住到哈特菲尔德来，这多么难能可贵啊！除了奈特利先生，有谁能够了解并容忍伍德豪斯先生，做出这样理想的安排！她和丈夫有心撮合弗兰克和爱玛，但总觉得不好安排可怜的伍德豪斯先生。如何兼顾恩斯库姆和哈特菲尔德的利益，一直是个难题——而对这个困难，韦斯顿先生比他太太还缺乏认识——可是每次一谈到这件事，就连韦斯顿先生最终至多也只能这么说："这些事情自会解决的，年轻人总会想出办法的。"可是现在不能凭胡思乱想来考虑问题。这件事合情合理、光明正大，又完全般配，双方谁也不吃亏。这是一门十分美满的亲事，没有任何真正的、站得住脚的理由来阻挠，来推迟。

韦斯顿太太把婴儿抱在膝上，就这么浮想联翩，觉得自己是世界上最快活的女人。如果还有什么事情能使她更加快活的话，那就是眼看着小宝宝最初戴的帽子马上就要嫌小了。

这一喜讯传到哪里，就在哪里引起惊奇。韦斯顿先生也惊奇了五分钟，但他思想敏锐，五分钟后就不见怪了。他看出了这门亲事的好处，像他太太一样为之高兴。他马上就觉得不足为奇了，一小时之

后，他都快认为自己早就料到这一步了。

“我看还应该保守秘密，”他说，“这种事总要保守秘密，直到被人发现，传得家喻户晓。只是在我可以说出去的时候才告诉我。也不知道简是否有所察觉。”

第二天早上他去了海伯里，把这个问题搞清楚了。他把消息告诉了简。简不就像他的亲女儿，像他的大女儿吗？他非得告诉她不可。由于贝茨小姐当时也在场，消息自然又立即传给了科尔太太、佩里太太和埃尔顿太太。两个主要当事人早就料到了这一点。他们已经估计过了，兰多尔斯的人知道这消息之后，要过多久会传遍海伯里。他们十分敏锐地想象自己会成为许多人家傍晚惊诧议论的中心。

大体说来，大家都很赞赏这门亲事。有人认为男的合算，有人认为女的合算。有人觉得他们应该去当维尔，把哈特菲尔德让给约翰·奈特利一家。有人则预言他们的仆人会闹纠纷。然而，总的说来，没有什么真正表示异议的，除了一户人家——牧师家以外。在牧师家，惊讶之余没有半点高兴。与妻子相比，埃尔顿先生还不怎么在乎，他只是在想“这位小姐的自尊心可以得到满足了”，认为“她一直在想尽办法勾引奈特利”。谈到住到哈特菲尔德一事，他又大言不惭地嚷道：“他愿意，我可不干！”可是埃尔顿太太可真是沉不住气了。“可怜的奈特利！可怜的家伙！他可倒霉了。我真替他担心。他尽管很古怪，还是有许许多多优点。他怎么会上这个当呢？不要以为他坠入了情网——绝对没有的事。可怜的奈特利！我们与他的愉快交往彻底结束了。以前不管什么时候请他，他都会多么高兴地来跟我们一起吃饭啊！可现在却完了。可怜的家伙！再也不会为我组织去当维尔游玩了。唉！不会了，有了一个奈特利太太，什么事情都要泼冷水。讨厌透顶！那天我骂那个管家，现在一点也不后悔。真是令人震惊，居然两家住到一起。绝对行不通。据我所知，枫园附近有一家人家尝试过，没过一个季度就不得不散伙了。”

第十八章

时光荏苒。再过几天，伦敦的那伙人就要到了。这是个惊人的变化。一天早上爱玛在想，那一定会使她大为焦虑，大为烦恼，这时奈特利先生走了进来，于是她把这些伤脑筋的事抛到了一边。奈特利先生先是快活地聊了几句，然后就默不作声了。随即，他用一本正经的口吻说道：

“我有件事要告诉你，爱玛，一条消息。”

“好消息还是坏消息？”爱玛连忙问道，一边抬起头来瞅着他的脸。

“我不知道该怎么说。”

“哦！我看一定是好消息。我从你脸上看得出来。你在竭力忍住笑。”

“我担心，”奈特利先生沉着脸说道，“我很担心，亲爱的爱玛，你听了会笑不起来。”

“真的吗？为什么？我很难想象，有什么能使你高兴，或者逗你笑，却不能使我也高兴，不能逗我笑？”

“有一件事，”奈特利先生答道，“但愿只有这一件，我们的看法不一样。”他顿了一下，又笑了笑，两眼盯着爱玛的脸。“你没想到吗？你记不起来啦？哈丽特·史密斯。”

爱玛一听到这个名字，脸顿时红了。她心里觉得害怕，虽说不知道怕什么。

“你今天早上接到她的信了吗？”奈特利先生大声问道，“我想你一定接到了，什么都清楚了。”

“没有，没接到。我什么也不知道，快告诉我吧。”

“我看你已经有了听到最坏消息的思想准备——消息的确很糟糕。哈丽特·史密斯要嫁给罗伯特·马丁了。”

爱玛吓了一跳，看来她好像没有思想准备——她两眼急巴巴地瞪着奈特利先生，像是在说：“不，这不可能！”但嘴巴却紧闭着。

“是这样，千真万确，”奈特利先生接着又说，“我是听罗伯特·马丁亲口说的。他离开我还不到半个小时。”

爱玛仍然万分惊讶地望着他。

“正如我所担心的，我的爱玛，你不喜欢这件事。但愿我们的看法能一致。不过到时候会一致的。你等着瞧吧。过些时候，我们两人中准会有一个人改变看法的。在这之前，我们不必多谈这件事。”

“你误解我了，完全误解我了，”爱玛竭力表白说，“现在我不会为这样的事不高兴的，而是我不敢相信。这似乎是不可能的！你不会是说哈丽特·史密斯已经答应嫁给罗伯特·马丁了吧。你不会是说罗伯特·马丁又向她求婚了吧。你只是说他打算这么做吧。”

“我是说他已经这么做了，”奈特利先生喜气洋洋而又斩钉截铁地说，“而且女方已经答应了。”

“天哪！”爱玛嚷了起来，“唉！”然后求助于针线篮，趁机低下头去，借以掩饰脸上又高兴又好笑的微妙神情，她知道自己一定流露出了这样的神情。她随即又说：“好吧，把一切都告诉我吧。跟我讲清楚一些。怎么回事，什么地方，什么时候，一五一十地都告诉我。我从来没有这么惊奇过——可是我并没有因此不高兴，你尽管放心。这怎么——怎么可能呢？”

“事情很简单。三天前马丁有事进城去，我有几份文件想托他带给约翰。他把文件送到约翰家里，约翰请他当晚跟他们一道去阿斯特利剧场。他们准备带两个大孩子去。同去的有我弟弟、弟媳、亨利、约翰——还有史密斯小姐。我的朋友罗伯特没法推却，他们顺路去叫了他。大家都玩得很开心。我弟弟请他第二天跟他们一起吃饭——他真去了——我想就在这过程中，他找到了跟哈丽特说话的机会，而且他确实没有白说。哈丽特答应了他，使他高兴得不得了，他也应该高兴。他乘昨天的车子回来，今天早上一吃好早饭就来找我，谈了他办的事情，先是我交代的事，然后是他自己的事。怎么回事，什么地方，什么时间，我能说的就这么一些。你见到你的朋友哈丽特的时候，她会把来龙去脉讲得详细得多。她会把详情细节都讲出来，这些细枝末节只有女人讲起来才有趣。我们只讲些大概的情况。不过，我得说一句，在我看来，罗伯特·马丁似乎大喜过望。他提起一件完全无关的事情，说离开阿斯特利的包厢时，我弟弟带着他太太和小约翰在前面走，他跟史密斯小姐和亨利跟在后面。有一阵挤在人群中，搞得史密斯小姐很不自在。”

奈特利先生住口不说了。爱玛不敢马上答话。她知道，一张口准会暴露出自己的喜不自禁。她得等一等，否则他会认为她发疯了。她的沉默引起了他的不安。他观察了她一会，然后说道：

“爱玛，我亲爱的，你刚才说这件事现在不会使你不高兴，可是我担心，你感受的痛苦比你预料的要多。马丁不幸没有地位——但是你得把这看成使你的朋友满意的事。而且我敢担保，你跟他熟悉了以后，会越来越觉得他好。你会喜欢他的聪明和品德。就人品而言，你无法期望你的朋友嫁一个比他更好的人了。只要我做得到，我定会愿意改变他的社会地位。这总可以了吧，爱玛。你常笑我太信任威廉·拉金斯，可我也同样离不开罗伯特·马丁啊。”

他要爱玛抬起头来笑笑。爱玛这时已经克制住了自己，不会无拘无束地笑了——但她还是照办了——快活地答道：

“你不必煞费苦心地来劝说我赞成这门亲事。我看哈丽特做得好极了。她的家世也许还不如马丁的呢。就人品而言，她的亲戚无疑不如马丁的。我之所以沉默不语，只是因为感到惊奇——太惊奇了。你想象不到我觉得这件事来得多么突然！我是一点思想准备也没有啊！因为我有理由相信，哈丽特最近对他越发反感，比以前反感得多。”

“你应该最了解你的朋友，”奈特利先生答道，“不过我要说，她是个性情和善、心地温柔的姑娘，不会反感一个向她吐露过真情的年轻人。”

爱玛忍不住笑了，答道：“说真的，我相信你跟我一样了解她。不过，奈特利先生，你是不是百分之百地相信她已经不折不扣地答应他了？我想她到时候也许会答应——可她已经答应了吗？你没有误会他的意思吧？你们俩都在谈别的事情，谈生意，谈家畜展览，谈新播种机——这么多事情混在一起，你不会误会他的意思吧？他能肯定的不是哈丽特答应嫁给他——而是哪一条良种公牛有多高多大。”

这时，爱玛强烈地感受到奈特利先生和罗伯特·马丁两人在仪表风度上的鲜明对比，想起了哈丽特不久前所表的态，特别是她一字一顿说的那句话，还回响在她耳边：“不，我想我是不会把罗伯特·马丁放在心上的。”所以，她真心希望这消息能在某种程度上证明是不可靠的，此外没有其他可能。

“你敢说这话？”奈特利先生大声嚷道，“你敢把我当成个大傻瓜，连别人说的话都听不明白吗？你该得到什么样的报应啊？”

“啊！我总是应该得到最好的报应，因为我从来不能容忍别的。因此，你得给我一个明明白白、直截了当的回答。你敢肯定你很了解马丁先生和哈丽特现在的关系吗？”

“我敢肯定，”奈特利先生一清二楚地答道，“他告诉我哈丽特已经答应他了，言词里没有什么晦涩和含糊的地方。我想我可以给你提供一个证据，说明事实就是这样。他征求我的意见，问我他现在该怎么办。除了戈达德太太以外，他不认识什么人，没法去了解哈丽特亲戚朋友的情况。我除了建议他去找戈达德太太以外，还能提出什么更好的办法呢？我实话跟他说，我想不出别的办法。于是他说，他只好今天去找哈丽特。”

“我这就放心了，”爱玛喜笑颜开地答道，“并且衷心地祝愿他们幸福。”

“从我们上次谈论这个问题以来，你的变化真大。”

“但愿如此——那时候我是个傻瓜。”

“我也变了，因为我现在愿意把哈丽特的好品性全部归功于你。为了你，也是为了罗伯特·马丁（我一向认为他仍像以前一样爱哈丽特），我在想方设法了解哈丽特。我常常与她交谈。这你一定看到了。有时候，我的确觉得你有点怀疑我在替可怜的马丁辩解，其实没有这回事。据我多方观察，我认定她是个天真单纯、和蔼可亲的姑娘，既有见识，又讲究道德，把自己的幸福寄托在温馨美满的家庭生活中。毫无疑问，她在很大程度上还得感谢你。”

“哦！”爱玛摇摇头说，“啊！可怜的哈丽特！”

然后她没说下去，默默地接受了对她的溢美之词。

没过多久，伍德豪斯先生进来了，打断了他们的谈话。爱玛并不感到遗憾，她想一个人待着。她心里又激动又惊异，没法平静下来。她简直要翩翩起舞，要放声歌唱，要大叫大嚷。她除了走来走去，自言自语，笑笑想想，做不出什么合理的事来。

父亲进来是要告诉她，詹姆斯备马去了，准备进行一天一次的去兰多尔斯。她恰好以此为借口，立即走开了。

她心中的快活、感激和极度的喜幸之情，是可想而知的。影响哈丽特未来幸福的唯一苦恼和障碍，现在就这样消除了，她真要欣喜若狂了。她还希望什么呢？什么也不希望，只希望自己更能配得上他，他的筹划和明断一直比她来得高明。什么也不希望，只希望她过去干的傻事能给她带来教训，今后能谦虚谨慎。

她感激也好，下决心也好，都是一本正经的。然而她还是禁不住要笑，有时即使一本正经的当儿也要笑。她一定是在为这样的结局而发笑！五个星期以来她是那样悲观失望，现在却有了这样一个结局！这样的一颗心——这样的一个哈丽特！

如今，她回来将是一件乐事。一切都将是乐事。熟悉罗伯特·马丁也将是一大乐事。

她打心眼里感到最快活的一件事，是觉得不久以后，她就没有必要再向奈特利先生隐瞒任何事情了。她最讨厌的装模作样、含糊其辞、神神秘秘，也马上就要结束了。现在她可以期盼向他完完全全地推心置腹了，就性情而言，她最愿意履行这样的职责。

她怀着欢天喜地的心情，跟父亲一道出发了。她并非一直在听父亲说话，却始终在对他说的话表示赞同。不管是明言表示，还是默许，反正她听任他对自己好言相劝，说他每天都得去一趟兰多尔斯，否则可怜的韦斯顿太太就要失望。

他们到了兰多尔斯。韦斯顿太太一个人待在客厅里。她先说了说孩子的情况，并对伍德豪斯先生来看她表示感谢（这也正是他所需要的），话音刚落，只见窗外晃过两个人。

"是弗兰克和费尔法克斯小姐，"韦斯顿太太说，"我刚想告诉你们，看到他今天一早就来了，我们不禁又惊又喜。他要待到明天，我们就动员费尔法克斯小姐也来玩一天。我想他们这就进来了。"

转眼间，他们就到了屋里。爱玛见到他非常高兴——但是难免有几分尴尬——彼此都有一些令人发窘的回忆。他们当即笑嘻嘻地见了面，却有点不好意思，所以一开始没说什么话。大家坐下以后，先是沉默了一阵，爱玛不由得心里在想：她本来早就盼望再一次见到弗兰克·邱吉尔，见到他和简在一起，现在愿望成真了，她却怀疑是否会感到应有的快慰。然而，等韦斯顿先生来了，孩子也抱进来以后，也就不再缺乏话题了，气氛也活跃了——弗兰克·邱吉尔也有了勇气，抓住机会凑到爱玛身边，说道：

“我得谢谢你，伍德豪斯小姐，韦斯顿太太来信说你好心宽恕了我。希望随着时间的推移，你不会不愿宽恕我了。希望你不要收回当时说的话。”

“绝不会，”爱玛兴冲冲地开口了，大声说道，“绝对不会。能见见你，跟你握握手——当面向你道喜，我再高兴不过了。”

弗兰克由衷地感激她，并且满怀喜幸之情，又说了一阵。

“她的气色不是很好吗？”他把目光转向简，说道，“比以前还好吧？你瞧我父亲和韦斯顿太太多疼爱她。”

过了不久，他的兴致又高了起来，先说了声坎贝尔夫妇很快就要回来，然后便眉开眼笑地提起了迪克逊的名字。爱玛脸一红，不许他在她面前说这个名字。

“一想到这个名字，”她嚷道，“我就羞愧难言。”

“有愧的是我，”弗兰克答道，“或者说应该是我。不过你真的没猜疑吗？我是说最近。我知道你起初没有猜疑。”

“跟你说真的，我丝毫没有猜疑过。”

“事情似乎很令人惊奇。我有一次差一点——我倒希望那样——那样会好一些。不过我常常做错事，很荒谬的错事，对我毫无好处的错事。我当初要是向你透露了秘密，把一切全告诉你，过失就会少得多。”

“现在用不着后悔。”爱玛说。

“我有可能说服我舅舅到兰多尔斯来，”弗兰克又说，“他想见见她。等坎贝尔夫妇回来以后，我们去伦敦跟他们会面，我想可以在那儿待一段时间，然后把她带到北方去。可现在我离她太远了——这不叫人难受吗，伍德豪斯小姐？从和好那天以来，我们直到今天上午才见面。难道你不可怜我吗？”

爱玛十分亲切地表示了自己的怜悯之情，弗兰克心里一阵高兴，不由得嚷了起来：

“啊！顺便问一声，”随即压低声音，装出一本正经的样子，“我想奈特利先生身体好吧？”他顿住不说了。爱玛脸上一红，笑了笑。“我知道你看了我的信，我想你也许还记得我对你的祝愿。让我也向你道喜吧。说真的，我听到这条消息，心里好激动，好高兴。他是个我不敢妄加称赞的人。”

爱玛听了满心高兴，只希望他继续说下去，不料他的心思一下子就转到自己的事情上，转到他的简身上，只听他接着说道：

“你看见过这样的皮肤吗？这样光滑！这样娇嫩！然而又算不上白皙。你不能说她白。配上黑睫毛和黑头发，这是一种很不平常的肤色——一种极其特别的肤色！女士有这样的肤色，真不寻常。这肤色恰到好处，真叫美。”

“我一向羡慕她的肤色，”爱玛调皮地说，“可是我记得你以前嫌她皮肤苍白吧？那是我们第一次谈起她的时候。你完全忘记了吗？”

“哦！没有——我真是个冒失鬼啊！我怎么竟敢——”

弗兰克一想到这里，不由得哈哈大笑起来，爱玛忍不住说：

“我想你当时处境尴尬，骗一骗我们大家还挺有意思吧。我想一定是这么回事。我想这对你来说一定是一种安慰。”

“哦！不，不，不——你怎么能怀疑我做出这种事情呢？那时候，我真是个最可怜的人啊。”

“还没可怜到不会取乐的地步吧。我想你把我们大家蒙在鼓里，一定觉得很快活吧。也许，我比较喜欢猜测，因为说实话，我要是处在你那个地位，我想也会觉得很有趣。我看我们俩有点相像。”

弗兰克鞠了个躬。

“即使我们在性情方面不相像，”爱玛马上又说，脸上露出深有感触的神情，“我们的命运还是相像的。命运将我们同两个比我们强得多的人联系在一起。”

“对呀，对呀，”弗兰克激动地答道，“不，你不是这样。没有比你更强的人了，但我倒是一点不假。她是个十全十美的天使。你瞧，她的一举一动不都像个天使吗？你瞧她喉部的形状。瞧她望着我父亲时的那双眼睛。你听了一定会很高兴，（他低下头，一本正经地小声说道）我舅舅打算把舅妈的珠宝全给她，准备重新镶嵌一下。我决定把其中一些用作头饰。配上她那黑头发，岂不是很美吗？”

“真的很美。”爱玛答道。她说得非常恳切，弗兰克不胜感激地连忙说道：

“又见到了你，我有多高兴啊！还看到你气色这么好！我再怎么也不愿错过这次见面的机会。即使你不来，我也一定会到哈特菲尔德登门拜访的。”

别人都在议论孩子，韦斯顿太太说起昨晚孩子似乎不大舒服，让她受了一点惊。她觉得自己太傻，居然惊慌起来，差一点打发人去请佩里先生。也许她应该感到羞愧，可是韦斯顿先生几乎跟她一样坐立不安。不过，十分钟以后，孩子又太平无事了。这是韦斯顿太太讲述的，伍德豪斯先生听了特别感兴趣，极力夸奖她想到要请佩里先生，只可惜她没派人去请。“孩子看上去一有点不舒服，哪怕只是一会儿工夫，你也应该去请佩里先生。你再怎么担忧都不会过分，请佩里请得越多越好，昨晚他没来，也许挺可惜的，别看孩子现在看上去挺好的，要是佩里来看过了，八成会更好。”

弗兰克·邱吉尔听到了佩里的名字。

“佩里！”他对爱玛说，一边说一边想引起费尔法克斯小姐的注意。“我的朋友佩里先生！他们在说佩里先生什么呀？他今天早上来过了？他现在怎么出门呀？他的马车装好了没有？”

爱玛马上想起来了，明白了他的意思。她跟着笑起来了，而简的脸色表明，她也听见了弗兰克说的话，只不过假装像是没听见。

“我做了那么奇特的一个梦！”弗兰克说，“每次一想起来就忍不住笑。她听见我们说话了，她听见了，伍德豪斯小姐。我从她的脸上、她的笑容、她那副徒然想皱眉头的样子上看出来了。你瞧瞧她。她信里告诉我的那件事，这当儿正在她眼前闪过——那整个过错都展现在她面前——别看她假装在听别人说话，她却没法注意别的事，难道你看不出来吗？”

简一时忍不住笑了。她转身朝向弗兰克时，脸上还挂着笑，不好意思地以低微而平稳的语调说道：

“你怎么还记得这些事，真让我吃惊！记忆有时候是会冒出来——可你怎么还勾起这些回忆呀！”

弗兰克有一大堆话好回答，而且还很有趣。可是在这场争辩中，爱玛的心多半还是向着简。离开兰多尔斯以后，她自然而然地将两个男人做了一番比较。虽说她见到弗兰克·邱吉尔感到很高兴，而且也确实把他当朋友看待，她还从未像现在这样深感奈特利先生人品出类拔萃。这一比较导致的对他高贵品质的积极思索，使这最快活的一天快活到了极点。

第十九章

如果说爱玛有时还为哈丽特担心，偶尔也怀疑她是否真的不再思恋奈特利先生，是否真的心甘情愿答应嫁给另一个人，那她没过多久就不再这样捉摸不定了。只过了几天，那伙人就从伦敦来了。她与哈丽特单独待了一个小时，她就完全置信不疑了——尽管事情令人难以理解！罗伯特·马丁先生已经完全取代了奈特利先生，现正渐渐成为她全部的幸福构想。

哈丽特起初还有点苦恼——看上去有点傻乎乎的。但是，她一旦承认了过去的异想天开、一厢情愿和自欺欺人之后，她的苦恼和困惑似乎立即消失了，于是她也就不再留恋过去，而是对现在和未来满怀喜悦。至于朋友的赞同，爱玛一见面就向她表示最热烈的祝贺，顿时打消了她在这方面的顾虑。哈丽特乐滋滋地报告了在阿斯特利剧场度过的那个晚上和第二天那餐饭的详情细节。她尽可以喜不自禁地详细介绍，可这些详情细节又说明了什么呢？爱玛现在才明白，哈丽特其实一直在爱着罗伯特·马丁，而罗伯特·马丁也始终不渝地爱着她，这是多大的诱惑力。如果不是这样，爱玛就会觉得不可思议了。

然而，这还真是一桩大喜事，她每天都有理由感到高兴。哈丽特的家世已经打听出来了。原来，她是一个商人的女儿，那商人挺有钱，能供她维持以往那种舒适生活。他还挺顾面子，一直都想掩饰这层关系。爱玛早就认定她出身于富贵人家，现在果然如此！她的身世也许就像许多上等人一样清白无瑕。可是，她想攀附的奈特利先生也好——邱吉尔先生家也罢——甚至还包括埃尔顿先生，他们都是什么样的人啊！私生女的污点，要是没有金钱地位来粉饰，那还真是一大污点呢。

那做父亲的没有提出什么异议，年轻人受到了宽待。一切都很正常：罗伯特·马丁给介绍到哈特菲尔德，爱玛跟他越来越熟悉，发现他看上去头脑聪明，品德也好，完全配得上她的小朋友。她相信哈丽特嫁给任何一个性情温柔的人，都能获得幸福，而跟马丁生活在一起，住在他们家，她会越发幸福，又平安又稳定，还能不断进步。她置身于既爱她又比她有头脑的人们中间，闲着觉得平安，忙起来感到愉快。她绝不会受到诱惑，别人也不会让她受到诱惑。她会受人尊重，生活得非常幸福。爱玛承认她是世界上最幸福的人，赢得了这样一个男人忠贞不渝的爱情。或者说，即便不是最幸运，那也不过是仅仅不如她爱玛幸运罢了。

哈丽特必然要常常跑到马丁家，因而来哈特菲尔德的次数也就越来越少，这倒没什么好遗憾的。她和爱玛的亲密关系只能淡漠下去，她们的友谊只能变成一种冷静的友情。所幸的是，应该做的事，必须做的事，似乎都已经开了头，而且是以极其自然的方式慢慢进行的。

九月底，爱玛陪哈丽特上教堂，满怀喜悦地眼见她嫁给了罗伯特·马丁，回首往事，甚至想起同站在他们面前的埃尔顿先生有关的事情，都无损于这种喜悦。也许，她当时并没把他看作埃尔顿先生，而是把他看作下次可能在祭坛上为她祝福的牧师。在三对情侣中，罗伯特·马丁和哈丽特·史密斯是最后订婚的一对，却首先结了婚。

简·费尔法克斯已经离开了海伯里，回到跟坎贝尔夫妇一道生活的那个可爱的家，又过上了舒适的生活。两位邱吉尔先生也在伦敦，只等着十一月份来临。

爱玛和奈特利先生只敢把婚期定在十月份。他们决定趁约翰和伊莎贝拉还在哈特菲尔德的时候完婚，让他们可以按计划去海滨游玩两周。约翰、伊莎贝拉和其他朋友都一致赞同。可伍德豪斯先生——怎样才能说服伍德豪斯先生表示同意呢？迄今为止，他每次提起他们的婚事，都认为还是遥远的事情。

第一次探他的口气时，他黯然神伤，他们俩都以为这件事简直没有指望了。第二次提起时，他就不那么痛苦了。他觉得势在必行，他也阻挡不了——这是他思想上朝认可的方向迈出的可喜的一步。不过，他还是不高兴。是呀，他看样子是不大高兴，做女儿的都泄气了。眼看着父亲痛苦，让他觉得自己受冷落了，爱玛真是于心不忍。奈特利先生兄弟俩都叫她放心，说事情一过去，他的苦恼也就马上结束了，虽说她心里也同意这个看法，但她还是迟疑不决——不敢贸然行事。

就在这悬而未决的时候，他们的好运来了，倒不是伍德豪斯先生突然心明眼亮了，也不是他的神经系统发生了神奇的变化，而是他的这一系统产生了另一个烦恼。一天夜里，韦斯顿太太家禽房里的火鸡全给偷走了——显然是很有手段的人干的。附近一带另外一些禽栏也蒙受了损失。伍德豪斯先生心怀恐惧，认为偷窃跟破门而入没有什么两样。他坐卧不安，要不是感到有女婿保护，这辈子真要天天夜里胆战心惊。奈特利兄弟俩强健有力，果断镇定，他完全可以信赖。他们俩只要有一个保护他和他家，哈特菲尔德就会平安无事。可是，约翰·奈特利先生到十一月的第一个周末非得回伦敦不可。

这一苦恼导致的结果是：做父亲的同意了女儿的婚事，那个爽快劲儿大大超出了女儿当时的期望，因而女儿得以定下了婚期——罗伯特·马丁夫妇结婚后不到一个月，埃尔顿先生又被请来，为奈特利先生和伍德豪斯小姐举行了婚礼。

这次婚礼跟其他不重衣着、不讲排场的婚礼非常相似。埃尔顿太太听了丈夫的详细介绍后，认为这个婚礼实在太寒酸，比她自己的婚礼差得太远。“没有什么白缎子，没有什么带花边的面纱，可怜极啦！塞丽娜听说了，准会目瞪口呆。”然而，尽管有这些不足，目睹婚礼的那一小群真挚朋友的祝福、希望、信心和预言，在这美满幸福的婚事中全部变成了事实。

导 读

◎ 奥斯丁·多布森[①]

小说《爱玛》：由《傲慢与偏见》的作者创作；三卷册，定价为一畿尼。最早的出版信息刊登在1816年1月《评论季刊》上的新书推介栏目中（小说扉页上的出版时间是1816年）。与奥斯丁小姐此前的著作一样，《爱玛》也是匿名出版。《理智与情感》《傲慢与偏见》和《曼斯菲尔德庄园》是由白厅"军事图书馆"一位鲜为人知的埃杰顿先生暗中协助出版的，但《爱玛》则是由大名鼎鼎的默里先生大力引荐给读者的。为什么会出现出版人转手的情况，现在已经说不清楚了。但在《爱玛》宣布出版后，紧接着《曼斯菲尔德庄园》的第二版就出版了。从这一点来看，当时的情况很可能是，作者作品的出版事宜此时已经完全交给阿尔伯马尔街[②]了。尽管小说扉页上标注的出版时间是1816年，但有一点很清楚，《爱玛》在1815年12月份其实已经发行了（这种情况是常有的事）。要么是校样，要么是手稿，肯定在更早些时候就已经交到《评论季刊》的审稿人手里，因为1815年10月，读者就已经看到了较长篇幅的《爱玛》。像往常一样，作者虽然发表了她与出版人的通信，但并没有给《爱玛》的推进产生什么影响。《爱玛》的创作肯定是在《曼斯菲尔德庄园》完成后不久的事。在1815年11月（当时奥斯丁小姐正在汉斯宫23号照顾卧病的哥哥亨利），小说显然已经通过了出版社严格而又拖沓的审查。关于这一

① 奥斯丁·多布森（Austin Dobson，1840—1921）：英国诗人。

② 阿尔伯马尔街（Albemarle Street）：阿尔伯马尔街是伦敦西区梅菲尔区的一条街名，与皮卡迪利大街交叉。著名出版人约翰·默里的出版社克拉伦登出版社就坐落于此。

点，我们可以从默里先生为自己提出异议所做的辩解，以及《评论季刊》印刷商罗沃思先生的道歉中找到答案。但从出版商笃定地写给卡桑德拉·奥斯丁[①]的这封信中，我们可以看出，虽然出版社还是恪守传统的印书作风，但小说的出版进展神速。在下一期《评论季刊》的评论中，我们发现，作者已经在跟印刷商就清样的页边距问题开始较真了。在十二月中旬以前，《爱玛》已经准备发行了。到了年末，作者的朋友们已经拿到了成书，当然包括大名鼎鼎的文艺赞助人摄政王，因为《傲慢与偏见》的"导读"中提到过摄政王的大力支持，所以作者在送给摄政王的《爱玛》扉页上专门为摄政王题了词。奥斯丁小姐赠送给摄政王的版本比别人早了三天。随赠送的小说一起，她给摄政王的图书管理员 J.S. 克拉克先生写了一封信，信中表达了自己对这部新作的看法（这是她亲眼目睹付梓的最后一部作品）："此时此刻，我最大的愿望是，这第四部作品不会让另外三部作品蒙羞。但在这一点上，说心里话，不管我多么希望《爱玛》成功，有一个想法在我心中一直挥之不去，那就是：对喜欢《傲慢与偏见》的读者来说，在诙谐风趣方面，《爱玛》也许稍逊一筹；对喜欢《曼斯菲尔德庄园》的读者来说，在理性方面，《爱玛》也许稍逊一筹。"

关于《爱玛》和《曼斯菲尔德庄园》的差距，虽然《评论季刊》的通告只是轻描淡写，但奥斯丁小姐肯定从中看出了端倪。遗憾的是，《评论季刊》虽然自诩对作者此前的所有小说作了概括总结，但对《曼斯菲尔德庄园》却未予置评。《评论季刊》以很大的篇幅介绍《爱玛》，而且还摘录了很长的文字来说明伍德豪斯先生的种种怪癖。《评论季刊》认为，作者的优点主要体现在叙事干净利索、简明扼要，人物对话充满了朴实无华的喜剧色彩，其中的人物"都富有戏剧性色

① 简·奥斯丁的姐姐。

彩”。至于小说的缺点，《评论季刊》认为，主要体现在小说构思的细枝末节上，体现在把伍德豪斯先生和贝茨小姐等“荒唐、愚蠢的人物”塑造得略显乏味。可以想象，对于后者的这种处理方法，奥斯丁小姐的第一位传记作家奥斯丁-李[①]认为，也只是令人满意而已，但她的下一位评论家惠特利博士[②]却不以为然。五年后，惠特利博士再一次在《评论季刊》上详细讨论了这两个问题，同时还用了几页的篇幅专门分析了《曼斯菲尔德庄园》被人忽视的美。惠特利博士认为，奥斯丁小姐细致入微的描写，虽然显得有些乏味冗长，但对完整地了解她塑造的人物是必不可少的，而这种了解也是激发读者阅读兴趣所必需的。针对奥斯丁-李就作者塑造的那些傻瓜形象所做的苛评，惠特利博士坦言，与描写理智的人相比，描写傻瓜更需要天赋：“在高水平的博物学家眼里，同样是叶子上的昆虫，但它们之间的差异跟大象和狮子之间的差异一样大。”如果有评论家认为奥斯丁小姐所描写的傻瓜形象太过于普通，那肯定会觉得《十二夜》和《温莎的风流娘们儿》也特别乏味。在这篇文章（很遗憾，直到奥斯丁小姐离世后才发表）中，惠特利博士或多或少地用强调的口吻提出了批评，其中重申了这样的看法（同时也没有忘记拿作者和莎士比亚做比较）：“描绘贝茨小姐的那双手，纵然没能描绘出麦克白夫人，但的确描绘出了快嘴桂嫂[③]或者《罗密欧与朱丽叶》中的女仆。”奥斯丁-李的最后一位继任者戈尔德温·史密斯教授也持同样的观点。不过，一个真正喜欢奥斯丁作品的读者也许会觉得，贝茨小姐的话有的非常精彩，读者即

---

① 奥斯丁-李（James Edward Austen-Leigh，1798—1874）：简·奥斯丁的侄子，奥斯丁的大哥詹姆斯的儿子。其《简·奥斯丁回忆录》（1869）出版后，重新掀起了“奥斯丁热”，对后世的奥斯丁评论家产生了重大影响。

② 惠特利博士（Richard Whately，1787—1863）：英国修辞学家、逻辑学家、经济学家、神学家，是第一批发现简·奥斯丁才能的评论家之一。

③ 快嘴桂嫂是莎士比亚《亨利四世》中的酒店老板娘。

便不费吹灰之力就能理解，但其形象也不应该因缺乏艺术升华而大打折扣。“自然虽然值得效仿，但过度效仿会让人觉得无聊。”这是我们对奥斯丁-李所能做出的唯一回应。这位评论家针对《爱玛》中的幽默人物所发表的负面观点，可能已经给读者欣赏《劝说》中的幽默人物造成了不良影响。

奥斯丁小姐创作《曼斯菲尔德庄园》(1814)和《爱玛》(1815)与之前作品之间的时间间隔比较长，这难免让读者去寻找其早期作品与后期作品在风格上的差异。如果一定要去比较作品的风格，肯定也是去比较最后的作品与《诺桑觉寺》(1818)之间的风格，而不是拿这些作品与《傲慢与偏见》(1813)或《情感与理智》(1811)进行比较。因为作者在乔顿定居期间曾经修改过《傲慢与偏见》和《情感与理智》，而《诺桑觉寺》则是巴思的出版人拿到书稿后，虽然暂时束之高阁，但之后便原封不动地付印了。因为没有经过进一步润色，一般人可能会想当然地以为，作者在乔顿期间创作的作品完全展现了写作风格的日臻完美。当我们在对一个十几岁的才女所创作的作品与其在获得丰富人生阅历后创作的作品进行比较时，风格上的日臻完美应该是意料之中的事。前面我们已经提到过，《爱玛》要比《傲慢与偏见》欠诙谐风趣，奥斯丁小姐本人对此是有心理准备的，但有一点很清楚：一部作品发出的耀眼火花被另一部作品发出的四射光芒给淹没了。的确，在《爱玛》中，奥斯丁小姐似乎在践行莱斯皮纳斯小姐①的座右铭——“平铺直叙”。除了在第三章贬低新式学校、赞赏老式寄宿学校时有点故作姿态的激情迸发以外，整个小说在风格上都在竭尽全力地服从叙事的需要，而情节的发展则环环相扣。首先，《爱

---

① 莱斯皮纳斯小姐，全名为 Jeanne Julie Éléonore de Lespinasse(1732—1776)，启蒙时期法国巴黎一家著名沙龙的女主人和书信作家。

玛》的女主人公根本不像作者早期塑造的女主人公那么迷人，当然，也不如早期塑造的人物那么聪敏。作者一开始就说，“我准备塑造一个除了我之外没有人会非常喜欢的女主人公。”从某种程度上说，作者说得没错，因为爱玛对哈丽特和罗伯特·马丁棒打鸳鸯的做法，最初确实让人对她心生反感。但她的性格也在逐渐发生微妙的变化，当她开始意识到乱点鸳鸯谱的错误，当“她脑子里像箭似的闪过一个念头：奈特利先生不能跟别人结婚，只能跟她爱玛！”时，我们差不多就要原谅她曾经粗鲁对待贝茨小姐的事了。我们不敢断言奈特利先生能不能成为一个理想的丈夫，因为，奥斯丁小姐虽然极尽描写之能事在弗兰克·邱吉尔和简·费尔法克斯身上大肆渲染，但在这个问题上却三缄其口。布雷伯恩男爵[①]是唯一不看好《爱玛》的人，他固执地认为，这场婚姻注定不会成功。但他对奈特利先生抱有很大的偏见，认为奈特利先生“凡事都喜欢插一杠子”。奈特利也许是这样，不过，尽管爱玛有很多缺点，尽管奈特利喜欢吹毛求疵，但他爱着爱玛。此外，布雷伯恩爵士还认为，奈特利年龄太大。对这一点，我们可以引用莎士比亚的话去反驳：

> 女人一定要嫁给比自己年龄大的，
> 只有这样，才能两情相悦，
> 才能在丈夫心目中保持平衡。[②]

我们希望，爱玛能让自己的婚姻存续下去，因为就算她丈夫到 56 岁时，她才 40 岁。但如果有谁把奈特利先生看成奥斯丁小姐笔下的格

① 此处概指布雷伯恩男爵一世爱德华·纳奇布尔-休格森（1829—1893）。

② 引文出自莎士比亚喜剧《第十二夜》第二幕第四景，在奥西诺公爵家里，公爵和维奥拉之间的一段对话。

兰迪森爵士[①]式的人，那就请牢记奥斯丁小姐的话："他们（奈特利先生和《曼斯菲尔德庄园》中的埃德蒙·伯特伦）根本不是我平时见到的那种英国绅士。"

至于小说中的其他人物，弗兰克·邱吉尔属于威洛比[②]和威克姆[③]等风度翩翩型的男人，但也许更讨人喜欢。至于简·费尔法克斯和蓝眼睛的哈丽特·史密斯，因为两人都空虚得随时"把自己的心掏出来"，实在没有什么可多说的。那位体弱多病的伍德豪斯先生反复无常的种种表现，还有他对稀粥的那种酷爱（一度让一位尊贵的伯爵投身于《诗歌年鉴》[④]的编辑），他对结婚蛋糕的那种诚惶诚恐，以及他对发放小松饼的死脑筋，本该充满喜剧色彩，但当可怜的贝茨夫人因杂碎炖芦笋没有煮烂而被直接剥夺了吃甜面包的权利时，他的这些怪癖差一点儿把聚会给搞砸了。但从强烈的现代观念看，奥斯丁小姐如果赋予爱玛的父亲这个人物更强的知错必改气质而不是和蔼可亲和彬彬有礼的话，本可以让我们更喜欢这个人物。小说时不时会让我们觉得，伍德豪斯先生身边的人给予他的无微不至的关怀，他真的不配受用。至于贝茨小姐和她那举世无双、杂乱无章的喋喋不休，我们已经说得够多了。不过，埃尔顿夫妇可谓是小说中的亮点。埃尔顿先生那种不假思索的盲从，以及他张口就是"一点不错"的乏味，还有庸俗不堪、愚蠢饶舌的暴发户埃尔顿太太，作者在这两个人物上的描写真可谓是自然到入木三分。他们都是再普通不过的人物，但无疑也成为了跃然纸上的鲜活形象。

---

① 格兰迪森爵士原本是塞缪尔·理查森书信体小说《查尔斯·格兰迪森正传》中英雄救美式的人物，1800 年奥斯丁把它改编为六幕喜剧《查尔斯·格兰迪森爵士》。

②《理智与情感》中的人物。

③《傲慢与偏见》中的人物。

④《诗歌年鉴》：1828 年至 1857 年间出版的英国文学年鉴，期间每年圣诞节刊发，其主编最初为费雷德利克·曼塞尔·雷诺兹，后由布莱欣伯爵接任。

读完《爱玛》之后，我们再一次想到了作者的局限性，或者更准确地说，作者在更擅长的创作领域之内的局限性。像此前创作的作品一样，她塑造的人物都取材于中产阶级。这些人物都生活在乡村，故事情节也都局限于乡村。他们雄心勃勃地举办的活动无非是在克朗旅店举办舞会，或者是筹划到博克斯山去野餐，除此以外，恐怕再没有干过什么更重要的事。无论是对社会问题，还是对政治问题，他们都不为所困。虽然他们喜欢猜谜语（抄在热压纸上，而且“饰有花押字和纪念品图案”），但这个充满痛苦的世界之谜在那本装帧精美的“四开薄本”上显然没有立足之地。我们发现，在那位牧师眼里，他的所谓宗教信仰只不过是他列出的一个书单。他之所以开出这样一个书单，并不是因为这些书写得好，而是因为他自己长得帅。在小说中的律师和地方法官眼里，他们各自的职业就是一辈子去读几卷书而已。即便是在海伯里，人们有时候八成也会读书。但在海伯里人眼里，所谓的“美文典籍”只不过是三四本老掉牙的语录（其中两本是那位暴发户埃尔顿太太的）。当然，小说还提到了放在阿比-米尔农庄窗台上的一些无名氏作家的书（类似摆放在罗杰·科弗利爵士家里、贝克编撰的“年鉴”之类的东西）。小说还描写了在乡村酒肆举行的教区集会，用诱惑安东尼·特罗洛普[①]舞文弄墨的笔法，借此点明了奈特利先生、韦斯顿先生和埃尔顿先生等人在教区中的地位。但奥斯丁小姐关注的重点并不在这些方面。毫无疑问，如果有人对小说的主题提出质疑，那她可能会这样回答（可能是恶名昭彰的克拉克先生给她出的馊主意）：这些情节都不是她关注的重点，但不管怎样，为了让三四对有情人拿到抵达最后归宿（言过其实的埃尔顿先生称之为“婚

① 安东尼·特罗洛普（1815—1882）：维多利亚时代的英国小说家，其一系列小说总称为“巴塞特郡纪事”，其小说主题涉及政治、社会和性别等问题。

姻之神的藏红色长袍”）的通行证，这些情节是必不可少的。但不管奥斯丁小姐的答案是什么，她的作品就是最好的回答。直言不讳的读者——当然，除非他碰巧是艾萨克·沃尔顿[①]斥之为“一本正经、酸臭气十足的人”——肯定会承认，尽管自己批评作者的叙事方式，但小说的叙事方式仍然带着他兴趣十足、满怀期待地把小说一口气读完。

奥斯丁小姐的作品与当代小说的另一个显著（迄今为止可能没人注意到）的差别是，她根本没有把仆人当成诙谐幽默的源泉。的确，伍德豪斯先生的仆人詹姆斯，埃尔顿太太的仆人赖特，奈特利先生的仆人拉金斯和哈里，都会从社会底层有意无意地走到我们跟前，但作者并没有特意去描写这些人。如果换作萨克雷[②]，他肯定会向读者暗示，通往“牧师住宅巷的那个拐角”究竟有多么危险，马车夫詹姆斯肯定一清二楚。如果换成乔治·艾略特[③]，除了让我们知道威廉·拉金斯就主人的婚姻问题会明确表达自己的看法之外，肯定不会忘记告诉我们，威廉和他的主人至少讨论过如何管理当维尔寺的房产。由此，我们不禁会想，关于简·费尔法克斯小姐和她神秘兮兮不自在的原因，贝茨小姐的仆人帕蒂（如果她在盖斯凯尔夫人[④]的作品中找到了自己心仪的历史学家的话）从一开始肯定就持睿智和深远的见解。跟作者吝于使用细节性描写一样，此类细节的缺失是显而易见的。但是，即便是在此次的版本中，奥斯丁小姐也向我们传达了这样的信

① 艾萨克·沃尔顿（1594—1683）：英国作家，以《钓鱼清话》著称。

② 萨克雷（1811—1863）：英国维多利亚时代著名作家之一，其代表作为《名利场》。

③ 乔治·艾略特（1819—1880）：英国维多利亚时代著名作家之一，其代表作为《亚当·贝德》和《弗洛斯河上的磨坊》。

④ 盖斯凯尔夫人：全名为“伊丽莎白·盖斯凯尔”（1810—1865），英国小说家。其小说重在描写维多利亚时期英国许多阶层（其中包括贫苦阶层）的生活，尤其关注社会历史学家和文学爱好者。

息：如果她愿意，她可以和最优秀的地志学家相媲美。比如，她对海伯里繁华街道的情景描写是这样的："爱玛走到门口想看看热闹。在海伯里，即便最热闹的地段，也不能指望看到多少行人车马。她所能指望看到的最热闹的场面，无外乎是佩里先生匆匆走过去，威廉·考克斯先生走进事务所，科尔先生家拉车的马遛完了刚回来，信差骑着一头犟骡子在闲逛。而实际上，她看到的只是卖肉的手里拿着个托盘，一个整洁的老太太提着满满一篮东西出了店门往家走，两条杂种狗正在为争一根脏骨头而狂吠乱叫，一群游手好闲的孩子围在面包房的小凸肚窗外面，眼睁睁地盯着姜饼。这时候，她觉得自己没有理由抱怨，反倒感到挺有趣，便一直站在门口。"从这段描写看，我们不得不承认，奥斯丁的情景描写不仅通俗易懂，而且思路非常清晰。

又及：

克莱门特·肖特[1]在其妙趣横生的《夏洛蒂·勃朗特的世界》中，收入了一封《简·爱》的作者迄今尚未发表过的书信，信中有一段话提到了《爱玛》的作者。这段话虽然对奥斯丁小姐有失公允，但我们可以从中窥见一斑。经肖特先生许可，我们把这段话收在这里，以馈读者：

"我读了奥斯丁小姐的一部作品——《爱玛》——满怀兴趣地读，满怀对奥斯丁小姐的崇拜去读，这种崇拜就连奥斯丁小姐本人也会觉得恰如其分。纵观她的作品，我们发现，激情和狂热之类的东西，任何充满活力、动人心弦、发自内心的东西，都完全错了位。正因如此，我们本该怀着一副有教养的心去嘲笑她，本该冷静地将其视为荒诞和卖弄。她在描写温文尔雅的英格兰人表面的生活方面非常拿手，

---

① 克莱门特·肖特（1857—1926）：英国新闻工作者和文学评论家。

在临摹细枝末节方面，犹如中国画一样逼真。她没有用激情去触怒读者，也没有用深奥的哲理去干扰读者。她根本不知道什么叫激情，甚至不愿意去触及风雨同舟的姐妹情。就连情感，她也只是偶尔蜻蜓点水般地恩赐给读者，但过多的情感对话会打乱其流畅而又风雅的叙事结构。她所关心的与其说是人类的心灵，倒不如说是人类的眼睛、嘴巴和手脚等表面的东西。对她胃口的是，敏锐地看到了什么、恰当地说了什么、适时地做了什么，但这些现象背后让人心潮澎湃的东西、让人热血沸腾的东西、人为什么要默默无闻地生，为什么要波澜壮阔地死，她都视而不见。她透过心灵的眼睛剖析女性灵魂的程度，与男人用肉眼看到其鼓胀的胸膛里面的心相比，高不到哪里去。简·奥斯丁是一位完美无瑕、通情达理的千金小姐，但同时也是一位残缺不全、麻木不仁的女人。假如有人认为我在胡说八道，那就随它去吧。”

（李和庆　译）

附录：简·奥斯丁年表

1764 年

4 月 26 日：乔治·奥斯丁牧师与卡桑德拉·李结婚。

1765 年

2 月 13 日：大哥詹姆斯·奥斯丁出生于迪恩。

1766 年

8 月 26 日：二哥乔治·奥斯丁出生于迪恩。

1767 年

10 月 7 日：三哥爱德华·奥斯丁出生于迪恩。

1768 年

7 月 /8 月：奥斯丁家搬至斯蒂文顿。

1771 年

6 月 8 日：四哥亨利-托马斯·奥斯丁出生于斯蒂文顿。

1773 年

1 月 9 日：姐姐卡桑德拉-伊丽莎白·奥斯丁出生于斯蒂文顿。

3 月 23 日：奥斯丁先生成为斯蒂文顿和迪恩两个教区的教区长，并在斯蒂文顿招收寄宿生，补贴家庭开支。

1774 年

4 月 23 日：五哥弗朗西斯-威廉·奥斯丁出生于斯蒂文顿。

1775 年

12 月 16 日：简·奥斯丁出生于斯蒂文顿。

1779 年

6 月 23 日：弟弟查尔斯-约翰·奥斯丁出生于斯蒂文顿。

1782—1788 年

奥斯丁家在斯蒂文顿举行了一些业余演出。

1783 年

春：与卡桑德拉随表姐简·库珀离家去牛津考里太太的女子寄宿学校念书。

夏：考里太太将学校迁至南安普敦，姐妹俩患传染病被接回家。

1785 年

春：与卡桑德拉被送到雷丁的修道院学校念书。

1786 年

12 月：与卡桑德拉辍学回家，接受父亲的教育。

1787—1793 年

开始其少年习作，完成并誊清《第一册》《第二册》及《第三册》。

1788 年

夏：奥斯丁夫妇带简和卡桑德拉去肯特和伦敦。

1794 年

秋（？）：写作书信体小说《苏珊夫人》。

1795 年

（？）：写作书信体小说《埃丽诺与玛丽安》（《理智与情感》的前身）。

该年 12 月至次年 1 月：与同龄青年汤姆·勒弗罗伊情意甚密。

1796 年

简·奥斯丁存世的信件开始于 1 月 9 日。

完成《埃丽诺与玛丽安》。

10 月：开始写《初次印象》（《傲慢与偏见》的前身）。

1797 年

8 月：完成《初次印象》。

11月1日：父亲为《初次印象》向出版人卡德尔寻求出版机会，对方未见作品即予否决。

同月：将《埃丽诺与玛丽安》改写成《理智与情感》。

冬：拒绝了塞缪尔·布莱科尔牧师的求爱。

1798年

开始写作《苏珊》(《诺桑觉寺》的前身)。

1799年

约在6月完成《苏珊》。

1800年

12月：父亲决定退休。

1801年

随父母和姐姐搬到巴思。

夏：随家人外出期间与一牧师坠入爱河，约定来年夏天再相聚，后接到青年突然死去的噩耗。

1802年

12月2日晚：21岁的牧师哈里斯·比格-威瑟向简求婚，简当即答应了。

12月3日早晨：简改变主意，收回了自己头天晚上的许诺。

冬：修订《苏珊》。

1803年

春：将《苏珊》的版权卖给伦敦出版人克劳斯比，但对方并未出版此书。

1804年

约在这一年写作《沃森一家》。

1805年

1月21日：父亲在巴思病逝。

夏：32 岁的牧师爱德华·布里奇斯向简求婚，遭到拒绝；秋天又转而向简的姐姐求婚。

誊清《苏珊夫人》，并放弃《沃森一家》。

1806 年

7 月 2 日：跟随母亲、姐姐离开巴思，10 月移居南安普敦。

1809 年

4 月 5 日：试图争取《苏珊》出版未果。

7 月 7 日：跟随母亲、姐姐搬到乔顿，结束了不安定的生活。

8 月：焕发了写作的兴致。

1810 年

冬：出版人埃杰顿接受《理智与情感》。

1811 年

2 月：开始构思《曼斯菲尔德庄园》。

3 月：在伦敦看《理智与情感》的校样。

10 月 30 日：《理智与情感》出版，封面注明："一部三卷小说 / 一位女士著 /1811 年。"

冬（？）：修改《初次印象》，改写成《傲慢与偏见》。

1812 年

秋：将《傲慢与偏见》的版权以 110 英镑卖给出版人埃杰顿。

1813 年

1 月 28 日：《傲慢与偏见》出版，封面注明："一部三卷小说 /《理智与情感》作者著 /1813 年。"

7 月（？）：完成《曼斯菲尔德庄园》；《理智与情感》和《傲慢与偏见》发行第二版。

大约这年 11、12 月间（或次年 1 月）：将《曼斯菲尔德庄园》版权再次卖给出版人埃杰顿。

1814 年

1 月 21 日：开始写《爱玛》。

5 月 9 日：《曼斯菲尔德庄园》出版，封面注明："一部三卷小说 /《理智与情感》与《傲慢与偏见》作者著 /1814 年。"

1815 年

3 月 29 日：完成《爱玛》。

8 月 8 日：开始写《劝导》。

11 月 13 日：参观卡尔顿宫，应邀将下一部作品赠给摄政王。

12 月底：《爱玛》由出版人约翰·默里出版，封面注明："一部三卷小说 /《傲慢与偏见》作者著 /1816 年"，并将一精装本赠给摄政王。

1816 年

春：开始感到身体不适。

亨利·奥斯丁买回《苏珊》旧稿，让作者重新修订。

7 月 18 日：完成《劝导》初稿。

8 月 6 日：定稿。

《曼斯菲尔德庄园》由约翰·默里再版；发行《曼斯菲尔德庄园》及《爱玛》的法文版。

1817 年

1 月 27 日：开始写《桑迪顿》。

3 月 18 日：停笔。

4 月 27 日：立遗嘱。

5 月 24 日：由卡桑德拉带着去温切斯特就医。

7 月 18 日清晨：病逝。

24 日：葬于温切斯特主教堂。

秋（？）：亨利与约翰·默里安排《诺桑觉寺》(即《苏珊》的修

订本）和《劝导》出版事宜。

12 月底：《诺桑觉寺》与《劝导》结集出版，封面注明："《傲慢与偏见》《曼斯菲尔德庄园》作者奥斯丁小姐著 / 附有作者生平传略 / 合计四卷 /1818 年。"